KB069130

광마회귀
6

마 광
귀 회

狂魔回歸

6

유진성

문학수첩

목
차

◆ ····· 狂魔回歸

286.
형가의
마음가짐으로

이렇게 긴 여행은 앞으로 다시 없지 않을까. 하루하루를 낯선 풍경과 먹어보지 못했던 음식으로 채웠다. 종일 걷다가 해가 저물기도 했고, 바람이 선선한 날은 밤새 걷기도 했다. 새벽녘에 내리는 비에 흠뻑 젖었다가 객잔으로 피신한 날도 있었고. 종종 호수가 보이면 돌을 던지면서 놀다가 야영을 준비하고, 달빛이 밝으면 야밤 수영을 했다. 어쨌든 동호에서 싸울 생각이라서 물질에 미리 적응한다는 마음가짐이었다.

괜찮은 반점에서 밥을 먹을 때도 즐겁지만 호수에 뛰어들어서 물고기를 잡고 야생 동물을 잡아다가 구워 먹는 것에도 익숙해졌다. 우리의 여정은 삶의 한 부분을 싹둑 잘라다가 여행이라는 팻말을 붙인 것처럼 그 자체로 점점 특별해졌다. 그렇다면 나는 사도제일인을 죽이러 가는 것일까. 아니면 그저 여행을 즐기고 있는 것일까.

이상하게도 무공 수련과 운기조식은 잠시 잊었다. 초조함이 사라지고, 고독함을 잠시 잊었으며 이름이 없는 산천초목을 바라보는 것만으로도 잠시 증오심을 내려놓았다. 길도 제대로 알아보지 않은 채로… 우리는 자꾸만 동쪽으로 향했다. 이러다가 바다가 나와도 상관이 없다. 바다 구경을 한 다음에 다시 동호로 가면 될 테니까.

나는 적과 아군에게 충분한 시간을 줬다. 대체 누가 날 죽이러 오는지, 누가 날 도우러 올 것인지. 어느 시점부터는 사실 신경 쓰지 않았다. 나는 이번 싸움의 의미를 이렇게 생각한다. 나를 모르는 사람들도 동호에서 벌어지는 싸움은 기억해 줬으면 한다. 하오문주라는 놈은 왜 싸웠는가? 하오문주라 불리던 놈은 왜 사도제일인을 죽이러 하는가. 그 이유를 다른 사람들이 아는 것이 중요한 일이지, 성공과 실패는 그저 운에 달린 일이다.

나는 형가의 마음가짐을 한 채로 나아갔다. 귀마의 무서운 표정과 검마의 무거운 분위기 덕분에 가는 길 내내 우리에게 예의 없이 구는 자들을 찾아볼 수가 없었다. 아마 나와 색마만 함께했던 여정이라면 벌써 수십 명은 때려죽였을 텐데 말이다. 심지어 이름 모를 강호 문파의 무리와 맞닥뜨렸을 때는 흔한 인사말도 서로 없는 상태에서 길이 활짝 열렸다. 상대가 싸울 마음이 없는 것 같아서 우리도 아무런 말 없이, 아무런 감정 없이 가던 길을 갔다.

사대악인은 성장할 것일까? 모를 일이다. 다만 우리는 숨이 막힐 것처럼 조여있던 무언가가 다소 느슨하게 풀어졌다. 풀어지고 나서야 조여있다는 것을 알았으니 여행하지 않았더라면 몰랐을 편협함이었다. 사십여 일이 바람처럼 가볍게 흘러갔을 때. 나는 내 몸의 상태가 이전보다 훨씬 좋아졌다는 것을 깨달았다. 먹고, 자고, 쉬고,

놀면서 신체가 회복되고 재생된 느낌이랄까. 몸 상태가 한 단계 위로 올라간 기분 좋은 느낌을 받았다.

의도한 것은 아니지만… 역시 놀고먹는 게 만고의 진리라는 말일까. 나는 벽을 보고 수련하는 것만이 강해지기 위한 최고의 방법이 아님을 몸소 깨달았다. 그렇다면 나는 이제야 미친 원숭이의 처지에서 벗어난 것일까? 실은 이제 내가 미친 원숭이든 아니든 간에 상관이 없었다.

* * *

동호는 기암奇巖, 기석奇石, 기이한 물길이 뒤섞인 곳이다. 도착하자마자 너무 넓어서 어디로 가야 사도제일인을 만날 수 있을지 감이 오질 않았다. 물 너머에 바위섬이 있고, 바위섬 너머에 물이 있었으며 작은 배가 사람들을 태운 채로 떠나기도 하고 강호인인지 뱃사람인지 구분이 안 되는 자들이 많았다.

고개를 돌리면 바다 같은 호수가 뻗어있고. 다시 한쪽을 바라보면 동호가 아닌 것 같은 번화가가 호숫가를 따라서 길쭉하게 형성되어 있었다. 도착하자마자 내가 느낀 것은… 이 넓은 동호에서 어떻게 제일검이라는 말을 듣게 되었을까 하는 점이다. 마치 하나의 독립된 강호에 도착한 느낌을 받았다. 색마가 말했다.

"여기서 제일검이면 왕이나 다름이 없겠습니다."

귀마가 이리저리 살펴보면서 말했다.

"그러게 말이야. 선전포고 방문榜文보다 우리가 먼저 도착한 것 같군."

나는 고개를 저었다.

"과연 그럴까? 우리가 그렇게 늦장을 부렸는데."

어깨가 스칠 정도로 사람이 많았다. 귀마의 무서운 얼굴과 검마의 무거운 분위기도 인파 속에서는 별다른 효과가 없었다. 옆 사람과의 대화가 묻힐 정도로 시끄러운 난장판이기도 했다. 먹을 것, 의복, 길거리 공연, 호객, 원래 살던 자들과 구경 온 사람들, 뭐 하는 놈인지 모를 자들이 잡스럽게 뒤섞여서 혼란의 거리가 된 상태. 일단 우리는 이 번잡함에 적응할 필요가 있었다. 하지만 낯선 풍경이 익숙해지기도 전에 어디선가 큰 목소리가 들렸다.

"하오문주!"

나는 멈춰 서서 한 건물의 옥상을 올려다봤다. 처음 보는 놈이 날 똑바로 노려보고 있었는데 목청 큰 사내의 외침이 끝나자마자 그렇게 번잡하던 길거리가 놀랍도록 조용해진 상태였다.

"…"

감탄이 나올 정도로 정적에 빠진 상태. 지나가던 자들이 멈춰서 우리를 바라보고, 열 명 중의 네다섯 명은 종종걸음으로 이곳을 벗어났다. 하지만 꽤 많은 사람들이 우리를 주시하는 와중에 건물 곳곳의 창문과 골목, 지붕 위에서도 살기가 느껴졌다. 색마가 감탄했다.

"와… 뭐야."

우리는 말을 하지도 않았는데도 사방을 경계하는 형태로 서서 주변을 둘러봤다. 어디선가 목소리가 들렸다.

"…이제 도착하셨소? 지긋지긋하게 오래 걸리는군."

이 정도면 이름 모를 변화가 전체를 통째로 장악해서 나를 기다렸다는 뜻이 된다. 나는 황당한 표정으로 주변을 둘러보다가 말했다.

"…병신 같은 놈의 수하가 이렇게 많았나? 내가 하오문주다."

내 말이 끝나자마자 여기저기서 병장기가 뽑혔는데 동시에 수백 자루의 검이 뽑히는 소리는 나도 처음 들어서 섬뜩했다.

"와, 미친 새끼들."

이토록 용맹하면서도 무모한 자들이 있을까. 내 뜻과 사도제일인이 가지고 있는 마음가짐의 격차만큼이나 많은 적이 우리를 노려보고 있었다. 나는 적들에게 말했다.

"어처구니없네."

너무 조용한 터라 내 말이 또렷하게 퍼져나갔다.

"내가 사도제일인과 일대일 승부를 내겠다고 했으니 안내해라. 전부 이 자리에서 죽을 셈이야?"

사방팔방에서 웃음이 번져나갔는데, 그 웃음에는 검마를 제외한 우리도 동참했다.

"하하하하하…"

나는 문득 삼 층 건물의 창가에서 손을 치켜든 사내를 발견했다. 사내의 손이 떨어지면서 명령이 하달됐다.

"죽여라."

달려드는 사람 한 명 없이 사방팔방에서 암기가 쏟아졌다. 이걸 어떻게 막아? 나는 전방에 잔월빙공을 주입한 장풍을 쏟아내고. 귀마, 색마, 검마가 각기 장풍으로 대응하는 것을 확인하자마자 공중으로 솟구쳐서 명령을 하달한 사내의 건물로 쇄도했다. 공중에서 목검을 뽑자마자 창문을 대각선으로 찢은 다음에 넓은 방에 단숨에 진입해서 전방에 목계를 주입한 검기를 뿌렸다. 검을 뽑아서 대응하는 자를 확인하자마자 돌진해서 좌장의 장력으로 하반신을 때린 다음에 목검을 내질러서 사내의 목을 꿰뚫었다. 지휘관의 실력이 아님을 깨닫고 다소 놀랄 수밖에 없었다.

다시 박살이 난 창가로 와서 아수라장을 바라보니 정적은 사라지고 비명이 겹쳐서 들렸다. 귀마가 검을 휘두르면서 돌진하고, 색마는 양손이 하얗게 물든 채로 날뛰고 있었다. 그 와중에도 검마는 미소를 짓고 있었다. 마치 지루했던 일상이 사라져서 반가워하는 표정이랄까. 나는 웃는 얼굴로 아수라장에서 죽어가는 자들을 바라봤다.

"하여간 미련한 새끼들…"

암기가 다시 나를 향해 날아오는 것을 보자마자 부서진 창가에서 공중으로 다시 솟구쳤다. 옥상에서 나를 내려다보던 자의 목을 쳐낸 다음에 옥상에 도착하자 전장의 상황이 한눈에 들어왔다.

"…"

옥상마다 매복해 있었던 자들이 그제야 여기저기서 일어나더니 경공을 펼치면서 옥상을 뛰어넘고 있었다. 알록달록한 메뚜기 떼가 지붕에서 몰려오는 것처럼 기괴한 장면이었다. 사도제일인이 보통 사내가 아님을 메뚜기 수하들을 통해 확인했다. 또한, 일부의 복장이 시커먼 복장으로 통일된 것을 보고 살수 단체 혹은 문파가 통째로 고용됐다는 것도 알았다. 배를 타고 다니는 수적들이나 수하로 부릴 줄 알았더니 내 예상이 틀렸다. 죽으러 오는 놈들은 살기에 휩싸여서 말이 안 통하는 자들이었다.

전초전치고는 살벌했다. 아마도 이 정도로 우리를 죽일 수 있다고
는 생각하지 않았을 터였다. 마치 기선을 제압하려는 공격처럼 느껴
졌다. 나는 건물 사이에서 공중에 떠있는 놈들의 상반신을 검기로
갈랐다. 이내 두 동강이 난 시체들이 바닥으로 떨어지는 와중에도
뒤에서 다량의 암기가 쏟아져서 나도 펄쩍펄쩍 뛰어다닐 수밖에 없
었다. 순간, 근처에서 껑충껑충 뛰어오던 놈이 포대 자루를 공중으
로 집어 던지자 황색의 가루가 상공에서 퍼져나갔다.

'개판이네.'

독을 이렇게 대놓고 뿌리다니… 소속이 다른 적들이 황색 가루를
마시자마자 내게 달려오다가 꼬꾸라졌다. 나는 숨을 참은 채로 건물
을 뛰어다니면서 걸리적거리는 자들의 팔과 몸통을 베면서 이동했
다. 문득 건물 아래에서 색마의 웃음이 울렸다. 완전히 미쳐서 날뛰
는 모양이다. 적들에게 겁이 없는 것 같아서 나는 일부러 잔인하게
죽여나갔다. 머리통을 붙잡아서 건물 아래로 던지고, 선 채로 반을
가르고, 옥상에 개미 떼처럼 몰려있었던 놈들에겐 염계대수인을 날
려서 한 방에 터트렸다.

나도 뒤가 없다. 내공이 바닥을 치건 말건 간에 모조리 잡아서 죽
였다. 스무 명을 넘게 잔인하게 죽이고 나서야 옥상의 심리 상황이
뒤바뀌어서 서서히 도망치는 놈들이 눈에 띄었다. 나는 도망치는 놈
들만 일부러 쫓아가서 팔을 끊어냈다. 죽이지 않고 팔만 끊어내자
속출하기 시작한 비명이 죽음을 각오했던 놈들의 간담을 자극했다.

건물 아래 상황은 아예 잊었다. 건물 위에서 주로 암기가 쏟아졌
기 때문이다. 아수라장 바닥은 세 사람에게 맡기고, 나는 계속해서

옥상의 전선을 정리하기 시작했다. 가끔 내 검을 쳐낼 정도로 내공이 깊은 자들이 있긴 했으나 이들도 내 공격을 서너 번 이상은 막지 못했다. 가끔 맹렬하게 저항하던 놈들은 내공으로 찍어 눌러서 빠르게 죽었다.

어느 순간 발밑에서 철벅대는 소리가 들렸다. 옥상에서 옥상으로 이동하다 보니 어느새 피가 고인 웅덩이를 밟아대고 있었다. 바지와 신발부터 핏물에 물들었다. 나는 옥상에 있는 자들을 빠짐없이 도륙한 다음에 피 묻은 신발을 난간에 걸친 다음에 아래 상황을 주시했다. 누운 시체들이 생선처럼 기괴하게 누워있었다. 일부 건물이 허물어지고, 일부 시체는 얼어붙은 채로 서있었다. 선물 한 곳에서 한 놈이 수평으로 날아가더니 반대편 담벼락에 부딪혀서 머리통이 터져나갔다.

퍽!

그곳에서 온몸에 피를 뒤집어쓴 색마가 걸어 나왔다. 귀마는 찢어진 자신의 의복을 바라보고 있고, 검마는 상처도 핏물도 없는 말끔한 상태로 주변을 둘러보고 있었다. 대체 몇 명이 죽은 것일까. 나는 지붕 위에서 세 사람을 바라보다가 말했다.

"시작부터 지랄이네."

색마가 피 묻는 얼굴로 활짝 웃자 허연 이가 드러났다.

"이 새끼들이 이 정도로 우리가 주눅 들 것이라 생각했나?"

귀마가 덤덤하게 말했다.

"많긴 많았다."

검마가 나를 올려다보더니 이렇게 말했다.

"내려와라. 밥이나 먹자."

"그럽시다."

아무래도 이 시체들과 함께 다음 상대를 기다려야 할 터였다. 나는 시체가 겹쳐진 곳으로 뛰었다. 퍽- 소리가 나더니 내가 떨어진 곳에서 핏물이 살짝 솟구쳤다. 큰 의미는 없었으나 목검에 묻은 피를 털어낸 다음에 집어넣었다. 문득 숨을 크게 들이마셔 보니 피 냄새와 생선 냄새가 뒤섞여서 코를 찔렀다. 대단한 악취였다. 사대악인과 사도제일인이 싸움을 시작했으면 이 정도 악취가 풍겨야 하는 법이다. 귀마가 말했다.

"딱히 대단한 고수가 없었다. 고용된 자들이야. 낭인과 살수가 섞여있었다."

색마가 객잔 입구에 널브러진 시체를 발로 차서 입구를 열더니 검마에게 말했다.

"사부님, 이쪽으로 오시죠. 목부터 축이시죠."

나는 색마가 앉으려는 탁자를 본 다음에 말했다.

"똥싸개."

"왜?"

"손대지 마라."

탁자에 안주와 술이 있었는데 어쩐지 손도 대지 않은 깔끔한 상태였다. 주변에 객잔과 반점이 가득한데 어쩐지 먹다가 죽는 것들만 가득 차있을 것 같은 예감이 들었다. 색마가 인상을 찌푸리면서 말했다.

"독이 있나?"

"여기서 마실 수는 없지."

나도 갈증이 느껴졌으나 우리가 이곳에서 얻을 것은 피 냄새와 시체, 생선 냄새, 악취, 똥파리였다. 우리의 몸에는 냄새와 피가 새겨져서 외부에서 온 불청객의 낙인이 찍혔다. 우리는 초대받지 않은 손님의 행색을 한 채로 가던 길을 걸었다. 다시 모여서 걷는 동안에 귀마가 나를 바라봤다.

"계속 진격이냐?"

"가다 보면 물을 주는 사람이 나오겠지. 설마 전부 적일까. 가자."

문득 호흡을 크게 하던 검마가 전방을 쳐다보면서 말했다.

"이제야 좀 숨통이 드이는구나. 마치…"

나는 검마가 말끝을 흐리는 것을 이어받아서 대답했다.

"고향에 도착한 느낌이야."

전신의 솜털이 곤두서는 것 같은 반가움이 온몸을 휘감았다.

287.
객잔을
인수했습니다

번화가 끝에 대로가 나왔다. 마치 하나의 관문을 통과하는 것처럼 대로를 가로질러 넘어가자, 우리가 지나온 곳과 다를 바 없는 번화가가 다시 펼쳐졌다. 다소 놀란 마음으로 번화가를 주시했다.

"음."

그러니까 우리가 처음 도착했을 때처럼 일상적인 광경이 보였다. 여전히 사람이 많고, 좌판 상인, 대놓고 생선을 손질하는 상인과 밥이나 간식을 먹는 평범한 손님도 많았다. 마치 사도제일인과는 아무런 관련이 없다는 것처럼 당당하고 자연스러운 사람들의 모습이 우스우면서도 대단해 보였다. 누군가가 달려가면서 외쳤다.

"서수로西水路에서 사람들이 엄청나게 죽었습니다! 사도제일인을 죽이려고 강호의 고수들이 왔답니다! 소문의 하오문주가 도착한 모양이에요!"

나는 저 말에 대충 중얼거렸다.

"맞다. 내가 도착했어."

우리가 번화가에 진입하자 좌판대에 있는 상인들은 시선을 피할 때도 있었고 밥을 먹던 자들은 고개를 돌려서 빤히 쳐다보기도 했다. 이때, 초입에서 다구를 파는 좌판 노인이 우리를 보면서 말했다.

"…어찌 고작 네 사람이 사도제일인을 죽이러 오셨소? 내 여기서 장사를 오래 했지만 이렇게 적은 사람이 쳐들어온 것은 처음이오."

옆에 있는 상인이 놀란 표정으로 말했다.

"노인장, 참견하지 마세요."

노인이 고집스러운 표정으로 우리를 쳐다봤다.

"무서운 사람들이면 장사하는 사람도 함부로 죽이나? 그리진 않겠지."

대화를 나누면 금세 노인장을 때려죽일 것 같아서 그냥 지나치려는데 검마가 멈춰서 노인장을 노려봤다. 나는 검마와 노인장을 바라봤다.

"…"

검마가 여기서 장사하는 노인장을 죽이면 선을 넘게 되는 것이라서 쳐다볼 수밖에 없었다. 그렇다고 그냥 지나치자니, 나도 약간 찜찜한 기분이 들었다. 색마가 검마를 말렸다.

"사부님, 그냥 가시죠. 내공 한 줌 없는 노인장입니다."

검마가 주변을 둘러보면서 말했다.

"그래? 내공 한 줌 없는 노인장이 우리를 어찌 알아본다는 말이냐."

색마도 그제야 노인장을 바라봤다.

"그렇긴 합니다."

이제 다들 우리를 쳐다보고 있었다. 전부 일상에 녹아든 자들이라서 어떤 놈이 사도제일인의 수하고, 어떤 놈이 동호의 평범한 거주민인지 구별할 수가 없었다. 노인장이 뻔뻔한 표정으로 말했다.

"···사도제일인에 의해서 동호는 나름의 평화를 되찾았소. 이십 년 전에는 이런 평화가 없었지. 그때는 바깥에서 온 흑도와 본래 있던 수적들이 하루 걸러서 전쟁을 벌여서 죽고 죽였던 터라 시체를 치우는 나날이 반복되었소. 겨우 사도제일인이 정리해서 분위기가 뒤바뀌었는데 그가 죽으면 당신들이 이 드넓은 동호를 책임질 거요?"

노인장의 용기에 영향을 받은 것일까. 갑자기 사방팔방에서 여러 가지 질책 어린 말이 쏟아졌다.

"하오문주께서 여기를 어떻게 책임지겠소?"

"흑향인가 뭔가 하는 것 때문에 저러시는 게 아닌가."

"그건 흑향 잘못이지, 사도제일인 잘못은 아니지 않은가. 수하가 많은데 어떻게 일일이 통제하겠소. 그게 이렇게 난리 칠 일이오?"

"문주님, 여기선 사도제일인의 평판이 나쁘지 않습니다. 나쁘면 어찌 그렇게 오래 군림하겠습니까. 사도제일인은 잡힌 적이 없어요."

은근히 비난하는 말과 떼쓰는 말이 겹쳐서 우리에게 잔뜩 쏟아졌다. 싸우자는 것도 아니고 고작 말싸움 수준으로 떠드는 것이라서 때려죽이는 것도 이상한 일이었다. 만둣집 주인장이 내게 말했다.

"하오문에도 흑도가 속해있지 않습니까? 문주께서는 수하들이 사고를 치면 그 죄를 다 본인 책임으로 안으실 거요? 그래야 형평성이 맞는데."

누군가가 작게 속삭였다.

"그런 걸 뭐 하러 묻나. 그냥 싸우러 온 사람인데."

객잔 안에서 누군가의 목소리만 들리기도 했다.

"일행 중에 마교의 광명좌사까지 있으시다지? 뭐 지금은 마교를 나왔다지만."

나는 검마, 색마, 귀마의 표정을 보다가 다시 웃었다.

"웃긴 놈들이네. 숨어서 잘도 떠든단 말이야."

나는 양손을 휘저으면서 떠드는 자들을 응원했다.

"더 떠들어 봐라. 다 들어주마. 나는 비난에 익숙해. 억지스러운 말처럼 참기 어려운 것도 없으나 어차피 너희는 말로 우리를 공격하려고 마음을 먹은 것 같으니 더 떠들어 보도록. 들어주마."

나는 살기를 애써 감춘 자들을 이곳저곳에서 발견했다.

"말로 싸우고 싶으면 그러자고. 대신에 공격 의도가 보이면 서수로에서 죽었던 놈들처럼 냄새나는 생선 옆에 눕혀주마. 사도제일인이 이곳의 왕이냐? 그가 없으면 치안이 무너지고 살길이 막막해지고 흑도가 창궐해서 또 아수라장이 벌어진다 이 말이야?"

"..."

"흑향은 그놈의 실수가 아니다. 그곳의 금전적인 피해를 내게 청구했기 때문이야. 그것이 어찌 실수냐? 내가 퍼뜨린 방문을 다 읽었나 보군. 교역 상인을 때려죽이고, 아비와 어미를 잃은 아이를 납치해서 혼혈소녀라는 이름을 붙여 돈 받고 파는 놈이 이런 대접을 받을 줄이야. 세상 병신 같네. 어마어마하게 낯짝이 두꺼운 놈들이 먹고살겠다는 명분으로 지랄이구나. 이 염치없는 새끼들, 노예만도 못한 쓰레기들… 죽을 때까지 동호제일검인지 뭔지 하는 병신 놈의 발가락이나 핥을 새끼들. 너희 자식들도 태어나자마자 가장 먼저 동호제일검의 발가락부터 핥아야 할 거야. 엄마 젖보다 그놈의 발가락 맛을 먼저 알게 되겠지. 안 그런가?"

와… 이렇게 고요해질 줄이야. 아까부터 식칼로 생선 대가리를 자르고 있었던 놈이 갑자기 내게 식칼을 던졌다. 제법 맹렬한 속도였다. 나는 식칼을 만질 생각이 없어서 고갯짓으로 피했다. 식칼이 재수 없게도 반대편 좌판 상인의 얼굴을 스치고 기둥 같은 곳에 박히자 비명이 터져 나왔다. 나는 식칼을 던진 사내를 바라봤다.

"생선 대가리나 자르라고. 식칼에 독은 왜 처바르는 거야? 어?"

나는 생선 장수를 죽이려고 검을 살짝 뽑았다가 도로 집어넣었다. 도망가지 않는 것을 보니까 특정 임무가 있는 모양이었다. 예를 들면 내가 생선 장수를 공격하는 찰나에 누군가가 기습을 한다거나 하는… 내가 검을 집어넣자, 노인장이 또 떠들었다.

"이보시오. 하오문주, 솔직하게 말하면 이곳에 사도제일인의 수하들도 있고. 수하가 아닌 자들도 있소. 하지만 공통점이 있지."

"뭐?"

"다들 사도제일인을 본 적이 없소. 분명 존재는 하나 우리도 본 적이 없단 말이오. 여기 있는 자들을 다 죽이면 사도제일인이 나타날 것 같소? 그럴 리가 없소. 애초에 그런 사람이 아니오. 누군가는 혹시 알 수도 있겠지만, 그 사람이 사도제일인이라는 보장도 없소. 대리인일 가능성이 크지."

나는 결국에 좌판을 깔아놓은 노인장 앞에 쪼그려 앉았다.

"이 늙은이 새끼, 좌판 상인치고는 말을 너무 잘해."

노인장이 나를 노려보면서 말했다.

"하오문주는 일하는 자들을 보호하는 문주라고 하던데. 이것이 문주의 본질이오? 흑도와 다를 바가."

나는 앉은 자세에서 목검을 뽑았다가 노인장의 목을 날린 다음에 바닥에 피를 털어냈다. 이내 툭- 소리와 함께 머리가 바닥에 떨어졌다. 검으로 좌판에 있는 다구를 이리저리 살피자, 작은 주전자에서 시커먼 액체가 쏟아지더니 좌판 위에 있는 것을 감쪽같이 녹이면서 악취를 풍겼다. 어쩐지 지난번에 봤던 화골산과 느낌이 비슷했다. 나는 검 끝으로 화골산이 들어있는 주전자의 손잡이를 걸어서 올린 다음에 검의 면으로 쳐서 생선 장수에게 날렸다. 생선 장수가 도마 같은 것을 붙잡아서 올리더니 화골산을 막아냈다.

치이이익!

그 와중에 귀마가 검을 뽑아서 휘두르자, 도마가 반으로 갈라지더니 생선 장수의 몸통까지 반으로 쪼개졌다. 절반으로 갈라져서 그런 것인지 비명도 내지르지 못한 채로 죽었다. 핏물을 뿜어대는 시체가 바닥에 널브러지자 다시 주변이 고요해졌다. 나는 주변에 고했다.

"…여러분, 내가 왔다. 내가 뭐 어디서 선행이나 베풀던 병신 같은 자선 사업가로 보여? 사도제일인이 나오지 않으면 놈의 수하라도 다 죽이고 갈 테니 큰 걱정은 하지 않아도 좋아. 여전히 평범한 상인 행세를 하고 싶다면 그렇게 해. 살려주마. 아, 이 염병할 하오문주 새끼를 도저히 못 참겠다. 그럼 용기 있게 나서거나 비열하게 기습하거나 마음대로 해라. 죽여주마."

나는 오른손을 든 채로 주변에 물었다.

"또 화골산이나 끼얹으려다가 죽은 노인장처럼 주둥아리를 나불 댈 사람 있나? 여기 은근히 말 잘하는 사람이 많은 것 같아서 좀 반갑네. 입을 찢어놓을 생각이야. 할 말 없어?"

만두를 찌던 중년 사내가 대답했다.

"문주님, 이런 번화가가 몇 곳인지나 아십니까? 살아서 나가도 하오문주의 악명이 천하에 진동할 겁니다. 감당할 수 있겠어요?"

나는 만둣집 주인장에게 대답했다.

"주인장, 개소리는 무림맹 가서 하고. 그 만두는 얼마야? 고기만 두야? 야채만두 있어? 만두에 병신 같은 독 좀 처넣지 말고 만두나 맛있게 만들어. 왜 만둣집 주인장이 내 악명을 걱정해. 이 염병할 새 끼야."

나는 검을 쥔 채로 다가가서 주인장의 눈을 쳐다봤다.

"만두 열 개에 얼마야?"

"…"

주인장 행세를 하는 사내가 넋이 나간 표정으로 나를 바라봤다. 살기에 반응한 것일까. 내가 검을 휘두르지도 않았는데도 주인장은 앞에 있는 솥뚜껑을 붙잡았다. 나는 유난히 두꺼운 솥뚜껑과 함께 주인장의 몸통을 대각선으로 동시에 잘라냈다. 솥뚜껑이 갈라진 곳에서 주인장이 온몸으로 쏟아내는 핏물이 보였다.

"황당해서 원… 와, 가만 보니까 이 새끼들이."

나는 번화가에 가득한 사람들을 쳐다봤다. 이미 우리가 오는 것을 기다리고 있던 놈들이 여기저기에 섞여있었다. 아마 이놈들이 평범한 사람들도 협박해서 뒤섞여 있는 것 같다는 생각이 들었다.

"확실히 대단한 면이 있네. 인정하마. 무고한 사람들까지 죽일 수는 없지."

입을 열었다가 죽은 놈들이 늘어나자, 다들 안색이 좋지 않았다. 나는 다시 사대악인과 합류해서 길을 걸었다. 여기저기서 사람들이 좌우로 급히 비켜나더니 길을 텄다. 하지만 우리를 바라보는 따가운 시선은 여전했다. 다들 눈빛으로 우리를 욕하고 있었다. 이때 사내 한 명이 누군가에 떠밀려서 우리에게 서너 걸음을 달려오다가 소리를 버럭 내질렀다.

"왜 밀어! 전 아닙니다! 밀었어요. 뒤에서!"

사내가 기절할 것 같은 표정으로 두 손을 들더니 우리를 바라봤다. 나는 사내에게 물었다.

"넌 아니야?"

"예, 아닙니다. 저는 수하 아닙니다."

"뒤돌아."

"예?"

"뒤로 돌라고."

나는 사내가 뒤를 돌자마자, 접근해서 귀에 대고 물었다.

"그럼 누가 사도제일인의 수하냐? 지목해라. 우리가 죽여주마. 한 명이라도 정확하게 지목해. 그럼 너는 살려주마."

나는 사내의 어깨를 붙잡아서 빙공을 살짝 주입했다. 빙공에 어느 정도 저항하는지를 확인하는 동시에 협박이기도 했다. 사내가 대번에 전신을 떨면서 주변을 돌아봤으나, 나는 시간을 많이 줄 생각이 없었다.

"지목 안 하면 얼어 죽게 돼. 왜냐면, 그냥 재수가 없어서. 살다 보면 재수 없을 때도 있어야지."

사내가 방립을 쓴 봇짐 상인을 지목하면서 말했다.

"저놈이 절 밀었습니다. 일부러."

일부러, 라는 말이 끝나기도 전에 색마가 쏜살같이 움직이더니 봇짐 상인에게 좌장을 내질렀다.

퍼억!

장력을 교환한 색마가 어느새 제자리로 돌아왔다. 봇짐 상인은 손을 내민 채로 얼굴이 백지장처럼 하얗게 변하더니 이내 뻣뻣하게 굳었다. 나는 붙잡고 있는 사내에게 말했다.

"봤어? 재수가 없으면 저렇게 돼. 저 놀란 표정 좀 봐라. 지목해라. 어차피 우리가 더 강해."

사내가 다시 바들바들 떠는 손을 천천히 들었다. 하지만 다시 누군가를 지목하기도 전에 십여 명이 우리를 향해 달려들었다. 나는 웃으면서 그 광경을 바라봤다.

"지랄한다."

서너 명이 색마의 쌍장에 단박에 날아가고, 귀마가 검을 휘두르자 병장기를 치켜든 채로 달려오던 자들의 팔이 날아갔다. 삽시간에 비명이 겹쳤다. 나는 붙잡고 있는 사내에게 물었다.

"그런데 여기 만두 열 개에 얼마냐?"

"철전 두 개입니다."

나는 사내의 머리통을 붙잡아서 내 쪽으로 돌린 다음에 눈을 마주쳤다.

"틀렸어. 어떻게 된 일이야?"

나는 당황하는 사내의 표정을 확인하자마자 뺨따귀를 후려쳐서 기절시켰다.

"이거 열에 아홉은 사도제일인 수하 같은데? 많아."

나는 다시 전방으로 나서서 막아서고 있는 자들에게 말했다.

"비켜라. 병신들아. 뒤지기 싫으면."

나는 근처에 있는 놈의 뺨을 후려친 다음에 이동했다.

"일대일을 하겠다는데도 와서 죽고 지랄이야. 비켜 이 새끼야. 동네 한 바퀴를 순회해야 나타나려나."

귀마가 후방 좌측, 색마가 후방 우측. 후방에서는 검마가 뒤따라왔다. 나는 선봉장 자리에 서서 번화가를 돌파하듯이 전진했다. 이제야 이들과 감정의 교류가 약간 생겼다. 우리에게 덤비면 반드시 죽게 된다는 마음가짐이 생겼을 테니 말이다. 나는 길을 열어주고 있는 자들에게 권했다.

"일단 보고부터 해. 어쩔 수 없었다고. 병신 같은 대장님, 네가 직접 나서야 할 것 같아요. 왜 쥐새끼처럼 숨어 계십니까? 용기 있게 말해라. 사도제일인이라면서 왜 그렇게 병신처럼 굴어요? 적은 고작 네 명입니다. 개새끼야. 이렇게 용기 있게 직언할 사람 없나? 아, 물론 없겠지. 병신 같은 놈의 수하들은 더 병신 같을 테니까 기대도 안 해."

여기저기서 묘한 감정이 뒤섞인 한숨이 이어졌다. 나는 뒤를 돌아서 사대악인들에게 말했다.

"아, 몰라. 배고프니까 아무 데나 들어가서 밥이나 먹자."

색마가 대꾸했다.

"독이 나오면?"

"그러면 오히려 좋아. 가게를 인수해야지. 은침도 쓰고, 심각하고 중대한 상황이니까 일단 주인장에게 일일이 처먹인 다음에 우리가 먹자고. 아니면 내가 직접 주방에서 국수 한 그릇 말아줄게."

검마가 나를 쳐다봤다.

"자제해라. 이미 장 숙수에게 네 소문은 들었다."

색마가 옆에서 거들었다.

"먹다가 토할 뻔했대."

나는 색마를 바라봤다.

"지어내지 마."

귀마가 평소보다 못난 얼굴로 내게 말했다.

"같이 들었어. 객잔이 그래서 망했다던데."

나는 세 사람의 말을 무시한 다음에 객잔으로 들어갔다. 내가 등장하자 밥을 먹던 놈들이 동시에 일어나더니 바깥으로 도망치듯이 빠져나갔다. 하도 황당해서 손님들에게 말했다.

"…야 이 새끼들아, 계산은 하고 가야지. 아니야?"

나는 객잔 내부를 둘러봤다.

"아닌가 보네."

나는 빈자리에 앉아서 들어오는 사대악인들을 바라봤다.

"와, 사도제일인 수하가 너무 많네. 잘못 들어왔어."

갑자기 천장을 바라보니 사람들이 우르르 소리를 내면서 움직이더니 이 층에서 뛰어내리고 있었다. 어떤 놈은 뛰어내리다가 발을 삐었는지 악- 소리를 내면서 멀어졌다. 나는 덤덤한 표정으로 앉아 있는 세 사람에게 말했다.

"객잔, 인수 완료. 새삼스럽게 관운장이 존경스럽네."

"왜?"

"밥도 안 먹고 오관을 돌파했잖아."

내가 아는 게 틀릴 수도 있었으나 다 같이 무식한 모양인지 세 사람이 고개를 끄덕였다.

"대단하네."

288.
우리는
불쌍한 놈들이 아니다

"…하오문주!"

　먹을 것은커녕 한 모금의 물도 찾지 못했는데 객잔 바깥에서 누군가가 나를 애타게 불렀다. 나는 대답하지 않은 채로 객잔에서 세 사람을 쳐다봤다. 문득 이런 생각이 들었다. 민심이 우리에게 없으면 동호에서 물 한 모금 마시기도 어렵겠다고. 솔직히 이런 싸움이 될 줄은 몰랐다. 실력으로 싸우는 것도 중요하지만 먹고, 마시고, 잠을 자는 것도 겨루게 되었으니 말이다. 사람의 싸움이라는 것은 항상 민심이 밑바탕에 깔려있음을 확인한 셈이다.

　"하오문주!"

　색마가 낄낄대다가 나를 바라봤다.

　"애타게 부른다. 대답 좀 해주라."

　내가 끝내 대답하지 않자, 바깥에서 본론이 나왔다.

　"…나는 비객과 어린 시절을 함께 보낸 귀룡鬼龍이다. 나와라. 일대일이다. 사도제일인과 무관하게 그대가 죽인 비객의 복수를 위해 생사결을 청한다. 그대와 본래 관련이 없었던 흑향을 때려 부순 짓보다 내 은원이 더 깊은 것 같은데. 방해나 간섭 없이 일대일을 할 것이니 나오너라."

나는 세 사람에게 분위기를 대충 설명했다.

"기습이 없다는 것은 믿을 수 없어. 기관장치 암기라도 등장할 것 같은데 어떻게 생각해."

귀마가 고개를 끄덕였다.

"그럴 수도 있다. 내키지 않으면 내가 먼저 싸우마."

나는 휴식을 멈춘 다음에 일어났다.

"비객은 내가 죽였는데 그럴 수는 없지."

바깥으로 나가보니 거리가 한산해서 객잔 앞이 그대로 넓은 비무장이 되었다. 하지만 여전히 조금 떨어진 곳이나, 건물 이곳저곳에서 반짝이는 눈이 우리를 바라보고 있었다. 나는 홀로 서있는 귀룡을 바라봤다. 나이는 서른이 넘어 보이고 휘어지는 칼을 허리에 찼으며 실력은 나빠 보이지 않았다. 주변도 살폈다. 어디에서 암기가 날아올지 예측할 수 없을 정도로 구경하는 자들이 곳곳에 있었다. 거리가 조금 있긴 했으나 어차피 고수들에겐 별 의미가 없는 거리였다. 나는 객잔 앞에 있는 의자에 앉아서 주변 분위기를 살피기 위해 귀룡을 타일렀다.

"비객은 내가 죽인 게 맞다. 그전에 무림공적에 올랐더군. 무림공적이 되기가 쉽지 않아."

자하객잔에서 그랬던 것처럼 내 옆에 대충 앉는 사대악인들을 바라보다가 말을 이어나갔다.

"공적은 온갖 염병할 짓을 다 해야 명단에 오를 수 있다. 내가 아니더라도 무림맹의 고수들에게 잡혀서 죽었을 거다. 그대는 정말 비객의 친구인가? 그럼, 애도를 표한다. 그러나 친구라는 표현이 비슷한 악행을 저질렀다는 뜻인가? 그렇다면 친구 곁으로 보내주마. 어때? 죽이기 전에 어떤 사람인지는 내가 알아야지. 사도제일인과 싸우려고 왔는데 왜 자네가 나섰나. 정말 복수 때문이야? 용기가 대단하네."

눈앞에는 귀룡이 있었지만 나는 여전히 사도제일인과 민심을 겨뤘다.

"싸우다가 나한테 화살이라도 날아오는 거 아니야? 그럼 곤란한데. 혹시 그거 믿고 지금 나한테 도전하는 것은 아니지?"

귀룡이 대답했다.

"개소리 그만하고 나와라."

이때, 가만히 있었던 검마가 입을 열었다.

"이보게…"

귀룡이 검마를 바라보자, 검마가 단조로운 어조로 물었다.

"죽을 셈인가? 예, 아니요로만 대답을 듣고 싶구나."

나는 살짝 한숨을 내쉬었다.

'아이고.'

이제 살려주고 싶어도 살려줄 수가 없었다. 귀룡이 휘어진 칼을 뽑아서 검마를 겨눴다.

"당신은 빠지도록."

귀룡의 말에 색마와 귀마도 짤막하게 한숨을 내쉬었다.

"쯧."

검마는 아무런 말 없이 일어나서 귀룡에게 걸어갔다. 맏형이 나선 터라, 그냥 지켜볼 수밖에 없었다. 솔직히 그간 검마가 어느 정도 발전한 것인지는 나도 감이 오질 않았다. 여기서 전력을 노출하는 게 아까울 정도였다. 어쨌든 지켜보는 눈이 많았기 때문이다. 검마는 그저 귀룡을 향해 걸어가기만 했다. 짧은 시간이었으나 귀룡의 표정은 그야말로 다채롭게 변하다가 창백해졌다.

그래도 용기가 남아있는 모양이었다. 귀룡이 무어라 버럭 소리를 내지르더니 아직 검을 뽑지 않은 검마에게 휘어진 칼을 맹렬하게 휘둘렀다. 나는 두 눈을 크게 뜬 채로 지켜보고 있었는데 검마는 광명검을 아주 자연스럽게 뽑아서 걸어가던 자세 그대로 귀룡의 복부에 박아 넣었다. 이것이 가능한 이유는 동시에 귀룡의 칼을 왼손으로 정확하게 붙잡았기 때문이다.

"끄아아아아악!"

돼지 한 마리가 우물에 떨어지는 것 같은 괴성이 들리더니 광명검에 뚫린 귀룡이 공중에 뜬 채로 허우적대다가 축 늘어졌다. 순간 검마가 고개를 좌측으로 기울였다. 아무것도 보이지 않았는데 미세하게 반짝이는 무언가가 이미 죽은 귀룡의 이마에 꽂혔다. 죽은 귀룡의 머리가 뒤로 젖혀졌다. 검마가 광명검을 뽑아서 시체를 바닥에 내팽개치더니 돌아서서 우리의 좌측 건물 어딘가를 덤덤한 표정으로 올려다봤다.

"…"

검마의 신형이 공중으로 빛살처럼 튀어 나가더니 이내 꽝음이 터졌다.

콰아아아아아아앙!

나는 굳이 일어나서 구경하지 않았다. 건물의 벽이 박살 나는 소리가 나더니 비명이 터지고, 무언가가 자꾸만 잘려서 바깥에 떨어지는 소리, 이를 아우르는 요란한 소리가 몇 차례 이어지다가 어느새 고요해졌다. 잠시 후에 툭- 소리와 함께 검마가 다시 바닥에 떨어지더니 우리가 있던 곳으로 귀환했다. 귀마가 말했다.

"고생하셨소."

검마가 고개만 살짝 끄덕였다. 색마는 그 와중에도 검마의 눈치를 보다가 헛기침을 한 다음에 말했다.

"역시 기습하려는 놈들이 있었군요. 암기가 보이지도 않았습니다."

검마가 대답했다.

"작은 독침이었다."

검마는 광명검에 묻은 피를 털어낸 다음에 칼날을 물끄러미 바라보면서 말했다.

"…배가 고프면 이따 동호에 나가서 낚시라도 하자꾸나."

나는 고개를 끄덕였다.

"그럽시다."

딱히 전력 노출이랄 것도 없었다. 죄다 한칼에 죽이는 소리였기 때문이다. 나는 주변에 숨어있는 자들에게 들으라는 것처럼 말했다.

"…들어라. 우리가 고작 네 명이긴 하나 사도제일인은 수하를 보내거나 고용된 낭인, 동맹 세력, 잡다한 살수들로 지금 사태를 해결할 수가 없다. 그럴 수가 없지. 동호에 뛰어들어서 살아있는 물고기만 요리해서 먹을 거라 우리에게 독도 소용없다. 식수도 그때 해결하마. 밤새 자객을 보내서 수면을 방해하려는 작전도 별 의미가 없다. 나는 애초에 수면 장애가 있기 때문이야. 잠을 원래 잘 못 잔다는 말씀이지. 무엇보다 나는 수하들의 목숨을 일일이 때려죽이는 것을 원하지 않아. 너희들은 아직 명령을 따르면서 사는 삶을 벗어나지 못했기 때문이다. 내가 왔으니 그것을 벗어나길 바란다. 이 싸움은 사도제일인이 죽어야 끝이 난다. 고민해 보도록 해. 너희까지 모조리 죽을 이유는 없다."

객잔 주변이 심각할 정도로 고요해졌다. 나는 깊은 한숨을 내쉰 다음에 진중한 어조로 말했다.

"…나 누구랑 얘기하냐."

색마가 고개를 끄덕였다.

"그러게 맨날 혼자 중얼대. 대답해 주는 사람도 없는데."

이때, 우리는 동시에 우측을 바라봤다.

"음."

등에 커다란 봇짐을 진 사내가 씩씩한 걸음으로 걸어오고 있었는데, 사내는 우리를 쳐다보지 않은 채로 전방을 노려보면서 걸었다. 얼굴은 황토색에 가깝고 체구는 작았으며 눈빛이 날카로운 사내였다. 복장과 분위기가 참으로 기이했다. 마치 옛 전쟁터에서 수백 일 동안 전령 일을 하다가 지금 막 도착한 사람처럼 보였다. 우리 앞까지 도착한 사내가 갑자기 멈추더니 절도 있게 좌향좌로 돌아섰다.

나는 이 사내도 여기서 죽으려나 싶어서 내심 놀랐다.

"…!"

하지만 우리의 정면에 선 사내가 포권을 취하더니 검마, 귀마, 나, 색마에게 차례대로 예를 올렸다가 자신의 가슴을 툭툭 두드렸다. 대체 어디서 등장한 정신 나간 놈일까. 사내가 느닷없이 서책 한 권을 꺼내더니 새카맣게 칠해진 겉표지를 올려서 우리에게 보여줬다. 그곳에는 이렇게 적혀있었다.

「저는 등량입니다. 동맹의 표시로 저와 같은 것을 보여주세요.」

자신을 등량이라고 밝힌 사내가 품에서 시커먼 비수 한 자루를 꺼냈다. 나는 저것이 묵가비수임을 알아보고 품에서 똑같은 것을 꺼내서 보여줬다. 그러자 등량이 나를 향해 고개를 끄덕이더니 서책의 다음 장을 보여줬다.

「여러분의 식사를 준비했습니다.」

서책과 묵가비수를 재빨리 품 안에 숨긴 등량이 성큼성큼 걸어오더니 우리를 향해 고개를 살짝 숙였다가 탁자 옆에서 봇짐을 주섬주섬 풀어냈다.

"음."

등량이 손으로 탁자 두 개를 가리키더니 손수 이어 붙였다. 그러더니 봇짐에서 작은 보자기를 계속 꺼냈다. 어떤 건 동그랗고 어떤 것은 길쭉했다. 등량이 손으로 풀어보라는 시늉을 하더니, 봇짐 안에 있는 나머지 보자기들을 두드리면서 객잔 안을 가리켰다. 나머지는 안에 보관하겠다는 뜻인 것 같아서 내가 대답했다.

"그러시오."

등량이 고개를 끄덕이더니 안으로 들어가서 구호물품을 내려놓는 와중에 색마와 내가 보자기를 주섬주섬 풀었다. 보자기 안에는 다시 대나무 잎이 나왔는데, 그 안에 정성스럽게 만든 아기자기한 주먹밥이 들어있었다. 밥만 있는 것이 아니라 자두만큼 작은 만두와 소금을 살짝 뿌린 고기, 부피가 작은 과일도 있었다. 예술미가 돋보이는 죽엽 단사簞食(도시락)였다. 귀마가 길쭉한 보자기를 열자 여러 개의 죽통에 물과 술이 나뉘어 담겨있었다. 나는 살면서 이렇게 정성스러운 배달 음식은 처음 봤다. 검마마저 살짝 감탄했는지 이렇게 말했다.

"단사호장簞食壺漿이다."

색마가 물었다.

"사부님, 무슨 뜻입니까?"

"대나무에 담은 밥과 병에 담은 음료수로 군대를 환영한다는 뜻이다. 뜻하지 않은 동맹의 보급이구나."

"예."

등량이 안에서 나오더니 서책을 다시 펼쳤다. 그곳에는 이렇게 적혀있었다.

「맛있게 드십시오. 배웅은 필요하지 않습니다.」

나는 당연히 배웅할 생각으로 일어났다. 동시에 검마가 말했다.

"필요하지 않아도 우리 마음이 불편하니 배웅을 받으시오. 몽랑아, 네가 안전한 곳까지 동행했다가 돌아와라."

색마가 일어났다.

"알겠습니다. 먼저 드십시오. 기습이 있으면 이것도 못 먹습니다."

나는 일어난 김에 등량에게 포권을 취했다. 등량이 우리를 한차례 둘러보더니 씨익 웃었다. 이어서 탁자를 손으로 척 가리켰다. 우리의 시선이 탁자로 향했을 때. 등량은 색마가 따라붙을 틈도 주지 않은 채로 경공을 펼쳐서 순식간에 달아났다. 바람이 한차례 시원하게 불었다.

"…"

손짓으로 시선을 돌린 다음에 치고 빠지는 속도를 보아하니 한두 번 해본 솜씨가 아니었다. 귀마가 감탄했다.

"그것참 귀신같은 행보로군."

살짝 놀란 색마도 등량을 바라봤다.

"제법 빠른데요? 꼼짝없이 당했네."

색마가 침을 꿀떡 삼키면서 바라보자, 검마가 말했다.

"밥 먹자. 갔으니 어쩔 수 없지."

"예."

보자기를 다 풀어보니 끝이 뾰쪽한 쇳덩이로 만든 젓가락까지 들어있었다. 아니, 이렇게 꼼꼼할 수가? 나는 강철로 된 젓가락을 보면서 감탄했다.

"암기까지 주고 가네. 와, 이건 대단할 정도로 꼼꼼하다."

색마가 내게 물었다.

"그냥 젓가락 아니냐? 과대 해석인데."

"못난 놈, 젓가락을 굳이 왜 이런 강철로 보내냐."

굳이 등량이 목소리도 내지 않았기 때문에 나도 묵가라는 말을 아예 하지 않았다. 물론 다른 사대악인도 묵가라는 말은 입에 담지도 않았다. 대신에 우리는 재빨리 작은 주먹밥을 먹고, 죽통에 담긴 물도 나눠 마셨다. 세상에 이런 맛이 있을까. 가끔 누군가가 기습하진 않을까 걱정했으나…

앞서 너무 끔찍하고, 허망하게 죽은 자들의 시체가 아직 식지도 않은 터라 추가로 목숨을 내던지는 불쌍한 놈들은 없었다. 여기서 또 싸우면 죽으러 오는 놈들도 불쌍하고, 밥을 먹다가 일어나야 하는 우리도 불쌍해진다. 우리는 나쁜 놈들이지 불쌍한 놈들이 아니다. 색마가 작은 만두를 강철의 젓가락으로 집으면서 말했다.

"이거 완전 꿀맛인데요."

귀마가 대답했다.

"안에 꿀이 들어있다."

"뭐?"

"꿀이 들어있다고. 꿀 만두야."

"지랄."

개소리가 한참 어긋나는 것 같아서 직접 확인해 보니 만두 중앙에 진짜 꿀이 들어있었다. 세상에, 꿀이 들어간 만두라니. 나는 무심코 검마와 눈을 마주쳤다가 딱히 할 말이 없어서 서로 고개만 끄덕였다. 검마도 꿀이 들어간 만두를 씹으면서 헛웃음을 지었다.

"대단한 동맹이로군. 문주가 강호를 돌아다닌 보람이 있군."

"그러게 말이야."

새삼스럽게 먹고사는 문제가 이렇게 인연으로 해결되었다. 그러고 보면 묵가는 수성의 달인들이다. 굳이 우리가 싸울 때는 나타나지 않고, 보급이 필요할 때 적절한 것을 주고 빠져나간 상태였다. 살행에는 동참하지 않으나 아군을 돕고 있었으니 실로 묵가다운 대처라고 할 수 있었다.

우리는 묵가가 준비한 단사를 깨끗하게 비워낸 다음에 죽통에 담긴 술을 한 모금씩 나눠 마시면서 동호의 번화가를 물끄러미 구경했다. 전쟁 중이었지만 세상 부러울 것이 없었다. 죽통에 담긴 술도 두강주였기 때문이다.

289.
미인계에
당하지 않는 이유

묵가의 배려심이 어찌나 깊은지 술이 넉넉하진 않았다. 우리가 술에 취해 쓰러지는 것을 바라지 않는 배려랄까. 사대악인과 죽통을 깨끗하게 비워낸 다음에 뉘엿뉘엿 지고 있는 해를 바라봤다.

"…해 진다."

변함없이 아름다운 광경이었다. 해는 저물고 있었으나. 평소에도 불야성의 거리였던 모양인지 오가는 사람이 한적한데도 어둡지는 않았다. 물론 어두운 것은 우리 넷의 마음이겠지. 사도제일인의 입장에서는 우리가 동호에 쳐들어와서 이곳저곳을 난장판으로 만들고 사람을 마구잡이로 죽여대며, 뱃사공을 협박해서 동호의 여러 섬을 떠돌아다닐 줄 알았겠지만 나는 그러고 싶지 않다.

그것은 귀찮은 일이다. 꼭꼭 숨어있는 놈은 어차피 때가 되어야 만날 수 있기 때문이다. 잠시 후에 평범한 사람들이 조심스럽게 다가와서 시체를 치워도 되겠냐고 굳이 내게 물었다. 평범하지 않은 놈들이 치우겠다고 해도 허락할 생각이었던 터라 그러라고 했다. 덕분에 깨끗해진 거리를 보면서 말했다.

"어이구, 이제 좀 깨끗해서 보기 좋네."

싸움 때문에 한적해진 밤거리에서 얼굴을 면사로 가린 여인이 지나가는가 싶더니, 어느새 내가 불법으로 인수한 가게로 다가와서 대뜸 고개를 숙였다.

"문주님, 저는 목아언木娥嫣이라 합니다."

옆에 있는 색마가 놀란 어조로 말했다.

"어?"

나는 여인과 색마를 번갈아 바라봤다. 우리가 전부 쳐다보자, 색마가 헛기침한 다음에 목아언을 바라봤다.

"들어봤소. 동호의 목 소저였군."

목아언이 색마를 향해 고개를 살짝 숙였다.

"몽 공자님, 알아봐 주시니 감사합니다."

내가 물었다.

"누군데?"

색마가 눈치를 보는가 싶더니 덤덤한 어조로 말했다.

"동호제일미."

"별걸 다 아네."

옆에서 검마가 한숨을 내쉬었다.

"대단하구나. 제자야."

색마가 뒷머리를 긁었다.

"그게 저도 들은 거라서 확실하진 않은데 갑자기 기억이 났습니다."

"그렇겠지."

나는 동호제일미 목아언을 바라봤다. 면사 때문에 나이를 짐작할 수 없었으나 무공은 배운 것처럼 보였다.

"목 소저는 무슨 일로 우리 신장개업 객잔에 방문했는가?"

목아언이 내게 말했다.

"문주님, 사도제일인은 사량도思量島에 숨어있습니다. 제가 배를 제공해서 안내하겠습니다."

갑작스러운 제안인지라 사대악인이 전부 나를 바라봤다.

"..."

나는 목아언에게 물었다.

"배가 준비되어 있다고?"

"예."

"태도가 모호하네. 가서 죽여달라는 뜻이야? 아니면 사도 놈의 전령으로 왔나."

목아언이 말했다.

"저희 집안은 그 사람에게 몇 년이나 핍박을 받았습니다."

"왜?"

"저 때문에요. 혼처가 있다고 거절하고 친척 집에 숨어있기도 했습니다. 저희 집안을 멋대로 처가라 칭했어요. 정말 처가라고 생각하는 건지는 모르겠으나 사람을 죽이거나 그런 일은 하지 않았습니다. 하지만 충분히 많은 어려움을 겪었어요. 동호에서는 저를 말도 걸면 안 되는 사람 취급을 합니다. 저 말고도 동호에서 이미 용모가 뛰어난 여인들이 사량도에 들어갔습니다. 저는 그렇게 살고 싶진 않

...

아요."

나는 혀를 찼다.

"저런 몽랑 같은 개새끼가 동호에도 있었구나."

"예."

나는 노려보는 색마의 눈빛을 무시한 채로 대답했다.

"부탁할 거면 면사부터 올려. 그대가 동호제일미인지 오징어 다리
무침인지 알 방도가 없다."

"예."

객잔 앞으로 가까이 다가온 목아언이 면사를 올렸다. 우리는 잠시
아무 말도 하지 않았다. 눈앞에 있는 여인은 동호제일미가 맞았기
때문이다. 물론 서호에 있었으면 서호제일미가 됐을 여인이기도 했
다. 색마는 갑자기 발정이 났는지 벌떡 일어나서 우리 앞에 의자를
하나 놓았다. 목아언이 의자에 앉더니 색마에게 고개를 숙였다.

"몽 공자님, 감사합니다."

색마가 자리로 돌아가면서 대답했다.

"별말씀을."

나는 웃음이 절로 나왔다.

"목 소저."

"예."

"겁이 없군. 우리 같은 놈들에게 이렇게 가까이 오다니. 우리가 배
에 올라타서 그대와 함께 사량도로 향하면 사도제일인을 만날 수 있
다 이 말이야?"

"섬은 그리 크지 않습니다."

"죽이든 말든 그것은 우리끼리 알아서 하라는 뜻인가. 그대도 함께 가나?"

"믿을 만한 가솔이 안내할 겁니다. 저는 만나고 싶지 않아요."

"쯧쯧쯧."

목아언이 맑은 눈빛으로 나를 주시했다.

"왜 그러시죠?"

"외모에 자신감이 있어서 그런지 이야기가 너무 허술하잖아. 전시戰時에는 미인의 말을 믿을 수가 없다. 역사적으로 미인계가 많았기 때문이야. 하지만 우리에겐 색마가 있지. 어떻게 생각해?"

나는 색마를 바라봤다. 색마는 목아언의 얼굴을 감상하느라 내 말을 전혀 듣고 있지 않았다.

"…뭐라고? 못 들었다."

나는 색마에게 말했다.

"이 개새끼야."

색마가 눈을 크게 뜨면서 그제야 나를 바라봤다.

"아니, 왜 갑자기 욕을 해."

"내가 방금 뭐라고 했어."

"개새끼라고 했잖아."

"…"

나는 옆에 있는 자들과 함께 한숨을 내쉬었다. 그렇다. 색마는 동호에 오기도 전에 미인계에 당한 모양이다. 이유는 나도 알 수가 없다. 색마가 불평불만 없이 따라오는 곳에는 뛰어난 미인이 출몰할 가능성이 크다는 것을 내가 깜박했으니 이것은 내 잘못이다. 하지만 이렇게 허접스럽게 미인계에 당하는 놈은 처음이어서 내심 당황스러웠다. 나는 목아언에게 물었다.

"목 소저는 이곳에서 유명한가?"

목아언이 당돌한 표정으로 대답했다.

"제가 원한 일은 아니었어요."

"동호의 사내들이 전부 알고 있어?"

"대부분 알겠죠."

나는 목아언의 눈을 쳐다봤다.

"그럼 내가 너를 때리기라도 하면 동호의 사내놈들에게 원한을 잔뜩 사겠네."

"예?"

나는 진지한 표정으로 말했다.

"네 말을 믿고 배를 타면 동호 밑으로 가라앉고. 내가 너를 때리기라도 하면 동호 전체의 적이 된다는 뜻이야. 인기라는 게 그래. 미인이라는 것도 마찬가지. 무조건 내가 잘못한 게 된다. 이것은 사내들의 습성이고, 군중의 심리다."

목아언이 대답했다.

"제가 사도제일인 수하라는 말씀이세요? 사도제일인이 저를 괴롭힌 것은 동호에서 유명한 일입니다."

나는 고개를 저었다.

"거짓말은 거짓말로만 이뤄져 있지 않아. 거짓말과 진실이 뒤섞여 있지. 너는 왜 우리 넷이 사도제일인을 죽일 수 있다고 믿는 거지? 실력도 모르면서 암살 사주를 하다니 이렇게 멍청한 의뢰인이 있나.

혹시 이번에 사도제일인의 부탁을 들어주면 더는 괴롭히지 않겠다는 약조를 받았나? 아마 그 약조도 거짓말이겠지."

내 말에는 색마가 대답했다.

"왜 그렇게 못 믿어?"

검마가 불쾌한 어조로 대답했다.

"몽랑아, 입 다물고 있어라."

"아, 예. 사부님, 죄송합니다."

나는 목아언을 보면서 말했다.

"이따위 허접한 의뢰를 받아서 배에 올라탈 생각은 없다. 동호 깊은 곳을 나아가다가 배에 구멍이 뚫리고 노를 젓던 놈들은 물에 뛰어들겠지. 사방에 사도제일인이 거느린 배가 나타나서 우리를 향해 불화살을 쏘고 암기를 던질 거야. 배가 가라앉은 다음에 깨닫겠지. 아, 미인계로구나. 하지만 나는 물속을 헤엄쳐서 결국에는 살아남은 다음에 흠뻑 젖은 몸으로 너를 찾아가서 뺨따귀를 후려치면 내가 또 동호 사내들의 공적이 되겠지? 그럴 수는 없지. 요망한 것."

"…"

"그렇겠어. 안 그렇겠어?"

목아언이 자리에서 일어났다.

"죄송합니다. 제가 잘못 찾아왔군요."

"목 소저, 보내준다고 한 적 없다. 누가 빠른지 겨루고 싶으면 먼저 뛰어라. 나는 네가 열 걸음을 앞서 달려가면 출발하겠다. 그 정도는 양보할 수 있어."

목아언이 도로 자리에 앉았다.

"저를 이제 포로 취급하시나요?"

목아언의 표정에 억울함이 깃들자, 옆에 있는 색마가 안타까워하는 게 느껴졌다. 이차전이 시작되었는데 색마는 또 당한 상태였다. 나는 목아언을 노려봤다.

"눈을 곱게 떠라. 나는 동호 사내들 전체의 적이 되더라도 네 뺨따귀를 칠 사내야. 이 분위기를 봐라. 미인을 겁박하는 순간 내가 쪼잔한 사람이 된 것 같잖아. 이 염병할 분위기, 어떡하지?"

나는 무슨 말을 더할 것처럼 입을 열었다가 손을 뻗어서 목아언의 혈도를 찍었다.

탁!

목아언도 무공을 익혔으나 반사적으로 손을 올리는 와중에 뻣뻣하게 굳었다. 나는 목아언의 의자를 당겨서 내 옆에 놓은 다음에 우리가 보는 방향으로 돌렸다. 마침 노을이 퍼지고 있었다.

"포로를 잡았네. 운이 좋아. 이것이 사랑의 포로는 아니겠지?"

색마가 나를 바라봤다.

"뭔 개소리야. 미친놈아."

나는 색마의 말을 무시한 다음에 안으로 들어가서 구호물품에 들어있는 육포를 꺼냈다. 사대악인들에게 육포를 나눠준 다음에 다시 내 자리에 앉아서 육포를 씹었다.

"이야, 그새 컴컴해졌다."

귀마가 육포를 씹으면서 대꾸했다.

"그러게 말이야. 해가 빨리 떨어지네."

옆에서 색마가 킁킁대더니 목아언을 향해 이렇게 말했다.

"목 소저, 좋은 향기가 나네? 목욕하고 왔어?"

목아언이 해석하기 어려운 비명을 내질렀다. 검마가 진중한 어조로 입을 열었다.

"제자야."

"예, 사부님."

"술 좀 사 와라. 상황이 특수하니까 독이 없는 술이라 보증하는 자에게 한 모금 마시게 한 다음에 말이다."

"아, 알겠습니다."

"사는 김에 목 소저에 대해서도 알아보고."

"예."

색마가 육포를 질겅질겅 씹으면서 객잔을 찾아 나섰다. 육포를 씹으면서 여기저기 두리번거리는 모습이 오늘따라 정말 한심해 보였다. 나도 육포를 씹으면서 말했다.

"짠맛 때문에 술이 확 땡기네."

이때, 갑자기 여인의 목소리가 들렸다.

"문주님."

"아이, 깜짝이야."

나는 목아언을 바라보다가 깨달았다.

"아혈을 안 짚었네. 와, 소름. 처녀 귀신이 부르는 줄 알았네. 왜? 왜 불러. 육포 씹는 사람 왜 불러. 왜, 왜, 왜, 왜? 중대한 일로 불렀나?"

목아언이 말했다.

"변소를 좀."

...

"참을 줄도 알아야지. 지금 변소 갈 때가 아니야. 안내할 사람도 없어."

잠시 후에 색마가 중얼대면서 되돌아왔다.

"아니, 왜 이렇게 가게가 문을 많이 닫았지. 겨우 구했습니다."

내가 대답했다.

"독은?"

"점소이가 의심하냐면서 기분 나쁜 표정으로 한 잔 마시더라."

"그래? 줘봐."

나는 색마에게 술을 건네받은 다음에 죽통에 조금 따랐다.

"이건 목 소저부터. 술은 미인 먼저."

옆에 있는 목아언의 턱을 살짝 올리고 양쪽 뺨을 눌러서 입을 벌리게 한 다음에 죽통에 넣은 술을 부었다. 꼴꼴꼴- 소리와 함께 술이 넘어가자, 목아언의 안색이 창백해졌다. 나는 목아언에게 정중한 어조로 물었다.

"소저, 혹시 독이 있나요? 없어요? 대답 좀."

"없습니다."

"술맛은 어때?"

"나쁘지 않습니다."

"좋아."

나는 그제야 사대악인들에게 술을 따라주면서 말했다.

"우리가 언제 또 이런 아름다운 여인과 나란히 앉아서 술을 마셔 보겠어. 둘째도 처음이지? 운이 좋네."

귀마가 나를 쳐다봤다.

"어떻게 알았어?"

"딱 보면 알지. 왜 이래?"

나는 검마에게도 농담을 좀 하려다가 표정을 보곤 관뒀다. 마지막으로 색마의 술잔에 술을 따라주면서 말했다.

"이 새끼, 눈이 왜 이렇게 빨리 움직여? 마셔라."

나는 눈이 마주친 목아언에게 다시 옆에 있는 친구를 새삼스럽게 소개했다.

"옆에 있는 친구 별호가 색마야."

내가 웃자, 목아언의 표정은 굳었다.

"…"

나는 목아언의 표정이 변하는 것을 지켜보다가 말했다.

"울면 안 돼. 여기서 울면 술을 더 마시게 한 다음에 변소에는 안 보내주겠다. 알았어? 대답을…"

"예."

술을 한 잔 마신 귀마가 이상하다는 표정으로 내게 물었다.

"그런데 셋째는 왜 미인계가 전혀 안 통하는 분위기지? 내가 봐도 목 소저가 뛰어나게 아름다운데 말이야. 나도 감쪽같이 믿을 뻔했어."

미인계는 전생에도 안 통했으므로 새삼스러울 것도 없다. 하지만 사대악인이 이상하게 느끼는 터라, 대충 설명해 줄 필요가 있었다. 나는 목아언을 바라보면서 말했다.

"내 여자도 아닌데 아름답든 말든 나랑 뭔 상관이야."

나는 자리에 앉아서 동호의 밤하늘을 향해 술잔을 들어 올렸다가 생각나는 대로 즉흥시를 읊었다.

동호의 객잔에서.

동호제일미와 밤하늘을 보며 술을 마시는 사내들이 있으니.

그것이 우리다.

우리가 이곳에 있는데 그 누가 동호제일검이라 주장하는가?

그것은 불가능한 일이다.

제일검이라 불리는 것은 상대를 꺾고 얻은 칭호일진대.

그자는 대체 누굴 꺾었는가?

여러 생선 대가리를 잘라서 얻은 별호일지도 모를 일이다.

하오문주가 동호에 찾아와서 일대일을 요청했으나 제일인의 소식은

들리지 않았다.

무성한 소문과 달리.

수하를 사지로 몰아넣고, 창가에서는 암기를 날렸으며.

만두에는 독을 넣고, 식칼에는 독을 발랐다.

강호에서 이렇게 추잡한 제일검은 금시초문이다.

이대로 하루가 저물면 동호제일검의 추잡한 소문이 강호에 널리 퍼

질 것이니.

동호 사내들의 망신은 동호제일검이 제일이라는 뜻이다.

으슥한 저녁 무렵.

동호제일미가 하오문주를 어렵사리 찾아와서 부탁하길.

동호제일검을 죽여달라 하였다.

하오문주가 이유를 궁금하게 여겨 물어보니.

못생긴 놈이 무엄하게도 자신을 좋아하기 때문이라는 답을 들었다.

동호에서 두 번째로 못생겼다면 고백을 받아줬을 것이라는데.

이 얼마나 안타까운 사연인가?

제멋대로 고백해서 처자의 마음을 괴롭게 하는 사내가 있으니.

그자가 바로 동호제일검이다.

검마와 귀마가 나를 쳐다보더니 천천히 박수를 몇 번 치다 말았다. 나는 고개를 끄덕인 다음에 목아언을 쳐다봤다. 감격한 모양인지 눈물을 흘리고 있었다. 목아언이 눈물을 뚝뚝 흘리면서 말했다.

"문주님, 저는 그런 말을 한 적이 없어요."

"울지 마. 울면 안 돼. 네가 울면 내 민심이 안 좋아져. 뚝. 에이 씨."

나는 앞서 내뱉은 말이 있었기 때문에 목아언의 뺨을 붙잡아서 입을 벌리게 만든 다음에 술을 부었다. 동호제일미의 입으로 술이 꼴꼴꼴대면서 떨어졌다.

"그나저나 참 뜻깊은 날이다. 이런 미인과 술자리를 함께하다니."

나는 귀마에게 술병을 건넨 다음에 고개를 끄덕였다.

"흐뭇하구만."

...

290.
내가 색마다

사실 내가 읊은 시는 우리만 들은 게 아니다. 앞집에서도 들었고 옆집에서도 들었다. 은은하게 내공을 섞어서 읊었기 때문이다. 물론 시의 내용이 널리 퍼져나가면 동호제일미 목아언이 곤란해지겠지만 거기까진 내 알 바 아니다. 그래도 당사자는 제법 곤란한 모양인지 술을 마셔서 벌게진 얼굴로 또 눈물을 쥐어 짜내고 있었다. 우는 게 꼴 보기 싫을 때가 있는데 지금이 그렇다. 나는 울고 있는 목아언을 물끄러미 바라보다가 말했다.

"우니까 진짜 못생겼네."

귀마는 갑자기 웃음을 터트렸다가 손으로 입을 가렸다. 못생겼다는 말이 저렇게 웃긴 것일까. 나는 육포를 씹으면서 목아언을 갈궜다.

"옛날에 서시西施는 배가 아파서 찡그리는 모습까지 아름다웠다고 하는데 네가 그 정도는 아니야. 눈물을 무기처럼 사용하는 것을 보니까 더럽게 꼴 보기 싫네. 그만 울어라."

"…"

나는 색마가 가져온 술을 살짝 얼려서 만든 빙주를 시원하게 마신 다음에 잠시 고민했다. 뒷짐을 진 채로 거리 중앙으로 걸어가서 이쪽으로 걸었다가 저쪽으로 걸었다가 하면서 생각을 차분히 정리했다. 가끔 객잔을 바라볼 때마다 술을 마시는 사대악인과 울음을 그친 목아언이 보였다. 귀마가 내게 물었다.

"뭘 생각을 그렇게 깊이 하나?"

나는 손가락으로 목아언을 가리켰다.

"이번 미인계는 중첩重疊 이간질이야."

검마가 궁금하다는 것처럼 말했다.

"어떤 점이 중첩인가?"

"목아언을 따라서 배에 오르면 공격을 당하고. 미인계를 간파해서 목아언을 괴롭히면 내가 비난을 받겠지. 이것이 일단 겹쳤고."

나는 다음 추측을 이렇게 내놓았다.

"이 두 가지가 실패하면 오히려 동호제일검이 목아언을 죽인 다음에 내게 죄를 덮어씌울 수도 있어. 동호에서 검을 붙잡을 수 있는 사내놈들은 전부 내게 덤빌 거야. 상황을 보라고. 어쨌든 우리가 억류하고 있잖아. 이대로 그놈의 병력이 쳐들어와서 목아언을 죽이면 그것은 십중팔구 내가 죽인 게 되겠지. 목아언이 아름답다는 소문은 백응지까지 퍼진 상태니까 그렇게 되면 동호뿐만 아니라 강호의 색마들이 나를 비난한다. 우습게도 당장 저 색마부터 나를 원망할 거야. 안 그래?"

색마가 대답했다.

"풀어주자는 말이야?"

나는 목아언을 바라봤다.

"이대로 보내주면 목아언은 납치될 가능성이 크다. 범인은 하오문주가 될 테고. 아니면 함께 있는 몽 공자가 겁탈했다가 해쳤다는 소문을 퍼뜨릴 수도 있겠지. 지금은 내가 장난스럽게 붙인 별호인데, 그렇게 되면 너는 공식적으로 색마가 될 거야. 네가 강호에서 진짜 색마로 찍히면 앞으로 미인들과 인사도 못 하게 되겠지. 그렇지 않겠어?"

색마가 놀란 표정으로 나를 바라봤다. 색마가 색마 짓을 할 수 없게 하려면 색마에게 색마가 될 수도 있다는 것을 경고하는 수밖에 없었다. 나는 목아언을 주시했다.

"목 소저, 너는 이제 사도제일인에게 죽을 가능성이 크다. 우리 넷에게 죄를 덮어씌우기 위해서. 어떻게 생각해."

목아언이 나를 바라봤다.

"…설마 그럴까요."

나는 고개를 끄덕였다.

"응. 그래서 얼굴 믿고 깝죽대면 안 되는 거야. 너는 천하제일미가 아니다. 서시도 아니고. 경국지색이 아니면 동호제일검도 동호를 포기하지 않아. 제법 매서운 포석이었지만 그냥 버리는 돌이기도 하다. 네가 진실을 말하지 않으면 너를 도울 수 없다. 견정혈 좀 풀어줘."

색마가 혈도를 풀고 나서도 어깨를 더듬자, 목아언이 색마의 손을 쳐냈다. 색마가 말했다.

"점혈에 서툴러서 그래."

목아언이 대답했다.

"다 풀렸어요."

"몰랐어."

목아언이 내게 물었다.

"어떻게 하면 되죠? 문주님 말이 사실인가요?"

"사실이든 아니든 그게 중요한 게 아니다. 강호의 일에 엮었으면 방심하다가 승천하는 법이지. 너도 예외는 아니야. 동호제일검, 어디 있어? 흑막 놀이를 못 하게 해야겠다. 그래야 여러 사람이 놀아나지 않지. 대답에 따라 네 처지를 고민해 보겠다."

사실 목아언에게 큰 기대는 없다. 만약 동호제일검의 위치를 알고 있다면 목아언이 정말 애첩인 셈이고, 위치를 모른다면 겁박을 받아서 미인계에 희생된 여인일 뿐이었다. 실은 나도 그것까지는 몰라서 물어보는 중이었다. 목아언이 대답했다.

"믿기 어려우실 테지만 몰라요. 모르기 때문에 사람들이 두려워하는 겁니다."

목아언에게 무슨 말을 하려다가 나는 우측을 바라봤다. 어디서 본 것 같은 사내가 수하들과 함께 다가오고 있었다. 내가 저놈을 어디서 봤더라? 사내는 나를 발견하자마자 웃더니 무척 친근한 어조로 나를 불렀다.

"문주님, 그간 잘 지내셨습니까?"

얼추 삼십 명을 끌고 온 사내의 질문에 나는 기억이 나지 않아서 대충 대답했다.

"여기까지 무슨 일로?"

가까이 다가온 사내가 섭섭하다는 표정으로 말했다.

"접니다."

"알아."

"제가 누군데요."

"이 사람이 나를 뭘로 보고. 쯧."

나는 눈앞에 있는 사내의 표정에서 허세가 대단하다는 것을 알아 차렸다. 허세 있는 인물을 차례대로 떠올리다가 말했다.

"꽤 오랜만이군."

"이제 기억이 나십니까?"

"보자마자 알았지. 진목현의 협객, 대오방의 방주, 황야의 전우가 아닌가."

본래는 하오문의 포로였는데 수하들을 대동한 터라 이 표현은 생략했다. 어쨌든 간에 일전에 함께 마적인 자문홍귀를 때려잡았던 대오방의 방주 황가오가 도착한 상태. 황가오가 웃으면서 말했다.

"제가 무슨 일로 왔겠습니까? 문주님 소식을 듣고 정예만 추려서 한걸음에 달려왔습니다."

기대했던 방문이 아니어서 나도 당황스러웠다. 대오방의 무인들이 일제히 내게 포권을 취했다.

"하오문주님을 뵙습니다."

나는 간단하게 답례한 다음에 팔짱을 낀 채로 사대악인도 바라보고 황가오도 바라봤다.

"그러니까 황 방주, 도와주러 왔나?"

"동호제일검과 싸우신다는 소식에 과연 문주님이시다. 대단하시다. 도저히 가만히 있을 수 없어서 달려왔습니다. 하오문도는 어디에 있습니까? 동호제일검과 싸우시려면 전 병력을 동원하셨을 텐데."

나는 뺨을 긁다가 대답했다.

"음, 이미 여기저기에 퍼져있는 상태지."

"그렇군요. 도울 일이 있으면 언제든 말씀하십시오."

나는 목아언에게 다가가서 면사를 내린 다음에 황 방주를 불렀다.

"황 방주."

"예."

"이쪽은 동호제일미 목아언이라는 처자인데 미인계에 쓰였다. 좀 복잡해. 목아언이 쓰러지면 내가 죄를 뒤집어쓰거든. 그대가 호위해서 일단 안전하게 귀가시키도록. 내 명예가 달린 일이라 쉬운 일은 아니야. 할 수 있겠어?"

황가오가 고개를 끄덕이더니 목아언을 바라봤다.

"목 소저, 갑시다. 문주님이 안전하게 귀가하라는 명을 내리셨소."

나는 황가오를 바라봤다.

"그나저나 황 방주, 위험한 곳인데 용케 달려와 줬군. 이런 의가 있을 줄은 몰랐어. 내가 사람을 잘못 봤었군."

황가오가 미소를 지었다.

"어쩐지 오고 싶었습니다."

나는 고개를 끄덕였다.

"고수들이 많이 등장할 수도 있어. 싸우는 것도 중요하지만 이 싸움에 휘말려서 피해받는 사람들을 도와주는 것도 중요한 일이야. 그대는 진목현의 협객이니까."

무슨 말인지 이해한 황가오가 고개를 끄덕였다.

"저도 조심하겠습니다."

나는 목아언을 바라봤다.

"따라가라. 네가 그저 여인이라서 무시한 게 아니다. 우리 같은 놈들이 싸울 때는 미인계가 필요 없다. 이런 일에 다시는 끼어들지 말도록."

목아언은 대오방의 병력 안으로 걸어간 다음에 돌아서더니 나를 물끄러미 주시했다. 나는 목아언에게 덤덤한 어조로 작별을 고했다.

"목 소저."

"예."

"다시는 그 잘난 얼굴로 사람 등쳐먹지 마. 너도 사도 놈하고 다를 바가 없어. 내게 또 걸리면 다시는 미인으로 살지 못하게 만들어 주마. 이것은 내 약조다."

"문주님."

"그 못생긴 주둥아리 닥치고 사라지도록."

황가오가 목아언에게 말했다.

"목 소저, 쓸데없는 소리 하지 마시고 갑시다."

목아언은 이내 대오방과 함께 거리에서 사라졌다. 목아언이 사라지자, 색마가 내게 물었다.

"저 사람 협객 맞아? 불안한데."

"네 눈빛이 더 불안해."

귀마도 고개를 갸웃했다.

"신기하네. 황 방주는 전혀 협객처럼 보이진 않는데."

"사람을 얼굴로 판단하지 말라고. 못생긴 놈."

"하나만 해라."

희한하게도 우리가 점거한 객잔은 이미 내 전초기지가 되어있었다. 이번에는 다음 보고자가 성큼성큼 다가와서 일상적인 어조로 내게 말했다.

"문주님, 바쁘시죠? 오랜만에 뵙습니다."

나는 평범한 의복을 한 젊은 사내를 위아래로 쳐다봤다.

'와, 환장하겠네. 이 사람도 어디서 봤는데…'

내가 알아보건 말건 간에 사내는 중요한 보고부터 했다.

"…북서쪽 선착장에 십여 척의 배가 도착하자마자 병력이 쏟아지더니 대오를 갖추고 있습니다. 주변 사람들에게 물어보니 본래 활동하던 수적들의 배라고 합니다. 아마 사도의 수하이고 수로채의 우두머리가 있을 겁니다."

"배마다 몇 명 정도가 내렸소?"

"이삼십 명은 됩니다."

그렇다면 곧 이삼백 명의 수적이 몰려온다는 뜻이었다.

"꽤 많네."

"이뿐만이 아니라 딱히 정체를 알아낼 수 없는 강호인들도 동호에 속속 모여들고 있습니다. 도저히 적과 아군을 구분할 수 없어서 저희도 어려움이 많습니다. 하오문인지 사도제일인의 수하인지 구분이 가질 않아요. 아마 대치하고 나서야 적과 아군을 구분할 수 있을 겁니다. 꽤 이상한 전장이 되어가고 있습니다."

동호가 슬슬 난장판이 되어가는 모양이다. 내가 물었다.

"그것은 내가 이상한 탓이겠지. 그나저나 이대로 싸우면 주변에 피해가 클 터인데 어찌하면 좋겠소?"

"저희도 그게 걱정입니다. 그래서 늘 사도제일인이 유리했지요. 동호 전체를 인질로 삼을 수 있는 뻔뻔한 놈입니다."

그제야 나는 이 사내가 무림맹에서 나왔고 일전에 봤었던 칠검대의 단혁산이라는 것을 기억해 냈다.

"단 무인, 근래 승진했소?"

단혁산이 씨익 웃더니 고개를 저었다.

"승진은 아닙니다. 동호특작대에 지원해서 머무르고 있습니다."

"동호특작대?"

"예. 일단 문주님의 실력이 저희보다 뛰어나시니 본래 받은 호위 임무보다는 정보 수집에 주력하고 있습니다. 일단 저는 다시 동료에게도 배가 도착했다는 소식 좀 알리겠습니다."

단혁산이 내게 자그마한 무림맹 신호탄을 내밀었다.

"문주님, 위급할 때는 공중으로 터트리십시오. 긴급상황이라고 판단해서 무조건 저희가 전부 모일 겁니다."

나는 신호탄을 받은 다음에 고개를 끄덕였다.

"단 무인, 수고하시오."

"예, 문주님."

검마가 일어나면서 말했다.

"맹주가 지원을 보냈구나. 배를 채웠으니 가자. 혹시 이곳으로 못 돌아올 수 있으니 육포 좀 더 챙기고."

색마가 대답했다.

"알겠습니다."

귀마가 말했다.

"이백 명이나 죽으러 오다니 도대체 무슨 생각인지 알 수가 없군."

검마가 대답했다.

"아직 우리의 악명이 사도 놈에게 미치지 못하기 때문이야."

나는 육포를 챙겨서 나온 색마를 기다렸다가 밤거리를 돌파해서 선착장으로 향했다. 아무래도 생업에 종사하는 자들이 많은 곳에서 싸우는 것보다 휑한 선착장을 전선으로 삼는 게 나아 보였다. 일단 이백 명이 넘으면 말로 타이르긴 어려울 터였다. 수적 놈들이 맞다면 굳이 살려줄 필요도 없었다. 북서쪽 선착장이 그리 멀지 않아서 우리는 번화가 거리로 진입하려는 수적 무리를 휑한 장소에서 갑작스럽게 맞닥뜨렸다. 다소 어두운 장소에서 우리 넷이 병력을 막아서자. 수적 무리에서 근엄한 목소리가 흘러나왔다.

"잡것들아, 비켜라."

병력이 너무 많은 터라, 나는 어둠을 틈타서 색마에게 말했다.

"…음. 하오문주, 어쩌시겠소?"

"…뭐?"

색마가 나를 쳐다봤으나 너무 당황한 모양인지 뒷말을 금세 잇지 못했다. 그사이에 잠시 정적이 흘렀다가 병장기를 뽑은 수적 무리가 일제히 고함을 지르면서 달려들었다. 역시 나를 죽이러 온 놈들이 맞았다. 하지만 병력이 너무 많은 터라 나는 전략적으로 뒷걸음질을 쳤다.

"와, 씨."

선봉대가 창이 된 것처럼 용맹하게 질주하더니 일제히 색마에게 돌진했다.

"잠시만!"

뒷말을 이어가지도 못한 색마가 쌍장을 휘두르자 이내 굉음이 터지면서 선봉대의 일부가 폭풍에 휘말린 허수아비들처럼 날아갔다.

콰아아아아아아아앙!

나는 뒤로 물러나서 잠시 안도의 한숨을 내쉬었다.

"휴."

삽시간에 색마가 맹렬하게 쌍장을 휘두르면서 쌍욕을 퍼붓고, 검마와 귀마도 검을 뽑아서 수적을 죽이기 시작했다.

"난장판, 개판, 오징어, 염병할이네."

왜 이렇게 다들 나를 못 죽여서 안달일까. 나는 잠시 수적 무리를 세 사람에게 맡긴 다음에 적의 우두머리가 어디에 있는지 살폈다. 철저하게 하오문주만 죽이라는 명령을 받은 모양인지 다수의 수적이 색마를 철저하게 포위한 채로 공격하고, 오히려 검마와 귀마는 포위망에 갇히지 않은 채로 수월하게 싸웠다.

색마는 알아듣기 힘든 고함을 내지르면서 맹수처럼 날뛰고 있었다. 이런 곳에서 죽을 허접한 놈은 아니었기 때문에 걱정은 하지 않았다. 나는 이리저리 움직이다가 재수 없게 덤비는 놈의 팔을 비틀어서 부러뜨린 다음에 뒷덜미를 잡아서 나처럼 가만히 있는 놈에게 던졌다. 조금 떨어진 곳에서 병력이 싸우는 것을 지켜보던 사내가 공중에서 날아온 수적을 보더니 허리춤에서 칼을 뽑았다.

푸악!

공중에서 쪼개진 시체가 핏물을 뿌리면서 좌우로 나뉘자, 피를 뒤집어쓴 우두머리가 나를 노려봤다.

"네가 하오문주냐?"

나는 양손에 월영무정공을 휘감은 다음에 진중한 어조로 대답했다.

"나는 백응지의 색마다."

어디선가 싸우고 있는 색마 놈이 소리를 버럭 내질렀다.

"내가 색마다. 내가!"

실로 놀랄만한 달밤의 고백이어서 감탄사가 절로 나왔다.

"와우."

291.
목표는 하오문주다

나는 수적의 우두머리로 보이는 사내에게 다가갔다.

"무슨 자신감으로 우리 하오문주를 괴롭히러 왔나. 사도 놈이 시키더냐?"

수적 대장은 무표정한 얼굴로 처음 보는 도법을 펼치면서 내게 달려들었다. 나는 냉기를 휘감은 쌍장을 휘둘렀다. 순식간에 쾌도로 냉기를 십자 형태로 벤 수적 대장이 전진하면서 내 눈앞까지 칼을 들이밀었다. 뒤가 없는 공격적인 도법이었지만 멍청한 행동이었다. 빙공을 뒤집어쓴 채로 내게 달려들었기 때문이다.

내가 뒤로 슬쩍 물러나자, 대장 놈이 빈손을 휘둘렀다. 놈의 소매에서 한 자루의 칼날이 쇄도했다. 나는 목검을 뽑아서 비수를 쳐내고, 대장 놈의 칼도 쳐냈다. 여기까진 적이지만 훌륭한 공격이란 생각이 들었다. 하지만 대단한 고수라는 느낌은 받지 못했다. 그저 살기가 매우 짙고, 수적 무리에서 두각을 나타낼 정도의 움직임이랄까.

나도 일단 쾌검을 펼쳤다. 초식이나 위력은 전혀 신경 쓰지 않은 채로 오로지 빠르게만 휘두르는 쾌검. 수적 대장의 도법에 발악이 섞여있었기 때문이다. 나도 전생에 저런 식으로 싸웠기 때문에 비슷하게 대응하면 곧 밑천이 드러난다는 점을 알고 있다. 실력 격차가 크면 이런 발악도 소용이 없다.

검에 빙공을 주입해서 놈의 발악을 저지하고, 염계를 주입해서 물러나게 만든 다음에 반대로 내가 돌진해서 찌르기만으로 예닐곱 번의 점을 찍었다. 수적 대장의 동작은 처음보다 현저하게 느려진 상태였다. 이런 와중에도 세 번의 찌르기를 쾌도로 튕겨낸 수적 대장은 나머지 공격의 속도를 따라잡지 못해서 목, 가슴, 어깨로 직접 검을 받아냈다.

푹! 푹! 푹!

전부 목계 검기가 주입된 찌르기였다. 검의 움직임보다 뒤늦게 터진 비명을 내가 다시 검으로 가차 없이 끊어냈다.

푸악!

수적 놈의 몸에서 붉은 선으로 시작된 핏물이 점점 먹물처럼 퍼지더니 그대로 고꾸라졌다. 나는 색마를 바라봤다. 여전히 백색의 돌풍에 휩싸인 채로 미친놈처럼 장력을 쏟아내고 있었다.

'흥분했네. 명청한 놈. 적이 얼마나 더 있을 줄 알고.'

나는 날뛰고 있는 색마의 용맹함을 내 공적으로 가로챘다.

"대단하구나. 하오문주."

나도 나를 칭찬한 적은 드물어서 말이 어색했다. 그 와중에도 색마가 내 말에 대답했다.

"닥쳐!"

색마가 혼자 싸우게끔 내버려 둔 다음에 다수를 상대하고 있는 귀마를 지원했다. 선착장 근처에는 불빛이 부족해서 내 공격에는 전부 기습 효과가 더해졌다. 주로 병장기를 붙잡고 있는 팔, 팔뚝, 어깨, 손을 잘라내면서 이동했다. 이미 수적 대장의 빠른 몸놀림에 영향을 받은 터라 내 동작도 점점 빨라지고 있어서 멈출 수가 없었다.

죽이지 않고 신체를 자르면, 비명이라는 효과를 얻는다. 효과는 단순하다. 적의 기세가 떨어졌다. 하지만 이상하게도 항복하는 놈들이 없었다. 우리의 수가 부족해서일까. 아니면 믿는 구석이 있는 것일까. 당장은 이유를 알 수가 없어서 나는 집요하게 팔을 끊어내면서 빠르게 움직였다. 수가 많은 터라 일일이 죽이는 것도 힘들었다. 이제 번화가에서도 선착장에서 퍼지는 비명을 들을 수 있을 정도로 흐느낌이 겹쳤다.

순식간에 백여 명이 넘는 수적이 죽거나 다쳤을 무렵에서야… 공포가 효과적으로 전염된 모양인지 여기저기서 병장기를 버리고 달아나기 시작했다. 하지만 검마와 귀마도 전쟁터의 심리는 아는 고수들인지라 도망가는 놈들을 더욱 잔인하게 죽여댔다. 이제 우리는 겨우 네 명이 아니라, 적들이 도저히 어찌할 수 없는 네 명이 되었다.

이들도 선착장에서 이렇게 지옥도가 펼쳐질 줄은 몰랐을 것이다. 어느 순간 수십 개의 병장기가 바닥에 떨어지더니 파도가 출렁이듯이 살아있던 놈들이 바닥에 무릎을 꿇었다. 전부 숨을 거칠게 몰아쉬면서 질렸다는 표정을 하고 있었다. 그제야 검마와 귀마도 공격을 멈췄다. 몇 차례 악에 받친 색마도 서너 명을 더 때려죽이다가 주변이 고요해진 것을 깨달았는지 공격을 멈췄다. 검마가 제자에게 말했다.

"몽랑아."

"예, 사부님."

"조금 더 냉정하게 싸워라. 너무 흥분했다."

"알겠습니다."

우리는 얼추 반 시진 만에 백여 명을 도륙한 상태. 나는 검에 묻은 피를 털어낸 다음에 집어넣었다. 검마가 항복한 자들을 둘러보면서 냉정한 어조로 말했다.

"다 죽이는 게 맞다."

나는 항복한 놈들에게 물었다.

"사도의 행방을 아는 놈은 살려주마. 열을 세는 동안에 뾰족한 답이 없으면 그냥 죽어라. 하나, 둘, 셋, 아홉, 열."

"문주님!"

"왜?"

"살려주십니까!"

어조를 들어보니 극도로 흥분해서 아무 말이나 지껄이고 있었다.

"사도 어디 있어?"

소리를 버럭 내질렀던 놈이 갑자기 미친놈처럼 웃으면서 대답했다.

"그걸 저희가 어떻게 알아요. 하하하하."

나는 놈에게 다가가서 머리카락을 붙잡은 다음에 면상을 구경했다. 눈빛에 절망과 발악, 분노, 공포가 잔뜩 뒤섞여 있었다. 놈에게 물었다.

"네가 아는 게 대체 뭐야? 왜 이렇게 살았어?"

사내가 반말로 대답했다.

"그걸 알면 내가 이렇게 살았을까?"

"맞네."

이들도 가까이서 얼굴을 보면 누가 하오문주인지는 아는 모양이었다.

"저세상에 가서 수적 놀이를 마저 해라. 거기에도 배가 있는지는 모르겠다만."

"잠시만."

나는 머리카락을 붙잡고 있는 손에 백전십단공을 휘감아서 머리채를 뒤흔들었다.

"끄아아아아아악!"

일부러 뇌기를 주입했기 때문에 비명이 점점 밤하늘에 울리다가 어느 순간 뚝 끊겼다. 왼손에 타들어 간 머리카락이 뭉텅이로 흩날렸다. 나는 손바닥에 입김을 불었다.

"시끄럽게 죽네. 염병할 새끼, 또 나를 조롱할 사람? 조롱과 목숨을 맞바꾸다니 좋은 마음가짐이야. 병신 같은 새끼들."

여태 색마가 하오문주인지 알고 덤볐던 놈들이 그제야 나를 여기 저기서 쳐다보고 있었다. 나는 그 눈빛을 전부 받아냈다.

"어, 그래. 나야 나. 내가 나다."

이때 시커먼 강물 너머에서 묵직한 뿔피리 소리가 들렸다. 부우우우- 하는 뿔피리 소리가 겹치더니 먼저 도착했던 십여 척의 배보다 덩치가 큰 배들이 몰려왔다. 잘 보이지가 않아서 강물 위의 어둠이 출렁이는 것처럼 보였다. 뱃머리에서 내공 섞인 음색이 들렸다.

"…하오문주는 선착장에 있나?"

투항했던 자들이 대답했다.

"이곳에 있습니다."

"잘했다."

큰 배에 있는 고수가 이번에는 다른 것을 물었다.

"하오문주 죽이려는 자들도 도착하셨는가?"

이번에는 우리의 뒤편에서 대답이 들렸다.

"지금 도착했네."

선착장 둘레에 번화가의 불빛을 등진 적들이 천천히 몰려와서 포위망을 구축하고 있었다. 무림맹의 단혁산이 말했던 정체불명의 강호인들인 모양이었다. 이제 무릎을 꿇은 채로 먼저 항복했던 자들의 눈빛이 다시 살아났다. 운이 좋으면 살 수도 있다는 생각이 희망의 불씨를 지핀 모양이다. 나는 일단 적을 살피는 것보다 사대악인의 표정을 확인했다.

"…"

여기저기에 서있던 사대악인들이 나와 눈을 마주치더니 약속을 한 것처럼 웃었다. 그러니까 이 웃음은 우리가 동시에 공유하는 속마음이 반영된 웃음이었다. 어차피 쉽게, 순조롭게, 계획대로 싸울 거라는 기대는 하지 않았다. 애초에 우리는 동호에서 마주치는 적을 모조리 죽이겠다는 마음가짐으로 왔기 때문이다. 나는 주변을 둘러보면서 말했다.

"앞뒤로 많이도 몰려왔네."

번화가 쪽에서 등장한 놈들은 어쩐지 수적과 분위기가 달라서 사도제일인의 수하처럼 보이지는 않았다. 다만 전부 불빛을 등지고 있어서 어느 세력인지는 알 수가 없었다. 적들이 한참 늘어났기 때문에 나는 무릎을 꿇고 있는 자들의 틈바구니에서 나를 소개했다.

"여러분, 내가 하오문주다."

나는 일부러 손을 들어서 내 위치를 확인해 줬다. 내가 친절하게 소개했음에도 별다른 반응은 없었다. 대신 배를 타고 등장한 수적과 육지에서 등장한 우두머리가 나를 무시한 채로 대화를 나눴다.

"배에서 내리게. 동시에 치는 게 낫겠군."

"그럽시다."

나는 무릎을 꿇고 있는 자들을 둘러보다가 품에서 신호탄을 꺼내 끝에 달린 줄을 잡아당겼다. 바람 빠지는 소리가 들리더니 공중으로 솟구친 신호탄이 이내 펑- 소리와 함께 어두운 밤하늘에 축포를 터트렸다. 신호탄의 장인이 만든 것일까. 반짝이는 불꽃의 형상을 상상을 더해서 바라보자 한 자루의 검이 밤하늘을 밝히고 있었다. 커다란 선박에서 누군가의 목소리가 들렸다.

"무림맹."

나는 검을 뽑은 다음에 사대악인을 둘러봤다.

"잘 쉬었나?"

세 사람이 별다른 말 없이 고개를 끄덕였다. 나는 검마와 눈을 마주친 다음에 말했다.

"죽이자고."

나는 검마와 동시에 움직여서 항복한 자들부터 가차 없이 도륙했다. 어차피 사방에서 포위망이 좁혀들면 일어나서 싸울 놈들이었다.

한 박자 늦게 사태를 깨달은 귀마와 색마도 근처에 있는 투항자들을 죽이기 시작했다. 애초에 죽고 죽이는 문제라서 방심할 이유도 없고, 자비심이랄 것도 내게 없었다.

나는 주변에 있는 수적을 눈에 보일 때마다 죽이면서 배에서 내리는 적과 번화가에서 밀려드는 적을 확인했다. 이런 와중에도 사도제일인이 모습을 드러내지 않는다는 것에 나는 내심 탄복했다. 문득 나는 근처에 있는 놈들을 죽여대다가 번화가에서 등장한 적과 마주쳤다.

"…"

어둠 속에서 익숙한 목소리가 들렸다.

"문주, 그간 별일 없었나? 건강해 보여서 반갑군."

나는 주변에서 눈치를 보다가 도망치려는 놈의 목을 날린 다음에 대답했다.

"추명 동지, 왔는가?"

"소식 듣고 어렵지 않게 찾아왔네."

나는 고개를 끄덕였다.

"손은 좀 어때?"

"걱정해 주니 고맙네. 조금 불편한 정도일세. 그리고 내게 동지라는 말은 쓰지 말게. 자네와는 뜻이 달라."

"섭섭하네. 조금만 편협함을 벗어나면 우리 모두 형가의 뜻을 이어받은 사람들인데. 법가는 확실히 나랑 어울리지 않아."

법가의 병력이 점점 늘어나더니 번화가의 불빛을 어둠으로 막아서고 있었다. 오늘따라 달빛이 왜 이렇게 인색한 것일까. 제대로 싸우는 게 힘든 날이었으나. 어차피 곧 죽을 놈들도 힘든 건 마찬가지였다. 나는 추가로 늘어난 수적은 세 사람에게 맡기고 혼자서 법가의 병력을 향해 걸어가면서 말했다.

"실명서생 일은 미안해. 이렇게 집착하는 것을 보니까 우애 좋은 사형제거나 친형제였던 모양이네."

어디선가 추명서생이 대답했다.

"사과는 직접 만나서 하시게."

"그래도 명색이 서생인데 일대일이야? 아니면 개판으로 덤빌 셈인가."

추명서생이 웃었다. 이제야 나는 추명서생의 위치를 파악할 수 있었다. 일월광천을 준비할 생각이었다. 문제는 추명서생의 동작이 빨라서 바로 반격을 받을 위험이 있었다. 결국에 항복했던 놈들 사이를 누비면서 일월광천을 준비해야겠다고 마음을 먹은 찰나에 법가의 병력 뒤쪽에서 내공 섞인 목소리가 들렸다.

"…왜 이렇게 병력이 많은가?"

"잘 모르겠습니다."

"보고한 것보다 훨씬 많지 않은가."

"아마 파악했던 불명의 무인들이 전부 문주의 적이었던 모양입니다."

"대단하군."

나는 목소리를 듣자마자 기분이 좀 이상해졌다. 감정이라는 게 참 이상하다는 생각이 들었다. 감정이라는 것은 분명 내 것일 텐데, 내 뜻대로 조절할 수가 없었다. 황당하면서도 마음 어딘가가 꽤 무거웠다. 내 애매한 감정은 말로 표현하는 것이 힘들었다. 법가 병력의 일부가 뒤를 돌아서 적을 확인했다. 번화가에서 도착한 내 지원군의 수는 그리 많지 않았다. 포위망 바깥에 포위망이 있고, 적 너머에 아군이 있었다. 우리는 서로 포위한 상태였다. 추명서생의 목소리가 흘러나왔다.

"…식객들께서 힘내주시오. 문주가 죽으면 크게 보답하리다."

여기저기서 웃음이 흘러나왔다. 이때, 또다시 법가의 병력 뒤에서 목소리가 들렸다.

"어찌 된 일이야. 내가 이렇게 존재감이 없나?"

"어두워서 그렇습니다."

"그래? 불을 밝혀라."

군데군데 서있는 내 지원 병력이 횃불을 밝히기 시작하자 서서히 주변이 밝아졌다. 나는 동호특작대의 우두머리로 온 사내에게 먼저 예의를 갖추지 않을 수 없었다.

"대주님, 오셨소."

나는 추명서생을 중앙에 둔 채로 내 후원자와 일상적인 대화를 나눴다. 특작대주가 내 말에 대답했다.

"문주."

"예."

"두 번째로 합을 맞추는군. 이번에는 내가 조금 더 힘을 내보겠네."

농담을 건네기가 어려운 상대라서 할 말을 찾는 게 꽤 어려웠다.

"선배, 다치면 내가 욕을 먹소."

특작대주가 껄껄대면서 웃었다.

"무엄한 말이야."

나도 웃으면서 대답했다.

"준비되셨으면 갑시다."

"가자."

나는 특작대주가 움직이는 것을 보자마자 목검을 쥔 채로 법가의 병력으로 돌진했다. 전방에서 마주친 최초의 적을 베는 순간에 후방에서 굉음이 터졌다. 공중으로 시커먼 복장을 한 무인들이 튕겨 나가고 있었다. 맹원들의 목소리가 곳곳에서 흘러나왔는데 지극히 차분했다. 전부 상황을 파악하는 정보 전달의 목소리였다. 그 속에는 호위에 극히 신경 쓰라는 당부의 말도 섞여있었다.

나는 법가의 병력을 혼자서 뚫었다. 어쩐지 번화가에서 등장한 불빛을 향해 나아가는 불나방이 나라는 생각이 들었다. 막아서는 자들은 얼굴도 보이지 않았고, 흔히 볼 수 없는 실력만이 검을 통해 느껴졌다. 평소에 보기 힘든 고수들이 다수 섞여있었으나 어쩐지 나는 검을 휘두를수록 용기와 기백이 뒤섞여서 끓어올랐다.

내가 뭐라고… 이런 도움을 받나 싶기도 하고. 무림맹이라면 당연한 일을 하는 것처럼 느껴지기도 했다. 잠시 후 나는 법가의 병력을 돌파하듯이 전진한 다음에 적들의 한가운데에서 무림맹에서 온 사내와 눈빛을 교환했다. 달밤에 등장한 호랑이 같은 사내가 대부분 일검에 적을 도륙하다가 내게 말했다.

"다친 곳은 없나?"

"멀쩡합니다."

"호흡을 일정하게 유지하게. 적이 많아."

"확인."

나는 사내와 적절한 거리를 유지하면서 법가의 병력을 향해 목검을 휘둘렀다. 내 근처에서는 특작대주 임소백이 검을 휘두르고 있었다.

...

292.
득도하면
밥도 먹을 수 있다

전생의 경험과 현생의 기연 때문에 나도 보는 눈의 수준이 높아졌다. 그런 눈으로 특작대주를 볼 때마다 찰나의 동작이 인상에 남았다. 임소백과 병장기를 부딪친 사내들은 마치 어린아이가 넘어지듯이 쓰러지고 있었기 때문이다. 임소백은 찰나의 순간에 어디를 치면 상대가 나가떨어지는지 아는 모양이었다.

　말이 쉽지, 검을 휘두르면서 매번 성공할 수 있는 것은 아니다. 그런데도 적들은 병장기를 쥔 채로 튕겨 나갈 때가 많았고, 어떤 때는 젓가락이 부러지듯이 허망하게 병장기가 쪼개지면서 핏물을 뿌렸다. 볼 때마다 신기했으나. 검마도 대처하는 게 힘들었던 맹주의 육전대검이라서 당연한 일처럼 느껴지기도 했다.

　하여간 특이한 검법이었다. 임소백은 돌파 진형의 선두에 서있었는데, 누군가가 임소백을 후방에서 기습하는 것은 불가능해 보였다. 특작대가 맹주의 후방을 차지한 채로 눈에 보이지 않는 사각死角을 채웠기 때문이다. 더군다나 겉으로 보기엔 맹원이 오히려 맹주보다 더 잘 싸우는 것처럼 보였다.

검마와 싸울 때도 그랬지만 임소백의 육전대검은 화려함이라는 게 전혀 보이지 않는 단순함으로 걸러진 검법이다. 오죽하면 그의 수하들이 더 고수처럼 보이겠는가? 임소백은 선두에서 법가의 병력을 검으로 꿰뚫고, 이후의 상황은 특작대원들이 달려들어서 마무리했다. 손발을 맞춰본 세월이 십 년은 넘는 것 같은 합공이었다.

이상하게 느껴질 정도로 추명서생이 데려온 법가의 병력에는 낯설면서도 다양한 고수들이 많이 섞여있었는데, 임소백은 고수들만 골라서 무자비하게 도륙하면서 전진했다. 이를 무엇이라 해야 할까. 돼지통뼈로 배를 채운 든든함이랄까. 순간, 내 뒤에서 단혁산을 비롯한 특작대원이 따라붙더니 내게 들릴 정도로만 읊조렸다.

"문주님, 저희가 보조합니다."

나도 특작대주처럼 내 후방을 지켜주는 지원군을 얻었다. 많진 않았지만 나는 두 명의 후방 지원자가 이렇게 큰 도움이 될 줄은 몰랐다. 눈으로 익혀뒀던 임소백의 돌파 진형을 나는 그대로 따라 했다. 생각해 보니까 이럴 때는 또 독고중검이 제격이다. 이제야 검마의 마음을 알 것 같다.

일전에 옥수산장에서 겪은 패배가 검마를 여태껏 자극했던 게 아닐까. 나는 임소백이 엄청나게 잘 싸우는 것을 보면서 검마처럼 자극을 받았다. 싸우면서도 상념에 빠질 때가 있는데 지금이 그렇다. 무림맹이 전장에 뒤섞인 상황이라 일월광천은 선택할 수 없는 절기가 되었다. 나는 목계를 주입한 목검으로 임소백처럼 전장을 돌파하려 했으나 걸리는 적마다 고수였다.

'염병할…'

서너 명을 죽이고 나서야 추명서생이 독이 바짝 오른 채로 고수들을 긁어모으듯이 데려온 것임을 알아차렸다. 대여섯 명을 처리한 다음에 일곱 번째로 만나게 된 놈은 심심할 정도로 특색이 없는 사내였는데 나와 눈을 마주치자마자 슬쩍 웃었다.

"네가 소문의 하오문주로구나."

나는 사내의 검을 쳐내면서 대답했다.

"누구세요?"

심심하게 생긴 놈이 당황하는가 싶더니 이내 무자비한 검법을 펼치면서 속도를 끌어올렸다. 일전에 내가 죽였던 도살자와 맞붙어도 밀리지 않는 속도였다. 검을 쳐내면서도 황당하다는 생각이 들었다. 강호에도 유행이 반복되기 마련인데 요새는 쾌검이 유행인가? 내가 이놈의 검을 일일이 쳐내다가 반격까지 펼치자, 심심했던 놈의 표정에도 감정이 담겼다.

"헛소문은 아니었네."

싸우면서 떠들기 좋아하는 놈이 종종 있는데 이놈이 그렇다. 하지만 그것은 나도 마찬가지.

"뭐라고 중얼대. 병신 같은 놈."

부딪쳤던 검이 달라붙은 것처럼 떨어지지 않았을 때, 나는 놈과 좌장을 부딪쳤다.

퍼억!

순간 내 뒤에서 튀어나온 단혁산이 심심한 사내의 목을 베면서 앞으로 이동했다. 나는 소름이 돋았다. 정말 무자비하게 훈련을 받는 자들이라서 일대일이라는 강호의 도리가 통하지 않았다. 이렇게 보면 마교와 가장 흡사하게 싸우는 자들이 무림맹인 셈이었다. 이기기 위해서 서로를 닮은 것일까. 심심한 사내는 죽어가기 직전에 놀란 표정을 짓다가 쓰러졌다. 내 움직임이 한 호흡 정도 느려졌다고 생각했는지 뒤에서 보조하던 맹원이 다그치듯이 말했다.

"문주, 집중해야지."

웬 놈이 반말을 하나 싶어서 쳐다봤더니 임소백 맹주보다 서너 살은 많아 보이는 노강호가 법가의 무인들을 상대하고 있었다. 이때, 익숙한 목소리가 온갖 감정이 담긴 어조로 나를 불렀다.

"하오문주."

순식간에 거리를 좁힌 추명서생이 돌풍에 휩싸인 검을 휘둘렀다.

카앙!

나는 추명서생의 검을 막자마자, 손목이 고통을 호소하는 것을 느꼈다. 손아귀에 힘을 북돋운 다음에 추명서생과 어우러졌다. 추명서생이 비웃었다.

"무림맹까지 데려오다니 영악한 놈."

나는 저 말을 웃어넘겼다. 데려온 것은 아니다. 더군다나 맹주까지 싸우고 있다는 사실은 모르는 모양이었다. 나는 맹주의 위세를 빌릴 생각이 없어 입을 다문 채로 검을 휘둘렀다. 내가 손목이 저릴 정도면 추명서생은 뚫렸던 손바닥이 고통스러울 터였다. 싸운다는 것은 인생처럼 고통의 연속이다. 추명서생은 목계로는 도저히 감당이 안 되는 적수여서 목검에는 염계를, 좌장으로는 월영무정공의 장력을 쏟아냈다.

추명서생과 내가 맞붙자… 주변에 있던 자들이 아군과 적을 막론하고 조금 떨어졌다. 추명서생의 검에서도 궤적이 불분명한 칼날 같은 검풍이 계속 뻗어 나오고. 나도 냉기를 퍼트리고 있었기 때문에 어쩔 수 없을 터였다. 순식간에 십여 초를 주고받다가 나는 내 의복 일부가 찢어진 것을 확인했다. 치명상은 피했으나 검풍에 옷이 찢어지는 것까진 어쩔 수 없었다. 검을 휘두르는 도중에 내가 물었다.

"추명 동지, 사도는 보았나?"

호흡이 불편해서 말을 길게 할 수가 없었다. 추명서생이 나를 죽이기 위한 검을 휘두르면서 대답했다.

"보지 못했다."

"이긴 사람이 사도까지 죽이는 게 어때."

"어째서."

나는 잠시 추명서생의 검을 쳐내느라 대답하지 못했다. 돌풍 속에서 우리가 만들어 낸 불꽃이 피어올랐다가 이내 찢어졌다. 내가 목검에 백전십단공의 뇌기를 휘감자, 파지지직- 하는 요란한 소리를 경계한 추명서생이 수비로 전환했다. 그제야 나도 말할 기회를 얻었다.

"내 방문을 봤을 텐데."

"봤지."

"고아를 그렇게 취급할 거면 법이 무슨 소용인가?"

추명서생의 표정이 씁쓸하게 변하더니 내 말에 대꾸했다.

"…좋다. 찾아서 죽여주마."

나는 웃으면서 추명서생의 검을 쳐냈다.

"좋아. 그래야 내 동지지."

"나는 너와 가는 길이 달라."

"네가 나를 미워하고 죽일 수는 있어도."

나는 염계를 휘감은 목검을 대각선으로 내려친 다음에 말했다.

"법은 공평해야지."

우리는 입을 다문 채로 싸웠다. 대화를 포기하자 서로의 공격이 훨씬 더 무겁고 위험해졌다. 추명서생은 갑자기 무언가를 해방한 듯이 전신에서 기파를 쏟아냈다. 낯빛이 더욱 살벌해졌다. 주변 상황이 유리하지 않다는 것을 느꼈는지 승부를 빠르게 결정짓자는 태도였다. 추명의 검법을 굳이 표현하자면 공수가 균형 있게 치밀했다. 마치 공부 잘하는 수재가 기초부터 탄탄하게 수련해서 일정 경지에 도달한 느낌이랄까.

더군다나 서생들의 특징처럼 온갖 검법을 수집해서 집대성한 무학을 익혔을 터였다. 어쩔 수 없이 나는 여러 가지 검법을 모조리 끄집어냈다. 매화검법이 턱도 없이 막히고, 오랜만에 꺼내 든 무극중검 중에서는 기를 압축하는 단검식短劍式을 주로 펼쳤다. 그제야 나는 무극중검과 독고중검이 모두 중重의 묘리를 담았다는 사실을 새삼스럽게 인지했다.

그러니까 나는 지금 단검식으로 기를 압축해서 목검을 무겁게 만든 다음에 독고중검의 묘리로 공격을 펼쳤다. 그런데도 추명서생을 압박하거나 몰아붙이는 것은 불가능했다. 이 모든 공격을 받아낼 수 있는 내공과 경험이 추명서생에게도 있었기 때문이다. 이러다간 주변의 수적과 법가의 병력이 검마와 임소백에게 모두 몰살당해도 나는 추명서생과 겨루고 있을 것 같았다.

방법이 없으면, 만들어서 대응한다. 추명서생이 사도를 죽이겠다고 결심했을 때부터 자하신공이 펼쳐질 가능성은 사라진 상태. 그렇다고 내가 죽어줄 수는 없는 노릇이라서 검에 기를 압축하는 단검식을 맹주의 육전대검으로 해석했다. 모방은 무공 창안의 어머니다. 아님 말고.

내가 파악하고, 검마와 토론했던 육전대검은 보잘것없는 장검을 부러뜨리지 않기 위해서 기를 주입했던 긴 시간이 하나의 절기로 발전한 사례다. 내 표현대로 좋은 검을 사용할 수 없었던 가난한 무인의 검법인 셈이다. 가난 하면 내가 또 강호 어느 곳에 가도 빠질 수 없는 거지새끼라서 육전대검을 흉내 내는 것은 크게 어렵지 않았다.

나는 목검에 단검식을 주입하고, 또 주입하고, 끊어치듯이 밀어넣어서 압축시킨 다음에 칼날에 휘감긴 기를 유지했다. 그러니까 이것은 육전六戰이 아니라 삼전三戰 정도가 되는 절기다. 내가 이것을 왜 힘겹게 준비했느냐? 나도 모른다. 하지만 목적은 있다. 타점도 생각해 뒀다. 나는 평소대로 싸우면서 추명서생과 검을 맹렬하게 부딪치는 기회가 올 때마다 삼전대검을 추명서생의 검에 욱여넣었다.

내 손목도 부러질 것 같았지만. 받아치는 추명서생의 얼굴 표면도 파르르 떨리고 있었다. 와, 검이 무겁다는 게 이런 매력이 있을 줄이야? 강호의 유행이 쾌검인 모양인데 나는 반대로 중검의 매력에 푹 빠졌다. 쾌검과 중검을 조합할 수 있다면 그것이 바로 일대검호가 아닐까?

공자라는 사내가 조문도석사가의朝聞道夕死可矣라고 씨불였던가. 아침에 도를 깨달으면 저녁에 죽어도 좋다는 뜻으로 알고 있는데, 검객은 다르다. 아침에 검을 깨달으면 저녁밥도 먹을 수 있다. 순간, 나는 깨달았다. 저녁이 있는 삶이란 깨달은 검객에게만 주어진다는 것을. 너무 나갔나?

돌풍과도 같은 추명서생의 공격이 너무 화려해서 이를 방어하고 있는 내 머릿속도 찬바람이 몰아쳤다. 다행인 것은 여전히 무림맹의 화려한 조명照明이 나를 감싸고 있다는 것. 나는 단검식이 익숙해졌을 때 삼전을 또다시 재해석했다. 삼전의 묘리를 기억한 채로⋯ 일검에 목계를 주입해서 갈무리하고. 이검에 추명의 검을 쳐내면서 염계를 주입했다.

두 가지의 기를 압축한 채로 맹렬하게 다가오는 추명의 검을 부러뜨리겠다는 기세로 백전십단공의 뇌기를 주입했다. 여태 들을 수 없었던 괴음이 검과 검의 충돌에서 터졌다. 찰나에 툭- 하는 소리가 들리더니 검을 쥐고 있는 추명서생의 손등에서 핏물이 솟구쳤다. 순간, 나는 추명서생의 얼굴을 향해 염계대수인을 펼쳤다. 불그스름한 장력이 퍼지기 직전에 추명서생의 좌장이 불길을 틀어막듯이 도착했다.

콰아아아아앙!

검을 쥔 손과 장력을 쏟아내는 손이 교차한 상태. 추명서생은 나와 똑같은 자세로 대응하면서 눈을 부릅떴다. 찰나의 시간이었지만 나는 추명서생과 아주 오랫동안 눈빛을 교환하고 있는 느낌을 받았다. 순간, 우리는 동시에 웃었다. 그저 살아남기 위해서 최선을 다하고 있기 때문이다. 추명서생이 내게 말했다.

"그사이에 더 성장했구나. 문주."

나는 고개를 살짝 끄덕였다.

"살아남으려면 어쩔 수 없이 강해져야 해."

맞잡은 손은 어떻게 조절할 수 없을 정도로 떨렸다. 어쩌면 친구 다음으로 가까운 자들이 바로 내 적들이다. 손을 맞댄 채로 내공을 겨루고 나서야 추명의 무학 본질이 정순한 내공을 바탕으로 검을 익힌 것임을 알았다. 우리는 검으로도 버티고 있었다. 눈동자를 아래로 살짝 내려보니 추명서생의 손등에서는 핏물이 계속 터져 나오고 있었다. 일전에 내게 뚫렸던 상처가 온전하게 아물기도 전에 삼전대검에 터져나간 상태였다.

그럼에도 추명서생은 굳건하게 버텼다. 우리 주변은 신경 쓰지 않았다. 추명의 수하가 달려들면 무림맹이 나설 테고, 반대 상황의 비열한 짓은 무림맹이 하지 않을 터였다. 덕분에 우리는 온전하게 무력을 겨룰 수 있었다. 누가 죽어도 후회 없는 싸움이었다는 것은 추명서생의 눈빛과 내 마음이 알고 있었다.

추명서생이 이를 악무는 와중에도 웃었다. 피가 많이 빠져나가면 기력 자체가 줄어드는 것일까. 줄어들고 있는 기력으로 과도하게 내공을 소모한 모양인지 이제 웃고 있는 추명서생의 입에서도 피가 줄줄 흘러내리고 있었다. 이것은 내 승리다. 그러나 내 마음은 어찌해서 이런 승리에도 기뻐하지 못하는가? 나는 내키는 대로 혼신의 힘을 다하고 있는 추명서생에게 큰 기대 없이 물어봤다.

"…동지, 다시 살아보겠나?"

추명서생이 낮게 깔린 웃음을 내뱉었다가 대답했다.

"모욕적인 말은 이제 서로 하지 말자고."

나는 추명서생과 눈을 마주쳤다가 고개를 끄덕였다.

"네 말이 옳다."

추명서생을 죽일 수는 있어도 그의 자존심을 무너뜨릴 수는 없었다. 나는 빠져나간 핏물 때문에 흐트러지고 있는 추명서생을 밀어낸 다음에 최후의 한 수를 펼치도록 배려했다. 나도 내 마음을 모르겠다. 추명서생의 마지막 수법을 받아내고 싶었다. 밀려났던 추명서생이 치켜든 검에 회색빛의 돌풍을 휘감고 수직으로 내려쳤다.

동시에 나는 백전십단공을 극성까지 주입한 목검으로 일전에 깔끔하게 포기했었던 뇌검식雷劍式을 펼쳤다. 검기가 뇌우雷雨로 변한다는데 내가 이걸 어떻게 하나? 지금은 할 수 있었다. 목검에서 뻗어나간 벼락이 추명서생의 돌풍을 찢어발기고 있었다.

293.
내 시선을 피했다

나는 뇌검식이 적중하는 것을 보자마자 제운종으로 일보一步를 움직였다. 오히려 싸울 때보다 일보에 더 많은 것을 담았다. 일보를 움직이는 동안에 추명서생의 몸에서 핏물이 솟구치는 것도 봤고, 다가오는 나를 보고서 눈이 커지는 것도 확인했으나 이미 나는 추명서생의 몸에 도착해서 혈도를 찍었다.

틱!

추명서생이 잔월지법에 저항해서 움직이려는 찰나에 다시 목계지법으로 혈도를 더 찍었다. 나무로 된 닭처럼 뻣뻣하게 굳은 추명서생을 붙잡아서 돌린 다음에 적과 아군에게 고했다.

"…잠시 중지. 할 말 있다. 여기 좀 봅시다. 어이!"

싸우느라 내 말을 듣지 않는 자들도 있었고, 이곳을 주시하느라 이미 내 말에 귀를 기울이는 자들도 있었다.

"법가는 멈춰라. 식객인가 뭔가 하는 놈들도 멈추고."

다들 시야가 넓은 자들이라서 내게 잡힌 추명서생을 보자마자 싸움을 멈추는 것은 어려운 일이 아니었다. 어느새 특작대가 내 주변을 둘러싸고. 여전히 우리보다 수가 많은 법가의 무리가 대치한 상태. 나는 특작대주 임소백을 바라봤다가 법가의 무리를 향해 말했다.

"너희 가주는 내 포로가 되었어. 더 싸우면 죽일 수밖에 없다. 가주가 죽으면 법가의 패배야. 말로 할 때 귀담아들어."

법가에서 누군가가 말했다.

"하오문주, 본론부터 말씀하시오."

나는 코웃음을 한번 친 다음에 법가의 병력을 향해 말했다.

"너희는 지금 당장 무림맹 병력과 합류해서 수적을 몰살해라. 보이지?"

내가 손을 가리키자… 검마, 색마, 귀마가 배에서 쏟아진 병력을 도륙하고 있었는데 큰 배에서 내린 병력이 아직은 일백이 넘게 남아 있었다. 나는 가만히 서있는 법가에게 물었다.

"내 말이 어렵나?"

생각해 보니까 이런 와중에도 명령은 법가의 수장이 내려야 한다. 나는 추명서생에게 말했다.

"추명 동지, 명령해. 어차피 네가 이기든 내가 이기든 죽여야 할 놈들이야."

법가에서 한 늙은이가 말했다.

"가주는 풀어줄 것인가?"

"아니? 무림맹에 넘기겠다. 그쪽에서 풀어주면 다시 가주를 맞이하도록 해."

…

"그럼 따를 수 없다."

"늙은이 새끼, 넌 뭐야? 네가 가주야? 나이를 처먹었으면 상황 파악을 냉정하게 해. 가주부터 죽고 법가도 이 자리에서 전멸할 생각이면 네 마음대로 하도록. 살길을 열어줘도 굳이 몰락의 길을 선택하는군."

"우리가 왜 전멸인가? 아직도 병력은 우리가 유리하다."

이때, 가만히 있던 추명서생은 그제야 존재감 있는 사내를 발견한 모양인지 이렇게 말했다.

"무림맹주가 있다."

"…!"

법가 전체가 놀란 얼굴로 주변을 두리번거렸다. 어두워서 그런 것인지 무림맹주를 근처에 두고도 여전히 몰라보고 있었다. 임소백이 떨떠름한 표정으로 한숨을 내쉬었다.

"특작대는 먼저 합류해라. 이곳은 문주에게 맡기고. 가주를 죽게 놔둘 자들이 아니다. 이동해."

삽시간에 무림맹의 특작대가 법가를 버려둔 채로 다시 돌격했다. 임소백마저 특작대를 보조하듯이 따라가더니 사대악인들이 싸우고 있는 곳에 합류했다. 나는 삽시간에 추명서생과 외롭게 남아서 법가의 병력과 대치했다. 대체 맹주는 나를 얼마나 신임하는 것일까? 믿고 맡기는 모양새가 아주 냉정하고 단호했다. 이래서 맹주, 맹주 하는구나…

"갑자기 주변이 휑해졌네."

어처구니없게도 법가의 병력이 포위망을 좁혔다. 나는 다가오는 법가의 병력을 향해 경고했다.

"이러기야? 이렇게 나오면 가주를 죽일 수밖에 없다."

나는 추명서생의 어깨에 빙공을 주입했다. 추명서생의 얼굴이 일그러지더니 어깨에서부터 하얀색의 냉기가 들러붙기 시작했다.

"이거 봐라. 내상 입어서 견디는 게 어려워 보이네."

이때, 얼굴이 똑 닮은 늙은이 두 명이 말했다.

"가주도 새로 뽑고 문주도 죽이는 건 어떠한가?"

추명서생이 덜덜 떨리는 어조로 힘겹게 말했다.

"…음양가주, 미쳤느냐?"

나는 혀를 찼다.

"이 서생 새끼들 완전 개판이네. 너희는 법도가 없어?"

법가에서 누군가가 음양가주를 비난했다.

"음양가주, 미치셨소? 도우러 왔으면서 우리 가주님을 해하려고 하다니. 법가의 적이 될 셈이오?"

음양가주가 말했다.

"이제 제자 놈도 우리에게 막말하는군. 음양가는 이번 싸움에서 빠져라. 흥이 떨어지는구나."

"예, 가주님."

나는 헛웃음이 절로 나왔다.

"이 새끼들이 무림맹주 있다니까 바로 도망을 치네."

음양가주가 음양가의 병력을 데리고 물러나자 거의 삼분의 일이 이탈했다. 나는 음양가의 두 늙은이를 기억한 다음에 추명서생에게 물었다.

"저 두 늙은이는 서생이 아니야?"

추명서생이 대답했다.

"저따위 실력으로는 어림없지."

사실 실력은 꽤 좋아 보였는데 추명서생의 사심이 담긴 말이어서 그냥 넘겼다. 나는 추명서생을 설득했다.

"이봐, 구명을 요청하려면 법가가 빨리 나서서 한 명이라도 더 수적을 죽이는 게 낫다. 그대는 아직 무림공적이 될 만큼 사고를 치지 않았어. 왜냐고? 특작대가 아직 아무도 안 죽었거든."

정예만 추려서 온 것 같은 데다가, 특작대주가 선봉이어서 쉽게 당할 자들이 아니다. 그리고 사실은 추명서생이 그간 무슨 사고를 쳤는지는 잘 기억이 나지 않았다.

"개인적인 원한은 이번 비무에서 어느 정도 해결이 되었다."

"해결?"

"억울하면 다시 개인적으로 덤비고, 지금 할 일은 법가의 병력을 보존하는 게 가주의 역할이야. 임 맹주가 호락호락해 보이나? 끝까지 가면 너희가 전멸이야. 내가 왜 이러는지 이해하라고. 감정적으로 생각하지 말고."

내 말이 끝나자마자, 추명서생이 명령했다.

"법가는 무림맹 병력에 합류해서 수적을 죽여라."

"예?"

"내가 언제부터 두 번 말했나?"

"명을… 받듭니다."

나는 법가의 병력이 칼끝을 돌려서 수적들을 향해 나아가는 것을 보면서 속으로 웃었다. 이간질할 때마다 왜 이렇게 즐거운지 모를 일이다. 이제 법가도 어쩔 수 없이 동호제일검의 수하들을 죽이게 되었다. 엮여야 난장판이 된다. 난장판이 되면 내가 즐겁다. 즐겁게 웃으면 복이 오기 때문에 동호제일검을 잡을 확률이 높아지기 마련이다. 법가를 통솔하는 제자는 무림맹이 부담스러운지 외곽으로 이동했다가 우측의 수적 무리부터 죽이기 시작했다.

"좋았어."

나는 혼자 휴식을 취하면서 사대악인, 무림맹, 법가가 뒤섞여 싸우는 것을 느긋하게 구경했다. 처음에는 사대악인이 포위된 채로 날뛰고 있었는데 지금은 상황이 역전되어서 수적이 죽어 나가고 있었다. 옆에서 굳어있는 추명서생이 조금 심심해 보였기 때문에 이놈도 서있는 자세를 돌려서 제대로 구경할 수 있게 만들었다. 추명서생이 내게 말했다.

"왜 굳이 이렇게 하나? 임 맹주가 있었다면 다 죽일 수 있었을 텐데."

나는 추명서생의 말에 대충 대답했다.

"내가 교주로 보여? 내가 살인마냐? 내가 마도로 보이나?"

"..."

"내가 미친놈이냐?"

"그런 거 같군."

나는 고개를 좌우로 흔들어서 입을 털었다. 할 말이 조금 꼬인 상태였다.

"하여간 약조대로다."

"날 살려주면 내가 포기할 것 같은가?"

나는 추명서생의 어깨를 붙잡았다.

"동지, 미안한 말이지만 그대와 싸울 때 나는 전력을 다하지 않았어. 내가 너를 두려워할 것 같으냐?"

"나도 손을 다쳤기 때문에 전력이 아니었다."

"아니, 그런 말이 아니야. 이상하게 들릴 테지만 나는 무공을 감정적으로 익혔다. 나는 내가 강했던 순간을 기억해. 지금은 아니야. 내무력은 아무것도 없는 무無에서 출발했다가 내가 발휘할 수 있는 궁극까지 간격이 까마득하다. 이런 내가 가장 강해졌을 때는 딱 세 번밖에 없었지."

실은 더 있었는데 대충 생략했다.

"…"

나는 야밤의 전투를 구경하면서 말했다.

"궁금하지 않아? 언제 내가 가장 강했었는지."

"감정에 따라 실력이 들쑥날쑥 된다는 말이냐."

"실제로 그래. 내가 세 번째로 강했을 때는 백의서생과 다퉜을 때지. 승부를 내진 않았다. 함께 죽자고 협박했거든. 실제로 그럴 생각이었지. 눈치 빠른 백의서생이 먼저 포기하더군."

"…"

"두 번째로 강했을 때는 실명서생을 상대했을 때다. 그는 수하들을 먼저 내보내고 기회를 엿보고 있었거든. 어쩔 수 없이 절기를 하나 갑자기 만들어 내서 승부를 걸었지. 실명에겐 그렇게 이겼다. 쉽진 않았어. 하지만 그 순간이 내가 가장 강했던 때라곤 할 수 없다."

"그럼 언제인가?"

나는 고개를 살짝 돌려서 추명서생을 바라봤다.

"…그 혼혈소녀 말이야. 흑향에서 거래되고 있더군. 내가 직접 아이를 구했다. 고아였지. 여섯 살. 눈이 예쁜 아이야. 현장을 목격했을 때 내 무공은 잠시 정점을 찍었지. 믿기지 않겠지만 흑향에서는 모조리 일검에 죽였다. 그렇게 시작한 싸움이 이곳 동호까지 오게 된 거야. 왜냐고? 그놈이 내게 피해 보상을 청구했거든. 솔직히 말하자면, 그대가 올 것도 어느 정도 예상했다."

"예상했겠지."

"예상만 했겠나? 그대를 여기서 죽일 셈이었는데. 이처럼 야밤에 강바람을 같이 처맞으면서 이런 이야기를 하게 될 줄은 나도 몰랐지. 삶은 계획대로 흘러가지 않아. 봐라."

나는 특작대주 임소백을 가리켰다.

"맹주가 갑자기 이런 곳에는 왜 오는 거야? 이것도 예상한 일은 아니다."

추명서생이 한숨을 내쉬는 것을 보아하니 이놈도 예상하지 못했던 일이다. 사실 추명서생이 다른 제자백가의 우두머리 격인 음양가의 우두머리까지 데려왔기 때문에 제대로 붙었다면 싸움이 훨씬 길어졌을 테고 그 과정에서 특작대 일부가 다치거나 죽을 수도 있었다. 나는 추명에게 말했다.

"거짓말을 하는 거로 보이나? 방금 내 실력은 정점이 아니야. 실명서생을 죽인 것은 어쩔 수 없었다. 실명, 백의, 천악의 조합이면 개방 방주가 당했을 테니까. 무슨 수를 써서라도 개방 방주를 살려야만 했지."

추명서생은 아무런 말 없이 죽어나가는 수적들을 물끄러미 바라봤다. 잠시 깜빡했었다는 것처럼 추명서생이 물었다.

"그럼 나는 대체 몇 번째인가?"

"그대는 네다섯 번째겠지. 그때의 평균적인 실력보다 지금 내가 더 성장한 상태니까. 이제 그대는 무림맹에 잡혀 들어가서 문초도 좀 당하고. 정보도 좀 대충 푼 다음에 법가로 돌아가라. 그 정도는 주선해 줄 테니."

"황당하군."

"살기 싫은가?"

추명서생이 대답했다.

"살기 싫다는 뜻이 아니라 자네가 날 살려둘 이유가 없다는 뜻이야."

"그건 맞지. 십사 년 후에 다시 도전하도록 해. 그때도 우리 둘 다 살아있다는 가정하에."

이 뜬금없는 말에 추명서생이 곁눈질로 나를 바라봤다.

"왜 십사 년인가?"

사실 나는 여기서 조금 고민했다. 하지만 마음이 가는 대로 대답했다. 어차피 진심을 말하지 않으면 뜻이 통하지 않기 때문이다.

"이봐, 나는 그 혼혈소녀를 제자로 받았어. 이제 여섯 살이야. 그래도 스무 살까진 내가 보살폈다가 독립시켜야지. 그대도 살아있고, 나도 살아있다면 그때 다시 도전해. 나는 그 전에 교주와 싸우게 될 확률이 높아서 멀쩡하게 살아있을 가능성이 크지 않다만. 그때는 나도 손바닥이 뚫려있거나 아예 팔 하나가 없을 수도 있겠지. 그래도 도전은 받아주마."

"…"

"사실 제자로 받을 마음이 없었는데. 갈 곳이 없는 아이였다. 어쩔 수 없이 셋째 사부가 되었지."

"왜 셋째 사부인가?"

나는 턱짓으로 호숫가를 가리켰다.

"나머지 세 명은 저기서 지랄하고 있다. 봐라, 지랄 염병을 하고 있네."

"사부가 넷이란 말이냐?"

나는 공중에서 날아다니듯이 싸우는 색마를 바라보고, 검마를 뒤에서 보조하는 귀마도 찾아냈다. 검마는 평소처럼 무척 잔인하게 상대를 도륙하고 있어서 검을 휘두를 때마다 신체 일부가 분리되었다.

"갈 곳 잃은 고아를 어렵사리 맡았으면, 되도록 같은 슬픔은 주지 말아야지. 교주와 싸워도 우리 넷 중에 한 사람은 미리 피해있을 생각이야. 강호의 도리고 나발이고 그것이 사람의 도리다. 나는 전과 다르게 함부로 죽을 생각이 없다. 함부로 죽을 생각이 없기에 그대와 같은 못난 놈도 죽이기 전에 다시 한번 고민해 보는 사람이 되었어. 나한테도 쉽지 않은 일이야."

다리에 힘이 풀린 모양인지 추명서생이 바닥에 털썩 주저앉았다. 나는 팔짱을 낀 채로 추명서생에게 물었다.

"이봐."

"…"

"법가에는 혹시 두 번 연달아 패하면 상대에게 존중을 표하거나 형님으로 모신다거나 그런 법 없나?"

"그런 미친 법이 어디 있겠나?"

나는 추명서생을 노려봤다.

"법이 꼼꼼하질 못하네. 허접해."

추명서생이 축 늘어진 자세로 한숨을 내쉬었다.

"살려주려면 이대로 풀어주게. 무림맹에 끌려가게 하지 말고."

나는 추명서생을 비웃었다.

"한심하군. 음양가주 하는 꼴을 봐라. 죄가 없다면 무림맹이 알아서 치료해 줄 거다. 갇혀서 요양하다가 멀쩡한 꼴로 법가에 복귀하는 게 더 나을 거야."

곰곰이 생각하던 추명서생이 내게 물었다.

"왜 자꾸 동지라고 부르나?"

나는 쪼그려 앉아서 추명서생과 눈을 마주쳤다.

"너희는 진시황 같은 사내가 또 나타나면 어찌할 셈인가?"

"서생들이 총력을 기울여서 암살하겠지."

나는 고개를 살짝 끄덕였다.

"아마 그 옆에 나도 있을 거야. 가는 길은 달라도 목적지는 같아."

나를 한참이나 노려보던 추명서생이 이렇게 말했다.

"잔인무도한 백가 놈이 자네를 왜 안 죽였는지 이제야 이유를 알 것 같군."

나는 고개를 저었다.

"말은 바로 해야지. 안 죽인 게 아니라 못 죽인 것이다. 추명, 나는 쉬운 사내가 아니야. 그대에게도, 백의에게도, 그리고 천악서생에게도."

"그래도 동호제일검은 쉽게 잡지 못할 것 같군. 내가 힘을 합치겠다는 연락을 넣었는데도 만나진 못했다. 나타날 생각이 없는 사내야."

"동호제일검은 크게 신경 쓰지 않아도 좋아. 어차피 오늘처럼 수하들부터 다 죽일 생각이야. 그럼 숨어서 돈으로 살수를 고용하겠지? 그럼 살수들도 다 죽이겠다. 동호의 물이 투명하고 맑아질 때까지 죽여주마. 동호에 머물면서 동호제일검을 따르는 놈들은 모조리 죽이는 거지. 어느 날 저녁에 내 수하들, 동료들, 무림맹, 동맹 하여 간 아는 사람들 죄다 불러서 이렇게 선언할 생각이다."

나는 일어나서 추명서생을 내려다봤다.

"그 병신 놈은 이제 나타나든 말든 상관없다고. 왜? 영향력만 따져도 그때는 내가 동호제일검이 되었을 테니까."

나는 그때를 상상하면서 말했다.

"여기저기서 내 이름과 별호, 정체성을 부르짖으면서 환호하겠지. 하오문주! 이자하! 동호제일검! 점소이!"

나는 양손을 좌우로 벌린 다음에 넋이 살짝 나간 추명서생을 노려봤다.

"그것이 나다."

"…"

서생 놈이 내 시선을 피했다.

294.
임무가 있어서 왔지

무림맹주가 있는데 별일이 있을까 싶었지만, 실제로 별일 없었다.
중앙에서는 사대악인이 원을 넓히듯이 싸우고. 좌측에서는 무림맹
의 특작대가 휘젓고, 우측에서는 법가의 병력이 압박했다. 나름 신
기한 조합이었다. 전생의 무림공적과 그들을 잡으러 다니던 무림맹
이 힘을 합치고 있었으니 말이다. 사실, 이 광경은 회귀하자마자 내
가 그렸던 그림이다. 실제로 눈으로 보고 있자니 다소 황당할 뿐이
었다.

더군다나 전생과 현생에 걸쳐 암중에서 활동하던 서생 세력까지
합류했기 때문에 기분이 묘했다. 나는 문득 선착장을 바라봤다. 내
쪽으로 도주해 오고 있는 수적 두 명이 나를 보자마자 바닥을 굴렀
다가 일어나더니 방향을 틀어서 번화가를 향해 맹렬하게 도주했다.
나는 도망가는 놈들을 향해 검을 뽑았다.

"이놈들아, 바쁘게 어딜 가는 거야?"

당장 검기를 분출하면 죽일 수 있었지만, 선착장의 참극을 알릴 놈도 필요했기 때문에 검을 든 채로 작별을 고했다.

"더 빨리 뛰어라, 수적들아. 더 빨리. 얍삽한 놈들. 가서 참상을 알려라. 병신 같은 대장 때문에 또 밑에 놈들만 죽어 나갔다고 상세히 보고하도록. 알았어? 대답 안 해?"

나는 검을 집어넣은 다음에 추명서생을 바라봤다.

"나는 혼잣말이 취미야."

"..."

추명서생이 내게 물었다.

"저놈들은 왜 안 죽이나?"

"운이 좋으면 살려줘야지. 사실 나는 동호에서 사도만 죽이면 돼. 목적은 잊지 않았다."

어느새 싸움이 대승으로 끝나자 임소백의 목소리가 들렸다.

"불을 밝혀라."

임 맹주는 불을 밝히는 인원도 따로 정해놓은 것일까. 화섭자를 개조한 것처럼 보이는 길쭉한 횃불이 곳곳에서 타올랐다. 나는 검마와 임소백의 재회를 바라봤다.

"맹주가 여기까진 어인 일이오?"

임소백이 검마를 바라보면서 대답했다.

"임무가 있어서 왔지. 동호에는 본래 소탕하지 못한 수적이 많아서 내가 오는 게 이상한 일은 아닐세. 그대는 왜 이곳에 있나?"

"나는 하오문주를 협박하는 놈이 궁금해서 와봤소."

임소백이 검마에게 이렇게 말했다.

"나는 동호에서 문주를 만난 것보다 자네를 만난 것이 더 반갑네."

임소백이 미소를 짓자, 검마도 전보다 편한 어조로 대답했다.

"산장 일이 떠올라서 나는 그렇게 반갑진 않군."

검마의 말에 임소백이 고개를 젖히면서 웃었다.

"하하하."

별것 아닌 대화였으나 나는 저 사정을 아는지라 혼자서 엄청나게 재미있는 공연을 관람하듯이 쳐다봤다. 임소백이 상황을 정리하는 명령을 내렸다.

"…수적 놈들의 장례는 필요 없으니 모아서 화장해. 배는 날이 밝은 다음에 살펴라. 곳곳에 독을 발랐거나 널빤지를 빼놔서 서서히 가라앉게 해놨을 수도 있다."

"예."

"싸움이 길어질 모양이니까 공손 군사에게 연락해서 동호 지부 설립하는 안건을 빨리 진행하라 이르고. 동호 지부장을 임시로 선임해서 이곳으로 파견하라고 연락해. 부대주 급에서 승진 인사로. 부상자 있나?"

여기저기서 손을 들자, 임소백이 고개를 끄덕였다.

"부상자가 복귀해서 내 뜻을 전하고. 빠진 인원을 보충하라고 전해. 선배가 부상자를 안전하게 통솔해서 복귀하시오."

내 뒤에 있었던 노강호가 맹주에게 포권을 취했다.

"명을 받듭니다."

"멀쩡한 특작대는 당분간 복귀하지 말고 동호에 퍼져서 본래 있던 상인들이 불편하지 않게끔 활동해. 의미 있는 보고 사항이 있으면 언제든 내게 전달하도록."

"예."

주변을 둘러보던 임소백이 그제야 법가의 무리를 바라본 다음에 내 쪽으로 사대악인과 걸어왔다. 나는 옆에 있는 추명서생에게 일러바치듯이 말했다.

"맹주, 온다. 호랑이처럼 걸어오는구나. 준비됐어?"

"..."

"그래도 법가가 공을 세웠네. 수적 무리를 죽였으니."

추명서생이 한숨을 내쉬었다. 법가의 무리도 조금 떨어진 곳에서 다가오더니 어색한 정적 속에서 대기했다. 무림맹주는 실력으로 자신의 정체를 증명한 터라 긴장감은 법가 무리에게만 감돌고 있었다. 도착한 임소백이 물었다.

"추명서생이라고 했나?"

곧 끌려갈 것이라고 생각한 추명서생이 체념한 어조로 대답했다.

"그렇소."

"그대가 이끄는 세력이 법가라는 단체고?"

추명서생이 고개를 끄덕이자, 임소백이 내게 물었다.

"이 자리에서 붙은 것은 개인적인 원한인가?"

"예."

임소백이 잠시 고민하더니 손을 뻗어서 추명서생을 일으켰다. 내가 찍었던 혈도를 아무렇지도 않게 풀어주더니 추명서생에게 말했다.

"하오문주가 근래 사람을 많이 죽였는데 거기서 생긴 원한인가?"

"그렇소."

"섣불리 단정할 수는 없네만 이유도 없이 마구잡이로 죽여대는 사람은 아닐세. 그대 지인이 원인 제공을 한 것이라면 자네도 할 말이 없을 터. 사연을 깊이 캐묻지 않을 테니 오늘은 물러가게."

추명서생은 소스라치게 놀란 표정으로 임소백을 바라봤다. 임소백이 다시 물었다.

"왜? 무림맹 좀 구경하고 싶은가?"

꼼짝없이 붙잡혔다고 생각했던 추명서생이 당황한 표정으로 대답했다.

"가도 되겠소?"

임소백이 덤덤한 표정으로 말했다.

"설마 내가 하오문주의 허락을 구하리라 생각하는 건 아니겠지. 내가 맹주로 왔다면 보내주기 어려울 테지만, 오늘은 특작대주로 왔다. 추명서생, 그대가 이후에 어떻게 활동할지는 모르겠으나 수적 같은 놈들 때려잡을 때는 이 정도만 힘을 합쳐도 오늘 내 선택을 크게 후회하진 않을 것 같군. 다음에 보세."

임소백이 법가의 무리를 향해 말했다.

"…데려가라. 많이 다쳤다."

법가에서 서너 명이 우르르 달려오더니 추명서생을 부축했다. 추명서생이 법가에 둘러싸인 채로 걷다가 돌아서더니 임소백을 향해 말했다.

"맹주, 또 뵙겠소."

임소백이 고개를 끄덕였다.

"살펴 가게."

다소 기이한 밤이었다. 이렇게 되면 죽은 놈들만 억울한 밤이기도 했다. 수장이 못나면 수하들이 이렇게 죽어 나간다. 기이하게 패배하고 어처구니없을 정도로 손쉽게 살아남은 법가의 무리가 추명서생을 호위한 채로 선착장에서 퇴각했다. 나는 이 새끼가 인사도 없이 떠나는 게 어처구니가 없어서 소리를 버럭 내질렀다.

"추명!"

멈춰 선 추명서생이 무언가를 훔쳐 먹다가 들킨 표정으로 나를 돌아봤다. 나는 추명서생과 눈을 마주치자마자 말했다.

"…잘 가라. 작별 인사는 해야지."

추명서생이 한숨을 내쉰 다음에 멀어졌다. 나는 색마랑 눈을 마주 쳤다가 중얼거렸다.

"나 누구랑 인사하냐."

색마가 혀를 찼다.

"…실컷 쥐패놓고 인사를 하면 누가 받아주냐. 한심한 놈."

귀마가 거들었다.

"죽기 직전까지 때려놓고 인사를 처하고 있네. 장하다."

나는 색마와 귀마에게 말했다.

"살려준 게 어디야?"

"그건 맞지."

임소백은 실로 바쁜 사내여서 계속해서 명령을 하달했다.

"특작대."

"예."

"밤새도록 시체를 치우면 내일 종일 자야 할 거다. 오늘은 휴식을

106 　　　… 　　　광마회귀 6

취한 다음에 내일 인근 사람들을 인부로 고용해서 일당을 넉넉하게 챙겨준 다음에 선착장의 시체를 말끔하게 치우도록."

단혁산이 대답했다.

"알겠습니다. 숙소를 다시 잡은 다음에 연락드리겠습니다."

그제야 임소백이 나를 바라봤다.

"점거하고 있었던 객잔으로 안내하게."

새삼스럽게 모르는 게 별로 없는 사내라는 생각이 들었다.

* * *

불법으로 점거한 객잔에 둘러앉아서 서로를 바라보니 검마와 맹주를 제외하면 다들 옷차림이 요란했다. 찢어진 곳이 많았기 때문이다. 너덜너덜하게 찢어진 옷자락을 보고 있으려니 내 마음을 보는 것 같아서 아무렇지도 않았다. 다만, 색마와 귀마는 수적 놈들에게 찢긴 것이고 나는 추명서생에게 찢긴 것이라서 급이 다르다.

내 옷이 조금 더 예술미 있게 너덜너덜하게 찢어진 상태랄까. 임소백은 매번 찾아왔던 객잔의 단골손님처럼 의자에 앉아서 휴식을 취했다. 탁자에 올려놓은 검을 뽑아서 칼날을 살피다가, 품에서 꺼낸 헝겊으로 칼날을 닦길래 나도 그냥 따라 했다. 색마가 품에서 꺼낸 육포를 맹주에게 내밀었다.

"맹주님, 드시겠습니까? 육포입니다."

임소백이 간략하게 대답했다.

"안 먹어."

"예."

나는 갈 곳 잃은 육포를 쳐다보면서 말했다.

"나 줘."

색마는 내밀었던 육포를 자신의 입으로 가져가더니 본래 자리로 돌아갔다. 나는 검을 닦으면서 색마를 노려봤다.

"저 병신 새끼."

검에 묻은 피를 꼼꼼하게 닦은 임소백이 내게 물었다.

"…싸울 때 얼핏 들었는데. 아예 동호에 눌러앉을 생각인가?"

"이 정도로 난리를 떨었는데도 안 나오는 거면 눌러앉는 게 낫겠소. 고향이라고 생각하고 지내는 중이오."

임소백이 말했다.

"동호를 공략하기 힘들었던 이유는 이곳의 평범한 사람들이 대부분 동호제일검에 협조하는 자세를 취했기 때문이야. 내가 동호제일검을 잡으려다가 멀쩡한 사람들까지 괴롭히게 될 형세였지. 사고 치는 놈이 동호에만 있는 것도 아니었고."

나는 무림맹주의 변명을 차분하게 들었다. 무림맹주의 변명이 이어졌다.

"사실 맹에는 수전水戰에 익숙한 고수가 드물어. 경공으로는 한계가 있네. 동호제일검이 큰 배만 삼사십 척은 넘게 보유한 것으로 아는데. 겨우 큰 배 몇 개를 압수했군."

"그놈이 배가 그렇게 많소?"

"많아. 괜히 수전이라고 표현한 게 아니다."

"수왕水王이네. 진짜 어디 섬에 틀어박혀 있나. 그나저나 추명서생은 왜 보내줬소?"

나는 임소백의 다음 변명을 경청했다.

"서생 놈들이 엮이면 줄줄이 튀어나오니까 섣불리 전선을 확장할 수 없다. 특작대로 왔으니 이번 임무에만 집중하는 것이 옳아. 인원은 한정되어 있는데 이곳에서 다른 서생의 공격을 받을 수 있는 가능성은 차단해야지."

나름 전략적인 선택인 셈이었다.

"서생 세력을 알고 계셨소?"

임소백이 사대악인을 둘러봤다.

"대충은 파악하고 있네. 서생은 이상한 놈들이야. 연합하면 골치가 아플 놈들이지. 그래서 사고를 쳐도 개별적으로 공적 명단에 올리라고 했다. 개인으로 구별해서 상대할 필요가 있는 자들이야. 하나로 합칠 여지를 주면 안 돼."

사고를 쳐도 개별적으로 상대한다는 뜻은 전생에도 서생 세력을 얼추 알고 있었다는 뜻이다. 그리고 보면 백의서생의 또 다른 별호인 악제惡帝는 무림맹이 붙인 것일 수도 있었다. 무림맹도 나름 머리를 굴려서 대처하고 있었다. 임소백이 우리를 둘러보다가 말했다.

"다들 실력이 전보다 좋아진 것 같은데 신기하군. 나만 맹에서 수하들에게 치이다 보니까 제자리인 것 같은데 말이야."

검마가 시큰둥한 어조로 말했다.

"엄살은…"

나랑 눈을 마주친 임소백이 말했다.

"문주, 대략 얼마나 걸릴까?"

앞뒤 자른 물음이었으나 나는 바로 대답했다.

"당장 내일이라도 나타날 수도 있고. 영원히 나타나지 않을 수도 있소. 처음에는 행상인으로 변장해서 여기를 지나거나 평범한 가게의 주인장으로 위장해서 살펴볼 것이라고 상상해 봤는데 그것 아닌 것 같고. 이 정도 인내심이면 대단한 악인이오. 무공이 강하든 말든 간에 염치가 대단히 없는 놈이 대체로 악귀 같은 놈들이지."

"염치가 없으면 악귀인가?"

"그렇지 않소? 염치가 없으면 세상이 본인 중심으로 돌아가고, 타인의 감정에는 관심이 없고, 누군가가 굶어 죽든 말든 간에 반찬 투정이나 할 놈들이지. 어딘가에서 진수성찬을 먹으면서 내 욕을 하고 있겠지."

내가 했었던 악담 중에서도 수위가 꽤 높았다. 주변에는 불이 꺼진 상태였지만 내 말은 동호 사람들의 입에서 입으로 퍼질 터였다. 내가 내뱉은 말이 언젠가는 동호제일검에게 흘러갈 것이라고 나는 믿고 있다. 그놈이 무슨 말을 했다더냐? 화를 내지 않을 테니 있는 대로 말해보게. 이것이 사람의 심리다. 더군다나 내 일거수일투족을 보고받아야 할 테니 내 악담은 어떻게든 흘러갈 터였다. 임소백이 말했다.

"문주, 내가 동호에 머물면 더 안 나타나지 않을까. 어떻게 생각해."

나는 유난히 불이 많이 꺼진 동호의 밤거리를 둘러보면서 대답했다.

"사실 상관없소. 이 사람들도 생각이 있겠지. 동호에서 살아가는 사람들이 동호제일검을 갈아치워야겠다고 생각하면 평범한 상인이 와서 내게 제일검을 제보할 수도 있고, 노인장이 와서 제보할 수도 있소. 아마도 먹고사는 문제가 깊이 엮여있어서 결정하기 어려운 모양이외다. 하지만 오늘 싸움의 결과가 퍼져나가면 동호제일검에 대한 공포가 조금 가라앉겠지. 새로 등장한 우리가 동호제일검을 전혀 두려워하지 않는다는 것부터 알리고 있소."

임소백이 고개를 끄덕이더니 색마를 불렀다.

"좋은 전략이다. 몽랑아."

"예."

"술 좀 사 와라."

색마가 이마를 붙잡으면서 일어났다.

"…아, 알겠습니다. 술을 사 와야죠. 암요, 암요."

색마는 양손으로 얼굴을 비벼대더니 술에 취한 놈처럼 어디론가 걸어갔다. 임소백이 색마를 쳐다보면서 말했다.

"왜 저래? 저놈이 막내 아니야?"

아는 것도 많은 맹주셨다.

"맞소. 막내요."

길 한복판에서 갑자기 색마가 양팔을 휘젓더니 자는 사람들을 깨우는 고성방가를 내질렀다.

"동호제일검 개새끼야! 나와라! 막내도 두렵더냐? 내가 색마다!"

"쯧쯧쯧. 돌았어."

내가 혀를 차자, 검마도 한숨을 내쉬었다. 귀마가 일어나더니 색마가 걸어간 곳으로 향했다.

"어디 가?"

내가 묻자, 귀마가 대답했다.

"둘러보러."

"가라."

어쩐지 술 사러 가는 놈을 호위하러 가는 모양새였다. 잠시 정적이 흘렀다가 임소백이 궁금하다는 어조로 물었다.

"그 아이는 어떻게 되었나?"

예상하지 못했던 질문에 나는 임소백을 쳐다봤다.

"제자로 삼았소."

임소백이 고개를 살짝 끄덕이더니 덤덤한 어조로 대답했다.

"그렇게 됐군."

잠시 우리 셋은 의미를 알 수 없는 한숨을 주고받다가 의자에 널브러진 채로 밤하늘을 구경했다. 밤하늘에 반짝이는 별이 강호의 고수들이 가진 검처럼 빛나고 있었다. 나는 번뜩이는 별을 헤아리다가 맹주에게 부탁했다.

"선배, 부탁이 하나 있는데."

"말하게."

"맹에 서열록 같은 것도 보유하고 있소?"

"명단을 가지고 있다 보니까 편의상 서열대로 배치할 때가 있네. 정확하진 않겠지. 맞붙지 않은 관계도 있고, 상성도 있고 실력을 감춘 자도 많을 테니. 그리고 자네들처럼 하루가 다르게 강해지는 사내들도 있고."

나는 임소백을 보면서 말했다.

"내 서열은 무림맹에서 계속 좀 낮춰주시오."

"왜? 그간 누구보다 더 빠르게 치고 올라가는 중인데."

"내 서열이 올라갈수록 하오문이 대단한 문파라고 생각할 것 같아서. 그냥 별 볼 일 없는 문파로 남아있는 게 길게 봐도 좋을 것 같소."

"그런가?"

내가 고개를 끄덕이자, 임소백이 수락했다.

"어렵지 않은 일이야. 신경 쓰지 말게. 몽랑 밑으로 해주겠네."

나는 무림맹주를 바라봤다.

"그건 좀."

임소백도 농담인 모양이었는지 바로 정정했다.

"그 위로 해주겠네."

농담에 마냥 당해주기가 싫어서 나는 임소백에게 포권을 취했다.

"고맙소."

문득 검마와 눈을 마주쳤는데, 검마가 내 시선을 피했다.

295.
육전대검

술을 마시는 도중에 임소백은 내게 근황을 물었다. 요새 내 마음이 어떤지, 무슨 생각을 하고 있는지, 누구와 싸웠는지… 술이 있어서 이야기도 섞였다. 중간에 몇 번 특작대가 와서 숙소로 안내하겠다는 말을 했다가 맹주가 주는 술을 한 잔씩 받아먹고 어디론가 사라졌다. 그리고 보니 임소백 맹주는 타인의 이야기를 참 잘 들어주는 사내였다. 귀마가 전하는 육합문의 복수에 관한 이야기도 들어주고, 색마에게서는 풍운몽가에 관한 이야기를 들었다.

　하지만 우리의 이야기가 전부 등장하진 않았다. 검마도 끝내 자신의 개인적인 이야기에 대해서는 맹주에게 말하지 않았다. 어찌 보면 무림맹주만큼 다사다난한 이야기를 가진 인물도 강호에 드물 것인데 임소백도 자신의 이야기를 구구절절 꺼내지 않았다. 아무리 술이 오간다고 해도 속내를 전부 밝힐 수는 없는 노릇이다. 술이 몇 차례 돌았는지도 까먹었을 무렵. 나는 임소백에게 궁금한 것을 물어봤다.

"맹주 선배."

"응?"

"육전대검 이야기 좀 해주시오."

"육전대검."

문득 알 수 없는 표정을 지은 임소백이 다시 읊조렸다.

"육전대검…"

육전대검이라는 말에 사람의 표정이 이렇게 바뀔 수 있는 것일까. 한마디로 표정에 회한이 서렸다. 맹주도 육전대검에 많은 감정이 담겨있는 모양이었다. 나뿐만이 아니라 이번에는 검마도 귀를 기울이는 것처럼 임소백을 물끄러미 바라봤다. 역시 검객들은 검법 이야기에 사족을 못 쓰는 법이다. 임소백이 내게 물었다.

"육전대검에 대해 어느 정도 알고 있나?"

"선배가 이끌던 검대가 육전대였다는 것 정도."

임소백이 고개를 끄덕였다.

"검대와 전대는 그냥 표현의 차이다. 그때는 검을 쓰지 않는 자들이 많은 경우에는 전대라 불렸지. 젊은 시절부터 함께하던 동기도 있고 후배도 있었다. 친구도 있었고 싫어하는 놈도 있었어. 유난히 나를 잘 따르던 대원도 있었고. 사사건건 반항하던 놈도 있었지. 인원을 제한하는 조건으로 마교 전대 교주와 당시 맹주님이 회동했는데 우리는 호위와 잡다한 임무를 가진 채로 회동을 보조했다. 왜 만났는지는 알고 있나?"

임소백이 검마를 바라봤다. 검마가 대답했다.

"천하제일을 가리기 위해?"

"그것은 표면적인 이유였고."

임소백의 말이 이어졌다.

"뇌옥에 가둬둔 마교 측 간자들과 무림맹이 심어뒀던 마교 내 간자들을 교환하는 협상이 주된 목적이었다. 만나자마자 협상은 꺼내지도 못했다. 이미 다 죽었다고 하더군. 그때, 전대 맹주께서 퇴각을 명하셨다. 협상이 결렬됐으니 얻을 게 없다고 판단하셨지. 애초에 서로 인원을 제한했는데도 추격전이 시작됐다. 도망치면서도 기분이 이상했지. 그냥 끝장을 보시지. 왜 물러나실까. 따라잡혀서 맞붙고 나서야 알게 되었지. 교주가 끌고 온 고수들의 무위가 예상을 아득하게 뛰어넘었다. 맹주가 우리에게 알려줬지. 옛 총본산의 고수들이니 맞서지 말고 물러나라고. 자네는 알고 있나?"

검마가 대답했다.

"옛 총본산의 망령들. 사부들이기도 하고. 무공은 뛰어나지만, 사회성이 떨어지는 자들이지. 스스로 교주 자리에는 어울리지 않는다는 생각을 하는 자들이기도 하고. 마공의 부작용이 정신에까지 미쳐서 정상인이라고 볼 수는 없소. 망령들이 나섰다면 전멸할 수밖에."

검마가 확정적인 어조로 말했다. 임소백이 물었다.

"망령에 대해 조금 더 알려주게."

"옛 총본산은 그러니까 좀 이상한 곳이오. 죄를 지은 자를 유배 보내기도 하고, 동시에 무공을 배워서 오라고 보내기도 하는데 유배든 뭐든 간에 망령들이 마음에 들지 않으면 때려죽이다 보니까. 음, 공식적으로 귀향하라는 명령이 내려지면 지옥에 끌려가는 기분으로 가야 하는 곳이지. 거기서 벌어지는 일은 교주도 크게 관여하지 않소. 죽든 말든 간에."

임소백이 고개를 끄덕였다.

"내 기억으로는 전부 이상하진 않았네. 고위직에 있다가 은퇴한 자들도 섞여있었던 것 같군. 당시 맹주님의 별호가 별다른 수식어 없이 신검神劍이었는데 망령들을 죽이다가 검이 부러졌지. 당시 교주도 맹주님에게 죽었네. 교주가 죽었으니 추격전도 끝난 줄 알았어. 나는 중상을 입은 맹주님을 호위한 채로 물러나다가 아직 죽지 않은 망령들과 계속 겨뤘는데 정신을 차리는 게 힘들었네."

색마가 말했다.

"전대 맹주님도 대단하셨군요."

임소백이 고개를 끄덕였다.

"맹주님을 업고 뛰자니 대원들이 죽어 나가고. 대원들을 챙기다간 맹주님의 숨이 곧 끊어질 것 같았지. 사실 내가 모시던 맹주님이 교주를 죽인 순간부터 자타공인 천하제일인이 된 것인데, 그 천하제일께서는 내 등에서 사경을 헤매고 계셨지."

임소백이 술잔을 붙잡자, 색마가 조용히 술을 따랐다. 임소백이 술을 마신 다음에 말했다.

"대원들이 빨리 맹주님을 무사히 안전한 곳으로 모시라고 하더군. 나는 맹주님을 업은 채로 대원들에게 물었다. 너희는 어찌할 것이냐? 그때 농담을 잘하던 경천이의 말이 기억나는군. 대주님, 저희는 천하제일이 아닌데요? 빨리 가십시오. 상황이 정신을 무너뜨릴 수 있다는 것을 그때 알았지. 내 경공이 가장 빨랐기 때문에 내가 업는 게 맞았으니까. 대원들과 함께 죽는 것도 나쁘지 않았는데 어쩔 수 없이 맹주를 업고 달렸다. 나는 달리는 와중에 육전대가 사라지고 있다는 생각을 계속 반복했지. 육전대가 이렇게 사라지는구나. 내가 대장인데 이렇게 도망만 치고 있구나. 이성을 잃을 것 같은 순간에 등에 업힌 맹주가 내게 말했다."

임소백이 당시 맹주의 말을 그대로 읊조렸다.

"소백아, 내려줘라. 더 싸워야겠다."

임소백이 고개를 끄덕이면서 말을 이어나갔다.

"그때 내가 항명이라는 것을 했다. 맹주가 이런 사람이었지. 그렇다면 내가 계속 달려서 살리는 게 맞다. 결국에 내가 맹주님을 살렸고 동시에 육전대를 잃었다."

임소백이 나를 바라봤다.

"육전대검은 초식도 없고 뭐 대단한 규칙도 없다. 그냥 내가 익힌 무공의 총칭일 뿐이다. 내가 잊지 않을 사람들, 기억, 순간들에 이름을 붙인 것에 지나지 않아. 오히려 그 기억이 나를 강하게 만들어 준 것이라면 암, 검법의 이름은 육전대검이 되어야 옳다."

임소백이 흔들림 없는 표정으로 말을 마쳤다. 술 없이는 들을 수 없는 이야기여서 나도 술을 마셨다. 술을 마시면서 생각해 보니까 이 육전대검은 자하신공과 같은 지점에 있는 무공이었다. 굳이 내이야기를 꺼낼 시점이 아니어서 속으로만 생각했다. 검마가 고개를 끄덕였다.

"그렇게 탄생한 무공이었군."

검마는 마치 자신을 꺾은 무공의 근원이 대체 무엇이었나 하는 의문점을 해소한 것처럼 보였다. 색마가 궁금하다는 것처럼 물었다.

"그 뒤로 무공을 엄청 열심히 수련하신 겁니까?"

이 단순한 질문에 임소백이 웃었다.

"몽랑아."

"예."

"수련은 항상 열심히 했다."

"아, 예."

문득 임소백이 색마와 나를 보더니 이렇게 말했다.

"두 사람은 믿지 않겠지만 나는 두 사람 나이 때에 두 사람보다 약했을 거야. 내가 이상한 것이 아니라 두 젊은이가 특이한 것이겠지."

색마가 머리를 긁었다.

"과찬이십니다."

"딱히 칭찬은 아니었다."

"예."

이야기를 듣던 나는 맹주에게 물었다.

"혹시 그 추격조에."

"…"

"지금 교주도 있었소?"

임소백이 고개를 끄덕였다.

"그렇고말고. 있었지. 놈은 전대 교주인 아비를 잃고, 나는 대원을 잃었지. 그쪽은 후계자 다툼에 돌입하고. 우리는 맹주님이 회복될 때까지 비상시국이었다. 검마라는 별호는 아마 그때부터 가끔 듣기 시작했을 거야. 후계자 다툼에 끼어들었던 것으로 아네만."

이야기를 듣던 검마가 조용히 고개를 끄덕였다.

"그때는 교주가 꽤 멋진 사내였소."

임소백이 물었다.

"지금은?"

"그런 것조차 벗어던진 것 같군."

"그렇구만."

문득 임소백이 탁자에 놓인 검을 붙잡더니 객잔 앞으로 나가서 돌아섰다. 우리를 둘러본 임소백이 말했다.

"몇 차례 육전대검을 가르쳐 보려고 했었는데 사실 이것은 전수하는 게 불가능한 검법이라는 것을 확인했지. 그러나 구경은 할 수 있다. 얻을 게 있으면 마음껏 얻어가라. 이것이 육전대검이다."

임소백이 검을 수직으로 세운 다음에 말했다.

"내공은 섞지 않을 테니 알아서 봐."

맹주가 술에 취한 것일까. 임소백이 우리 앞에서 육전대검을 펼쳤다. 대체 어떤 식으로 돌아가는 검법일까 궁금했기 때문에 나는 자세를 바로 했다. 임소백은 동네에서 유명한 무관의 주인장처럼 검을 휘둘렀다. 내려치고, 베고, 찌르고. 구경꾼을 모아놓고 공중에 던진 사과를 멋지게 자를 것 같은 동작으로 우측에서 좌측으로 이동했다.

살다 보니 맹주의 검법 시범까지 구경하게 되었다. 단순하게 휘두르던 임소백의 동작이 달라지기 시작했는데 이것도 크게 멋진 동작은 아니었다. 숙여서 휘두르고, 내려치고, 찌르고. 돌면서 베고, 찌르고, 올려치고. 마지막엔 일도양단 같은 것을 펼쳤는데 검이 출발하는 위치와 도착하는 위치를 정확하게 알고 있는 모양인지 동작에 더하거나 뺄 게 없을 정도로 담백하고 절도가 있었다. 본래 있었던 자리로 걸어오면서 임소백이 물었다.

"봤나?"

우리는 서로를 쳐다봤다가 딱히 칭찬하는 것도 우스워서 고개를 끄덕이거나 짧게 대답했다.

"예."

사실 아무런 감흥이 없는 동작이었다. 본래 자리로 돌아온 임소백은 우리의 반응을 예상했다는 것처럼 슬쩍 웃더니 이렇게 말했다.

"천천히 보여준 것임은 알고 있겠지."

색마가 대답했다.

"그렇습니다."

임소백이 처음과 똑같은 자세로 검을 수직으로 세우더니 조금 달라진 어조로 말했다.

"실전에 임하듯이 움직여 보겠네. 여전히 내공은 없는 상태일세."

임소백은 말이 끝나자마자 좌측에서 우측으로 질풍처럼 움직였다. 그 질풍 안에는 천천히 펼쳤던 앞의 모든 동작이 담겨있었다. 내려치고, 베고, 찌르고, 숙여서 휘두르고, 내려치고, 찌르고, 돌면서 반복하고 마지막엔 일도양단. 아무것도 없는 전방으로 검풍이 뻗어나갔다. 임소백이 우리를 되돌아봤다.

"봤어?"

"예."

이렇게 보니까 그저 한 번의 공격처럼 보였다. 마침, 내 표정을 구경하던 임소백이 내게 물었다.

"소감이 어때?"

나는 입맛을 다시다가 느끼는 대로 솔직하게 대답했다.

"일검─劍처럼 보입니다만."

"한 번의 공격으로 보인다는 말이지?"

임소백이 고개를 끄덕인 다음에 색마에게 물었다.

"몽랑은?"

"전 잘 모르겠습니다. 너무 빠르다는 느낌밖에."

임소백이 이번에도 고개를 끄덕이더니 귀마를 쳐다봤다.

"자네는?"

귀마가 대답했다.

"모르겠소. 대단한 것 같은데 이것이 무슨 의미인지는."

임소백이 검마를 쳐다봤다. 검마가 떨떠름한 표정으로 물었다.

"맹주."

"말하게."

"혹시 방금 되는대로 휘두른 거요? 가상의 적을 놓고."

임소백이 고개를 끄덕였다.

"마구잡이로 휘둘렀네. 상대가 어떻게 나올지 모르니까. 대충 휘
두른 셈이지."

검마가 물었다.

"이것을 싸움의 처음부터 끝까지 유지할 수 있다는 말이오?"

임소백이 고개를 저었다.

"유지가 아니다. 이것을 처음부터 끝까지 변화시켜서 지금보다 더
빠르고 강하게 펼칠 수 있다. 지금은 내공을 논외하고 있네. 검법만
기억해. 특히 내가 자네들 적으로 등장한다면 이것을 어떻게 막을

것인지. 거기서 출발해야 지금 수련하는 각자의 무공에 도움이 될 것이네."

나는 속으로 이런 생각이 들었다. 대부분 일검에 죽겠는데? 상대의 반응을 예상하는 것과 그 예상에 적합한 공격이 동시에 이뤄지고 있었다. 물론 동작은 여러 개로 나뉘어 있었지만, 예상과 공격을 하나의 과정에 담은 것이 일검―劍처럼 보였다. 거기에 마지막 일도양단에는 산장에서 보여줬었던 괴상한 중첩 검의 묘리가 담겨있을 터였다. 나는 돌려 말하지 않는 성격이라서 임소백에게 물었다.

"맹주 선배, 당대에 적수가 있소?"

임소백이 자리로 돌아오면서 대답했다.

"있어. 많지."

"누구요?"

"삼재도 있고 제왕도 있고 살아남은 망령도 있겠지. 붙어보지 않은 고수도 있고. 독도 있고 배신자도 있네. 자네들도 더 성장하면 언젠가는 승부를 장담할 수 없겠지. 내가 사부라고 생각한 사람은 천하제일이 되자마자 중상을 입었다. 천하제일이 대체 무슨 소용이냐? 사람은 늙기 마련이고 단단하게 수련한 신체에도 검은 박히기 마련이야. 다들 수련을 게을리하지 말도록 해. 자네들도 내 적수다."

"음."

"전대 맹주께서도 내심 스스로 천하제일이라고 여기셨던 것 같다. 그 자만심으로 얻은 결과를 봐라. 다음 교주는 복수를 꿈꾸고 있고 나는 그때 잃은 것에 대한 상실감에 매몰되었다가 이처럼 맹주를 하고 있으니."

임소백이 술잔을 붙잡았다.

"이래저래 고단한 삶이야."

나는 세월에 지친 맹주에게 직접 술을 따라줬다. 일어나서 검마, 귀마, 색마에게도 술을 따라주고 남은 술은 내 잔을 채웠다. 깊은 밤에 임소백이 우리에게 덕담을 건넸다.

"…다행인 것은 풍운몽가의 차남이 검마 덕분에 이렇게 강해졌고. 젊은 문주도 또래에서 적수를 찾아보기 힘들 정도로 강해졌구나. 늙은 자들이 밀려나면 두 사람이 고생을 해줘야 한다. 알았어? 어디 심산유곡으로 도망가지 말도록. 내가 사람을 보내서 끌어낼 테니까."

임소백이 귀마를 바라봤다.

"자네도 육합문과 같은 문파를 만들기 바라네."

우리 사대악인은 술잔을 들어서 임소백을 바라봤다. 임소백의 말을 마음에 새겼기 때문에 군이 대답할 필요는 없었다. 목구멍에 술을 처넣었다.

296.
신궁神弓 이자하

무림맹주 임소백은 살짝 취한 모양인지 새벽녘에 특작대원들에게 체포되어서 어디론가 끌려갔다. 나는 무림맹주가 강제로 연행되는 모습을 지켜봤다. 맹주에게 들러붙은 특작대원들이 강제로 끌고 가는 모습을 보고 있으려니 이럴 때는 맹주의 위엄도 별로 없어 보였다. 사실 맹주가 잠을 안 자고 있으니 특작대도 잠을 잘 수가 없을 터였다.

나는 검마, 귀마, 색마를 안에 들여보내서 잠을 자라고 한 다음에 객잔 앞에서 홀로 불침번을 섰다. 선착장에서는 세 사람이 나보다 더 많이 싸웠기 때문에 내가 불침번을 서는 게 맞다. 찢어진 옷을 입은 채로 술을 마시고, 객잔 앞에 혼자 앉아있으려니 동호의 거지새끼가 따로 없었다. 찢어진 옷을 여미어도 찬바람이 계속 들어왔다. 날이 밝으면 옷부터 사 입어야 할 판국이었다. 이때, 길에서 걸어오던 행상인이 내게 말했다.

"문주님."

나는 이 사내의 목소리를 처음 들었다. 예상했던 것보다 목소리가 젊어서 놀라는 와중에 묵가의 등량이 도착해서 내게 말했다.

"밥 좀 먹겠습니다."

내가 탁자를 가리키자 맞은편에 앉은 등량이 봇짐에서 꺼낸 단사를 먹었다. 등량이 밥을 먹으면서 말했다.

"드시겠습니까? 더 있습니다."

"그럽시다."

나는 이미 안주와 술로 배를 채운 상태였으나, 밥을 또 먹었다. 밤에는 맹주와 술을 마시고, 새벽녘에는 묵가와 해장을 하고 있으려니 기분이 묘했다. 그나저나 이 사내는 대체 잠을 언제 자는 것일까.

"잠을 안 주무시오?"

"낮에 돌아다니다가 좀 잤습니다."

등량이 돌아다니면서 살폈던 것을 내게 말해줬다.

"대체 배가 어디서 오는지 모르겠습니다. 선착장에 큰 배가 세 척이나 있더군요. 바닥과 창고에 불이 잘 달라붙는 땔감이 잔뜩 쌓여 있었습니다. 아마 문주님이 배에 탈 것이라 예상한 모양입니다."

나는 고개를 끄덕였다.

"예상했소. 특작대주도 예상하셨고."

"특작대주가 맹주님이시죠? 멀리서 봤는데 정말 잘 싸우시더군요."

이 사내는 밤낮으로 돌아다니면서 여러 사건을 지켜본 모양이다. 어느새 동호를 감시하는 눈이 되어있었다. 등량이 말했다.

"배도 오고 수적도 왔습니다. 다행히 몇 명을 살려 보내셨더군요. 이번에는 쫓다가 놓쳤는데 시간이 흐르면 동호제일검의 위치는 제가 먼저 파악할 수도 있습니다."

"그런데 등 무인 혼자 활동하시오?"

등량이 미소를 지었다.

"그렇진 않습니다. 밥을 만드는 사람도 있고, 동호에서 일자리를 구하는 친구도 있고, 저 같은 행상인도 있죠. 저희가 동호에 스며들고 있습니다. 문주님이 버티고 계시면 결실이 있을 겁니다. 그나저나 추명서생은 용케 살아남았군요."

나는 조금 작은 목소리로 대답했다.

"뭐 여러 가지 이유가 있는데 마지막엔 음양가도 한몫했소. 어차피 추명서생이 회복하면 음양가와 먼저 분쟁을 일으킬 사내 같소. 뒤끝이 좀 있는 사내라서."

등량이 다소 놀란 표정으로 대답했다.

"그렇군요. 음양가가 그렇게 나올 줄은 몰랐는데 이들은 본래 사마외도에 가깝습니다. 오히려 음양가에 도움을 요청한 법가 쪽이 선을 넘은 겁니다."

"참고하리다."

잠시 밥을 먹던 등량이 어색한 표정으로 말했다.

"제가 주제넘게 말을 많이 했습니다. 어쩐지 문주님과 있다 보니 말을 많이 하게 되네요."

나는 고개를 끄덕였다.

"괜찮소. 서생들에 관한 것은 말을 아낄 테니."

"예."

등량이 단사를 정리하면서 말했다.

"싸움이 커질지, 이대로 소강상태를 맞이하다가 비무 같은 것으로 끝날지 예상하지 못하겠습니다. 그러나 가주님이 말씀하시길 아직 문주님과 연이 없었던 서생 세력 한 곳이 지원을 올 수 있다고 하셨습니다. 참고하십시오."

"그게 누구요?"

등량이 나를 쳐다봤다.

"아마 농부일 겁니다. 하지만 이쪽도 아마 싸움보다는 인근 농민의 안전이나 민심을 먼저 살피려고 오는 것일 수 있습니다."

"기억하리다."

나는 큰 기대 없이 남아있는 술병을 들어서 물었다.

"술 한잔해도 괜찮겠소?"

등량이 잠시 고민하더니 웃으면서 말했다.

"그럴까요?"

나는 등량에게 술을 따라줬다. 등량은 황야를 며칠 헤매다가 물을 마시게 된 것처럼 술을 마셨다. 본래 술을 무척 좋아하는 모양이었다.

"등 무인, 일이 잘 풀리면 나중에 편한 곳에서 마십시다."

등량이 고개를 끄덕였다.

"그랬으면 좋겠습니다."

단사를 정리한 등량이 보고를 마치더니 고개를 살짝 숙였다가 다시 길을 떠났다. 나는 동이 틀 무렵에야 다리를 의자에 올려놓은 채로 잠시 졸았다. 새벽녘에는 쌀쌀했는데 결국에 해가 뜨니까 잠도 잘 왔다. 불침번을 자면서 서는 경우가 있는데 내가 그렇다. 따뜻한 아침 해를 쬐면서 졸고 있으려니 귀마의 목소리가 들렸다.

"들어가서 자라."

나는 귀마를 쳐다봤다가 고개를 돌려서 하늘을 주시했다. 시커먼 연기가 피어올랐다가 흩어지고 있었다.

"살펴보고 올게."

"시체 태우는 거 아니야?"

아닌 것 같아서 고개를 저었다. 인부를 모아서 시체를 태우기엔 너무 이른 아침이었기 때문이다.

* * *

선착장에 도착해서 불길에 휩싸인 배를 바라봤다. 수적을 데리고 왔었던 배들이 모조리 불길에 휩싸여 있었는데 나는 이것을 지켜보다가 꽤 떨어진 곳을 주시했다. 큰 배 한 척에서 불화살이 공중으로 날아가더니 선착장에 있는 다른 배들까지 불태우고 있었다.

배들이 불길에 휩싸일 때마다 궁수들이 웃는 소리가 들렸다. 선착장 끝에서 배까지는 거리가 꽤 멀었다. 어느새 나를 발견한 수적 놈들이 반갑게 손을 흔들다가 이번에는 불을 붙이지 않은 화살을 쏴댔다. 동시에 수십 개의 화살이 공중으로 치솟더니 곡선을 그리면서 내 주변에 떨어졌다.

파바바바바박!

둘러보니 화살이 겨우 닿을 위치에서 쐈는지 일부는 선착장에 닿지 못하고 있었다. 나는 배에서 화살 쏘는 놈들을 물끄러미 바라봤다. 집중해서 귀를 기울여 보니 배 위에서 이런 대화가 흘러나왔다.

"…저거 하오문주 아닙니까?"

"보자. 허리에 목검이 있는데?"

"옷도 너덜너덜합니다."

"일단 죽여라."

배의 가장자리에 달라붙어 있는 궁수들이 시시덕거리다가 다시 내게 활을 겨눴다. 또다시 공중으로 솟구친 화살 비가 내 주변에 떨어졌다. 몇 개는 내 몸을 정확하게 노리고 있어서 몇 걸음을 옮길 수밖에 없었다. 이번에는 배에서 외침이 터졌다.

"하오문주, 맞습니다."

이어서 욕설이 들렸다.

"야 이, 하오문주 개새끼야! 여기까지 헤엄쳐서 오너라. 내가 상대해 주마."

욕설이 다양해지더니 내 부모님의 안부도 묻고, 없는 사부님 욕을 하기도 했으며, 독을 먹고 뒤지라고 하질 않나, 목을 잘라서 사도제일인께 바치겠다는 포부도 들었다. 나는 이른 아침부터 욕을 아주 든든하게 먹었다.

"염병할 새끼들… 겁이 없네."

물이라서 거리가 잘 가늠되지 않았다. 나는 주변에 있는 돌멩이를 하나 주운 다음에 강가에서 돌을 던졌던 것처럼 수면에 튕겼다. 물살을 튕기면서 날아간 돌멩이가 배의 중앙 부근에 부딪히더니 퍽-

소리를 냈다. 깜짝 놀란 궁수들이 고개를 아래로 내밀더니 배를 확인한 다음에 다시 욕설을 퍼부었다.

물고기 밥으로 만들어 주마, 동호의 물귀신이 될 것이다, 육포로 떠서 간식으로 먹겠다는 말도 있었다. 또 돌을 던지면 수적들이 놀라서 도망갈 것 같았기 때문에 나는 멀리 떨어진 배를 향해 손을 흔들었다. 내가 돌아서자 큰 배에서 환호성과 웃음소리가 터졌다. 순간, 바람을 가르는 소리를 듣고 좌측으로 움직이자 날아온 화살이 바닥에 꽂혔다.

푹!

나는 대략 오십 걸음을 이동한 다음에 돌아서서 출렁이는 강물을 향해 경공을 펼쳤다. 내가 발휘할 수 있는 최대 속도였다. 선착장 끝에서 공중으로 높이 솟구쳤다. 공중에서 날아갈수록 수적들의 모습이 조금씩 더 뚜렷하게 보였다. 정점을 찍은 다음에 하강하기 시작하자, 수적들의 웃음소리가 제법 잘 들렸다. 선착장에서 엄청 높이 솟구쳐서 뛰었음에도 거리는 절반 정도밖에 좁히지 못했기 때문이다.

나는 공중에서 몸을 돌린 다음에 양손을 단전 근처에 붙이고 손바닥의 끝을 맞붙게 한 다음에 손가락은 조금 벌렸다. 양손으로 대수인을 펼친 다음에 장력의 힘이 하단으로 뻗치게 하고, 제운종의 수법으로 몸을 가볍게 만들어서 다시 방향을 틀었다. 하강하던 내 몸이 폭발하듯이 공중으로 다시 솟구쳤고 나는 순식간에 큰 배에 떨어졌다. 뱃마루 끝에 도착해서 사색이 된 수적들을 바라봤다. 대략 삼십여 명의 수적들이 나를 바라보는 와중에 현두船頭(뱃머리)에 걸터앉아서 말했다.

"왜 이렇게 조용해? 계속 떠들어 보도록."

강바람에 찢어진 옷자락이 미친놈처럼 펄럭대고 있었다. 배 중앙에 딸린 독채 같은 곳에서 우두머리처럼 보이는 삼십 대의 사내가 걸어 나오더니 수하들에게 물었다.

"무슨 일이냐?"

잠시 정적이 흘렀다가 수적 한 놈이 우두머리에게 보고했다.

"하오문주가 왔습니다."

나는 우두머리와 눈을 마주치는 순간에 트림이 살짝 나왔다. 우두머리가 나를 노려보더니 수하들에게 말했다.

"뭘 지켜보고 있어. 죽여라."

윗놈이 명령을 내렸음에도 불구하고 수적들이 움직이지 않았다. 물 위라 도망칠 곳도 없고, 내가 공중에서 날아오는 것을 수하들이 지켜봤기 때문일 터였다. 한 놈이 과장되게 보고했다.

"선착장에서 여기까지 날아왔습니다."

그제야 우두머리 놈도 선착장까지의 거리를 확인하더니 입을 굳게 다물었다. 나는 근처에 있는 놈에게 말했다.

"활 좀 줘봐."

"…"

"죽이기 전에 빨리 줘."

수적 놈이 쭈뼛거리다가 다가와서 활을 내밀었다. 나는 활을 받은 다음에 말했다.

"화살통도 줘야지. 개새끼야."

나는 대나무로 만든 화살통을 받은 다음에 발치에 내려놓았다. 수적 놈이 동료가 있는 곳으로 급히 돌아갔다. 나는 화살을 하나 뽑아서 방금 내게 활을 건넨 놈에게 날렸다. 핑- 하는 소리와 함께 화살이 수적 놈의 어깨에 박혔다. 비명이 터지는 와중에 말했다.

"빨리 달라니까. 쯧."

일부가 칼을 뽑길래, 말없이 바라보자 다들 다시 동작을 멈췄다.

"미친놈들인가… 싸우자는 거야? 나랑?"

나를 계속 노려보고 있던 우두머리가 용기를 북돋겠다는 것처럼 말했다.

"서른두 명이 한 명도 못 죽인다는 말이냐? 어차피 싸워야 한다."

나는 화살을 뽑아서 활에 건 다음에 목계를 주입했다. 나도 화살에 내공을 주입해 본 적은 없어서 어떻게 될지 모르겠다. 일단 날렸다.

쐐앵!

벼락 치듯이 날아간 화살이 우두머리의 가슴에 박히더니 몸뚱어리 전체가 독채로 날아갔다. 이내 퍽 소리와 함께 독채의 목재가 무너지더니 그곳으로 사라진 우두머리는 비명도 없었고, 다시 나오지도 않고 있었다. 이렇게 새로운 소질을 발견하게 되다니.

"…나는 신궁神弓 이자하다. 들어봤나?"

"…"

"못 들어봤겠지만, 그것이 나다."

수적들이 말수가 적어서 나 혼자 떠들었다.

"이야, 오늘 화살 처음 쏘는데 잘 맞네. 신궁이 나고, 내가 신궁인 모양이야. 활을 위해 태어난 사람, 활밖에 모르는 바보가 나다. 그나저나 아까 내 부모님 안부를 묻던 놈은 누구냐. 신궁을 낳으신 분들인데 감히 너희가? 누구냐고. 대답 없는 너."

대답이 없어서 나는 화살을 다시 날렸다. 이번에는 화살이 이마에 꽂혔다. 푹- 소리와 함께 갑판에 서있던 수적 놈이 뒤로 고꾸라지더니 강물에 떨어졌다. 나는 화살통을 바라본 다음에 말했다.

"···이렇게 하자. 일단 화살이 열다섯 대 남았네. 사도제일병신이 어디 있는지는 모르겠다만 일단 너희가 왔던 섬으로 안내해 줄 사람 있나?"

"···"

"이렇게 나오면 제일 비겁한 놈만 살려줄 수밖에 없다. 죽이다 보면 비겁한 놈이 한 명은 나오겠지."

나는 화살을 다시 걸었다.

"안내하면 살려주십니까?"

나는 물물교환을 하자는 것처럼 뻔뻔하게 쳐다보는 놈의 얼굴에 화살을 날렸다. 푹- 소리와 함께 그다지 아깝지 않은 생명이 짤막한 비명을 남긴 채 승천했다. 나는 화살을 뽑으면서 말했다.

"···비겁한 놈이 있을 거야. 아마도. 너희가 뭐 대단한 협객도 아니고, 양심이 멀쩡한 것도 아니고, 떳떳하게 일해서 먹고사는 놈들도 아닌데 죽이다 보면 나오겠지."

이때, 강물에 뛰어드는 놈이 있어서 나는 자리에서 일어난 다음에 강물을 쳐다봤다. 풍덩- 소리와 함께 뛰어든 놈이 물 밑에 가라앉고 있었다. 나는 목계를 주입한 다음에 화살을 날렸다. 북- 하는 소리와 함께 물에 꽂힌 화살이 소리 없이 사라졌다. 잠시 후에 목덜미에 화살이 관통된 시체가 떠올랐다.

"와, 명중했네. 대충 쐈는데."

나는 수적들과 눈싸움을 벌이다가 유난히 잔인한 성정이 엿보이는 관상을 가진 놈을 활로 쏴 죽였다. 서서히 수적들 사이에 분노와 살기가 뒤엉키고 있었다. 나는 그것을 지켜보다가 한 놈을 더 죽였다. 민심이 분노로 폭발하면 반란이 일어나기 마련이어서 나는 활을 내려놓은 다음에 목검을 붙잡았다. 나는 검을 뽑기 전에 분노한 수적들에게 말했다.

"너희는 이제 안내할 필요 없다."

297.
사도를 찾는
실마리는

"너희가 사도제일인을 두려워해서 이러는 거라면."

나는 검을 뽑았다.

"사도제일인을 죽이려고 왔다는 내 앞에서도 비슷한 예의와 두려움을 갖는 게 정상 아니냐? 내가 사도제일인을 조롱하고 있다고 해서 너희까지 내게 그러면 안 돼. 그것도 내가 멀쩡히 지켜보고 있었는데."

죽음을 각오한 수적들이 동시에 달려들었다. 나는 맹주의 육전대검이 떠오르자마자 전방으로 돌진했다. 수적의 팔을 베고, 내려치고, 베고, 쳐내고, 자르고, 칼을 피하는 와중에 매화검법이나 육전대검이나 비슷하다는 생각이 들었다. 세월의 차이가 있을 뿐, 목적지는 같다.

나는 매화검법을 펼치는 것인지 육전대검을 흉내 내는 것인지 모를 동작으로 수적의 팔부터 잘랐다. 이것이 다수를 상대할 때 가장 효과적이기 때문이다. 움직이는 팔을 자르고 있었기 때문에 점점 내 몸도 핏물에 젖었다. 피비린내와 수적들의 몸에서 나는 악취가 나를 괴롭히고 있었으나 죽어가는 놈들도 죽이는 나도 멈출 수가 없었다.

아무리 나보다 약하고 살려주기 어려운 놈들을 죽인다고 하더라도 이처럼 여파는 밀려온다. 냄새나는 놈들을 죽이면 어쩔 수 없이 나도 악취에 휩싸이기 마련이다. 끔찍한 악취에 시달리는 와중에 갑판 위에 있는 수적을 몰살하는 데는 긴 시간이 걸리지 않았다. 오히려 가장 비겁한 놈들이 싸우던 도중에 동료들이 죽는 틈을 타서 물에 뛰어들더니 헤엄을 치고 있었다.

하필이면 방향도 선착장이었다. 육지가 저곳밖에 없으니 어쩔 수 없을 터였다. 나는 배를 불태우는 것에 사용되었던 활을 들고 선착장으로 헤엄치고 있는 수적들을 쏴 죽였다. 내가 처음부터 활을 잘 쐈던 게 아니라, 이미 활을 잘 쏠 수 있는 수련이 되어있었기 때문에 명중률이 높았다. 외공과 내공, 집중력과 살기殺氣로 죽기 살기로 헤엄을 치는 수적의 등에 화살을 박아 넣었다.

푹! 푹! 푹! 푹!

"…아침부터 이게 뭔 짓이냐."

나는 물 밑으로 가라앉아서 끈기 있게 버티는 놈을 끝까지 기다렸다가 숨을 쉬러 나올 때 쏴 죽였다.

푹!

이미 선착장에 늘어서 있던 배들이 불길에 휩싸였기 때문에 몰려나온 뱃사람들과 인근의 사람들이 전부 이쪽을 구경하고 있었다. 수적들이 생업을 위한 나룻배들까지 불태운 터라 뱃사공들이 주저앉아서 욕을 내뱉거나 괴로워하는 몸짓을 하고 있었다.

"사도가 여럿 괴롭히네."

어쩌면 나를 원망하는 사람들도 많을 터였다. 하지만 저 정도 원
망에 시작한 싸움을 멈출 내가 아니다. 나는 무심한 동호의 출렁이
는 물결도 바라보고, 선착장으로 구경 나온 사람들도 보다가 쪼그려
앉아서 갑판을 들여다봤다. 널빤지의 틈새 사이로 위를 쳐다보고 있
는 사람들의 눈빛이 보였다.

"…"

계단을 찾아서 내려가 보니 노를 붙잡고 있는 사람들이 입을 다문
채로 나를 쳐다봤다. 다들 눈이 커진 상태로 나를 바라보고 있었는
데 사람을 보는 것인지 사신邪神을 보는 것인지 구별할 수 없는 눈빛
을 하고 있었다. 쇠사슬 같은 것에 묶여있는 자들은 아니었으나 처
음부터 도망갈 생각이 없어 보이는 지친 눈빛이었다. 이들도 갑판
위에서 수적들이 전부 죽은 것을 알 터였다. 다만, 큰 배를 몰기엔
너무 적은 수였다. 아마도 수적과 뒤섞여서 배를 움직이는 모양이었
다. 그래서 나는 이들이 그저 노를 젓는 일꾼인지 수적인지 구분할
수가 없었다.

"…너희는 뭐야?"

"노를 젓고 있었습니다."

"노만 저었나?"

"예."

병장기도 없고, 먹는 것도 허접했던 모양인지 수적들에 비하면 안
색도 좋지 않았다. 무엇보다 복장이 달랐으며 고된 노동의 흔적이

표정과 눈빛, 팔뚝에도 있었다. 일만 하는 자들 같아서 죽일 마음이
사라진 상태였다. 나는 큰 기대 없이 물었다.

"고공篙工(상앗대를 다루는 장인)들, 왔던 곳으로 나를 안내할 수 있
겠어? 나는 하오문주다."

고공들이 저희끼리 쳐다보더니 내게 말했다.

"예, 안내할 수 있습니다."

"그래?"

나는 고공들의 안색을 살피다가 물었다.

"밥은 먹었나?"

"아직 안 먹었습니다."

"그럼 선착장으로 먼저 가자. 밥은 먹어야지."

내 꼴이 너무 무서운 것일까. 고공들은 여전히 겁을 먹은 얼굴로
눈치를 보다가 속삭였다.

"선착장으로."

나머지 고공들이 낮게 깔린 어조로 합창했다.

"선착장으로."

나도 고공들의 말을 따라 했다.

"선착장으로, 밥을 먹으러 가자고."

고공들이 노를 움직이자 뱃머리가 방향을 틀었다. 나는 다시 갑판
에 올라와서 시체를 바라보다가 발로 차거나 뒷덜미를 붙잡아서 던
진 다음에 수장水葬시켰다. 풍덩— 소리가 장례를 대신했다. 사도제일
인이 언제까지 숨어있을는지는 나도 모르겠다. 하지만 나는 내가 내
뱉은 말대로 수하들을 하나하나 다 쳐죽일 생각이다. 어쨌거나 전부

때려죽이게 되면. 점소이의 승리다.

* * *

고공들과 선착장에 도착해 보니 검마, 색마, 귀마가 이미 나와있고 특작대원들도 상황을 살피고 있었다. 나는 큰 배에서 육지로 뛰어내리지 않고 몸을 씻기 위해서 일단 강물에 몸을 던졌다. 동호의 물에 피를 씻은 다음에 육지에 올라서 특작대원을 손짓으로 불렀다. 얼굴은 알지만 이름을 모르는 특작대원이 다가와서 내게 물었다.

"문주님, 어떻게 된 일입니까?"

"수적이 불화살로 선착장 근처에 있는 배를 전부 태우길래 다 죽였소. 고공들이 밥을 안 먹은 모양인데 배부터 채우게 하려고. 거점을 아는 자들 같소."

특작대원이 고개를 끄덕였다.

"음, 그럼 이곳은 일단 저희가 경계하고 있겠습니다."

배를 지키겠다는 뜻이었다.

"고공들이 습격을 받을 수 있으니 특작대원이 있는 곳에서 식사했으면 하는데. 머무는 곳이?"

다른 특작대원이 말했다.

"제가 안내하겠습니다."

어느새 근처에 온 귀마가 내게 물었다.

"사공들이 섬으로 안내할 수 있다던가?"

나는 고개를 끄덕였다.

"그런 것 같군. 그게 무슨 섬인지는 모르겠지만. 가서 물어보자고."

나는 살짝 졸린 상태였으나 고공들을 데리고 밥을 먹으러 이동했다. 생각해 보니까 사도제일인의 수하도 계급이 나뉘어 있고 그 맨 밑바닥엔 노를 젓는 자들이 있었다. 수적 놈들이 평소에 함부로 대하던 일꾼들이라면, 이들도 병신 같은 놈들의 생사에는 큰 신경을 쓰지 않을 터였다.

이래서 일하는 자들을 함부로 대하면 안 되는 것인데 동호에서 가장 고귀하신 사도제일인께서는 이런 것까지는 모를 것이다. 알았다면 수하들을 이렇게 죽음으로 몰아넣지는 않았을 테니까. 어처구니없게도 사도를 찾는 실마리는 수적들이 함부로 대하는 자들이 가지고 있었다. 객잔으로 이동하는 와중에 검마가 색마에게 말했다.

"셋째 옷 좀 사 와라. 쳐다보는 게 힘들다."

"알겠습니다. 사부님."

안 그래도 소매가 너무 너덜거리고 있어서 나는 그것을 마저 뜯어냈다. 한쪽 팔이 시원해졌다. 검마가 내게 물었다.

"날밤을 새웠는데 괜찮겠나?"

"밥을 먹고 좀 자야겠어."

나는 사대악인의 호위 속에서 특작대원이 안내하는 객잔으로 향했다.

* * *

색마가 가져온 새 옷으로 갈아입은 다음에 고공들이 밥을 먹는 것을 지켜보다가 의자에서 잠시 졸았다. 잠이 출렁이는 물처럼 몰려와서 몸을 적셨다. 이럴 때는 물 밑으로 가라앉는 것처럼 잠에 빠지기 마련이다. 그런데도 나는 일부 정신이 깨어있는 상태여서 꿈인지 상념인지 모를 생각에 빠져들었다.

무의식중에 고공들이 안내하는 섬으로 향하다가 습격을 받을 수도 있겠다는 생각이 들었다. 사방팔방이 물이고. 사도제일인이 부리는 배로 포위된 상황이라면. 보통 뛰어난 고수들이 아닌 이상은 살아남는 게 힘들 터였다. 나는 눈을 뜬 다음에 밥을 먹는 고공들에게 물었다.

"안내하려는 섬 이름이 뭐라고?"

"백사도白巳島입니다."

"거기에 혹시 사도제일인이 있나?"

"종종 다녀가는 것으로 아는데 지금은 모르겠습니다."

"어쨌든 거점 중 하나네?"

"맞습니다."

"그곳 우두머리는?"

"백사도주인데 이름은 모르고 사도맹의 간부입니다."

우리의 대화는 특작대도 듣고, 사대악인도 듣고 있었다.

"배가 돌아오지 않으니 지금쯤이면 경계를 철저하게 서고 있겠지?"

"예, 기름을 넣은 항아리를 던질 수 있는 투석기까지 있습니다."

나는 이번에도 큰 기대 없이 물었다.

"투석기까지… 매번 가던 길 말고 조금 돌거나 아니면 선착장이 아닌 절벽 같은 곳에 배를 댈 수 있나?"

밥을 먹던 고공들이 한 사람을 바라봤다. 나이가 가장 많은 고공이 잠시 생각하다가 내게 대답했다.

"할 수 있습니다. 그런데 말 그대로 절벽 지형이고 암초가 많아서 위험하긴 합니다."

나는 특작대원에게 말했다.

"고공들이 물 위에서 버틸 수 있는 마른 식량하고 식수 좀 챙겨줄 수 있소?"

"준비하겠습니다."

나는 사대악인을 바라봤다.

"어쨌든 백사도는 점거하자고."

잠시 후 나는 먼저 객잔을 나와서 단혁산, 사대악인과 전혀 다른 이야기를 나눴다.

"고공들이 간자라면 물 위에서 습격을 받거나 백사도에서 합공을 받을 것 같아."

색마가 대답했다.

"평범해 보이던데?"

"완전히 믿을 수는 없지."

나는 단혁산을 바라봤다.

"혹시 우리가 백사도에 갇히면 특작대는 그때 지원 오는 게 낫겠소. 배가 한 척이라서 맹주님까지 타면 안 될 것 같고. 고공을 따로 남겨줄 테니 배를 새로 구해서 오시오."

단혁산이 고개를 끄덕였다.

"예."

나는 여태 말이 없는 검마를 바라봤다.

"맏형은 어떻게 생각해?"

검마가 단조로운 어조로 대답했다.

"사공들이 나쁜 마음으로 안내하는 것은 아닌 것 같으나 어차피 백사도 전체가 함정일 것 같다. 배 한 척을 몰고 가다가 포위될 수도 있고. 절벽 위 바위, 모래에 섞인 암기, 독충이나 뱀도 조심해야겠지."

색마가 대답했다.

"그럼 안 가는 게 나을 거 같은데요?"

검마가 제자의 의견을 무시했다.

"함정에 당해줘야 사도 놈이 나오겠지."

나는 밥을 먹고 나오는 고공들의 표정을 구경했다. 협박을 좀 하려다가 무공을 익힌 자들이 아니라서 관뒀다.

"갑시다. 거기 두 명은 남고. 무림맹과 움직이면 될 것이니."

특작대원이 고공 두 명을 체포하듯이 붙잡았다.

"두 사람은 저희랑 갑시다."

"아, 예."

잠시 후 우리는 배에 다시 올라타서 갑판을 정리했다. 검마는 활을 보자마자 화살을 걸더니 공중으로 한 대를 쏘아 올렸다. 엄청난 높이로 솟구치는 화살을 보고 있으려니 내 속도 든든해졌다. 잠시 우리는 활 경연대회를 펼치면서 뱃놀이를 즐겼다. 활 쏘는 연습을 해둬야 수적 상대하는 것이 더 편해질 터였다. 백사도로 움직이는 와중에 나는 계단 위에서 고공들에게 말했다.

"고공들, 수적이 나타나면 배를 바짝 붙이시오. 그래야 빨리 죽일 수 있으니."

"알겠습니다."

내 눈이 점점 붉게 물들고 있는지 귀마가 말했다.

"좀 자라. 눈에서 피눈물 나오겠다."

나는 고개를 끄덕인 다음에 혼자 부서진 독채에 들어가서 잠시 눈을 붙였다. 배가 그렇게 빠르진 않아서 쪽잠을 좀 잘 수 있었다. 한 시진 동안에 자다 깨기를 반복하다가 색마의 목소리를 들었다.

"백사도다."

나는 바깥으로 나와서 백사도를 구경했다. 섬의 형체 때문에 백사도라 불리는 게 아니라 하얀 뱀처럼 낮게 깔린 안개 때문에 백사처럼 보였다. 순간 암초에 부딪힌 배가 크게 흔들렸다. 새삼스럽게 웃음이 나왔다.

"…위험하네."

배가 출렁거리자 사대악인들도 함께 웃었다. 이상하게도 고난과 위기가 오면 웃음이 전염병처럼 퍼졌다. 서서히 우리도 안개에 휩싸인 채로 전진하다가 깎아 내지른 절벽 근처에 도착해서 주변을 둘러봤다. 기대했던 불화살이나 불이 붙은 항아리도 등장하지 않았다. 나는 계단으로 가서 잠시 고공들에게 작별을 고했다.

"다들 고생했소. 불안하면 조금 떨어진 물에서 대기하고 계시고."

"예, 문주님."

고공들을 둘러보다가 올라가려는데 한 사람이 이렇게 말했다.

"문주님, 무운을 빕니다."

나는 고개만 살짝 끄덕인 다음에 나와서 사대악인과 함께 강물이 부딪히고 있는 바위로 뛰어내렸다. 돌아보니 우리를 데리고 왔던 배가 천천히 멀어지고 있었다. 사대악인 모두가 등에 활과 화살통을 멘 상태. 우리는 십여 개의 바위를 뛰어넘어서 백사도에 도착했다. 약속도 하지 않았는데 우리는 잠시 멈춰서 서로의 표정을 구경했다. 마치 백사도를 치러 온 특작대가 된 기분이었다. 나뿐만이 아니라 색마, 귀마, 검마까지도 미소를 짓고 있었다. 검마가 우리에게 말했다.

"별일 없으면 다 죽이자꾸나."

"그럽시다."

그렇게 우리는 백사도에 진입했다.

298.
결국에는 내가
함정이다

색마가 백사도의 절벽을 올려다보면서 말했다.

"설마 여기로 오르자는 건 아니겠지?"

"미친놈."

나는 색마의 말에 대답한 다음에 절벽의 좌측으로 이동했다. 어차피 멀쩡하게 도착했으니 사도의 수하든 백사도주든 간에 다 죽일 생각이어서 절벽으로 가든 꽃밭으로 뛰어가든 아무런 상관이 없었다. 뾰족하고 미끄러운 바위를 지나서 평평한 땅을 밟는 순간 굳건한 대지의 안정감이 느껴졌다.

하지만 유난히 조용하다는 생각이 들었다. 배가 정상적으로 복귀하지 않았으면 경계를 강화하는 게 정상이 아닐까? 처음에는 몰려오는 뱀 구경도 하고, 머리 위에서 불화살도 떨어지고, 포위를 당해서 혈전을 치를 것을 기대했으나 지금은 무인도에 도착한 느낌이 들었다. 확인해 보니 우리를 데려온 배는 조금 떨어진 곳에 머물러 있었다. 섬의 중앙으로 향하는 와중에 색마가 신이 난 것처럼 떠들었다.

"사부님, 저는 섬에 처음 옵니다. 첫 경험이에요."

"별것 없다."

"은거하기 딱 좋습니다. 오래전에 무슨 도주島主라는 별호를 붙인 고수가 등장해서 엄청난 무위를 자랑하던 일이 있지 않았습니까?"

검마가 고개를 끄덕였다.

"가끔 새외塞外에서 고수가 등장했었지."

"그 사람 어떻게 됐는지 아십니까? 저는 어렸을 때라서."

"비무하다가 죽은 것으로 안다."

"아, 예."

이야기를 듣던 귀마가 두리번거리다가 말했다.

"아무래도 무인도 같은데?"

잠시 후에 진입로의 언덕길에 올라서 주변을 살피자 내리막길 너머에 작은 마을이 보였다. 무인도는 아니었다. 듬성듬성 집이 보이는 촌락 너머로 꽤 큰 장원이 보였다. 딱 봐도 저곳이 아니면 백사도주가 머물 장소는 없어 보였다. 하지만 굳이 언덕을 내려갈 필요는 없어 보였다. 촌락마저도 사람의 흔적이 아예 없는 것처럼 고요했기 때문이다. 귀마가 말했다.

"이미 도망쳤다."

나는 주변을 둘러보다가 물살을 가르면서 섬으로 다가오는 배를 바라봤다. 우리가 타고 왔던 배가 빠른 속도로 뭍에 도착하더니 고공들이 뛰어내렸다. 고공들이 뛰는 모습도 다급해 보였다.

"문주님!"

···

고공들이 나를 애타게 불렀다.

"음."

나는 근처에 있는 가장 큰 나무 위로 솟구쳐서 백사도를 넓게 훑어봤다. 절벽 너머는 보이지 않았으나 황당하게도 나머지 섬의 둘레가 한눈에 들어왔다. 애초에 그리 크지 않은 섬이었던 셈이다. 정박해 놓은 배도 보이지 않고, 사람의 흔적도 없었다. 우리에게 달려오던 고공들의 목소리가 들렸다.

"사도맹주의 군선이 옵니다!"

"군선이 옵니다!"

나는 이미 지평선에서 형체를 갖추고 있는 군선을 바라보고 있었다. 어쩌면 저렇게 예쁜 진형을 갖춘 채로 유유히 몰려오는 것일까. 육손이나 주유의 후예가 군사로 있는 모양인지 백사도를 포위하는 형태로 크고 작은 군선이 모여들고 있었다.

"이야, 대단하다. 배가 섬을 포위하고 있어."

사대악인도 높은 나무에 도착해서 주변을 확인했다. 우리는 네 마리의 원숭이가 되어서 이곳저곳을 흥미롭게 구경했다. 귀마가 말했다.

"사십 척은 넘어 보인다."

"배 한 척에 삼사십 명이 있다고 치면 총 몇 명이야."

"뭔 의미가 있어? 그냥 많다고 보면 돼."

색마가 감탄했다.

"이거 좀 대단한 전략인데? 이렇게 포위하면 맹주님이 도우러 오는 게 쉽지 않아. 저놈들은 맹주님이 탄 배부터 가라앉힐 거야. 하오문이 전부 몰려와도 전부 물에 빠질 거고. 사부님, 저희가 언제부터 속은 걸까요?"

검마가 대답했다.

"이것이 전략이라면 고공들부터 속였을 것이다. 전략가가 있는 모양이로군."

몇 번 수하들을 희생시키는가 싶더니 갑자기 총력을 기울인 사도맹의 병력이 한꺼번에 등장한 분위기였다. 그 포위망에 우리가 있었기 때문에 감탄이 절로 나왔다.

"엄청나네. 완벽하게 우리를 고립시키다니. 그런데 왜 이렇게 기분이 나쁘지 않지? 이유가 뭘까. 뭐라고 생각해?"

귀마가 대답했다.

"사도가 직접 등장할 가능성이 커서 그렇겠지."

차라리 그렇다면 오히려 좋은 일이다. 우리가 죽어야만 전략이 성공한 것이고, 우리가 죽어야 이 백사도가 함정이 되는 것이다. 우리가 죽지 않으면 전략도 함정도 소용없다. 강호의 일이란 애초에 그렇다. 검마가 말했다.

"맞이하러 가자."

우리는 나무에서 뛰어내린 다음에 백사도의 주인이 된 것처럼 몰려오는 배를 마중 나갔다. 중간에서 재회한 고공들이 당황한 표정으로 말했다.

"문주님, 저희가 함정에 빠트린 겁니까?"

고공들이 헉헉대면서 나를 쳐다봤다. 나는 고공들에게 작별 인사를 건넸다.

"내가 죽어야 함정에 빠진 것이니 걱정하지 마시고. 그대들은 무공을 익히지 않았으니 속임수를 쓴 것인지 속은 것인지는 확인하지 않겠다. 촌락으로 들어가서 알아서 숨도록. 해산."

나는 손을 내저어서 고공들을 물러가게 만들었다. 고공들은 내 말대로 촌락으로 도망을 쳤다. 강호의 일은 강호인끼리 해결하는 게 맞다. 우리는 백사도의 항구로 향하면서 몰려오는 배를 구경했다.

"배가 다양하네."

크기만 다양한 것이 아니라 모양도 제각각이고 펄럭이는 깃발, 배에 칠한 색깔까지 다양했다. 하지만 전부 군선이었다. 배에 올라탄 자들의 분위기도 제각각으로 특색이 있었기 때문에 나는 사도의 무력이 높다는 것을 어렵지 않게 예상했다. 마치 오랜 세월에 걸쳐 활동하던 동호의 수적들을 전부 휘하로 거느리게 된 일국의 왕이 등장하는 분위기였다.

"배가 이렇게 모여있으니 어쨌든 장엄하군."

놀고먹다가 우연히 동호제일검이 된 사내는 아닌 셈이다. 우리의 습격을 경계했는지 십여 척의 배가 물 위에 떠있고, 나머지 배가 항구로 모였다. 삼십여 척의 배가 선착장과 그 좌우의 기슭에 배를 댔다. 하지만 십여 척의 배는 여전히 물에 머물러 있었다. 그중 한 곳에서 허연 부채를 든 사내가 등장하더니 내공을 섞어서 말했다.

"…어디서 굴러먹던 네 마리의 개가 감히 동호의 왕에게 도전하느냐?"

색마가 작은 목소리로 대답했다.

"개는 좀 너무하네. 저놈이 사도제일인가?"

귀마가 대답했다.

"너무 젊다. 아니다."

배에서 쏟아지는 적을 바라봤으나 누가 누군지는 당연히 알아볼 수가 없었다. 다만 뒤에서 대기하는 배마다 존재감이 있는 고수가 한 명씩은 끼어있는 것처럼 보였다.

나도 내공을 섞어서 말했다.

"사도제일인이 왔나? 아니면 또 수하들만 보냈나."

부채 든 놈이 대답했다.

"시끄럽고. 천마신교의 전 좌사께 고하겠소. 사도맹주께서는 하오문주가 누구인지, 어떤 놈인지 관심이 없으시오. 전 좌사께서 하오문주의 목을 잘라서 가져오시면 사도맹주께서 동호의 상객上客으로 모실 터이니 이에 대한 답변을 바라겠소."

검마가 짤막하게 한숨을 내쉬면서 작게 말했다.

"대답하는 것도 귀찮구나. 제자야."

"예."

색마가 숨을 크게 들이마셨다가 내공 섞인 목소리로 호통을 내질렀다.

"감히 사부님에게 이래라저래라 하지 말고 너희 잘난 사도맹주부터 나오라고 해라. 내가 상대해 주마. 동호의 왕은 개뿔이 수하들이나 죽어 나가게 만드는 수적 대장 같은 놈이 무슨 왕이라고. 산적만도 못한…"

내공을 섞어서 길게 호통을 치는 것도 쉬운 일은 아니어서 색마가 잠시 호흡을 골랐다.

"후."

이제 선착장 앞에 병력이 늘어섰다. 정말 사도제일인이 부리는 수하들이 전부 도착한 것처럼 보였다. 오히려 백사도가 비좁을 정도로 사람이 많아지는 상황. 그러나 확실히 이들은 군대가 아니었다. 동호의 여러 세력이 연합한 터라 통일감은 없었다. 나는 살면서 이렇게 거창한 포위망을 구경하지 못했다. 마교도 못 했고 무림맹도 못 했던 짓이다. 물에서 섬을 가두는 천라지망이나 다름이 없었다.

"사도가 병신 같지만 멋있네."

딱 봐도 섬에 내린 자들은 모두 추려낸 정예 고수들처럼 보였는데 저것들을 다 죽여도 물에 있는 십여 척의 배마다 각 세력의 우두머리가 대기하는 것처럼 보였다. 그제야 가장 멀리 있었던 큰 배가 홀로 움직이더니 마치 열 척의 배에게 보호를 받는 중앙 위치에 도착해서 대장군의 본영처럼 멈췄다. 딱 봐도 저것이 대장선大將船이라는 것을 알 수 있을 정도로 배가 화려했다. 잠시 적들이 침묵을 유지했다. 대장선에서 과도하게 잘 차려입은 중년인이 뱃머리에 느긋한 모습으로 등장하더니 입을 열었다.

"하오문주, 검마, 몽랑, 육합선생. 멍청한 자들이 아니리라 생각해서 묻겠네. 사태가 이렇게 됐는데 승산이 있다고 생각하나?"

나는 사대악인의 대표로 대답했다.

"…뭔 개소리냐, 죽고 싶으냐? 넌 누구야?"

"그게 대답인가?"

"그게 유언이냐?"

중년인이 고개를 절레절레 저었다. 마치 내 허세를 비웃는 고갯짓처럼 보였다. 나는 사대악인에게 말했다.

"어쩔 수가 없어. 수가 많아서 협박도 안 통하고. 저 병신이 사도인지 아닌지도 모르겠고. 여전히 먼저 나설 생각은 없어 보이고. 먼저 죽을 놈들에게 애도를 표한다."

색마, 검마, 귀마가 나를 바라봤다. 이들도 뭔가를 예상한 모양이었다. 그러나 나는 평소와 조금 다르게 대처할 생각이다.

"넷째가 좌호법, 둘째가 우호법, 맏형이 내 앞에서 총사 역할을. 무조건 나를 보호하는 진형으로, 무슨 말인지 알겠지."

색마가 미간을 좁혔다.

"왜? 뭐 하게."

"알면서 그래."

검마가 두 사람에게 말했다.

"문주가 시키는 대로 자리 잡아라. 수가 너무 많아서 어쩔 수 없다."

검마가 인정할 정도로 전세가 불리했다. 나는 시킬 것이 더 있었다.

"일월광천은 무거워. 내가 공중으로 던지면 세 사람도 장풍을 더해서 밀어내. 그다음은 우리가 알 바 아니다."

귀마가 거리를 계산했다.

"그래도 너무 멀지 않나."

나는 세 사람에게 말했다.

"그러니까 달려서 거리를 좀 좁히자고."

색마가 소리를 버럭 내질렀다.

"아니!"

나는 검마와 함께 동시에 앞으로 튀어 나갔다. 검마가 호통을 버

···

럭 내질렀다.

"정신 차려라."

"으아."

나는 수적들을 향해 달리면서 월영무정공을 왼손에 휘감았다. 오른손에 금구소요공을 휘감기도 전에 검마가 나를 앞서나갔다. 이어서 색마가 공중으로 지나가고, 귀마도 내 우측을 지나면서 검을 뽑았다. 성격이 차분한 편인 귀마마저 들뜬 목소리로 외쳤다.

"미치겠네. 이거 맞아?"

"맞아."

나는 경공으로 거리를 좁히다가 적당한 지점에서 홀로 멈춘 다음에 일월광천을 조합했다. 색마와 귀마가 멈춘 다음에 좌우호법으로 전방에 자리 잡고. 그 뒤에 도착한 검마가 목을 이리저리 움직였다. 어리둥절하게 쳐다보는 적들의 모습을 바라보면서 나는 평소보다 커진 일월광천을 당혹스러운 마음으로 조합했다.

생각해 보니까 너무 오랜만에 펼치는 기분이 들었다. 그사이에 이것저것 처먹은 터라 내공이 깊어진 모양이다. 붉게 만들어진 금구소요공의 장력과 하얗게 만들어진 월영무정공이 어느새 진백眞白과 진홍眞紅으로 변하다가 서로에게 물들었다.

파지지지지직⋯

소리가 예전보다 더 끔찍해진 상태. 나는 내가 만들고 있는 참상이 살짝 두려웠다. 내공 없이 절벽에서 뛰어내리는 아찔한 심정이 아마 이럴 터였다. 잠시 넋을 놓는 동안에 공중에서 화살이 쏟아지고, 전방에서는 암기가 날아오는 와중에 사도제일인의 정예도 우리를 향해 돌진하기 시작했다. 나는 일월광천을 깊이 조합하지 않은 채로 공중에 던졌다.

"아…"

탄식이 절로 나왔다. 색마, 귀마, 검마가 동시에 손을 뻗어서 장풍을 쏟아냈다. 다들 오성이 뛰어난 사내들이라서 말을 하지 않았는데도 일월광천이 날아가는 모습을 보자마자 밀어내는 힘을 보탰다. 공중에서 회전하던 일월광천의 불길한 빛무리가 세 악인의 장풍으로 멀찍이 밀려나더니 선착장의 공중에서 반격을 맞이했다. 떨어지는 일월광천을 향해 온갖 무기와 장력, 장풍, 검기, 도기, 검풍 등이 쇄도했다.

쐐애애애애애애액!

나는 오히려 사대악인 셋에게 말했다.

"조심해."

순간, 검마가 제자와 귀마의 뒷덜미를 붙잡더니 내가 있는 뒤쪽으로 잡아당기듯이 던지고. 광명검을 뽑아서 두 손으로 붙잡더니 수직으로 뻗어나가는 검기를 공중으로 분출했다. 검마의 내공으로 발현된 직사각형의 검은 빛줄기가 공중으로 치솟으면서 맏형의 읊조리는 목소리가 흐릿하게 들렸다.

"…검극의劍極意."

일월광천의 여파를 막아내려는 검마의 반격처럼 보였는데, 검극의는 검의 끝에서 확인한 진의眞意 정도로 해석했다. 이미 귀가 제 기능을 상실했는지 아주 먼 곳에서 하늘이 울리는 것 같았다. 일월광천이 터지자마자 양쪽 고막을 누군가에게 처맞는 것 같은 고통을 느끼면서 인상이 저절로 찌푸려졌다. 동시에 검극의라는 절기로 전방을 막아섰던 검마가 선 자세로 밀려나고, 그것을 색마와 귀마가 다시 달려들어서 각기 한 손으로 검마의 어깨를 붙잡았다.

나는 세 사람이 밀려나는 것을 보다가 달려들어서 색마와 귀마의 등을 양손으로 받아냈다. 이렇게 멀리 떨어진 곳에서 폭발한 여파에 네 사람이 밀려날 정도는 아니었다. 우리는 선착장의 상황을 동시에 확인했다. 사람들이 공중에 부유하고, 부서진 바위들이 공중을 날아다니고. 치솟았던 물줄기는 사방팔방으로.

일월광천이 도착한 땅은 눈대중으로 가늠하기 어려울 정도로 깊고 넓게 파여있었는데, 그곳으로 쏟아지는 강물이 빈 그릇을 채우는 것처럼 밀려들고 있었다. 내가 대체 무슨 짓을 한 것일까? 눈으로 봐도 믿을 수 없는 광경이어서 나는 사대악인과 함께 선착장의 참상을 잠시 말없이 구경했다.

"..."

어쨌든 선봉대에 해당하는 병력은 어디로 사라진 것인지 찾을 수가 없었다. 조금 떨어진 장소에서 갑자기 그리 크지 않은 배 한 척이 공중에서 떨어지더니 굉음을 울리면서 박살이 나고 있었다. 배도 여러 척이 부서진 모양이다. 잔해가 강물과 뒤섞이더니 제법 아름다웠던 섬의 풍경이 쓰레기장으로 변한 상태였다. 검마가 탄식을 내뱉었다.

"...셋째가 펼치는 절기의 위력 하나만큼은 이미 천하제일 수준이다."

색마와 귀마는 아직 넋이 나간 상태라서 말이 없었으나, 나는 평소에 사려 깊은 검마의 말을 인정하지 않을 수가 없었다.

"인정… 기선을 제압했으니 이제 허세로 겁을 줘볼까."

나는 일월광천으로 사도제일인의 병력을 소멸시킨 다음에 또다시 양손에 기를 휘감았다. 색마가 움찔 놀라더니 나를 바라봤다. 하지만 이번에는 백전십단공이었다. 나는 두 손에 뇌기를 휘감은 채로 소리 하나만큼은 일월광천에 못지않은 굉음을 일으켰다.

파지지지지지지직…

나는 세 사람에게 말했다.

"가자. 누가 함정에 빠졌는지 제대로 알려줘야지."

드디어 긴장이 풀린 사대악인이 내 말에 웃음을 터트렸다. 나는 이 세 놈이 동시에 웃음을 터트리자, 속이 다 시원해졌다. 이런 것을 호연지기浩然之氣라고 하는 것일까? 우리는 이제 호흡이 제법 잘 들어맞았다.

…

299.
사도邪道의 눈빛

생각해 보니까 뇌기로 죽일 놈도 안 보였다. 어쨌든 일월광천의 참상을 각인시켰으니 언제든 다시 펼칠 수 있는 한 수로 보이게끔 한다음에 양손에 휘감았던 백전십단공을 거뒀다. 선착장은 여전히 끔찍했으나 놀랍게도 십여 척의 배는 크게 흔들리는 것 이외에는 아무런 피해를 받지 않았다. 조금 떨어진 곳에서 물에 뜬 상태였기 때문이다.

이때, 대장선의 안쪽에서 웬 사내가 귀찮다는 표정으로 걸어 나오더니 본래 우리와 말을 섞었던 중년인 옆에 섰다. 우리만이 아니라큰 배에 있는 함장艦長 격의 사내들도 지금 등장한 사내를 주시했다. 저 미친놈은 상의를 벗은 상태였는데 하의는 잠옷을 입고 있었다. 나이는 중년인보다 조금 더 많아 보였고 머리카락은 검은 머리에 흰머리가 잔뜩 섞여서 짙은 회색으로 보였다. 사내는 수하들이 건네는 잿빛 장삼을 맨살이 드러나는 상체에 걸치듯이 입은 다음에 말했다.

"…이게 대체 무슨 소란이야?"

마치 잠을 자고 있었는데 큰 소리에 놀라서 뛰쳐나왔다는 말투였다. 한 단체의 우두머리치고는 말투에 짜증이 많이 섞여있었다. 다만, 무슨 소란이냐고 꾸짖으면서도 딱히 놀란 기색은 없어 보였다. 무슨 소란이었는지 보고하고 있는 중년인의 목소리는 들리지 않았다. 보고를 받은 회색 머리의 사내가 말했다.

"한 놈이 이 참극을 저질렀단 말이냐? 그렇다면 동호의 왕에 도전할 만하구나. 누가 이런 무엄한 짓을 했는지 앞으로 나서보아라."

그제야 중년인의 대답이 들렸다.

"하오문주라고 불립니다."

"너한테 말한 게 아니잖아."

"예."

"직접 나오라고 해. 배는 왜 이렇게 떨어져 있느냐? 전부 전진해라. 바짝 대도록. 겨우 네 명에게 겁을 먹은 거야? 전진해."

명령이 떨어지자 대장선과 십여 척의 배가 전진해서 백사도의 기슭으로 다가왔다. 우리는 등장한 사내의 말투가 조금 어처구니없어서 서로를 바라봤다.

"잿빛 장삼이 사도제일인인가?"

"그런 것 같군."

"중년인은 뭐야?"

"제자 같기도 하고, 수하 같기도 한데."

다가오는 대장선에서 회색 머리 사내가 우리에게 물었다.

"누가 하오문주냐?"

당연히 내가 대답했다.

"나다."

"젊은 놈이 시건방지구나. 예의를 배우지 못한 게야?"

나는 고개를 끄덕였다.

"예."

"…"

"왜요."

회색 머리의 사내가 갑자기 어깨를 움직이면서 웃었다.

"황당한 놈이로군."

옆에 있는 중년인이 나를 설명했다.

"원래 저런 놈입니다."

"말이 안 통하는 놈이니 전부 배에서 내려라. 너희가 구경만 하고 있으니 이런 참극이 벌어진 것이다. 이 피해를 어느 세월에 복구한다는 말이냐? 백사도가 그래도 낚시하는 재미가 있는 곳인데. 쯧."

배가 기슭에 닿자 십여 명의 고수들이 공중을 날아서 땅에 내려서고. 대장선의 중년인도 가벼운 몸놀림으로 백사도에 도착했다. 먼저 땅을 밟은 사도맹의 간부들이 일제히 대장선을 주목하는 순간, 맨살에 장삼을 걸친 회색 머리 미치광이도 공중에 뜬 채로 날아왔다. 대체 무슨 경공을 펼친 것인지는 모르겠으나 깃털이 날아오는 것처럼 느릿한 움직임이 꽤 인상적이었다. 경공만 봐도 흔히 볼 수 있는 고수는 아니었다.

다가오는 것을 보아하니 괴상한 표정으로 웃고 있었다. 신장은 크지 않고 체격은 깡말랐다. 아무리 늙게 봐도 오십 줄의 외모를 지니고 있었지만, 중년인과의 관계로 보았을 때 실제 나이는 더 많을 터였다. 나는 이런 느낌의 사내를 예전에 본 적이 있다. 그러니까 예전에 내가 죽인 대나찰의 분위기와 이상하리만치 흡사했다.

어쨌든 말이 잘 통할 것 같은 사내는 아니었다. 우리는 일월광천이 떨어진 깊은 구덩이를 중앙에 둔 채로 잠시 대치했다. 나는 잠시 만든 구덩이에 부서진 배의 잔해와 물, 조각난 시체들, 흙과 바위가 둥둥 떠다니는 것을 구경했다. 아마 지옥이 있다면 저런 구덩이가 아닐까. 내가 일월광천의 구덩이를 감상하다가 고개를 들어보니 회색 머리 미치광이도 구덩이를 감상하고 있었다. 사내가 손을 뻗어서 무언가를 가리키면서 말했다.

"저거 봐라. 저 검은 아직 쓸 수 있겠어. 건져 와라. 버리긴 아깝다."

말이 끝나자마자 간부 한 명이 구덩이로 가볍게 뛰어들더니 부서진 배의 잔해에 내려서자마자 검을 낚아챈 다음에 다시 솟구쳤다. 물에 뜬 잔해를 밟았다가 솟구친 것이라서 쉽지 않은 동작이었다. 멀쩡한 검을 건진 놈이 다가가자, 퉁명스러운 말이 나왔다.

"너 써라. 더러운 것을 어디로 가져오느냐?"

"아, 예. 감사합니다."

이 대화를 들은 검마가 콧소리를 내면서 웃었다. 온통 회색으로 통일된 사내가 검마를 쳐다보면서 말했다.

"네가 검마로구나. 감히 나를 비웃었나?"

검마가 대답했다.

"늙은이, 누구냐? 정체가 알려지지 않은 게 이상한데."

"세상 사람이 얼마나 많은데 일일이 네가 정체를 알아야 하느냐?

마교의 전 좌사라는 놈이 멍청하기 짝이 없군. 그러니까 교주와 다투고 도망이나 다니는 것이겠지."

색마가 말했다.

"저 병신 같은 늙은이 새끼가 뭐라는 거야."

회색 머리가 중년인에게 물었다.

"저 애송이는 누구냐?"

"풍운몽가의 차남인 몽랑이라 합니다."

"풍운몽가라는 가문이 강호에 있었나?"

"어디 구석에 있긴 한 모양입니다."

"가문의 이름 앞에 풍운을 붙이다니 상당히 멍청한 놈들이로고. 가세가 풍비박산이 날 정도로 기울어진 모양이야."

"그런 편입니다."

"얼굴이 기생 오라버니 같은 게 계집질이나 밝히게 생겼는데 무공을 그만치 수련한 게 신기할 정도구나. 그 옆에 답답하게 못생긴 놈은 누구냐?"

중년인이 조심스럽게 대답했다.

"제가 답해도 되겠습니까."

"그래야지."

"육합문이라는 멸문한 작은 문파의 생존자로 본명은 알려지지 않았으나 육합선생이라 불리는 검객입니다."

"관심도 없는 놈의 소개가 뭐 그리 길어. 그럼 남은 놈이 하오문주렷다?"

"그렇습니다."

회색 머리가 나를 쳐다보면서 말했다.

"이 애송이 놈. 하오문 이야기는 내 몇 차례 들었다. 일하는 자를 보호한다는 어처구니없는 헛소리를 떠들고 다닌다던데, 보호하겠다는 놈이 왜 그렇게 살생을 많이 하고 다녔느냐? 내가 동호에 머문 지도 꽤 되었다만 너처럼 사람을 많이 죽여댄 놈은 그동안에 동호에 없었다. 미치광이 놈이 어찌 저런 대접을 받고 있을꼬. 무림맹은 대체 뭐 하는 게야? 저런 놈 빨리 안 잡아가고."

중년인이 회색 머리에게 물었다.

"관상이 좋은 편입니까?"

"그럴 리가. 점소이를 했으면 주인과 싸울 놈이고 무림맹에 있었으면 뇌옥에 갇혔을 테고 문파의 제자였으면 사형과 멱살을 잡을 놈이 저런 놈이야. 나까지 등장하게 만든 이 꼬락서니를 보아라. 가는 곳마다 사고를 칠 놈이지."

내가 무척 오랜만에, 아니 강호에 나선 이래 거의 최초로 말로 두들겨 맞자 색마, 귀마, 검마가 흥미로운 표정으로 나를 쳐다봤다. 그 중에서 색마는 살짝 웃고 있었다.

"…"

내가 무슨 말로 반격할 것인지가 궁금한 모양새였다. 하지만 나는 딱히 반격할 마음이 없었다. 쳐다보는 세 사람에게 말했다.

"…맞는 말 했는데 왜? 지혜로운 점쟁이는 오랜만이군."

나는 감사의 인사를 담아서 회색 머리의 말에 간략하게 대꾸했다.

"맞다. 그것이 나다. 그것이 나라서 놀랍지도 않아. 늙은이가 나이를 똥구멍으로 처먹었는지 제법 통찰력이 뛰어나구나. 내 칭찬을 받

···

아라. 퉤! 개새끼야. 숨어서 관상학을 오래 연구했네. 이봐, 내가 동호의 왕이 될 상이냐? 날카롭기 짝이 없는 관상가 놈아. 어때? 모르겠어?"

여기저기서 무엄하다는 표현과 입을 닥치라는 권유, 그 입을 찢어 놓겠다는 협박이 조화롭게 이어졌다. 그러거나 말거나 어쨌든 나는 점소이를 하면서 할아버지 속을 썩였고. 전생에 무림맹과 다투고, 심지어 마교와도 싸웠다. 문파에는 속하지 않았으나 광승에게 끌려 다녔으니 늙은이의 관찰은 대부분 맞는 말이다. 그것이 변함없는 나다. 그래서 어쩌라고? 나는 수적들의 다채로운 욕이 끝날 때쯤에 말했다.

"시끄럽다. 이 도둑 새끼들아. 그래서 대체 사도제일인이 누구냐?"

회색 머리가 히죽 웃더니 오른손으로 중년인의 어깨를 잡았다.

"동호제일검."

중년인이 고개를 살짝 숙였다.

"예."

"그래. 이 녀석이다."

조금 뜻밖이었다. 그러나 회색 머리의 다음 말은 이렇게 이어졌다.

"그리고 내가 사도제일인이다."

"음, 애초에 같은 놈이 아니었구나."

이때, 가만히 있었던 검마의 목소리가 좌중을 파고들었다.

"…늙은이."

"…"

우리는 검마를 쳐다보고. 사람들은 검마와 사도제일인을 번갈아 바라봤다. 동호제일검의 사부로 추정되는 사도제일인이 검마를 물끄러미 바라보더니 씨익 웃었다.

"검마, 할 말 있느냐?"

검마의 입에서 뜻밖의 이야기가 흘러나왔다.

"옛 총본산을 떠난 교의 고수들이 가장 큰 사도 세력, 그러니까 통칭 사도맹이라 불리던 곳에 도착해 죽이고, 노예로 삼고, 그곳을 교의 새로운 총본산으로 삼았지. 지금의 천마신교가 있는 장소. 당시 사도맹주 역시 잡혀서 그들이 자랑했던 용문龍門에 목이 걸렸던 것으로 아는데 그 사도맹주와 그대는 무슨 관계인가?"

사도제일인이 웃으면서 대답했다.

"전 좌사는 어떻게 그런 질문을 하게 되었나?"

검마가 대답했다.

"신교에게 멸망당한 이후로 강호에서는 사도라는 말을 꺼리게 되었다. 그 세력이 완벽하게 멸문당했기 때문이지. 불길하다 여기는 것이겠지. 분명 존재했던 세력의 총칭이지만 지금은 대부분 흑도黑道라는 표현으로 대체되었다. 종종 사도제일이라는 말을 들을 때마다 무언가 이상하다는 생각이 들었는데, 그대가 실제로 멸문당한 사도맹 출신이라면 그런 표현에 집착하는 것도 이상한 일은 아니지."

사도제일인은 아무 말이 없었다. 검마가 검을 휘두르듯이 질문을 던졌다.

"…더군다나 그대가 사도제일인이라는 표현까지 쓴다면 말이야. 생존자가 수적들의 대장 노릇을 하고 있었다면 꽤 어울리는 쥐새끼들의 대장 노릇을 하는 셈이로군."

나는 그제야 웃음이 절로 나왔다. 꽤 시원한 반격이었기 때문이다. 역시 평소에 말수가 적어서 그렇지 한 번 주둥아리가 열리면 검마도 말을 잘하는 사내였다. 사도제일인이 가래가 끓는 목청으로 낮게 깔린 웃음을 내뱉었다. 문득 웃음기를 싹 지운 사도제일인이 빠른 어조로 말했다.

"맞다. 그 사도맹 출신이야. 놀랍구나. 옛 사도맹은 네가 몸담았던 교에 모두 몰살되었으나 명맥은 내가 잇게 되었다."

검마는 놀라는 기색 없이 대꾸했다.

"복수를 꿈꾸지 않고 어찌 이런 곳에서 수적질을 하고 있단 말이냐."

사도제일인이 양손으로 장삼을 거칠게 젖히더니 앞으로 나서면서 말했다.

"뭐 하긴? 이렇게 동호에 잘 숨어있지 않으냐? 꼭꼭 숨어있었다."

"…"

저놈의 말투에서 나는 살짝 소름이 끼쳤다. 나도 미친놈이지만 내가 미친 것과는 다소 거리가 먼 광기가 어조에 묻어있었기 때문이다. 굳이 말하자면 도망자와 은둔자의 광기가 뒤섞인 불쾌한 광기랄까? 사도제일인의 눈에서 기이한 안광이 흘러나왔다.

"좌사 놈아, 나는 너와 같아. 너도 결국 교주가 두려워서 강호를 떠돌고 있으니 말이다. 네가 그렇게 대단한 놈이라면 당장 교에 복귀해서 교주와 자웅을 겨뤘겠지. 실은 너도 교주가 되고 싶지? 그렇지?"

어조가 어린아이처럼 유치해진 상태. 검마의 속마음을 제멋대로 단정하고 있어서 듣기 불쾌한 말이었다.

"검마, 이놈아. 너도 결국에는 당대의 삼재를 넘지 못하여 방황하는 일개 검객에 지나지 않아. 까마득할 것이다. 더군다나 너는 직접 옆에서 교주를 보았으니 누구보다 그 격차를 잘 알겠지. 감당할 수 있겠느냐? 검을 수천 번, 수만 번 휘둘러 봤자 좁힐 수 없는 그 간격이 밤마다 악몽으로 변해서 너를 괴롭히고 있겠지. 네가 삼재보다 강하단 말이냐? 아니야. 너는 그 수준에 오르지 못해. 내가 동호에서 만족하는 이유가 바로 그것이다. 나를 조롱하려거든 도망이나 처대는 너 자신부터 돌아보도록."

"…"

사도제일인이 수하들을 둘러보면서 웃었다.

"무림맹? 그래. 무림맹도 이야기해야지. 마교가 사도맹 자리를 비워놓으라는 통보를 일방적으로 전달했을 때 우리는 염치없이 무림맹에도 지원을 요청했었다. 비록 사이가 좋지는 않았지만, 우리가 쓰러지면 곧 무림맹도 교의 병력을 그대로 맞이할 것이라고 설득하면서 도움을 요청했었지. 그 도움을 요청했던 자가 누구였겠느냐? 응?"

나는 순간 팔뚝에 소름이 돋아서 내 팔도 보고, 사대악인의 표정도 구경했다.

"와…"

우리의 눈앞에 무림맹으로 도움을 요청하러 갔었던 사도맹의 전령이 흰머리가 잔뜩 섞인 채로 생존해 있다는 말이었다. 내가 물었다.

"그 전령이었나?"

사도제일인이 손가락으로 나를 가리키더니 연신 흔들어 댔다.

"그래. 나였다. 아주 열심히 달려갔었지. 거절은 물론이고 조롱,

…

멸시, 비웃음도 당했어. 여전히 생생해. 그 누구도 안타까워하지 않았다. 그것이 무림맹의 실체였지. 결국에 사도맹을 학살한 전대 교주 놈도 죽고. 그 교주 놈을 죽였던 위대하신 검신劍神께서도 이전의 무위를 결국 되찾지 못한 채로 어느 날 허망하게 떠났지. 사도맹과 힘을 합쳤다면 적어도 검신은 여태 살아남아서 천하제일인으로 불렸을 것이다. 멍청한 놈들.”

무척 감명 깊은 이야기였으나 나는 생각나는 대로 떠들었다.

“…그래서 고되게 수련해서 천하제일이 되고 싶었는데 이후에 등장한 삼재가 너무 무섭고, 생각만 해도 오줌을 지릴 것 같아서 동호에 숨어 계셨습니까. 전령 선배? 산으로 들어갔으면 산적제일인이될 뻔했네.”

그래도 산전수전을 다 겪은 사내라 그런지 내 도발에도 웃음으로 대응했다. 미친놈처럼 낄낄대면서 웃던 사도제일인이 내게 말했다.

“내가 높게 평가하는 자들은 삼재들이지 너희가 아니다. 임소백이 그리 대단한 자라면 이미 내가 동호에서 죽었겠지. 삼재가 내 앞에 등장해서 이런저런 말로 나를 협박할 수는 있겠지만 너희는 아니다. 수준을 알아야지. 주제를 알아야 해. 이미 동호에 있던 고수들이 너희처럼 행동하다가 물에 많이 빠졌어. 나를 죽이러 오겠다는 놈들도 많이 가라앉았다. 동호의 물고기는 내가 먹여서 키운 셈이지. 너희 같은 놈들을 물고기 밥으로 주면서 살았거든. 그 물고기는 내 수하들이 잡아서 식탁에 올려놓고 있느니라. 어때?”

내가 대답했다.

“그렇게 자신이 있으면 내가 일대일을 하겠다고 했을 때. 왜 나서지 않았나? 일이 이렇게 커질 일이 아니었는데. 지금도 제안은 유효하다. 사도맹의 늙은 전령아, 내 말 듣고 있어? 꿈에서 교주가 괴롭히나 보군. 불쌍한 인생이야. 이제 보니까 얼굴이 뱀을 닮았어."

사도라는 말은 참 새삼스럽게 특이했다. 마도에겐 학살을 당하고. 백도에겐 천대를 받았으니 말이다. 그것을 온 인생으로 경험한 사내가 정말 뱀 같은 눈빛으로 나를 노려보고 있었다. 사도邪道, 올바르지 않은 길에 빠진 사내의 눈빛이었다.

300.
염라가 누구에게
죽었냐고 묻거든

사도제일인이 웃으면서 말을 이어나갔다.

"뱀을 닮았다고? 자주 들었던 이야기라 반갑다만 그 말을 했던 사람들은 모두 죽었어. 하오문주, 알겠느냐?"

뱀 닮은 놈이 열이 받은 모양이었다. 나는 덤덤한 어조로 대답했다.

"모르겠는데?"

"일대일, 받아주마."

"오."

"하지만 급이 맞아야지."

"급?"

"너는 동호제일검과 겨루고. 그다음에 내가 검마의 도전을 받아주마. 나머지는 그냥 결과에 따라 죽게 되겠지."

사도제일인의 제안에 동호제일검이 겸손한 어조로 대답했다.

"그렇게 하겠습니다."

저희끼리 북을 치고 장단을 맞췄다. 북소리도 불쾌하고 장단도 어긋나 있었기 때문에 나는 비웃음을 머금은 채로 사도제일인을 노려봤다. 사도의 무리가 일대일을 정상적으로 하겠다고? 믿지 않는다. 수하들을 절벽으로 밀어 넣으면서 숨어 지내던 놈이 이제? 믿을 수가 없다.

정상적으로 일대일을 하는 놈이었으면 예전에 제안을 수락했을 것이다. 내가 동호제일검과 겨루는 동안에 사도제일인의 절기를 얻어맞고, 나머지 세 악인은 사도맹의 간부들에게 둘러싸여서 더 불리한 싸움을 하게 될 터였다. 뱀 같은 눈빛에 담겨있는 악인의 속내가 너무 뻔하게 보였다. 동호제일검이 내게 말했다.

"문주, 덜컥 겁이 난 것은 아니겠지? 나오너라."

나는 코를 살짝 후비다가 대답했다.

"이봐, 이 염치없는 뱀 새끼들."

"…"

"너희는 믿을 수가 없어. 가장 먼저 죽어야 할 놈들이라서 마교가 중원에 도착하자마자 사도맹을 쳤을 것이다. 누가 봐도 죽어야 할 놈들이라서 무림맹도 돕지 않았겠지. 그때는 흑향 같은 게 더 많았을 거야. 무림맹이 도와줄 이유가 없지. 그런 너희가 일대일?"

동호제일검이 물었다.

"어쩌자는 말이냐?"

"뭘 어째? 너희는 그냥 백사도에서 모두 죽게 된다. 흑향을 운영하면서 왜 이렇게 염치가 없나 했더니 사도 같은 놈이 우두머리라서 그랬군. 드디어 찾았네. 이 새끼…"

사도제일인이 고개를 끄덕이더니 동호제일검에게 명령했다.

"좋다. 죽여라. 나는 적절할 때에 합류하마."

나는 바로 대꾸했다.

"그 적절할 때가 언제야? 수하가 죽는 찰나야? 과연 대장의 마음가짐이로군. 훌륭해. 이 지경이 됐는데도 수하가 더 죽어야 나서겠다는 뜻이지? 맞지? 그래야 우리들의 체력과 힘이 빠질 테니까. 무병장수하겠다. 이 뱀 새끼."

나는 사도의 수하들을 둘러봤다.

"과연 대단한 수장을 모시고 있는 쥐새끼들이란 말이지. 뿌듯하겠어. 야 이, 병신들아. 충성을 다해서 모셔라. 벽에 똥칠할 때까지 살아야 하니까."

사도제일인이 드디어 발끈했다.

"닥쳐라!"

나는 어리둥절한 표정으로 대답했다.

"싫은데? 마지막으로…"

나는 목검을 뽑자마자 발검식으로 간부 한 명의 몸통을 노리고 검기를 분출했다.

쐐앵!

뻗어나간 검기를 피하려던 간부의 팔이 날아가면서 짤막한 비명이 터졌다. 나는 웃는 얼굴로 사대악인에게 경고했다.

"이제 난전이다. 살아남아."

우리 중앙에 있는 구덩이에 물이 차오른 터라 싸움이 시작됐는데도 단박에 맞붙진 않았다. 사도제일인은 팔이 잘린 수하를 꾸짖었다.

"시끄럽다. 죽이기 전에 물러나라. 비명을 또 지르면 너부터 죽일 것이다."

우습게도 입을 틀어막은 간부가 뒤로 물러났다. 나는 사대악인이 적의 전력을 분석하는 데 도움이 될 만한 이야기를 주절대면서 전략을 대놓고 설명했다.

"…간부 놈들 중간쯤이 일전에 내가 죽인 비객 실력이라고 보면 돼. 그 윗줄이 동호제일검, 그보다 격을 높이면 뱀 눈깔. 뱀 눈깔은 기습할 거다. 조심하고. 도망가는 놈은 일단 버려."

도망갈 놈이 있을까 싶었지만 일단 심리전을 걸었다. 수십 명의 살기가 백사도의 원혼들을 위협하면서 하늘로 뻗어나갔다. 나는 시종일관 헛소리를 해대면서 대치했다.

"우리 중에 육합이 가장 강하니까 일단 사도 놈을 맡아."

귀마가 차분한 어조로 대답했다.

"알았다."

좌중의 시선이 귀마에게 모였다. 뜬금없는 말이라서 놀란 모양이었다. 귀마가 육합검을 뽑으면서 사도제일인에게 말했다.

"뱀 눈깔, 이리 오너라. 나보다 못생긴 놈이 감히 외모를 지적해? 어처구니가 없네."

사도제일인의 고개가 삐딱하게 기울어지더니 귀마를 노려봤다.

"네 놈은 내 손으로 죽여주마. 뭣들 하느냐? 동시에 쳐라. 내가 지원하겠다."

구덩이 둘레에 서있던 십여 명의 간부들이 일제히 공중으로 치솟더니 구덩이를 넘어서 단박에 날아왔다. 무모한 공격이었으나 믿는

···

구석이 있는 모양이었다. 이들이 전부 하단에 약점을 노출했을 때. 동호제일검이 자세를 낮추면서 검을 뽑더니 발검으로 엄청난 크기의 검기를 반달 모양으로 분출했다.

쐐애애애애액!

우리 넷은 동시에 땅을 박찬 채로 뒤로 물러나면서 검기를 각자 막았다. 순식간에 우리가 서있던 곳을 밟은 사도맹의 간부들이 넓게 흩어지면서 달려들기 시작했다. 나는 뒤로 물러나면서 상황을 계속 주시했다. 색마가 쌍장으로 냉기를 퍼붓기 시작하고. 검마는 서너 명에게 돌진하면서 광명검을 휘둘렀다. 검마는 봐둔 사내가 있었는지 검을 몇 차례 휘두르지도 않았는데 간부 한 명의 비명이 터졌다.

"끄아아아악!"

나는 비명을 감상했다.

"좋구나. 더 크게 질러라."

그사이에 구덩이를 가볍게 넘어서 도착한 동호제일검과 사도제일인이 또 기회를 엿봤다.

'아, 정말 짜증 나는 놈들이네.'

여전히 간부들이 먼저 죽게 만들고 기회를 엿보는 놈이 두 사람이나 되었다. 나는 또다시 물러나서 전황을 살피는 척하면서 전략을 세웠다. 검마가 네 명, 귀마가 세 명, 색마가 세 명을 동시에 상대하고 있었다. 누군가가 색마를 얕봤는지 일장에 얻어맞자마자 뒤로 물러나다가 앞으로 고꾸라졌다. 빙공이 체내에 퍼진 모양이다. 색마가 얄밉게 웃으면서 움직였다.

"호호호."

나는 이 싸움이 안정적으로 이어질 때까지 아무런 행동을 하지 않았다. 대신에 동호제일검과 사도제일인을 주시했다.

"병신 같은 놈들, 나처럼 구경만 할 거야? 이렇게 하자. 둘이 동시에 덤비도록 해라."

하지만 내 말을 철저하게 무시한 사도제일인이 갑자기 가부좌를 틀더니 전장을 주시했다. 저놈이 적절한 순간에 지법이라도 날리면 색마, 귀마, 검마가 위험해질 수 있는 상황. 동호제일검은 나와 눈을 마주치자 씨익 웃었다.

"…일대일을 하자니까 멍청한 놈이구나."

"그럴까?"

"오너라."

나는 검을 집어넣은 다음에 동호제일검을 향해 뚜벅뚜벅 걸어갔다. 우측에서는 색마가 날뛰고, 좌측에서는 귀마가 싸우고 있었으나 그냥 지나쳐서 걸었다. 내가 점점 다가가자, 사도제일인이 미간을 좁혔다.

"막아라."

동호제일검이 공중으로 솟구쳐서 내게 다가오는 순간에 나는 경공을 펼쳐서 가장 가까운 색마에게 제운종으로 합류했다. 차성태보다는 백 배 빠른 기습이었다. 목검을 뽑아서 등을 내보이고 있는 놈의 머리통을 단박에 날리고, 이어서 좌장으로 냉기를 분출했다. 두 사람이 냉기에 휩싸이자마자, 색마의 쌍장에서 분출된 냉기가 덧씌워지더니 그대로 얼어붙었다. 삽시간에 색마와 겨루던 세 명을 죽인 상태. 나는 색마에게 말했다.

　　　…　　　광마회귀 6

"맏형에게."

색마는 대답도 없이 검마에게 합류하고. 나는 그사이에 도착한 동호제일검과 침착하게 검을 부딪쳤다. 삽시간에 칼날에서 불꽃이 터지는 와중에 나는 철벽방어를 펼치면서 말했다.

"왜 이렇게 늦었나? 세 명이 죽었다."

동호제일검의 검을 튕겨내는 와중에 사도제일인이 갑자기 앉은 자리에서 솟구치더니 빠른 속도로 귀마에게 날아갔다. 그제야 귀마가 가장 약한 상대인 것을 알아차리고 물어뜯으러 간 모양이다. 우습게도 내가 먼저 기습으로 세 명을 쳐죽인 것과 똑같은 수법이었다. 나는 동호제일검의 공세를 막아내면서 귀마에게 말했다.

"둘째, 후퇴해."

간부들을 상대하던 귀마가 침착하게 대답했다.

"확인."

육합검의 끝으로 땅을 그어대듯이 휘두른 귀마가 돌덩이가 섞인 검풍을 연달아 쏟아냈다.

퍼버버버버버벅!

순간, 왼쪽 시야에서 땅을 한 번 박차고 도주하기 시작하는 귀마의 모습이 보였다. 그간 함께 싸운 게 있었기 때문에 내가 어떤 의도로 말하는 것인지 완벽하게 이해하는 몸짓이었다. 순간 동호제일검의 검이 내 어깨를 아슬아슬하게 스치더니 옷이 찢어졌다. 나는 전방에 월영무정공의 장력을 흩날리듯이 뿌려서 시야를 가리게 한 다음에 빠르게 뒤로 물러났다. 이때, 검마의 낮게 깔린 목소리가 들렸다.

"여기 맡아라."

색마가 대답했다.

"예."

공중으로 솟구친 검마가 신형을 회전하더니 귀마를 추격하는 사도제일인을 다시 또 추격했다. 귀마가 도망치고, 그것을 사도제일인이 추격하고. 그 사도제일인을 다시 검마가 뒤쫓는 황당한 구도였다. 물론 귀마가 처음에 상대하던 세 명의 고수도 달라붙고 있었다. 나는 무극충검의 장검식을 터트려서 근접 거리에 있는 동호제일검을 물러나게 만든 다음에 제운종을 펼쳐서 또다시 색마에게 합류했다. 공중으로 솟구쳤다가 목검을 집어넣은 다음에 쌍장으로 만월의 장력을 분출했다.

"색마."

내가 분출하는 장력의 범위 안에 색마도 포함되어 있었다. 등을 돌린 채로 싸우고 있었던 색마가 즉시 공중으로 솟구치더니 비스듬하게 누운 채로 회전하면서 빙공을 쏟아냈다. 옥화빙공의 장력과 월영무정공의 장력이 겹쳐서 네 사람의 전신을 순식간에 뒤덮었다.

이들도 각자 검을 맹렬하게 휘두른 터라, 하얗게 흩날리는 장력을 뚫어낸 검기가 고슴도치처럼 뻗어나갔다. 하지만 동시에 빙공에 타격을 입고 동작이 느려진 상태. 마무리는 색마에게 맡기고 돌아선 다음에 고갯짓으로 연달아서 동호제일검의 검을 피했다. 무어라 조롱하고 싶었으나 말을 하는 게 어려울 정도로 빠른 검이었다. 발검식으로 목검을 뽑아서 대응하고.

채앵!

동호제일검의 검을 막자마자, 왼손을 휘둘러서 장력을 교환했다.

콰아아아아아아아아앙!

나는 애써 버티지 않은 상태로 장력을 받아낸 다음에 공중에서 몸을 뒤집자마자, 빙공에 당했던 놈들에게 달려들어서 마구잡이로 검을 휘둘렀다. 삽시간에 비명이 겹치면서 터졌다. 보이는 대로 전부 자르자, 팔과 몸통이 잘려나갔다. 동시에 색마가 한 놈의 대가리를 우장으로 터트리더니, 곧장 동호제일검에게 달려들었다. 삽시간에 색마와 동호제일검이 공수를 주고받았다. 이제 동호제일검의 표정에 당혹감이 가득 차오른 상태. 나는 색마와 싸우던 놈들을 모조리 죽인 다음에 동호제일검에게 물었다.

"왜 이렇게 또 늦었나? 다 죽었어. 너는 왜 매번 그 모양이야?"

나는 말을 하는 도중에 색마에게 합류해서 동호제일검을 압박했다. 상황이 긴박했기 때문에 내가 펼칠 수 있는 최대 속도로 공격을 퍼부었다. 사실 다쳐도 상관이 없었기 때문에 생사를 도외시한 채로 독고중검을 펼쳤다. 색마는 원래 얍삽한 놈이라서 빙공을 섞은 지법으로 동호제일검의 발등, 종아리, 무릎, 하반신, 생식기를 집요하게 노렸다. 고자로 만들려는 모양이었다. 하지만 나는 혼자 동호제일검을 죽일 수 있다는 판단이 들자마자 색마에게 말했다.

"둘째에게 합류해."

"확인."

내가 펼치는 독고중검은 공격일변도. 나는 양패구상을 할 것처럼 위험천만한 공격을 펼치면서 동호제일검을 몰아붙였다. 생각해 보니까 이 동호제일검은 나랑 함께 죽겠다는 결심을 할 수 있을만한 사내가 아니다. 어떻게든 살아남으려는 놈이 확실했다. 왜냐고? 뱀 같은 우두머리의 영향을 받았기 때문이다. 그렇기에 독고중검은 현재의 동호제일검에게 무적의 검법처럼 작용했다.

이 깊은 원리를 이놈이 과연 알까? 그렇게 따지면 독고중검은 재평가를 해야 하는 검법이다. 그러니까 이것은 철저하게 심리전이 적용된 검법인 셈이다. 싸우자마자 자신의 안위를 걱정하는 놈에겐 애초에 불패不敗의 검법이었던 셈이다. 싸우면서 무학의 성취를 얻는 사내가 있는데, 물론 그것이 나다.

나는 독고중검으로 동호제일검을 압박했다. 압박하고 있으려니 좌장의 출수가 너무 편했다. 빙공, 염계, 뇌기를 섞어서 압박하고 오른손의 목검으로는 무조건 양패구상 초식을 구사했다. 나는 순간 정수리가 뜨거워지면서 백의서생이 떠오르더니, 무아지경에 빠진 채로 세 개의 손가락을 동호제일검을 향해 뻗었다. 뇌리에서 무언가가 타들어 가는 듯한 집중력이 발휘되더니… 손가락에서 각각 만월, 염계, 뇌기의 빛줄기가 터졌다.

쐐애애애애액!

세 가지의 빛줄기가 동호제일검에게 쇄도하는 순간 나는 임소백이 펼쳤던 일도양단을 모방하듯이 수직으로 검을 그었다. 세 가지의 지법을 애써 막아내려던 동호제일검이 순식간에 양 갈래로 쪼개지면서 핏물이 높이 솟구쳤다.

푸악!

나는 검을 집어넣은 다음에 검마와 맞붙고 있는 사도제일인을 향해 호통을 버럭 내질렀다.

"뱀 새끼야, 내가 살아있다. 동호제일검은 방금 죽었어. 이 개새끼, 너 때문에 죽은 게 확실해. 내가 수적들의 복수를 해주마. 내가 죽여놓고 복수를 한다니까 이상하겠지만 그것이 나야. 백사도에서 죽은 놈들은 모두 사도제일인, 운 좋게 살아남은 병신 같은 늙은 전령 때문에 죽었다. 모두 물귀신이 되었을 거야. 내가 물귀신을 이끌고 네게 가마. 죽어라. 너도 오늘 죽는다. 염라閻羅가 누구에게 죽었냐고 물어보면 사대악인의 별호를 읊도록 해."

나는 낄낄대면서 웃었다.

"그것이 우리다."

문득 정신을 차려보니 아직 살아있는 간부들이 귀마와 색마를 괴롭히고 있었다.

"어?"

나는 광마 시절 본연의 광기에 휩싸여서 욕을 하다가 성질을 뻗친 상태로 손톱을 하늘로 세우듯이 양손을 올렸다가 백전십단공을 휘감았다.

파지지지지지지지직!

순간, 백전십단공의 한계를 뚫어내듯이 정신과 내공을 집중하자 온몸이 백색의 뇌기에 휩싸였다. 나는 귀마와 싸우는 놈들에게 먼저 달려들어서 양손에 뇌기를 휘감은 채로 미친 야수野獸처럼 손을 휘둘렀다. 놈들은 이미 겁에 잔뜩 질린 상태였다. 심리전에서 내가 이겼기 때문이다. 나는 귀마와 싸우던 놈들을 뇌기를 주입한 손가락으로 찢고, 할퀴고, 머리통을 붙잡은 다음에 비틀어서 뽑았다. 전신에서 끊임없이 뇌기가 터지고, 적들의 핏물도 터지고, 광기도 치솟았다.

아… 이렇게 기억이 생생할 줄이야. 그래. 전생의 내가 매번 대단한 무공을 가지고 싸웠던 것은 아니다. 그저 미친놈처럼 싸워서 나보다 강한 놈들까지 죽였을 뿐이다. 나는 오랜만에 전생의 광마와 재회했다. 싸우다 보면… 그럴 수도 있지. 귀마를 괴롭히던 놈들은 내 손으로 일일이 찢어 죽였다. 나는 피를 뒤집어쓴 채로 귀마와 눈을 마주치자마자 낄낄대면서 웃었다. 귀마도 나를 쳐다보더니 그 어느 때보다 밝게 웃었다. 다른 간부를 때려죽이고 도착한 색마가 한숨을 내쉬었다.

"정말 광마狂魔가 따로 없구나. 미친놈아, 그만 웃어."

귀마가 고개를 끄덕였다.

"광마로구나."

나는 색마에게 색마라는 별호를 줬는데, 색마는 내게 광마라는 별호를 선물했다. 인생을 회귀한 자에게 주어지는 오묘함이랄까. 나는 백사도에서 내 별호를 되찾았다.

301.
사악하게 미친
늙은이

검마 대 사도제일인. 이제야 일대일이다. 사도의 수하를 다 죽이고
나서야 성사된 셈이다. 우리는 멀찍이 떨어져서 포위망을 구축했다.
아무래도 검마의 싸움에 끼어드는 것은 체면으로 보나 검마의 특이
한 무공으로 보나 적절하지 않다. 하지만 포위는 할 수 있었다. 일단
은 놀랍게도 용호상박이어서 잠시 팔짱을 낀 채로 지켜봤다. 사도제
일인이 무위를 드러내지 않았었기 때문에 나는 이 싸움이 어리둥절
했다. 무언가 과격함이 뭉텅이로 빠진 싸움이었기 때문이다.

'둘 다 뭐 하는 거지?'

문득 귀마와 색마를 바라보자 두 사람도 나를 보면서 어깨를 으쓱
하거나 고개를 갸웃했다. 이때, 검마의 광명검에 적중당한 사도제일
인이 비명을 크게 지르면서 땅바닥에 나뒹굴었다.

"으악!"

비명도 어쩜 저렇게 동네 한심한 노인장처럼 지르는 것일까. 아이

고, 소리가 이어지더니 땅바닥에 쓰러진 사도제일인이 앓는 소리를 중얼중얼 내뱉었다. 나는 후속 공격을 하지 않는 검마를 바라봤다.

"…"

검마가 바닥에서 앓는 소리를 내뱉은 사도제일인을 불쾌한 표정으로 바라보더니 우리에게 말했다.

"…거리 더 벌려라."

"음."

우리는 맏형이 하라는 대로 움직여서 뒤로 더 물러났다. 검마가 볼썽사납게 쓰러져 있는 사도제일인에게 말했다.

"사도, 적당히 하도록."

"무엇을? 뭘 적당히 하란 말이냐."

사도제일인이 고개를 들더니 검마를 바라보면서 일어났다. 분명 광명검에 적중당해서 나뒹굴었는데 아무런 상처가 없어 보였다. 검마가 딱딱한 표정으로 물었다.

"내가 우스워 보이나?"

사도제일인이 고개를 끄덕였다.

"그런 편이지. 그래도 넷 중에서는 가장 나은 것 같아서 일대일을 하고 있는 것이다. 덤벼보아라."

덤비라고 하는데도 검마는 잠시 요지부동이었다. 나는 그제야 미간을 좁힌 채로 사도제일인을 바라봤다. 그러니까 아까부터 검마와 일대일을 하고 있었음에도 걸치고 있는 회색 장삼만 군데군데 찢어졌을 뿐이지 큰 타격은 없는 상태였다. 만약 사도제일인이 정말 삼재만을 두려워하는 실력을 지닌 고수라면. 이해하지 못할 상황은 아니다. 그런데 왜 저렇게 계속 병신처럼 보이는 걸까? 여기저기를 두리번거리던 사도제일인이 나를 쳐다봤다.

"…이 하오문주 애송이 놈, 너는 조금 마음에 드는구나. 네가 제자로 들어올 생각이 있으면 사지 멀쩡하게 살려줄 생각이야."

나는 사도의 말에 시큰둥한 어조로 대답했다.

"진심이냐?"

"진심이고말고. 단순하게 무공의 높고 낮음 문제가 아니다. 너는 재목이야. 성장해서 삼재를 상대할 수 있는 그릇이다. 하지만 지금은 부족해. 내가 가진 사도邪道를 네게 오롯이 모두 전수하마. 어때?"

나는 고개를 끄덕였다.

"근데 왜 이렇게 배우기가 싫지? 네가 아무리 강하고 대단해도 네 제자가 될 일은 없을 것 같은데 어떻게 생각해."

사도제일인이 웃었다.

"시간이 좀 흐르면 알게 되겠지."

광명검을 바닥에 박아 넣은 검마가 낮게 깔린 목소리로 읊조렸다.

"마검혼전장魔劍魂戰場."

일전에 마교의 장로들을 상대할 때와는 수준이 다른 마검혼전장이 펼쳐졌다. 사도제일인이 바닥에 퍼지는 검은색의 물결을 보면서 어리둥절한 표정을 지었다.

"어허?"

순간, 나는 사도제일인의 눈빛이 짙은 회색으로 변하는 것을 확인했다. 나는 꿈틀대면서 퍼지는 검은색의 혼령을 보고 있는 사도제일인의 표정을 유심히 바라봤다. 입이 우물거리듯이 알아듣기 힘든 말을 중얼거렸다. 나는 두 눈을 똑바로 뜬 채로 지켜보고 있었는데 사도제일인의 모습이 여러 개로 흩어지는 것 같은 환각에 빠졌다.

삽시간에 꿀렁거리던 마검혼전장의 물결이 원형으로 뒤덮이고, 지상으로 솟구치기도 하더니 그릇을 엎어놓은 거대한 구체가 되어서 검마는 물론이고 사도제일인도 삼켰다. 잠시 정적이 흘렀을 때… 사도제일인이 마검혼전장으로 만든 검은 구체 위에 흔들리는 잔상처럼 나타났다가 형체를 완벽하게 갖췄다.

"…!"

잠시 나도 할 말을 잃은 상황. 사도제일인이 우리를 바라봤다.

"이거 봐라. 검마는 눈치가 빠르다. 검객劍客으로는 나를 절대 이기지 못할 것 같으니까 검마劍魔의 수법을 꺼내는구나. 하지만 나는 내내 검마가 등장하길 기다리고 있었지. 이래서 검마를 얕잡아 보면 안 되는 것이다. 하지만 나는 예전부터 마검혼전장을 알고 있었지. 이유가 궁금하지 않으냐?"

나는 바로 대답했다.

"궁금하네. 내가 또 궁금한 거는 못 참는데."

색마가 굳은 표정으로 말했다.

"너 어떻게 빠져나온 거야?"

사도제일인이 피식 웃었다.

"마검혼전장은 닿지 않으면 갇히지 않는다. 마공도 지극히 단순한 이치까진 벗어나진 못해. 그리고 내가 여태 네 사부와 겨루고 있는데 그게 무슨 말버릇이냐?"

사도제일인이 손을 휘두르자, 색마가 쌍장을 교차하면서 빛줄기

…

를 받아쳤다.

콰아아아아아아아앙!

색마의 신형이 낮게 깔린 채로 순식간에 멀어졌다. 나는 날아가던 색마가 땅바닥을 연신 구르다가 기절하는 것까지 지켜봤다. 나는 색마가 저렇게 못난 꼴로 당하는 것을 처음 봤다. 나는 귀마를 향해 입을 열었다.

"조심…"

사도제일인이 똑같은 출수로 귀마를 한 수에 날려버렸다. 그 와중에도 귀마는 검을 놓치지 않은 채로 멀찍이 날아가다가 땅을 밟자마자 휘청거리더니 그대로 엉덩방아를 찧었다. 얼굴이 창백하게 질린 상태였다. 사도제일인이 이어서 나를 쳐다봤다.

"살 기회를 주면 붙잡는 것도 필요하지."

"…"

"문주야, 안 그러냐?"

나는 웃음기가 사라진 사도제일인을 바라보면서 대답했다.

"그렇습니다. 그런데 마검혼전장은 어찌 아셨는지. 이 후배가 너무 궁금한데, 알려주시겠소?"

사도제일인이 미소를 지었다.

"마검혼전장이라는 것은 사실 두 사람이 들어가서 한 사람이 죽어야 끝이 난다."

"음."

"사도맹에는 마검혼전장에서 살아서 돌아온 고수가 있었지."

"아하."

"그렇다면 대체 검마는 지금 누구와 겨루고 있을까? 귀를 기울여 보아라. 검마는 자신이 만든 마검혼전장에서 내가 만든 환영과 대치 하고 있을까?"

"모르죠."

"신중한 성격일수록 어둠 속에서 방황하는 시간이 길어지겠지. 환 영을 없애고 나면 마검 안에 가둬놨던 혼령과 겨루게 될 것이다. 애 초에 혼령은 억압을 받은 자들. 노예들은 늘 주인을 향해 반란을 꿈 꾸기 마련이지."

나는 사도제일인을 향해 대충 포권을 취했다.

"한 수 배웠소. 마교가 사도맹부터 몰살한 이유가 있었군."

마검혼전장의 꼭대기에서 가볍게 뛰어내린 사도제일인이 내게 다 가오면서 말했다.

"후배, 나는 배 안에서 네 절기가 요란하게 폭발하는 소리를 들었 다. 꽝! 아주 시끄러웠지."

"흠."

사도제일인이 냉소를 머금었다.

"배에서 뛰쳐나오던 내 표정이 어떠하더냐? 놀라서 사색이 되었 던가? 아니면 낮잠을 자다가 시끄러워서 나오던 표정이던가."

나는 웃으면서 대답했다.

"아, 맞네. 놀란 기색은 전혀 없었지."

"그렇다면 그때부터 지금까지 언행을 조심했어야 옳지 않겠느냐? 같이 놀아주니까 수준이 비슷해 보이더냐?"

이제 사도제일인의 얼굴에서는 웃음기가 사라진 상태. 목소리와 어조도 한껏 달라진 상태였다. 뱀처럼 사악한 병신에서 나름 근엄한 병신이 되어있었다. 나는 보기 드문 근엄한 병신에게 예의를 갖췄다.

"…그러게 말입니다. 죄송합니다, 선배님."

"진심이냐?"

"예. 워낙 허술해 보여서 고인高人을 몰라뵀습니다. 이처럼 우리가 뜻이 달라 싸우고는 있으나, 예의는 갖추는 것이 강호의 도리겠지요. 저도 언젠가는 강호인들의 선배가 될 테니까요."

"그것은 네가 살아있어야 가능한 일이지."

"저도 선배처럼 똥칠로 벽화를 그릴 때까지 살 테니 큰 걱정은 마십시오."

"그놈의 주둥아리."

사도제일인이 뒷짐을 지더니 기절한 색마와 가부좌를 틀고 있는 귀마를 턱짓으로 가리켰다.

"저것들까지 살려주면 네가 부릴 수 있겠느냐? 물론 수하로."

"물론입니다."

"그것참 이상하군. 네가 이렇게 줏대 없는 놈은 아닐 것이다. 기만의 대가는 저놈들이 대신 치르게 될 거야. 네가 기만할 때마다 멍청이들의 팔을 하나씩 끊어주마."

"그래 보여서 하는 말입니다. 힘을 이렇게까지 꼭꼭 숨기셨을 줄이야. 과연 동호의 왕, 사도의 지존, 병신 같은 수적 무리의 총대장이십니다."

사도제일인이 같잖다는 표정을 지으면서 나를 바라봤다.

"너도 바닥이 금세 보이는구나. 하긴, 사람은 좀 비겁한 면이 있어야 해. 그래야 더 성장할 수 있다. 나처럼. 너는 젊었을 때 나와 비슷하다."

"이런, 씨벌…"

"뭐?"

"아, 아닙니다. 저는 원래 바닥이 깊지 않습니다. 점소이 출신이라서. 천박하죠. 그래서 인기가 없나."

"그 소문이 정말이었느냐?"

"예."

"그건 좀 흥미로운 이야기인데?"

"흥미롭다니 다행이네요."

"나는 전령 출신, 너는 점소이 출신. 나는 허투루 말하는 게 아니다. 내게 사도를 배워서 삼재를 상대할 마음이 있는지 알고 싶구나."

"배우면 삼재를 상대할 수 있습니까?"

"물론이지. 사도는 덧붙이는 무공이다. 지금보다 더 강해질 뿐이야."

"예를 들면…"

사도제일인이 나를 바라보면서 히죽 웃었다.

"예를 들면 네 신체부터 도검불침으로 만들어야겠지. 생각해 보아라. 지금 네 실력에 도검불침이 딱 더해지면 얼마나 강해지겠느냐?"

나는 본래 상상력이 풍부한 사내라서 어쩐지 도검불침이 완성되면 사도제일인에게 신체를 빼앗길 수도 있겠다는 생각이 들었다.

"아… 비객이 입었던 용린갑처럼 말입니까?"

"똑똑하구나. 비객은 대체 어떻게 죽었느냐?"

"목을…"

나는 손으로 목을 긋는 시늉을 했다. 사도제일인이 고개를 끄덕였다.

"하긴, 완성된 실험은 아니었지. 실은 나도 검마의 약점을 완전히 찾진 못했다. 마검과 결속되어서 어느 정도 도검불침을 이룬 모양인데 저 녀석과 내가 정직하게 싸우면 승부가 길어질 게다. 처음부터 마검혼전장을 기다리고 있었지. 과연 어떻게 해야 죽일 수 있을꼬. 좋은 생각 없느냐? 시간이 흐르면 마귀가 뛰쳐나올 것이다."

사도제일인이 내게 검마를 죽이는 방법을 물었다. 나는 잠시 고민하다가 대답했다.

"아무리 도검불침이어도 호흡은 필요하지 않겠습니까?"

"그렇지."

"숨구멍을 죄다 틀어막으면 되지 않겠습니까. 백사도 앞에는 수심이 깊으니 밀어 넣으면 됩니다."

사실 쉽지 않은 방법이다. 그냥 생각대로 읊었다. 사도제일인이 손가락으로 나를 가리켰다.

"자네는 상당한 전략가야. 훌륭해."

흔들어 대던 손가락에서 갑자기 빛줄기가 터지더니 내 미간으로 쇄도했다. 색마와 귀마를 날려버렸던 그 빛줄기였다. 나는 고갯짓으로 빛줄기를 겨우 피했다가 뺨이 뜨거워지는 것을 느꼈다. 정통으로 맞았으면 머리통이 박살 났을 터였다. 사도제일인이 웃었다.

"반응이 빠르군."

"하마터면 죽을 뻔했습니다. 말로 하시지요, 선배님."

"내 제자가 될 수 있는 역량을 갖췄는지 시험해 본 것이다."

"더 시험하셨다간 수제자를 잃으시겠소."

사도제일인이 탄식했다.

"그러게 말이다. 너처럼 젊은 실험 재료를 어디서 또 구한단 말이냐. 쯧."

사도제일인이 뒷짐을 진 채로 내게 등을 보이더니 마검혼전장을 이리저리 구경했다.

"이보게 검마, 대체 반란은 언제 진압하나? 이쯤이면 나올 때가 되었거늘. 썩 나오너라. 혼쭐을 내줄 생각이니."

병신의 등이 보였기 때문에 나는 반사적으로 일월광천을 준비하기 위해 양손을 들었다. 등을 내보이고 있는 사도제일인이 내게 말했다.

"한 손에는 극양, 한 손에는 극음을 준비해서 역전을 꿈꾸느냐?"

"아, 어렵겠습니까?"

사도제일인의 고개가 뱀처럼 휘어지는가 싶더니 나를 노려봤다.

"글쎄다. 통하겠느냐? 해보아라."

나는 일월광천을 조합하려던 양손으로 머리를 쓸어 올린 다음에 사도제일인을 바라봤다.

"애매… 하네요? 만들다가 빛살에 죽을 것 같기도 하고. 이게 또 바로 던질 수 있는 게 아니고, 조리 시간이 좀 필요하긴 하죠."

"그게 약점이지."

사도제일인이 히죽 웃더니 마검혼전장으로 다가가서 탄지공 같은 동작으로 거세게 쳤다.

탕탕탕탕탕탕!

"이보게. 검마, 헛짓거리 그만하고 나오게. 핫핫핫."

마치 화장실 문을 두들기는 취객처럼 보였는데 일부러 마검혼전장 안에 갇힌 검마에게 고통을 주는 것처럼 보이기도 했다. 사도제일인이 계속 두들기면서 말했다.

"…나머지 사대 바보를 다 죽여야 나올 셈이냐? 그렇게 해줘?"

나는 문득 하품이 나와서 손으로 입을 막았다. 생각해 보니까 밤에는 불침번을 서고, 밤을 꼴딱 새운 채로 계속 싸우는 중이라서 잠이 쏟아졌다. 내가 하품을 연신 해대자, 사도제일인이 돌아섰다.

"이 와중에 하품이 나오느냐?"

"별을 헤아리다가 밤을 꼬박 지새웠습니다. 이런 감성을 알런가 모르겠네. 선배가 인생의 오묘함에 대해 뭘 알겠소. 묻는 내가 바보지."

문득 사도제일인이 출렁이는 동호의 물결을 바라보면서 말했다.

"네가 임소백을 기다리는구나. 왜 오지 않지? 배를 구하는 게 힘든가. 쪽배라도 구해서 와야 네 속이 편해질 텐데 말이야. 쪽배에서 과연 내 공격을 얼마나 막아낼지 나도 궁금하구나."

"이야, 맹주까지 아래로 보시오? 과연 사도의 지존이십니다."

사도제일인이 엄지와 검지를 비벼대면서 웃었다.

"맹주 같은 사내를 괴롭히는 방법을 알려주마. 영웅은 말이야. 큰 시련을 주면 안 돼. 사소한 것으로 지속해서 괴롭히는 것이지. 수하한 명 죽이고, 산적으로 속을 썩이고, 수적이 창궐하고. 민가를 불태우고, 인질극을 벌이고, 흑향을 운영하면 맹주와 같은 영웅도 하루하루 잠을 설쳐대면서 미쳐가는 법이야. 마음 쓸 곳이 많아지기 때문이다. 이게 임소백을 괴롭히는 방법이야. 알겠느냐?"

"…"

나는 사도제일인을 노려보다가 기절한 색마에게 말했다.

"그만 일어나라. 눈치가 빠르다."

기절했던 색마가 천천히 상체를 일으키면서 대답했다.

"언제 들켰는데?"

"신경도 안 썼을 것이다."

"늙은이, 까다롭네."

기절한 척하다가 기습을 준비하고 있었던 색마가 일어섰다. 색마가 곤란한 표정으로 말했다.

"듣고 있자니 보통 미친 늙은이가 아니야. 남악녹림맹의 뒤에도 저놈이 있었을 것이다."

가부좌를 틀고 있었던 귀마도 무표정한 얼굴로 일어섰다. 색마가 그 어느 때보다 진지한 모습으로 마검혼전장을 바라봤다.

"…혼령들이 쉽게 회수되지 않는 모양이다. 늘 경계하시던 일이야."

사도제일인이 바닥을 바라보다가 고개를 들면서 말했다.

"세 사람, 끝내 죽고 싶은 게냐? 죽이긴 조금 아까운 젊은이들인데. 일단 무릎을 꿇고 살려달라고 애원하는 꼴을 좀 보고 싶구나."

나는 건조한 어조로 대답했다.

"그런 꿈같은 소리는 네 꿈에서 확인하도록."

사도제일인이 나를 바라봤다.

"자하야, 승산이 있겠느냐? 나는 외팔이 제자도 좋아한다만. 외눈 제자도 나쁘지 않지. 무언가를 반드시 잃게 될 것이라 약조하마."

마치 바둑의 고수와 대치하는 와중에 다음 수를 고민하는 것 같은 시간이 촉박하게 흘러갔다. 마음에도 없는 존댓말도 너무 많이 했기 때문에 슬슬 성질이 뻗치는 상황. 나는 결론을 쉽게 내지 못한 상태로 사도제일인을 바라봤다.

"…사람은 잠을 많이 자야 해. 졸려서 머리가 잘 안 돌아가네."

"방법이 없는 것이겠지."

나는 뒷짐을 진 채로 귀마와 색마에게 말했다.

"두 사람은 멀찍이 물러나. 늙은이 말대로 방법이 없으니 내가 일대일을 하겠다. 끼어들지 말도록. 방해된다."

쉽게 물러날 놈들이 아니라서 나는 색마와 귀마에게 진지한 어조로 말했다.

"진심이니까. 일단 물러나."

귀마가 먼저 대답했다.

"알았다."

두 사람이 사도제일인을 경계하면서 뒤로 물러났다. 사도제일인이 웃으면서 말했다.

"섬인데 어딜 도망치려고?"

색마가 웃으면서 대답했다.

"우리가 도망갈 것 같으냐? 아가리 다물고 일대일이나 해. 셋째 다음은 나다. 우리가 다 죽어야 승부가 끝난다."

사도제일인이 일보를 움직였을 때, 내가 서있던 자리를 순식간에 차지했다. 나는 제운종으로 일보를 물러나서 사도제일인과 눈을 마주쳤다.

"…"

속도가 어느 정도 비슷하다는 것은 우리 둘 다 확인했다. 나는 졸려서 그런지 눈이 좀 뻑뻑해진다고 생각했다. 그러니까 눈깔이 좀 충혈되는 느낌이랄까. 사도에게 말했다.

"임소백을 괴롭힌 이야기는 잘 들었다."

"…"

"왜 그렇게 사람을 자꾸 미치게 만들지? 도대체 왜 그러는 거야?"

302.
어두우면 곤란하다

사도제일인이 손가락으로 날 가리켰다.

"화가 나는 게냐? 네가 죽으면 임소백의 마음 한구석이 또 무너지 겠지. 내가 원하는 바다. 그러게 왜 사도맹을 돕지 않았을까. 인과응 보라는 것이겠지."

사도제일인이 얄밉게 웃자 삐뚤삐뚤한 이빨이 보였다. 저 병신 같 은 얼굴을 볼 때마다 내 분노도 갈 길을 잃었다. 오성도 신체의 완성 도도 그리 좋아 보이지 않는 사내였는데 저 정도 실력을 갖춘 것에 오히려 경외감이 들 정도였다. 병신病身이 아니라, 진정한 의미의 병 신病神이랄까. 어쨌든 병신이다. 대체 얼마나 삐뚤어진 마음으로 살 아왔던 것일까. 나는 덤덤한 어조로 대답했다.

"결국에 그거 때문에 사람들을 괴롭혔나?"

"다른 이유가 있겠느냐?"

이런 놈에게 줄 것은 내 경멸의 마음밖에 없었다. 나는 사도제일인과 마주 보면서 허탈한 웃음을 짓다가 놈의 얼굴을 향해 침을 뱉었다.

"퉤!"

깜짝 놀란 사도 놈이 황당한 낯빛으로 물러나더니 살짝 넋이 나간 얼굴로 나를 쳐다봤다.

"뭐 하는 짓이냐? 예의 없이."

"네게 줄 게 그것밖에 없다. 놀란 개처럼 피하는군. 하하하…"

사도제일인의 표정이 점점 굳어갔다. 나는 손을 살짝 내저었다.

"됐다. 이제 병신 같은 놈의 도전을 받아주마. 뭐 말이 통해야 말을 하지. 너 같은 놈과 대화를 하느니 동네 개한테 말을 가르치는 게 낫다. 왜? 표정이 왜 그래?"

"…"

사도 놈은 자하신공을 펼칠 수 있을 정도로 화가 나는 모양이었다.

"산적과 수적을 사주한 죄. 민가를 불태운 죄, 인질극을 벌이고 흑향을 운영한 죄에 대한 벌로…"

나는 무덤덤한 표정으로 사도 놈과 다시 눈을 마주쳤다.

"내 경멸을 받아라."

흥분한 사도제일인이 달려들자마자, 나는 후퇴하는 제운종을 수련하듯이 멀찍이 떨어졌다. 등과 겨드랑이에서 식은땀이 한 방울 뚝 떨어졌다. 사도가 내게 걸어오면서 말했다.

"제자로 받겠다는 것은 철회하마."

"오히려 좋아. 너처럼 늙을 수는 없지."

"이놈!"

나는 검을 뽑지 않은 채로 일단 도망치면서 일단 몸을 최대한 가볍게 만들었다. 부족한 잠이 내 몸을 무겁게 만들고 있었기 때문에 달리는 와중에 잠도 달아날 필요가 있었다. 사도는 아마 도검불침에 가까울 것이다. 어떻게 된 일인지는 나도 모른다. 자세히 알려고 했다간 내가 죽을 수도 있어서 관심을 끊었다.

"언제까지 도망칠 수 있나 보자꾸나."

다행인 것은 도검불침과 경공은 다른 영역이어서 나를 압도할 정도로 빠르진 않았다. 나는 간발의 차이로 움직이다가 검을 뽑으면서 돌아섰다. 그제야 나는 검마가 왜 그렇게 기운 없이 싸웠는지 깨달았다. 도검불침임을 파악했을 테니 과도하게 공격할 필요가 없었던 셈이다. 사도는 검을 몸으로 받아내면서 내 멱살을 향해 손을 뻗었다.

나는 물러나면서 검풍을 쏟아냈다. 귀마가 땅을 긁듯이 검을 휘둘러서 돌이 섞인 검풍을 일으킨 것을 그대로 따라 했다. 순식간에 돌무더기가 섞인 검풍을 처맞은 사도의 잿빛 장삼이 너덜너덜해질 정도로 찢어졌다. 사도제일인이 냉소를 머금더니 장삼을 벗어 던졌다. 이제 하의는 잠옷이고, 상체는 맨살이라서 미친 늙은이가 따로 없었다.

"더 해보아라."

검은 머리와 흰 머리가 뒤섞인 인상 고약한 노인장이 나를 죽이겠다고 쫓아오는 모습을 보고 있으려니 보통 무서운 게 아니었다. 사도는 나를 붙잡으려고 애를 썼다. 나는 목검이 사도의 손에 붙잡히는 순간 부러질 수도 있겠다는 생각이 들어서 검을 휘두르는 것도 점점 불편해졌다.

'염병할… 이상하게 강적이네.'

저 예술미 없는 공격이 나는 더 불편했다. 예측이 어렵기 때문이다. 나도 그렇지만 사도 역시 처음부터 끝까지 나를 기만하고 있었다. 슬슬 공방전이 익숙해졌다고 여겼는지 사도가 웃으면서 손을 휘둘렀다.

"도망만 칠 게냐? 다른 놈들부터 죽여도 도망칠 수 있을까?"

문득 추격을 멈춘 사도가 주변을 둘러보면서 귀마와 색마를 찾았다. 두 사람은 온데간데없이 사라진 상태였다. 나는 호흡을 가다듬으면서 짤막한 휴식을 즐겼다. 말을 하는 것도 아까운 시간이었다. 사도가 내게 물었다.

"…이것들은 어디로 간 게냐?"

나는 대답하지 않았다. 어차피 멍청한 놈들이 아니라서 숨는 것 자체가 심리전일 터였다. 나는 정신을 집중해서 목검에 냉기를 주입한 다음에 사도를 공격했다. 내가 갑자기 공세로 전환하자, 사도제일인은 신이 난 모양인지 멱살을 잡으려거나 할퀴는 동작으로 대응했다. 나는 사도제일인의 목, 얼굴, 가슴을 스치듯이 베고, 한두 차례는 눈을 노리면서 찔렀다. 하지만 길쭉한 검이 눈에 닿지 않았다. 근접 거리에서 사도가 쌍장으로 장력을 내뿜고, 나는 검을 수직으로 내려서 장력을 겨우 막았다.

콰아아아아아앙!

장력을 검으로 막는데 어찌 뒷골이 땅기는 것일까. 공중에 뜬 채로 밀려나는 와중에 순식간에 접근한 사도가 손날로 내 몸을 내려쳤다. 나는 공중에서 목검으로 손날을 쳐냈다가, 방향을 바꿔서 날아갔다. 왼손으로 바닥을 쳐서 공중으로 솟구치는데 이번에는 사도의 손에서 빛살이 날아왔다. 공중에서 애써 몸을 움직여서 피했다가, 두 번째 빛살은 목검으로 쳐냈다.

퍼억!

일순간 하늘과 땅의 위치가 뒤바뀌었다. 서너 차례, 천지天地를 헤매다가 땅에 내려서 목검을 도로 집어넣었다. 땅에 내려서자마자 피를 뱉어내어야 할 것 같은 거북함이 밀려들었다. 먹은 것이 부실해도 체내에 충격이 가해지면 쓴 물이 올라오기 마련이다. 어쨌든 검법은 별 의미가 없었다. 사도가 껄껄 웃으면서 다가왔다.

"장법으로 하자는 게냐? 좋다."

나는 저 병신 같은 문답이 우스워서 또 웃었다. 사도가 말했다.

"문주, 웃지 말도록. 그만 웃어라."

"왜? 나는 본래 잘 웃어."

"비웃지 말란 뜻이다. 선배에 대한 예의가 아니야."

"선배는… 지랄."

문득 나는 이런 생각이 들었다. 어차피 죽음을 각오하지 않으면 이런 상대에게 이길 수 없을 것이라고. 도망가는 것도 답이 아니고. 검으로 찌르는 것도 소용없다. 죽음을 각오하면 내가 뭘 할 수 있을까? 사도가 내게 다가왔을 때 나는 처음으로 제운종으로 일보를 전진해서 쌍장에 힘을 보탰다.

퍼억!

변수를 차단하기 위해서 월영무정공과 금구소요공의 장력을 쏟아내면서 기파까지 내보냈다. 상대가 시종일관 비겁한 인생을 살았기 때문에 나는 정면에서 위기를 맞이했다. 나는 장력을 겨루자마자, 이 늙은이의 나이가 내 예상보다 훨씬 많을 것이라 예상했다. 그만큼 내공이 깊었다. 사도의 입이 벌어졌다.

"목숨을 이렇게 내던지다니."

"…"

"얼마나 버틸 수 있을 것 같으냐?"

나는 웃으면서 공력을 쏟아냈다.

"한 시진?"

사도가 고개를 흔들면서 대답했다.

"반 시진이다. 그 안에 내공을 전부 태워주마."

나는 진지한 마음가짐으로 내공을 겨뤘다. 설령 내 내공이 바닥나더라도 다음 상대인 색마와 귀마가 한참 수월하게 싸울 수 있을 터였다. 순간, 눈치 빠른 사도가 손을 떼어내기 위해서 장력을 쏟아내는 것 같아서 나는 공력을 더욱 끌어올렸다.

"왜? 어디 가려고. 날 죽여야만 손을 뗄 수 있다."

"…"

일단 내 오른손은 만월의 냉기 때문에 허옇게 얼어붙은 상태. 그 냉기가 사도의 손까지 붙잡고 있었다. 왼손으로는 초계超鷄의 장력을 구사했다. 사도가 다른 수법을 쓸 위험이 있었기 때문에 전신을 백전십단공의 뇌기로 휘감았다. 동호제일검을 죽였을 때… 세 가지의 신공을 동시에 펼쳤던 것을 몸으로 기억하고 있었다. 무공은 어쨌든 체내에서 시작되는 것이라서 학문적으로 접근하는 것과는 거리가 멀다.

나는 원리도 제대로 파악하지 못한 채로 세 가지의 무공을 동시에 펼치고 있었다. 슬슬 사도의 내공이 점점 깊어지더니, 사방팔방에서 벽이 좁혀지는 압박감이 느껴지고 호흡도 점점 불편해졌다. 하지만 기분은 나쁘지 않았다. 이것이 옳은 방법이기 때문이다. 마음에 안 드는 놈을 죽이기 위해서는 목숨을 걸 수 있는 사내, 그것이 애초에 나다. 나는 끊임없이 내 내공을 사도에게 선물했다. 무언가를 느낀 사도의 미간이 잔뜩 좁혀졌을 때…

"…!"

나는 공력을 폭발하듯이 끌어올려서 사도를 붙들었다. 어느새 공중에서 날아온 색마가 우장으로 사도의 등을 찍고, 그보다 살짝 늦게 도착한 귀마가 좌장으로 사도의 등을 강타했다. 퍽! 퍽! 소리에 이어서 잠시 정적이 흘렀다. 사도의 쭈글쭈글한 얼굴이 물결처럼 요동쳤다가 눈썹이 위로 솟구쳤다. 이 지독한 늙은이는 장력을 두 대나 정통으로 맞았는데도 피 한 방울을 내뱉지 않았다. 오히려 고개를 움직여서 색마와 귀마를 노려봤다. 도저히 고개가 안 돌아갈 것 같은데도 뱀 같은 목이 돌아가서 살기 어린 눈빛을 보냈다. 사도가 말했다.

"…이제 좀 균형이 맞는구나. 각자 애를 써보아라. 누구의 내공이 먼저 바닥을 칠지. 하나하나 팔다리를 분질러 주마."

워낙 비겁한 놈이라서 그런 것일까. 우리한테 비겁하다는 말도 하지 않는 인격자가 되어있었다. 사도가 등에 달라붙은 거머리를 떼어내려는 것처럼 제자리를 빠르게 돌자, 어쩔 수 없이 우리 셋도 함께 돌 수밖에 없었다. 어쩐지 손을 떼면 애써 두 손으로 들고 있었던 육중한 바위에 깔려 죽을 것 같았기 때문이다. 색마에게 얻어맞은 사도의 어깨 부위가 하얗게 얼어붙었다가 본래의 색을 되찾는 것을 반복하고 있었다. 사도가 내공으로 빙공을 밀어내는 모습이 눈으로 보이는 상태. 나는 다소 힘겹게 주둥아리를 열었다.

"사도."

"…"

"곧 검마가 나온다."

허세 섞인 말만 내뱉었는데도 사도의 표정이 급격하게 어두워졌다. 실은 나도 검마가 언제 마검혼전장에서 나올 것인지 예상할 수 없다. 그냥 거짓말을 하고 싶었을 뿐이다. 때로는 거짓말이 그저 거짓말이 아니었으면 하고 바랄 때도 있는데 지금이 그렇다. 나는 힘겹게 쌓아뒀던 내공을 한 조각씩 야무지게 태워가면서 버텼다.

인생은 새삼스럽게 버티는 시간의 연속이다. 아무런 연관이 없는데도, 객잔에서 탁자를 닦던 기억이 떠올랐다. 탁자를 닦고, 걸레를 빨고, 그릇을 닦고, 의자에 잠시 앉아 내 지루한 인생을 버텨내던 기억이 스쳤다. 그때도 별다른 희망이 없었고. 지금도 별다른 기약이 없다.

하지만 버틴다는 것은 애초에 내 독문 무공이나 다름이 없어서 내공을 계속 두레박으로 끌어올려서 사도에게 아낌없이 퍼부었다. 이것이 바닥나면 내 생명력이라도 태워서 사도를 적실 생각이었다. 순간, 무언가가 와장창 깨지는 소리가 들리더니 귀곡성鬼哭聲이 하늘로 치솟았다. 나는 공중을 쳐다봤다. 광명검이 솟구치고 있었다. 사도가 황당한 낯빛으로 고개를 들더니 공중을 날고 있는 광명검을 쳐다봤다.

"..."

이어서 사도가 나를 바라봤다. 공중에서 선회하던 광명검이 귀곡성을 뿌리면서 주인에게 돌아가더니 무너지고 있는 마검혼전장에서 검마가 등장했다. 나는 검마를 보자마자 침을 좀 삼켰다.

'아이고.'

나오긴 나왔는데, 문제가 있어 보였다. 평소와 다르게 전신에 시커먼 혼령이 들러붙은 상황이었는데 눈깔마저 새카맣게 되어서 눈빛이 보이지 않았다. 색마가 긴장한 어조로 입을 열었다.

"사부님? 접니다. 몽랑이에요."

어느새 우리에게 다가오기 시작한 검마가 시커먼 눈으로 고개를 조금씩 움직이더니 상황을 살폈다. 원래 평소에도 근엄하고 진지한 성격이라 어려운 면이 있었는데, 눈깔이 시커멓게 뒤집힌 것을 보니까 오늘따라 농담이 더 안 통할 것 같은 분위기였다. 나는 내적 갈등을 겪다가 검마에게 물었다.

"맏형, 뭐가 좀 보여?"

"...!"

"어두우면 곤란한데. 사람은 밝게 살아야 해."

색마와 귀마가 당황한 표정으로 나를 쳐다봤으나 놀랍게도 사도 놈마저 놀란 표정으로 나를 바라봤다. 사실 여기서 검마가 광명검을 마구잡이로 휘두르면 피를 뿌리는 것은 우리다. 사도 놈은 어쨌든 간에 도검불침이기 때문이다. 이놈은 검마가 등장하자 내심 긴장한 모양인지 숨소리도 내지 않고 있었다. 검마가 주화입마를 온몸에 덕지덕지 달고 온 느낌이라서 이래저래 전부 곤란한 상황이었다.

"…"

이래서 평소에 친구를 잘 사귀어야 하는데. 어른들 말은 꼭 이럴 때 생각난다. 검마가 입을 열자 시커먼 입김이 흘러나왔다. 딱 봐도 마검혼전장에서 무척 곤란했다는 게 느껴졌다. 상태를 보아하니, 오히려 문제를 빨리 해결한 다음에 무조건 튀어나온 것처럼 보였다. 내가 검마의 마음을 어찌 알겠는가? 뛰어난 검객劍客이 되고 싶었던 마귀魔鬼가 우리 옆에 서있었다. 나는 오늘따라 슬프게 느껴지는 검마의 시커먼 눈을 바라보다가 말했다.

"맏형, 어떻게 좀 해봐. 요란이 보러 가야지."

검마는 실제로 주화입마 때문에 눈이 보이지 않는 모양인지, 한 손을 뻗어서 장력을 겨루고 있는 우리를 더듬었다. 이놈 저놈을 만져보더니 사도의 얼굴을 더듬었다. 검마는 혼령을 뒤집은 쓴 상태라서 내 말도 잘 듣지 못하는 것 같았으나, 나는 검마에게 말했다.

"그놈이 죽일 놈이야. 지금 만지고 있는 놈."

"…"

"사대악인의 적이다."

검마가 광명검을 치켜들더니 손잡이 끝으로 사도의 정수리를 찍었다.

303.
왼손에 검마,
오른손에 검객

사도가 머리를 가격당하는 순간에 내심 놀랐다.

"..."

타격이 별로 없어 보였기 때문이다. 하지만 더 놀란 점은 거대한 벽처럼 느껴지던 사도의 내공이 잠시 끊긴 것이었다. 사도와 내공을 겨루고 있었기에 알아차릴 수 있었다. 그렇다면 애초에 사도도 내공을 신체로 보내야 도검불침이 가능하다는 뜻이다. 이제껏 사도는 짐짓 허술한 몸짓과 행동으로 검마의 검을 받아내는 연기를 했던 셈이다. 행동거지는 사도였으나 정작 무공의 근간은 정순한 내공이었던 셈이랄까. 물론 이놈이 올바른 방식으로 내공을 쌓은 것 같지는 않다. 검마가 또다시 광명검의 손잡이로 사도의 정수리를 찍었다.

퍽!

왜 이렇게 웃음이 나오려는 것일까. 사대악인이 달라붙었더니, 사도의 약점이 드러났다. 이것은 그저 운일까? 아니면 여러 가지 사연이 겹쳐서 만들어 낸 결과일까. 내공만 겨뤘더라면 알아차릴 수 없었던 사실이고, 검이나 장법으로만 싸웠더라도 알아내기 힘든 비밀이었다. 이 싸움의 본질은 우리보다 내공이 훨씬 깊었던 사도가 내공으로 찍어 누른 것에 지나지 않는다. 명확하게, 완벽한 도검불침은 아니다. 또다시 간략한 음악이 터졌다.

퍼억!

나는 검마가 광명검으로 사도의 정수리를 찍어댈 때마다 북 치는 음악을 듣는 기분이 들었다. 나는 검마가 사도의 정수리를 찍는 틈을 타서 내공 싸움을 완벽하게 공세로 전환했다. 이렇게 완벽한 합공이 있었을까? 본래 넷이 하나를 상대하는 것은 부끄러운 일이지만 어차피 우리 넷은 사대성인四大聖人이 아니라서 그딴 거를 신경 쓰지 않는다.

사도도 집중력과 정신이 흐트러진 모양인지, 서서히 색마의 빙공이 사도의 어깨를 하얗게 물들였다. 더군다나 내가 처음부터 지금까지 사도의 팔을 붙잡고 있었기 때문에 풀어줄 마음도 전혀 없었다. 나는 금구소요공을 거둔 다음에 불난 집에 부채질하듯이 한겨울에 빙공을 더했다.

퍽! 퍽!

검마는 장작을 패는 믿음직한 나무꾼처럼 광명검을 도끼처럼 내려쳤다.

'좋다.'

검마에게 응원과 걱정의 말을 잔뜩 쏟아내고 싶었지만, 공세를 이어나가야 했기 때문에 잠시 참았다. 어쨌든 사도는 사대악인에게 붙들렸다. 이놈은 곧 죽을 것이다. 만약 내가 전생처럼 성질대로 혼자서 백사도에 왔더라면, 아마 사도와 싸우다가 강으로 뛰어들어서 군선의 추격을 받았을 것이다. 희한하게도 네 사람 중에서 한 사람이 부족했더라면 우리는 이겨도 중상을 입었을 것이다. 하지만 지금은 사도를 내공으로 붙잡은 채로 일방적인 폭행을 행사했다.

퍽! 퍽! 퍽! 퍼억…!

이제야 사도의 입에서 핏물이 흘러나오고, 두 눈은 시뻘겋게 충혈됐으며 빙공이 밀려들고 있는 한쪽 팔과 어깨는 완전히 얼어붙게 되었다. 사도가 이런 와중에도 멋쩍은 웃음을 짓더니 내게 말했다.

"문주."

"왜."

"살려주게. 알려줄 게 많아. 무공도 그렇고."

대화가 잘 들리지 않는 모양인지, 검마가 미간을 좁히더니 고개를 살짝씩 움직이면서 동작을 멈췄다. 나는 사도에게 말했다.

"고생 많았다. 이제 수하들 만나러 가라."

"다시 한번."

"경매장에서 발견한 소녀의 부모는 네 수하에게 당했다. 살려줄수 없어."

"그 부모가 자네랑 대체 무슨 상관인가?"

"아이를 사대악인의 제자로 삼았다. 수하 단속 잘했어야지. 맏형, 계속 머리를 박살 내자고."

검마가 시키면 눈동자로 사도를 쳐다보더니 낮게 깔린 어조로 말했다.

"…내가 첫째 사부다."

이어서 광명검의 손잡이가 사도의 정수리에 떨어졌다.

픽!

나는 웃음이 절로 나왔다.

"옳다."

나는 귀마의 표정이 감정적으로 변하는 것을 처음부터 끝까지 지켜봤다. 사도의 내공은 이제 온전하게 나 혼자서 감당할 수 있는 상태였고, 이를 귀마도 알아차렸기 때문에 귀마도 오른손으로 사도의 머리통을 후려갈겼다.

픽!

"내가 둘째 사부다."

검마의 공격을 막느라 내공이 분산되었고, 그 틈에 나는 빙공을 밀어 넣었다. 나는 사도의 내공을 집요하게 흩트려 놓는 중이어서 어쩔 수 없이 색마를 쳐다봤다. 눈을 마주친 색마가 사도의 뒤통수에 일장을 날렸다.

파악!

"넷째 사부의 복수다. 한 대 더 맞아라."

픽!

색마가 내 몫까지 때렸다. 나는 웃음꽃이 피었다. 검마의 상태만 회복되면 이 싸움은 대승이다. 이어서 검마가 광명검을 치켜들더니 시커먼 혼령에 휩싸인 손잡이로 사도의 머리통을 찍었다. 빡- 하는 소리가 들리더니 사도의 머리통이 갑자기 박살 나면서 우리 넷은 핏물을 뒤집어썼다.

순간, 내 장력이 사도의 몸을 들쑤시면서 들어간 모양인지 사도의 단전 부위도 수박처럼 깨지면서 바닥에 허물어졌다. 우리는 동시에 숨을 길게 토해내면서 손을 거뒀다. 싸움은 쉽지 않았으나 결과는 이렇게 항상 단순하다. 이것이 죽음이기 때문이다. 검마가 우리에게 물었다.

"죽었나?"

색마가 대답했다.

"예, 사부님."

검마가 낮게 깔린 한숨을 내뱉더니 지친 기색으로 주저앉아서 가부좌를 틀었다. 천천히 눈을 감자, 보기 불편했던 시커먼 눈동자도 눈꺼풀에 뒤덮였다. 나는 검마에게 말했다.

"운기조식을 해야지."

검마가 고개를 젓더니 반쯤 벌린 입에서 시커먼 연기를 내뱉었다. 나는 한 발자국도 떨어지지 않은 채로 주저앉아서 검마를 바라봤다.

"음."

귀마와 색마도 질척이는 핏물에 그대로 앉아서 검마를 쳐다봤다. 문득 검마가 고개를 절레절레 젓더니 자신의 귀를 양손으로 매만지면서 물었다.

"제자야."

"예."

"귀곡성이 들리고 있나?"

색마가 대답했다.

"저희는 들리지 않습니다, 사부님."

검마가 고개를 끄덕였다.

"그래."

검마는 무엇을 보고, 어떤 소리를 듣고 있을까. 홀로 지옥에 빠진 사람처럼 보였다. 그 지옥에서 우리와 대화를 나눌 수 있다는 사실이 유일한 희망처럼 보였다. 원체 앓는 소리를 하거나 약한 모습을 내보이는 사내가 아니라서 상상만으로는 검마의 상태를 예상할 수가 없었다. 문득 검마가 고개를 뒤로 젖혔다가 내리자, 코피와 피눈물이 동시에 쏟아졌다. 검마가 심호흡을 한 다음에 말했다.

"광명검은 흔한 말로 귀신이 달라붙은 검이다. 세상에 있을 필요가 없는 검이지. 나는 옛 총본산의 전대 검마에게 관심을 받아서 강제로 결속당했다. 당시 광명검을 받을 자격이 있는 자들의 생사결에서 내가 살아남았기 때문이다. 결속을 해제하는 방법은 처음부터 없었거나 내가 죽어야 끝이 나겠지. 그도 죽을 때가 되어서야 광명검을 내게 넘겼다. 나는 그 모습을 기억해. 훨씬 전에 죽었어야 할 사람이었지. 광명검을 내게 넘기자마자 급격하게 늙었었다. 내가 지금 어떤 상태냐?"

색마가 대답했다.

"사부님, 변함없으십니다."

"광명검으로 혼령을 흡수하고, 그 혼령검기를 다시 마문魔文으로 육체에 새기면 나도 사도처럼 도검불침에 이르게 된다. 얻는 게 있으면 잃는 것도 있겠지. 그 부작용이 무엇인지 모르겠다. 다만 그렇게 해서 강해지는 게 무슨 소용인가 싶었다. 자존심이 허락하지 않은 일이야."

나는 검마를 물끄러미 바라봤다. 지금 달라붙은 혼령을 받아들일지 말지 고민하는 말처럼 들렸다. 실은 받아들일 수밖에 없는 상태처럼 보였다. 혼령이 들러붙은 채로 어떻게 살아가겠는가? 저 상태가 유지된다면 살아도 사는 게 아닐 터였다. 우리가 듣지 못하는 귀곡성을 듣고 있었으니 말이다. 나는 검마의 상태를 내 몸의 상태처럼 고민하고 걱정하다가 말했다.

"마공도 본성을 이기진 못해."

검마가 눈을 감은 채로 대답했다.

"그게 무슨 뜻이냐."

나는 그간 검마라는 사내를 보면서 느꼈던 바를 두서없이 읊었다.

"맏형은 좋은 집안이나 세가, 명문의 제자였다면 지금쯤 장문인이나 백도의 고수가 되었을 거야. 마공이 맏형의 점잖은 성격과 본성까지는 바꾸지는 못했어. 차라리 혼령을 받아들여. 가능하면…"

"…"

"팔 하나에 마문을 새기거나 가둬둘 수 있겠어?"

내가 내뱉은 말이지만 참 말이 안 되는 조언이었다. 검마가 내게 물었다.

"검을 잡는 손을 말하는 것이냐?"

나는 덤덤한 어조로 대답했다.

"그쪽은 검객劍客이라서 안 돼."

"…"

"반대 손, 할 수 있겠어?"

검마가 왼손을 든 채로 잠시 가만히 있다가 물었다.

"…이 손에?"

나는 고개를 끄덕였다.

"왼손에 검마劍魔, 오른손에 검객劍客. 왼손에 혼령을 거두고, 오른손으로 검을 쥐고."

이게 말이 되는 소리인지 나는 모른다. 애초에 마공에 대해서도 잘 알진 못하기 때문이다. 모르는 것에 대해 조언을 하고 있으니 결과도 모를 일이다. 다만 강호인에게 손은 단전 다음으로 중요한 신체이고, 그렇기에 가장 능숙하게 다뤄야 할 신체 부위이기도 하다. 무공 중에서 그래서 장법이 많다.

손바닥은 내공을 전달하는 가장 효율적인 중간 매개체이고, 우리가 아는 것보다 더 많은 일을 할 수 있는 신체 부위다. 무공을 익히지 않은 사람도 배앓이를 할 때 손을 배에 대는 것은 본능에 가깝다. 내공이 없어도 손바닥이 가장 효율적으로 열기熱氣를 전달한다는 것을 알기 때문이다.

혼령들이 검마의 정신이나 신체 전체를 잠식하는 것보다 왼팔에 갇히는 게 더 나아 보였다. 이것은 내가 마공을 잘 알아서 조언하는 것이 아니라 그저 직관이었다. 검마가 왼손을 든 채로 생각에 잠겨 있자, 색마가 사도의 처참한 시체를 보면서 말했다.

"사도 말입니다. 압도적인 내공으로 특정 부위를 도검불침 상태로 만드는 무공을 익힌 것 같습니다. 그러니까 순간적으로 장력을 휘감아서 검을 쳐내는 수법을, 전신으로 펼칠 수 있는 것에 지나지 않습니다. 말장난 같지만 실제로는 도검불침이 아니었던 것 같습니다. 내공의 흐름이 노골적으로 변하더군요."

…

검마가 제자의 말에 고개를 살짝 끄덕였다. 그러니까 색마는 사도의 수법을 받아들여서 왼팔에 혼령을 묶을 수는 없겠느냐는 이야기를 하고 있었다. 검마는 문제의 왼손으로 얼굴에서 흘러내리고 있는 피를 닦았다. 마치 불온한 종교를 설파하는 제사장이 붉은 피부터 바치는 그릇된 행위처럼 보였다. 하지만 이미 검마는 교를 떠났고, 그릇된 길에 들어선 상태에서도 밝은 쪽으로 걸으려는 사내다. 검마가 지친 표정으로 손을 쥐었다가 펴면서 중얼거렸다.

"…내 팔을 가져가라. 마지막 통보다."

검마의 왼손에 시커먼 기운이 외기가 발현한 장력처럼 뭉치기 시작했다. 시커먼 빛무리가 실타래로 풀리면서 검마의 왼손을 잠식하기 시작하더니 핏줄에 먹물이 스며들 듯이 색이 점점 짙어졌다. 손바닥에서부터 출발한 검은 기운이 거미줄처럼 뻗어나가더니 검마의 왼팔로 진격했다.

반면에 검마의 군데군데 들러붙어 있었던 죽음의 기운이 희미해지고, 균형을 맞추려는 것처럼 왼팔의 색은 점점 어두워졌다. 검마가 어느새 시커먼 눈동자를 뜬 채로 왼팔을 바라봤다. 눈동자의 색이 점점 사람의 것으로 돌아왔을 때 왼팔에 새겨진 혼령들의 흔적은 마문처럼 퍼졌다가 검마의 목덜미까지 자문으로 새겨졌다.

숨을 참았던 사람이 본래의 혈색으로 돌아오는 것처럼 검마의 안색도 점점 밝아졌다. 대체 어떻게 해낸 것일까? 우리는 아무 말 없이 검마를 바라봤다. 여전히 무표정한 터라 검객을 보는 것인지 마귀를 보는 것인지 구분할 수가 없었다. 쥐었다 펴던 손을 물끄러미 바라보던 검마가 왼쪽 목덜미를 만지면서 말했다.

"…더 퍼지면 왼팔을 잘라야겠어."

왼팔을 자르겠다는 무시무시한 말에 우리 셋은 웃었다. 나는 맏형에게 말했다.

"혼령에 잠식된 마귀보다는 외팔이 검객이 훨씬 멋있어. 오히려 좋아. 내가 잘라줘?"

내 말을 듣던 검마가 씨익 웃었다.

"지금은 아니다."

색마가 물었다.

"사부님, 괜찮으십니까?"

검마가 고개를 끄덕였다.

"광명검의 강도剛度를 절반 정도 가져온 느낌이다. 불편하긴 하나, 이 정도면 됐다."

귀마가 우리 셋에게 말했다.

"우리 좀 씻으러 가자. 피 냄새가 진동하는군."

서로를 바라보니 새삼스럽게 피투성이였다. 색마가 먼저 일어나서 검마를 일으켰다. 혼령은 일단 해결했으나 검마는 불구덩이에서 빠져나온 사람처럼 지친 상태였다. 우리는 검마의 느린 걸음에 맞춰서 시체들을 넘어서 호수로 향했다. 백사도는 당분간 사람이 살 수 없을 정도로 난장판이 되어있었다. 그러나 큰 문제는 없어 보였다. 비가 내리고, 바람이 부는 동안에 제 모습을 되찾을 테니까 말이다.

우리 넷은 호수에 몸을 담갔다. 붉은 피가 씻겨나갔다. 나는 핏물을 씻어내는 와중에 눈이 반쯤 감겼다. 주변을 둘러보니 팔이 잘린 시체 한 구가 물가에 엎어져 있었다. 배를 타고 도망을 치려다가 죽은 모양새였다. 새삼스럽게 멀쩡한 배를 구경하고 있으려니 전리품이 상당히 많아 보였다.

먼저 백사도로 도망쳤던 고공들을 다시 뱃사공으로 삼아서 동호를 돌아다니면 사도가 쌓아뒀던 재산도 회수할 수 있을 터였다. 이것까지 우리가 할 수 있는 일은 아니었다. 시간도 오래 걸리고 귀찮은 일이었기 때문이다. 나는 뒤처리에 관한 생각을 잊은 다음에 일단 물 위에 드러누웠다. 잠이 쏟아져서 도저히 버틸 수가 없었다. 이대로 잠이 들면 수마에 빠질 것 같아서 겨우 뭍으로 이동한 다음에 대자로 뻗었다. 나는 눈을 감은 채로 사대악인에게 말했다.

"나 잠시 잔다."

귀마, 색마, 검마의 목소리가 차례대로 이어졌다.

"눈 좀 붙여라."

"자라."

"누워있어라. 근처에 모닥불을 피워줄 테니."

모닥불이라니… 상상하는 것만으로도 온기가 느껴졌다.

304.
모닥불을
바라보면서

잠에 빠지게 하는 수마睡魔가 나를 찾아와서 어디론가 잡아끌었다. 늦인지, 물인지 모를 곳으로 가라앉는 느낌이 좋진 않았으나 근처에 모닥불이 있는 것 같아서 굳이 눈을 뜨진 않았다. 잠을 자고 있는데도 잠이 부족했다. 어쩌면 깊은 잠을 자지 못하고, 이런저런 꿈을 꿔서 그런 것일 수도 있었다. 사도제일인을 죽였다는 생각과 요란이를 대신해서 복수했다는 생각이 교차했다.

현실과 잠의 경계가 흐릿해졌을 때, 꿈에서 나는 어디론가 맹렬하게 달려가는 한 사내를 지켜보고 있었다. 안타까웠다. 저렇게 달려가도 원하는 바를 이루지 못할 것을 이미 내가 알기 때문이다. 꿈이라서 그런 것일까? 어쩐지 나는 달리는 사내의 생각에도 공감할 수 있었고, 어느 순간에는 내가 전령인 것처럼 대신 뛰기도 했다. 초조해서 그런 것인지 평소보다 경공이 느린 데다가 몸도 붕붕 뜨는 느낌이 들었다.

하지만 분명히 나는 아닐 것이다. 꿈은 본래 개판이기 때문이다. 사내는 달리는 와중에도 사도맹에 복귀해서 마교와 싸우는 게 낫지 않을까 하고 고민했다. 하지만 명령을 어길 수는 없었기 때문에 무림맹에 도착한 못생긴 사내가 지나가는 사람을 붙잡고 도움을 요청했으나 곧장 뇌옥에 갇혔다.

사도맹의 전령이었기 때문이다. 이렇게 억울하고 황당할 수가? 사내는 전령을 가두는 법이 어디 있느냐며 소리를 치다가 맹원들에게 둘러싸여서 몰매를 맞았다. 못생긴 사내는 뇌옥의 철창을 손으로 탕탕 두드리다가, 다가오는 젊은 사내에게 이런 법이 어디에 있느냐고 따졌다. 젊은 사내가 못생긴 사내를 노려보면서 이렇게 말했다.

"악인들까지 도와줄 여력은 없다. 염치가 없구나."

악인이라는 말에 꽂혀서 그런 것일까. 어느새 철창 안에 갇힌 전령은 내가 되어있었다. 나는 뇌옥에서 무림맹 놈들에게 악담을 퍼부었다. 견디지 못한 간수들이 하나둘씩 떠나더니 어쩐지 얼굴이 익숙한 사내가 면회랍시고 나를 찾아왔다. 이 사내와는 말이 제법 통했다. 어떤 날은 얼굴에 주름살이 늘어있었고, 어떤 날은 임무 도중에 다쳤는지 붕대를 요란하게 휘감고 있었다. 어떤 날은 무척 피곤하고 우울해 보여서 면회를 와놓고도 아무런 말이 없었다. 어느 날 사내는 내게 이런 질문을 던졌다.

"왜 그렇게 사고를 많이 치고 다녔나?"

나는 철창에 박치기를 한 다음에 대답했다.

"네 알 바 아니다."

"무림맹도 완벽한 단체는 아니야."

"알고 있다."

"다른 사람은 몰라도 자네는 나를 이해해야지."

"내가 왜?"

"나도 동료나 수하를 잃은 슬픔을 아는 사람이기 때문이다. 세가의 고수들이 도와줬더라면, 무림맹을 지원해 주는 단체가 있었더라면, 맹주 자리를 노리던 제왕들이 한 명만 더 와줬더라면. 나는 수하도 살리고 맹주도 살렸을 거야. 나도 수도 없이 원망하고 욕을 했었지."

"그건 네가 너무 체면을 차려서 그래. 갈궜어야지."

"그래서 내가 지금 미움을 받고 있지 않나? 그나저나 이제 자네 면회도 오지 못할 것 같군."

"왜?"

한때 젊었던 사내가 어느새 지치고 피곤한 얼굴로 나를 쳐다봤다.

"내가 맹주가 되었어."

"아, 그래? 대단하네. 고생하라고. 축하해. 무림맹주라니, 출세했네."

맹주가 된 임소백이 갑자기 주변 눈치를 보다가 품에서 열쇠를 꺼내더니 철창을 열었다. 나는 놀란 마음으로 열린 문을 바라봤다.

"뭐야? 왜 풀어줘?"

"맹주 마음이다. 가라."

"어디로?"

임소백이 피식 웃었다.

"나야 모르지. 자네가 어디로 갈지."

나는 임소백을 노려보다가 말했다.

"이래도 되나?"

"마교와 분쟁이 발생하면 연락하겠다. 도와줄지 말지는 자네 마음이지만."

"알았다."

"이봐, 문주."

"왜?"

"왜 자꾸 반말인가? 나이도 어린놈이."

"네가 내 상관이야?"

임소백이 웃으면서 내 어깨를 붙잡더니 철창 안에서 끄집어냈다. 나는 뇌옥에서 나오자마자, 눈을 찌푸리다가 현실에서 눈을 떴다. 뇌옥에서 출소한 기분이 들었다. 벌건 대낮에 뇌옥에 갇혔던 것 같은데 어느새 밤하늘이 보였다. 눈을 몇 번 껌벅이다가 몸을 일으켜 보니 모닥불이 보였다. 모닥불만 있으면 놀랍지 않았을 것인데 검마, 귀마, 색마가 앉아있고 그 옆에 임소백도 앉아있었다.

"..."

꿈에서 본 사람을 눈을 뜨자마자 보고 있으려니 잠이 깬 것 같지가 않았다. 나는 비몽사몽 상태에서 모닥불을 응시하다가 말했다.

"이거 뭐야. 꿈이야? 맹주가 왜 여기 있어."

색마가 대답했다.

"잠꼬대하지 말고 더 자라."

"잡힌 거야?"

"뭘 잡혀. 미친놈아, 더 자라니까."

하긴 쉽게 잡힐 사대악인이 아니다. 주변에 맹원이 보이지 않았기에 어떻게 백사도에 임소백이 있는 것인지 황당했다. 나는 일어나서 호숫가를 바라봤다. 달빛 아래 뗏목이 대여섯 개 추가되어 있었다. 뗏목을 보고 있으려니 잠이 좀 달아났다. 귀마가 상황을 대충 설명했다.

"…배를 못 구해서 뗏목을 타고 오셨다."

"그건 좀 놀라운 이야기인데?"

"그러게 말이다."

사도제일인이 배를 통제하고 있었으니 쪽배를 구하는 것도 어려웠을 터였다. 결국에 특작대가 뗏목을 만들어서 백사도에 도착했다는 말이었다. 일부 맹원이 사도맹의 배를 점검하고 있었는데 곧 떠날 눈치였다. 아마 뭍으로 가서 사공들을 데리고 온 다음에 배를 옮기는 작업을 할 것처럼 보였다.

이제 임소백은 앞으로 만드는 동호 지부에 가장 많은 인원을 투입해야 할 터였다. 이래저래 맹주 일이 쉽지 않겠다는 생각이 들었다. 문득 임소백과 눈을 마주쳤는데, 임소백은 별다른 말이 없었다. 이미 모닥불에서 사대악인들과 충분히 대화를 나눈 눈치였다. 새삼스럽게 임소백은 우리 같은 악인도 구할 여력이 있던 맹주였던 모양이다. 그나저나 무슨 대화를 나누고 있었는지 모르겠으나 내가 일어나자 대화가 뚝 끊긴 상태였다.

"무슨 대화가 오갔어? 내가 기절했었나."

강호인은 이렇게 넋을 놓은 채로 잠을 자면 안 된다는 것이 내 생각이다. 그러고 보니까 잠이 쏟아지는 이유는 내 경계심 때문이기도 했다. 편하게 잤던 적이 별로 없었기 때문이다. 귀마가 말했다.

"별 대화 없었다. 우리는 모닥불이나 보고 있었지."

"그랬나?"

임소백이 말했다.

"사도제일인이 옛 사도맹의 전령이었다는 말을 들었다."

그제야 나는 침묵을 약간 이해했다. 사대악인이 백사도에서 벌어진 일을 전해주고 임소백은 별말 없이 듣고 있었던 모양이다. 임소백의 목소리 때문에 꿈에서 임소백이 등장했었던 모양이다. 임소백이 고개를 갸웃했다.

"아무리 생각해도 그런 요청은 기억나지 않아. 전대 맹주님이 있을 때 얘기였던 것 같군. 아니면 내가 외부에 임무를 나간 시기이거나."

색마가 물었다.

"맹주님이라면 도와주셨겠습니까?"

임소백이 고개를 저었다.

"그럴 수 없지. 군사회에서 반대를 하고, 나도 반대를 하고, 정작 사람을 보냈다가 마교와 사도맹이 힘을 합쳐서 무림맹이 포위될 수도 있으니 응할 이유가 전혀 없다. 전령 놈이 헛된 망상으로 오래 살아남았구나. 동호에 틀어박혀서 사사건건 무림맹을 방해하다니."

우리는 고개만 끄덕였다. 임소백의 말이 이어졌다.

"재산이 많을 것이야. 여기 와서 한 일이 없으니 재산이라도 잘 회수하겠네. 동호의 사람들에게서 뜯어내서 쌓은 재산일 테니 가장 먼저 동호의 사람들에게 많이 돌려주고, 사도 놈에게 피해를 본 사람들을 찾아 지원하고, 그다음은 문주에게 남은 돈을 모두 전달하겠네."

나는 꿈에서처럼 맹주에게 반말하려다가, 지금은 꿈이 아님을 깨달았다.

"무림맹의 지원을 받으면 육합선생, 검마 선배, 몽랑과 나누겠습니다."

"그래도 아마 적지 않은 돈이 될 것이야. 각자 하고 싶은 게 있나?"

임소백이 검마를 바라보자, 검마는 고개를 저었다. 이번에는 임소백이 색마를 쳐다보면서 말했다.

"그 돈으로 술이나 마시진 않을 테지?"

"그럼요, 맹주님. 이참에 저는 가문에서 독립하겠습니다."

"아직 안 했었나?"

"예."

"사내가 스물을 넘겼으면 독립해야지. 잘 생각했다."

임소백이 귀마를 바라봤다.

"육합, 자네는?"

귀마가 무슨 말을 하려는데 출발하기 시작한 배에서 맹원들이 소리쳤다.

"···맹주님, 다녀오겠습니다!"

"올 때 식사도 챙겨오겠습니다."

임소백이 고개를 돌리더니 맹원들을 향해 대답했다.

"다녀와라."

나도 맹원들을 향해 손을 흔들었다. 그냥 별생각 없이 손을 흔들었는데 특작대원이 굳이 내게 손을 흔들면서 화답했다.

"문주님, 다녀올게요."

나는 웃음이 터져서 고개를 끄덕였다.

"다녀오시오."

사대악인과 임소백도 황당했는지 몇 차례 헛웃음을 지었다. 임소백이 웃으면서 말했다.

"어디까지 얘기했더라? 아, 육합."

귀마가 대답했다.

"지금은 무엇을 하고 싶은 생각이 없소. 그냥 계속 강해져야겠다는 생각밖에는."

"강해진 다음에는?"

이 단순한 질문에 귀마가 대답을 망설였다. 하지만 우리는 귀마가 대답할 때까지 아무런 말도 하지 않았다. 결국에 귀마가 입을 열었다.

"실력이 충분히 올라가는 날이 온다면 육합문을 다시…"

임소백이 고개를 끄덕였다.

"다시 만들게. 지원해 줄 테니."

지원을 해주겠다는 말에 귀마가 어리둥절한 표정으로 임소백을 바라봤다.

"무슨 지원을 해준다는 말씀이오?"

"뭐 별것 있겠나. 가끔 전령이나 보내서 안부도 묻고 그러자는 것이지."

"아."

임소백이 색마를 바라봤다.

"너는?"

"예?"

"술 먹고 여자 만나는 거 말고 다른 계획은 없느냐?"

색마가 대답했다.

"저는 그냥 좀 넓은 집을 갖고 싶습니다. 돈이 모이면 말입니다."

"넓은 집은 왜? 몽가도 부유한 집구석으로 아는데."

색마가 대답했다.

"부유했지만 제 공간은 방 하나였죠. 바깥이 더 편했습니다."

"그 정도 집은 지을 수 있을 돈이 돌아갈 것이니 음주가무에만 탕진하지 말아라."

"예."

임소백이 나를 쳐다봤다.

"문주야 워낙 돈 쓸 곳이 많으니 걱정이 안 되는군."

일일이 돈을 가지고 무엇을 할 것이냐고 물어본 임소백이 마지막으로 검마를 쳐다봤다.

"자네는?"

검마가 임소백과 눈을 마주치면서 되물었다.

"무엇을?"

"큰돈이 생기면 무엇을 할 것인지 궁금하군."

검마가 떨떠름한 표정으로 답을 고민하다가 억지로 말하는 사람처럼 대꾸했다.

"뭐 영약이나 구해서 먹어야지."

대답을 들은 임소백이 한숨을 내쉬었다.

"인생의 뚜렷한 목표가 없는 사내들 같군."

뚜렷한 목표가 있는데 임 맹주가 왜 이렇게 말을 하는 것인지 나는 감을 잡지 못했다. 나는 문득 생각나는 게 있어서 맹주에게 물어봤다.

"그런데 맹주 선배는 왜 혼인을 안 하셨소?"

임소백이 나를 쳐다보더니 전보단 조금 편한 어조로 대답했다.

"자네 같으면 하겠나?"

나는 고개를 저었다. 임소백이 말했다.

"당대 교주의 아비는 내 사부 격인 전대 맹주가 죽였다. 그 여파로 전대 맹주도 제명을 못 사셨고. 자존심이 있는 사내이니 어떻게든 결판을 내려고 하겠지. 이미 강호인이 모두 두려워하는 삼재인데 은둔이나 하면서 살진 않겠지. 지금껏 참고 있는 것도 신기한 일이야. 용의주도한 성격일 테지."

"그게 혼인을 안 한 이유와 무슨 관계요?"

임소백이 검마를 쳐다봤다.

"…후계자 다툼 때 거의 다 죽였다고 들었는데."

검마가 고개를 끄덕였다.

"그랬지. 무자비한 사내이기도 하고 본인이 후계자로 지목되었던 대공자도 아니어서 어쩔 수 없었겠지."

임소백이 고개를 끄덕였다.

"내가 생각하는 백도는 제자를 키우든 자식을 만들든 해야 한다. 내 개인적인 생각이야. 이런 섬에서 잠을 안 자도 되는 시기가 오면 네 사람도 각자 배필을 만나서 혼인을 하도록 해."

검마가 황당한 표정으로 대꾸했다.

"명령인가?"

나이는 분명 임소백이 더 많을 텐데 검마도 존댓말을 하는 게 어색한 사람이었다. 임소백이 고개를 저었다.

"나한테도 하는 말이네."

색마가 제 딴에는 조심스러운 어조로 맹주에게 물었다.

"너무 늦지 않으셨어요?"

임소백이 고개를 끄덕였다.

"그러게 말이다. 일찍 했으면 너 같은 아들이 하나 있었을 텐데. 내가 전생에 무슨 죄를 지었길래 이런 고생을 하는지 모르겠다."

"맹주 자리가 그렇게 힘드십니까? 몰라서 여쭙니다."

임소백이 색마를 쳐다봤다.

"네가 할래? 넘기고 은퇴하마."

색마가 놀란 표정으로 대답했다.

"제가요? 반란이 일어날 텐데요."

"알긴 아는구나. 육합, 자네는?"

귀마가 대답했다.

"그릇이 되질 않소."

임소백이 고개를 끄덕였다.

"그렇긴 하다. 검마, 자네는?"

검마는 질문 자체가 황당한 모양인지 고개를 절레절레 저었다. 임소백이 웃으면서 나를 바라봤다.

"우리 하오문주, 맹주 자리에 관심 있나?"

나는 살면서 이렇게 황당한 질문은 처음 받아본다.

"선배, 세상에 그렇게 재미없는 자리도 없을 겁니다."

"왜? 어떤 점이."

"수하들 때릴 수 있습니까?"

"맹주 체면 때문에 그럴 수는 없지. 대주 때는 좀 때렸다만. 선배도 많이 때렸다. 비무라는 핑계로 일부러 도전해서."

나는 색마를 가리켰다.

"이런 놈이 수하면 어떻게 하십니까?"

임소백이 색마를 바라봤다.

"머리채를 끌고 와서 때려야지."

그제야 우리는 동시에 웃음이 터졌다. 임소백도 내내 농담을 한 모양인지 우리와 웃음을 섞으면서 백사도를 둘러보다가 말했다.

"사도는 내가 죽었어야 했는데 고생들 많았네."

색마가 대답했다.

"별말씀을요."

임소백이 우리에게 말했다.

"이상하게 자네들 도움을 많이 받는 것 같아. 내 수하들이 없어서 하는 말인데 조금 선을 넘어도 맹주 권한으로 대충 뭉개면서 지내겠네. 그래도 강호에 강자들이 많으니 조심들 하게."

실컷 농담하더니 멋쩍은 이야기는 이제야 꺼냈다. 나도 임소백의 무운을 빌었다.

"선배도 머리 하얗게 될 때까지 맹주 하다가 별일 없이 은퇴했으면 좋겠소. 장가도 가시고."

우리는 대화가 끊길 때마다 모닥불을 바라봤다. 나는 타들어 가는 불꽃을 보면서 우리의 앞날을 생각했다. 나는 도저히 정상적인 미인을 만날 수 없을 것 같아서 생각나는 대로 맹주에게 부탁했다.

"선배."

"응?"

"다 함께 살아남으면 나중에 처자 좀 소개해 주시오."

임소백이 물었다.

"진심인가?"

내가 고개를 끄덕이자, 임소백도 고개를 여러 차례 끄덕이다가 말했다.

"알겠네. 보통 처자로는 안 되겠군."

보통이 무슨 의미인지 굳이 캐묻진 않았으나 내가 생각해도 보통 처자로는 안 될 것 같다는 생각이 든다. 사실 무림맹주도 못 해내는 일이라면 그냥 전생처럼 혼자 사는 게 낫겠다는 생각이 들었다. 염병…

305.
맹주의 우격다짐

우리는 마지막 배에 올라타서 백사도를 출발했다. 사공은 먼저 섬 안으로 도망갔던 고공들이 맡았기 때문에 물살을 가르는 속도가 남 달랐다. 사도제일인을 죽이러 갈 때 구경하던 호수와는 느낌이 전혀 달랐다. 간식으로 배를 채우면서 호수에 닿아서 퍼지는 달빛을 물끄 러미 구경하던 중에 임소백이 내게 말했다.

"문주는 서른 전의 강호인 중에서 적수가 있나?"

무슨 의도로 물어보는 것일까. 없다고 하면 어쩐지 싸움을 주선할 것 같고. 있다고 하면 누구냐고 물을 텐데, 사실 나는 서른 살 이전 의 고수에겐 질 마음이 없다.

"아마 없을 겁니다."

"확실해?"

"다 겨뤄보진 않았으니 확실하진 않지만, 없습니다. 있겠습니까? 있어도 곧 없어집니다."

임소백이 웃음을 터트렸다. 사실 강호가 나이 순서로 강한 세계는 아니다. 내공은 분명 세월의 힘이 더해져야 깊어지는 맛이 있으나, 기연과 사연이라는 게 있어서 나 같은 놈도 있기 마련이다. 그리고 나는 삼재의 일원인 개방 방주가 어떻게 강해졌는지도 들었다. 개방의 고수들이 젊은 신개神丐의 내상을 치료하기 위해서 내공을 불어넣었다가, 우연과 방주의 오성이 더해져서 보기 드문 내공을 갖게 된 사례도 있으니 말이다. 색마가 말했다.

"세가에는 좀 있지 않습니까?"

임소백이 고개를 갸웃했다.

"세가에도 몇 명 있고 권왕拳王의 제자도 문주 또래이긴 하지. 듣기로 권왕 별호를 당장 받아도 될 고수라고 하던데 아직 확인해 본 사람은 없다. 몽랑아, 네가 확인해 보겠느냐?"

이번에는 색마가 같잖다는 표정을 지었다.

"아무리 권왕의 제자라고는 하나, 그 어린놈이 제 상대가 되겠습니까?"

"대단한 자신감이로군. 자네보단 나이가 몇 살 더 많아."

"어쨌든 장법이나 주먹으로 저를 꺾는 것은 불가능에 가까운 일이죠."

"술만 잘 마시는 줄 알았는데 아니었구나."

"예."

사실 보통이 아닌 여인을 소개하는 것도 남다른 일이지만, 후배들의 대결을 적절하게 잘 주선할 수 있는 사내도 무림맹주만 한 사람이 없을 것이다. 맹주의 의중은 파악했으나 별다른 의견은 제시하지 않았다. 색마가 계속 잘난 척을 하고, 맹주는 은연중에 그것을 다 받아주고 있었다. 과연 맹주는 맹주라는 생각이 들었다. 저런 유치한 놈의 말도 고개를 끄덕거려 가면서 받아주고 있으니 말이다. 임소백이 말했다.

"그러고 보니 제왕들의 제자나 자제들이 자네들 또래군. 사부나 아비들의 명성에 가려서 많이 알려져 있진 않으나 조만간 백도의 중심에서 이들이 활약하겠지. 그렇다고 하더라도 몽랑이나 문주를 상대하긴 힘들 것이다."

색마가 고개를 끄덕였다.

"맞습니다."

"각자의 세력권에 틀어박혀서 소국小國의 왕이라도 된 것처럼 행세하고 있다는 얘길 들었다. 언제고 버르장머리를 고쳐놔야 할 터인데…"

나는 맹주의 의중을 대충 짐작해서 말했다.

"만나게 되더라도 죽고 죽이는 싸움은 피할 테니 걱정은 마십시오."

임소백이 웃었다.

"걱정은 무슨. 자네들이 어디 그럴 나이인가. 걱정하지 않네. 나도 예전에는 제왕이라 불리는 자들과 한두 번씩 붙었었다. 필요한 일이었지."

"어떤 점이 그렇습니까?"

"대주 이전에는 내가 주로 졌다. 몇 년 후에 다시 찾아가거나 그들이 맹을 방문해서 겨뤘을 때는 제대로 설욕할 수 있었지. 그 세월이야말로 무공이 가장 빠르게 성장하던 시기였지."

우리는 고개를 끄덕였다.

"성격이 모난 놈도 있고, 대범한 척하면서 수련에 매진하는 놈도 있고. 무공 강한 놈이 무조건 맹주가 되어야 한다고 생각하는 고지식한 놈도 있어서 젊은 시절에 내가 이겼던 제왕들은 지속해서 내게 비무를 요청하고 있다. 일승일패였으니 결판을 내자는 놈도 있고."

이야기의 흐름을 살펴보면 승리와 패배가 양쪽을 전부 성장시키는 밑거름이라고 생각하는 모양이었다. 싸우면서 실력이 성장하는 것을 봤을 때는 겨루는 게 맞는 것 같기도 하고. 색마나 나를 감당할 젊은 고수가 실제로 있을까 싶기도 했다. 그러니까 우리 정도면 젊은 놈들이 아니라 제왕들과 겨루는 게 맞지 않을까? 아님 말고. 나도 확실히는 모르겠다. 임소백이 출렁이는 물결을 바라보면서 말했다.

"실력을 타인에게 증명하려는 욕망을 누를 수 없다는 게 백도의 작은 문제이기도 하다. 실은 나조차도 그랬지. 하지만 돌이켜 보면 그것이 백도의 장점이기도 해. 경쟁이 없는 강호에 무슨 재미가 있을까. 나도 아직 은퇴할 생각이 없어서 매번 귀찮게 하는 제왕들을 좀 눌러주고 싶은데 몸이 하나라 바쁘구나."

이때, 임소백이 검마를 슬쩍 바라봤다.

"다행히 자네도 패배에 연연하지 않는 사내이니 나중에 제왕들과 한번 겨뤄보는 게 어떻겠나? 검을 잡은 자는 벽 보고 수련해선 안 된다는 게 내 개인적인 생각이네."

검마가 고개를 끄덕였다.

"제왕들이라면 나쁘지 않지. 그러나 내 무공은 비무에 적합하지

···   광마회귀6

않아서."

놀랍게도 임소백이 검마를 꾸짖듯이 말했다.

"변명하지 말게. 비무는 자네만 불리한 게 아니야. 백도의 고수들도 마찬가지. 지켜보는 자들이 많아서 실전이나 원수를 죽이는 것처럼 모든 수를 사용할 수는 없네. 그렇더라도 비무가 가진 의미는 있지."

"어떤 게 있나?"

임소백이 말했다.

"승리하면 그것대로 좋은 일이고. 패배하면 그것보다 좋은 경험도 없다. 종종 사마외도의 고수들이 비무를 낮춰 보는 경향이 있는데 그럴 필요 없다. 자네들은 패배를 두려워하지 말도록 해라. 제왕들에게 패배하는 것은 당연한 일이야. 하지만 나는 그 패배의 경험을 권유하고 싶군. 육합, 자네도 마찬가지."

검마가 냉소를 머금었다.

"두려울 리가 있나."

나는 화들짝 놀라서 임소백을 바라봤다. 마치 도박장의 주인이 판을 크게 키우는 것처럼 보였다. 색마가 임소백에게 물었다.

"맹주님, 혹시 재신임 기간이 언제입니까?"

"이미 지났다."

"예."

나는 색마에게 물었다.

"그게 뭐야?"

색마 대신에 임소백이 설명했다.

"맹주는 임기가 없다."

"그렇습니까?"

"임기가 없다고 도전하는 자가 없는 것은 아니야. 실력으로 끌어내리려는 자들이 있기 마련이지. 하지만 도전하는 자마다 받아주면 내가 일을 못 한다. 그래서 세가의 고수들이 에둘러서 표현하게 된 말이 재신임 기간이지. 삼사 년에 한 번씩 몇 명이 도전하는 모양새로 말이야. 내가 여전히 맹주 자리에 적합한 사내인지 확인하는 비공식 행사지. 짧게는 삼사 년에 한 번 정도 진행하는데 이미 오 년이 넘었다."

나는 고개를 끄덕였다.

"아하."

전생에도 맹주가 갑자기 바뀌는 일은 없었기 때문에 임소백은 자신에게 도전하는 제왕들을 잘근잘근 밟아줬던 모양이다. 애초에 임소백은 검마의 윗줄에 있는 고수고, 세상 사람들도 교주의 대척점에 있는 사내라고 인식하기 때문에 실력도 삼재의 바로 아래로 평가되고 있다. 그 밑에 무엄하게도 별호에 제(帝)나 왕(王)을 붙인 자들이 줄줄이 대기하는 구조랄까. 사실 오래전에는 감히 갖다 붙일 수 없는 별호가 제왕이었는데 지금은 꽤 많아진 상태다. 색마가 말했다.

"강호에 제왕이 참 많아졌습니다. 삼류 같은 놈들도 붙이는 별호가 되었으니."

임소백이 말했다.

"자네들은 강호에 언제부터 제왕을 칭하는 자들이 많아졌는지 아는가?"

"모르겠습니다."

임소백이 설명했다.

"사마 씨의 종실제왕들이 연달아 죽고 나서부터일세."

사마 씨의 종실제왕이라면 놀랍게도 사마의司馬懿의 후손을 말하는데 이들은 저희끼리 싸워서 서로를 죽여댔다.

"팔왕의 난으로 시작해서 여남왕, 초왕, 의양왕, 회남왕, 진왕을 비롯해서 동해왕, 회제, 민제… 일일이 기억도 하기 어려운 제왕들이 민생을 피폐하게 만드는 내전을 벌이다가 연달아서 비참하게 죽었지. 그 덕분에 제왕이라는 말의 가치도 땅으로 떨어졌다."

"음."

어쩐지 나는 무림맹의 탄생 비화를 듣는 것 같은 기분이 들었다.

"위엄을 잃은 것은 물론이고, 권력욕에 미친 자들이라는 인식도 박히게 되었지. 그때부터다. 강호인들이 반발의 심리로 별호에 제왕을 붙이기 시작했지. 검왕, 도왕, 도제, 검제… 어찌 보면 세상의 정점에 서려다가 쓰러진 종실제왕들과 비슷한 사내들이겠지. 천하제일이 되고자 하는 자들이니 말이야."

색마가 물었다.

"어쩌다 맹주님은 그런 별호가 없게 되었습니까? 별호를 일절 쓰지 않고 계신 것으로 압니다. 전대 맹주께서도 검신劍神이었지 않습니까."

검마와 귀마는 침묵하고 있었으나, 대화가 오갈 때마다 고개가 이리저리 돌아갔다. 임소백이 고개를 끄덕이면서 말했다.

"나는 그런 별호가 필요 없다. 맹주라는 말의 무게와 가치가 제왕들보다 더 무겁고, 더 강한 사람처럼 여겨지게 만드는 것이 내 몫이야. 호칭은 시대에 따라 의미나 분위기가 달라지겠지만 내가 생각하는 맹주는 강호인을 아우를 수 있는 의미가 되어야 해. 검왕이니 도왕이니 하는 놈들도 예외는 없어."

어찌 보면 이런 투쟁심과 자부심이야말로 임소백이 온갖 어려움에서 버텨내고 있는 근간이라는 생각이 들었다. 임소백은 맹주라는 말 자체에 무게감을 더하기 위해서 노력하는 사내였던 셈이다. 검마는 임소백의 말이 마음에 들었는지 고개를 끄덕이면서 읊조렸다.

"멋진 마음가짐이야."

하여간 맏형이 멋있다고 생각하는 것은 사람의 마음가짐밖에 없는 모양이다. 임소백이 말했다.

"그나저나 슬슬 나도 후계자를 찾아야 하는데 쉽지가 않다. 일찌감치 두각을 나타내는 젊은이들도 종종 있으나 한 놈은 성정이 너무 과격하고, 한 놈은 너무 여자를 밝히는 것 같고. 제왕들의 후계자 중에서 찾아야 할 판국이다. 어쨌든 나도 은퇴할 시기가 오긴 할 테니."

고개를 끄덕이면서 경청하고 있으려니 문득 성정이 과격한 놈은 나라는 것을 깨달았다. 나는 색마와 눈을 마주쳤다가 욕은 하지 않은 채로 고개를 돌렸다. 귀마가 궁금하다는 것처럼 물었다.

"근래도 제왕들이 계속 맹주께 도전하고 있소?"

임소백이 고개를 끄덕이더니 우리를 둘러봤다.

"이미 많이 거절했지."

배가 육지에 도착할 때쯤에 임소백이 우리에게 제안했다.

"…자네들이 한 번 단체로 무림맹에 방문하겠다면 내가 여태 미뤄

···

낳던 재신임인지 뭔지 불필요한 행사를 진행해 보겠네."

이야기가 이렇게 정리된다고? 임소백의 설명이 있었기 때문에 왜 이런 의도로 말하는지 금세 이해가 되었다. 그러니까 임소백이 제왕들의 도전을 일일이 받아주면 정말 쓸데없는 소모전이 된다. 임소백이 결론을 말했다.

"비무를 지켜보는 것도 의미가 있고. 네 사람이 제왕과 겨루거나, 그들의 제자와 실력을 비교하는 것도 의미 있을 것이다. 그래야 나도 구경하는 재미가 생기겠지."

임소백이 검마를 도발했다.

"자네 실력이 제왕에게 먹히는지도 궁금하고."

다음에는 귀마도 자극했다.

"자네도 더 성장해야 해. 많이 보고, 많이 생각해라."

끝으로 색마와 나를 쳐다봤다.

"너희는 근질근질하지?"

이 단순한 질문에 색마가 단순하게 대답했다.

"예."

내가 대답을 하지 않자, 맹주가 나를 쳐다봤다.

"문주는?"

"저는 구경만 하겠습니다."

"왜?"

"후기지수에 해당하는 자들에겐 질 마음이 없으나 제왕들에겐 자신이 없습니다."

"본래 이렇게 겸손했나?"

"그러니까 죽일 자신은 있는데 비무로 이길 자신은 없다는 말이지요."

임소백이 고개를 끄덕였다.

"본래 이렇게 건방졌나?"

"예."

"쉽게 죽을 사내들이 아닐세."

"그러니까요."

배가 선착장에 도착하자 무림맹원들이 대기하고 있다가 새삼스럽게 맹주에게 예를 갖췄다.

"맹주님, 어서 오십시오."

임소백이 뱃머리에서 고개를 끄덕이더니 대기하고 있는 맹원들에게 명령했다.

"특작대는 수고했다. 지부 파견자들에게 인수인계 확실히 하고."

"예, 맹주님."

"사도제일인은 확실히 죽었으니 재산 회수, 동호에서 사는 사람들의 안정에 주력해라."

"명을 받듭니다."

임소백이 배에서 솟구치더니 선착장에 가볍게 내려섰다. 우리도 동시에 공중으로 솟구쳤다가 경공을 경쟁하듯이 내심 여유롭게 내려섰다. 맹주에게 다가온 단혁산이 물었다.

"맹주님, 바로 복귀하십니까?"

임소백이 고개를 끄덕였다.

"내가 있으면 더 불편할 것이다. 바로 복귀하마. 그리고."

임소백이 어정쩡하게 서있는 우리에게 말했다.

"저 넷과 복귀할 생각이니까 따로 호위는 필요치 않아."

"알겠습니다."

"데려가서 심문 좀 해야겠다."

"예? 사고 쳤습니까?"

임소백이 덤덤한 어조로 말했다.

"그건 아니고 싸움 좀 붙여야겠다."

이 뜬금없는 말을 온전하게 이해했다는 표정으로 단혁산이 고개를 끄덕였다.

"아, 알겠습니다."

나는 사대악인들과 눈을 마주쳤다가 임소백을 바라봤다. 임소백이 우리를 쳐다보더니 아주 자연스럽게 명령했다.

"나는 맹으로 복귀할 테니까 네 사람이 호위 좀 하게. 맹주 체면에 홀로 복귀할 수는 없지. 가다가 적을 만날 수도 있으니."

"..."

이럴 때는 무슨 말을 해야 할까. 나는 맹주의 부하가 아니다. 물론 다른 사대악인도 마찬가지. 어쩔 수 없이 맏형의 의사를 묻기 위해서 쳐다봤다. 검마가 말했다.

"가자."

귀마가 고개를 끄덕였다.

"그럽시다."

색마가 임소백에게 말했다.

"맹주님, 그 권왕 제자 놈이나 불러주십시오. 방문하는 김에 서열

정리 좀 하겠습니다."

임소백이 대답했다.

"재신임을 받겠다고 하면 온갖 떨거지들이 알아서 달려올 것이니
걱정할 필요 없다."

맹주가 이런저런 말을 늘어놓긴 했으나 어쨌든 손님으로 초대하
는 것이어서 거절할 명분이 마땅치가 않았다. 새삼스럽게 상황을 깨
달아 보니 맹주는 전생의 공적들을 무림맹으로 초대하는 중이었다.
이런 생각이 들었다. 나도 명색이 강호인이고 일문의 문주인데, 범
죄자가 아닌 신분으로 한 번쯤은 가봐야지 하는 생각. 여태 내 대답
을 인내심 있게 기다리던 사람들에게 말했다.

"갑시다, 무림맹으로. 맹주 선배, 안전하게 모셔다 드려야지."

임시직이겠지만, 어쨌거나 잠시 나는 맹주의 호위무사가 되었다.

...

306.
영웅은 호색이지만

사실 호위무사가 멋지다고 생각한 적이 몇 번 있다. 아름다우면서도 중요한 신분의 여식을 호위하는 호위무사는 조금 더 멋지지 않을까? 예를 들면 무림맹주의 곱게 자란 늦둥이 외동딸을 호위하게 되었다거나… 그것이 나라면… 어느 날 맹주가 내 어깨를 붙잡는 거지.

"내 자네만 믿음세."

"예, 맹주님."

호위무사는 간단하고 명료하게 대답해야 한다. 약간 묵직하고, 과묵하게. 맹주의 늦둥이 외동딸을 지키는 임무를 성실하게 수행하는 것이다. 왜냐고? 외동딸이 하필이면 천하절색天下絶色이어서 늙은 마교 교주가 넘본다거나 천하제일경공을 자랑하는 사악한 색마 같은 놈이 납치할 가능성이 있기 때문이다.

그다음 이야기는 조금 뻔하다. 천하절색과 사랑에 빠져버린 호위무사, 그것이 나다. 거기에 우연을 가장해서 필연적으로 실력을 선

보였더니? 감춰둔 실력도 맹주보다 슬쩍 높아버렸던 것. 그 숨겨뒀던 실력으로 무림맹을 절체절명의 위기에서 구하고, 애지중지하는 외동딸까지 지켜버린 나. 호위무사의 정점, 호위무사의 교본, 호위무사의 정석처럼 불리는 사내. 무림맹주는 감격한 눈빛으로 나를 바라보다가 이렇게 부탁하겠지.

"자네, 내 사위가 되어주겠나?"

나는 곤란한 표정과 낮게 깔린 어조로 대답할 것이다.

"맹주님, 저는 공과 사를 엄격하게 구분합니다."

이때, 맹주가 놀랄 만한 이야기를 꺼내는 거다.

"내 말은…"

"예."

"자네가 내 딸을 평생 지켜주라는 뜻일세."

"와우."

* * *

길을 걷다가 갑자기 내가 웃음을 터트리자, 다들 나를 쳐다봤다. 도무지 뭐 때문에 웃었는지는 말해줄 수가 없어서 대충 변명했다.

"갑자기 좀 웃기네. 웃기면 웃어야지."

내가 갑자기 미친놈처럼 웃어도 그러려니 하는 자들을 보고 있으려니 좀 황당했다. 생각해 보니까 맹주도 아직 혼인하지 않은 터라 이런 상상은 현실에서 벌어질 수가 없다. 새삼스럽게 나랑 처지가 비슷한 홀아비 넷과 며칠 내내 걷고 있으려니 어쩔 수 없이 이런 상상도 해보았다.

맹주의 외동딸 호위는 해보지 못했으나. 어쨌든 간에 무림맹주 호위는 해보게 되어서 나름 다행이랄까. 호위하다가 알게 된 사실이지만, 사실 우리는 맹주의 호위에 신경 쓸 필요가 전혀 없었다. 정작 맹주가 너무 강하기 때문이다. 임소백이 그냥 심심해서 같이 가자고 한 느낌이 물씬 풍겼다.

어쨌거나 우리 다섯 명이면 웬만한 문파나 세력, 산적, 수적, 마도, 흑도, 사마외도든 도사들이든 간에 쑥대밭으로 만들 수 있기 때문이다. 그리고 예전부터 느끼던 게 있는데. 검마와 짧게라도 눈을 마주칠 수 있는 사내는 아직 보지 못했다. 무공을 조금 익힌 사람이다 싶으면 검마를 무척 두려워했고, 무공을 모르는 자들은 특히 귀마를 무서워했다.

객잔이나 반점을 들어가면, 일하는 사람들이 특히 귀마에게 공손했다. 덕분에 우리는 어디서든 대접을 받았다. 그런 와중에도 임소백은 괜히 무게를 잡거나, 짜증을 내거나, 입을 굳게 다무는 편이 아니어서 의외로 평범한 사람들과도 말을 잘 섞었다. 은연중에 어려운 일은 없는지, 돈을 뜯기지는 않는지 하는 질문을 아주 자연스럽게 대화에 섞을 수 있는 사내이기도 했다.

그렇게 따지면 임소백은 복귀하는 여정에서도 맹주의 역할을 충분히 소화하고 있는 셈이었다. 그래서일까? 눈앞의 상대가 무림맹주임을 모르는 사람들도 임소백에겐 예의를 충분히 갖췄다. 그렇다면, 위엄이라는 것은 높은 자리가 만드는 게 아니라 애초에 품성과 성격, 갈고닦은 세월이 더해져서 스스로 빛나는 모양이다. 그래서 매우 졸리고, 딱히 할 것도 없는 호위 임무였다.

객잔에서 하루를 머물고, 배가 고프면 간판도 없는 반점에 둘러앉아서 밥을 먹는 게 일상이었다. 이상하게도 우리는 약속을 한 것처럼 복귀하는 여정 속에서 딱히 개인적인 수련은 하지 않았다. 검을 뽑을 일도 없었고. 운기조식을 하겠다고 가부좌를 트는 일도 없었다. 아예 무공 이야기를 꺼내지도 않았다. 이야기의 주제를 임소백이 고르는 편이라서 나는 이것이 임소백의 의도였음을 알게 되었다.

임소백은 그저 우리와 함께 오래 걷고. 같이 밥을 먹고. 시답잖은 농담을 하고. 가끔 술이나 퍼마시고 싶은 모양이었다. 어려운 일이 아니라서 우리는 임소백의 뜻대로 해줬다. 며칠 사 먹는 밥이 지겹다는 생각이 들었을 때 우리는 언젠가부터 등에 달라붙어 있는 활을 꺼내서 사냥에 나섰다. 미리 양념과 소금, 술을 사놓은 터라 한적한 공터에 둘러앉아 사냥감을 해체하고 불을 지펴서 고기를 구워 먹고, 술을 마시자 이것도 나름대로 운치가 있었다.

무엇보다 임소백이 사냥을 너무 즐거워했다. 한 끼 정도만 이렇게 해결하고 반점에 들어가서 식사를 하려고 했는데, 임소백은 무림맹을 잊은 사람처럼 우리 활을 뺏어서 끼니마다 사냥에 나섰다. 나는 이런 생각이 들었다.

'굳이 이렇게 밥을 먹어야 하나?'

다행인 점은 맹주가 무공도 뛰어나고 활 솜씨도 신궁에 가까워서 사냥이 그리 길지는 않았다는 점이다. 우리는 어느새 이름 모를 산속을 뛰어다니면서 사냥꾼을 호위했다. 염병… 너무 좋아하니까 그만하자고 할 수도 없고. 하지만 나는 어느새 맹주가 사냥과 야외에

…

서 고기를 구워 먹는 것을 너무 좋아하는 것을 보고 속으로 애잔하다는 생각이 들었다.

'너무 즐거워하네?'

이 사내는 그러고 보니까 그동안에 휴식이나 휴가, 인생의 재미가 없었던 모양이다. 우리에게 호위를 맡아 달라 한 것도 무림맹과 조금 떨어지고, 수하들에게서 잠시 벗어나려는 의도였다는 점을 뒤늦게 알았다. 임소백은 요리도 잘하는 편이어서 야생 멧돼지는 본인이 직접 해체하고 고기를 굽고 소금을 뿌려서 우리에게 배식했다. 모닥불을 피워놓고 고기를 뜯어 먹고 있으려니 산적이 따로 없었다. 임소백이 입 주변의 기름을 닦으면서 말했다.

"…멧돼지도 조금 물리는군."

색마가 대답했다.

"저는 어제부터 좀 물렸습니다."

임소백이 실실 웃다가 뜬금없이 이런 말을 꺼냈다.

"어렸을 때 내 외할머니께서는 왜 그랬는지 모르겠는데 주변 사람들을 많이 도우셨다."

"…"

"동네에 몸이 불편한 사람이 있었는데 자주 먹을 것을 가져다줬지. 없는 살림에 내가 먹을 것도 그리 넉넉한 편은 아니었는데 밥이라도 많이 지은 날이면 여기저기서 놀고먹는 놈들을 불러서 밥을 먹이시더군. 그때는 할머니들이라는 존재들이 대부분 그런 줄 알았어. 나이가 조금 들었을 때, 다른 어른들은 그렇지 않다는 것을 알게 되었지. 아주 바르고, 긍정적이고, 강하고, 훌륭하신 분이었다. 그때 밥을 얻어먹은 사람들이 나중에 일 년에 한 번, 이 년에 한 번 꾸준히 찾아와서 할머니에게 인사를 드리곤 했지. 상인도 있었고, 옆 동네에서 공사 일을 하는 동네 형도 있었고, 그때는 몰랐지만 나중에 강호인이 된 사람도 있었지."

임소백이 술을 한 모금 마시면서 말을 이어나갔다.

"시간이 한참 흐르고 나서야 내가 외할머니의 영향을 받았다는 것을 알게 되었다. 나도 문주처럼 성정이 너무 과격하고, 자주 싸우고, 거친 면이 있었는데 선을 넘지는 않았다. 할머니께서 약자들과 배고픈 자들을 돕는 것을 너무 오랫동안 지켜봤기 때문이야. 내가 선을 넘은 나쁜 짓을 한다는 것은 애초에 상상도 할 수 없는 일이었지. 내가 도저히 넘을 수 없는 선을 외할머니께서 명확하게 그어두셨던 셈이랄까."

임소백이 손가락으로 하늘을 가리켰다.

"어디선가 나를 지켜보고 계실 테니 말이야."

우리는 고개만 살짝 끄덕였다. 임소백의 말이 이어졌다.

"만약 강호에서 조금이라도 내게 고마워하는 마음을 가진 사람이 있다면. 사실 그것은 내게 고마워할 게 아니라 내 외할머니에게 감사해야 할 일이야. 물론 세상 사람들은 모르겠지만. 다행히 나도 맹주 자리에 있으면서 외할머니가 했던 것처럼 사람들을 조금 도울 수 있게 되었다. 언젠가 심한 고뿔에 걸려서 누워있는데 그런 생각이 들더군. 우리 외할머니야말로 정말 강한 사람이었다고. 가끔은 그런 사람들 밑에서 자란 성질 더러운 손주 놈이 운 좋게 마음을 고쳐먹고 무림맹주도 할 수 있는 노릇이니 말이야. 안 그러냐. 몽랑아?"

···

갑자기 자신을 부르자 화들짝 놀란 색마가 대답했다.

"아, 예. 맹주님. 맞습니다."

귀마가 물었다.

"그때 밥을 얻어먹었다던 강호인 때문에 무림맹에 들어오셨소?"

임소백이 고개를 끄덕였다.

"결국에는 그렇게 됐지. 처음에는 보수가 그렇게 좋다기에 돈을 벌러 갔던 셈이지. 없는 집안에 돈을 보태야 했으니…"

무림맹에 돈을 벌러 갔다가 무림맹주가 된 사내가 눈앞에 있었다. 슬쩍 이야기만 꺼냈는데도 그 과정이 파란만장했을 것이란 생각이 들었다. 검마가 술을 한 모금 마신 다음에 감상평을 내놓았다.

"…신기한 이야기로군."

검마는 태어났을 때부터 마도의 환경에서 자랐기 때문일까. 맏형에겐 신기한 이야기처럼 들린 모양이었다. 임소백이 우리를 천천히 둘러보면서 말했다.

"그래도 자네들을 무림맹에 초대하고 있는데 그곳의 맹주가 누구를 존경하면서 살았는지는 말해주고 싶었네. 사람들은 내가 전대 맹주를 가장 존경하는 줄 알겠지만, 아니야. 그 위에 외할머니가 계시지. 이야기가 지루했나?"

색마가 대답했다.

"아닙니다."

"자네는 누굴 존경하나?"

색마가 눈치를 슬쩍 보다가 대답했다.

"저야 물론 사부님과 맹주님을 존경하고 있지요."

"왜?"

"이유가 뭐 있겠습니까?"

슬쩍 넘어가려는 색마의 말을 임소백이 물고 늘어졌다.

"이유가 있으니 존경하는 것이겠지. 왜?"

"…"

색마가 보기 드물게 당황하더니 쉽게 입을 열지 못했다. 하지만 우리는 물론이고 임소백도 색마가 말할 때까지 기다렸다. 끝내 대답을 듣겠다는 태도여서 색마도 어쩔 수 없이 입을 열었다.

"그냥 뭐."

"…"

"더 나은 사내가 되라고 자주 잔소리를 해주시니."

임소백이 색마의 끝말을 따라 했다.

"해주시니… 뭐."

"답답하실 텐데 자주 그런 말씀을 인내심 있게 해주셔서 뭐 그렇습니다."

"검마를 말하는 게지? 나는 네게 잔소리는 한 적이 없는데."

"그렇죠."

임소백이 색마를 물끄러미 바라봤다.

"네 사부는 왜 그렇게 인내심을 가지고 네가 변하길 기다리는 것인지 생각해 봤나?"

"글쎄요."

사람들의 시선을 한 몸에 받자, 색마가 계속 당황해하는 표정을 지었다. 임소백은 놀랍게도 할 말을 하는 사내였다.

"마교에게 네 외가나 다름이 없는 옥화궁이 전멸에 가까운 피해를 받았다지?"

"예."

"네 사부는 옥화궁의 후손인 네가 쓸데없는 짓을 하다가 객사하는 꼴을 보기 싫은 모양이다."

검마는 별말이 없었다. 임소백은 말이 없는 검마에게도 질문을 던졌다.

"무슨 생각으로 백응지의 몽랑에게 인내심을 발휘했나. 나도 궁금하군."

어제오늘 활을 가지고 설쳐대서 그런 것일까. 이번에는 맹주의 활이 검마를 겨냥하자, 검마도 화살을 피할 여력이 없어 보였다. 검마는 무뚝뚝한 표정으로 고개를 들더니 색마를 바라봤다.

"별 이유는 없지. 제자야."

"예."

"대성大成해라. 너는 오성이 뛰어나서 대성할 수 있다. 무공보다 여자가 좋아서 마음을 잡지 못하고 있다만. 대성할 날이 올 것이다. 그게 언제인지는 나도 모르겠다만."

검마가 뜬금없이 나를 쳐다봤다.

"근래에는 뭐 문주에게 끌려 다니느라 여자 만날 기회도 없긴 했지."

그렇긴 하다. 색마가 슬쩍 웃으면서 농담이랍시고 이런 말을 씨불여 댔다.

"…대성하고 나서 여자를 만날까요?"

"…!"

우리는 일제히 색마를 향해 고개가 홱 돌아갔다. 색마가 화들짝 놀란 표정으로 말을 덧붙였다.

"아, 농담입니다. 분위기가 하도 심각해서. 농담해 봤습니다."

임소백이 판결을 내리듯이 근엄한 어조로 말했다.

"그렇게 하도록 해라."

색마가 반문했다.

"예?"

"좋은 마음가짐이다."

"예?"

"남아일언중천금 아니더냐? 맹주와 사부 앞에서 자신 있게 약조하다니 뜻깊은 날이로군. 문주와 육합도 똑똑히 들었나?"

"예."

귀마가 점잖은 표정으로 고개를 끄덕였다.

"잘 들었소. 잊지 못할 것 같군. 넷째의 결심이 무척 인상적이야. 대성하고 나서 처자를 만나겠다니. 맏형이 이제야 좀 보람을 느낄 것 같군."

이건 뭐 쐐기도 아니고. 하지만 나는 그 쐐기의 대가리를 철퇴로 갈겼다.

"결심을 축하한다. 그간 네가 내뱉은 말 중에서 가장 쓸모 있는 말이었어."

임소백 맹주도 보통 사내는 아니어서 갑자기 검을 뽑아서 색마를 난자하듯이 말했다.

"영웅호색英雄好色이라는 말이 있긴 하나, 그간 네가 하는 짓을 보면 일단 호색을 하고 나서 영웅이 되려는 기질이 보였다. 순서가 달라. 아무도 너를 영웅으로 보지 않으니 지금은 그저 무공이 제법 뛰어난 호색한일 뿐이야."

나는 옆에서 맹주의 말을 거들었다.

"색마죠, 색마."

임소백이 너덜너덜해진 색마에게 계속 주먹질을 해대듯이 말했다.

"지금은 네가 문주와 실력이 비등비등하다고 생각하는 모양인데 직접 보지 않아 모르겠구나. 다만 문주는 성질이 제법 고약해서 웬만한 처자들을 만날 수 없을 것이다. 문주가 어쩔 수 없이 수련에만 집중하고 너는 처자들이나 기웃대고 다니면 삼사 년 후에도 문주와 실력이 비등비등할 것이라고 장담하겠느냐?"

어라…? 이게 대체 무슨 초식이지? 나는 턱을 만지면서 임소백을 쳐다봤다가 초식의 오묘함을 곱씹었다. 이 사람, 이거 보통 사람이 아니네. 육전대검이 괜히 탄생한 게 아니라는 생각이 드는 와중에 무림맹주는 아무나 할 수 있는 게 아니라는 점도 깨달았다. 딱히 반격할 초식이 떠오르지 않았기 때문이다. 이렇게 오늘 또 한 수 배웠다. 요약하자면. 영웅은 호색이지만, 호색부터 하면 색마다. 출처는 무림맹주 임소백.

307.
주의할 명단에 있는 분

멧돼지 고기를 다 먹을 무렵에 임소백이 우리를 쳐다봤다.

"검마, 육합, 몽랑, 문주. 내 그대들에게 처음이자 마지막으로 무공에 관한 이야기를 하고 싶네. 들어줬으면 좋겠군."

우리는 모닥불에 조금 더 가까이 다가가서 임소백을 바라봤다. 임소백의 분위기가 실로 진지한 터라, 잠시 모닥불 타들어 가는 소리 밖에 들리지 않았다. 색마가 진중한 어조로 입을 열었다.

"들을 준비됐습니다, 맹주님."

임소백이 말했다.

"이것은 내 개인적인 생각이다. 내 이야기를 듣고 각자 받아들이는 것은 다르겠지. 사실 수준이 높지 않거나, 무학에 관한 생각이 매우 다르다면 쓸모없는 말이 되겠지. 하지만 생각이 달라도 상관없네. 배도 든든하고, 바람도 시원하고, 자네들 모두 보기 드문 고수라서 나는 떠들 준비가 되었어."

우리는 숨을 죽인 채로 임소백을 바라봤다. 대체 어떤 이야기가 나올 것인지 감이 잡히질 않았다. 임소백이 말했다.

"참고로 맹에는 내가 아끼는 수하들이 많지만, 아직 이 이야기를 깊이 해준 사람은 없네. 그럴 수준이 아니기 때문이지. 내가 네 사람에게 전해주고 싶은 말을 요약하자면, 내공의 격차를 극복하지 못하면 위로 올라설 수 없다는 말을 해주고 싶네."

여기까지는 들어도 무슨 말인지 모르겠다. 듣고 있던 검마가 바로 질문했다.

"무슨 뜻인가? 내공을 쌓으라는 말로 들리진 않는데."

사실 검마 정도 되는 사내가 무학에 관해서 질문하는 게 쉽지 않은데, 맏형은 아무렇지 않은 태도로 질문했다. 임소백이 말했다.

"기본적으로 삼재는 우리 다섯 사람보다 내공이 깊어. 인정하나?"

색마가 대답했다.

"예, 그런데 맹주님보다도 깊습니까?"

임소백이 고개를 끄덕였다.

"그렇다. 신개 선배에게 부탁해서 순수하게 내공만 겨룬 적이 있는데 감히 대적할 수 있는 수준이 아니었다. 선배를 통해서 다른 삼재의 내공도 어떤 수준인지 대략 유추할 수 있었지. 내가 지금부터 말하는 단어는 표현일 뿐, 절대적인 것은 아니야. 고려해서 듣게."

"예."

"삼재는 이미 노화순청爐火純靑의 경지를 벗어났다. 이를 간단히 설명하면 내공이 넘쳐서 아쉬움이 없는 수준이야. 아무리 퍼내도 넉넉한 수준이랄까. 이것이 사람의 경지로 보이느냐?"

색마가 고개를 저었다.

"보이지 않습니다."

"일반적인 기준에서 내가 교주와 열 번을 싸우면 열 번 모두 패한다는 뜻이다. 신개 선배를 통해서 충분히 상상할 수 있었지. 하지만 맹을 이끄는 처지에서 그렇게 죽을 수는 없다. 웬만하면, 싸움을 피할 생각이야. 문제는 이 지점이다. 우리 다섯은 교주보다 내공이 부족한데, 어느 날 피할 수 없는 싸움으로 맞붙게 되면 목을 내놓을 것인가?"

"그럴 수 없죠."

"암, 그럴 수는 없지. 그렇다고 내가 만사를 제치고 앞으로 십 년간 내공 수련에만 몰두하면 삼재의 내공을 따라잡을 수 있을까? 그것도 불가능하다. 네 사람도 마찬가지야."

이때, 임소백이 나를 쳐다봤다.

"문주에 대해서는 판단을 보류하겠네."

나는 간략하게 대답했다.

"왜요."

"가끔 그런 사람들이 있네. 상식으로 생각하기 어려운. 일단 넘어가자."

"예."

내가 그렇게 상식을 벗어난 놈이란 말인가. 아무튼, 임소백의 말을 들었다.

"강호에 있는 영약을 모두 끌어모아서 내가 혼자 차지하면 삼재의 내공을 따라잡을 수 있을까? 이것도 불가능하다. 내 말은, 그렇게 먹어도 삼재와 비교하면 부족할 수 있다는 뜻이야."

그렇게 까마득한 격차인가? 문득 맹주가 자신의 검을 슬쩍 붙잡더니 손잡이를 잡고 칼날을 조금 뽑았다. 모닥불의 시뻘건 불빛을 받은 칼날이 천천히 모습을 드러냈다.

"하지만 검劍이 있지."

임소백이 손가락으로 칼날을 쓰다듬었다.

"결국에 이것밖에 없다. 승부를 뒤집을 수 있는 단 한 가지. 이야기를 다시 들어가마. 살아남으려면, 우리보다 내공이 깊은 고수를 죽일 수 있어야 해. 네 사람은 아예 지금부터 현실을 인정하는 게 좋아. 너희들이 삼재의 내공을 뛰어넘는 것은 불가능한 일이야."

"음."

"기연이든 세력의 힘이든 간에 삼재는 노화순청을 벗어나서 반박귀진返撲歸眞에 다다랐거나 그 근처에 있는 상태. 내가 파악한 바로는 그렇다."

임소백이 색마를 가리켰다.

"너는 검이 없지만 빙공이 있으니 알아서 해석해라."

"예."

"몸이 낼 수 있는 최대한의 속도는 한정적이다. 호흡 때문에 그렇다. 우리가 삼재의 속도를 따라잡는 것이, 내공을 따라잡는 것보다 빠르다는 뜻이야."

임소백이 손을 위로 올렸다.

"내공보단 고점高點이 높지 않다는 뜻이야."

"예."

"그렇다면 엄청난 내공으로 퍼붓는 공격을 지속해서 피하고, 검으로 잘라 죽이는 수밖에 없지. 황당하지만 그 방법밖에 없다. 이런 기회를 붙잡을 수 있는 고수라면 당대의 제왕들과도 실력을 겨룰 수 있고. 강호의 십대고수라는 소리를 들어도 손색이 없다. 물론 그 열 명의 명단은 삼재를 논외로 한 것이고. 내가 굳이 이런 말을 왜 할까? 어찌 보면 당연한 소리인데."

임소백이 나를 쳐다보기에, 내가 대답했다.

"강호인들이 너무 내공에 집착해서 그렇습니까?"

"어느 정도 그렇다. 그 집착이 본질을 잊게 만들고 있어."

"자신보다 내공이 더 깊은 고수를 죽이는 방법을 스스로 터득해야 더 위로 올라갈 수 있다는 말씀이시죠."

임소백이 고개를 끄덕였다.

"맞다. 보통은 자신이 못 이기는 고수를… 그놈보다 내공을 더 깊게 쌓아서 복수해야겠다고 생각하는 게 일반적이지. 한계가 있다는 말이야."

검마가 물었다.

"그 한계에 다다른 자들이 어느 정도 우리 네 사람이란 뜻인가?"

"지금 직면했거나, 앞으로 직면하거나 둘 중 하나지. 그 벽을 느꼈을 때 내공으로 돌파하려는 마음가짐은 다른 성장을 방해해."

임소백이 검마를 바라봤다.

"검마, 오히려 검으로 더 들어가야 해."

검마가 고개를 슬쩍 끄덕였다. 임소백의 말이 이어졌다.

"그래서 탄생한 것이 내 육전대검이다. 그러니까 내가 젊었을 때,

나를 꺾었던 제왕들에게 설욕했던 방식은 내공으로 압도한 게 아니다. 그때도 내공이 부족했으나 검으로 설욕했지. 심지어 지금도 일부 제왕은 나보다 내공이 깊은 자도 있다."

귀마가 놀란 표정으로 대답했다.

"정말이오?"

"그러니까 저렇게 신이 나서 매번 내게 도전하겠다고 난리를 치는 것이다."

제왕 일부가 맹주보다 내공이 깊다는 소식은 정말 뜻밖이었다. 임소백이 말했다.

"지금보다 더 강해지려면 교주를 생각해라. 너희가 내공을 쌓아도 교주의 내공을 압도하는 것은 불가능해. 그렇다면 무엇을 더 수련해야 할까. 영약을 찾아서 수련도 하지 않은 채로 심산유곡을 돌아다닐 셈이냐? 옳지 않다. 검은 어떻게 써야 하는지, 빙공을 어떻게 활용할 것인지 이런 고민이 무학을 발전시키는 것이지… 돼지우리의 돼지마냥 영약을 기다리는 것으로는 수준을 높일 수 없어. 그리고 검마 자네는 알고 있겠지만 옛 총본산의 망령들은 내공이 전부 우리보다 높을 것이다. 얼마나 살아남았는지는 모르겠으나 과거에는 분명 그랬다."

임소백이 검을 집어넣은 다음에 말했다.

"정리하마. 다들 검법의 수준이 아직 부족하다. 부족하다는 것은 여러 의미야. 자신의 방식으로 완성하지 못했다는 뜻이기도 해. 내 기준에서 자네들은 몸의 움직임이 아직 느리다. 신체의 활용도와 수준도 뒤떨어진다. 보법의 수련도 부족해. 이런 기본적인 것의 수준을 훨씬 더 끌어올린 다음에 운이 좋아서 기연이 찾아오면 거기에 내공을 덧붙이는 것이다. 네 사람은 내 뜻을 이해하겠나?"

우리는 고개를 끄덕였다. 임소백이 말했다.

"내공을 수치로 표현하는 것이 힘들지만 굳이 이해를 돕기 위해 말하자면 나는 나보다 십 년에서 이십 년 정도 공력이 깊은 자들도 검으로 죽일 수 있도록 수련을 해왔다. 살아남으려면 그렇게 할 수밖에 없었지."

여태 잠자코 듣고 있었던 귀마가 대답했다.

"…맹주님."

"응?"

"실은 사도제일인의 내공이 너무 깊었소. 더군다나 검도 박히지 않았지. 맏형의 검까지 박히지 않았으니 말이오."

임소백이 미간을 좁혔다.

"그래? 뜻밖이군."

귀마가 나를 바라봤다.

"…문주가 무슨 생각인지 모르겠는데 내공 대결을 벌이면서 붙잡았소. 우리도 합세했지. 그다음에는 맏형의 공격에 머리통이 박살났소. 그러니까 우리 넷이 죽인 셈이오. 일대일로 상대했으면 더더욱 내공의 격차를 좁히지 못했을 것 같은데."

임소백이 고개를 끄덕였다.

"자네 말은 그러니까 내공의 격차 때문에 도검불침인 것처럼 느껴졌단 뜻이로군. 실제로 완벽한 도검불침은 아니었고."

"그렇소."

임소백이 나를 바라봤다.

"문주는 무슨 생각으로 내공 대결을 벌였나?"

나는 덤덤한 어조로 대답했다.

"내공을 서로 소모하면 어쨌든 육합이나 색마, 맏형이 처리할 수 있을 거라 믿기도 했고."

"했고…?"

"어쨌든 내공 대결에서 이길 생각으로 그렇게 했지요."

사실 이것은 복잡한 마음가짐의 대결이었다. 사대악인을 믿은 것도 있으나 사실은 모든 공격이 무산되었을 때 체내에 보유하고 있는 천옥이 살아남기 위해서 어떻게든 대처할 것이라는 도박 심리가 깔려있었다. 그러니까 스스로 극한 상황으로 몰아넣은 면이 없지 않았다. 왜냐면, 내가 항상 그렇기 때문이다. 임소백이 짤막하게 한숨을 내쉬었다.

"보통 싸움이 아니었군. 나는 자네들이 별말이 없어서 네 사람이 합공으로 수월하게 죽인 줄 알았더니."

어느새 무공에 관한 이야기가 사도제일인과 벌였던 싸움의 복기가 된 상태였다. 색마가 물었다.

"맹주님이라면 어떻게 상대하셨을까요?"

임소백이 우리를 둘러보다가 말했다.

"알다시피 나는 자네들보다 내공이 어느 정도 더 높아. 자랑하려는 말이 아니라 현실이 그래."

"예."

"그래도 사도제일인을 벨 수 없을 때를 말하는 게냐?"

색마가 고개를 끄덕였다.

"그렇습니다."

"글쎄. 솔직히 좀 아쉽구나. 이야기를 듣고 보니까 직접 상대하고 싶다는 마음이 더 커지는구나. 그놈은 병장기가 있었나?"

"없었습니다."

"그렇다면 당장 떠오르는 생각으로는 검으로 후려쳐서 어떻게든 땅에 파묻었을 것 같다."

색마가 화들짝 놀란 표정으로 대답했다.

"예?"

"왜 놀라나? 그렇게라도 죽여야지."

"내공이 부족한데 파묻을 수 있을까요?"

임소백이 웃었다.

"네가 자신이 없는 것이겠지. 육전대검은 무겁다. 병장기도 없이 받아내면 두 사람의 내공보다 지반의 힘이 더 약해서 파묻힐 수밖에 없지. 고수들은 일합의 장력을 겨룰 때도 종종 땅이 꺼질 때가 있다. 하지만 단순하게 파묻겠다는 생각으로 내려치진 않았을 것이야."

색마가 대답했다.

"그럼요?"

임소백이 모닥불을 노려보면서 말했다.

"…무조건 두 동강을 내겠다는 생각으로 내려쳤겠지. 자르지 못하면 내가 죽는다. 검객은 일도양단一刀兩斷을 품고 싸워야지. 검마, 안 그런가?"

검마가 고개를 끄덕였다.

"맞네."

임소백이 나를 바라봤다.

"문주, 안 그러냐?"

"맞습니다."

임소백이 귀마를 바라봤다.

"자네도 가슴에 일도양단을 품은 채로 수련하게. 지금보다 더 격하게."

귀마가 고개를 끄덕였다.

"마음에 새기겠소."

임소백이 색마를 쳐다봤다.

"내가 너를 오래 지켜보지 않아서 네가 어느 정도 성장할 수 있을지 아직 모르겠다. 검마가 말한 대성을 이루면 적들이 모두 얼어 죽는 것이냐?"

색마가 잠시 무언가를 생각하더니 임소백을 바라봤다.

"예, 모조리 얼어붙는 겁니다."

임소백이 슬쩍 웃었다.

"대성하길 바란다."

"예."

임소백이 문득 개전을 선언하듯이 또박또박 힘을 준 어조로 말했다.

"우리 다섯. 무림맹에 입성하면 제왕들을 불러서 한바탕 놀아보자꾸나. 백도의 고수들에게 비무에서 패배하면 어떠하냐? 수련해서 다시 찾아가면 된다. 밑거름 삼아서 내가 더 강해질 수 있다면 나조차도 얼마든지 패배를 받아들일 수 있어. 비무는 비무의 의미가 있다. 하지만 내가 늘 수하들에게 말하는 것이 더 있지."

모닥불을 바라보는 임소백의 눈빛에 살기가 감돌았다.

"…교주와 죽고 죽이는 싸움으로 붙으면 비무처럼 싸우진 않는다. 내 내공이 얼마나 부족하든 간에 팔 하나를 잘라놓을 셈이야. 그다음은 무림맹이 교주의 목숨을 끊어놓겠지. 내가 져도 무림맹은 패배하지 않도록 훈련을 시키고 있다. 아니면…"

임소백이 우리를 한 차례 둘러봤다.

"자네들이 이어받아서 끝장을 내주게."

부탁도 아니고, 유언도 아닌 것 같은데 맹주의 마음가짐을 확인하는 순간에 등줄기에서 소름이 돋았다. 그러니까 요약하면 임소백은 실로 무서운 사내였다. 임소백이 색마에게 말했다.

"술이 남았나?"

"예."

"마저 먹자."

이후 술자리에서는 별말이 없었다. 다들 생각에 빠져서 말을 잊었기 때문이다.

* * *

무림맹에 도착했다. 맹주는 접대를 맡은 송 관주라는 사내에게 우리를 귀한 손님으로 소개했다. 바로 알아들은 모양인지 송 관주가 우리를 숙소로 안내했다. 송 관주에게 이끌려서 숙소로 향하는 도중에 임소백이 누군가에게 이렇게 말했다.

"…그 매번 귀찮게 하던 놈들 좀 불러라."

"누구를 부를까요. 워낙 많아서."

"재신임에 불만이 있는 놈들 전부 오라고 해."

"알겠습니다."

조금 떨어진 곳에서 임소백이 우리에게 말했다.

"나는 보고도 받고, 일 처리도 해야 하니 편히 쉬게. 불편한 거 있
으면 관주에게 말하고."

막내가 대표로 대답했다.

"알겠습니다, 맹주님."

나는 잠시 멈춰서 무림맹의 전경을 둘러봤다. 전각의 화려함이나
쓰레기가 보이지 않는 깨끗한 통로가 눈에 들어왔으나 그보다도 여
기에서 지내는 맹원들을 아우르는 자리가 맹주라고 생각하니 임소
백의 부담감이 묵직하게 느껴졌다. 뭐 내가 맹주는 아니라서 내 알
바는 아니다. 나는 허리에 양손을 올린 다음에 무림맹을 향해 인사
말을 건넸다.

"일양현의 점소이가 무림맹에 입성했노라."

세 사람이 동시에 멀어지더니 송 관주를 따라갔다.

"…"

"같이 좀 가자."

세 사람은 대답이 없었다. 나는 뒤늦게 세 사람을 따라가다가 지
나가는 맹원들과 눈을 마주쳤다. 처음 보는 맹원들이 갑자기 내게
포권을 취하더니 이렇게 말했다.

"문주님, 어서 오십시오."

"방문을 환영합니다."

나는 말없이 답례한 다음에 지나쳤다가 맹원들을 돌아봤다. 용모
파기가 돌아다녔나? 분명 처음 보는데 전부 나를 쉽게 알아보는 눈
치였다. 굳이 나는 지나치는 사람들을 불러 세웠다.

"여기 좀 봅시다."

"예?"

나는 돌아보는 맹원들에게 물었다.

"어떻게 알아보셨소?"

맹원들이 살짝 당황하더니 서로를 바라봤다. 한 사람이 머리를 긁
적이면서 대답했다.

"그냥 알고 있었는데요."

"본 적도 없는데 그냥은 어떻게 아는 거요?"

한 사내가 내게 대놓고 말했다.

"문주님, 주의할 명단에 있는 분이시라 무림맹에서는 다들 압니
다."

"주의할 명단?"

"예."

"뭘 주의한다는 말인지."

"성격이 불같으신 거로…"

다른 맹원이 꾸짖었다.

"그만하게. 손님에게 그게 무슨 망발인가. 죄송합니다. 문주님. 사
마학 가주에게 중상을 입히신 다음부터는 대부분 문주님을 알고 있

습니다. 부정적인 뜻은 아니니 이해해 주십시오."

"아, 사마학 가주, 기억나지. 그 사람 요새 뭐 하고 있소?"

맹원들이 대답했다.

"은퇴했습니다."

"아이고 저런, 비무하다 보면 그럴 수 있지. 고의는 아니었소."

"예."

나는 눈인사로 맹원을 보낸 다음에 숙소로 향하면서 이런 생각을 했다. 내 성격이 불같다니 그것은 조금 틀린 말이다. 정확하게는 물불을 안 가리는 성격이기 때문이다. 일월광천이 괜히 나온 게 아니다.

308.
차남대전 次男大戰

사나흘이 지나갈 무렵… 나는 무림맹이 제법 편해졌다. 생각해 보니까 엄중하게 경계를 서고 있어서 그런지 그 어느 곳보다 잠을 깊이 잘 수 있었다. 사실 무림맹의 경계를 뚫고 들어와서 맹주를 습격하지 않고 나를 치려는 놈이 있으면 그놈은 정말 미친놈이다. 덕분에 나는 제왕들을 기다리면서 잘 자고, 잘 먹고, 잘 쉬면서 틈틈이 비무에 대한 생각도 차분하게 정리했다.

아마 제왕들의 제자들은 대부분 사대악인을 넘어서기 힘들 것이다. 우리와 엇비슷한 고수가 제자급에서 있다면, 이른 나이에 권왕이라는 별호를 넘겨받게 되는 바보 놈 정도. 이 전생 권왕이 어느 정도였냐면 전생 귀마, 색마, 독마도 승리를 장담할 수 없는 고수였다. 나와도 처음에는 사이가 안 좋았다가… 싸우면서 친해진 관계다.

하도 서로를 때리다 보니까 지쳐서 대화를 나누게 되었고, 대화를 나누다가 또 서로를 줘패고, 때리다가 배가 고파져서 같이 밥을 먹게 되고 뭐 그런 식이다. 사실 그 이후에 이득을 본 것은 나였다. 권왕의 수법을 대부분 흉내 내면서 싸웠기 때문이다. 나는 밑바닥에서부터 싸웠기 때문에 나보다 좋은 수법을 사용하는 자들이 있으면 횡재한 것처럼 훔쳐서 사용하게 되었다.

하지만 당시에 권왕도 내게 많은 것을 배웠을 것이다. 예를 들면 치사함, 비열함, 잔머리, 잡스러운 기술, 치졸한 기술, 흙 뿌리기, 침 뱉기, 약 올리기… 같은 것을 모조리 당하고 또한 그것을 견뎌냈다. 이 바보 새끼는 당대의 권왕이 후계자로 지목한 사내다. 후기지수 중에 가장 잘 싸운다는 뜻이다. 나는 권왕의 무학을 훔쳐서 사용하고, 권왕은 내 잡스러움을 배워갔다.

누가 더 이득이었는지는 모르겠다. 애초에 우리 둘은 이득을 잘 안 따지는 유형이라서 그렇다. 그래서 제왕들과 사대악인의 싸움도 기대되는 것이 사실이지만, 색마나 귀마가 과연 전생 바보 놈을 넘을 수 있을지도 개인적으로는 궁금했다. 이렇게 나는 제왕들이 도착할 때까지… 명상과 잡다한 생각, 운기조식으로 하루하루를 할 일 없는 한심한 사람처럼 알차게 보냈다.

만약 내가 여기서 비무를 벌이다가 일월광천으로 제왕을 죽이기라도 하면 그것은 대참사다. 그렇다고 제왕들이 연달아서 임소백에게 도전해서 맹주의 기력, 체력을 깎고 부상이라도 크게 입히게 되면 그것도 대참사다. 그렇다고 임소백이 도전하는 제왕들을 일일이 은퇴할 정도로 줘패서 물러나게 만들면 그것은 또한 전력 약화라서 대참사다.

아마 내가 예상하는 전생의 사건은 세 번째 대참사와 흡사하지 않앉을까 싶다. 그러니까 이번 제왕비무전에서 할 일은 우리 사대악인이 적당히 제왕들과 승패를 떠난 상태에서 맞붙어서, 힘도 **빼놓고**, 대충 안면도 익히고, 누이 좋고 매부 좋게 대충 끝내는 게 가장 낫다. 그나저나 나는 왜 이렇게 세상사의 정답이라는 게 계속 대충으로 귀결하는 것일까. 이유를 대충 생각하다가 금세 잊었다.

* * *

무림맹에서 대충 빌붙어 지낸 지도 십여 일이 흘렀을 무렵에 월하관을 오가는 사람들의 발걸음에서 나는 변화를 감지했다. 평소와 같은 발걸음이 아니라 분주함과 긴장이 느껴지는 걸음이었다. 그제야 알았다.

'누군가 도착했구나.'

공기가 달라진 느낌이다. 그럴 수밖에 없을 것이다. 월하관은 귀빈들이 머무는 곳이어서 곧 이곳으로 제왕이 올 터였다. 방에 틀어박혀 있는 사대악인도 이 변화를 알아차렸을 터. 나는 어떤 제왕이 도착했는지 궁금해서 옷을 주섬주섬 입은 다음에 방을 나가서 계단을 내려갔다.

어차피 귀빈은 송 관주가 전담으로 안내하기 때문에 거들먹거리는 제왕 일행과 송 관주가 도착하면 나는 가까이서 살펴볼 생각이었다. 사실은 숨어서 안 봐도 되긴 하는데… 적을 알고 나를 알면 백전백승이고. 적을 훔쳐보고, 나를 숨기면 그냥 기분이 좋다. 나는 월하관의 널찍한 앞마당에 나와서 빗자루질하는 관원에게 물었다.

"…누가 온다던가?"

종종 잡담을 나누던 관원이 나를 쳐다보면서 대답했다.

"예, 문주님. 군검軍劍께서 도착하셨습니다."

"군검이면 검왕劍王인가?"

백리세가의 검왕이 도착한 모양이다.

"예."

"숙소는 어디인가?"

"아마 여기로 오시거나 봉황대로 가실 겁니다. 거기까진 잘 모르 겠습니다."

"그렇군. 혹시 세력을 잔뜩 이끌고 오나?"

"그런 것은 맹주님이 좋아하시지 않습니다. 최소 인원을 대동했을 겁니다."

"음, 왜 싫어하시지?"

"쓸데없이 밥값이 많이 지출되니까요."

"옳은 말이네."

나는 할 일이 없어서 관원에게 다가간 다음에 손을 내밀었다.

"줘."

"예? 뭐를요?"

"빗자루."

나는 관원에게서 빗자루를 뺏은 다음에 들어가서 쉬라는 것처럼 손을 내저었다.

"아, 문주님 이러시면 저희가 질책을."

"뭐 대단한 일을 하는 것도 아니고 앞마당 좀 쓸겠다는데 어서 들어가. 나 청소 전문이야."

나는 관원을 어깨치기로 밀쳐낸 다음에 앞마당을 빗자루로 쓸었다.

슥- 슥- 슥- 슥- 슥- 쓰윽- 쏙-

오랜만에 빗자루 소리를 들으니 마음의 평화가 깃들었다. 여기저기서 모여드는 쓸모없는 먼지 새끼들을 보고 있으려니 하오문도들이 두서없이 떠올랐다. 사실 밥 먹고, 운기조식하고, 명상만 하느라 좀이 쑤신 상태여서 청소라도 해야 몸이 풀릴 것 같았다. 점소이의 직업병이랄까. 그래도 요리보다는 청소를 더 잘했기 때문에 앞마당에 쌓인 먼지를 슬금슬금 모아서 담벼락 근처에 산처럼 쌓았다. 이때 삼 층에서 창문이 벌컥 열리더니 색마가 내게 물었다.

"누가 왔다고?"

나는 빗자루질을 하면서 대답했다.

"군검왕軍劍王."

군검왕이라는 말에 색마가 갑자기 침을 뱉었다.

"퉤! 재수 없게."

색마가 다시 쾅- 소리가 나도록 창문을 닫았다.

"…저 새끼가 미쳤나. 왜 지랄이야?"

나는 관원을 물끄러미 바라보다가 기억이 나는 대로 말했다.

"검왕의 여식이 미인이지?"

"유명하시죠."

"일봉이선이었나?"

"그렇진 않습니다. 빗자루 좀 주세요."

"싫은데."

그제야 사건의 자초지종이 모두 기억났다. 풍운몽가와 백리세가에서 혼담이 오고 가다가 차남인 색마가 일방적으로 차였다는 것을 술자리에서 들었던 것 같다. 그러니까 색마 놈은 아예 관심도 없는데 저희끼리 혼담을 나누다가 거절을 당했다는 아름다운 이야기였다. 아마 몽가 자체가 백리세가에 밀리는 데다가 차남이라서 어렵지 않게 거절했을 터였다. 몽가와 백리가가 혼담을 주고받은 이유는 아마 두 세력 모두 군부에서 시작된 세력이라서 그랬을 터였다.

문제는 이후의 사건과 행실인데… 색마도 색마지만, 백리세가의 소저도 잘생긴 남자를 제법 밝히는 처자로 유명해져서 검왕이 자식 걱정에 피를 토하다가 강호에서 빠르게 은퇴했다는 소식이 전생에 있었다. 자식 때문에 주화입마에 빠진 사내가 있는데 그것이 검왕이다. 순간 나는 조금 어처구니가 없어서 빗자루를 쥔 채로 기억을 더듬었다.

'잠시만, 황당하네.'

일전에 그러니까 태청상단이 연자성의 공사 자금을 꿀꺽했을 때, 태청상단의 뒤를 봐주던 세력이 백리세가다. 그때, 내가 태청상단으로 협박이 섞인 서찰을 보냈던 것 같은데 답장을 받았는지 안 받았는지 기억이 나질 않았다. 보냈는데 내가 확인을 하지 못했을 가능성도 있다. 사도제일인이 열 받게 해서 동호로 출발했기 때문이다. 나는 빗자루질을 하면서 백리세가가 나는 물론이고 색마와도 엮인 세력이라는 것을 알았다.

'재수가 좀 없긴 하네.'

전생에 검왕의 활약상이 어떠했느냐면… 내가 활약하던 시기에는 딱히 기억나는 게 없다. 검왕은 이미 예전에 각종 전쟁에 참여해서 명성을 쌓은 고수였기 때문이다. 정말로 여식 때문에 주화입마에 빠졌는지는 확인할 길이 없다. 다만 지금 시기는 백리세가의 여식도 색마도 사고를 치기 전이니까 검왕의 무력이나 마음 상태는 온전하리라 생각했다.

문득 이런 생각이 들었다. 전쟁터에서 익힌 검이면 제자나 자식들에게 전수하는 게 그리 쉽지는 않았을 것이라고. 그러니까 가문에서 홀로 유난히 강한 고수일 가능성이 컸다. 빗자루질하는 와중에 관원이 긴장한 표정으로 입구를 향해 포권을 취했다.

"검왕을 뵙습니다."

나는 빗자루를 쥔 채로 가장 먼저 도착한 제왕인 군검왕을 바라봤다. 얼굴은 예상보다 젊었는데 다부진 체격의 장군將軍을 보는 것 같았다. 옆에 있는 송 관주가 군검왕에게 말했다.

"선배님, 들어가시죠."

몇 걸음을 걷던 송 관주가 그제야 빗자루를 들고 있는 나를 보자마자 흠칫 놀랐다.

"…!"

나는 송 관주가 놀라든 말든 간에 군검왕, 처자, 내 또래의 청년들을 한 차례 둘러봤다. 가장 어려 보이는 놈이 내게 말했다.

"뭘 그렇게 뚫어지도록 쳐다보느냐?"

나는 질문을 받자마자 어리둥절했다.

"음?"

생각해 보니까 사내 중 한 명은 신남육룡에 속한 고수일 터였다.

…

은근히 나랑 많은 것이 엮여있는 세력이었다.

"하하하하하…"

괜히 웃음이 터져서 웃어봤다. 내가 갑자기 웃음을 터트리자, 청년이 미간을 좁히더니 대뜸 욕설을 입에 담았다.

"뭐야? 이 미친 자는."

백리세가의 육룡으로 추정되는 사내가 진중한 어조로 말했다.

"혁아, 맹원에게 무슨 말버릇이냐? 들어가자."

"아니, 갑자기 대놓고 웃지 않습니까. 형님."

이때, 색마의 목소리가 낮게 깔린 채로 흘러나왔다.

"왜 웃는 거 가지고 지랄들이신가? 웃지도 못해?"

내게 욕을 했던 청년이 창문을 향해 호통을 내질렀다.

"어떤 놈이냐!"

송 관주가 쩔쩔매면서 우왕좌왕 돌아다녔다.

"아니, 이게 대체… 무슨 일이. 진정들 하십시오."

이때, 검왕이 뒤를 돌아보면서 말했다.

"…시끄럽다."

이남일녀가 동시에 대답했다.

"예."

문득 나는 검왕과 눈을 잠시 마주쳤다. 검왕이 고개를 돌린 채로 한 걸음을 내디뎠다가 다시 멈추더니, 몸을 천천히 돌린 다음에 무언가를 확인하듯이 나를 쳐다봤다.

"…"

무표정한 검왕의 시선이 내 발치에서부터 얼굴까지 훑었다.

"누구인가? 처음 보는데."

어차피 알게 될 거라서 나는 간략하게 소개했다.

"하오문주가 되겠소."

검왕이 슬쩍 웃더니 내게 말했다.

"…자네였나? 여기서 뭐 하는가?"

무림맹에 왜 있느냐는 물음으로 들렸지만, 굳이 나는 제대로 대답하지 않았다.

"빗자루질하고 있소."

검왕이 바람 빠진 웃음을 짓더니 고개를 한 번 끄덕였다.

"잘 어울리는군. 계속하게."

검왕이 돌아서더니 숙소로 들어갔다. 제 딴에는 나를 공격하려고 한 말 같은데, 난 별생각이 없어서 그냥 빗자루질을 이어나갔다. 백리혁의 목소리가 들렸다.

"…형님, 하오문주면 태청상단에 협박 서찰을 보냈지 않습니까."

"그것을 따지려고 온 자리가 아니다."

"맹에 잡혀 왔나 본데요?"

"모르겠구나."

처자의 목소리가 이어졌다.

"그럼 저 사람도 신남육룡 아니에요?"

"맞다."

요약하면 진중한 성격의 장남은 신남육룡에 속하는 강자고, 막내놈은 철이 없는 편이었다. 군검왕은 전쟁터를 전전하고, 무공을 수련하느라 자식 교육에 소홀했던 게 아닐까? 내가 알 수 있는 일은 아니었다. 이때, 색마가 또다시 창문을 열더니 내게 욕을 쏟아냈다.

"너는 왜 거기서 빗자루질을 하고 있어? 열 받게. 미친 새끼야. 도대체 왜 그래? 일문의 문주면 문주답게 행동해라. 좀."

"…"

나는 빗자루를 붙잡은 채로 색마의 표정을 구경했다. 저놈은 왜 저렇게 집안과 관련된 일이 발생하면 마음을 다스리지 못하고 발작하는 것일까. 서자라서 그런 것일까? 나는 서자가 아니라서 색마의 마음을 이해할 수가 없었다. 나는 웃으면서 말했다.

"병신 같은 놈. 오늘따라 왜 화가 많이 났을까. 왜 그럴까. 왜 씩씩대는 것일까."

색마도 자신이 가문의 서출이라는 괜한 열등감을 벗어나는 게 좋을 것 같았으나 딱히 갈굴 만한 말이 생각나지 않았다.

"내려와서 마당이나 좀 쓸어라."

"내가 왜?"

나는 빗자루로 마당을 깨끗하게 쓸면서 말했다.

"마음의 평화를 위해서, 강호의 안녕과 평화를 위해, 남아일언중천금을 위해, 앞마당을 위해…"

문득 나를 쳐다보던 색마가 고개를 돌리더니 문을 향해 물었다.

"누구냐?"

백리세가 차남인 백리혁의 목소리가 들렸다.

"이봐, 얼굴 좀 보고 이야기하지? 지랄 어쩌고 하던 놈이 너지?"

강호의 안녕과 평화는 개뿔이… 개막전은 풍운몽가의 차남 대 백리세가의 차남인 모양이었다. 방 안에서 색마의 목소리가 들렸다.

"…나다. 어쩔래?"

"문 열어."

"열려있다."

나는 빗자루질을 멈춘 다음에 혀를 찼다. 쯧쯧쯧. 아이고, 못 말리는 혈기왕성한 젊은이들… 나는 색마에게 전했다.

"거, 젊은이들. 방 안에서 지랄 염병하지 말고 넓은 곳으로 나오는 게 어때? 그래야 구경하지."

생각해 보니까 마당을 괜히 쓸었다. 나는 빗자루를 던진 다음에 계단에 앉아서 두 사람을 기다렸다. 군검왕도 침묵하고, 검마도 침묵하고 있는 것을 보아하니 철없는 것들이 금세 다툴 모양이다. 어쨌거나 싸움 구경이 가장 재미있는 법이라서 나는 명당에 일찌감치 궁둥이를 붙인 채로 기다렸다. 이런 생각이 들었다.

'이야… 무림맹에 오길 잘했어.'

앞으로 이곳에서 벌어지는 일은 무조건 싸움으로 이어질 확률이 높다. 사실 후기지수에 속하는 고수들은 색마 선에서 모조리 정리되는 것이 가장 깔끔하다는 생각이 들었다. 애들 싸움에 어찌 일문의 문주가 나서겠는가? 암, 그럴 수는 없지.

309.
역시 무림맹입니다

계단에 앉아있으려니 색마와 백리혁이 등장해서 내가 빗자루질을
한 앞마당으로 걸어갔다. 내가 이것을 보기 위해서 그렇게 빗자루질
을 했나 보다. 내 위에서 창문 하나가 열리기에 바라보니, 귀마가 앞
마당을 내려다보고 있었다. 다른 쪽에서도 백리세가의 대공자와 처
자가 나란히 서서 앞마당을 주시했다. 하지만 군검왕과 검마는 창문
을 열지 않았다. 백리혁이 색마에게 말했다.

"…처맞기 전에 사과해라."

나는 색마를 쳐다봤다. 단순히 비무를 위해서라면 색마가 주둥아
리를 잔망스럽게 나불댔겠으나, 정말 기분이 나쁜 모양인지 어조가
무거웠다.

"무슨 사과? 지랄 말이냐? 좋아. 사과할 수 있지. 대신에 네가 하
오문주에게 반말한 것과 대뜸 미친놈이라고 한 것을 문주에게 사과
하는 게 먼저다. 그러면 내 말실수도 인정하마. 하지만 그게 끝은 아

니야. 얼굴을 쳐다보고, 내려오라고 했으니 비무는 마저 해야지. 서로 사과하고 비무를 할 것인지는 네게 달렸다. 백리혁, 문주에게 먼저 사과하도록."

백리혁이 당황한 표정으로 나를 쳐다봤다.

"그게 무슨…"

백리세가 대공자의 목소리가 들렸다.

"혁아, 하오문주께 사과해라. 네 실수가 맞다."

백리혁이 위를 올려다봤다.

"예?"

"잘못에 대한 사과도 못 하는 못난 놈이냐? 여기는 백리세가 아니다. 그런 말버릇이면 다른 선후배들과도 말다툼이 일어날 게 뻔하다."

백리혁이 나를 쳐다보더니 고개를 살짝 삐딱하게 한 채로 포권을 취했다.

"하오문주께 결례했소. 사과하리다."

나는 일어나서 엉덩이를 턴 다음에 일부러 진중한 자세로 답례했다.

"별말씀을. 백리 공자, 한 수 배우겠소. 나도 너무 황망해서 웃음이 나왔으니 마음에 담아두지 마시오. 웃음을 못 참는 병이 있소."

나는 할 말을 한 다음에 도로 앉았다. 서로 대충 사과를 주고받자, 색마도 능청스럽게 말했다.

"혁 공자, 화가 나서 불필요한 말을 했소. 사과하리다."

색마가 백리혁에게 포권을 취하고, 창문을 올려다보면서 눈인사를 보냈다. 그러자 백리세가 대공자가 이렇게 말했다.

"몽 공자, 여기 계신 줄 몰랐소. 혁 아우가 성정이 급하고 거친 면이 있어서 그런 것이니 마음이 상하셨더라도 크게 다치지 않게 부탁드리겠소."

색마가 떨떠름한 표정으로 고개를 끄덕였다. 백리혁이 미간을 좁히더니 자신의 형을 올려다봤다.

"제가 다친다고요?"

대공자가 그제야 짜증 섞인 어조로 대답했다.

"백리혁, 정신 안 차릴 것이냐?"

백리혁이 새삼스럽게 색마를 위아래로 쳐다봤다.

"…"

색마가 시큰둥한 어조로 물었다.

"준비되셨소? 검으로? 뽑든가 말든가 마음대로 하시고."

나는 괜히 뽑든가 말든가에서 웃음이 터져서 손으로 급히 입을 가렸다. 입만 가려서는 별 효과가 없었기 때문에 코까지 가렸다. 백리혁이 그제야 사태를 이해한 듯한 어조로 대답했다.

"검을 사용하겠으나 뽑진 않겠소."

목검처럼 사용하겠다는 말에 색마가 아무런 자세도 취하지 않은 상태에서 고개를 끄덕였다.

"난 준비됐소."

선수를 양보하겠다는 태도에 성격이 다소 과격한 백리혁이 다시 발끈했다. 그나저나 대공자 때문에 색마가 완벽하게 짓밟지는 못하게 된 것이 아쉬웠다. 당연히 백리세가 대공자는 색마와 내 수준이 어떤지 대충 파악했을 것이다. 대공자가 직접 나서도 승부를 장담할 수 없다고 생각했을 텐데, 아우가 앞마당에 서있으니 미리 살살 해달라고 부탁한 셈이다.

백리혁이 달려들었다. 백리혁은 세 개의 초식을 위협용으로만 연달아서 펼쳤다. 색마도 상대가 예의를 갖춘 것임을 깨닫고 검을 이리저리 피하면서 물러났다. 네 번째 초식. 사태를 깨달은 백리혁의 속도가 확연하게 변했다. 대충 해서 이길 수 없는 상대라는 것을 이미 알아차린 상태. 그러나 바닥을 미끄러지는 것처럼 괴상한 보법으로 빠르게 이동한 색마가 백리혁의 어깨에 일장을 내질렀다. 순간, 홱 돌아선 백리혁이 좌장으로 응수했다.

퍼억!

저 얌체 같은 색마 놈은 별것 아닌 태도로 일장을 내질렀으나, 소리만 들어도 공력을 제법 많이 넣었다는 걸 알 수 있었다. 더군다나 이것은 애초에 정직한 장력 대결을 유도한 한 수. 애초에 둘은 실력과 내공의 격차가 크다. 수준이 어느 정도 비슷해야 길게 싸우는 것이지, 이런 격차면 승부가 빨리 끝나는 게 맞다. 백리혁이 서너 걸음을 빠르게 물러나면서 자세를 잡았다. 하지만 자세가 잡히지 않았다. 당황한 백리혁은 애써 호흡을 가다듬으면서 검을 치켜들었다가 또다시 휘청거렸다.

"어?"

색마는 일부러 뒷짐을 진 채로 백리혁을 물끄러미 구경했다.

"…"

백리혁의 꼴이 점점 볼썽사나워지고 있었다. 비틀거리다가 무릎

…

부터 풀리는 자세로 허물어지더니 앞마당에 얼굴을 처박은 채로 전신을 떨었다. 옥화빙공이 체내에 침투된 모양이다. 위에서 우당탕 소리가 들리더니 대공자와 처자가 계단을 내려오는 소리가 들렸다. 색마가 나를 쳐다봤다. 아직도 화가 안 풀린 표정이었다. 그래도 나름 인내력을 발휘하고 있었기 때문에 나는 색마를 향해 한마디를 내뱉었다.

"잘 참았다."

색마가 씁쓸하게 웃는 표정을 지었다. 어느새 앞마당으로 달려온 처자가 백리혁을 살피면서 말했다.

"오라버니!"

이때, 군검왕의 목소리가 들렸다.

"호들갑 떨지 말고 데리고 와."

도착한 대공자가 백리혁을 번쩍 들더니 색마를 바라봤다.

"…몽 공자, 손에 자비를 둔 것인지 아닌지 조금 모호하구려."

색마가 대공자를 바라봤다.

"이 정도면 충분히 자비를 뒀소만."

대공자가 고개를 끄덕였다.

"기억하리다."

"얼마든지 기억하시오."

색마를 노려보던 대공자가 아우를 데리고 숙소로 들어가자, 앞마당에 남은 처자가 예전의 혼담 상대였던 색마를 쳐다봤다.

"…그대가 몽랑이었어요?"

색마가 처자를 노려보면서 대답했다.

"그렇소."

처자가 쌀쌀맞은 어조로 말했다.

"혼담이 일방적으로 취소된 건 미안하게 생각해요. 하지만 몽 공자의 행실이 백리세가까지 알려져서 반대가 너무 많았어요."

색마는 당장이라도 처자의 머리채를 휘어잡을 것처럼 무섭게 바라봤다.

"그렇소? 애초에 내가 원했던 혼담도 아니어서 차라리…"

처자는 색마의 말이 끝나지도 않았는데 안으로 휙 들어갔다. 예의 없는 행동에 나는 웃음이 절로 나왔다. 홀로 앞마당에 남은 색마는 얼굴이 벌겋게 익고 있었다. 처자가 이번엔 실실 웃고 있는 내게 시비를 걸었다.

"왜 자꾸 웃어요?"

나는 다소 놀란 마음으로 대답했다.

"소저가 너무 예의가 없어서 웃었소. 백리혁과 별다를 바 없군. 몽랑의 행실이 그간 나빴던 것이 사실이지만 사과를 하려면 사과만 하시오. 같잖은 비꼬는 말로 조롱하지 말고. 명성은 군검왕 선배가 힘들게 쌓았는데, 자식들은 왜 이 모양인지 모르겠군."

"뭐라고요?"

"말투, 눈빛, 자세, 행동에 모두 내가 백리세가라는 자부심이 섞여 있군. 그런 자부심은 집구석에서나 내비쳐야지. 바깥에서 내보이면 꼴 보기가 싫으니 적당히 하는 게 좋겠소."

"이 사람이!"

"이 사람이?"

이때 어느 방에서 콰직- 소리가 들렸다. 아마 탁자 같은 것이 박살 나는 소리처럼 들렸다. 군검왕의 목소리가 들렸다.

"영아瑛兒, 올라와라."

"예."

백리영이 나를 노려보다가 안으로 들어갔다. 나는 소리 난 곳을 보면서 중얼거렸다.

"뭐가 부서졌나? 무림맹 기물파손죄네."

드르륵- 소리가 들리더니 이내 검마의 목소리가 들렸다.

"제자야."

색마가 위를 올려다봤다.

"예, 사부님."

"강호에서 무공으로 명성을 얻기도 전에 이미 유명해졌구나."

"예."

검마는 인정사정이 없는 사내였다.

"네가 서자나 서출로 불리는 것은 네 잘못도 아니고 네가 부끄러워할 일도 아니라고 줄곧 생각했다. 하지만 백응지에서의 행실이 이렇게 널리 알려졌다면 그것은 부끄러워할 일이 맞아. 네 행실의 여파가 아니더냐?"

"그렇습니다."

"마음을 가라앉힐 겸, 산책이나 다녀와라."

"알겠습니다."

색마는 잔뜩 혼이 난 애새끼처럼 돌아섰다. 비무에서 이겼으나, 풀이 잔뜩 죽은 것은 오히려 색마였다.

'이야, 제자 한 명 제대로 키우는 게 쉽지 않구나.'

나는 걸어가는 색마를 불러 세웠다.

"이봐, 몽 공자."

내가 이상하게 부르자, 색마가 돌아봤다.

"왜?"

"예쁜 맹원 있다고 또 찝쩍대지 말고 산책만 해."

색마가 정말 황당한 표정으로 나를 쳐다봤다. 나는 색마에게 말했다.

"왜? 뭘 쳐다봐? 빨리 꺼져."

색마가 한숨을 푹 내쉬면서 돌아섰다. 이러다가 검마는 검 때문에 깨달음을 얻는 게 아니라, 제자를 가르치다가 득도를 하는 게 아닐까 모르겠다. 그나저나 색마의 움직임이 예전과 달랐다. 보법에 빙공을 섞은 모양이다. 우리는 짧은 시간에 온갖 적들과 여러 차례 싸우면서 경험을 축적하고 쉴 때마다 각자 무학에 대한 고민을 이어나갔다.

당연히 급속도로 성장할 수밖에 없는 시기였다. 위에서는 군검왕이 자식들을 혼내느라 호통을 내지르고 있었는데, 그리 심각한 분위기는 아니었다. 저 대화를 듣고 있으려니. 군검왕은 자식 때문에 신경과 집중이 분산되고 심력이 소모되는 일상을 보낸 모양이다. 이때, 월하관 바깥의 담벼락에서 누군가의 대화가 들렸다.

"…사부님, 무림맹 밥 맛있어요?"

"맛있지. 나는 무림맹에서 먹는 밥이 강호에서 가장 맛있더구나."

"그런데 왜 그동안에 저를 안 데려오셨습니까?"

"임소백이 나를 싫어해."

"왜요?"

"밥을 너무 많이 먹어서."

이어서 두 사내가 동시에 웃음을 터트렸다.

"으하하하하."

제자가 말했다.

"제가 사부님보다 더 많이 먹지 않습니까?"

"너도 곧 쫓겨날 것이다. 어? 저 녀석, 걷는 꼴을 보아라."

"음, 잘 걷는군요. 역시 무림맹입니다."

"맹원 같지는 않구나."

나는 대화를 들으면서 이런 생각이 들었다. 전생 권왕拳王만 바보였던 게 아니라, 그 사부도 바보였음을 이제야 알게 되었다. 그러니까 바보가 바보를 후계자로 지목해서 무공을 가르친 모양이다. 이내 월하관의 입구에서 두 사내가 등장했다. 얼굴에 눈이 가는 게 아니라 먼저 떡 벌어진 어깨에 눈이 저절로 갔다. 보기 드문 근육 원숭이들이 내가 빗자루질한 앞마당을 가로질러 오면서 나를 쳐다봤다. 당대의 권왕과 젊은 바보였다. 그래도 전생 바보의 존경하던 사부였기 때문에 예의를 갖추는 게 옳았다. 나는 일어나서 포권을 취했다.

"권왕 선배, 어서 오십시오. 하오문주 이자하입니다."

스승과 제자가 화들짝 놀라더니 서로를 바라봤다.

"하오문주란다."

"저도 들었습니다."

"예의가 없다고 들었는데?"

"소문하고 다른가 봐요."

"신기하다. 유명인사를 직접 보다니."

"그러게요. 역시 무림맹입니다."

두 사람이 신기한 과일을 발견한 근육질의 원숭이처럼 다가오더니 나를 이리저리 구경했다. 권왕이 말했다.

"어떻게 날 알아봤지? 우리 처음 보지 않나?"

나는 고개를 끄덕였다.

"딱 봐도 권왕이십니다."

"그래?"

가까이 다가오니까 나는 두 사람이 작은 원숭이, 큰 원숭이처럼 보였다. 당대의 권왕은 나랑 신장이 비슷한데, 전생 바보는 우리보다 머리 하나가 더 컸다. 권왕도 보통 덩치는 아니었는데, 전생 바보 놈은 길거리만 걸어가도 사람들이 쳐다볼 수밖에 없는 거한이었다. 권왕이 자신을 소개했다.

"딱 봐도 권왕이라, 이상하게 납득이 가는군. 내가 권왕이다."

전생 바보도 자신을 소개해서 이군악李潐岳이라는 이름을 오랜만에 당사자의 입에서 다시 들었다. 하지만 이상하게도 며칠 전에 만난 것처럼 아무런 위화감이 없었다. 권왕이 내게 말했다.

"…문주."

"예."

"몸 좀 만져보자."

"음."

한숨이 나왔다. 무어라 대답하기도 전에 다가온 권왕이 내 팔뚝을 더듬었다. 어깨를 만지고, 수박을 두드리듯이 배를 툭툭 쳤다. 가만히 있으면 전신을 다 훑을 기세여서 어쩔 수 없이 막았다.

"거, 그만 좀."

"미안하네. 버릇이라."

전생 바보 놈이 사부에게 과일 상태를 물었다.

"어떻습니까, 사부님?"

권왕이 나를 쳐다봤다.

"무공을 늦게 배운 것 같은데 용케 경지에 올랐구나. 대단하다."

"그렇습니까?"

"왜? 일찍 배웠어?"

"좀 늦었습니다."

"맞지?"

"예."

"외공을 격렬하게 수련한 흔적이 아무리 길게 보아도 삼사 년이 넘지 않는다. 외공 수련도 게을리하지 말도록 해. 내공과 조합되면 빛을 발할 때가 있다. 싸우는 도중에는 내공이 회복되는 속도보다, 근육이 회복되는 속도가 더 빠르다. 맞수와 끝까지 갈 때까지 싸우게 되면 네 목숨을 살리는 것은 내공이 아니라 외공이 될 거야."

"예."

권왕이 진중한 표정으로 나를 바라봤다.

"…활약에 대한 소문은 종종 들었어. 만나니까 뜻밖에도 반갑구나."

옆에서 전생 바보 이군악이 거들었다.

"너무 말랐어요. 밥을 잘 안 먹는 모양이에요. 잠도 잘 안 자고. 성격이 너무 예민한가 봅니다. 눈빛에서부터 성질이 엿보입니다."

권왕이 제자에게 말했다.

"그런 말은 당사자 앞에서 하는 게 아니야."

"좋은 말인데도요?"

"그래. 그렇게 좋은 말도 아니었어."

"알겠습니다."

권왕이 내게 대신 사과했다.

"산에만 있어서 매우 솔직한 편이네."

"이해합니다."

"이해하는 사람은 드문 편인데 마음이 넓구나."

문득 권왕이 건물 위를 올려다보면서 말했다.

"검왕이 먼저 도착했다던데 안에 있나?"

"예."

권왕이 언성을 높여서 말했다.

"이봐, 꼰대 검왕 놈아, 내가 왔다. 내려와서 한판 붙자꾸나. 식전에 붙어야 네놈 속이 편하지 않겠느냐? 나한테 처맞고 나면 밥이 목구멍으로 넘어가겠어?"

와, 이렇게 갑자기? 도발 실력이 제법이었다. 군검왕의 목소리가 들렸다.

"애송이 놈, 산나물이 지겨워서 내려왔느냐? 자네가 좋아하는 무림맹 밥이나 가서 많이 처먹도록 해라."

이야, 검왕도 보통 입담은 아니었다. 권왕이 피식 웃더니 제자를 바라봤다.

"…검왕이라는 놈이 단박에 쫄았군."

바보 놈이 히죽 웃었다.

"그러게요."

내가 실실 웃자, 스승과 제자도 갑자기 웃음을 터트렸다.

"하하하하하."

"아하하하하."

순식간에 바보 삼 형제가 된 것 같은 기분이었지만, 나도 어쩔 수 없이 계속 웃었다. 권의 극을 추구하다가 바보가 된 스승과 제자가 너무 웃겼기 때문이다. 권왕이 내 팔을 툭 치면서 말했다.

"문주, 이따가 밥이나 같이 먹자고."

"그러시죠."

"들어가자. 월하관이 침구가 아주 편해. 잠이 솔솔 올 거다. 목욕하는 곳도 아주 넓다. 잘 되어있지."

제자가 사부의 말에 답했다.

"역시 무림맹입니다. 사부님, 그리고 저는 아무 데서나 눈만 감으면 잡니다."

"그건 좀 너무 천하태평이야."

"그런가요?"

"긴장하는 법도 알아야지. 저 문주를 봐라. 예민해서 기습도 잘 안 당할 거다. 무인은 저런 면도 있어야 해."

"참고하겠습니다. 역시 오길 잘했어요. 배울 게 많습니다."

나는 월하관으로 들어가면서 떠들어 대는 권왕과 바보 이군악을 바라봤다. 어쨌거나 저 권왕 사제師弟(스승과 제자)는 특이한 존재들이다. 원체 바보들이라서 애초에 임소백을 괴롭히겠다고 온 것처럼 보이진 않았다. 처음부터 싸움 구경이 하고 싶어서 여기까지 달려왔을 터였다. 그래서 나는 저 바보 사제들을 내 마음대로 원군이라 생각했다. 이간질을 슬쩍 하거나 말에 양념만 슬쩍 뿌려도 대진표가 조금 편해질 것 같은 예감이랄까.

본래 왕은 왕끼리 머리채를 붙잡아 가면서 싸워야 구경하는 맛이 있다. 그나저나 바보 이군악은 권왕 시절이 아님에도 이미 강해 보였다. 당장 색마, 백리세가 대공자, 바보 이군악의 대진을 생각해 보면 애들 싸움이 아니다. 바보 놈의 말대로 역시 무림맹인 것일까. 당대의 강자들이 하나둘씩 모이는 중이다. 이들의 목표는 무림맹주 임소백이겠지만, 중간에서 제왕들을 계속 괴롭히는 것은 내 몫이다. 뭐 여기에 거창한 뜻은 없다. 평소에 못난 놈을 괴롭히는 것은 재미없는 일이지만. 잘난 놈들을 괴롭히는 것은 무척 재미있는 일이기 때문이다.

310.
검이 보였다

나는 앞마당을 바라보면서 전생을 생각했다. 이 제왕들이라는 놈들은 전생에 전부 각개격파를 당했던 것일까? 백도가 힘을 합치면 가장 강하기 때문에 현 강호는 무림맹을 중심으로 돌아간다. 그러나 제왕들이 서로 다투거나 임소백과 경쟁하면 백도가 그렇게 강한 것도 아니다. 감정적인 싸움이 자존심 싸움으로 번지게 되면 제왕들도 서로 돕지 않을 터였다. 내가 광마라 불리던 시절에는 백도가 각개격파 당한 와중에도 임소백이 무림맹을 이끌면서 분전하던 시기였다.

그렇다면? 이번 제왕비무전이 어떻게 끝나느냐가 백도가 전력을 보존하느냐, 사분오열로 이어지느냐의 기로가 아닐까. 사실 그렇게 자존심을 쉽게 내려놓을 수 있는 인간들이었다면 애초에 제왕이라는 별호를 갖다 붙이지 않았을 것이다. 이래저래 백도의 장점은 자존심이고, 단점도 자존심인 것 같다. 그런데 하필이면 왜 내가 이런 것을 고민하고 있을까. 내가 뭐라고?

살짝 한숨이 나왔지만 삶을 다시 살아가는 운을 얻었기 때문에 짊어져야 할 책임이라고 생각했다. 결국에 내가 검마, 귀마, 색마를 조금 더 밝은 쪽으로 돌려세운 다음에 이렇게 무림맹에 모여있게 되었으니 최대한 제왕 놈들도 어떻게 바꿔볼 생각이다. 물론 나는 제갈량이 아니라서 정답이 적힌 주머니도 없고, 뾰족한 수도 떠오르지 않는다. 앞마당을 바라보면서 상념에 빠져있는 사이에… 낮게 깔린 목소리가 들리더니 맹원의 안내를 받은 삼십 대 초반의 검객이 월하관의 입구에 도착했다.

"안내해 줘서 고맙네."

맹원이 사내에게 정중하게 말했다.

"…그럼 편히 쉬십시오."

칙칙하고 어두운 색감의 무복 위에 삼사 년은 입고 다닌 것 같은 길쭉한 장삼을 하나 걸치고 있었는데, 허리춤에 시커먼 칼이 보였다. 손질하지 않은 머리카락은 봉두난발에 가깝고, 긴 머리를 뒤통수에서 묶은 모양인지 걸을 때마다 말총머리가 좌우로 흔들렸다. 쳐다보고 있으려니 기억이 났다. 몇 차례 봤던 허름한 복장도 그대로였기 때문에 잊을 수가 없다.

'도왕刀王이네.'

도왕이 몇 걸음을 걸어오다가 시선을 내리더니 앞마당을 물끄러미 바라봤다.

"…"

나도 도왕의 시선을 따라서 색마와 백리혁이 겨뤘던 장소를 주시했다. 색마의 보법에 빙공이 섞여있었던 터라 발자국이 선명하게 찍혀있었다. 도왕의 시선이 발자국의 이동 경로를 따라가더니 백리혁이 쓰러져서 침을 질질 흘려댔던 곳을 확인했다. 이어서 계단에 앉아있는 내게 물었다.

"…누가 벌써 싸운 모양이야. 자네가 봤나?"

"봤소."

"누군지 알려주겠나?"

"백리세가의 차남인 백리혁과 풍운몽가의 차남인 몽랑."

도왕이 고개를 끄덕였다.

"몽랑이 이겼나?"

내가 이번에는 고개만 끄덕이자, 사내가 걸어와서 내 옆에 털썩 주저앉았다.

"검왕이 도착했구나. 다른 놈은?"

"권왕도 오셨소."

"속속 모이는구나."

도왕이 품에서 가죽 주머니를 꺼내더니 그곳에서 큼지막한 육포를 꺼냈다. 육포를 반으로 찢은 도왕이 내게 내밀었다. 나는 무엇이냐고 묻는 게 귀찮아서 건네받은 육포를 씹어 먹었다. 맛이 괜찮았지만, 맛있다고 말하는 게 귀찮아서 그냥 먹었다. 육포를 씹던 도왕이 내게 말했다.

"그거 먹으면 설사할 수도 있네."

"빨리 말해줘서 고맙소."

"남이 주는 것을 의심도 없이 받아먹으면 그렇게 돼."

"독만 아니면야 괜찮지."

"그렇긴 하지."

나는 도왕에게 궁금한 것부터 물어봤다.

"어떻게 오셨소?"

"우연히 맹원을 만났다가 소식을 듣고 왔네. 할 일도 없고, 귀찮아서 오기 싫었는데 한 번은 와봐야지."

아, 이제 보니까 이 사내에게 귀찮음이 전염된 모양이었다. 월하관의 입구에서 눈을 마주쳤을 때 전염병이 들러붙은 것 같다. 도왕이 한쪽 무릎을 세우더니 그곳에 왼팔을 올려놓았다. 가만히 두면 슬슬 옆으로 쓰러져서 잠을 잘 것 같은 자세였다. 하기야 이 사내도 무림맹이라서 잠이 잘 올 터였다. 금세 사내의 고개가 꺾이더니 단잠에 빠졌다. 내가 한숨을 내쉬자, 도왕이 깜짝 놀라면서 잠을 깨더니 숨을 길게 토해냈다.

"들어가서 주무시오."

"그럴 수는 없지. 제왕들을 구경하러 왔는데… 기다려야지."

나는 도왕을 쳐다보다가 마음을 좀 정리했다. 어쨌든 이 사내에게 한 번 패배했던 것은 전생의 사건이지, 지금 벌어진 일은 아니다. 지금은 굳이 자존심을 상해할 필요가 없었다. 당시에 나도 악명이 제법 있었다곤 하나, 도왕의 악명도 만만한 수준은 아니었다. 그러고 보니까 내가 생각했던 백도의 쓸데없는 자존심은 나조차도 피할 수 없는 단점으로 지니고 있었다. 그래서 임소백이 그렇게 패배에 연연하지 말라고 했던 것인데, 도왕을 보자마자 패배를 곱씹고 있으려니 실로 병신 같았다. 나는 도왕에게 물었다.

"누구랑 싸우려고 오셨소."

…

"자네가 나를 아나? 아는 것처럼 말하는군."

"모르겠소."

도왕이 육포를 씹으면서 말했다.

"근데 왜 그렇게 확정적으로 묻나?"

"안내를 받아서 월하관에 도착했으니 제왕이겠지."

"그럼 자네도 제왕인가?"

"그렇진 않소."

"그렇진 않지만, 제왕들과 겨룰 생각이 있다는 뜻인가?"

"봐서."

도왕이 앞마당을 바라보면서 물었다.

"개인의 명예와 무공의 발전을 위해서? 아니면 다른 이유로."

나는 도왕을 바라보면서 속삭이듯이 말했다.

"그냥 좀 괴롭힐 생각으로. 전부 맹주에게 도전하면 맹주가 피곤하지 않겠소. 경험도 좀 쌓고."

"시건방진 인간이로군."

"당신만 하겠소."

사내가 고개를 끄덕였다.

"이렇게 막 나가는 놈은 근래 하오문주밖에 없는데, 그것이 자네였구나."

"나요. 그쪽은 비무하러 오셨소?"

"구경하러 왔다. 제왕들의 비무를 어디 가서 구경하겠나? 얼마나 잘 싸우는지 봐둬야지."

이 사람은 강호의 일에 깊숙이 참견한 적이 드물어서 어쩐지 선배라 부르는 게 꺼려졌다. 도왕은 그냥 칼 한 자루 들고 돌아다니는 방랑자다. 하지만 돌이켜 보면 결국에 마교도를 가장 많이 죽인 사내도 이 사람이다. 어느 날 뒤늦게 참전해서 많이 죽이고 다녔다. 그러니까 현생으로 따지면 현재의 내가 마교도를 가장 많이 쳐죽인 사람이고, 전생에는 이 사내가 내 역할을 어느 정도 했었다.

마교도를 계속 죽여대다가… 교주와도 맞붙었다는 소문이 있었는데. 맞붙어서 유명해진 것이 아니라, 부리나케 줄행랑을 쳐서 더 유명해진 사내. 무명도왕無名刀王이 내 옆에서 육포를 씹고 있었다. 본래는 무명도객無名刀客이 별호였다는데, 무림맹의 안내를 받는 것을 보니까 벌써 무명도객은 벗어난 모양이다. 전생의 신비인神祕人이자, 기인奇人이어서… 아는 사람이라고 하기도 모호하고, 그렇다고 아예 모르는 인간도 아니다.

교주를 상대하다가 왜 도망쳤느냐? 같은 질문도 현생에서는 아직 벌어지지 않은 일이라서 물어볼 수가 없었다. 뭐 그냥 이길 수 없어서 도망쳤을 것이다. 재수 없는 인간들을 너무 꼬아서 이해하거나 해석할 필요는 없다. 그냥 재수가 없는 것이다. 도왕이 내게 물었다.

"자네 혹시 삼재 본 적 있나?"

"있소."

"정말이야? 누구를 봤는데."

"셋 다 봤소."

"어떻게 살아남았나?"

"운이 좋아서."

"이상한 놈이네. 임 맹주와 비교하면 어때?"

"셋 다 맹주 선배 윗줄이오."

도왕이 한숨을 길게 내뱉었다.

"그것참 곤란하구나."

도왕이 고개를 절레절레 젓다가 내게 물었다.

"약점 같은 것은 안 보였나?"

"약점이라… 신개 선배는 너무 착하신 게 약점이고. 나머지 둘은 약점이 없소."

"빈틈은?"

"천악은 사람의 말을 들으려는 편이어서 빈틈이 약간 있는데 교주는 빈틈이 없소."

"그럼 애초에 삼재 서열이 교주, 천악, 신개 선배였구나."

"서로 못 죽이고 있으니 별 의미 없는 서열이오."

도왕이 말했다.

"시간이 흐르면 빈틈이 약점이 되고, 약점이 발목을 잡을 테니 격차는 있는 것이지."

그렇긴 하다. 하지만 그 빈틈으로 인해 생긴 신개 선배의 사건은 내가 이미 해결했다. 도왕이 중얼거렸다.

"운이 나빠서 천악과 부딪치면 일단 대화를 해봐야겠군."

"교주와 부딪치면?"

"도망쳐야지."

이렇게 전생의 궁금증을 바로 풀게 되었다. 속이 약간 시원했다. 나는 도왕에게 물었다.

"제왕들도 서열이 있소?"

"대충 있지."

"알려주시오."

"내 생각인데?"

"상관없소. 내가 삼재를 말해줬으니까 그게 공평하지."

"그 서열만큼 의미 없는 것도 없는데. 자꾸 변해서 그렇다. 어쨌든 지금 시기로 대충 가늠하자면 수좌는 당연히 곤륜의 검성劍聖이고. 두 번째는 신극神戟 선배일 것 같은데 둘 다 전대 고수라 평하는 게 맞다. 돌아가시면 별호를 강호에 반납해야. 그냥 늙은이들이라 대우해 주는 거다. 실제로 싸우면 모를 일이야. 신극은 너무 늙어서 창이나 들 수 있는지 모르겠군. 검성도 곤륜에만 틀어박혀 있는데 왜 검성인지 모를 일이야. 젊은 시절에는 좀 싸웠다는 것 같다만."

막말의 대가를 오랜만에 만나니까 느낌이 새로웠다.

"그다음은?"

"그다음은 좀 논란이 있지. 이참에 확실히 서열을 정하는 게 나을 것 같기도 하고. 다들 삼재를 만나면 도망칠 놈들인데 그 서열이 무슨 의미인가 싶기도 하고."

"하나만 좀 하시오."

도왕이 나를 쳐다봤다.

"붙어봐야 알지. 내가 어떻게 알겠나?"

숙소에서 군검왕이 불쾌한 어조로 대꾸했다.

"…그 서열, 지금 정해볼 테냐?"

도왕이 콧방귀를 뀐 다음에 말했다.

"검왕, 엿듣지 마라. 쥐새끼처럼."

나는 도왕을 은근히 질책했다.

"거, 선배들한테 무슨 말버릇이오? 싸가지 없이."

도왕이 말했다.

"같은 제왕끼리 선배가 웬 말이냐? 어쨌거나 서열을 정하고 싶으면 내려오도록 해. 내뱉은 말에 책임을 져야지."

이 사람은 후퇴가 없다. 하지만, 왜 이렇게 용맹한 사람이 교주를 보자마자 후퇴를 선택했는지는 알 수가 없다. 그걸 굳이 또 내가 지적을 해봤다.

"교주 상대로는 도망치겠다면서 용기와 기백이 상당하시오."

도왕이 내 어깨를 붙잡았다.

"문주야, 쉽게 죽어줄 수는 없지."

"그건 맞소."

"승산 없는 싸움에 목숨을 내다 버리는 게 실력이고 강호인의 자존심이냐? 내가 교주를 상대할 수 있는 무력을 갖춘다면 내가 알아서 찾아갈 것이다. 승부는 그때 내야지. 지금은 아니다. 그는 나보다 이십 년 이상을 더 수련했어. 내게도 시간을 줘야 공평한 싸움이 된다. 교주가 또 혼자 수련했겠느냐? 교도들의 지원을 받으면서 돈, 물자, 영약을 일인에게 집중하면서 수련했겠지. 애초에 환경이 달라. 못된 새끼야."

도왕이 갑자기 허리춤에서 칼을 꺼내더니 내게 물었다.

"구경하겠느냐?"

"봅시다."

내가 도왕의 칼을 붙잡자, 도왕이 물물교환하는 사람처럼 말했다.

"네 목검 좀 보자. 진검인 것 같은데 특이하게 목검 행세를 하고 있군. 그렇다면 살수가 사용했다는 뜻인데. 좀 보자고. 꺼내봐라. 얌체처럼 내 칼만 보지 말고."

나는 어쩔 수 없이 목검을 넘겼다. 무언가 기분이 찝찝하긴 했으나 무엇 때문인지는 알 수가 없었다. 도왕의 병장기는 직도直刀였다. 손잡이가 무척 오래된 상태여서 언제 만들어진 칼인지 가늠할 수가 없었다.

"도명刀名이 뭐요?"

"없어. 이름이 없다는 게 이름이라서 무명도無名刀다."

"왜 이름이 없소?"

"사람 죽이는 칼에 뭔 쓸데없이 이름이야. 그나저나 이건 이름이 뭐냐?"

대화 전개가 왜 이렇게 정신머리가 없는 것일까.

"목검木劍."

"검 이름이 목검이야? 별 거지 같은 이름이네."

"무명도나 목검이나."

도왕이 목검의 칼날을 만지더니 손가락에 공력을 주입해서 검신劍身을 때렸다. 떵- 소리가 나더니 목검이 부러질 것처럼 크게 휘었다가 부르르 떨었다.

"앗!"

이 미친놈이? 이제 보니까 목검의 강도를 시험하고 있었다. 나랑 붙게 되었을 때 자신의 무명도로 자를 수 있는지, 아니면 탄지공 같은 무공으로 부러뜨릴 수 있는지를 시험해 보는 모양새였다. 기분이 찜찜했던 이유가 이거였다. 질 수 없었기 때문에 나도 일부러 무명도를 공력을 주입한 탄지공으로 때렸다. 터엉! 소리가 나더니 무명도가 부러질 것처럼 요동을 쳤다. 도왕이 화들짝 놀란 표정으로 말했다.

"…야, 부러지겠다. 내놓아라."

우리는 서로의 병장기를 되찾았다. 도왕이 자신의 애병愛兵을 쓰다듬으면서 내게 말했다.

"성질머리가 제법 고약하네."

"그쪽도 만만치 않소."

"한번 가르침을 줘야겠군. 한판 할 테냐? 몸도 좀 풀 겸."

"뽑지는 맙시다."

"그래야지. 내 너를 죽일 수는 없지."

나는 도왕과 동시에 일어나서 앞마당을 걸었다. 천천히 입을 뗐다.

"아, 그런데…"

나는 말을 하다 말고 목검을 붙잡은 채로 우측에 있는 도왕의 몸통을 후려쳤다. 도왕이 펄쩍 뛰어서 물러나더니 직도를 붙잡았다. 상당한 수준의 비열함을 발휘했는데도 도왕은 표정이 침착했다.

"…네가 매를 버는구나."

사실 나는 이렇게 빨리 제왕과 승부를 낼 생각이 없었다. 한참 비무를 지켜보다가 한두 명에게 시비를 걸 생각이었는데, 그 생각은 지금 바뀌었다. 어차피 나보다 무공을 먼저 배우고, 명성은 강호의 정점 언저리에 닿아있는 사내들이 제왕들이다. 그렇다면… 기회가 되면 모조리 붙어보는 게 내 이득이다. 나는 어차피 예전부터 타인의 수법을 빠르게 배우는 것에 익숙해진 사람이다.

제왕들의 수법을 하나라도 내 것으로 만들 수 있다면? 이것이야말로 임소백이 말한 비무의 의미다. 강해질 수만 있다면 비무라는 형식에 갇혀서 어쩔 수 없이 겪어야 하는 패배를 수도 없이 감당하겠다고 마음을 고쳐먹었다. 이는 사실 전생의 내가 갖지 못했던 마음가짐이다.

그때는 무조건 어떻게든 이기려고만 했는데, 그렇게 해서 얻은 결과가 천하제일은 아니었다. 나는 목검을 당겨서 수직으로 세운 다음에 마음을 비웠다. 승패에 관한 우려와 생각조차도 백지처럼 잊었다. 나는 내가 펼칠 수 있는 이만 삼천사백육십 가지의 속임수를 전부 봉인한 다음에 도왕과 대치했다. 그제야 내 눈앞에 올곧게 서있는 검劍이 보였다.

311.
빈틈이 없었다

도왕이 웃으면서 말했다.

"…소문보다 침착하네. 광견狂犬처럼 싸운다고 들었는데."

나는 미친개가 노려보는 것처럼 섣불리 움직이지 않았지만, 도왕은 주변을 어슬렁대면서 나를 관찰했다. 애초에 내게 진다는 생각은 전혀 하지 않는 여유로움이 느껴졌다. 어쨌든 나는 미친개 취급을 받았기 때문에 별생각 없이 말했다.

"똥개처럼 어슬렁대지 말고 시작합시다."

그제야 도왕의 얼굴에서 웃음기가 천천히 사라졌다.

"문주, 보통 제왕들에겐 그런 말을 못 하지 않나?"

"내가 동네 미친개로 보이오? 아닐 텐데."

월하관의 창문이 여기저기서 슬금슬금 열리더니 백리세가 대공자의 목소리가 들렸다.

"선배님, 비무를 봐도 되겠습니까."

도왕이 나를 주시하는 와중에 짤막하게 대꾸했다.

"말 걸지 마."

"예."

나는 창문이 또 열리자, 본능적으로 눈동자를 움직였다가 얼굴에서 찬바람을 느꼈다.

'제길.'

눈동자를 한 번 움직인 죄로 얼굴까지 도착한 도왕의 칼을 네 번이나 쳐내면서 후퇴하다가 겨우 한 번 반격다운 반격을 펼쳤다.

파악!

도왕이 여유 있게 물러나면서 콧방귀를 뀌었다.

"어딜 보는 게야? 건방지게."

창문에서 권왕의 목소리도 흘러나왔지만, 도왕의 말대로 이번에는 쳐다볼 여유가 없었다.

"벌써 싸우는구나."

"그러게요."

"잘 봐둬라. 유명인사들의 싸움이니."

"이렇게 대놓고 구경해도 됩니까?"

"싫으면 저놈들이 산에 가서 싸우겠지. 쳐다보라고 여기서 저러는 것이다. 봐도 돼."

"예."

주먹질이나 해대는 스승과 제자의 대화가 심히 거슬렸으나, 나는 애써 도왕에게 집중했다. 그나저나 보통 선배는 후배에게 선공을 양보하기 마련인데, 도왕에겐 그런 예절이 전혀 없었다. 생각해 보니

까 먼저 내가 비열하게 기습했기 때문에 내 탓이다. 방 안에서 소리
로만 비무를 감상하고 있는 군검왕도 끼어들었다.

"도왕, 후배를 상대로 너무 신중한 거 아닌가?"

보지도 않았는데 어떤 공격인지 파악한 모양이다.

"닥쳐라. 알지도 못…"

도왕이 군검왕의 말에 대답하는 순간, 나는 공격에 나섰다. 빈틈
이 이런 순간밖에 보이지 않았다. 나는 독고중검의 공세가 도왕에게
어디까지 이어지는지 확인할 겸, 수비를 강요하듯이 검을 휘둘렀다.
목검이 부딪칠 때마다 손목이 부담감을 느끼고 팔꿈치 끝이 때때로
저렸다. 아직 내 수법을 모르기 때문에 경계심이 많은 도왕은 목검
을 쳐내면서 펄쩍펄쩍 뛰어다니더니 거리를 자꾸만 벌렸다.

나는 도왕의 보법을 추격하듯이 따라붙어서 공격 의도만 담은 검
을 평소보다 더 빠르게 휘둘렀다. 나는 앞서 네 번의 칼을 허둥지둥
막았지만, 이번에는 예닐곱 차례의 공세를 이어나가다가 자세를 급
히 낮춘 도왕의 빠른 반격을 받았다. 무릎이 부서지는 느낌이 전해졌
으나, 이미 본능적으로 피했기 때문에 등줄기만 잠시 서늘해진 상태.

이것은 전생에 봤었던 반격 초식 중 하나다. 도왕은 독고중검에
당황하는 기색 없이 거리를 조절하는 것만으로도 공세를 간단하게
뒤집었다. 어쩔 수 없이 이번에는 내가 다시 물러났다. 십여 차례나
무명도를 튕겨내던 나는 검을 하단으로 돌려서 아래로 밀려오는 칼
을 막고, 동시에 내 상반신을 뒤덮는 도왕의 장력을 염계대수인으로
받아쳤다.

콰아아앙!

비무에서 이래도 되나 싶었지만, 손바닥 모양의 염계대수인이 단박에 쪼개지면서 도왕의 무명도가 불쑥 튀어나왔다. 서로 칼집으로 싸우는 상태라서 어쩔 수 없이 나도 목검의 검봉劍峰으로 맞대응했다.

픽!

내공이 주입된 검과 도의 끝부분이 정확하게 부딪치자마자, 우리는 인상을 찌푸리면서 뒤로 물러났다.

"…"

어깻죽지가 찢어질 것처럼 아팠지만 저 공격을 후려치기로 대응했으면 결과가 더 내게 안 좋았을 것이다. 도왕은 내 표정을 보자마자 또 달려들었다. 내 어깨는 잠시 평소와 같은 상태가 아니었기 때문에 어쩔 수 없이 빙공을 주입한 왼손으로 무명도를 붙잡고, 동시에 목검으로 도왕의 어깻죽지를 노렸다. 서로에게 위험천만한 순간… 빙공으로 붙잡은 무명도의 칼집에서 칼이 쑥 빠지더니 도왕이 거리를 순식간에 벌렸다. 도왕은 그제야 눈이 커졌다.

"어?"

빙공이 칼집 안에서 퍼지는 속도보다 도왕의 대처가 더 빨랐다. 그러나 약조와 다르게 칼을 뽑은 도왕이 난감한 표정으로 나를 바라봤다. 나는 잠시 도왕의 대처를 기다렸다. 도왕이 말했다.

"칼집 줘라. 순간 실전으로 착각했군. 다시 하자."

"실수?"

도왕이 고개를 끄덕였다.

"칼이 빙공에 들러붙는 느낌이 들어서 본능적으로 빼낸 것이니 내

실수다."

"그럼 내가 이겼네?"

"그건 아니고."

생각의 속도보다 대처가 더 빨랐던 탓에 벌어진 일이었다. 내가 던진 칼집을 받은 도왕이 무명도를 넣으면서 말했다.

"문주야, 얄밉긴 하다만 내 너를 진검으로 쪼갤 수는 없지."

"염병…"

"이놈이!"

우리는 다시 맞붙었다. 나는 전초전을 정리하면서 스치는 생각들을 전략으로 검토하고, 일부는 삭제했다. 짧은 시간에 전생에 벌였던 도왕과의 비무를 복기하고, 지금 상황에 대입했다. 막상 붙어보니까 경험은 서로 비슷하다. 회귀가 주는 장점이랄까. 전생에 맞붙었던 기억이 내 대처를 점차 안정적으로 도왔다.

부족한 것은 세월의 격차에서 오는 내공 차이겠지만, 아무리 상대가 도왕이라 할지라도 천옥이 있어서 내공의 격차가 까마득하진 않았다. 결국에 이번 싸움은 임소백의 말대로 나보다 내공이 깊은 고수를 어떻게 꺾을 것이냐 하는 공부가 되어야만 한다. 나는 도왕과 친밀했던 사이가 아니라서 이놈의 도법 이름도 모르고, 초식의 이름도 모른다. 그러나 목검으로 쳐낼 때마다 어떤 때는 경험으로, 어떤 때는 본능으로, 어느 순간은 전생에 당했던 초식이었기 때문에 올바르게 대응할 수 있었다.

오히려 규칙이 없는 독고중검의 반격에 대응하는 도왕의 표정이 점점 심각해졌다. 내가 공세를 취하면 도왕도 수비에만 열중하다가 기회를 엿봐야 했기 때문이다. 하지만 도왕도 무서우리만치 독고중 검을 빠르게 이해했다. 어쩔 수 없이 우리는 서로 쾌도와 쾌검을 펼치면서 온갖 수법을 짤막한 시간에 잔뜩 섞어서 펼쳤다.

아무 말 없이 오륙십 차례나 검과 도가 한 치의 물러남 없이 맞붙었다. 도왕의 도법은 속임수가 깔려있고, 초식의 현묘함도 깊고, 내공도 탄탄했으나, 나는 그 무엇에도 밀리지 않은 채로 무명도를 쳐내면서 때때로 반격에 나섰다. 나는 무명도를 쳐낼 때마다 도왕의 얼굴을 자세히 봤다. 이놈은 전생처럼 슬슬 눈빛으로도 속임수를 펼치고 있었다. 허리를 주시하면서 어깨를 찌르고, 오른쪽을 보면서 좌장으로 장력을 쏟아냈다.

하지만 나는 눈빛에 담긴 속임수를 읽으면서 대응했다. 전부 당해봤던 수법이라서 반갑다는 생각이 들 정도. 다만, 칼의 빠르기는 전생과 다를 바가 전혀 없었다. 거기에 빠른 칼에 담긴 무거움과 가벼움이 시시각각 변했다. 가벼운 공격을 내가 강하게 쳐내면 미리 함정을 파둔 것이어서 좌장의 반격에 당하게 되고, 무거운 것을 너무 가볍게 쳐냈다간 목검을 놓치거나 손아귀가 찢어지게 된다.

이런 무명도의 경중마저도 내가 제운종을 익혔기 때문에 전생과 달리 대처가 더 원활해진 상태. 나는 이제 무명도가 일으키는 바람과 속도에 적응해서 경중을 완벽하게 파악했다. 이상하게도 이런 생각이 들었다. 지금 이 비무 덕분에 전생 광마와 현생 하오문주의 실력이 강제로 합쳐지고 있다고 말이다. 말로 표현하기 어려운 이상한 느낌이었다.

도왕은 수법으로 나를 압도하지 못하겠다고 생각했는지, 움켜쥐

...

고 있는 무명도에서 서서히 도명刀鳴을 쏟아냈다. 공력이 깊어지면서 칼이 울어대는 소리였다. 나는 이 상태에서 공력을 더 주입했다간 목검의 검집부터 박살이 날 것 같아서 따라 할 수가 없었다. 경중을 파악해서 쳐내는 도중에 무명도의 잔상이 두세 개로 늘어났다. 잔상이 아니라 실제 쾌도快刀였다. 순간, 근접 거리에서 도왕이 절기를 펼치듯이 내려치는 것을 피하자 도풍이 날아가서 월하관의 담벼락을 손쉽게 날렸다.

콰아아아앙!

나는 돌아서면서 피했다가 회전력을 더해서 월영무정공의 냉기를 전방에 뿌렸다. 일자一字로 날아간 냉기가 고스란히 일자로 쪼개지더니, 위아래로 나뉜 냉기 사이로 도왕이 다시 튀어나와서 칼을 맹렬하게 휘둘렀다. 나는 다섯 손가락에서 백전십단공의 뇌기를 뿌리고, 동시에 일도양단의 기세로 목검을 수직으로 내려쳤다.

다섯 줄기의 뇌기와 명확한 내려치기를 조합해서 공격하자, 도왕은 무명도를 수평으로 눕히더니 칼날의 뒤를 장력으로 보조했다. 도풍刀風이 장력에 의해 쪼개진 칼날처럼 전방에 퍼지더니 다섯 줄기의 뇌기와 검풍劍風을 산산이 조각냈다. 일순간, 찾아든 정적 속에서 이런 생각이 들었다.

'이거 비무로 승부를 가릴 수 있는 게 맞나?'

적당히 해서는 서로 이길 수가 없다. 진검으로 겨루자는 말이 턱밑까지 왔을 때, 도왕이 월하관의 입구를 쳐다봤다. 어느새 구경꾼들 사이에 임소백 맹주가 끼어있었다. 임소백이 말했다.

"넓은 비무대를 마련해 뒀건만 굳이 숙소 앞에서 싸우는구나."

이제 보니까 월하관의 담벼락은 사람 서너 명이 드나들 정도로 무너져 있었다. 임소백이 나를 쳐다봤다.

"감정싸움인지 비무인지 살짝 모호하구나. 문주, 흥분한 건 아니겠지?"

아무래도 담벼락 때문에 오해를 산 모양이다. 나는 일단 고자질부터 했다.

"…비무인데 도왕이 박살 냈습니다. 저는 일단 아닙니다."

도왕이 황당한 표정으로 나를 바라봤다.

"같이 싸우다가 무너진 거 아닌가?"

나는 침착한 표정으로 고개를 저었다.

"함부로 무림맹의 기물을 박살 낼 수는 없지."

도왕이 갑자기 씁쓸한 표정으로 말했다.

"담벼락은 내가 보상할 테니 승부는 이어가자고."

임소백이 말했다.

"도왕, 돈도 없는 놈이 어찌 보상한다는 말이냐? 일단 흥분을 가라앉히고 전초전은 무승부라 생각해라."

"무승부? 내가 끝까지 싸운 것도 아닌데."

임소백이 나를 변호해 줬다.

"끝까지 가면 문주도 자네 뒤에 있는 월하관을 통째로 날릴 수 있어. 내가 그것을 남악에서 확인했지."

도왕이 월하관을 쳐다봤다.

"월하관을? 농담이 지나치군."

사실 일월광천으로 월하관을 통째로 사라지게 할 수 있으니 맹주

　　　　　…

의 변호는 틀린 말이 아니다. 그제야 창이 열리더니 검마와 군검왕이 모습을 드러냈다. 일부러 비무를 구경하지 않은 모양새였다. 도왕은 검마와 눈을 마주치자마자 까칠한 어조로 물었다.

"넌 누구냐?"

눈빛에 담겨있는 검마의 살기에 도왕의 살기가 반응한 것일까. 도왕이 반말로 묻자, 검마는 단조로운 어조로 대답했다.

"알 것 없다."

문득 임소백이 미소를 지으면서 말했다.

"정 승부를 확실하게 내고 싶으면 밥을 먹고 나서 비무대에 오르도록. 여기서는 비무 금지다. 담벼락은 맹원들이 고생해서 복구할 테니 신경 쓰지 말도록."

나는 고개를 끄덕였다.

"그럽시다."

도왕이 확인하듯이 내게 물었다.

"문주, 진검으로?"

내가 고개를 끄덕이자, 임소백이 손을 들었다.

"무림맹에 있는 특수 단목검檀木劍의 강도가 제법 단단하니 두 사람은 그것으로 승부를 내도록. 어차피 자네들의 실력이면 단목검도 서로에게 위험할 게야."

도왕이 말했다.

"직도와 다른데 어찌…"

임소백은 양보하지 않겠다는 태도로 말했다.

"쓰라면 써. 단목도檀木刀도 있다. 진검으로 서로 다치는 꼴을 보려고 내가 너희를 초대한 줄 아나? 다른 자들도 모두 단목검으로 비무를 해야 한다. 예외는 없어."

박달나무로 만든 목검인가 본데, 나는 애초에 목검을 사용하는 터라 오히려 좋은 상황이었다. 도왕은 맹주와 식사를 할 모양인지 나를 한 번 쳐다봤다가 임소백을 따라갔다.

* * *

나는 월하관에서 밥을 먹는 내내 도왕의 움직임을 생각하느라 밥이 입으로 들어가는지 코로 들어가는지 신경 쓰지 않았다. 생각에 빠져있었기 때문에 같이 밥을 먹고 있는 검마와 귀마도 내게 말을 걸지 않았다. 제대로 씹지도 않았기 때문에 배가 더부룩했으나, 생각할 시간이 부족하게 느껴졌다. 내가 일찍 젓가락을 내려놓자, 귀마가 내게 물었다.

"빈틈이 안 보여?"

나는 새삼스럽게 정신을 차린 다음에 고개를 끄덕였다.

"죽이지 않고 이길 수가 없는 상대인데. 승부를 내라니까 이게 또 어렵네. 그렇다고 지는 건 더 싫고."

말을 하다 말고 한숨이 절로 나왔다. 검마가 간략하게 대답했다.

"상대도 마찬가지일 테니 너무 깊이 고민할 필요 없다."

"음, 그런가?"

귀마도 나를 보면서 말했다.

"백중지세여서 위험해 보이긴 했다. 도왕도 당황하더구나. 후반부는 비무가 아니었어. 진심이었지."

나는 검마와 귀마에게 소감을 전했다.

"비무가 또 다른 의미로 어렵네. 그리고 보면 맏형이 옥수산장에서 맹주님과 겨룬 게 진짜 비무다운 비무였지. 내가 아직은 패배에 너무 신경 쓰나 보군."

두 사람은 당시에 무공의 우열만 정확하게 확인한 다음에 깔끔하게 승부가 마무리되었다. 인제 와서 생각해 보니까 새삼스럽게 대단했던 비무였다. 그에 비하면 도왕과 나는 서로를 이기기 위해서 슬금슬금 꼼수를 고민하는 모양새다. 꼼수만 고민하다 보면 정작 꼼수만 늘고, 더 높은 곳으로 올라갈 수 있는 실력은 늘지 않겠다는 생각이 들어서 마음이 편하진 않았다. 여기서 벌어지는 싸움은 이기는 게 목적이 아니라, 실력을 쌓는 것이 목적이 되어야 함을 나는 끊임없이 되새겼다. 나는 먼저 일어섰다.

"…생각 좀 정리할게."

비무대로 향하면서 계속 공방전을 고민했다. 살던 대로 살지 않는 것은 무공을 수련하는 것만큼 어려운 일이라는 생각이 들었다. 맹원이 비무대 위에 가져다 놓은 단목검을 만지작거리면서 생각에 잠겨 있자, 다시 허기가 느껴질 정도로 소화가 빠르게 진행되었다. 왜 이렇게 마음이 차분하게 가라앉질 않는 것일까. 아무리 깊이 생각해도 도왕에게 빈틈은 없었다.

"…"

내 생각은 예전의 버릇대로 주변 사물을 이용하고, 도망치고, 함정을 파두는 것으로 전개되었으나 공간이 한정된 비무대에서는 사

용하지 못하는 수법들이다. 그렇다고 정공법으로 싸우자니 도왕의
칼이 무척 빨라서 약점이나 빈틈이 보이질 않았다. 내공 싸움도 적
합하지 않다. 도왕과 싸우는데 굳이 그런 방식으로 승부를 결정지을
필요는 없었다. 그래서 계속 생각이 원점으로 돌아갔다.

'환장하겠네.'

어느새 식사를 끝낸 사람들이 비무를 구경하기 위해 모여들었는
데, 맹주도 보이지 않고 도왕도 등장하지 않은 상태. 나는 비무대 가
까이 다가온 검마를 쳐다봤다. 검마가 내게 물었다.

"정리했나?"

"아직."

내가 고개를 내젓자, 검마가 차분한 어조로 조언했다.

"그럴 만한 상대다. 마음부터 다스려. 아까보다 더 못 싸울 수도 있
으니. 들뜨면 손발이 어지러워진다. 설마 너만 고민하고 있겠느냐?"

"그런가?"

구구절절 옳은 소리여서 나는 심호흡부터 했다. 마음이 초조하니
까, 점소이 시절처럼 다리부터 흔들어 대고 있었다. 관중이 다 모였
는데도 도왕이 등장하지 않았다. 이때, 뜬금없이 비무대 위로 산책
을 나갔던 색마가 올라오더니 주변을 둘러봤다. 나는 똥싸개에게 물
었다.

"넌 뭐야?"

색마가 모여든 구경꾼들에게 말했다.

"돌아오다가 맹주님과 걷고 있는 도왕 선배를 만났는데."

"만났는데 뭐?"

색마가 나를 쳐다봤다.

"…하오문주에게 빈틈이 안 보여서 당장 승부 내는 것은 어렵겠다고 하셨다. 맹주님과 산책하고 계시니 들어가서 쉬어라. 구경 끝났으니까 다들 일 보러 가시오."

"음."

나도 모르게 입에서 한숨이 길게 흘러나왔다. 이상한 압박감이 한숨에 담겨서 빠져나오는 중이었다. 사람들이 하나둘씩 떠들면서 돌아가는 와중에 비무대 주변에는 우리 사대악인만 남은 상태. 검마가 나를 쳐다보더니 엷은 미소를 지었다.

"셋째야."

"응?"

"너만 부담감을 느낀 게 아니다. 혼자만의 생각에 사로잡혀서 가라앉지 않도록 해라. 괜찮은 비무였다. 상대는 도왕이었어."

맏형의 말 때문에 가슴을 가득 채운 부담감과 무거운 고민이 일순간에 날아갔다. 마음의 부담감이라는 게 이토록 무거운 것이었나? 나는 스스로 만든 마음의 안개에 포위되었다가 이제야 주변 사물을 또렷하게 인식했다. 어쨌든 한 번 겨뤘기 때문에 사대악인에게 소감을 전해줬다.

"…괜히 제왕이 아니다. 뭔가 달라."

내 말을 들은 검마, 귀마, 색마가 동시에 고개를 끄덕였다.

312.
이것이
비무의 목적이다

빈틈이 없다는 도왕의 말은 내게 위로가 되었다. 사대악인 앞에서 내색하진 않았지만, 그 어떤 칭찬보다 값진 말이다. 내가 도왕의 칼에서 느꼈던 답답함, 막막함, 단단함을 도왕도 비슷하게 느꼈다는 뜻일 테니… 사람이 이처럼 간사하다. 차라리 전생에 더 많은 고수와 겨뤄서 승리와 패배를 경험했다면 오늘 이 자리에서 더 빛을 발하지 않았을까 하는 생각이 들고 있으니 말이다.

맹주가 말한 의미 있는 패배가 바로 이런 것일 테지. 그렇게 따지면 임소백은 백도의 고수들끼리 비무를 통해서 각자 무언가를 얻어 갔으면 하는 생각을 하는 것 같다. 맹주다운 생각이다. 단순하게 맹주인 자신을 꺾어서 명성을 쌓으려는 자들을 다른 의미로 받아들이는 셈이랄까. 그리고 보면 이런 맹주도 젊은 시절에는 제왕들에게 종종 패배했다는데, 일양현의 점소이가 뭐 대단한 놈이라고 그렇게 위축되었던 것일까. 나는 비무대 옆에서 아무 말 없이 기다리고 있는 사대악인에게 물었다.

"일단은 무승부인가?"

귀마가 피식 웃었다.

"그래. 들어가자."

나는 사대악인과 함께 무림맹을 둘러보면서 천천히 거닐었다. 오늘따라 말이 많은 사내는 귀마였다.

"처음부터 끝까지 비무를 지켜보다가 나름 감격했다. 도왕은 어쨌든 도를 쓰는 자들에겐 정점에 있는 사내니까 말이야."

색마가 물었다.

"아니지. 정점에는 도제刀帝 선배가 있잖아."

"왕과 제는 본래 고하가 없는 별호야. 선배가 먼저 제를 쓰면 어쩔 수 없이 후배가 왕을 쓰기도 하고, 선배가 왕의 별호를 붙이고 있으면 후배가 제를 사용하기도 하지. 그런 제왕보다 확실히 윗줄이어야 검성劍聖이나 검신劍神, 무신武神 정도의 별호를 붙이는 것이지. 붙어 봐야 안다."

듣고 있던 검마가 말했다.

"나도 한 번은 붙을 생각이다. 누구와 붙을지는 모르겠다만. 단목검으로 겨룬다고 하니까 오히려 승패에 대한 미련도 크지 않다."

검마는 오히려 성향이 명확해서 죽고 죽이는 싸움이 아니라면 승패에 의미를 부여하지 않는 사내였다. 검마가 덤덤한 어조로 참전을 선언하자 색마도 끼어들었다.

"사부님, 저도 한번 붙어보고 싶은데 괜찮겠습니까?"

검마가 고개를 끄덕였다.

"기왕 제왕들이 모이고 있으니 한 번씩은 겨루는 게 낫겠다."

"예."

나는 색마를 쳐다봤다.

"누구랑?"

색마가 대답했다.

"글쎄. 웬만해선 질 것 같지가 않아서 아무나하고 붙어도 상관없
지."

이건 대체 무슨 자신감이지? 나는 색마에게 재차 물었다.

"제왕이랑 붙어도 패배할 생각이 없다는 말이냐?"

색마가 고개를 끄덕였다.

"내가 왜 져야 해? 사실 제대로 싸워서 패배한 게 사부님을 제외
하면 아직 없다."

이런 놀라운 소식을 이제야 접하다니. 똥 얘기를 꺼낼 때는 아닌
것 같아서 참았다. 비무의 결과에 상관없이 색마는 자신이 졌다는
생각을 해야만 실제로 패배하는 모양이다. 표현이 이상하긴 하지만
아무튼 그렇다. 그러니까 똥을 지린 채로 도망을 치는 것조차도 색
마의 머리에는 패배로 각인되어 있지 않은 상황이고, 매화루 앞에
서 나한테 처맞아서 누운 것도 그냥 대충 싸운 것이라 여기는 모양
이다. 그러고 보니까 그때는 검마의 제안에 따라서 내공을 사용하지
않은 싸움이긴 했다. 나는 이 시점에서 속으로 결심했다.

'신기한 놈이네.'

사대악인이 성장하는 기회가 온다면 내가 붙잡아 줄 생각이다. 나
는 혼잣말처럼 중얼거렸다.

"아무래도 우리 또래에서는 넷째가 가장 강한 편이지."

색마가 어리둥절한 표정으로 나를 바라봤다.

"어? 뭐? 왜 갑자기."

"네가 가장 강하다고."

"그건 맞지. 근데 왜 너를 빼?"

나는 진지한 표정으로 고개를 내저었다.

"애들 싸움에 어찌 내가 끼어드나. 나는 빼야지."

색마가 고개를 끄덕였다.

"아, 그렇구나. 요새 문주가 좀 차분하게 미쳐가네. 개소리도 점점 진지해지고. 내가 깜박했다."

나는 월하관의 입구에 도착해서 색마의 말에 대답했다.

"어쨌든 후기지수나 우리 또래에서는 몽랑아, 네가 가장 강하다."

사람은 본래 마음에 없는 칭찬에도 약한 법. 색마가 고개를 끄덕였다.

"그건 맞는 말이지."

"세가의 후계자들이나 제왕들의 자식 놈들이 덤벼도 백응지의 몽랑을 당해낼 수 없다는 게 내 생각이다."

"옳은 말씀."

"몽랑이 최강이다."

색마가 황당한 어조로 답했다.

"아, 알았다니까. 왜 갑자기 지랄이야. 기분이 좀 이상한데."

나는 폭풍이 몰아치는 것 같은 칭찬으로 색마를 격려했다. 귀마가 갑자기 웃음을 참는 와중에 내 예상대로 월하관의 창문이 슬그머니

열리더니 전생 권왕 이군악이 등장했다. 이군악이 우리를 둘러보면서 물었다.

"후기지수 중에 누가 최강이라고?"

나는 사실 최강이라는 다소 유치한 말에 유난히 집착하고 발작하는 놈을 예전부터 알고 있는데, 그 당사자가 우리를 쳐다보는 중이었다. 나는 색마를 소개했다.

"…이쪽이시다."

색마는 산책을 가느라 권왕의 등장을 목격하지 못했던 상태. 창문에서 웬 놈이 반말을 지껄이자, 당연히 색마의 입에서 고운 말이 나올 수가 없었다.

"넌 뭐야? 밥이나 잘 처먹게 생겼는데. 얼굴 치우고 밥이나 먹어라."

이군악이 웃었다.

"밥은 이미 먹었지."

"잘했다. 돼지 새끼. 볼에 살 오른 것 좀 봐라."

색마가 피식 웃으면서 고개를 끄덕였다.

"아, 알겠다. 하오문주의 잔머리에 내가 또 당했구나. 당하든 말든 간에 내가 최강이라는 사실은 변하지 않아. 포동포동한 놈, 내려오도록 해라. 가르침을 줄 테니."

이군악이 창문에서 사라지더니 그의 목소리가 들렸다.

"사부님, 다녀오겠습니다."

이군악의 사부가 밝은 어조로 대답했다.

"죽지 않을 만큼만 두들겨 패라. 포동포동하다니, 황당하구나."

...

"그러게 말입니다."

색마가 검마에게 말했다.

"사부님, 쉬고 계십시오. 제자가 후배들 교육 좀 하고 오겠습니다."

"그래. 한창 싸울 때지."

검마는 당연히 색마가 이긴다고 생각했는지 별말 없이 월하관으로 들어갔다. 귀마까지 들어가려는 것을 내가 붙잡았다.

"어디 가? 구경해야지."

귀마가 대답했다.

"왜?"

"보면 알아."

나는 턱짓으로 전방을 가리켰다. 이군악이 걸어 나오고 있었는데, 등장만으로 엄청난 위압감이 느껴지는 사내였다. 우리는 그제야 잔뜩 놀라는 색마의 표정을 구경했다. 색마는 엄청난 거한을 목격하자마자, 이상한 표정으로 웃었다.

"이야, 좀 크네. 하지만 싸움은 덩치로 하는 게 아니지."

이군악이 가까이 다가오자, 색마가 올려다봤다. 사실 이군악은 덩치만 큰 사내가 아니다. 옷으로 가려져 있어서 그렇지 전신이 흉기나 다름이 없다. 이군악이 색마를 내려다봤다.

"가까이서 보니까 더 비실비실하네. 비무대로 가자."

색마가 웃었다.

"어렸을 때부터 잘 먹었나 보네. 튼튼해 보이긴 한다. 가자고."

이 싸움이 어떻게 흘러갈 것인지는 사실 나만 알고 있다. 나만 알고 있긴 한데, 사실 누가 이길지는 나도 모른다. 어쨌든 전생 권왕과 전생 좌사가 서로 엄청나게 당황할 거라는 사실은 잘 알고 있다. 얕잡아 보는 기색이 둘 다 역력했기 때문이다. 그러나 직접 싸우면 아마도 서로에게 까무러칠 정도로 놀랄 것이다. 쉬운 상대가 아니기 때문이다. 우리는 비무대로 향했다.

* * *

빙공 대 체술이라는 말이 정확할 것이다. 사실, 이 권왕의 체술은 내가 어느 정도 습득했고, 매화루에서 내공 없이 색마를 팰 때도 사용했다. 그러니까 색마도 운이 좀 좋은 편이다. 팔짱을 낀 채로 지켜보고 있으려니 별말도 없이 색마와 이군악이 맞붙었다. 날이 좀 어두워진 상태였는데 비무대에서 싸우는 소리가 들리자, 맹원들이 아무 말 없이 다가와서 비무대 주변을 돌아다니면서 불을 밝혔다. 미리 언질을 받은 게 있었던 모양인지 불을 밝힌 맹원들도 주변에 자리를 잡고 조용히 비무를 구경했다. 귀마가 탄성을 내질렀다.

"어?"

이군악의 주먹을 막은 색마가 비무대 위를 일직선으로 날아가더니 공중에서 몸을 비틀었다가 가볍게 착지했다. 색마는 이미 농담도 내뱉지 못하는 표정이 되어있었다. 귀마가 어리둥절한 표정으로 내게 물었다.

"엄청나게 강한데? 앞서 겨룬 백리혁 수준이 아니다."

당연한 말씀이다. 특별한 사건이 없으면 몇 년 내로 권왕의 칭호를 정식으로 물려받는 사내일 테니 강할 수밖에. 제자라서 그렇지 조금 과장을 보태자면 제왕들과 명성을 나란히 해도 이상하지 않을 실력자다. 그러니까 현 권왕보다 내공이 좀 뒤처질 수는 있어도 싸우는 실력과 수준은 이미 당대의 권왕과 비슷할 터였다. 이군악이 말했다.

"날 상대하면서 내공을 아끼고 있나? 정신이 나갔군."

한 차례 맞붙고 나서야 색마가 이군악의 정체를 궁금해했다.

"너 누구야?"

"이군악."

색마가 내게 물었다.

"이군악이 누구야? 처음 듣는데."

"권왕의 제자."

색마가 고개를 갸웃했다.

"권왕? 그런 별호도 있었어? 골목대장인가. 하하하하."

나는 색마와 함께 배를 붙잡고 웃었다. 이미 이군악이 달려들어서 색마의 머리통을 후려갈기는 중이었다. 색마가 아슬아슬하게 피하더니 비무대 위에서 추격전이 벌어졌다. 이군악도 느린 편은 아니었는데, 색마는 아예 경공에 목숨을 건 사내처럼 빠르게 도망을 다녔다.

지난번에 봤던 빙신보氷神步도 섞여있었고, 반격을 받자마자 튕겨나는 힘을 역이용한 신법身法도 섞여있었다. 사실 두 사람이 붙으면 양쪽 다 실신할 정도로 무식하게 싸울 것이라 기대했는데, 색마는 아예 싸움 자체를 피했다. 어느 순간 멀쩡하게 달려들던 이군악이 바닥에서 미끄러지듯이 휘청거리자 색마가 쌍장을 연신 휘두르면서 달려들었다. 색마에겐 미안한 말이지만 성질이 난 고양이가 호랑이를 쥐패는 것처럼 보였다.

삽시간에 퍼버버버벅- 소리가 터지더니 이군악이 양팔을 교차한 채로 색마의 장력과 장법을 우직한 자세로 막아냈다. 겉보기엔 우직 했으나 어차피 호신공을 익힌 상태였기 때문에 저것도 이상한 대처 법은 아니다. 어느새 이군악의 상의가 너덜너덜하게 찢어진 순간, 이군악이 양팔을 휘두르면서 달려들자 색마가 다시 얌체같이 훌쩍 멀어졌다. 색마가 짤막하게 숨을 내뱉었다.

"하… 황당하네."

전혀 타격이 없는 것을 확인하자마자 다소 놀란 모양이다. 이군악 이 상의를 붙잡아서 뜯어내자, 옷을 입고 있던 것보다 덩치가 더 커 보이는 기현상이 벌어졌다. 색마가 중얼거렸다.

"이야, 진짜 너 어렸을 때 뭐 잘못 먹었냐? 비스듬히 누워서는 잠 을 못 자는 몸을 가지고 있네."

이때, 귀마가 비무대 좌측을 보면서 고개를 살짝 숙였다.

"맹주님."

임소백과 도왕이 나란히 걸어오면서 비무대를 바라봤다. 임소백 이 이군악과 색마에게 말했다.

"계속해. 방해할 생각 없다."

싸우는 중이었지만 이군악과 색마가 공손하게 대답했다.

"예, 맹주님."

"예."

맹주와 도왕은 무슨 대화를 나누고 온 것일까. 두 사람이 나를 잠 시 쳐다보더니 이내 비무대로 시선을 돌렸다. 우리는 모두 관전자의

...

시선으로 다시 시작된 권왕과 색마의 싸움을 구경했다. 싸움은 무척 길어졌다. 권왕은 색마를 붙잡으려고 애를 쓰고, 색마는 절대 잡히지 않는 사람처럼 넓게 움직였다. 그러다 보니까 잡혔을 때, 승부가 어떻게든 끝날 것처럼 보였다.

내가 전생에 권왕과 싸웠을 때는 서로의 몸에 주먹을 꽂아서 죽을 때까지 서로 패겠다는 싸움이었지만 색마는 확실히 얌체 같은 면이 있어서 그런 싸움은 하지 않았다. 사실 이군악처럼 싸우게 되면 그 분위기에 취해서 같은 방식으로 맞대응하기 마련인데 색마는 꽤 냉정했다.

재수가 없다는 말은 이런 때 쓰는 것일까. 색마는 비무대 위를 반시진이나 뛰어다녔다. 지칠 법도 한데 두 사람은 경쟁하듯이 숨소리도 거칠게 내뱉지 않았다. 지켜보는 우리들의 다리가 아플 지경이었으나 임소백은 아무런 간섭도 하지 않은 채로 싸움을 진지하게 지켜봤다.

색마에게, '비겁하게 도망만 치느냐?'라는 말을 하는 사람도 없었고, 이군악에게 '좀 붙잡아 봐라'라는 답답한 소리를 내뱉는 사람도 없었다. 어느새 색마와 이군악은 전보다 더 진지한 표정으로 겨루고 있었는데, 각자의 방식에 변화를 주진 않았다. 색마는 이군악의 체술을 본능적으로 경계해서 붙잡히면 어디 한 곳이 부러지리라 생각하는 눈치였고. 이군악은 지속해서 날아오는 눈보라를 박살 내면서 우직하게 진격하는 병사처럼 보였다.

쫓고 쫓기는 기이한 싸움이었지만 나름 진지했다. 어느 순간 땅을 부술 것처럼 강하게 박차고 튀어 나간 이군악이 손을 휘두르자, 뒷걸음을 치던 색마가 양손으로 이군악의 팔목을 덥석 붙잡았다. 쩌저적- 소리가 들리더니 이군악의 양손이 삽시간에 하얗게 물들었다. 퍼지기 시작한 냉기가 팔꿈치까지 밀려들었을 때. 이군악이 급하게 주저앉았다가, 색마를 뿌리치듯이 일어나면서 양팔을 휘둘렀다. 단순해 보였으나, 신체의 균형을 무너뜨리는 묘리가 담긴 동작이었다.

색마의 몸이 공중으로 빠르게 날아갔다. 이어서 이군악이 숨을 크게 들이마셨다가 공중을 향해 정권을 내질렀다. 아무것도 없는 허공에 물결이 출렁이는가 싶더니, 이내 큼지막한 주먹 모양의 권기拳氣가 공중에 있는 색마에게 쇄도했다. 내내 색마를 쫓던 사내가 갑자기 이렇게 흉맹한 절기를 펼치자, 보는 나도 기분이 이상했다.

'저걸 어떻게 막지?'

공중이라 도망갈 곳도 없고, 거대한 기라서 소멸시킬 방법도 마땅치 않다. 거의 내공 대결을 강제하는 공격이라서 색마도 절기로 대응해야 옳은 상황. 색마는 단순하게 쌍장에 빙공을 주입해서 막아냈다.

콰아아아아아아앙!

하늘이 제법 어두웠기 때문에 나는 소리에 집중했다. 비무대 바깥에서 탁- 소리가 들리는가 싶더니 아무렇지 않은 표정으로 색마가 다시 비무대에 등장했다. 색마가 멀쩡한 모습으로 등장하자, 이군악이 웃었다.

"보기보다 튼튼하네."

색마가 고개를 끄덕였다.

"이거 음흉한 놈이네. 내내 바보처럼 싸우더니만."

서로 이길 궁리를 하는 모양인지, 잠시 두 사람은 아무런 말 없이 오랫동안 대치했다. 당장 맞붙어 봤자 소용이 없다는 것을 공감한 모양새랄까. 문득 나는 깨달은 바가 있어서 임소백을 쳐다봤다. 마침 임소백이 천천히 팔짱을 끼더니 대치 중인 두 사람을 쳐다보면서 엷은 미소를 지었다.

아끼는 후배들을 관심 있게 쳐다보는 표정이랄까. 이상하게도 나는 맹주가 왜 저렇게 웃고 있는지를 명확하게 이해할 수 있었다. 전생 광명좌사인 색마와 전생 권왕 이군악. 두 사람이 서로를 앞에 두고 자신의 한계를 뛰어넘기 위해서 고민하는 중이었기 때문이다. 그리고, 이것이 바로 비무의 목적이다.

313.
자네는 훌륭한
무인이야

감개무량은 이런 때 쓰는 말인가? 전생의 색마를 그냥 여자를 더럽게 밝히는 놈으로 격하시킨 것은 내 업적이다. 그게 그거 같겠지만 엄연히 다르다. 실제로 저놈이 지금도 색마 짓을 하고 있으면 이 자리에서 권왕, 도왕, 맹주의 합공에 맞아 죽었을 테니까 말이다. 꼴에 진지한 태도로 비무에 임하는 것을 보고 있자니 속으로 웃음이 나왔다.

'못난 새끼, 제 운명이 바뀐 줄도 모르고.'

색마와 이군악의 대치가 길어졌기 때문에 내 상념도 길어질 수밖에 없었다. 문득 색마가 먼저 입을 열었다.

"이군악, 비무에서 네가 날 이길 수는 없다. 생사결이라면 결과가 어떨지 모르겠다만. 이것이 내 결론이야. 항복할 기회를 주마."

이군악이 웃었다.

"고민이 깊은 줄 알았더니 망상에 빠져있었구나."

색마가 임소백 맹주를 바라봤다.

"…맹주님, 승부를 제대로 내려면 한쪽이 중상을 입습니다. 이번에는 비무대에서 떨어지는 것을 승패의 조건으로 삼는 게 어떻겠습니까?"

임소백이 이군악에게 물었다.

"괜찮겠나?"

이군악이 고개를 끄덕였다.

"이미 나가떨어졌던 놈인데 뭐 어렵겠습니까."

임소백이 손을 내밀었다.

"그렇게 하자."

색마가 잔머리를 굴린 모양이다. 새삼 간사한 놈이라는 생각이 든다. 하지만 나도 색마가 어떻게 이군악을 넓은 비무대 바깥으로 떨어뜨릴 것인지는 예상할 수가 없었다. 처음부터 내내 도망치던 것은 색마였기 때문이다. 이군악이 색마에게 다가갔다.

"네가 경공을 믿고…"

이군악의 말이 끝나기도 전에 색마가 달려들었다. 이군악의 주먹이 색마의 머리통을 부술 것처럼 날아가자, 고개를 젖힌 색마가 이군악의 팔을 쳐냈다. 이어서 두 사람의 권법과 금나수법이 빠르게 맞붙었다. 색마는 주로 이군악의 공격을 흘려내듯이 움직였다. 그때마다 색마의 불결한 손이 이군악의 팔목, 팔뚝, 주먹에 닿았다. 나는 그제야 색마의 의도를 파악했다.

'빙공 중첩重疊이네.'

과연 빙신氷神 같은 선택이랄까. 애초에 이군악은 권왕의 호신공을 제대로 익혀서 웬만한 타격에는 무릎을 꿇지 않는다. 색마는 이군악의 체내에 빙공을 중첩해서 쌓으려는 것처럼 보였다. 하지만 그게 쉽게 통할까? 이군악의 체술은 수준이 높은 터라, 색마가 끝까지 잡히지 않는다는 가정에서만 통할 전략이었다. 어깨라도 잡히는 날이면 외공과 체술에 의해서 비무대 멀리 날아가는 사람은 색마가 될 가능성이 컸다.

어느 순간, 북이 찢어지는 소리가 나더니 이군악의 주먹을 손바닥으로 겨우 막은 색마가 비무대 끝까지 날아갔다. 하지만 겨우 한 발을 뒤로 빼서 바닥을 찍더니 공중으로 솟구쳤다. 이어서 이군악의 일방적인 폭행이 벌어졌다. 이제껏 양손으로만 싸우던 이군악이 각법脚法을 사용하기 시작하자, 발차기를 한 번 막을 때마다 색마가 휘청거렸다.

잡기와 각법을 동시에 사용했기 때문에 색마는 수세에 몰렸다. 하지만 신기하게도 색마는 대부분의 수비를 손으로 했다. 발차기에 맞았다가 땅을 쳐내면서 일어나기도 하고. 무릎 공격도 양손으로 막은 다음에 밀려나고, 주먹도 손으로 막고, 기회가 될 때마다 금나수법으로 이군악의 공격을 흘려냈다. 어느 순간 양팔을 교차해서 이군악의 발차기를 막아낸 색마의 안색이 창백해졌다. 나는 색마의 표정을 읽자마자 안부를 물었다.

"왜? 팔뚝이 부러질 것 같아?"

"…"

나는 수비만 펼치다가 피를 토하는 무인은 본 적이 없는데 조만간 색마가 보여줄 것만 같은 상황이었다.

'바보 놈이 우직하게 강하네.'

하지만 색마도 근성이 있는 놈이라서 서서히 똥을 지렸을 때의 표정으로 돌변하더니 재차 이군악에게 달려들었다. 나는 이군악이 고개를 살짝 절레절레 젓는 것을 목격하고 속으로 아차 싶었다.

'바보 놈이 방심하나?'

내가 싸웠다면 방심하지 않았을 것이다. 하지만 이군악은 색마가 주먹을 막다가 죽을 수도 있겠다고 생각했는지 주먹의 위력이 어쩐지 전과 같지 않았다. 세상에… 이런 식으로 봐주겠다고? 이건 아니다. 문득 색마가 공격을 멈춘 채로 물러나더니 정색하는 표정으로 이군악을 바라봤다.

"…이 새끼, 똑바로 안 해?"

이군악이 대답했다.

"몽 공자, 죽고 싶은 게냐?"

잠자코 있던 도왕이 끼어들었다.

"군악아, 쉽게 죽을 놈이 아니다. 아무리 백도의 비무라고는 하지만 네 태도는 옳지 못해. 강호에서 그런 물렁물렁한 생각으로는 살아남을 수 없다. 중상을 입히든 기절시키든 간에 최선을 다하는 게 예의다. 실력이 어느 정도 비슷하면 부상을 피하는 게 어렵다."

이군악이 도왕을 쳐다봤다.

"예, 선배님."

색마가 쌍욕을 입에 담으면서 전진했다.

"이 시건방진 새끼가…"

두 사람이 다시 맞붙었다. 색마의 손이 보법처럼 빨라진 상태에서 여러 차례의 장력이 이군악의 몸에 적중됐다. 타격감은 별로 없었으니 적중됐다기보다는 빙공이 침투되었다는 표현이 더 어울리는 상황이랄까. 색마는 보법은 물론이고 장법을 펼칠 때도 속도만큼은 전혀 이군악에게 뒤처지지 않았다.

이군악은 전혀 타격을 받지 않은 것처럼 살벌하게 주먹을 휘두르다가 결국에는 왼손으로 색마의 멱살을 틀어쥐었다. 화들짝 놀란 색마가 왼손을 들어서 이군악의 주먹을 막았다. 퍼억! 소리와 함께 땅바닥을 구르던 색마가 불편한 얼굴로 일어나더니 이군악을 보면서 비웃었다.

"흐흐."

순간 발끈한 이군악이 재차 달려들었는데, 이번에는 몸집에 흥분한 감정이 어느 정도 섞여있었다. 근접 거리에서 갑자기 색마가 입에 머금고 있었던 피를 내뿜었다.

푸악!

핏물이 분사 형태로 이군악의 눈을 뒤덮었다.

"앗!"

이어서 암체 같은 색마의 장력이 이군악의 가슴, 어깨, 배에 묵직하게 꽂히고, 온갖 요혈들을 지법으로 연달아서 찍었다.

타다다닥!

색마도 지독한 면모가 남다른 터라, 이런 와중에 날아오는 주먹을 막지도 않은 채로 계속 지법을 찍었다. 결국에는 이군악의 주먹이 색마의 얼굴까지 도착했다가 거짓말처럼 멈췄다.

"…!"

누적된 빙공의 중첩 때문에 얼어붙은 모양새였다.

"퉤!"

색마가 입에 담긴 핏물을 바닥에 뱉더니 왼발로 이군악의 옆구리를 찼다. 퍽- 소리와 함께 이군악이 비무대 바깥으로 날아가자… 색마도 비명을 내질렀다.

"아으…"

색마가 엉거주춤한 자세로 드러눕더니 자신의 발을 매만졌다. 분명히 내공을 주입해서 찼을 텐데도 고통을 느끼고 있었다. 임소백과 도왕이 고개를 돌리더니 서로를 바라봤다.

"황당하군."

"그러게 말이오."

색마가 쩔뚝거리다가 일어나서 임소백에게 물었다.

"맹주님, 제가 이겼죠?"

임소백이 아무 말 없이 쳐다보자, 색마가 천천히 고개를 돌렸다. 이미 이군악이 분노한 표정으로 뒤에 서있었던 상태. 그사이에 회복해서 다가온 상태였다. 사실 비무가 아니라면 싸움은 지금부터가 진짜였을 터였다. 색마가 화들짝 놀라면서 물러났다.

"깜짝이야. 뭐야? 무슨 일이야? 비무 끝났어."

이군악이 황당한 표정으로 임소백을 바라봤다.

"으음."

임소백이 말했다.

"군악아, 방심하면 어떻게 되는지 알았을 테니 됐다. 약조는 약조다."

"그렇습니까?"

"바로 쫓아가서 비수라도 내질렀으면 막을 시간이 있었겠나?"

이군악이 고개를 끄덕이더니 임소백을 바라봤다.

"그렇군요. 맹주님. 제가 졌습니다. 비무에서 눈에 피를 내뿜는 수법을 사용할 줄은 저도 예상하지 못했습니다."

졌는데도 별로 진 것 같지 않은 사내가 화를 애써 억눌렀다. 괜히 전생 바보가 아닌 셈이다. 도왕도 패배한 이군악을 먼저 위로했다.

"군악아, 강호에는 더 비열한 놈들이 많아. 좋은 경험이었다고 생각해라."

"예."

그 옆에는 못난 승자 놈이 입에 묻은 피를 닦고 있었다. 어쩐지 이군악에게 또 이기라고 하면 비무대에서 앓아누울 것처럼 보였는데 어쨌든 색마가 이겼다. 아무도 색마에게 칭찬을 해주지 않고 있어서 나 혼자 색마에게 대충 박수를 보냈다.

"이야, 엄청나게 비열했다. 역시 백응지의 몽랑이야. 비열한 승리, 저열한 전략, 꼼수의 대가, 더러운 침 뱉기, 저잣거리 싸움의 전문가인 너의 승리다."

색마가 나를 쳐다봤다.

"닥쳐라."

"칭찬인데 왜 지랄이냐. 이겼으면 됐지."

"이겼지만 기쁘지는 않아."

"알면 됐다."

그제야 이군악이 고개를 젖힌 채로 웃음을 터트렸다. 본래도 호랑이 목청이라서 웃음이 쩌렁쩌렁하게 울렸다. 임소백이 말했다.

"들어가서 쉬어라. 내일은 제왕들이 더 도착할 테니. 경험을 더 쌓고 싶으면 제대로 쉬어야 할 게다."

임소백이 도왕에게 말했다.

"자네도 쉬게나."

임소백이 먼저 자리를 뜨자, 분위기가 실로 어색했다. 전부 월하관으로 가는 사람들이었기 때문이다. 새삼스럽게 고개를 돌려보니 귀마는 말 한마디도 없이 비무를 감상하고 있는 눈치였다.

"가자고."

나는 귀마와 먼저 월하관으로 향했다. 조금 떨어진 곳에서 귀마가 입을 열었다.

"엄청나게 강하네."

"이군악? 권왕의 제자인데 강해야지. 보면서 무슨 생각이 들었기에?"

"내 검이 계속 부러지는 상상?"

나는 고개를 끄덕였다. 귀마가 정확하게 봤다. 권왕은 상대의 병장기를 뺏거나, 부러뜨린 다음에 더 강해진다. 심리적으로도 병장기를 빼앗긴 자들은 더 위축될 수밖에 없다. 그래서 본래 병장기를 빼앗는 수법도 많이 알고 있다. 비무는 이군악과 색마가 벌였지만, 얻는 것은 관전자들에게도 많았다. 문득 뒤를 쳐다보니 이군악과 색마가 서로에게 비난의 말을 조곤조곤하게 주고받으면서 따라오고 있었다.

애새끼들이라서 딱히 이상한 광경은 아니었다. 나도 도왕과 한바

탕을 한 상태였기 때문에 얌전히 방으로 들어가서 침구에 누웠다. 이번 비무에서는 이상하게도 이군악이 더 얻은 게 많다는 생각이 들었다. 색마의 침 뱉기는 다시 통하지 않을 테고, 빙공에 당한 이군악이 전략을 수정하면 색마가 더 어려워지기 때문이다. 그러니까 꽤 값진 패배였다. 도왕의 말대로 비슷하게 비열한 놈에겐 다시 당하지 않을 테니 말이다. 천장을 보면서 상념에 빠져있는데 계단에서 소리가 들리더니 누군가가 방문을 두드렸다.

"문주님."

"말씀하시오."

"맹주님이 잠시 보자고 하십니다."

"아까 부르시지… 갑시다."

* * *

나는 맹원을 따라서 맹주전을 통과했다. 어디서 만나는가 했는데 깊숙이 들어가는 꼴을 보아하니 맹주의 집무실인 듯했다. 맹주전에서 대기 중인 호위들은 내게 인사도 하지 않고 아는 척도 안 했다. 집무실 앞에 도착하자 맹원이 보고했다.

"하오문주를 데려왔습니다."

"들어와라."

맹원이 문을 열어주면서 나를 쳐다봤다.

"들어가시지요."

나는 태어나서 처음으로 무림맹주의 집무실을 구경했다. 상상하던 것보다 크지 않고, 집기도 별로 없었다. 그저 보고하고, 보고받기 좋은 형태의 밀실에 가까웠다. 자연스럽게 벽에 시선이 갔다. 몇 가지 병장기가 진열되어 있어서 맹주에게 물었다.

"전부 선배가 사용합니까?"

임소백이 대답했다.

"그런 것 같나?"

"아닌 것 같군요."

검뿐만이 아니라 극戟, 도刀, 쌍검雙劍도 있고 서장에서 흘러들어온 것 같은 특이한 칼날 모양의 곡도曲刀도 있었다. 임소백도 병장기를 바라봤다.

"선물 받은 것도 있고, 주인을 잃은 병장기도 있고, 선배들이 은퇴하면서 두고 간 것도 있지. 전대 맹주들이 사용하다가 흥미를 잃었는지 기증한 것도 있고."

병장기를 둘러보는 사이에 바깥에서 누군가가 말했다.

"맹주님, 부르셨습니까?"

"들어오게."

입구를 바라보자, 공손월이 등장해서 맹주에게 예를 갖췄다.

"맹주님."

공손월이 나를 쳐다봤다.

"문주님, 오랜만에 뵙습니다."

나는 답례하면서 대답했다.

"군사, 어서 오시오."

임소백이 공손월에게 물었다.

"도왕과 문주가 겨뤘는데 알고 있나?"

공손월이 고개를 끄덕였다.

"예, 이미 보고를 받아서 기록했습니다. 무승부로…"

"도왕과 무승부라니 그러면 문주의 서열이 빠르게 올라가지 않겠나?"

무슨 말인지 이해하지 못한 표정을 한 공손월이 고개를 끄덕였다.

"그렇겠지요?"

"삭제하게. 비무는 없었던 것으로."

"알겠습니다. 그런데 이유가 따로 있습니까?"

"문주가 원하지 않아. 다른 비무가 있더라도 추가로 기록할 필요 없어. 서열도 의도적으로 천천히 올리도록."

공손월이 나를 쳐다봤다. 이 새끼 왜 이러지 하는 눈빛으로 나를 바라보고 있었다. 너무 빤히 쳐다보는 것 같아서 주둥아리를 열었다.

"뭘 쳐다보시오?"

"아, 아닙니다. 맹주님, 더 분부하실 게 있으십니까?"

공손월이 맹주를 쳐다보자, 임소백이 고개를 저었다.

"동호에서 사도제일인 죽인 것도 삭제하고. 문주의 서열이 너무 올라가면 따로 보고하도록. 그렇게 하려면 같이 다니는 자들의 서열도 비슷하게 취급해야겠지."

"아, 예. 알겠습니다."

공손월이 나가자, 임소백이 말했다.

"이 정도면 됐나?"

"예."

일전에 별을 헤아리고 있다가 내가 했던 부탁을 임소백은 잊지 않고 있었다. 그렇긴 하지만 굳이 여기까지 나를 부르고, 공손 군사까지 불러서 처리한 것은 살짝 이해하기가 어려웠다.

"도왕과 겨뤄보니 어때?"

"답답하더군요."

"도왕도 같은 말을 하더군. 자존심이 강한 사내야."

"그렇겠죠."

"저녁 먹고 다시 붙기로 했을 때 그 자존심 때문인지 자네의 팔 하나를 날려야겠다고 하더군. 그래야만 이길 수 있겠다고 하더군. 물론 자네가 없는 자리여서 그런 말을 했던 것이겠지."

"그래서 뭐라고 대답하셨습니까?"

임소백이 나를 쳐다봤다.

"…자네의 팔 하나가 날아가면 백도의 큰 손실이라고 대답했지."

"…"

어허, 그런데 이 사람이? 사람을 자꾸 들었다 놨다 하고 있었다.

"무척 큰 손실이긴 하죠."

"나도 그렇게 생각하네. 도왕을 좀 추켜세워 줬네. 정말 그렇게라도 할 셈인가? 물었더니 자꾸 한숨만 내쉬더군."

"그런 사연이 있었군요."

임소백이 갑자기 웃음을 참는 표정을 짓더니 탁자에 있는 차를 홀짝거렸다. 뭐가 좀 웃긴 모양인데, 왜 웃는지는 알 수가 없었다. 임소백이 말했다.

"자네는 훌륭한 무인이야."

"갑자기요?"

"변함없는 마음가짐이 자네를 더 강하게 만들겠지. 당분간 여인을 만나는 것은 그른 것 같으니 수련에만 집중하게."

이게 뭔 개소리인가 싶었는데. 생각해 보니까 맹에서 가장 뛰어난 미인이기도 한 공손월을 괜히 불러내서 내 표정을 관찰한 모양이다. 자네는 훌륭한 무인이야, 라는 말이 놀려대는 말로 해석되는 신기한 경험을 체험하는 중이었다. 나는 이 대책 없는 노총각에게 똑같은 말을 되돌려 줬다.

"…맹주님도 훌륭한 무인이십니다."

임소백이 갑자기 찻물을 내뿜었다.

···

314.
태어나서 처음으로
하게 된 사과

맹주에게 칭찬을 받았는데 기쁘지 않은 사람은 강호에서 내가 유일할 것이다. 여러모로 유일무이한 존재, 그것이 나다. 회동을 마친 다음에 훌륭한 무인이 된 나는 당당하게 맹주전을 빠져나왔다. 사실 공손월의 미모는 나도 눈이 달려있는 터라 잘 알고 있다. 하지만 공손월은 임소백을 보조하는 무림맹의 총군사가 될 여인이고, 나는 아직 완성되지 못한 무인인 데다가 하오문을 이끌고 있다.

처자를 만나는 것도 때가 있다고 생각하는데 지금은 아니다. 그러면 전생에는 왜 그렇게 홀로 외롭고 쓸쓸하게 지냈는가? 그걸 알면 내가 혼자 지냈겠는가. 나도 잘 모르겠다. 알지만 모르는 게 약일 때도 있다. 월하관으로 향하는 도중에 삐쩍 마른 맹원이 나를 조심스러운 어조로 불렀다.

"문주님."

나는 젊은 맹원을 쳐다봤다. 불이 밝았기 때문에 얼굴이 잘 보이는 편이었으나 누군지는 생각나지 않았다. 어쨌든 맹원이었기 때문에 고개를 끄덕이면서 대답했다.

"무슨 일인가?"

이놈의 표정이 왜 이러지? 얼굴에 여러 가지 감정이 교차되어 있었는데 뜻밖에도 벅찬 감정도 엿보였다. 그제야 나는 맹원의 눈빛이 예전에 본 것 같다는 느낌이 들었다.

"음. 너, 설마."

춥지 않은 날이었는데 갑자기 팔뚝에 소름이 올라왔다. 맹원이 웃으면서 물었다.

"제가 누군지 기억나십니까?"

나는 고개를 끄덕였다.

"알지."

문득 고개를 돌려서 맹원의 뒤쪽을 바라보니 서너 명이 우리의 재회를 잠시 기다려 주고 있었다. 나는 새카맣게 탄 얼굴로 웃고 있는 수하에게 말했다.

"몰라보게 살이 빠져서 잠시 바로 알아보지 못했다."

"예."

나는 웃으면서 말했다.

"보기 좋구나. 장산張山."

"기억하시는군요."

눈앞에는 남악녹림맹의 젊은 산적이었던 장산이 나를 쳐다보고 있었다. 사실 그때 살아남은 산적들의 이름을 한 차례 외우긴 했는데, 지금까지 기억하고 있는 이름은 사실 장산이 유일했다. 내가 거

...

됐던 사람들의 운명을 내가 어찌 일일이 알겠는가? 흑묘방으로 데려갔었는데 그동안에 내가 흑묘방에 자주 가지 않았었기 때문에 장산에게 무슨 일이 일어났는지는 알 수가 없었다.

"어떻게 여기 있는 거야?"

장산이 대답했다.

"흑묘방에서 수련하는 동안에 무림맹에 들어가고 싶다고 했습니다."

"그래서?"

"소군평 방주가 물심양면으로 지원해 주셔서 어쩌다 보니 들어오게 되었습니다."

"그랬군. 입맹 시험도 다 통과한 것이고?"

"시험이 무척 깁니다. 그전에 흑묘방에서 매일매일 굴렀던 경험이 있어서 잘 버텼습니다. 그리고 신분 보증이라고 해야 할까요. 소 방주가 저는 하오문에 속한다는 서찰을 써주셔서 문주님의 도움도 받았습니다."

나는 그제야 몰라보게 달라진 장산을 위아래로 훑었다. 훈련 때문에 산적 때와는 모습이 너무 달라진 상태였다.

"무림맹은 힘든 곳인데 후회는 없어?"

장산이 내게 포권을 취하면서 대답했다.

"예, 저는 후회 없습니다. 정식으로 인사드립니다. 구검대九劍隊의 장산이 하오문주님을 뵙습니다."

나는 답례하면서 고개를 끄덕였다.

"그래. 장 무인, 또 보자. 건강하고."

뒤에서 맹원들이 기다리고 있었기 때문에 빨리 보내주는 게 맞았다. 개인 활동이 어려울 텐데, 선배들에게 부탁을 해서 나를 찾아온 모양새였다. 장산이 웃으면서 대답했다.

"예, 문주님."

나는 장산이 검대원들에게 돌아가는 것을 물끄러미 지켜봤다. 새삼스럽게 남악녹림맹의 산적들을 전부 몰살하지 않은 것이 떠올랐다. 전생에는 아마도 임소백 맹주에게 전부 팔다리가 잘려서 죽었을 놈들이었으니 내 기분이 이상한 것도 당연한 일이었다. 장산이 맹원들과 돌아서더니 나를 향해 말없이 또 예를 갖췄다. 나는 강호의 인사가 싫어서 그저 손을 몇 번 흔들었다.

다시 월하관으로 향하고 있을 때. 아마도 장산과 재회해서 그런 모양인지 개방 방주의 제자인 노신도 떠올랐다. 임소백의 성격으로 봤을 때, 노신이 잘 지내고 있다면 내게 몇 마디 했을 것이다. 아무 말이 없는 것을 보니까 장산과 달리 노신은 잘 지내지 못하는 것 같다는 예감이 들었다. 사실 사부를 배신하려던 사람을 임소백이 중용하는 것도 우스운 일이다.

나는 군이 노신을 찾지 않았다. 장산 때문에 알 수 없는 감정에 휩싸여서 객잔을 찾아가서 술이라도 한잔하고 싶었으나 무림맹에 머물고 있는 터라 그냥 월하관으로 들어갔다. 혹시나 싶어서 식사를 하는 곳을 가봤더니 그래도 귀빈을 대접하는 곳이라서 그런지 늦은 저녁을 먹거나 술도 마실 수 있는 모양이었다.

나는 간단한 안주 요리 하나에 술을 좀 달라고 한 다음에 혼자 탁자에 앉아서 휴식을 취했다. 잠시 후 마른안주에 술을 마시면서 홀

...

로 장산의 입맹을 축하했다. 그때 내게 죽어서 장산처럼 새로운 삶의 기회를 얻지 못한 어리석은 놈들에게도 술을 한잔 따르고, 그것을 내가 대신 마셔줬다.

일전에 내게 죽었고, 앞으로 내게 죽을 놈들을 대신해서도 한잔 마셨다. 취기가 올라오는가 싶더니 월하관의 내부가 잠시 자줏빛으로 물들었다가 이내 사라졌다. 내가 알게 모르게 취기신공取氣神功을 터득한 모양이다. 나는 오늘따라 금세 취했다. 언제인지 모르겠으나 방으로 기어가서 침구에 누운 다음에 눈을 감았다. 부산한 소리에 눈을 떴을 때는 어느새 날이 훤해진 상태였다. 이게 잠을 잔 게 맞나 싶을 정도로 황당했다. 창문을 열어서 바라보니 아침이 아니라 대낮이었다.

살다가 잠이 부족하다 싶으면 무림맹에 와서 자면 되겠구나 하는 삶의 지혜를 얻었다. 지엄하신 무림맹주를 보호하기 위한 철통 경계 덕분에 숙면을 저절로 취하게 된다. 그나저나 내가 하룻밤을 잔 게 맞을까? 월하관 앞에 사람들이 너무 많이 모인 상태였다. 방금 일어나서 귀찮았기 때문에 그냥 계속 구경했다. 지켜보고 있으려니 월하관에서 나가는 자들이 더 많았다. 혼란 속에서 이런 대화가 들렸다.

"누가 오셨다고?"

"남궁검제南宮劍帝, 서문무제西門武帝, 오호五虎와 육룡六龍에 속한 자들, 구경꾼들까지. 일봉이선一鳳二仙에 속한 여인도 왔다는군."

맹주나 제왕들의 비무를 구경할 수 있어서 그런 것일까. 나는 옆방에서 나는 소리에 귀를 기울였다. 기분 탓일까? 일봉이선이라는 말이 들리자마자 색마가 움직이더니 방문을 열고 나섰다.

"…"

그제야 잠이 좀 깼다. 왜 이렇게 한꺼번에 몰려왔는지는 이해가
된다. 육룡이나 일봉이선에 속한 후기지수들도 남궁가나 서문가에
속해있기 때문이다. 명문세가의 선봉을 다투는 자들이고, 차기 맹주
를 배출한다는 소문이 무성했지만 전부 임소백의 위세에 눌려서 내
가 알고 있는 시점까지도 맹주가 바뀌는 일은 없었다. 물론 이 제왕
들이 맹주에게 도전했다는 전생의 일은 알았기 때문에 그게 오늘일
가능성은 높았다.

'새삼스럽게 맹주 노릇 하기 피곤하구나.'

세상의 이치가 그렇다. 최고의 자리에 있으려면 계속 증명해야 한
다. 더군다나 임소백이 삼재와 같은 천하제일 수준은 또 아니라서
제왕들이 얕잡아 보는 경향도 있을 터였다. 어쨌든 이번 방문 목적
은 제왕들을 귀찮게 하는 것이라서 나도 세수를 하고 비무대로 나갈
채비를 했다.

검제나 무제는 본 적이 없어서 궁금하기도 하고. 위소선을 제외한
일봉이선의 젊은 시절도 궁금했다. 나는 월하관을 나서서 비무대로
향했다. 간밤에 맹원들이 미리 준비를 해놓은 모양인지 비무대 주변
에 의자도 놓여있었고, 아직 불을 붙이지 않은 횃불도 군데군데 세
워놓은 기둥에 붙어있었다.

구경꾼이 그렇게 많지도 않았다. 색마 옆에 서서 주변을 둘러보
고 있으려니 이미 귀마와 검마는 의자에 앉아서 아무도 없는 비무대
를 쳐다보는 중이었다. 그제야 나는 유난히 아무것도 하지 않는 두
사람을 발견했다. 남궁가의 검제와 서문가의 무제가 나란히 상석 같

은 곳에 앉아있었는데 나머지 인원들은 전부 수행원들처럼 서서 대기했다. 왜 저렇게 심통이 난 얼굴인가 했더니 임소백보다는 나이가 많아 보였다.

나는 뒷짐을 진 채로 비무대에 올라가서 크게 한 바퀴를 돌았다. 이렇게 여유롭고 당당하게 거닐면 내가 하오문주인지 무림맹의 간부인지 알아차리지 못할 터였다. 나는 아무도 없는 비무대의 외곽을 걸어 다니면서 몰려온 자들의 얼굴을 천천히 둘러봤다. 불순한 의도를 가지고 들어온 놈이 있을 가능성도 배제할 수 없었다. 문득 색마와 눈을 마주쳤는데, 색마가 인상을 쓰면서 입을 열었다.

"…뭐 하냐?"

나는 손가락을 입에 가져다 댔다.

"쉿."

이름표를 붙여놔야 누가 누군지 알 터인데 도무지 정체를 알 수 없는 자들도 제법 많이 뒤섞여 있었다. 나는 비무대를 도는 와중에 유난히 하얀 부채로 자신의 얼굴을 슬쩍 가리는 사내를 잠시 쳐다봤다. 옆에 사람과 속삭이는 대화를 주고받고 있었는데 무슨 말인지는 들리지 않았다.

나는 딱히 할 일이 없었기 때문에 사내가 부채를 치울 때까지 멈춰서 기다렸다. 내가 비무대에 서서 한 사내를 계속 주시하자, 사람들의 시선이 내게 꽂혔다가 도대체 내가 누굴 노려보고 있는 것인지 관심이 모였다. 결국에 사람들의 시선도 내 눈빛을 따라서 부채를 들고 있는 사내에게 모였다.

'네가 언제까지 부채로 얼굴을 가리나 보자.'

내가 움직이지 않자, 부채가 갑자기 탁- 소리와 함께 접히더니 살기 어린 눈빛의 사내가 나를 노려봤다.

"…"

나는 이놈이 이렇게 당황하는 표정을 처음 본다. 거의 넋이 나간 백의서생이 나를 쳐다보고 있었다. 이놈은 나중에 무림맹에 들어오는 놈이라서 오늘 암살이라든지 비무의 목적으로 여길 오진 않았을 터였다. 내가 놀랐다기보다는 백의서생이 놀라고 있었다. 눈빛만 봐도 감정이 읽힐 때가 있는데 지금이 그렇다.

'네가 왜 여기에 있는 것이냐?'

나는 백의서생에게 짤막하게 말했다.

"…왔는가?"

백의서생이 대답할 말을 고르다가 결국에는 고개만 한 번 끄덕였다. 나는 백의서생과 함께 온 자들을 둘러보다가, 옆에 있는 놈이 오호五虎에 속하는 고수일 것이라 추정했다. 어쨌든 간에 천악서생이 없었기 때문에 나름 다행이었다. 나는 백의서생에게 별다른 말을 하지 않은 채로 다시 비무대 위를 걸었다. 백의서생의 얼굴이 새빨갛게 변하고 있었지만, 굳이 말을 걸진 않았다.

이러면, 사건과 시간 순서를 다시 재배치할 필요가 있다. 그러니까 오늘 비무에서 백의서생이 임소백의 육전대검을 직접 관람하는 모양이다. 이후에 정체를 숨긴 채로 무림맹에 입성하는 방법을 알아보는 것일 테고. 사실 정체를 숨긴다기보다는 이미 여러 개의 정체를 가지고 있을 터였다. 나는 백의서생을 그냥 내버려 뒀다. 이제야 서문가와 남궁가가 모여있는 곳을 지나는데, 누군가가 내게 물었다.

"자네는 누군데 비무대를 그렇게 돌아다니나?"

물어본 사내가 검제나 무제는 아니어서 대충 대답했다.

"사마외도 고수가 있진 않은지 살피는 중이오."

대답이 꽤 적절했나? 질문을 던졌던 사내는 별말이 없었다. 이때 서문무제의 뒤에서 일전에 형산 지부에서 봤던 소가주 놈이 무어라 속삭였다. 그러자 서문무제가 내게 말했다.

"하오문주, 비무대에서 설쳐대지 말고 내려가게."

나는 서문무제를 향해 고개를 살짝 숙였다.

"예, 선배님."

문득 고개를 돌려보니 월하관 방향에서 군검왕, 도왕, 권왕 무리가 한데 뭉쳐서 다가오고 있었다. 시선이 모두 그쪽으로 향해서 내게 뭐라 하는 놈도 없었다. 나는 하던 대로 비무대를 걸으면서 관객의 모습을 자세히 훑었다. 이번에는 군검왕 무리가 다가오든 말든 간에 나를 죽일 것처럼 노려보는 사내가 있었다.

"..."

그놈 참 살벌하게 쳐다본다는 생각이 들었으나 무섭진 않았다. 무리 지어서 있는 것을 보아하니까 이쪽도 무림세가였다. 나보다 나이가 조금 있어 보이는 세가의 가주에게 인사말을 건넸다.

"...처음 보는데, 내게 원한이 있소?"

사내가 자리에서 일어나더니 나를 똑바로 쳐다보면서 대답했다.

"사마세가 가주 사마운司馬雲이다."

검왕 무리에게 꽂혔던 시선이 다시 일제히 내게 돌아왔다. 나는 사마운을 지그시 바라보다가 먼저 예를 갖췄다. 그러니까 형산 지부에서 내가 중상을 입혔던 사마학의 아들 또는 후계자인 모양이었다. 사마학의 아들이라면 나를 이렇게 쳐다봐도 된다. 분통이 터질 테니 말이다. 나는 덤덤한 어조로 말했다.

"사마 가주, 오셨소."

딱히 비무에 대한 변명은 하고 싶지가 않았다. 사마운이 내게 말했다.

"그대가 왜 여기에 있는지 모르겠군."

자칫 잘못하면 부자父子에게 모두 중상을 입힐 수도 있는 노릇이라서 나는 사마운을 도발하지 않았다.

"그렇게 됐소. 비무 때문에 마음이 불편하셨으면 내가 사과하리다."

나는 말을 내뱉고 나서 속으로 적잖이 놀랐다. 내가 언제부터 이렇게 예의 바른 사람이었던가. 정말 시간이 약인 모양인지, 나도 슬금슬금 변화를 맞이하고 있었다. 사마운이 말했다.

"전대 가주께서는 그 후로 본래의 무공을 회복하지 못하고 계시네. 그게 백도의 비무였나? 전해 들은 바로는 그렇지 않다고 들었네."

나는 비무대에 서서 사마운 가주에게 호되게 혼이 났다. 딱히 무섭다는 생각도 들지 않았다. 하지만 사마운의 마음을 이해하기 때문에 참는 것도 그리 어렵지 않았다.

"…백도의 비무였다기보다는 감정이 섞인 비무였소. 내가 과한 면이 있었으니 가주와 사마세가 여러분들에게 사과하리다."

나는 사마운의 화난 모습을 물끄러미 쳐다보다가 어쩐 일인지 어젯밤에 봤던 장산의 옛 모습이 겹쳐 보였다. 딱히 관계는 없을 테지만, 속내라는 게 항상 뚜렷하게 이해할 수 있는 것은 아니다. 더군다나 사마운의 무력은 전대 가주인 사마학보다도 약해 보이는 터라, 여기서 나와 복수 비무전이라도 벌이면 사마세가의 체면이 땅에 떨어지게 될 터였다. 사마운은 겨우 화를 억누르는가 싶더니 도로 자리에 앉았다. 놀랍게도 사마운이 내게 이런 말을 했다.

"…내가 지금 문주보다 실력이 뒤처진다는 것을 알고 있소. 고되게 수련해서 나중에 문주에게 정식으로 비무를 청하리다."

나는 고개를 끄덕이다가 사마운의 요청을 받아들였다.

"그렇게 합시다. 기다리겠소."

이상하게도 속에서 큰 숨이 빠져나왔다. 새삼스럽게 둘러보니 백도의 고수들이 전부 우리를 쳐다보고 있었다. 나는 어쩔 수 없이 그제야 비무대를 내려갔다. 끝내 백의서생에겐 다시 아는 척을 하지 않은 다음에 사대악인들이 있는 곳에 돌아와서 얌전히 자리에 앉았다. 곧 무림맹주가 올 터였다.

315.
왕이 왜 이렇게 많아?

임소백이 비무대에 올라서 주변을 둘러봤다. 무슨 말을 할 것인지 기대했는데 임 맹주는 아무런 말이 없었다. 그저 모여든 자를 한 차례 둘러본 다음에 상석으로 가서 앉았다. 맹주가 아무 말도 하지 않자, 사방이 고요했다. 사람들이 이렇게 모여있음에도 조용한 상황이 즐거울 때가 있는데 지금이 그랬다. 예상치 못하게 공손월이 일어나더니 비무대로 걸어오면서 말했다.

"…여러 선배님. 임소백 맹주님의 재신임을 축하하러 와주셔서 감사…"

"공손 군사, 닥쳐라. 누가 축하하러 왔다더냐?"

공손월이 한 중년인을 쳐다봤다.

"그럼 제갈 가주께서는 무슨 일로 오셨습니까?"

"나는…"

"예, 말씀하십시오. 후배가 경청하겠습니다."

문득 제갈 가주의 눈이 조금 커지더니 주변 상황을 둘러봤다. 이 자리에서 재신임에 반대한다고 하면 바로 임소백과 맞붙을 수 있는 상황이었다. 공손월이 대답을 강요했다.

"선배님?"

제갈 가주가 아무 말도 못 하자, 공손월이 주변을 둘러봤다.

"재신임에 불만이 있으신 분들이 계십니까? 맹주님도 한두 차례 비무를 하시겠다고 하셨습니다. 다만 무림맹이 준비한 단목검을 사용하는 비무입니다."

"공손 군사."

공손월이 남궁검제를 바라봤다.

"예, 선배님."

남궁검제가 말했다.

"맹주가 비무에서 패배하면 어쩔 셈인가."

"물러나신다고 하셨는데, 제가 다시 여쭙겠습니다. 맹주님?"

임소백이 대답했다.

"물러나야지. 신개 선배가 오셔서 태사의를 걷어찬 다음에 맹주 자리를 내놓으라고 하면 그 자리에서 미련 없이 일어날 생각이다."

임소백이 주변을 한 차례 둘러본 다음에 말을 이어나갔다.

"…하지만 너희는 아니야."

공손월이 맹주에게 포권을 살짝 취한 다음에 백도의 고수들을 둘러봤다.

"입장은 이렇습니다."

이때, 나는 남궁검제와 서문무제가 시선을 교환하는 것을 지켜봤다. 눈빛을 주고받자마자 서문무제가 말했다.

"내가 먼저 도전하겠네. 병장기를 쓰지 않으니 단목검은 필요 없다."

이렇게 빨리? 일부 세가는 어느 정도 말을 맞추고 온 모양새였다. 이렇게 되면 정말 단순하게 서문무제가 겨뤘다가, 그다음은 남궁검제였다. 문득 나는 내가 벌써 나서야 하는 상황인지 고민이 들었다. 문득 군검왕을 바라봤는데 이 인간도 아무 말이 없었다. 어쨌든 세가의 가주들은 임소백이 마음에 들지 않는 모양이다. 사업 때문에? 아니면 세가 연합의 발족을 막았기 때문일까? 깊숙이 들여다본 적이 없어서 돌아가는 심리 상황을 파악할 수가 없었다. 임소백이 서문무제에게 물었다.

"진심이냐?"

서문무제가 한숨을 내쉬었다.

"임 맹주, 내가 네 수하도 아닌데 그게 대체 무슨 말버릇이냐? 우리 가문에 찾아와서 예의 바르게 비무를 청하던 일이 엊그제 같은데. 맹주면 강호인이 전부 아랫사람으로 여겨지나?"

임소백이 웃었다.

"그게 언제 일이지?"

전초전이라서 그런 것일까. 아무도 이 싸움을 방해할 뜻이 없어 보였다. 내가 생각하던 것과는 괴리감이 컸다. 내가 보기에 임소백은 지금 성질을 애써 누르고 있다. 임소백이 무제, 검제, 검왕, 도왕 같은 사내를 전부 쥐패서 돌려보내면 그것은 쫄딱 망한 제왕비무대회다. 이기는 것만이 능사가 아닐 때가 있는데 지금이 그렇다.

"후."

어쩔 수 없이 나는 손을 들었다. 공손월이 나를 발견하더니 덤덤한 어조로 물었다.

"하오문주님, 하실 말씀 있으십니까?"

나는 고개를 끄덕인 다음에 말했다.

"맹주님에게 도전할 기회가 몇 번이오?"

공손월이 나와 장단을 맞췄다.

"구체적으로 말씀은 하지 않으셨는데 아무래도 제왕들을 연달아 상대하다가 지치셨을 때 누군가가 도전하면 비무의 의미가 퇴색됩니다. 어느 정도 선은 있어야겠지요."

"아무나 도전할 수는 없지 않겠소? 무공만으로 맹주가 될 수 없는데."

"그렇습니다."

남궁검제가 대화에 끼어들었다.

"하오문주, 하고 싶은 말이 무엇이냐?"

"두 번으로 제한합시다."

서문무제가 끼어들었다.

"누구 마음대로?"

"한 명은 임 맹주께서 지목한 상대. 다른 한 사람은 이곳에서 비무를 통해서 실력을 입증한 사람. 그 두 명을 연달아 꺾으면 가주들께서도 불만이 없을 것 같은데. 다들 어떻게 생각하시는지."

서문무제가 내 제안을 비웃었다.

"우리가 무엇을 더 증명해야 하느냐? 어처구니없는 제안이로군.

이보게 젊은 후배, 자네가 나서서 왈가왈부할 자리가 아니야. 주제 모르는 말은 그쯤 해두게."

내 옆에서 고개를 끄덕이던 색마가 서문무제의 말에 대답했다.

"맞습니다."

나는 잘됐다 싶어서 서문무제의 말꼬리를 물고 늘어졌다. 나는 본래 상대방이 가장 열 받는 말을 잘하는 사람이다.

"맹주도 계속 증명해야 하는 자리가 맞소."

색마가 고개를 끄덕이면서 추임새를 넣었다.

"그것도 맞지."

나는 자리에서 일어난 다음에 모여있는 제왕들을 둘러보면서 말했다.

"…하지만 함부로 제왕을 별호에 붙이고 다니는 자들도 오늘 증명을 좀 해야겠는데?"

"이놈!"

"그게 무슨 말버릇이냐?"

여기저기서 호통이 겹쳐서 들렸다. 중얼대는 소리에 쌍욕도 섞여 있었는데, 나는 욕을 듣자마자 기분이 흐뭇해졌다. 나는 혼자 낄낄 대다가 비무대에 올라가서 공손월을 쳐다봤다. 공손월이 헛기침을 하더니, 내게 내려가란 말도 하지 않았다. 나는 주변을 둘러보면서 말했다.

"강호에 왕이 왜 이렇게 많아?"

"…"

너무 막말을 해댄 것일까. 주변이 고요해졌다. 나는 이럴 때 인생의 보람을 느끼는 것 같다. 관심종자의 삶이란 이런 때 빛나는 법이다. 나는 임소백에게 먼저 포권을 취했다.

"우리 맹주 선배, 강호에서 내가 존경하는 사내요. 남악에서 함께 싸웠고, 동호에서 내가 싸우고 있다는 소식을 듣고 특작대 꾸려서 한걸음에 달려오셨소. 덕분에 동호제일검이라는 시건방진 변태 무림공적을 때려죽일 수 있었지. 왕이라는 자들은 어디서 무엇을 하고 계셨소? 아, 수련하느라 바빠서 동호의 일에 참견할 이유가 전혀 없으셨겠지. 나는 그 전에 무림공적에 올라있는 무릉자, 비객, 독행자도 때려죽였소. 우리 왕이라 불리는 선배들은 뭘 하고 계셨소. 맹주의 재신임에 반대하러 오셨다고? 이해하겠소. 하지만 염치가 있다면 난립한 왕의 별호를 한 번 정리한 다음에 도전합시다. 차륜전도 아니고 이게 무슨 개 같은 짓거리인지?"

나는 문득 임소백과 눈을 마주쳤는데, 임소백은 웃음을 애써 참고 있었다. 이때, 서문무제가 얼굴에 신호탄이 터진 사람처럼 불그스름한 낯빛으로 일어나서 내게 말했다.

"좋다. 형평성을 지적할 만하다. 보아하니, 맹주가 오늘 지원군을 곳곳에 심어두었구나. 그렇다면 맹주에게 도전할 사람들은 먼저 후배들과 자웅을 한번 겨룬 다음에 도전해도 나쁘지 않겠지. 그러면 되지 않겠나? 당장 나부터 그리하겠네. 내가 하오문주의 도전을 받아준 다음에 운이 좋아 내가 승리하면 그때, 임 맹주에게 다시 도전하겠네. 하오문주, 설마 피하진 않겠지?"

나는 서문무제를 바라봤다. 이놈은 나를 한참 낮춰보고 있었다. 사실 서문세가의 무제면 그래도 된다. 딱히 나보다 약한 사내처럼 보이지도 않았다. 어쨌든 도왕이나 검왕보다도 강해 보였기 때문이다. 나는 서문무제를 바라보다가 말했다.

"…근데 누구시오? 가주께서는. 내가 초면인지라."

서문무제가 정색했다.

"문주, 적당히 하게나."

"그럴까요. 그럼 이렇게 합시다."

주변을 둘러보면서 말했다.

"오늘 패배한 제왕들은 별호에 제왕을 떼시오. 못 떼겠으면 부랄을 떼든가."

"…!"

아, 제기랄… 말이 헛나왔다. 나는 선을 넘은 막말을 내뱉은 다음에 잠시 눈을 질끈 감았다. 강호의 고수들이 모두 모인 자리에서 대체 부랄이 뭐냐, 부랄이… 어디선가 검마의 깊은 한숨 소리가 들렸다.

"하아…"

이 자리에 무림맹 최고 미녀인 공손월과 일봉이선에 속한 미인들이 있다는 사실도 새삼 떠올라서 나도 깊은 한숨이 나왔다.

'염병 진짜…'

나는 얼굴이 화끈거리는 것을 느끼면서 겨우 눈을 떴다. 꿈이길 바랐으나 공손월은 아예 말을 제대로 듣지 못했는지 고개를 갸웃하고 있었다.

"…"

못 들었으면 오히려 좋아. 어쨌든 간에 주변을 환기할 필요가 있었다. 나는 서문무제를 바라봤다.

"아무튼… 무명에 가까운 무인에게 패배하면 그 턱없이 오만한 제왕의 별호를 내려놓을 수 있겠소?"

서문무제가 고개를 끄덕였다.

"이 별호를 붙인 이래 패배한 적이 없다. 네가 지적하는 오만함은 충분히 이해하지만, 그것은 패배했을 때 이야기야."

나는 서문무제에게 포권을 취했다.

"좋소. 무제 선배의 상대로 내 지인인 백의선생白衣先生이 나설 것이외다. 참고로 내 지인 중에는 육합선생도 있고, 모용선생도 있고 하여간 선생이 좀 많아."

나는 혼이 반쯤 날아간 것처럼 보이는 백의서생을 정확하게 주시하면서 말했다.

"선생, 뭐 하시오? 올라오지 않고. 어딜 봐? 날 봐. 서문의 무제를 상대할 기회는 쉽게 오는 게 아니야. 패배해도 배울 게 있는 게 백도의 비무인 법이지. 어서 올라오라니까."

이미 사람들은 웅성대면서 오호에 속한 고수 옆에 앉아있는 백의서생을 바라보고 있었다. 옷은 오늘따라 백의가 아니었지만, 굳이 붙잡고 있는 쥘부채가 온통 하얀색이었기 때문에 사람들은 전부 백의서생의 얼굴을 모두 기억할 수 있을 정도로 쳐다보고 있었다. 나는 백의서생을 노려보면서 눈빛으로 욕을 했다.

'이 새끼가 근데 처돌았나… 정체를 한번 시원하게 까발려 봐야 정신을 차리려나.'

백의서생이 아무리 뛰어나도 임소백을 포함한 제왕들의 합공에서 탈출할 가능성은 없다. 평소에도 거만한 놈이라서 대범하게 무림맹에 구경하러 온 모양새지만 이놈을 가만히 두면 내가 이자하가 아니다. 백의서생이 중얼거렸다.

"아니, 이게 무슨…"

나는 백의서생에게 말했다.

"빨리 안 올라와? 백의 동지, 자네가 정녕…"

백의서생이 사태를 파악하자마자 벌떡 일어섰다. 막 나가는 내 성격을 누구보다 더 잘 알고 있는 사내가 이놈이기 때문이다. 나는 광대가 된 심정으로 과장되게 외쳤다.

"다들 박수 주시오! 무제에게 도전하는 무명소졸 백의선생이 되겠소!"

내가 먼저 세차게 박수를 쳐대자, 여기저기서 어떻게든 비무는 보고 싶은 모양인지 요란하게 손뼉을 부딪쳐 댔다. 군중심리가 이렇다. 심지어 지켜보고 있는 임소백과 검마도 박수를 보내고 있었다. 이때, 검마가 세상 진지한 어조로 추임새를 넣었다.

"이거 참, 흥미로운 대결이로군."

옆에서 색마와 귀마가 고개를 끄덕이면서 대답했다.

"그러게 말입니다."

"대단한 승부가 될 거요."

나는 일부러 급하게 비무대에서 도망치듯이 빠져나오다가 박수를 또 쳐댔다. 엉거주춤한 자세로 비무대에 먼저 오른 백의서생은 백도의 고수들에게 둘러싸여서 박수와 환호성을 받고 있었다. 나는 저런 백의서생의 모습을 보면서 살짝 소름이 돋았다. 저것을 대체 어떤 분위기라고 해야 할까.

어린아이가 군중에게 둘러싸이는 경험을 처음 하는 것처럼 보였다. 평생 서책만 들여다보고, 흉계나 꾸미던 악인 놈이 백도의 빛에 강제로 노출된 것처럼 보이는 광경이랄까. 박수와 환호성이 이어지다가 정적이 찾아오자… 백의서생이 주변을 한 차례 둘러봤다. 이제 공손월도 물러난 상태여서 백의서생이 혼자서 넓은 비무대를 차지한 상태였다. 문득 백의서생이 서문무제를 바라보면서 말했다.

"…안 올라오고 뭐 하시오?"

나는 미소가 절로 나왔다. 이래야 백의서생이지. 누가 이길 것인지는 나도 예상하기 어려웠으나, 백의서생은 애초에 무제를 두려워할 인간이 아니다. 서문무제가 말했다.

"자네가 날 상대할 자격이 있나? 백의선생이라는 별호조차 들어본 적이 없거늘."

백의서생이 부채를 여유롭게 흔들어 대면서 대답했다.

"붙어봐야 알지 않겠소?"

이제 어느 정도 돌아가는 꼴을 이해하게 된 것일까. 갑자기 무림 맹원들이 단합해서 환호성과 박수를 보냈다. 나는 주변에서 대기하고 있는 맹원들을 둘러보면서 고개를 끄덕이기도 하고, 더 환호성을 지르라는 것처럼 수화로 응원했다. 문득 사대악인들이 전부 나를 쳐다봤다. 백의서생의 정체를 그나마 좀 아는 자들은 사대악인들밖에 없다. 검마가 미소를 지은 채로 내게 말했다.

"농담이 아니라 흥미로운 대결이다. 잘 주선했다."

색마가 중얼거렸다.

"지는 사람은 부랄을 뗐으면 좋겠어요."

귀마가 혀를 찼다.

"그만해라. 너까지… 쯧."

"알았어."

나는 팔짱을 낀 채로 비무대를 주시했다. 백의서생을 빛으로 끌어낸 것까지는 좋았는데 말실수 때문에 오점을 크게 남겼다. 검마가 나를 쳐다보면서 말했다.

"잠시 일행이 아니었으면 좋겠구나."

나는 검마를 쳐다봤다.

"맏형, 왜 그래?"

검마가 시선을 피하더니 비무대를 쳐다봤다. 하여간 서문무제도 어쩔 수 없는 분위기 때문에 비무대에 올라서 백의서생에게 물었다.

"병장기는?"

백의서생이 쥘부채를 펄럭이면서 대답했다.

"이대로 합시다."

나는 사실 누가 이기든 간에 상관이 없었다. 어차피 사대악인과 임소백에겐 피해가 없을 테니 말이다. 백의서생은 무명의 무인답지 않게 계속 부채를 펄럭거리고, 서문무제는 비무대에 올라온 다음부터 계속 백의서생을 살피더니 자신의 턱을 한번 매만졌다. 어쨌든 무제라 불리는 인간이다. 백의서생이 고수라는 것은 이미 눈치를 챈 것처럼 보였다.

316.
아첨꾼이 되었습니다

서문무제를 앞에 둔 채로 고개를 돌린 백의서생이 나를 바라봤다.

"문주."

"말하게."

비무를 앞두고 이놈이 무슨 헛소리를 하나 싶었는데, 백의서생의
입에서 예상치 못한 말이 흘러나왔다.

"이번에 내가 무공을 하나 만들었는데."

"그런데?"

"자네가 보고 어울리는 이름을 붙여보게."

이 오만한 놈은 작명 실력이 없는 것일까. 일단 싸움 붙이는 게 중
요했기 때문에 나는 바로 수락했다.

"알았다."

대체 무슨 생각을 하면서 사는 놈인지 나도 궁금했다. 오만함과
과시욕이 뒤섞인 것처럼 보이기도 하고 군중을 앞에 두고 정신이 나

간 것처럼 보이기도 했다. 이런 것이 예술가의 본질인 것일까. 어쨌든 무제라는 강적을 앞에 두고 이런 오만방자함을 내보이는 것 자체가 미친 짓임은 확실하다. 서문무제도 황당한 어조로 말했다.

"자네가 지금 날 상대로 새로 만든 무공을 실험하겠단 말인가?"

백의서생이 서문무제를 보면서 말했다.

"안 될 거 있소?"

"이거 정말 대단한 무명소졸이군. 그럼 이제 구경해도 되겠나?"

"그래야지. 단…"

백의서생이 쥘부채로 얼굴을 반쯤 가린 다음에 선전포고하듯이 말했다.

"최선을 다하도록."

제대로 된 도발이었는지 서문무제의 낯빛이 황당함에서 대번에 분노로 바뀌었다. 그다음은 예의고 나발이고 두 사람이 동시에 달려들면서 비무가 시작되었다. 무제가 손을 휘두르고, 백의서생이 쥘부채를 휘둘렀는데. 압축된 돌풍이 부딪쳤다가 사방에 퍼진 것처럼 주변의 공기가 일순간에 뒤바뀌었다. 덥지 않은 날이었는데 기파가 공기를 데웠다.

무제에게 최선을 다하라는 말을 용기 있게 할 수 있는 남자는 쥘부채를 휘두르면서 빠르게 움직이고, 다소 흥분한 것처럼 보이는 무제는 수비보다 공격에 중점을 둔 것처럼 움직였다. 제법 잘 어우러지는 광경 속에서 확실히 백의서생은 경공이 특히 뛰어나고, 서문무제는 장법을 주로 펼치면서 굳건하게 움직였다.

두 사람이 빨랐기 때문에 유난히 하얀 쥘부채가 눈에 더 잘 보였다. 저 쥘부채가 서문무제의 장력을 쳐내고, 손의 방향을 바꾸고, 때로는 접어서 무제의 몸을 찔렀다. 부채는 어느새 붓, 방패, 판관필, 도끼처럼 활용됐다. 어느새 백의서생은 넓은 비무대를 전부 사용할 것처럼 자유롭게 움직이고, 서문무제는 시종일관 집요하게 백의서생을 따라다녔다.

쫓고 쫓기는 데도 격조가 있을 줄이야. 백의서생이 잡힐 듯 말 듯 가까이에 있음에도 연달아서 무제의 공격을 회피하자, 이제 지켜보는 자들도 일순간에 조용해졌다. 무명소졸의 무공이 정말로 뛰어나다는 것을 알았기 때문이다. 나만 그런 것일까? 점점 이 비무는 한 폭의 움직이는 그림처럼 보였다.

어쨌든 나는 관전자이기 때문에 빠르게 지나치는 초식의 속임수와 깊은 의미를 일일이 파악할 수 없다. 의도한 것의 결과물만 눈에 보이기 때문이다. 그래서인지 백의서생은 어느새 쥘부채를 붓처럼 휘두르는 화공畫工(화가)처럼 보이고, 서문무제는 그림 속에서 하얀 나비를 붙잡기 위해 쫓고 있는 사람처럼 보였다.

둘 다 빨랐으나 아직 그림의 예술미는 부족했다. 쥘부채가 붓처럼 보이는 이유는 때때로 백의서생의 기氣가 쥘부채의 끝에서 흘러나왔기 때문이다. 회색 나비, 하얀 나비, 짙은 잿빛의 나비가 출렁댔다. 거기에 백의서생은 제운종의 움직임을 시종일관 보법으로 사용하기 때문에… 무제에게 일방적으로 쫓기면서도, 약해 보이지 않는 진풍경을 연출하고 있었다.

'둘 다 대단하네.'

문득 나는 백의서생의 비무를 한 폭의 그림처럼 감상하는 사람이 이곳에 나 말고 더 있을까 하여 새삼스럽게 주변을 둘러봤지만 있을 것 같지는 않았다. 그렇다면 역시 무공에 이름을 붙일 사람은 나뿐이라는 뜻인가? 나는 백의서생이 지금 싸움을 하는 것인지, 예술을 하는 것인지 슬슬 구분이 안 가고 있었다. 이놈은 내가 마교와 싸울 때도 책상을 깔아놓고 일월광천의 참상을 그림으로 그렸던 놈이기 때문이다.

그림도 취미, 부채춤도 취미. 무림맹에 잠입해서 구경하는 것은 유흥. 무제를 상대로 새로 만든 무공을 시험하는 광기. 모든 것이 무공에 녹아있었으니, 확실히 보통 인간은 아니다. 그렇게 따지면 백의서생이 군이 내게 무공의 이름을 지어달라고 부탁하는 것은 크게 이상한 일이 아니다. 강호에서는 오로지 나만이 이 해괴한 백의서생의 정신세계를 어느 정도 이해하기 때문이다.

'달리 마군자魔君子가 아니었다.'

사실 강호에서 제帝라는 별호가 상징하는 무력의 기준은 어느 정도 정해져 있는 편이다. 귀마의 말대로 신神이나 성聖보다는 아래지만, 이외의 무인들이 쉽게 근접할 수 없는 경지에 오른 고수들이다. 그래서일까? 이 대결은 새삼스럽게 무제武帝와 악제惡帝의 대결이기도 했다.

치열할 수밖에 없다. 물론 이렇게 세상에 모습을 드러냈으니 전생의 악제라는 별호는 백의서생에게 붙지 않을 가능성이 크다. 백의서생은 서문무제를 상대로 악을 내비치진 않았으나, 제왕의 면모는 무림맹에서 증명하는 중이었다. 그제야 나는 비무대라는 백지에서 펼쳐지고 있는 부채춤을 감상하다가, 이것이 제운종에서 파생된 무학임을 뒤늦게 깨달았다.

백의서생의 움직임이 시종일관 변칙적이라고 생각했는데, 그것은 제운종 때문이었다. 제운종에 선무扇舞가 더해진 느낌. 제운종은 본래 빠르고 경쾌하게 움직이기 위해서 몸의 경중을 자유자재로 다루는 상승의 무학이다. 그런데 백의서생은 쥘부채로도 제운종의 묘리를 이용하고 있었다. 몸을 가볍게 만들고 부채로 방향을 바꾸는 식이랄까? 서문무제가 아무리 천재여도 이것을 예측하긴 어렵다.

그러니까 백의서생은 오른손에 쥔 쥘부채를 한 번 휘두르는 것만으로도 짧은 거리를 순식간에 이동해서 좌장을 내지르고, 서문무제의 공격을 예상하고 쥘부채의 바람으로 회피했다. 그 와중에 백의서생의 왼손에서도 지법이 간헐적으로 터져 나왔다. 본능적으로 고갯짓을 한 서문무제의 머리카락이 뭉텅이로 잘려나가서 공중에 휘날렸다. 사람들의 웅성거림이 커졌다가 서서히 잦아들었다.

하지만 서문무제도 쉽게 당하는 사내가 아니어서, 난생처음 보는 무공을 실시간으로 간파해서 대응하고 있는 서문무제도 대단하게 보였다. 나만이 아닐 것이다. 강호인들은 이제껏 살면서 이렇게 화려한 비무를 본 적이 있을까? 단언컨대, 없을 것이다. 사람들이 집중할 수밖에 없는 이유는 저 하얀색의 나비가 결국에 서문무제에게 잡히지 않을까 하는 기대심리가 깔려있기 때문일 터.

여기까지는 대다수 관전자의 시선이겠지만… 나는 또 달랐다. 백의서생의 음흉한 속을 알고 있고, 실제로 놈과 장력을 겨뤘을 때 기습을 당한 것이긴 했으나 내가 밀려났었다. 당시 백의서생의 지법은 백색, 회색, 진회색의 빛을 띠고 있었다. 지금은 내게 작명을 부탁한 채로 부채춤을 추면서 지랄발광을 하고 있지만, 무제의 공격이 거세지면 본래 익혔던 무공이 갑자기 튀어나올 터였다. 그렇게 되면 누가 이길까? 승패는 예상할 수 없으나 한 가지는 알 수 있었다.

'장력 대결이 마무리다.'

지금 서문무제는 부채춤이 파놓은 꼬불꼬불한 미로를 따라서 백의서생의 함정으로 달려가는 중이었다. 거만한 나비를 뒤쫓고 있는 자의 감정을 지배하는 것은 분노이고. 분노한 자가 미로를 급하게 달리다 보면 뜻하지 않은 벽에 부딪히기 마련이다. 이것조차도 계획된 심리전이라면 일단 백의서생이 심리전에는 더 뛰어난 셈이다.

힘겹게 미로를 빠져나왔을 때… 그 입구에서 백의서생이 세 줄기의 지법으로 깜짝 선물을 안겨줄 테니 말이다. 그렇게 따지면… 이것은 백의서생의 간계이자, 나비로 홀린 부채춤이자, 부채를 붓 삼아서 그리고 있는 큰 그림이기도 하다. 부끄러움 없이 내게 새로 만든 무공의 이름을 물어보고. 서문무제 앞에서 새로 익힌 부채춤을 요사스럽게 선보이고. 분노한 서문무제가 일격을 가했을 때. 그 일격을 압살할 수 있는 반격까지도 준비한 것이라면…

저놈은 예술에 집착하는 천재가 맞다. 그나저나 지금 내가 보고 있는 서문무제의 실력이 실제 끝까지 갔을 때의 무력일까? 어쩐지 그 무력은 이미 비무라는 틀에 한 번 갇히고, 백의서생의 그림에 또다시 갇힌 것처럼 보였다. 틀에서 벗어나려고 해도 살수殺手까지 펼치진 못할 터였다. 이것은 백도의 비무라서 그렇다.

서문무제도 무언가 이상하다는 것을 느꼈는지 전신이 기류에 휩싸이더니 그림 밖으로 뛰쳐나가기 위한 변수를 주기 시작했다. 미로에서 탈출하려는 모양새였다. 백의서생도 더욱 빠르게 도망 다녔다. 사실 제운종의 일보一步만 내디뎌도 비무대의 절반을 가로지를 정도로 빨랐다. 색마도 백의서생의 경공에 감탄했는지 탄성을 내뱉었다.

"정말 빠르네."

나는 내가 보고 있는 것을 함께 목도한 자가 없나 해서 동지同志를 찾아봤으나 쉽게 발견하지 못했다. 다만 진지한 눈빛으로 구경하는 임소백의 표정을 구경할 수는 있었다. 이때, 백의서생을 뒤쫓던 서문무제가 입을 열었다.

"도대체 언제까지…"

이 상황에서 말을 한다고? 찰나의 선택이었지만 서문무제는 자신이 입을 열자마자 반격을 준비한 것처럼 우장에 뇌기雷氣를 휘감았다.

파지지지지직!

백전십단공과는 달랐으나 푸른빛이 다섯 손가락에 교차하자마자, 제운종으로 돌격하듯이 불쑥 등장한 백의서생이 그야말로 정정당당하게 손바닥을 마주치면서 장력을 겨뤘다.

콰아아아아아아앙!

평범한 장력은 아닐 것이라 예상했는데 장력을 교환하자마자 두 사람은 그림을 찢고 나온 사람들처럼 휘청거리면서 물러났다.

"어?"

내 예상으로는… 서문무제는 절기 중 하나를 펼쳤을 것이고 간사한 백의서생은 승부를 아예 끝낼 생각으로 전력을 다했을 것이다. 서문무제가 자신의 손을 쳐다봤다가 백의서생을 주시했다.

"…"

정적이 감돌아서 누가 이겼는지는 판단이 안 서는 상황. 하지만 무언가 심적인 교류가 있었던 모양인지 두 사람은 재차 공격을 감행하지 않았다. 아무래도 벌써 복기하는 시간처럼 보였다. 순간, 서문무제의 낯빛이 하얗게 질렸다가 서서히 붉어졌다. 두 종류의 장력이 체내로 침투되어서 내공으로 저항하는 모양새처럼 보였다. 백의서생은 멀쩡히 선 자세에서 씨익 웃었다.

"무제, 괜찮소? 혼쇄장混碎掌을 제법 잘 버티는군."

서문무제는 별 타격이 없는 표정으로 백의서생에게 물었다.

"특이한 무공이군. 장력이 시간차를 두고 겹쳐서 들어왔네. 설마 자네가 지금 날 기다려 준 겐가?"

백의서생이 고개를 끄덕였다.

"내가 방금 몇 번의 호흡할 시간을 벌었소? 대답해 보시오."

서문무제가 한숨을 길게 내쉬더니 씁쓸한 어조로 대답했다.

"두 번…"

그러니까 백의서생이 기다려 주는 동안에 서문무제가 호흡을 두 번 정도 깊숙이 뱉어내면서 내상을 치료한 모양이었다. 백도의 비무였기 때문에 굉장히 묘한 지점이었다. 그 두 번의 호흡을 기다려 주지 않고 백의서생이 달려들었더라면 공세가 뒤바뀐 것도 모자라서 서문무제가 피를 토할 수도 있는 상황이었다. 그 근거는 방금 교환한 장력과 내공의 깊이에 있을 것이다. 그러니까 패배를 인정하느냐, 마느냐는 지금 서문무제의 태도에 달려있었다. 문득 서문무제의 답을 기다리던 백의서생이 내게 물었다.

"문주, 무공의 이름은 생각했나?"

이렇게 곤란한 순간이 올 줄이야. 백의서생이 너무 진지한 표정으로 쳐다보는 터라, 대답을 회피할 수가 없었다.

"너무 어려운데…"

백의서생이 대답을 강요했다.

"그래도 떠들어 보도록."

"이름은 기억나지 않으나 비무에 대한 감상은 있다."

"무엇인가?"

나는 할 말을 정리한 다음에 비무의 감상을 읊었다.

백의를 입은 화공畫工, 부채를 든 채로 춤을 추었다.

피를 찍어 휘두르는 부채는 붓이 되었으나.

절륜한 실력을 뽐내면서도 백의에는 피 한 방울 묻지 않았다.

숨어 지내면 백의화공白衣畫工.

세상에 드러나면 백의무제白衣武帝라.

그림 속에 노닐던 나비마저도 살아서 춤추는 것처럼 보였다.

서문의 무제武帝가 급히 쫓아도.

백의를 입은 무제武帝 또한 표홀하구나.

내가 헛소리를 한 번 시전하자, 백의서생은 나를 물끄러미 바라봤다.

"…"

도무지 무슨 생각을 하는지, 표정을 읽을 수가 없었다. 하지만 좌중이 고요해진 가운데 백의서생이 진지한 낯빛으로 내게 이런 말을 건넸다.

"···고맙네."

위로가 되었던 것일까. 뜬금없이 감사 인사를 받았다. 나는 승패와 무관하게 서문무제와 훌륭하게 비무를 마친 백의서생에게 포권을 취했다.

"별말씀을···"

나는 강호에서 중요한 인물이기도 한 백의서생에게 쐐기를 한 번더 박았다.

"피를 찍어 그림을 그리는 화공이 될지, 백의에 피 한 방울 묻히지 않는 무제가 될 것인지는 모르겠으나 이제 백의선생의 뛰어남은 강호 전체가 알게 되었다."

나는 백의서생과 눈을 마주친 다음에 진심을 담아서 전했다.

"축하하네."

이것이 끝인 줄 알았겠지만 나는 백도 고수의 품위를 잃지 않은 서문무제도 잊지 않았다. 나는 서문무제에게도 예를 갖췄다.

"서문 선배, 세상에 없었던 절륜한 무학을 그렇게 침착하게 대처하시다니 후배가 한 수 배웠습니다."

살다 보니 아첨꾼이 되었다.

'하아···'

다 큰 새끼들 어르고 달래려니 이게 뭐 하는 짓인가 싶다가도···서문무제가 그제야 좀 흐뭇한 표정으로 수염을 쓰다듬고 있는 것을 보고 있으려니 나도 참 심정이 복잡했다. 어쨌든 나는 강호에서 시

···

건방진 미친놈으로 알려져 있는 터라, 내 칭찬을 받은 사람은 극소수다. 그나저나 부랄 어쩌구 하던 놈의 칭찬이 그렇게 좋았던 것일까. 비무를 마친 서문무제의 표정도 한층 밝아진 상태였다.

317.
우리는
이런 순간을 위해

사실 백의서생이 보여준 무공의 이름을 몇 가지 생각해 봤다. 그러
나 내 마음에 드는 것은 없어서 나불대지 않았는데, 사실은 내가 이
름을 붙여주는 것보다 더 중요한 게 있었다.

"맹주님."

임소백이 나를 바라보더니 고개를 끄덕였다.

"문주, 말해라."

"백의선생이 보여준 무공의 이름 좀 붙여주십시오."

"…"

나는 맹주에게 떠넘겼다. 사실 비무의 승패에 대해서는 잠시 뒤로
미뤄놓고, 다들 무공의 이름에 관심이 쏠리는 중이었다. 이게 어떤
기분이냐면, 무언가의 탄생을 함께 지켜보는 기분이랄까. 다들 강호
인이기 때문에 무공의 이름에 관심을 가지는 것은 당연하다. 임소백
이 슬쩍 웃으면서 말했다.

…

"어려운 것을 떠넘기는군. 이봐, 문주."

"예."

"내 무공의 이름을 잊었나? 육전대에 속했기 때문에 단순하게 육전대검이라는 이름을 붙였다. 이 이름에는 낭만이나 해학도 없고, 멋이나 함축적인 의미도 없다. 내가 육전대에 속해있었다는 사실만을 잊지 않겠다는 마음가짐… 그것이 내 무공의 이름이 되었지."

사실 나는 이 이야기를 군중에게 들려주고 싶었는데 임소백이 정확하게 반응했다. 내가 이미 임소백의 마음을 알고, 육전대검의 사연을 알기 때문에 일부러 부탁한 셈이다. 백의서생과 임소백. 두 사람을 한 자리에서 바라보면… 이렇게 극명하게 대비되는 인간들도 없다. 백의서생은 너무 예술적인 면에 치우쳐진 인간인 데다가, 거처마저 음습한 절벽 안에 마련해 놓은 동굴 같은 곳이고.

임소백은 너무 현실적인 면에 치우쳐진 인간이면서 동시에 일거수일투족을 맹원들과 공유해야 하는 무림맹의 맹주다. 한 사람은 동굴에 숨어서 음모나 꾸미고. 한 사람은 세상의 풍파를 온몸으로 맞아가면서 수많은 음모를 돌파하고, 분쇄하고, 버텨내는 사내다. 나는 이 두 사람을 무공의 이름으로 이어줬다. 어쨌든 임소백은 백도의 무림맹주다. 그가 백의서생의 무학에 이름을 붙여준다는 것 자체가… 의미 있는 일이 아닐까? 나는 임소백을 쳐다보면서 일단 우겼다.

"그래도 지어주시지요."

임소백이 의자에서 곤란한 표정으로 일어나더니 백의서생을 바라봤다.

"백의선생."

"…"

"그대가 보여준 무공의 핵심은 사실 신법身法이었네."

백의서생이 대답했다.

"그렇소?"

"몸을 자유자재로 다루는 상승의 무학이었지. 그 신법 하나로 무제의 공격을 대부분 피했기에 대단한 절학이었네. 문주의 표현대로 나비처럼 보이기도 하고, 하얀 붓을 들고 그림을 그리는 화공처럼 보이기도 했네. 내가 놀란 지점은 마지막 장력 대결을 제외하면 다른 무공을 사용하지 않았다는 점이야. 그러니까 아마도 자네는 알고 있는 무학이 훨씬 방대할 테지?"

백의서생이 고개를 끄덕였다.

"그런 편이외다."

"대단한 이름을 붙이지 않아도 신법 자체가 강호의 일절이 될 것이네."

임소백은 애초부터 백의서생이 펼친 무공이 넓은 의미의 제운종임을 파악하고 있었다. 임소백이 말했다.

"나는 본래 우리 하오문주나 선생처럼 예술적인 면이나 창의적인 면모는 지극히 부족한 사람이네. 오죽하면 내 검법의 이름이 육전대검이겠나?"

백의서생이 임소백을 물끄러미 바라봤다. 임소백이 덤덤한 어조로 말했다.

"무공 이름을 지어주지 못해 미안하네. 그대가 펼친 훌륭한 무공에 내 어설픈 작명이 들어갈 바라지 않네. 다만 비무는 처음부터 끝까지 감명 깊게 보았네. 나조차도 얻을 것이 많은 비무였어."

과연 백의서생은 임소백의 폭풍과도 같은 칭찬을 감당할 수 있을 것인가? 백의서생은 잠자코 듣고 있다가 임소백을 향해 말없이 포권을 취했다.

"…"

이때, 구경하던 누군가가 눈치 없이 임소백에게 물었다.

"맹주님, 그렇다면 비무는 누가 이긴 겁니까!"

아, 제기랄. 어떤 새끼야? 어떤 놈이 이 감격스러운 순간에 산통을 깨는가? 나는 말을 내뱉은 놈을 노려봤는데, 누군지 알 수가 없었다. 그저 조금 답답하게 생긴 인간이었다. 살다 보면 꼭 이런 놈이 있다. 사실 고수들은 전부 백의서생이 이겼다는 것을 안다. 그것을 알아보지 못한 자의 물음이어서 마냥 탓할 수는 없다. 아직 서문무제도 자신이 패했다는 것을 선언하지 않았기 때문이다. 임소백이 이번에는 공손월에게 슬쩍 떠넘겼다.

"공손 군사, 누가 이겼는지 자네가 답을 해주게."

가만히 있다가 일격을 당한 공손월이 어리둥절한 표정으로 되물었다.

"예?"

"자네는 무림맹에서 가장 똑똑한 사람이라서 제대로 설명할 수 있겠지."

나는 고개를 끄덕였다. 칭찬이 이렇게 무섭게 이용되는구나, 하는 생각이 들었다. 공손월은 눈알을 이리저리 빠르게 움직이다가 다짜고짜 말을 내뱉었다.

"…물론 백의선생의 승리입니다."

서문무제가 손을 살짝 들었다.

"공손 군사, 어째서 그렇게 생각하는지 설명해 주게. 책망하지 않을 테니."

공손월이 고개를 끄덕였다.

"알겠습니다. 제가 보기에도 두 분은 마치 무승부인 것처럼 끝났습니다. 굳이 비무의 승패를 가리자면 점수를 채점하듯이 결론을 내어야 하는데 호흡 두 번으로 숨을 고르셨으니 백의선생이 우세했습니다. 물론 승부가 바로 이어졌더라도 무제 선배께서 당장 패할 리는 없었겠지요. 하지만 스스로 비무를 멈추고 인정을 하셨으니 승패는 이미 무제 선배님의 마음에도 있을 겁니다. 이 후배가 감히 사족을 덧붙이자면… 일전에 맹주님께서 비무의 진정한 승리자에 관한 답을 명확하게 정의하신 적이 있습니다."

공손월이 임소백을 바라봤다가 그가 했던 말을 군중에게 전했다.

"비무가 끝나고 나서 더 많은 것을 얻은 사람이 결국에 승리자입니다. 백도의 비무가 올바르게 마무리되었다면 다치는 사람이 없었을 테고. 무언가를 얻은 사람이 수련을 통해 더 강해진다면 그가 진정한 승리자겠지요. 승패는 한때의 과정일 뿐이고, 다음 비무가 남아있기 때문입니다. 맹주님은 내내 이런 비무를 바라고 계셨습니다."

공손월이 포권을 취한 채로 좌중을 둘러봤다.

"여러 선배님, 이 후배도 오늘 많은 걸 배우고 있습니다. 저는 비무를 하지 않았는데도 승자가 될 기회를 얻은 기분입니다."

공손월도 보통 여인이 아니어서 군중의 심리가 요동쳤다. 맹주와 군사의 들었다 놨다 하는 솜씨가 아주 제법이다. 공손월이 서문무제와 백의서생을 둘러보면서 말했다.

"두 분의 비무다운 비무, 잘 보았습니다. 분명히 저만 견문이 넓어진 것은 아니겠지요."

서문무제가 고개를 끄덕였다.

"잘 말해줬다. 비무는 내가 패했다. 그나저나 하오문주의 말대로 그것을 떼긴 어렵겠고."

나는 무심코 서문무제의 시선을 슬쩍 피했다.

"..."

"무제라는 별호는 백의선생이 가져가는 게 옳겠네. 내가 그것을 결심했기 때문에 다소 구차하게 승패에 관해서 물어본 것이네."

나는 눈이 커졌다.

'뭐…?'

나만 놀란 것은 아니다. 감탄이 섞인 웅성거림이 퍼져 나갔다. 일단 서문세가 전체가 화들짝 놀란 분위기였고, 제왕의 별호를 단박에 내려놓은 장면을 목격하게 된 군중도 전부 놀란 표정을 짓고 있었다. 무엇보다 당사자인 백의서생마저 놀란 상태였다.

"무제, 진심이오?"

"이제 무제라 부를 필요 없네. 무거운 짐이기도 했지. 그냥 가주라 부르시게. 비무는 정당했고, 패배는 패배다. 앞서 약조했으니 따를 뿐이야."

뜬금없이 가장 멋진 칭찬은 이번에 흘러나왔다.

"백의무제, 어쩐지 그대와 잘 어울리는 별호로군. 자네 실력은 누구보다 내가 더 잘 알고 있으니 후회는 없네."

서문무제, 아니 서문세가의 가주가 뒷짐을 지더니 비무대를 내려 갔다. 나는 임소백이나 공손월의 말을 들을 때까지는 별 느낌이 없었는데, 서문 가주의 말 때문에 팔뚝에 소름이 돋았다.

'내뱉은 말은 지키는구나.'

무승부에 가까웠던 비무 한 번에 강호의 무제武帝가 뒤바뀌어 버리다니… 우리는 실로 놀라운 사건을 눈앞에서 목격한 관중이 되었다. 나는 서문세가의 가주를 재차 바라봤다. 이 정도면 서문세가의 가주도 흔한 고집쟁이는 아니었다. 확실히 백도 특유의 고집스러움이 배어있었다. 나는 백의서생을 쳐다보면서 축하의 말을 건넸다.

"백의무제, 축하하네."

"음."

살짝 당황한 백의서생이 이제 자리에 앉은 서문세가의 가주를 바라봤다. 서문의 가주는 백의서생을 쳐다보더니 고개를 살짝 끄덕였다. 마치 '별호는 이제 자네 것이네'라는 인사처럼 느껴졌다. 그제야 백의서생도 본래 자신의 자리로 돌아갔다. 나는 백의서생이 등을 돌린 틈을 나서 주변을 쳐다본 다음에 수화로 신호를 보냈다. 그러자 무림맹원들이 퇴장하고 있는 백의서생을 향해 일제히 환호성과 박수를 보냈다.

"와아아아아아!"

"백의무제!"

나도 백의서생 놈이 자리에 앉을 때까지 박수를 보냈다. 도대체 강호에서 내 역할은 무엇일까? 이쯤 되니, 나도 살짝 혼란스러웠다.

옆에 있는 색마 놈은 군중과 전혀 다른 지점의 생각을 입 밖으로 내뱉으면서 고개를 끄덕였다.

"암, 그것을 떼긴 어려웠겠지."

나는 색마를 쳐다봤다.

"조용히 해. 미친놈아."

색마의 말 때문에 감동이 싹 사라지더니 급격하게 품위가 떨어졌다.

"쯧."

좌중이 고요해지자, 임소백이 입을 열었다.

"공손 군사의 표현대로 내가 바라던 비무였다. 제왕들 중에서 다음 비무는 누가 나서겠나?"

누군가가 일어나자, 사람들의 시선이 일제히 한 사내에게 꽂혔다. 비무대를 향해 백리세가의 군검왕이 걸어가고 있었다. 이자도 무려 검왕이다. 누구와 비무를 하게 될지, 무슨 말을 내뱉게 될 것인지 예상할 수 없었으나 사람들은 침묵으로 검왕의 존재감을 인정하고 있었다. 비무대에 오른 군검왕이 좌중을 둘러보다가 입을 열었다.

"…나는 검왕이라는 과분한 별호로 불리고 있소. 본래 임 맹주와 검을 겨루려고 왔으나 지켜보면서 생각이 바뀌었소. 임 맹주와 겨뤄도 좋고, 다른 상대도 상관없소. 다만 한 가지는 약속하리다. 나도 패배하면 검왕이라는 별호를 미련 없이 내려놓겠소."

"흐음."

부랄이 그렇게 소중하단 말이냐? 차마 나도 직접 물어보진 못해서 속으로만 웃었다. 나만 쓰레기야? 다행히 내 옆에도 쓰레기 같은 놈이 비무대를 바라보고 있었다. 그나저나 군검왕이 아무나 덤비라는 식의 선전포고를 해버리자, 잠시 여기저기서 일어날까 말까 하는 내적 갈등이 파도처럼 이어졌다.

"…"

사실 검왕과 겨루는 사람은 오늘 이 자리에서 비무를 딱 한 번만 하게 될 가능성이 크다. 일부 제왕은 군검왕이 맹주와 겨뤘으면 하는 생각을 하겠지만 군검왕은 아예 상대를 정하지 않은 상태. 패배하더라도 검왕과 겨뤄보았다는 명성을 얻을 것이냐? 아니면 정말 검왕이라는 별호를 노리고 일생일대의 비무를 벌이느냐? 쉽사리 사람들이 도전하지 못하고 있을 때… 나는 귀마를 바라봤다.

"둘째."

"응?"

사실 귀마가 도전하기 딱 좋은 상대라고 느꼈는데, 갑자기 귀마의 옆에 있는 사람이 일어섰다. 조용히 일어난 검마가 비무대로 향했다. 사실 비슷한 시점에 여기저기서 몇 명이 일어난 상태였으나 검마가 비무대로 말없이 걸어가는 사이에 도로 앉았다. 본래 무공을 익히지 않은 자들은 귀마의 외모나 분위기를 두려워하고. 무공을 익힌 자들 대부분은 검마에게서 보기 드물게 무거운 분위기를 첫 번째 인상으로 받아들인다.

원래부터 검마는 세상 심각한 사내이기 때문이다. 우리와 함께 다녀서 분위기가 다소 중화된 것이지… 오늘처럼 입을 다문 채로 걸어가면 사람이 걷고 있는 것인지, 시커먼 어둠이 걸어 다니는 것인지 모호한 사내였다. 검마가 비무대에 오르자… 군검왕이 입을 열었다.

…

"자네가 혹시 월하관에서 몽랑을 꾸짖던 사내인가?"

검마가 고개를 끄덕였다. 군검왕이 미소를 지었다.

"잘됐군. 내 차남이 자네 제자에게 당했으니 사부와 아비가 이차전을 하는 것도 나쁘지 않아."

검마가 고개를 끄덕였다.

"나쁘지 않겠지."

이때, 누군가가 비무대를 향해 이렇게 말했다.

"…이보시오. 군검왕의 상대는 정체부터 밝히시오. 듣자 하니 그대가 마교에서 도망을 친 광명좌사라는 소문이 있던데. 사실이오?"

이건 또 어떤 얄미운 새끼가 주둥아리를 함부로 놀려대는 것일까? 찾아내서 영혼을 털어야겠다는 생각을 하고 있는데, 비무대에서 군검왕이 한 사내를 주시했다.

"제갈 가주, 이 사람은 전 좌사가 맞을 것이다. 맞는데 어쩌란 말이냐?"

"예?"

"제자를 혼내는 말을 함께 듣고 있으려니 사마외도의 경박한 인물로 느껴지지 않았다. 쓸데없는 참견을 하려거든 검을 들고 비무대에 올라와서 하도록."

군검왕이 제갈 가주를 노려보자, 제갈 가주는 입도 뻥긋하지 못했다. 검마가 주변을 둘러보다가 차분한 어조로 자신을 소개했다.

"한때 좌사였던 사람이 맞소."

검마는 백도의 고수들이 모인 자리에서 자신의 정체를 간략하게 인정했다. 이때, 임소백의 목소리가 흘러나왔다.

"무림맹에 누가 머무르고 있는지는 누구보다 더 내가 잘 알고 있다. 이미 검마는 마교의 병력을 여러 차례 상대하고, 동호에서도 사도제일인을 직접 때려 죽였다. 집 안에 틀어박혀 지낸 자들과 다르게 이미 무림맹을 몇 차례 도와준 사내이니 내 앞에서 쓸데없는 소리는 삼가도록. 두 사람에게 단목검을 건네라. 이번 비무는 백리세가의 검왕 대 검마劍魔라 불리는 사내다."

임소백이 장내의 어수선한 분위기를 육전대검과 같은 언행으로 단박에 정리했다. 고요해진 가운데… 무림맹원 두 명이 단목검을 든 채로 검왕과 검마에게 다가갔다. 나는 검왕과 검마가 단목검을 조용히 건네받는 모습을 보면서 뜬금없이 큰 안도감과 마음의 평화를 느꼈다.

문득 이런 생각이 들었다. 점소이를 하다가 강호에 뛰어들길 잘했다는 생각. 맏형도 그렇고 나란 놈도 결국에는 이런 순간을 위해 강호에서 살아있는 게 아닐까? 내리쬐는 오후의 햇살 속에서 검왕과 검마는 손에 쥔 단목검을 점검하기 위해 이리저리 살펴보고 있었다.

···

318.
백도의 검객처럼

맏형이 비무라는 형식으로 검왕에게 과연 이길 수 있을까? 아니다. 지면 또 어떤가? 우리는 이 비무를 통해 무엇을 얻게 될까? 아무리 검왕이라도 검마를 상대로 쉬운 싸움은 절대 하지 못할 터였다. 백도에서 검으로 왕의 칭호를 얻은 자. 마도에서 검을 쥔 채로 살아남아 검마라는 별호를 이름 대신에 사용하는 자. 두 사람은 단목검을 살핀 다음에 서로를 바라봤다.

"…"

살가운 말이나 예의를 갖춘 말도 나누지 않은 채로 각자 고개를 한번 끄덕이는 것이 비무의 개전을 알렸다. 무인의 몸에는 평범한 사람보다 훨씬 강한 기운이라는 게 보이기 마련인데. 그 기운은 수준이 높을수록 기도로 형성되어 고수들끼리는 어느 정도 상대의 수준을 가늠할 수 있다. 검마와 검왕은 서로를 바라보는 와중에 기도가 변하고 있었다. 두 사람은 말이 없었지만 기다려 주는 것으로 충분히 예의를 갖추고 있었다.

'붙는다.'

검마가 달려들더니 먼저 단목검이 부딪쳤다가, 좌장을 내밀어서 장력까지 충돌했다. 쩍- 하는 소리에 텅- 하는 울림까지 겹쳐있었는데 이어서 단목검이 부딪치는 소리가 일대를 짓눌렀다. 싸움은 이제 막 벌어졌는데… 비무대를 돌아다니던 나비는 이미 온데간데없이 사라진 상태. 몇 차례 발 구르는 소리에 먼지가 잔뜩 피어올랐다가, 허공을 베는 단목검에 의해 감쪽같이 사라졌다.

이렇게 공격적인 검객들이었던가? 처음 맞붙은 자리에서 방향만 서로 바꿨을 뿐이지, 단 한 차례도 서로 밀려나지 않은 채로 엄청나게 빠른 초식을 서로 주고받았다. 군검왕이 내뱉은 말이라곤 공격에 담긴 기합뿐이었고, 검마는 때때로 빠르게 내뱉는 호흡 소리로만 응대했다.

살벌하게 투지가 넘치는 두 사람인지라… 각자 병력을 대동한 채로 전쟁터에서 만났다가 평야의 한가운데서 결판을 내는 장수들처럼 어우러졌다. 백의서생이 정말 경공의 끝자락에 있는 몸놀림을 구경하는 모양새로 비무를 펼쳤다면… 이 두 사람은 그야말로 성격이 전혀 다른 전쟁을 치르고 있었다.

그리고 내가 보기에도 맏형은 오늘따라 무척 잘 싸웠다. 여기저기서 사람들이 일어나서 구경하는 통에 어쩔 수 없이 색마와 나도 일어나서 비무를 바라봤다. 이제 주변에서 대기하던 맹원들까지 까치발을 든 채로 비무대에 몰려와서 두 사람을 쳐다봤다. 잠깐의 공수도 놓치기 싫은 싸움이었으나 나는 무의식적으로 검마와 겨뤘던 임소백을 바라봤다. 임소백은 들뜬 모습 없이 차분한 표정으로 비무를 감상하고 있었다. 나는 이 모든 광경이 백도의 비무에 어울리는 순간이라고 생각했다.

'좋구나.'

나는 무심코 빡- 하는 소리에 놀라서 비무대를 다시 주시했다. 격한 공격을 주고받았는지, 두 사람은 이제야 한 번 거리가 벌어진 상태였다. 군검왕이 어깨를 돌리면서 아주 자연스럽게 걷자, 검마도 호흡을 길게 내뱉으면서 반대 방향으로 걸었다. 군검왕은 땅을 쳐다보면서 고개를 몇 번 끄덕이고. 검마는 고개를 살짝 든 채로 손목을 돌려대고 있었다.

보기 드문 맞수가 오랜만에 자웅을 겨루기 위해 만난 것처럼 살벌하게 싸웠는데도 두 사람은 아직 아무런 말이 없었다. 완전하게 승부에만 빠져든 무아지경 상태처럼 보였다. 그렇다면… 지금, 이 순간에도 두 사람의 실력은 아주 조금씩 성장하고 있는 게 아닐까. 문득 검마가 무방비 상태로 걸음을 멈추더니, 왼손을 이마에 댄 채로 하얀 구름이 천천히 지나가고 있는 맑은 하늘을 쳐다봤다.

"…"

검마가 방비도 하지 않은 채로 하늘을 바라보자, 군검왕은 단목검을 우하단으로 내린 채로 말했다.

"검마, 뭘 그렇게 쳐다보나?"

검마가 깜박했다는 것처럼 시선을 내리면서 대답했다.

"날이 좋아서 잠시 쳐다보았네."

군검왕이 고개를 끄덕였다.

"정신 차리게나."

"그래야지."

검마가 준비되었다는 것처럼 고개를 한 번 끄덕이자, 이번에는 군
검왕이 먼저 달려들었다. 앞서 겨뤘던 것보다 검이 더 빨라진 상태
였다. 검마가 여러 차례 뒷걸음질을 치면서 피하다가 검왕의 단목
검을 쳐냈다. 어느 순간 검마가 훌쩍 뒤로 뛰어서 거리를 확 벌리더
니… 재차 공세로 전환하면서 내가 보기에는 아주 명확한 독고중검
에 돌입했다. 돌진 형태의 공격 일변도 검법이었기 때문이다.

검왕은 하단을 막고, 이어서 상단을 막고, 회전하는 검을 쳐내고,
검마의 찌르기까지 연달아 걷어내더니 수직으로 떨어지는 검을 막
으면서 동시에 좌장으로 장력을 쏟아냈다. 검마는 장력을 단목검으
로 쳐낸 다음에 또다시 공격을 퍼부었다. 내 눈에는 수많은 고민이
만들어 낸 깨달음에 독고중검을 더욱 부드럽게 연계할 수 있게 된
것처럼 보였다. 그제야 나는 맏형이 처음으로 백도白道의 검객劍客처
럼 보였다.

"…음."

검마는 도대체 얼마나 먼 길을 돌아와서 검객이 된 것일까. 더군
다나 상대는 백도의 검왕이다. 맏형의 실력도 부족함이 없었다. 이
런 것을 느끼고 나서야… 나는 검마가 하늘을 쳐다본 이유를 공감했
다. 맏형도 마공에 기대지 않은 채로 검왕과 치열하게 어우러진 전
초전이 흡족했던 모양이다. 새삼스럽게 하늘이 너무 좋았을 것이다.
정작 싸움은 검마가 하고 있는데… 내 속에서도 말로 표현하기 힘든
무언가가 차오르고 있었다.

사실 나도 검마를 이리저리 끌고 다니는 게 쉽지는 않았다. 하지만 지금 이렇게 검왕과 어우러지고 있는 모습을 보고 있으려니, 검마를 홀로 외롭게 두지 않은 것은 잘한 선택임을 알게 되었다. 순간, 나는 깜짝 놀라서 옆에 있는 색마의 옆얼굴을 쳐다봤다. 팔짱을 낀 모습과는 전혀 어울리지 않게도, 색마는 눈물을 쏟아낼 것 같은 표정으로 비무를 바라보고 있었다.

'하여간 미친놈…'

이해 못 할 일은 아니다. 지금까지 지켜보니 백도의 방식으로는 검왕을 넘어서는 게 쉬워 보이진 않았다. 이런 표현이 맞을까 모르겠는데… 검왕은 모든 검劒을 알고 있었다. 공수를 뒤바꾸는 법과 철벽의 수비를 펼치다가 효율적으로 반격하는 법도 알고, 돌격하는 맹장형 장수의 기세를 슬쩍 흘려내듯이 넘기는 법에도 익숙한 것처럼 보였다.

검이라는 분야에서는 부족함이 없는 사내였던 셈이다. 오히려 내공을 걷어내고, 마공을 걷어낸 싸움이기 때문에 군검왕은 더욱 단단해 보였다. 그런데도 두 사람이 박 터지게 어우러지는 이유는… 검마는 전혀 다른 방식으로 검에 대한 이해가 높았기 때문이다. 마도의 사부에겐 마공을 배우고, 검은 홀로 깨우친 모양새랄까. 거기에 내가 보기에도 전보다 훨씬 발전한 독고중검이 있었다.

이쯤 되면, 임소백도 이 비무의 승패를 예상하지 못한다는 뜻이다. 물론 나도 그렇다. 검왕 대 검왕이 겨루는 것처럼 보이기도 하고. 검마 대 검마가 겨루는 것처럼 보이기도 했다. 그리고 시종일관 장수 대 장수가 겨루는 것처럼 살벌하게 겨뤘다. 나도 비무를 지켜보다가 무승부로 끝났으면 하는 생각을 하게 될 줄은 몰랐다. 하지만 정작 당사자들은 전혀 그럴 마음이 없을 테니 승패는 어떻게든 곧 결정이 날 터였다. 승부를 내려는 자들의 마음에는 모두 도박적인 한 수가 준비되어 있다.

그것이 승부욕을 자극하기 때문에 두 사람은 찰나의 변수로 이 팽팽한 승부에 자신의 운을 시험할 테지… 그래서 사실은 운도 실력이다. 실력이 없으면 운을 시험할 기회도 얻지 못하기 때문이다. 이제 검왕이 썼던 수법을 검마가 펼치고, 검마가 내보였던 한 수를 검왕이 모방해 버리는 지경에 이를 때까지 충분히 싸웠다. 온갖 의도와 속임수가 지나간 자리에서… 두 사람의 단목검이 허공에서 오乂의 형태로 맞붙었다.

순간, 쩍- 하는 소리와 함께 좌장이 교차되어서 맞붙었다. 내공 싸움으로 끝을 보나? 이제껏 두 사람이 겨룬 것은 검이었지 내공이 아니다. 그래서 나는 이 싸움이 장력 대결로 마무리되리라 예상하진 않았다. 정작 비무와 관련된 대화는 검마와 검왕이 눈빛으로 나누고 있는 상황… 잠시 두 사람의 얼굴 표면이 파르르- 하고 떨리는 모습이 내 눈에 들어왔다. 이어서 장력을 터트리듯이 분출해서 서로를 밀어낸 두 사람이 빛살과도 같은 일검一劍을 서로에게 내질렀다.

'아이고, 비무에서 죽으면 안 돼.'

팍! 소리가 들리더니 두 자루의 단목검이 허공에서 박살이 난 채로 흩어졌다. 검마는 단목검으로 검왕의 어깨 위를 가격한 상태였고. 검왕은 베는 동작으로 검마의 어깨 옆을 강타한 상황이었다. 나는 정신이 번쩍 들었다.

　　　　…　　　　광마회귀6

"어?"

비무가 끝나자마자 나는 색마와 눈을 마주쳤다. 이놈도 나랑 같은 생각을 한 모양이다. 색마가 나를 보면서 중얼거렸다.

"사부님의 왼쪽 어깨를?"

나는 급히 손가락으로 내 입을 가렸다.

"쉿."

색마가 고개를 끄덕이더니 다시 비무대를 주시했다. 검왕과 검마는 손잡이만 남은 단목검을 바라보기도 하고, 서로를 말없이 응시하기도 했다. 그러니까 검마는 사도제일인과 겨루다가 주화입마에 빠진 이후로 왼팔은 물론이고 어깨와 왼쪽 목까지가 도검불침이나 다름이 없는 상태다. 분명히 일부러 왼쪽 팔을 내주고 검왕의 어깨를 끊은 상황이었던 것.

물론 두 사람의 어깨는 멀쩡하다. 어느 정도 내공을 주입해서 호신공을 펼쳤기 때문일 터. 우리 사대악인만이 검마가 이겼다는 사실을 명확하게 인지했다. 다른 자들이 검마의 왼쪽 팔 상태가 도검불침에 가깝다는 것을 어찌 알겠는가? 검왕이 먼저 입을 열었다.

"검마, 만족스럽나?"

맏형이 살짝 한숨을 내쉬더니 고개를 갸웃했다.

"단목검이라 그런지 조금 아쉽군."

검왕이 자신의 어깨를 툭툭 두드리면서 대답했다.

"상당히 욱신거리네. 조금 나은 다음에 다시 붙어보세. 자네 팔은 어때?"

나는 숨을 죽인 채로 검마의 말을 기다렸다. 검마가 잔잔한 어조로 가볍게 말했다.

"…부러지진 않았을 테지만 나도 약 좀 발라야겠네."

검왕이 임소백에게 말했다.

"임 맹주, 우리 둘의 공개적인 비무는 여기까지 하겠소. 뭔가 미심쩍은 부분이 있어서 공손 군사의 말마따나 채점을 하면 내가 패한 것 같은데 어떻게 생각하시오?"

임소백이 자리에서 일어났다.

"검왕, 누가 이 싸움을 보고 나서 자네가 패했다고 생각하겠나? 승패가 명확한 비무도 있고, 채점해도 우열을 가릴 수 없는 비무도 있기 마련이야. 비무라서 그렇다. 그리고 검왕이라는 별호를 건네준다 해도 받을 사람이 아닌 것 같은데 검마는 어떠한가?"

맏형이 고개를 끄덕였다.

"검왕에게 부족함이 없었는데 별호를 넘기는 것은 있을 수 없는 일이지. 검왕은 검왕이었음을 내가 확인했소."

나는 사대악인들과 웃으면서 비무대 위에 서있는 맏형을 바라봤다. 비무는 사실 검마가 이겼는데, 그 사실을 우리만 알고 있어도 큰 상관은 없었다. 오히려 검왕의 말대로… 앞으로 검마와 검왕이 만나 검에 관한 교류를 할 것 같아서, 이것이 비무보다 더 값진 결과가 아닐까 하는 생각이 들었다. 검객들의 검도 훌륭했지만, 마음가짐도 부족함이 없는 비무였다. 임소백이 말했다.

"…지켜본 후배 검객들은 오늘 두 사람의 호흡과 동작 하나하나가 오랫동안 기억에 남을 것이네. 두 사람은 수고했네."

임소백이 손을 내밀자, 검왕이 비무대 아래로 내려갔다. 그의 말마따나 어깨가 욱신대서 연이은 비무는 하지 못하는 상태처럼 보였다. 하지만 검왕이 비무대에서 사라졌는데도… 잠시 검마는 비무대에 우두커니 서서 뜬금없이 우리를 바라보고 있었다. 색마가 당황하더니 비무대에서 내려오지 않는 검마를 불렀다.

"…사부님?"

대체 이 세상 어두운 사내는 무슨 생각을 하는 것일까. 천천히 주변을 둘러보던 검마가 입을 열었다.

"…백도의 군웅들."

주변이 고요해졌다.

"…"

"나는 마교에서 벗어난 사람이오. 내 본명은 기억이 나질 않소. 이름으로 불렸을 때보다 십삼┼ㅌ이라는 번호로 불렸던 기간이 길었기 때문인지… 나처럼 끌려온 자들이 두려움에 떨고 있을 때도 나는 어쩐 일인지 두렵지 않았소. 우리를 끌고 온 자들이 금세 목적을 말해 주더군. 마음껏 서로를 때려죽여라. 살아남는 놈은 제자로 삼겠다. 우리는 알아서 싸우게 되었소. 머뭇거리던 자들의 목이 땅에 떨어지고 있었기 때문이지. 그때 내가 믿을 것은…"

검마가 부러진 단목검을 군중에게 내보였다.

"그때도 이 목검밖에 없었소. 허망한 죽음을 여러 차례 목격하면서 끝까지 살아남았을 때 내 이름은 검마가 되었소. 검왕이라는 별호는 나 같은 사람이 생기지 않는 일에 힘쓰는 자들이 가져야 할 의미 있는 별호겠지. 오늘, 마교에서 도망을 친 나를 무림맹에 거리낌 없이 초대하고, 비무까지 주선해 줘서 고맙소. 임 맹주."

검마가 임소백을 바라봤다. 자리에 앉았었던 임소백이 일어나더니 시원한 표정으로 웃었다.

"자네는 마도를 벗어났지만 억지로 백도가 될 필요도 없네. 그저 뛰어난 검객이라고 나는 생각하네. 그것이면 충분해. 어쨌든 우리는 강하다고 해서 함부로 살생하는 자들이 아니기 때문일세."

백도에도 미친놈들이 많지만 임소백은 백도를 그저 함부로 살생하지 않는 자들이라 규정했다. 그리고 내가 보기에도 검마는 함부로 살생하는 사내는 아니었다. 이렇게 보니… 맏형은 임소백과 정신적인 동맹을 체결하고, 검왕과는 검으로 인연을 이어나가게 되었으며, 이 모든 것은 쥐새끼처럼 구경하러 왔었던 백의서생의 뒤틀린 정신세계에도 영향을 미칠 것이라 예상했다.

"아…"

그렇다면, 이것은 실로 엄청난 비무 한판이었다. 나는 사대악인들과 일어난 채로 비무를 마치고 돌아오는 검마를 말없이 맞이했다.

319.
쓸데없는
인기를 얻었다

나는 검마가 복귀하는 것을 보면서 제왕비무전이 현재 절반 정도 성공한 느낌이 들었다. 무제와 검왕이 임소백에게 도전하지 않은 채로 비무를 잘 마쳤기 때문이다. 목적을 거의 달성한 셈이다. 어차피 도왕은 전날에 임소백과 대화를 충분히 나눈 상태고. 권왕은 본래 독립적인 인간인 데다가 맹주 자리에 관심이 없는 사내다. 그것은 제자인 이군악도 마찬가지. 이들은 오히려 그냥 순수한 무인에 가깝다.

남은 것은 남궁세가의 검제인데… 비무를 지켜보기만 할 뿐이고, 언제 나설지는 알 수가 없었다. 사실, 이 제왕비무전을 내가 전부 조종하는 것은 불가능하다. 임소백이 직접 나서서 정리할 필요도 있었다. 검마가 조용히 돌아와서 앉는 동안에도 우리는 일단 입을 닥치고 있었다. 유일하게 색마가 낮게 깔린 어조로 말했다.

"…사부님, 고생하셨습니다."

검마는 고개만 끄덕였다. 우리는 괜히 왼쪽 팔에 관한 것도 묻지 않았다. 더군다나 검마가 본래 십삼 호로 불렸다는 이야기도 처음 들었기 때문에 분위기가 살짝 무거웠다. 만약 마교를 나와서 검마가 자신의 뿌리를 찾아본 적이 있다면 그것 또한 검마의 어두운 면에 일조했을 것이다. 왜냐하면, 찾지 못하는 게 당연하기 때문이다. 납치하는 과정에서 다 죽었을 테니까.

"..."

사실 이런 순간에 무슨 말이 필요하겠는가? 우리는 잠시 그냥 닥치고 있자는 공감대가 형성되어서 아무 말도 하지 않았다. 그것이 훌륭한 태도로 비무를 해준 군검왕에 대한 예의이기도 하다. 그는 비무 도중에 넋을 놓은 채로 하늘을 바라보고 있는 맏형을 점잖게 기다려 줬으니 말이다. 다음 비무에 대한 언급을 하기도 전에 누군가가 손을 들었다. 공손월이 어딘가를 쳐다보면서 말했다.

"신북오호의 도수渡水 공자께서 하실 말씀 있습니까?"

관중 속에서 얼굴 허연 놈이 일어섰다. 그리고 보니까 누가 이겼느냐고 질문한 사내도 저놈 같다. 모여있는 곳을 둘러보니 새로운 사실도 알 수 있었다.

'오호가 백의서생 쪽에 많이 앉아있었네.'

어쩐지 작명의 분위기도 서생들의 제자와 좀 어울려 보였다. 백의서생은 처음부터 오호에 속한 고수로 추정되는 사내와 함께 있었기 때문에 애초에 전생에도 백도에 깊숙이 관여했었다는 뜻이 된다. 도수 공자가 말했다.

"제왕 선배들의 비무 잘 봤습니다. 이 후배가 감히 한 말씀을 올리자면, 오늘 이 자리에는 신남의 육룡과 신북의 오호라 불리는 후기지수 대다수가 모여있습니다. 언젠가, 맹주님의 언급으로 신남의 사룡은 비무 한번 없이 육룡이 되었다고 들었습니다. 이참에 군웅들 앞에서 후기지수 최강이 과연 누구인지 가리는 게 어떻겠습니까? 이제 비무 한두 번을 진행하면 곧 날이 어두워집니다. 다들 아시겠지만 맹에서는 식사 시간이 매우 규칙적이고 그것은 손님들도 예외가 아닙니다."

공손월은 임소백을 쳐다봤다.

"맹주님?"

임소백이 도수 공자를 쳐다봤다.

"후기지수 최강이라… 자네 형인가?"

"제 형님은 이미 나이가 서른을 넘어 후기지수로 불리는 시절이 지났습니다. 저 또한 궁금해서 이 기회에 말씀을 드리게 되었습니다."

"돌려 말하지 말고, 자네가 생각하는 후기지수 최강은 그럼 누구인가?"

도수 공자가 미소를 지으면서 대답했다.

"물론 접니다."

임소백이 고개를 끄덕였다.

"그렇구나. 등평登萍과 도수 형제가 오호에서도 특히 강하다는 소문은 나도 들었다. 언젠가는 후배라 불리던 자들이 제왕이 될 것이니 이 또한 중요한 비무겠지. 비무대로 올라오게."

도수 공자가 임소백에게 포권을 취했다.

"감사합니다, 맹주님."

생각해 보면 어처구니가 없을 정도로 단순한 이름이다. 둘을 합치면 경공의 경지를 종종 뜻하는 등평도수登萍渡水라서 그렇다. 경공의 경지를 별호로 삼았기 때문일까? 나는 등평도수를 보면서 자연스럽게 쾌당주를 떠올릴 수밖에 없었다. 더군다나 서생 쪽의 제자라면 당연히 후기지수 중에서도 최강 자리에 근접했을 터였다.

그리고 내가 광마로 한참 활동하던 시기에는 오호가 유명하지 않았다. 아마 무슨 일이 있어서 싹 다 죽은 모양이다. 마교에게 죽었어도 이상한 일이 아니고, 임소백에게 붙잡혀서 죽었어도 이상한 일은 아니다. 어쨌든 이런 놈들의 운명까지는 나도 일일이 알 수가 없었다. 어쨌든 자신이 후기지수 최강이라고 선언한 도수 공자가 비무대에 오르자 옆에 있는 색마가 중얼거렸다.

"최강이 본인이라니, 지랄하고 있다."

이때, 도수 공자를 물끄러미 바라보던 검마가 제자에게 말했다.

"약한 것 같지는 않다. 성격이나 말투는 실력과 무관할 때가 있으니 저것 자체가 의도적일 수도 있고."

색마가 조금 놀라더니 다시 비무대 위를 주시했다.

"아, 그렇습니까?"

문득 나는 임소백과 눈을 마주쳤는데 이상하게도 맹주는 여기에 모인 자들 대부분에 대해서 이미 알고 있는 눈치였다. 아는 것을 굳이 내세우지 않고, 어떻게든 포용하려는 태도로 비무를 주관하는 분위기랄까. 비무대에 오른 도수 공자가 주변을 둘러보면서 말했다.

"육룡 중에서 도전해도 좋고. 오호에 속한 고수가 도전해도 좋소. 해가 지기 전까지는 결판을 내봅시다. 하오문주께서 올라오시겠소? 듣자 하니 그대가 오룡이라고 하던데."

　　　…　　　광마회귀6

"오룡五龍?"

내가 오룡이란 말이냐? 어감이 상당히 불쾌하다. 마치 그다지 중요하지 않은 자들 가운데에서도 특히 안 중요한 인물이 된 느낌이랄까. 색마가 옆에서 나를 비웃었다.

"오룡이란다…"

나는 황당한 마음에 색마를 바라봤다.

"그럼 네가 육룡六龍인데?"

"아이, 씨…"

나는 도수 공자를 쳐다봤다.

"도수 공자는 본인이 후기지수 최강이라고 생각하시오?"

"내 형님을 제외하면 그렇소."

"내가 보기엔 후기지수 서열 십육 위쯤 하는 것 같은데 먼저 내려가시는 게 어떻겠소."

도수 공자가 나를 노려봤다.

"…십육 위?"

"육룡과 오호를 더하면 열한 명이고. 권왕의 제자를 포함하면 열두 명. 내가 모르는 고수들을 두세 명 더하고 나면 당신이 십육 위 정도겠지. 이것도 좀 잘 쳐준 거요."

사람들이 웃음을 터트리자, 비무대에 있는 도수 공자도 함께 웃었다.

"하오문주."

"말씀하시오."

"소문을 듣자 하니 헛소리에 유난히 정통하시다 들었는데 명불허

전이군."

"교류도 없었는데 어찌 아시는지 신기하군. 조사를 많이 하셨나?"

"떠들지 말고 냉큼 올라오시오."

"후기지수 최강 자리는 애초에 몽랑과 이군악이 다투고 있으니 나는 올라가지 않겠소."

나는 후기지수 전체를 도발했다. 그리고 이것이 사실이다. 도수 공자가 냉소를 머금었다.

"몽랑은 알겠는데, 이군악은 대체 누구요?"

감히 나를 비무대로 끌어내려 하다니 이는 실로 시건방진 생각이다. 저런 놈들과 투덕거리기 위해서 수련한 내가 아니다. 도수 공자가 주변을 둘러보면서 말했다.

"이군악이 대체…"

도수 공자는 내뱉던 말을 멈춘 다음에 불쑥 일어난 사내를 쳐다봤다. 권왕 옆에서 조용히 비무를 구경하던 이군악이 큰 덩치를 드러내자 산이 솟은 것처럼 보였다. 이군악이 비무대를 쳐다보면서 말했다.

"용이니 호랑이니 하는 별호가 너무 유치하군."

바보는 솔직한 사내여서 생각을 그냥 입 밖으로 내뱉었다. 도수 공자가 이군악을 도발했다.

"누가 유치한지 가려봅시다."

이군악이 비무대로 향하려는데 권왕이 입을 열었다.

"제자야."

"예, 사부님."

"너는 어제 몽랑에게 패했다. 들어보니 다소 억울한 면이 있는 것 같지만 패배는 패배다. 앞서 겨룬 선배들의 비무에서 무얼 배운 것이냐?"

이군악이 깜짝 놀란 표정으로 대답했다.

"예, 맞습니다. 제가 패했습니다."

"그렇다면 당연히 몽랑이 올라가서 후기지수 최강 자리를 놓고 겨루는 게 맞다. 너는 아직 배울 것이 많아. 얌전히 있도록 해."

"알겠습니다."

와, 나도 감탄이 절로 나왔다. 전생 권왕 이군악이 저렇게 얌전할 수도 있다는 것을 처음 봤기 때문이다. 이군악이 자리에 도로 앉으면서 말했다.

"나는 어제 풍운몽가의 몽랑에게 비무에서 패했으니 나서지 않겠소."

삽시간에 군중의 이목을 받게 된 색마가 잘난 척이 듬뿍 담긴 재수 없는 표정으로 일어섰다.

"후후."

도수 공자가 짐짓 호탕하게 웃음을 터트리더니 색마에게 말했다.

"몽 공자, 올라오시오. 그대가 최강이라는군."

색마는 그 어느 때보다 기분이 좋은 표정으로 고개를 끄덕이더니 한 발자국을 움직였다. 이때, 불길하게도 검마의 목소리가 흘러나왔다.

"제자야."

"예, 사부님."

나는 무언가가 반복되는 것 같은 기시감을 느끼면서 사부와 제자를 번갈아 봤다.

'뭐야, 이거. 뭔가 불길한데?'

검마가 색마에게 말했다.

"네가 진정 후기지수 최강이 맞느냐?"

색마가 대답했다.

"그렇지 않을까요?"

"내가 알기로는 백응지에서 문주에게 한 번 패배하고, 우리가 머물던 숙소 앞에서도 문주에게 당해서 바닥에 누운 것으로 아는데 내 기억이 잘못되었다는 말이냐? 꿈이었던가… 저 이군악도 네게 패했다고 자중을 하는데 네가?"

어? 색마도 나와 똑같은 표정으로 눈을 껌벅였다.

"그게 꿈은 아마 아니셨죠."

"그렇다면 네가 비무대에 오를 자격이 있는 것이냐?"

색마가 멋쩍은 웃음을 지으면서 대답했다.

"아하하… 그게, 예. 저는 나서지 않겠습니다."

색마가 자리에 털썩 주저앉았다. 맏형이 대체 왜 이러지? 검마가 나를 쳐다보면서 답을 알려줬다.

"오늘따라 주변에 보기 드문 미인이 많아서 뽐내고 나대려는 심정이 마음에 가득하다. 오늘 같은 비무에는 어울리지 않는 마음가짐이야."

"아하."

색마와 나는 검마의 말을 동시에 이해했다. 나는 그렇다고 쳐도, 색마 새끼마저 고개를 끄덕대고 있었다. 어쨌든 간에 맏형이 정확하게 지적을 한 모양이다. 사실 나는 제왕과 겨루려고 했었다. 어쩔 수 없이 일어나서 비무대로 향했다. 이때, 나는 생전 처음으로 이런 경험을 해봤다. 갑자기 주변에서 환호성이 그 어느 때보다 크게 터졌다.

"…음?"

나는 멈춰서 주변을 둘러봤다. 수신호를 보내지도 않았는데 무림맹 병력 대부분이 박수와 환호성으로 나를 응원하고 있었다.

'이야, 놀랍네.'

이거야말로 꿈인가? 나는 언제부터 이렇게 사내새끼들에게 인기가 많아진 것일까. 참 쓸모없고, 쓸데없는 인기였다. 그래도 흥이 제법 올랐는지 가장 높은 자리에 있는 임소백마저 웃음을 애써 참는 표정으로 내게 박수를 보냈다. 나는 손을 대충 몇 번 흔들면서 환호성에 답하다가 작게 중얼거렸다.

"거 대충 하고 그만 좀 합시다."

참으로 낯이 뜨거운 순간이었다.

'이보게들, 내가 전생 광마란 말이다.'

나는 무림맹의 뜨거운 환호성을 내내 받으면서 비무대에 겨우 도착했다. 그사이에 온갖 외침도 섞여있었다. 남악에서 문주님과 함께 싸웠습니다, 하는 외침도 있었고. 저는 동호로 문주님의 지원을 나갔습니다, 하는 외침도 있었다. 나는 이런 말을 듣자, 어쩐지 부끄럽고 어색한 마음이 갑자기 싹 사라졌다. 새삼스럽게 주변을 둘러보니 나와 함께 싸웠던 자들이 관중에 다수 섞여있었다.

'그것참, 기분 이상하구나.'

맹원들은 나를 전우戰友로 대하고 있었다. 하필이면 조금 떨어진 곳에서 구경하고 있는 구검대의 장산마저 내게 손을 흔들어 대고 있어서 기분이 더욱 묘했다. 공손월의 목소리가 들렸다.

"신북오호에 속해서 명성을 얻은 도수 공자와 맹주님의 언급으로 신남육룡에 포함된 하오문주의 대결입니다. 두 분에게 단목검을…"

나는 맹원이 가져오는 단목검을 건네받은 다음에 도수 공자를 쳐다봤다. 도수 공자는 정말 여유로운 표정으로 단목검을 살피다가 주변을 둘러보면서 말했다.

"그나저나 이곳에 분명 육룡에 속한 백리한, 서문단, 남궁휘 공자까지 계신데 어찌하여 하오문주가 육룡의 최강자로 나서는 것에 아무런 말씀이 없으시오? 벌써 육룡끼리는 서열을 정하셨소?"

나도 도수 공자의 말에 공감이 가서 고개를 끄덕여 줬다.

"그러게."

서문세가에서 한 사내가 말했다.

"위씨세가의 위무결이 전하는 말에 따르면 신남육룡의 첫째 자리는 하오문주가 맞소."

도수 공자가 사내를 바라봤다.

"단 공자, 사실이오?"

서문단이 고개를 끄덕였다.

"무결 아우는 농담을 잘 하지 않는 사내라서 맞을 거요. 도수 한서광 공자, 오히려 그대가 정말 오호의 첫째가는 고수인지가 궁금하군. 맞다면 이 자리에서 오호와 육룡의 우위를 정하게 될 거요."

뜬금없이 서문세가의 대공자가 도수 공자의 본명을 밝히자, 내 비

···

무 상대는 조금 놀란 표정을 짓더니 입을 다물었다. 강호에 꽁꽁 숨겨놓은 비밀은 별로 없는 것일까. 세가에서도 오호가 누구인지 꼼꼼하게 파악하고 있었던 모양이다. 도수 공자가 내게 물었다.

"하오문주, 준비되셨소?"

나는 고개를 저으면서 뻔뻔한 어조로 답했다.

"아직."

"기다릴 테니 말씀하시오."

나는 도수 공자를 물끄러미 바라봤다. 생각해 보니까 이놈이 서생의 제자라면 강호에서의 위치를 고려해 봤을 때 도살자보다 강할 가능성이 매우 컸다. 문득 백의서생의 표정을 확인했는데 알아낼 수 있는 것은 없었다. 여러 가지 들뜬 마음, 무림맹의 환호성, 제왕들의 비무, 지켜보는 관중과 침묵하고 있는 백의서생까지.

이 모든 것을 백지처럼 깨끗하게 지운 후에 비무 상대인 도수라는 인간을 다시 쳐다보면서 생각을 정리했다. 상대는… 신북오호. 서생의 제자. 그 사부가 백의서생은 아닌 것 같다는 직감. 자신이 후기지수 최강이라고 주장하는 뻔뻔함과 경박함. 무림맹이라는 장소. 뜻하지 않게 실력을 만천하에 드러내게 된 백의서생까지. 나는 준비를 마친 다음에 도수에게 말했다.

"준비됐소."

함정은 내 오만함에도 있었다. 눈앞의 도수渡水가 강적이라는 것을 진지하게 깨닫는 데까지 제법 오랜 시간이 걸렸다.

320.
점소이의
젓가락 같은 인생

"잠시만, 단목검 하나 더."

공손월은 무슨 말인지 이해 못 하는 표정을 지었다가 금세 맹원에게 고갯짓을 했다.

"예? 아."

맹원이 단목검을 추가로 들고서 비무대에 올라오자, 도수가 나를 의아한 눈빛으로 쳐다봤다.

"하오문주, 쌍검을 사용하셨소? 금시초문인데."

나는 맹원이 가져온 단목검을 왼손으로 붙잡으면서 대답했다.

"세 살 때부터 쌍검을 사용했는데, 세 살 때는 조사 안 했나? 정보력이 허접하네."

내 기억으로는 젓가락 쌍검이었지만 상관없다. 도수가 실망스러운 표정으로 말했다.

"진지하게 임할 것을 권유하는 바요."

이 새끼는 말투가 왜 이러지? 쉬운 말을 복잡하게 하는 재주가 있었다.

"나는 항상 진지해."

"반말하지 마시고."

"미안합니다."

아무튼, 나는 쌍검을 쥔 다음에 자세를 잡았다. 자세는 사실 특별할 게 없다. 왼손은 전방으로 내밀고, 오른손은 치켜든 상태에서 검을 전방으로 눕힌다. 왼 다리는 살짝 앞으로 내밀고, 오른쪽의 뒷다리는 살짝 구부려 주면 공수 조합적인 측면에서 완벽한 자세가 된다. 여기서 뒷다리를 너무 깊이 구부리면 병신처럼 보이기 때문에 그럴 필요까진 없다. 쌍검객잔식雙劍客棧式. 자세를 계속 유지하는 게 힘들었기 때문에 도수에게 말했다.

"준비됐음."

이것은 존댓말도 아니고 반말도 아닌 어법이다. 턱을 긁적이던 도수가 콧방귀를 뀐 다음에 단목검을 휘둘렀다. 당연히 나는 좌검左劍으로 간단히 막고, 우검右劍으로 맹렬하게 내려쳤다. 예상대로 손목에 전해지는 탄력이 제법이었다. 하지만 쌍검술은 복잡할 게 전혀 없다. 하나는 방어, 다른 하나는 공격이다.

쌍검이 이런 비무에서 얼마나 효율적이냐면. 군검왕이나 검마가 쌍검을 사용했더라면 각자 어깨를 내려친 다음에 멀쩡한 단목검으로 상대의 머리통을 다시 후려갈겼을 것이다. 그랬다면 누가 봐도 무승부가 아니라 완벽한 승리였겠지. 쌍검이 이렇게 무섭다. 논리적으로는 무적의 검법이다. 물론 강호가 논리적으로만 돌아가지 않는다는 게 유일한 단점이다.

　나는 비무대를 넓게 쓰면서 쌍검을 휘둘렀다. 도수의 단목검을 쳐내면서 물러나고, 우검으로는 상대의 무릎을 노려서 보법을 방해하고, 때로는 좌검을 내질러서 도수의 시야를 가렸다. 최대한 상대를 귀찮게 해서 되도록 많은 수법을 구경했다. 전초전에 해당하는 싸움이 짤막하게 지나가자, 단목검에 적응한 도수의 검도 점점 빨라졌다.

　적당히 빨라지면 그러려니 하겠는데… 한계를 매 순간 극복하는 것처럼 과도하게 빨라졌다. 쌍검을 너무 빨리 휘둘러서 손발이 꼬일 때가 있는데 지금 내가 그렇다. 도수의 검법이 무척 경쾌해서 어쩔 수가 없었다. 도수는 마치 쾌검에 집착하고 살았던 미치광이처럼 날뛰어서 밥도 빨리 먹겠다는 예상을 어렵지 않게 할 수 있었다.

　사실 내가 펼치는 쌍검식에도 본능적으로 흥을 돋우는 원초적인 무언가가 있다. 쌍검을 휘둘러 보면 안다. 이상하게 흥이 나는 경험을 하게 될 것이다. 내가 젓가락을 가지고 쌍검을 익혔는가? 그것은 아니다. 본래 나는 낫으로 풀을 베던 사람이다. 사람이 몇 년 동안 아무것도 하지 않으면서 풀만 베다 보면 쌍낫으로 발전하기 마련이고, 쌍낫을 반복적으로 휘두르다 보면 태산도 벨 수 있을 것 같은 자신감을 얻는다. 물론 자신감만 가지고서는 세상을 잘 살아갈 수 없다는 게 함정이다.

　어쨌든 나는 쌍검의 기초를 쌍겸雙鎌으로 익혔다. 독학으로 쌍검을 익혔으니 이 정도면 나도 일대종사가 아닐까? 도수의 검법은 눈앞에서 풀이 휘날리는 것처럼 복잡하고 불편했지만, 쌍검을 제압하는 대처 방안에 대해서는 고민해 보지 않은 기색이 역력했다. 애초에 쌍검을 사용하는 고수가 드물기 때문이다. 덕분에 나는 도수의 수법을 계속 기억했다.

반면에 내 쌍검술을 분석할 여지를 주지 않기 위해, 일부러 미친 놈처럼 쌍검을 휘둘렀다. 마구잡이 공격에 의미 있는 초식을 슬쩍 끼워 넣는 식이랄까. 무언가에 숙달하면 규칙적이지 않은 행동에 정석적인 초식을 섞을 수 있고, 정석적인 초식도 중간에서 망치듯이 변화를 줄 수 있다. 애초에 나는 미친놈처럼 살아서 이런 응용이 어렵지 않았다.

가끔 누가 가르쳐 주지도 않았는데 저절로 되는 영역이 있다. 내 경우에는 배웠음에도 음식을 맛있게 못 만드는 고질병이 있었고, 배우지 않았는데도 잘 싸우는 특이한 면이 있었다. 그냥 싸우는 것은 조금 심심했기 때문에 경력이 삼십 년이 넘는 점소이가 탁자를 닦을 때 흥얼거리는 것처럼 의미 없는 말을 염불처럼 중얼대면서 싸웠다. 도수가 거슬린다는 것처럼 말했다.

"좀 닥치시오."

"알겠습니다."

어쨌거나 내가 펼치는 쌍검술은 쌍검객잔식雙劍客棧式의 자아도취自我陶醉 초식이어서 매화검법처럼 규칙이 없었다. 힘겨운 일을 반복해서 하는 사람은 자아도취에 빠져서 일상을 버텨내야 하기 때문이다. 나는 멋지다 혹은 나는 버텨낼 수 있다는 자신감으로 지옥 같은 일상을 견뎌내는 것이다. 반복되는 일상도 지옥이기 때문이다. 일은 내가 하는데, 돈은 뺏어가는 놈들이 벌어 가면 그게 바로 지옥이다.

나는 지옥에서 살아남은 점소이의 젓가락 같은 인생을 검법으로 실체화했다. 대체로 쓸모없는 초식이 많다는 뜻이다. 쌍검을 너무 빨리 휘두르다 보면 초식의 현묘함이 현저하게 떨어지는데, 이게 오히려 지랄발광처럼 보일 정도로 너무 빨라지면 오히려 뭔가 있어 보이는 초식이 되기도 한다.

내 인생도 그렇다. 매사에 지랄하는 마음가짐으로 여기까지 왔다. 도수의 쾌검을 모조리 막아내면서 숙이고, 회전하고, 웅크리고, 뻗어나가는 동작에 반격을 가했다. 삼사십 초를 치열하게 주고받다가 도수가 훌쩍 물러나더니 내게 경고했다.

"문주, 장난인 줄 알았더니 쌍검에 무척 익숙하군. 조심하시오."

조심하라는 말을 듣자마자… 나는 쌍검에 새하얀 빙공을 휘감아서 만반의 준비를 마쳤다. 다시 자세를 잡은 다음에 도수를 바라봤다.

"…"

비무고 나발이고 일단 이기는 게 중요하다. 사실 목검의 재질 때문에 염계나 백전십단공을 사용하는 것은 어렵지만, 빙공은 얼마든지 가능하다. 빙공이 목검을 더욱 단단하게 만들기 때문에 오히려 좋다. 하지만 목검에 빙공을 휘감았는데도, 도수는 놀라는 기색이 없었다.

'좋아. 이 정도에 놀라면 내가 실망했을 것이다.'

도수 역시 단목검에 압축된 기를 불어넣었는지, 괴상하게 보이는 검기劍氣가 실타래처럼 칼날에 휘감겼다. 칼날을 따라서 아지랑이가 피어오르는 것처럼 보였다. 물론 이곳에도 고수가 많았기 때문에 도수가 펼친 검의 경지를 정확하게 언급하는 자들이 있었다.

"허, 검사劍絲를 펼치다니."

검기를 분출해서 사물을 자르는 것만이 높은 경지가 아니다. 기를 칼날에 휘감아서 절삭력을 높이는 절기도 있는데 저런 형태다. 즉 도수는 내 신체 한 곳을 베겠다는 의지를 품고 있었다. 검사를 두른 단목검이 강할까. 아니면, 빙공을 두른 내 단목검이 단단할까.

나는 재차 덤비는 도수의 단목검을 쳐내다가 거리를 좀 벌렸다. 속이 내심 철렁한 터라, 거리를 벌리면서 이유를 생각해 봤다. 아무래도 저 검사는 도수의 내공 운용에 따라서 막기 어려운 형태의 검기로 전환될 것 같다는 예감이 들었다. 구체적으로 예상하자면 단목검에 두르고 있는 실타래가 갑자기 직선 형태의 얇은 바늘이 되어서 내 얼굴을 뚫을 것 같은 기분이랄까?

어디서 이렇게 대단한 고수가 갑자기 튀어나왔나 싶다가도. 애초에 신북오호라는 별호 자체가 새롭게 두각을 나타내는 젊은 고수를 뜻한다. 내가 육룡에 속하는 것처럼 말이다. 나는 쌍검으로 애써 공격을 오랫동안 받아낸 다음에 차근차근 반격을 준비했다. 도수의 속도, 검에 담긴 힘, 외공의 수준, 전해지는 악력, 내공의 수준, 보법, 검법의 특징, 정석적인 움직임에 변칙적인 의도를 얼마나 섞는 유형인지를 가늠하고 표정의 변화까지 기억했다.

'도수, 내 반격을 받아라.'

나는 쌍검으로 공세를 취하자마자 보법에 제운종을 섞었다. 검사를 즉각 피하려면 어쩔 수 없는 선택이다. 내가 다른 사람도 아니고 비무대에서 싸웠던 백의서생의 움직임을 판박이처럼 따라 하자, 여태 침착하게 싸우던 도수도 당황하는 기색을 내비쳤다. 누가 봐도 백의서생의 괴상한 움직임과 비슷하기 때문일 터.

놀란 것은 도수만이 아니었는지 주변에서도 웅성거리는 소리가 커졌다. 나는 집중되는 이목을 다른 볼거리로 전환했다. 제운종으로 땅을 박차고 거리를 벌리면서… 왼손에 쥔 단목검을 오른손에 겹친 다음에 목재로 된 손잡이를 으스러뜨리듯이 붙잡아서 빙공을 현월지기로 전환했다.

콰직!

손잡이가 부서지면서 얼어붙고, 두 자루의 목재 칼날이 합쳐진 곳에도 냉기가 촘촘하게 들러붙었다. 이러면 좀 몽둥이처럼 보이려나? 두 자루의 검을 합쳤으나 오히려 전생에 내가 사용하던 선장禪杖, 부러지지 않는 신념보다는 굵지 않다. 신개 선배에게 지도를 받은 대로 몸은 가볍게 만들고, 병장기는 무겁게 들었다.

그렇다면 이것도 독고중검이다. 나는 제운종의 보법으로 이동하면서 전신의 기세는 맏형처럼 공격적으로 전환했다. 도수에게 일방적으로 공격을 퍼부으면서 여러 사람의 표정과 눈빛이 스쳤다. 개방 방주, 백의서생, 검마, 군검왕, 광승… 차성태가 떠올라서 정신을 바짝 차렸다.

픽!

이제 냉기로 단단해진 단목검을 받아칠 때마다 둔탁한 타격음이 터지기도 하고, 도수의 몸이 밀려나기 시작했다. 도수가 이를 온전하게 받아내면 제법 맹렬하게 어우러졌겠으나 내 총체적인 기세와 힘, 빙공이 섞인 두 자루의 단목검, 독고중검의 기세에 밀려서 일검을 막을 때마다 도수의 자세와 눈빛이 계속 흔들렸다.

도수는 한 발을 내디뎌서 균형을 잡아야 할 순간에 서너 걸음을 물러났다. 이것은 내가 독고중검을 더 편하게 펼칠 기회였다. 자신의 보법을 믿고 멀찍이 떨어질 때마다 나는 제운종으로 순식간에 뒤쫓아서 육중해진 목검을 후려쳤다.

퍼억!

도수의 표정에 당혹함이 물들었다.

'이 새끼가 날 병신으로 봤나? 아니면 그렇게 자신감이 넘쳤었나.'

똑똑함을 겨뤄도 내가 우위에 있고. 경험으로 따져도 내가 더 많고. 사람을 죽이는 경험도 내가 더 많았을 테고. 전생의 싸움을 다 합치면 패배한 경험도 내가 더 많다. 어디서 호의호식하던 서생의 제자 놈이 속도만 믿고 나를 얕잡아 본 것일까. 이놈의 속도도 내 앞에서는 거북이다. 도수도 강한 상대였지만 나는 도수의 모든 것을 압도하는 방법을 찾아낸 다음에 계속 몰아쳤다. 이제 목검에서 부딪치는 타격 소리가 타악기의 듣기 좋은 음악처럼 들렸다.

퍽! 퍽! 퍽! 퍽! 파악!

거북이 등짝을 패는 것처럼 들리기도 했다. 죽일 듯이 때리다 보니 느낀 것인데⋯ 곧 큰 반격이 올 것이라는 예감이 들었다. 아무렴, 그래야지. 어느 순간 도수의 목검을 후려치자, 도수가 합쳐진 쌍검을 막아내면서 부드럽게 회전했다. 그 모습이 마치 내 힘을 역이용하는 것처럼 보여서 무엇인지 확인도 하지 않은 채로 공중에 솟구쳤다.

내가 방금까지 있던 자리에 정확하게 검사가 잔뜩 뻗어나갔다. 실타래로 된 검기였는데 회전력을 더했기 때문에 폭이 크지 않는 베기 형태였다. 이미 공중에 솟구쳐 있었던 나는 비스듬하게 누운 자세로 임소백이 모닥불에서 당부했던 일도양단으로 도수의 정수리를 쪼개듯이 내려쳤다. 도수가 좌장으로 급히 막았다가 휘청거렸다.

퍼억!

순간, 나는 좌장으로 천옥흡성대법을 펼쳐서 휘청거리는 도수의 목을 끌어당겼다. 순식간에 끌려온 도수의 목을 틀어쥐자, 놈의 입에서 알 수 없는 외침이 흘러나왔다.

"켁!"

신북오호의 무리에서 사람들이 동시에 벌떡 일어섰다.

"하오문주!"

나는 도수의 목을 움켜쥔 채로 공손월에게 물었다.

"공손 군사, 승패는? 빨리 말해줘야 할 것 같은데."

공손월의 다급한 목소리가 빠르게 흘러나왔다.

"문주님의 승리입니다!"

나는 얼굴이 시뻘겋게 익은 도수를 바라보다가 씨익 웃었다.

"…그렇다는군."

목을 풀어주면서 일부러 밀어내자, 도수가 엉덩방아를 찧었다. 괜히 적당히 했다간 도수의 반격을 맞이할 수 있고, 그 반격을 보자마자 내가 도수를 죽이면 비무 대회의 취지를 잃게 된다. 엉덩방아를 찧은 도수가 그제야 숨을 내뱉으면서 호흡을 골랐다.

"허억…"

새삼스럽게 주변이 고요했다.

'내가 좀 심했나?'

신북오호 쪽에서 여러 명이 일어나 있었기 때문에 나는 덤덤한 어조로 사과했다.

"도수 공자가 강해서 비무가 좀 격해졌소. 사과하리다."

이제 보니까 도수의 형으로 추정되는 등평이 나를 살벌한 눈빛으로 노려보고 있었다. 아니, 죽이지도 않았는데 이게 저렇게 살벌하게 쳐다볼 일인가? 다행히 임소백의 목소리가 소란을 잠재웠다.

"…도수 공자, 괜찮은가?"

도수가 고개를 끄덕였다.

"예."

임소백이 신북오호 무리를 향해 말했다.

"마지막 공방전에서 도수가 사용한 검사 공격도 비무에서 펼치기엔 위험한 공격이었으니 자네들도 흥분을 가라앉혀라. 비무를 하다 보면 충분히 벌어질 수 있는 일이야. 게다가 도수는 크게 다치지도 않았다. 다들 앉아라."

임소백의 말이 명령조로 떨어지자, 신북오호 무리가 자리에 전부 앉았다. 이어서 임소백이 나를 불렀다.

"하오문주."

"예."

내가 쳐다보자, 임소백이 근엄한 척하는 표정으로 말했다.

"조금 과했어."

"예, 흥분했습니다."

이럴 때 아니면 흥분할 일도 없다는 것이 조금 안타까워서 한숨이 절로 나왔다. 임소백이 일어나더니 군웅을 둘러보면서 말했다.

"관전하던 자들마저 조금 흥분한 것 같으니 비무를 멈추겠다. 제왕들, 그리고 후배들… 일단 밥이나 먹으러 가자. 정리해라. 다친 사람들은 맹원들에게 말해서 치료받을 수 있도록 해."

나는 비무대를 걸어서 사대악인이 있는 곳에 섰다. 사대악인도 자리에서 조용히 일어나더니 나를 올려다봤다. 나는 허리에 손을 얹은 채로 사대악인에게 말했다.

"봤는가? 몽랑이 나갔으면 동네 개처럼 두들겨 맞았겠지? 그렇겠지? 다들 어떻게 생각해."

세 사람이 축하한다는 말도 없이 돌아서더니, 사이좋은 형제들처럼 내게서 멀어졌다.

"…"

멀어지는 와중에도 색마는 근처에서 걸어가는 여인들을 쳐다보고 있었다. 어쨌든 내 승리에는 아무도 관심이 없는 모양새였다. 문득 우두커니 서있는 이군악과 눈을 마주쳤다. 이군악은 나를 물끄러미 바라보다가 엄지를 치켜세웠다.

"잘 봤소."

나는 전생의 바보 같은 친구에게 고개를 끄덕였다.

"별말씀을."

321.
등잔 밑의
어둠 속에

나는 잠시 비무대에 홀로 남아서 삼삼오오 뭉쳐서 멀어지는 자들을 둘러봤다.

"…"

날이 어두워지고 있었다. 저녁을 먹고 나서 비무를 이어나갈 것 같은 분위기는 아니었다. 비무대를 내려와서 뒷짐을 진 채로 천천히 걷다가 처음부터 염두에 두고 있었던 백의서생 무리의 근처를 지나갔다. 말소리가 작아서 잘 들리지는 않았는데, 어쨌든 어조는 말싸움이었다.

"왜 저놈이 동지라고 부릅니까?"

"그건 무슨 의도의 질문이냐?"

"잠시…"

누군가가 지나가는 나를 발견했는지 대화가 뚝 끊겼다. 백의서생 측에서 나를 쳐다보는 시선이 느껴졌으나, 굳이 고개를 돌리진 않았다. 이내 불편한 정적이 흘렀다. 결국에 내가 답답해서 백의서생 무리를 쳐다보자, 전부 지나가는 나를 노려보고 있었다. 나는 백의서생에게 말했다.

"무제, 저녁 맛있게 드시오."

"…"

내가 뭐 나쁜 말을 한 것도 아닌데 백의서생이 나를 노려봤다. 이렇게 보니까 특히 등평이 나를 싫어하는 것처럼 보였다. 대화를 나누던 구도를 살펴보니, 등평이 백의서생과 나의 관계를 추궁한 모양이다. 그럴 수밖에 없을 것이다. 제운종, 동지라는 표현, 백의서생의 갑작스러운 비무까지…

질문한 등평은 어쨌든 백의서생의 제자가 아닌 것처럼 보였다. 백의서생의 성격상 그의 제자는 아예 저런 질문조차 하지 못했을 테니까 말이다. 내가 저 백의서생 무리에 신경을 쓰는 이유는 간단하다. 백의서생이 너무 뻔뻔하게 나와서다. 비무 소식은 어찌 알았을까? 왜 이렇게 대범하게 무림맹에 들어온 것일까? 이 모든 뻔뻔함에는 이유가 따로 있지 않을까 하는 추측. 더군다나 전생에는 백의서생이 아예 무림맹에 들어왔었다는 사실까지 내가 알고 있다. 그것은 오로지 나만이 알고 있는 사실이다.

악제라 불리던 놈이 대체 어떻게? 애초에 무림맹에 드나들 수 있는 신분이 있었다는 뜻이다. 나는 월하관에 도착해서 사대악인과 탁자 하나를 차지해서 저녁을 먹었다. 우리는 어느 정도 공감대가 형성되었는지… 저녁을 먹으면서 조용하게 대화를 나눴다. 맏형도 비슷한 생각을 하고 있었는지 밥을 먹으면서 내게 물었다.

…

"저놈이 이곳에 있는 것은 조금 뜻밖이다. 일전에 개방 방주를 공격했다고 하지 않았나?"

나는 고개를 끄덕였다. 색마가 검마를 바라봤다.

"저렇게 뻔뻔한 이유가 있을 텐데요. 사실 셋째가 정체를 밝혔으면 저 자리에서 제왕들의 합공을 받았을 겁니다."

검마가 고개를 끄덕이면서 내게 물었다.

"정체를 숨겨준 이유가 있나?"

나는 고개를 끄덕였다.

"일단 밥 먹고 올라가서 이야기하자고."

숙소는 여러 곳이었으나 어쨌든 월하관의 식당에도 사람이 늘어나고 있었기 때문에 우리는 잠시 조용히 밥을 먹었다.

* * *

우리는 검마의 방에서 차를 마시면서 대화를 나눴다.

"…조금 이상하게 들릴 수도 있겠지만. 저렇게 뻔뻔한 이유를 좀 찾아보려고."

귀마가 물었다.

"편하게 말해봐."

나는 사대악인을 보면서 말했다.

"우리는 묵가와 적이 되진 않았어."

"그랬지."

"아마 묵가가 언급한 농가와도 적이 되진 않을 거야. 서생 세력은 개별적이야. 내 말은 그러니까… 무작정 백의서생을 적으로 규정하면 적으로 상대해야 해. 그런데 그냥 놔두면 적이 아닐 수도 있다는 뜻이지. 그냥 변수인 셈이야. 어차피 이번에 얼굴과 실력이 전부 까발려져서 군사회나 공손월이 용모파기를 그려서 기록해 두겠지. 실력도 높아서 무제武帝까지 되어버렸으니 이제 신비인 행세나 흑막처럼 굴진 못해."

색마가 물었다.

"그럼 일전에 개방 방주님을 공격했던 것은 어찌 되나?"

"그건 더 간단해. 내가 개입해서 싸움이 무마되었고. 신개 선배님은 멀쩡히 살아계시니까. 오히려 내가 서생 세력을 많이 죽여서 내가 문제였지. 추명서생과 그래서 분쟁이 벌어진 것이고."

귀마가 물었다.

"그럼 백의는 천악과 행보가 다른가?"

"그때 보니까 천악과 백의는 상하관계가 아니더군. 동기 내지는 허물없이 지내는 친구처럼 보였어. 그렇다면 그 위에 한 명이 더 있지 않을까 싶은데 총대장 격인 서생이…"

나는 그것을 쾌당주라 추측하고 있지만, 쾌당주라는 말까지 사대악인에게 아무런 근거 없이 밝힐 수는 없었다. 이때 우리는 대화를 멈춘 다음에 복도를 주시했다. 발소리가 들린 다음에 맹원이 알렸다.

"금일은 편히 쉬십시오. 내일 오전에 다시 비무를 이어가시겠답니다."

나는 발소리가 사라진 다음에 입을 열었다.

"…이 서생 새끼들은 존재 자체가 의문이야. 적인지 아군인지도 항상 애매하고."

군이 내가 하는 짓거리를 단순하게 요약하자면 백의서생과 다른 서생들을 이간질할 수 있는 여지를 남겨놓은 상태다. 검마가 말했다.

"일단 맹주에게 백의서생에 대해서는 말을 해주는 게 낫겠다."

"음."

"그래야 오해가 생기지 않을 테지."

나는 검마를 쳐다보면서 아무렇지도 않게 대답했다.

"임 맹주가 서생일 가능성은?"

"그럴 리가."

색마가 놀란 표정으로 말했다.

"와, 이제 맹주님까지 의심해?"

"내 말은 임 맹주가 서생이어도 상관은 없는데 조심은 해야지. 어차피 서생 세력은 악인과 악인이 아닌 자들이 난잡하게 뒤섞여 있어. 개판 조직이란 말이지. 문제는 어떤 놈이 더 있는지 모르겠다는 거고… 당장 오늘만 해도 신북오호의 일부가 서생 쪽인지는 몰랐으니까."

색마가 말했다.

"그러니까 네 말은 임 맹주가 서생이어도 좋은 서생이라는 뜻이지? 묵가처럼."

"그렇지."

검마가 물었다.

"직감이냐?"

"서생일 가능성은 매우 적어. 하지만 백의서생 놈이 뻔뻔하게 무림맹에 들어온 이유를 모르겠어. 너무 대담해. 비무가 아무리 궁금해도 목숨을 걸 정도는 아니거든. 아까 내가 언변으로 상황을 호도해서 몰아갔으면 저놈은 오늘 무림맹에 모인 고수들의 합공을 받아서 죽었거나 잡혔어. 천악과 함께 개방 방주를 공격했던 놈이라고 고자질한 다음에 임 맹주를 처다봤으면 임 맹주는 공격 명령을 내리거나 검부터 뽑았을 거야. 임 맹주가 명령을 내리면 제왕들도 어쩔 수 없이 움직였을 테고. 도왕, 검왕, 권왕, 서문, 남궁의 합공에 우리까지 나서면 저놈이 어떻게 버티겠어? 일단 잡혔겠지. 그런데 잡혀도 뭔가를 이야기할 놈은 아니야. 완전 미친놈 유형이라서 그래. 고문이나 협박도 안 통하는 격을 가진 놈이고."

귀마가 고개를 끄덕였다.

"그러니까 일단은 저놈이 무림맹에 뻔뻔하게 들어올 수 있었던 이유를 찾는 게 더 낫다는 말이군."

"그렇지 않을까?"

"하지만 네 말에도 허점은 있다."

"뭔데?"

"네가 갑자기 무림맹에 있을 줄은 모르고 들어왔을 테지. 애초에 신북오호의 지인이라는 신분은 가지고 있었을 테고."

"그럴 수도 있겠네."

순간 나는 내 팔을 내려다봤다. 여러 가지 상상을 하다가 팔뚝에서 소름이 돋고 있었는데, 그것을 사대악인이 모두 쳐다보고 있었다. 색마가 물었다.

"팔뚝이 왜 그래?"

내가 전생에 알고 있었던 것과 지금 아는 것은 괴리감이 있다. 내가 전생에 대충 들어서 알고 있는 백의서생의 사연은 마도 세력의 사서관이었다는 것이고. 지금 실제로 알고 있는 것은 서생 세력의 서재 관리자라는 점이다. 전생에 알던 것과 지금 알아낸 것의 차이가 있는 셈이다.

이후 백의서생이 누군가의 미움을 받아서 무림맹으로 옮긴다는 것은 전생의 일인데, 그것은 좀 미심쩍은 내용이다. 의도 자체를 추측할 수밖에 없기 때문이다. 어쩌면 전생에 내가 알고 있던 것이 정확한 정보가 아니었을 수도 있다. 백의서생의 거짓말까지 파악할 수 있는 관계는 아니었기 때문이다. 그런데 여기까지 생각하다가 문득 소름이 돋은 상황. 나는 일어나서 사대악인에게 말했다.

"일단 임 맹주 좀 만나고 올게. 정보는 교환해야지. 궁금한 것도 있고."

검마가 고개를 끄덕였다.

"다녀와라."

나는 조용히 방을 나와서 맹주전으로 향했다. 걸으면서 생각을 정리했다. 나는 거의 직감으로 움직이고 있었는데, 일단은 임소백이 도와줘야 그 의문을 해소할 수 있을 것 같았다. 다만 한 가지 바람은 있다. 임소백만큼은 서생 세력이 아니었으면 한다. 어쩐지 맹주 역할에 너무 잘 어울리는 사람이기 때문이다. 맹주전에 도착해서 호위들에게 방문 목적을 밝히자, 기다리라는 대답을 들었다. 잠시 후에 맹원이 말했다.

"안내하겠습니다. 가시죠."

두 번째 방문인데 느낌이 사뭇 달랐다. 하지만 안내하는 사람은 앞서 방문했을 때와 똑같은 말을 내뱉었다.

"맹주님, 하오문주를 데려왔습니다."

"들어와라."

맹원이 문을 열어줬다.

"들어가시지요."

나는 책상에서 시커먼 찻물을 마시고 있는 임소백을 바라봤다.

"맹주님."

임소백이 맞은편을 가리키면서 찻물을 따랐다.

"앉아라. 올 줄 알았다."

"예."

책상을 보니 찻잔이 하나 더 있었다. 임소백이 빈 잔에 시커먼 찻물을 따르면서 내게 말했다.

"맹주가 독약이 든 찻물을 권하면 자네는 꼼짝없이 마실 텐가? 아니면 안 마실 텐가. 마시면 독이고, 안 마시면 항명인데."

시커먼 찻물을 내게 밀었다. 임소백이 차를 마시면서 나를 바라봤다. 나는 찻물이 맛없어 보여서 물었다.

"일단은 마셔야죠. 굉장히 맛없어 보이는군요. 약입니까? 꿀이라도 좀 타 드시지."

임소백이 끄덕였다.

"약이지. 무슨 약일까? 맞혀보게."

나는 찻잔을 들고 냄새부터 맡았다.

"화병 약이로군요."

⋯

임소백이 깜짝 놀란 표정으로 대답했다.

"어? 어떻게 알았지?"

어떻게 알기는… 모용 선생이 끓여줘서 알았지. 나는 찻물을 마시면서 임소백을 바라보다가 인상을 찌푸렸다. 비슷하긴 한데 이것이 조금 더 쓴맛이 났다.

"으…"

임소백이 피식 웃으면서 말했다.

"독이 있으면 어쩌려고. 잘도 받아 마시는군."

"백독불침 정도는 됩니다. 그나저나 제가 오는 것은 어떻게 아셨습니까?"

"서로 물어볼 게 있으니 내가 부르든, 자네가 오든 해야겠지. 누가 먼저 물어볼까."

나는 고개를 끄덕였다.

"어쩐지 맹주님의 말부터 듣고 싶군요."

임소백이 팔짱을 끼더니 의자를 뒤로 살짝 젖힌 다음에 나를 쳐다봤다.

"대체 어디서부터 말을 해야 할까. 백의서생은 왜 감춰줬나? 설마 문주도 서생의 제자인가? 어쩐지 그럴 것 같지는 않은데."

이야, 이렇게 참신한 질문이 있다니? 나는 임소백을 잠시나마 서생이 아닐까 의심하고, 임소백은 나를 서생의 제자가 아닐까 의심하고 있었던 모양이다. 그런데도 우리는 비무대에서 일단 아무런 기색을 내비치지 않았었다. 실로 신선한 문답問答이기도 하고, 서로 등잔 밑의 어두움을 살피는 꼴이기도 했다. 나는 임소백을 바라봤다.

"오늘 대화가 좀 길어지겠군요."

"나도 그렇게 생각하네."

"어디서부터 말해야 할까요. 일단 백의서생이라는 건 어찌 아셨습니까?"

임소백이 말했다.

"사실은 모르고 있었네."

"음."

"하지만 자네가 백의선생이라고 언급하는 순간, 백의선생이 아니라 백의서생임을 바로 알 수 있었지."

그리고 보니까 이 사람은 무림맹주다. 어떤 정보가 갱신되어서 보고되었는지는 내가 알 수가 없다. 다만 엄청나게 많은 정보가 전해졌을 터였다. 나는 그제야 한 사람의 근황을 물었다.

"노신은 요새 뭐 합니까?"

"근래에는 뭐 여러 가지 이유로 잠시 뇌옥에 갇혀있네."

"그래도 노신에게서 서생 세력에 대한 정보를 얻으셨겠지요?"

"처음에 데려왔을 때 알아서 술술 말하더군. 술 몇 잔 먹이니까 말이야."

노신은 백의서생에게 회유를 당해서 사부를 배신했던 놈이다. 당연히 서생에 대해 아는 것이 적지 않다. 그것을 무림맹에 들어와서 임 맹주에게 다 불었을 터였다. 그러니까 임소백도 서생에 대해서는 전생보다 더 많은 것을 알고 있는 상태였다. 내색은 하지 않으나 임소백은 꼼꼼한 사내다. 아는 것을 감추고, 상황을 지켜보는 인내심도 있었다. 임소백이 말했다.

"문주, 아직 답을 하지 않았네. 백의서생을 감춰준 이유. 개방의 방주를 죽이려 했던 놈이면 무림맹의 적이 맞다. 아무리 신개 선배가 그냥 넘어간 일이라고 해도 나까지 그럴 수는 없어."

나는 고개를 끄덕였다.

"맹주님이 비무대에서 백의서생을 죽이지 않은 이유와 같겠지요. 아시다시피 서생은 애매한 놈들입니다. 적으로 대하면 적이 되고, 내버려 두면 적이 될지 아군이 될지 아직 모릅니다. 제가 숨겨주려 해도 맹주님이 명령을 내렸으면 백의서생은 오늘 죽었습니다. 동호에서 맹주님이 추명서생을 그냥 보내준 것과 같은 이유입니다."

임소백이 고개를 끄덕였다.

"맞다. 그런 이유도 있고 자네도 생각이 깊어서 이유가 있을 거라는 믿음도 있었지."

어쨌든 임소백과 나는 서로를 믿는 상태에서 상황을 일단 미뤄놓은 모양새였다.

"결과적으로는 백의서생이 서문 놈을 상대해서 결과도 나쁘지 않았다. 그나저나 뭐가 궁금해서 밥을 먹자마자 달려왔나?"

"그러게요."

사실은 생각과 추측이 정리가 안 되어서 합을 맞춰보기 위해 온 것도 있다. 나는 임소백을 쳐다보면서 말했다.

"가보고 싶은 곳이 있는데 맹주님과 함께 가도 좋고 저 혼자 가봐도 좋을 것 같습니다. 어쨌든 허락을 해주셔야 갈 수 있습니다."

"어디를?"

나는 임소백의 표정을 살피면서 바로 대답했다.

"무림맹의 비고秘庫 좀 보고 싶습니다."

내가 한 장소를 언급하자, 임소백의 표정이 착 가라앉았다.

"비고?"

"가능하겠습니까?"

추론과 직감은 한계가 없다. 내가 사대악인과 대화를 나누다가 소름이 돋은 이유가 이것 때문이었다. 무림맹엔 아무나 들어갈 수 없는 비고가 있다. 비고는 말 그대로 비밀스러운 창고를 뜻하는데, 그곳에는 서고書庫가 포함되어 있다. 임소백이 말했다.

"조금 당황스럽군. 비고는 내 허락 없이는 아무도 들어가지 못해. 병장기를 가지려거나 무공 서적을 탐낼 성격은 아닌 것 같은데. 그냥 보고 싶다는 뜻으로 이해하면 될까?"

"예."

"비고를 보려는 이유가 서생 세력과 관계가 있다면 나는 너무 충격을 받을 것 같은데."

"저도 안 봐서 모르겠습니다."

임소백이 잠시 엄지로 관자놀이를 꾹꾹 누르다가 말했다.

"자하야."

"예."

"너는 맹원은 아니지만, 나는 너를 믿는다. 하지만 그곳은 드나들수 있는 사람이 한정되어 있는 장소야. 어쨌든 내가 안내할 테니 조금 더 어두워지면 함께 가보자. 그 차나 좀 마셔라. 갑자기 맹원이 아닌 자를 비고에 데려가려면 맹원들이 놀랄 테니."

"예."

　　　…

우리 둘은 화병을 치료하는 찻물을 홀짝이면서 잠시 더 어두워지기를 기다렸다. 임소백은 오늘따라 생각이 깊어 보였다. 마치 옛일을 더듬고 있는 것처럼 보이기도 하고, 생각을 정리하는 것처럼 보이기도 했다. 등잔 밑의 어둠 속에… 무엇이 있는지 확인하러 가는 느낌이 물씬 풍겼다.

322.
강호인이
무슨 행복입니까

임소백이 후원에 도착해서 숨을 크게 들이마셨다.

"밤공기가 좋구나."

나도 밤공기를 충분히 들이마셨다. 선선한 날이어서 산책하기 좋은 밤이었다. 후원을 지나고 오솔길을 따라서 마치 뒷산으로 향하듯이 걸었다. 어느새 넝쿨로 뒤덮인 막다른 벽이 나왔는데, 그곳에서 임소백은 허리춤에 있는 검을 슬쩍 올리더니 특정 부위에 밀어 넣었다. 넝쿨 벽이 밀려서 움직이더니 드나들 수 있는 비좁은 공간이 생겼다. 이 정도면 산을 파내어서 동공을 만들었던 모양이다.

비고에 진입하자, 먼지 냄새가 코끝을 찔렀는데 제법 어두웠다. 임소백이 문 옆에 있는 줄을 잡아당기자, 위쪽에서 직사각형의 석문이 개방되면서 달빛이 비고 안으로 비집고 들어왔다. 나는 창문의 재질마저 돌인 것은 처음 봤다. 어쨌든 통풍을 위해 만들어 놓은 것처럼 보였다. 임소백도 비고에 오랜만에 온 모양인지 바닥과 주변을 유심히 둘러봤다.

무림맹 비고의 첫인상은 의외로 잡화상점 같았다. 불상, 정체 모를 조각상, 오래된 예술품, 악기, 용도를 파악할 수 없는 골동품이 있고 병장기도 한쪽에 모여있었다. 비고라기보다는 그저 창고 같다는 느낌이 들었다. 나는 오래된 조각상을 보면서 말했다.

"…어째서 이런 게 있습니까?"

"전리품이겠지. 오래되어서 나도 잘 모르겠다만. 여러 세력과 싸우면서 예술미가 있는 것을 얻게 되었을 때 어떤 것은 처분하고, 어떤 것은 이렇게 하나둘씩 쌓아뒀던 모양이야. 예전 맹주들의 취향도 있었겠지. 정말 오래된 것은 기록이 없고, 어느 순간부터는 기록이 있다. 그 밑을 봐라."

임소백의 말대로 조각상 아래를 보자, 간단한 설명이 붙어있었다. 나는 문득 달빛이 쬐고 있는 바닥을 확인했다. 사람이 오랫동안 들어오지 않았으면 뭉쳐있는 먼지가 굴러다닐 것이라 예상했는데 가끔 청소하는 사람이 있는 모양인지 먼지나 머리카락은 당장 보이지 않았다. 문득 물소리가 나는 것 같아서 앞쪽을 살펴보니 도랑 같은 것이 파여있고 그 안에 물이 졸졸 흐르고 있었다. 임소백에게 물었다.

"화재 대비용입니까?"

"그럴 거다."

보니까 도랑이 구역을 나누고 있는 것처럼 보였다. 이 도랑을 넘어가자 바닥의 재질이 목재로 바뀌었다. 마치 신발을 벗고 들어와야 할 것 같은 마룻바닥이 깔린 상태. 널빤지를 이어놓은 것이라서 밟을 때마다 삐걱대는 소리가 들렸다. 여기서부터는 서재였다. 좌우의 벽면이 온통 책이었다. 대체 무슨 책이 이렇게 많은 것일까. 오래되어 칙칙해 보이는 서책들이 잔뜩 꽂혀있었는데 대부분 연호年號 같은 것이 적혀있었다. 무림맹의 연대기 같은 것일까.

조금 더 들어가서 살펴보자 군데군데 괴상한 계단 같은 것이 솟아있었다. 용도를 추측해 보니 걸터앉아서 책을 읽을 수 있는 의자를 겸하는 계단이었다. 물론 높은 곳에 올라가서 위에 있는 서책을 빼낼 수 있게 된 사다리 구조물이기도 했다. 임소백이 서재 한 칸을 바라보면서 내게 말했다.

"여기에 있는 것은 읽기가 어려웠다."

"무엇인데요?"

"예전에 실제로 있었던 악행을 기록한 서책이다. 악의 기록이랄까. 공자 이전 시대의 사람들이 특히 잔인했더군. 역사로도 다루지 않는 사건이 남아있는 셈이지. 지금은 기억하는 사람도 기록으로 보유한 사람도 없을 것이다. 잊혔겠지. 인간의 본성은 우리가 알고 있는 것보다 훨씬 잔인했던 모양이야."

"음."

"이 무림맹도 만들어지고 망하기를 반복했던 모양인데 인간이 행해선 안 되는 대량의 학살을 일으키는 세력이나 잔악무도한 자를 죽이는 결사대가 무림맹이라고 하더구나."

"결사대라… 어쩐지 처음 무림맹은 규모가 작았나 보군요."

"그랬을 거다. 겨우 문파의 고수 몇 명이 의기투합해서 만들었겠지. 어쨌든 이쪽에 있는 책을 집중해서 읽다 보면 인간 자체에 대해

혐오감을 느끼게 돼. 언젠가는 이 책을 없애는 게 맞을 것 같은데 결정하진 못했다. 내 개인적인 선택이 너무 오만방자한 게 아닐까 하고 말이야."

나는 임소백을 바라봤다.

"옛사람들이 얼마나 잔인했기에 그렇습니까?"

"자네가 상상하는 것 이상이야. 검으로 겨뤄서 죽이는 것은 오히려 낭만처럼 느껴질 정도로 말이야. 무공을 위해서는 남녀노소를 가리지 않고 죽이는 사마외도가 특히 많았다."

나는 임소백의 말을 들으면서 서재를 둘러보다가 드디어 무공과 관련된 서책 앞에서 멈췄다. 내가 수많은 무공서를 물끄러미 바라보고 있자, 임소백이 근처로 다가오면서 말했다.

"옛 무공은 이상한 게 많다. 지금은 익힐 수 없는 것도 많고. 운기조식의 궤가 완전히 다르거나 과연 이게 무공인가 싶은 사술邪術도 많다. 그렇다면 이런 무공을 아직도 가장 많이 보유하고, 익히는 자들이 누구일까?"

나는 임소백을 바라봤다.

"마교魔教로군요."

"그래. 우리는 인간의 어떤 선을 넘은 무공 성장 방식을 가진 비급은 세상에서 사라지게 만드는 목표도 가지고 있다. 그 목표가 맹원들의 목표는 아니야."

"맹주에게 주어진 목표로군요."

임소백이 고개를 끄덕였다.

"하지만 이런 기록과 과거를 지금 당장 없애면 마도 세력에 대항하는 게 힘들어. 불안하달까. 상대를 알아야 하니까 말이야. 결국에 이런 비고에 보관할 수밖에 없지. 그래서 자네가 지금 보고 있는 서재에는 백도의 무공보다 옛 마공이나 실전된 무공이 더 많다."

"선을 넘은 무공 성장 방식이라면."

"추측해 봐라."

"살생이나 살육으로 진기를 얻는다거나 그런 식의 방법이겠죠?"

"맞다. 이런 방법이 퍼지면 꼭 해보려는 놈이 나오기 마련이지."

"왜 없어지지 않을까요? 이런 게."

임소백이 나를 쳐다봤다.

"모르겠다. 빛과 어둠처럼 공존할 수밖에 없는 것일까. 아니면 방법이 잘못된 것일까. 어쩌면 시간이 더 필요할 수도 있겠다. 살생의 방식만 달라질 뿐이지 영원히 없어지지 않을 수도 있고. 그래도 대비를 해야 하는 것이 우리겠지."

나는 마공이 더 많다는 서재를 무림맹에서 확인했다. 마도를 상대할 때 도움이 될 수도 있기에 없애지 못한 마공들이라고 하니 기분이 묘했다. 어쨌든 내 눈으로 직접 무림맹의 비고를 확인하는 상황. 어쩌면 이곳은 서생들이 관리하는 서재보다 급이 더 높겠다는 생각이 들었다. 일단 경계의 수준이 다르고, 무림맹이 멸문시킨 세력의 무공을 보유하고 있으니 말이다. 어쩔 수 없이 임소백에게 물어보고 싶었던 것을 질문했다.

"…여기 관리자는 누구입니까?"

잠시 임소백이 대답하지 않아서 나는 임소백을 바라봤다. 임소백이 내게 되물었다.

...

"관리자?"

"예. 하다못해 청소 담당이라도…"

"주관이 있고 부관이 있네. 어쨌든 보유 목록도 관리해야 하고. 비고의 전체적인 보관 상태도 확인해야 하는 사람인데 아무한테나 맡길 수는 없지. 물론 내가 맹주가 되기 전부터 담당자이기도 했고."

"그렇군요."

나는 그제야 비고의 관리자가 누구인지 알았다. 임소백이 내 표정을 보더니 이렇게 물었다.

"누구인지 알겠나?"

나는 고개를 끄덕였다.

"예, 총군사 공손심과 군사 공손월이 주관, 부관이겠군요. 맹주님 다음으로 맹의 비밀을 많이 알아야 하는 사람은 군사밖에 없겠지요."

우연히도 두 사람은 스승과 제자 관계이기도 하다. 임소백이 덤덤한 어조로 인정했다.

"맞다. 더군다나…"

임소백은 무슨 말을 하려다가 입을 다물었다. 나도 즉시 주둥아리를 봉인한 다음에 귀를 기울였다.

"…"

호흡을 서너 번 정도 하면서 기다리고 있으려니 바깥에서 발소리가 들렸다. 한 명이었다. 그리 빠르지 않은 걸음걸이 소리가 점점 커지더니 비고의 입구에서 목소리가 들렸다.

"…맹주님, 계십니까?"

임소백이 대답했다.

"여기 있소."

나는 명확하게 반말을 하지 않는 임소백의 표정을 구경했다. 발소리가 들리다가 마룻바닥을 밟는 소리로 이어진 다음에 처음 보는 사내가 불쑥 등장해서 임소백과 나를 쳐다봤다. 노인이라고 하기엔 너무 정정해 보이는 사람이었다. 다만 머리카락은 대부분 백발이고, 군데군데 검은색의 머리카락이 섞여있었다.

"손님과 계셨군요."

임소백이 고개를 끄덕이더니 나를 소개했다.

"들어보셨을 거요. 이쪽은 하오문주 이자하."

임소백이 등장한 사내를 내게 소개했다.

"총군사 공손심."

나는 공손심을 향해 포권을 취했다.

"후배 이자하가 총군사를 뵙습니다."

공손심이 답례하면서 대답했다.

"문주님, 반갑습니다."

공손심이 주변을 천천히 둘러보면서 말했다.

"비고는 외부인이 들어오지 못하는 곳인데 하오문주께서 무림맹에 들어오기로 하셨나 봅니다."

임소백이 대답했다.

"그렇진 않소."

공손심이 다소 놀란 표정으로 말했다.

"아, 아직입니까? 맹주님이 신임하시면 저도 믿을 수밖에요. 대신

...   광마회귀 6

에 드나드는 명단에는 기록하겠습니다. 비고의 물품을 관리하는 것과 같은 맥락의 일이니 양해를 해주세요."

임소백이 고개를 끄덕였다.

"문주가 보고 싶다 하여 데려오긴 했는데 곧 나갈 참이었소."

공손심이 손을 내저었다.

"충분히 둘러보시고 혹시 맹주님의 허락이 있으면 빌려 가셔도 됩니다. 다만 무엇을 가져가는지만 나중에 알려주십시오."

이번에는 내가 대답했다.

"귀중한 책들인데 어찌 가져가서 보겠습니까? 그냥 둘러만 보겠습니다."

공손심이 고개를 끄덕이더니 한쪽을 가리키면서 말했다.

"저쪽에는 읽기 어려운 기록이 많습니다. 수양에 방해되는 기록들이고 읽다가 주화입마에 빠질 수도 있어서 조심하셔야 합니다. 본래 귀빈이 오면 제가 안내를 해야 하는데… 여하튼 맹주님과 계시니 방해하는 것도 결례겠지요. 맹주님, 물러가겠습니다."

임소백이 고개를 끄덕이자, 공손심이 나를 바라봤다.

"문주님, 또 뵙겠습니다."

나는 다시 깍듯하게 예의를 갖췄다.

"총군사께서도 살펴 가십시오."

"예, 그럼."

공손심이 천천히 돌아선 다음에 걸었다. 당연하게도 나는 공손심의 걷는 모습을 유심히 바라봤다. 허리가 바르고, 양 어깨선이 기울임 없이 반듯했으며 사라질 때까지 일정한 걸음걸이였다. 내가 공손심을 계속 쳐다보고 있자… 일부러 만남을 주선한 것처럼 보이는 임소백이 내 표정을 구경하다가 말했다.

"문주, 좀 앉아라."

"예."

나는 계단에 앉고, 임소백도 조금 떨어진 곳에 앉았다. 우리 둘 다 멀어지는 발걸음 소리를 들으면서 쓸데없는 대화를 나눴다.

"나도 이곳에 처음 왔던 것은 맹주가 되기 전이었다."

"아, 무조건 맹주만 들어올 수 있는 것은 아니었군요?"

"물론 전대 맹주께서 데리고 들어오셨지. 무공 비급도 많았고 좋은 병장기도 많았는데 사실 나는 관심이 없었다. 그래서 당시 맹주께 물어봤지. 맹주님, 여기는 왜 데려오신 겁니까? 그랬더니 한참을 웃으시더군. 입이 좀 걸걸하신 편이었는데 쌍욕을 하시면서 웃으셨지. 남들은 들어오려고 해도 못 들어오는 곳인데 왜 데려왔느냐고? 하면서 말이야."

나는 가끔 고개를 끄덕이면서 임소백의 말을 경청했다.

"…그때 맹주께서는 이전의 무공을 회복하지 못하고 계셨다. 초조하고 답답하셨을 텐데도 워낙 사람 자체가 강해서 내색을 잘 안 했지."

"크게 다치셨던 사건 다음이었던 모양입니다."

"맞아. 여기저기를 둘러보다가 서책 한 권을 뽑아서 내게 건네더니 읽어보라고 하시더군. 그리고 나서 본인도 책을 하나 뽑더니 계단에 앉아서 조용히 책을 읽으셨다. 나는 나대로 바닥에 앉아서 맹주가 권한 책을 읽었지."

어쩐지 나는 전대 맹주의 의도를 알 것 같았다. 임소백이 그때를 떠올리는 표정으로 말을 이어나갔다.

"…악의 기록이었지. 살육의 기록이기도 했고. 삽화까지 있는 책이었다. 읽다보니 읽는 게 무척 힘들더군. 자세히 묘사된 끔찍한 그림이 하나 있었는데 그걸 쳐다보다가 나도 모르게 눈물이 나와서 맹주를 쳐다봤다. 이 늙은이가 대체 이런 걸 왜 내게 읽으라고 하는 것일까… 하고 책을 덮었다. 그랬더니 맹주도 읽고 있는 책을 조용히 덮더니 전에 없는 진지한 표정으로 나를 바라보면서 말하더군."

나는 고개를 끄덕였다. 임소백이 덤덤한 어조로 말했다.

"소백아, 네가 맹주를 맡아줘야겠다."

임소백이 한숨을 내쉬면서 비고를 둘러봤다.

"…이게 뭔 개소리인가 싶었지. 염병할, 그때 거절했어야 했는데."

나는 임소백의 말투에 실소가 터져서 웃었다. 임소백이 내게 말했다.

"왜 웃어. 이 사람아. 심각한 이야기하는데."

"아예 맹주 자리에는 관심이 없으셨군요."

"없었다."

"이유가 있었을 거 아닙니까."

임소백이 말했다.

"자하야, 맹주는 사람다운 사람이 아니야. 그전부터 알고 있었다. 울고 싶어도 울 수가 없고 웃고 싶을 때도 종종 참아야 한다. 수하의 죽음을 보고받고도 그날 처리해야 할 일은 처리해야 해. 아주 뻔뻔한 사람이거나 아주 단단한 사람이어야 한다. 나는 그 둘 다 아니었고. 전대 맹주가 괴로워하는 것도 오래 지켜봤고. 그래서 더 하고 싶지가 않았다. 그저 언젠가 고향에 돌아가서… 성공해서 돌아온 사내처럼 유유자적하게 살고 싶었지."

"예."

"맹주가 되면 이런 감정이나 소박한 꿈마저 포기해야 한다는 것을 알고 있었다. 술에 의존하면 술꾼이 되고, 분노에 취하면 폭군이 되고, 돈에 눈이 멀면 재산을 쌓느라 맹을 이용하는 맹주가 되기도 한다. 맹주는 그저 맹주여야 하는데, 쉬운 일이 아니야. 혼인해서 가족을 만들면 호위를 늘려야 하고… 이 모든 것을 경계하면 그저 맹주의 삶만 남는다. 너는 내가 행복해 보이느냐?"

"…"

순간, 나는 집중력을 잃고 공손심의 발걸음 소리가 어디까지 멀어졌는지 확인하지 못했다. 일부러 발소리와 기도를 죽인 채로 근처에 있는 것은 아닐까 하고 의심하다 보니 숨이 막히는 기분이 들었다. 일단, 임소백의 질문에는 고개를 내저을 수밖에 없었다.

"맹주님, 강호인이 무슨 행복입니까. 가끔 술이나 퍼마시면 된 거죠."

내 말이 황당한 모양인지, 그제야 임소백도 실소를 터트렸다.

"그러냐."

"예."

임소백이 술에 취한 동네 형처럼 내게 물었다.

"자하야, 너는 어때. 지금 삶이 행복하냐."

"살아있는 게 어딥니까. 나쁘지 않습니다."

…

임소백이 슬쩍 웃었다. 당연한 말이지만 우리는 잡담을 나누는 동안에 공손심에 대해서는 한마디도 거론하지 않았다.

323.
결사대의 맹주처럼

임소백이 서재를 가리키면서 말했다.

"혹시 배우고 싶은 무공이 있는지 찾아보게."

"없습니다."

"살펴보지도 않고 어찌 그렇게 빨리 대답해. 여기에 무슨 무공이 있는 줄 알고."

나도 서재를 둘러보면서 말했다.

"이미 익히고 있는 무공이 너무 많습니다. 더 추가하면 난잡해집니다. 무엇 하나 끝을 보지 못한 상태라서 다양하게 익힐 필요는 없습니다."

"무공을 다양하게 익히는 것보다 하나의 끝을 보는 게 더 중요하다 여기나?"

"그런 성향인데 어쩌다 보니 다양하게 익혀서 모순이 좀 있습니다."

...   광마회귀 6

내가 밑바닥 출신이라 그렇다. 사실 월영무정공과 금구소요공이면 충분하다 못해 넘친다. 두 무공의 조화를 꿈꾸는 것만 해도 쉽지 않은 영역이기 때문이다. 내가 수련해야 하는 것은 아직 완성하지 못한 자하신공이 되어야 하지, 비고에 있는 은퇴한 옛 무공이 아니다. 이상한 말이지만, 백전십단공의 경우에는 오히려 금구소요공의 하위 무공처럼 느껴진다. 초계와 금구의 경지 중간에서 익히면 좋은 정도의 느낌이랄까. 금구소요공과 백전십단공 모두 보기 드문 극양 계열의 무공이라서 그렇다. 임소백이 고개를 끄덕였다.

"끝을 보는 게 중요하지. 그럼 무공이나 책 이야기는 이쯤 하자. 아, 마지막으로 하나 더. 병장기는 어때? 나는 네가 쓰는 검이 너무 얇아서 종종 신경이 쓰이던데. 살수가 사용하는 것 같아서 말이지."

무림맹주가 퍼주려는데도 나는 별생각이 없었다. 임소백의 말에 덤덤한 어조로 대답했다.

"그것은 제가 또 살수라서 괜찮습니다."

"그건 몰랐네. 살수였구나."

"예. 천하제일살수를 꿈꾸고 있죠."

"하오문주이면서 동시에 살수라니 엄청나게 안 어울리는구나. 문주에게 밉보이면 안 되겠군. 밤잠을 설칠 테니 말이야."

나는 임소백의 다음 이야기를 예상해 봤다. 아무래도 공손심에 대한 이야기를 물어볼 것 같은데 잠시 임소백은 신경을 집중한 채로 주변에 귀를 기울이고 있었다. 나도 정적에 동참하면서 신경을 예민하게 만들었으나 잡음이나 숨소리는 들리지 않았다. 임소백이 말했다.

"자네가 나라면 지금 상황에서 어떻게 하겠어?"

"음."

앞뒤 잘린 말이었지만 나는 공손심을 어떻게 하겠냐는 질문으로 이해했다.

"제가 맹주님이라면 총군사와 독대를 하겠지요."

내 예상이 맞은 것일까? 임소백이 잠시 침묵을 유지하다가 다시 물었다.

"독대해서, 다음엔?"

나는 자세를 고쳐 잡은 다음에 대답했다.

"제가 맹주님이면 대놓고 물어보겠습니다. 그대도 서생인가?"

임소백의 눈이 조금 커진 상태였다.

"그렇게 대놓고?"

"못할 이유가 있습니까? 무림맹주가 물어보는데 성심성의껏 대답을 해야지요. 총군사가 무림맹의 우두머리는 아니지 않습니까."

"내 말은."

"예."

"그렇게 물어봐야 할 이유가 있지 않겠냐는 물음이야."

나는 고개를 끄덕였다.

"있지요."

사실 총군사는 임소백에게 특히 어려운 상대일 것이다. 공손심은 전대 맹주 때부터 군사였던 사내로 알고 있다. 그 말은 맹주와 총군사의 관계로 지낸 세월보다, 무림맹의 군사와 맹원 임소백으로 지낸 기간이 더 길었다는 뜻이다. 어쨌든 저 총군사 공손심은 임소백이 맹원에서 대주, 대주에서 차근차근 승진하여 맹주가 되는 모습까지 지켜본 사람이다. 내 생각을 밝혔다.

"사실 서생인지 아닌지 강제로 알아낼 방법이 없습니다."

"그렇긴 하다."

"서생 중에서도 정말 대단한 인물이라면, 맹주는 본인이 하기 싫어서 안 했을 가능성이 큽니다. 맹주님이 그랬듯이 맹주 자리에 관심이 없었겠지요. 만약, 정말 서생이 아니라면 또한 직접 부정하겠지요."

"서생이라고 인정하면?"

"공손 군사에게 죄가 있습니까? 다른 서생들에겐 죄가 좀 있죠. 그래서 저한테 죽은 놈들도 있고. 하지만 공손 군사의 위명에 별다른 악명은 없습니다. 오히려 맹주님 다음으로 유명하지 않습니까. 하지만 답을 듣기 전에⋯ 한 가지는 제안하는 게 낫겠습니다."

"어떤?"

나는 내가 지금 생각하는 게 맞나 싶다. 하지만 어차피 대화는 임소백이 해야 하는 상황이어서 나는 제안하고 그것을 받아들이고 해결하는 것은 임소백의 역량에도 달려있었다. 나는 임소백에게 이렇게 제안했다.

"서생 전체와 동맹을 제안하는 겁니다."

임소백이 놀란 눈빛으로 나를 보더니 팔짱을 꼈다.

"동맹?"

"뜬금없이 백의서생도 맹에 들락날락하고, 대체 무슨 생각을 하는

지도 알 수 없고, 누가 서생이고 누가 서생의 제자인지도 모르겠습니다. 온통 비밀에 휩싸여 있습니다. 여기까진 좋습니다. 하지만 만약에 공통의 적이 마교라면, 최소한 공통의 적이 쓰러질 때까지만이라도 제대로 된 동맹을 맹주님이 제안하시는 겁니다. 서생들이 바라고 원하는 게…"

나는 서재를 바라봤다.

"혹시 이런 기록과 책, 무공 서적들이라면… 어차피 맹주님도 관심이 없으시겠죠. 폐기할 생각까지 하셨으니까요."

"그건 맞다. 폐기할 생각도 했었지."

"동맹이 성사되면 사실 다 넘겨줘도 상관없습니다. 대신에 마교를 상대할 때 서생 전체를 동맹 세력으로만 받아들일 수 있다면… 무림맹과 서생 연합은 저 옛날 사람들이 말한 진짜 결사대가 되는 셈이죠. 변수가 있는 불온한 조직이 아니라, 목적을 위해 뜻을 모으는 진짜 결사대 말입니다. 그리고 애초에 그것이 무림맹의 출발이었을 겁니다."

말의 어폐가 있지만 내가 제안하는 건 진짜 무림맹이다. 지금은 임소백이 반쪽짜리 무림맹주였을 수도 있다. 하지만 서생 세력까지 아우를 수 있다면 임소백이야말로 진정한 의미의 무림맹주가 될 터였다. 임소백이 중얼거렸다.

"서생 전체와 동맹이라…"

"맹주님, 다행히 동호에서 추명서생을 살려준 것은 맹주님 본인이셨습니다. 맹주님이 직접 서생들을 잡아다가 의도적이든 아니든 죽이거나 해한 적이 있습니까?"

"없다."

"심지어 백의서생에게 협조했던 노신도 어쨌든 뇌옥에 가둬두셨지 죽이진 않으셨습니다."

임소백이 나를 쳐다봤다.

"이 모든 것을 마교를 상대하기 위해서 묻어두자는 말이냐?"

"아시다시피 서생은 조금 이상한 자들입니다. 자존심도 강하고 똑똑하고, 무공도 강합니다. 이를 무어라 표현할지 모르겠습니다. 마도에 물들면 마도가 될 수 있고, 흑도와 같이 두면 흑도를 노예처럼 부릴만한 자들입니다. 뛰어난 맹주와 오랜 세월에 걸쳐 붙어있으면 별문제 없이 총군사 역할도 해내는 자들이 서생입니다. 저는 총군사가 서생이든 아니든 간에 맹주님을 미워하거나 증오하고 있다고는 생각하지 않습니다."

"이유는?"

임소백은 이유를 알고 있는 눈치였는데, 군이 물어보기에 현실적인 대답을 들려줬다.

"맹주님이 싫었으면 서생들이 진작에 암살을 시도했겠지요. 그 방식은 무공이 아닐 겁니다. 총군사 정도 되는 인물이면 무림맹의 의식주를 통제하는 건 어렵지 않을 겁니다. 일상에 녹아든 독을 어찌 일일이 막겠습니까? 하다못해 매일 드시는 시커먼 찻물에 무색무취의 독만 섞어도 됐을 겁니다."

신중한 임소백인지라 다른 결과에 대해서도 검토하듯이 내게 물었다.

"만약 부정하고, 거절하거나 대립각을 세우게 되면?"

"맹주님, 이곳에 저도 있고 의형제들도 있습니다. 제왕들도 있고요. 강호인들이 말로 안 되면 싸울 수밖에 없지요. 맹주님이나 저나 그런 싸움을 두려워하는 사람은 아니지 않습니까."

임소백이 갑자기 옆길로 새는 질문을 던졌다.

"그나저나 언제 의형제가 되었나?"

"못난 놈들이라 그냥 제가 받아줬지요."

"하하하…"

임소백이 고개를 끄덕였다.

"뭐가 어떻게 되든 간에 정면 돌파를 하자는 말이로구나. 종합하면."

"예. 음모와 계략은 지긋지긋합니다. 사태와 전황이 마음에 안 들면 바둑판을 엎는 게 제일입니다."

"아예 판을 엎자는 것이구나."

여기까지 이야기하다가 우리는 각자 생각을 정리하는 시간을 잠시 가졌다. 내가 서생과의 동맹을 떠올리는 이유는 단순하다. 전생에도 무림맹은 무림맹으로 남아있었기 때문이다. 그리고 맹주는 그때도 임소백이었고, 여전히 그는 잘 버티고 있었다. 다만 마교에 의해 세가나 동맹 세력이 하나둘씩 무너지면서 고립되어 가는 중이었다. 나는 잠시 정리한 생각을 임소백에게 말했다.

"맹주님."

"응."

"생각해 보니까 총군사를 죽이면 절대 안 되겠습니다. 그가 서생이 아니라면 훌륭한 총군사를 잃게 되는 것이고. 그가 서생이라면,

총군사는 서생들의 순교자가 되어버립니다. 아마 천악을 중심으로 뭉쳐서 무림맹으로 쳐들어오겠지요. 이렇게 되면 또 악순환입니다. 서생 세력에게 지면 당연히 패망이고, 힘겹게 서생 세력에게 승리하고 나면 아마 맹주님과 저는 어느 날 우리 앞에 등장해서 웃고 있는 교주를 보게 될 겁니다. 서생과 무림맹이 맞붙어서 자멸하는 걸 보면 웃음이 절로 나오겠지요. 그때, 누가 교주를 막겠습니까? 물론 신개 선배님이 계시지만 조직력으로는 교주가 더 강한 게 현실입니다."

임소백이 고개를 끄덕였다.

"그래서 직접 물어보고, 동맹을 제안하는 게 낫다는 말이로구나."

"예."

이쯤 되면 나도 무림맹의 수석 군사쯤 되는 게 아닐까. 총군사 공손심, 수석 군사 이자하, 그냥 군사 공손월. 사실 내 계획에는 허점이 있다. 공손심이 만약 보기 드문 악인이라면 이 모든 것이 어그러진다. 그래서 나는 이런 생각이 들었다. 이래서 무림맹주를 잘 뽑아야 한다. 일의 성패는 서생들이 임소백을 무림맹주로 믿고, 인정할 수 있느냐 없느냐에 달렸다.

내가 보기에 이 사내는 맹주를 하기 위해서 태어난 사람 같다. 평범한 집안에서 태어났지만 무림맹주라는 무거운 책임 때문에 절제하고 노력하고 있는 대장부이기 때문이다. 옹졸하고 편협한 무림맹주가 자리를 차지하고 있었다면 진작 서생들에게 죽어서 강호가 난장판이 되었겠으나 지금은 그렇지 않다. 그렇게 따지면… 백의서생은 비무를 구경하러 왔던 게 아니라, 소문의 임소백을 구경하러 왔다는 뜻이 된다. 생각을 정리하던 임소백이 말했다.

"사실은 말이야. 놀랍기도 하고, 허탈한 마음이 들기도 하고, 배신감도 있다."

"충분히 이해합니다."

"심경이 복잡하고 씁쓸한 이유는 내내 총군사도 나를 지지했기 때문이다. 맹주가 아니었을 때도 전대 맹주에게 차기 맹주는 임소백을 고려해 보심이 어떤지… 이런 말을 자주 했다고 들었다. 물론 전대 맹주께서 알려준 것이지만."

"그랬군요. 그렇다면 오히려 더 좋습니다."

"내가 꼭두각시는 아니었을까… 삶이 서글퍼지는구나."

나는 정신을 바짝 차린 다음에 임소백을 일단 불렀다.

"맹주님?"

"말해라."

나는 임소백의 표정을 살폈다. 화병과 분노, 허탈함과 공허함이 일순간에 겹쳐서 이내 주화입마가 오진 않을까 걱정되었다. 나는 잔머리를 최대한 빨리 굴린 다음에 헛소리를 나불댔다.

"꼭두각시가 아닙니다. 그럴 수가 없죠. 그럴 리가요."

아무 말이나 내뱉으려니까 나도 말이 꼬이는 기분이 들었다.

"일단 나가시죠. 비고의 공기가 탁합니다."

"나가자."

나는 임소백과 비고에서 나오자마자 심호흡을 하면서 몸을 풀었다. 다행히 임소백도 바깥으로 나오자마자 심호흡을 하면서 천천히 걸었다. 순식간에 평정심을 되찾은 것처럼 보였다. 나도 주화입마를

　　　…

여러 차례 겪어봐서 안다. 이것은 무공을 수련하다가 찾아오기도 하지만 결국에는 마음의 병이다. 겨우 화제를 돌릴 만한 게 생각나서 바로 질문을 던졌다.

"그나저나 내일 제왕과 한판 하실 겁니까?"

"검제가 남았나?"

"예."

"그놈과는 일승일패니까 한 번은 더 싸우는 게 맞겠지."

나는 임소백을 쳐다봤다.

"심경이 아주 복잡해 보이시는데 그러다가 내일 패배하시는 거 아닙니까?"

"젊었을 때는 여기저기서 많이 지고 다녔다만, 패배를 겪어본 지도 오래되었다."

"그래도 남궁검제가 아닙니까. 맹주님에게 지고 나서 고통스러운 세월을 보냈겠지요."

임소백이 대답했다.

"좀 답답하긴 하다."

"어떤 점이요?"

"진검으로 죽이려면 더 수월하게 이길 것 같은데 목검이라서 고민이야. 맹주라는 인간이 어찌 동맹 세력의 가주를 죽이겠느냐? 적당히 패야 하는데, 적당히도 잘 안 통하는 사내고. 내가 이래서 제왕들의 도전을 거절한 것인데. 꼬였어."

"꼬였네요."

임소백이 문득 고개를 들더니 밤하늘의 별을 쳐다봤다.

"하지만 내겐 육전대검이 있지. 어림없다. 내일 잘 지켜보도록 해."

"예."

맹주전에 도착해서 임소백이 고개를 끄덕였다.

"문주, 이만 쉬어라. 밤이 깊었는데…"

"예."

"옳은 방향으로 고심해서 조언해 주느라 고생했다."

"편히 쉬십시오."

나는 맹주가 다시 집무실로 향하는 것을 본 다음에 돌아섰다. 임소백이 구체적으로 어떻게 처리할 것인지는 나도 예상할 수가 없었다. 하지만 나도 큰 틀에서의 전략은 대충 세웠다. 서생이 그간 무림맹을 자신들의 입맛대로 이용하고 있었다면… 나는 어떻게든 서생을 이용할 생각이다. 무조건 적대하는 것은 올바른 전략이 아니다. 다 끌어들이지 못해도 상관없다. 서생 세력을 분열시켜서라도 일부는 무림맹에 동참하게 만들 셈이다.

임소백이 쳐다보던 밤하늘을 나도 올려다봤다. 강호에 흑막이 있다고? 그렇다면 내가 흑막의 흑막이다. 나는 바둑판을 뒤집어엎고 다니는 일양현의 흑막, 일양현의 악인, 계두국수의 장인, 신비롭지 않은 신비인, 미친놈처럼 보이겠지만 실제로도 미친놈, 실체는 하오문주, 본체는 광마, 하지만 진짜 정체는 점소이… 누가 내 정체를 제대로 알겠는가? 일단은 나도 나를 잘 모른다는 점이, 나도 신비롭다.

"이야, 아름답구나."

　　　…　　　광마회귀 6

각자의 운명이 담긴 밤하늘의 별이 저곳에서 빛나고 있는 것이라면, 내 눈에는 저 수많은 별이 모두 하오문도처럼 보였다. 아름다울 수밖에 없었다.

324.
내 무공은 책에 없다

집무실에 돌아온 임소백은 수많은 생각이 교차했으나 마음을 다스리지 않으면 무언가를 부술 것 같아서 가만히 앉았다. 한참을 기다리고 있자, 바깥에서 호위의 목소리가 들렸다.

"맹주님, 총군사가 오셨습니다."

"모셔라."

공손심이 문을 닫으면서 물었다.

"오래 기다리셨습니까?"

"조금 됐소. 앉으시오."

천천히 걸어온 공손심이 평소와 다름없는 표정으로 맞은편에 앉았다. 임소백도 공손심을 물끄러미 쳐다봤다.

"총군사."

"예."

"공손 군사."

"예, 맹주님."

"공손 선배."

"예, 말씀하십시오."

"우리가 알고 지낸 지 몇 년이 되었소."

공손심이 대답했다.

"이십오 년 정도 되었습니다."

"정확하게."

"이십육 년에 백팔십 일이 되었습니다."

"어떠셨소."

"기분을 물으시는 건지⋯ 어떤 것을 물어보시는 건지 모르겠습니다."

"우리 관계 말이오. 상관과 부하였다가 지금은 군사와 맹주 관계인데."

"늘 신뢰가 있었다고 생각합니다."

임소백은 공손심을 바라보면서 할 말을 여러 차례 골랐다. 적당한 말이 떠오르지 않아 감정에 맡긴 채로 입을 열었다.

"그렇게 신뢰가 서로 있었는데 서생이라는 사실은 언제 알려주려고 그랬소. 삼십 년을 채우면? 아니면 둘 중 하나 은퇴했을 때? 누구 죽기 전에?"

책상을 물끄러미 쳐다보던 공손심의 시선이 천천히 올라가더니 임소백을 주시했다.

"서생이라 하셨습니까?"

"그대가 이미 벌어진 일에 대해서는 부인하는 성격이 아님을 알고 있소. 비고에서 하오문주와 무슨 대화를 했는지도 예상하실 테고. 우리가 이십육 년에 백팔십 일이나 알고 지냈으니 본론으로 들어갑시다."

"너무 이상한 일입니다."

"뭐가."

"제가 서생으로 해야 했던 일은 모두 군사 혹은 맹원의 일에 포함되어 있습니다. 밝힐 생각이 없었습니다. 삼십 년이 지나거나 은퇴를 해도 말입니다. 왜 이것이 갑자기 밝혀져서 맹주님과 저의 관계가 불편해질까요. 하오문주는 대체 이런 것을 어떻게 알아낸 것입니까?"

임소백이 물었다.

"질문에 질문으로 답하지 말고 말해주면 안 되겠소?"

"어디서부터 무엇을 말씀드릴까요."

"총군사가 밝히고 싶은 내용만이라도. 공손심이 이 아우에게 말해주고 싶은 내용만이라도. 힘든 임무를 자꾸만 주던 군사가 옛 수하에게 말해주고 싶은 내용만이라도… 뭐든 좀 말해주시오. 나는 들을 자격이 있어."

공손심이 고개를 끄덕였다.

"하문하시니 말씀드리겠습니다. 이런 날을 한 번도 예상하지 못했던 터라 두서가 없어도 양해를…"

"물론 그래야겠지."

공손심이 생각을 정리한 다음에 말을 이어나갔다.

"맹주님은 모르시겠지만, 처음부터 저는 서고에서 일했습니다."

"서고가 있었나?"

...

"이름이 몇 번 바뀌었는데 지금은 비고입니다. 오래전 일입니다. 제가 받은 임무는 무림맹에 들어가서 고서古書를 소중히 보관하라는 지극히 단순한 임무였습니다."

"이유는?"

"이유는 나중에 알았습니다. 바깥에서 책이 한두 권씩 더 들어왔으니까요."

"서생들의 책이 무림맹으로 반입되어, 그것을 비고에서 지켰단 말인가?"

"예."

"대체 언제부터?"

"쭉 그랬을 겁니다. 전임자도 그 전의 사람도 서생들이 보냈을 테니까요. 애초에 서생이 무림맹에 합류해서 서고를 만들었을 겁니다."

임소백이 팔짱을 끼었다.

"그게 가능하오?"

"사실 서책을 그렇게 중요하게 여기는 사람은 서생과 강호인뿐입니다. 서생들이 강호인에게 서책을 의탁한 셈이죠. 비급에 목숨을 거는 자들이라서 함께 보호되는 효과가 있었습니다. 전임자 중에 맹주가 있으면 더욱 수월한 일이지요."

"그래서 어떻게 되었소?"

"책을 관리했습니다. 보관하고, 먼지를 털면서 몇 년을 보냈습니다. 어느 날 너무 무료한 나머지 서책을 보기 시작했습니다. 다 읽었는데도 무료하여 다시 읽었습니다. 몇 년간 저를 찾아오는 사람이 없어서 서생들이 다 죽은 줄 알았습니다. 그러다가 불쑥 모르는 이가 찾아와서 책을 맡기곤 했죠."

"무공?"

"아닙니다. 몰락한 서생 가문의 기록도 있고 멸망한 제자백가의 마지막 기록을 다른 서생이 구해서 전달하는 때도 있었습니다. 무림 맹은 실로 안전한 곳이더군요. 망하지 않는 이상 빼앗길 이유가 없 으니까요. 어느 날은 구체적인 요구도 있었습니다. 특정 무공을 거 론하면서 복사본을 내어달라고 하더군요. 열심히 옮겨 적어서 내줬 습니다."

"이유가 있소? 맹의 법을 어긴 것인데."

"이런 것을 요구하는 사내가 절대 고수였습니다. 저는 애초에 명 령을 받고 들어온 터라 어느 쪽의 법을 따를지는 그때까지 명확했습 니다."

"다음은?"

"언젠가는 무공을 익힌 서생들에게 죽을 수도 있겠다는 생각이 들 어서 그동안 읽었던 서책 중에서 무공 위주로 다시 읽었습니다. 읽 고, 익히고, 읽으면서 세월이 또 흘렀습니다. 수련하느라 시간이 훌 쩍 지났습니다. 바깥소식이 가끔 전해졌는데 대부분 좋지 않았습니 다. 언젠가, 강호에서 소문이 난 절대 고수가 맹에 들어와서 검신劍 神이라는 별호를 얻고 많은 사람에게 승리한 다음에는 무림맹주까 지 되었는데… 저는 이미 그 사람의 정체를 알고 있었습니다."

"책을 맡기던 절대 고수가 검신이었군."

"예."

임소백이 탄식했다.

"참나…"

임소백이 술에 취한 사람처럼 일어나서 서재의 빈칸에 있는 술병을 가지고 돌아왔다. 임소백은 늘 애용하던 찻잔에 술을 쏟아내면서 공손심을 바라봤다.

"총군사, 제정신으로 살기 힘든 세상이오."

"예."

"그대는 술을 싫어하니 혼자 마시리다."

임소백이 술을 마시자, 공손심이 말을 이어나갔다.

"…몇 차례 검신과 대화를 나눴는데 그 이후에 저는 할 일이 자꾸만 늘었습니다. 비고도 관리해야 하고, 군사회에 편입되어 다른 업무도 맡았지요. 밤을 새워 일할 때도 많았는데 지루한 것보단 나았습니다."

"군사회에서는 주로 무슨 일을 했소?"

"저는 주로 세작을 잡았지요."

"세작을 잡는 것이 그리 쉬운 일이오?"

"맹주께서 틈틈이 가르쳐 주셔서 무학에도 많은 성취가 있었습니다."

"검신의 지도를?"

"예."

"아주 오랫동안 혼자 책만 봤기 때문에 검신의 가르침은 단비와 같았습니다. 항상 저를 챙기고 도와주셨지요. 비고의 위치도 바뀌고, 반입되거나 반출되는 서책도 많아졌고, 맹주님도 항상 바쁘셨습니다. 그런데도 틈이 나면 제가 홀로 익힌 무공을 봐주시고 조언을 아끼지 않으셨습니다. 어느 날 아이를 데려와서 제 수양딸로 삼게 하신 것도 맹주님이었죠. 임 맹주님도 눈치를 채셨겠지만 제 핏줄이 아니라 검신의 핏줄입니다."

임소백이 고개를 끄덕였다.

"언뜻 닮았다는 생각은 했소."

"어느 늦은 저녁에 저를 불러서 혼자 술을 드셨는데 많이 취하시고 눈물도 흘리셨지요. 맹원들이 많이 죽고 다친 날이라서 특히 기억납니다. 그때…"

공손심이 말을 멈추더니 찻잔을 쳐다봤다. 임소백은 찻잔에 술을 따라서 공손심에게 내밀었다. 술을 싫어한다는 공손심이 찻잔에 담긴 술을 아무렇지도 않게 마셨다.

"그때, 맹주께서 이르시길. 앞으로 서생에 관한 일은 모두 제게 일임한다고 하셨습니다. 본인은 맹주로 여생을 보내야겠다고 하셨죠. 맹주의 명령이면서 동시에 서생의 명령인지라 저는 알겠다고 했습니다. 맹주께서 바깥의 서생들이 변질된 것 같아서 우려가 크나 그들이 보기엔 내가 변절자일 테니 곤란하다 하셨습니다. 하지만 무림 맹주로서 우려될 만큼 선을 넘은 자들은 죽이는 게 마땅하니 공적 명단에 올리라고 하셨습니다. 스스로 서생이 아님을 선언하신 것이나 마찬가지였습니다."

"혼란스럽군."

"예."

"공적 명단에 올랐다가 소리, 소문 없이 사라진 자도 있는데."

공손심이 임소백을 쳐다봤다.

"…제가 가끔 바깥에 나갔습니다. 휴가를 받았는데 마땅히 할 일도 없었고 휴가 목적은 미리 맹주님께 보고를 드렸습니다. 반대로 맹주님이 출타해서 처리한 적도 있습니다. 검신의 무학은 대단히 높은 경지였고, 저도 어느새 아는 게 적지 않아 강적들을 상대하는 것이 제 예상보다 수월했습니다. 당시에 사적인 모임을 하나 결성했는데 제가 궁금해서 찾아온 자들이 많았습니다. 반출된 서적이 어떤 것인지 알고 있었기 때문에 경공만 봐도 무슨 무공을 익혔는지 알 수 있었지요. 일부는 그때 죽였습니다."

"죽이려고 만든 모임이오?"

"꼭 그렇지는 않습니다. 서생들이 너무 제멋대로라서 파악하려는 목적이 더 컸습니다. 변해가는 정황을 살피기도 쉽지 않아 직접 만나야만 했습니다. 어느새 늙은 제가 서생들 사이에서는 선배가 되어 있었습니다. 모임에서 천재성을 드러내는 자들이 있었는데 통제될 가능성도 없고 직접 죽이는 것도 불가능하여 나중에는 공적 명단에 올려두었습니다."

"천악天惡."

"예. 본인이 저지르지 않은 죄까지 천악이라는 이름으로 뒤집어 쓴 정황도 있고 무공도 나날이 발전해서 상대하는 것이 점점 곤란했습니다. 모임을 거듭하면서 확인한 결과 이들의 무공도 점차 빠르게 발전하고 변형되어 간다는 것을 깨달았습니다. 그 이후로 저는 서생들의 반출 요청에 답하지 않았습니다."

임소백이 미간을 좁히면서 공손심을 바라봤다.

"그럼, 백의서생이 찾아온 이유는?"

"일단은 개인적으로 만날 마음이 없어서 저도 모르겠습니다. 아니면 맹주님의 무공을 살피러 왔을 수도 있습니다. 그는 비고만큼이나 오래된 서고의 우두머리인데 본래 수장을 죽이고 차지한 서생입니다. 이제 누가 진짜 서생인지도 모르는 시대가 되었습니다. 백의는 흑도에 군림했던 서생의 제자입니다."

"그럼 흑선黑仙의 제자였소?"

"예."

"강한 이유가 있었군. 세상에서 제자들을 가장 가혹하게 다뤘다고 하니 안 봐도 정신세계가 잔뜩 비틀려 있겠소. 흑선이라면, 제자에게 죽은 것도 이상한 일은 아니지."

"흑선의 죽음을 슬퍼하는 사람은 없었습니다. 다만 누구에게 죽었는지는 아는 사람이 드뭅니다. 제 예상으로는 백의와 천악, 실명과 추명이 합공해서 죽였을 겁니다. 흑의서생黑衣書生을 죽이고 나서 백의서생이라는 이름을 사용했으나 곁에 천악이 머물고 있어서 서생들은 이 둘의 행보를 막을 수가 없습니다."

"이런 이야기를 전부 함구한 이유는?"

"맹주님, 저도 여생을 총군사로 보낼 생각이었습니다. 믿는 게 어려우실 테지만 말입니다."

"총군사."

"예."

임소백이 공손심을 쳐다보면서 말했다.

"내가 전력을 다하면 이 자리에서 그대를 죽일 수 있겠소? 뒤늦게 알고 보니, 동문의 사형이셨군. 공손 사형."

"맹주님의 무학은 홀로 깨달은 것이라서 검신의 무학이 아닙니다."

"하지만 나도 많은 가르침을 받았소. 사소한 버릇 하나까지 고쳐 주셨지. 꼭 검법을 가르쳐 줘야만 사부는 아니오. 나는 이곳에 와서 홀로 깨달은 게 없소. 하나부터 열까지 다 배웠소. 하다못해 이불 개는 법도 다시 배웠지. 아무것도 못 하고, 성격도 좋지 않은 동네 한심한 사내놈이 무림맹주가 될 수 있었던 것은 나를 가르친 무림맹이 있었기 때문이야."

"저도 그렇습니다."

"그저 젊은 시절에 맹에서 함께 떠들었던 놈들이 먼저 떠나서 그게 그렇게 한이 맺혀서 지금 맹주를 하는 거요. 억지로…"

"그 마음, 알고 있습니다."

"내가 신도 아니고 이런 것을 대체 어찌 알아낸단 말인가. 이자하도 마찬가지야. 문주는 그대가 서생들의 수장인 줄 알고 있어. 맞소?"

"그렇지 않습니다."

"서생 전체와 동맹을 제안하라더군. 마교를 쓰러뜨릴 때까지만이라도."

"저보다 낫군요. 제가 먼저 그렇게 움직였어야 했는데. 하지만 워낙 중구난방인 세력이라 현실적인 제안은 아닙니다."

"문주는 현실적으로 계산하는 놈이 아니오. 일단 꿈부터 꾸는 놈이야."

"특이한 사람이군요."

흥분을 가라앉힌 임소백이 지친 어조로 말했다.

"공손 사형, 내가 마음에 안 들면 미리 말씀 좀 해주시오. 죽으라면 이 자리에서 싸우다가 죽고, 살려주겠다면 이 길로 고향에 내려가겠소. 잘 좀 부탁드리오. 아무리 생각해도 사형이 나보다 더 총명하고 무공도 부족함이 없는데 왜 직접 맹주를 하지 않으시고 오랜 세월이 흘러 내게 이런 모욕을 주는 거요. 내가 잘못 살았소? 나는 사형이 어려운 임무를 줄 때마다 군말 없이 다 처리하고 돌아왔는데."

"제가 거기에 앉아있으면 누가 절 따르겠습니까?"

"내가 화살받이요?"

"그런 의미가 아닙니다."

"공손월은 어디까지 알고 있소."

"서생 일에 엮이게 하고 싶지 않아 아는 게 적습니다. 제가 책상에 오래 앉아있는 것도 내내 염려하긴 했으나 지금은 그것도 하지 않아 의심은 하지 않을 겁니다. 하지만 홀로 알아낸 게 있다면 그것까지는 저도 파악하지 못하겠습니다."

"전대 맹주의 핏줄인 것에 대해서는?"

"어쩔 수 없었다는 것을 알고 있습니다. 호위 문제 때문에…"

"어처구니가 없군. 유난히 편애하신다는 생각은 들었는데 그럴 수밖에 없었다니. 무림맹에서 벌어지는 일은 대부분 알고 있다고 생각했는데 내가 모르는 게 많았네. 또 없소? 물어보고 나서야 답하지 말고 미리 알려줄 게 없느냐고."

"서생들이 육전대검을 내놓으라고 요구한 적이 있습니다."

"내 팔을 내어달라고 하지. 멍청한 놈들. 또?"

"이자하의 절기가 어떤 식으로 구현되는 것인지 가르침을 청하는 요청이 있었습니다. 그림도 있고 문주가 익힌 무공까지 기재되어 있었습니다. 비슷한 무공이 있으면 전달해 달라는 요청도 있었습니다."

"뭐라고 하셨소."

"저도 몰라서 답을 하지 않았습니다."

"사형도 모르겠소?"

"예."

"무공에 대한 집착 때문에 문주와 내가 살아있는 거요? 완전 미친 놈들이 아닌가 말이야. 사형도 그렇고 공손월도 그렇고 나보다 똑똑한 사람들인데 이렇게 금이 난 신뢰 관계는 어떤 방법으로 회복하시겠소."

공손심이 한숨을 내쉬었다가 말했다.

"월아와 혼인하시는 건 어떻습니까?"

"그걸 말이라고 하시오?"

"그럼 저도 방법을 모르겠습니다. 아니면 차라리 월아를 문주에게 시집보낼까요?"

"군사라는 사람의 머리가 왜 그런 쪽으로만 돌아가나."

"정략결혼이 효과적이라서 왕조들이 그렇게 써먹었던 겁니다."

"이자하도 그렇고 공손월도 그렇고 내키지 않는 일은 거들떠보지도 않는 종자들이라서 헛된 망상이오. 그리고 이미 주선을 해봤는데 서로 관심이 없었어."

"예? 어떻게 주선을."

"한자리에 놓고 대충 표정을 보면 누구나 알 수 있는 거 아니겠소. 한 놈은 누구 때릴 생각이나 하고 있고 다른 녀석은 군사회 생각밖에 안 해서 서로 눈이 달렸어도 보지 못하는 상황이라고 해야겠지."

"그럼 저는 은퇴하겠습니다."

"이미 반 정도 은퇴하지 않았소? 일은 공손월이 다 하고 있는데. 은퇴해서 갈 곳은 있소?"

"없지만 돈도 모아두었고. 땅을 사든 집을 사든 숨어서 조용히 살겠습니다."

"그게 정녕 바라는 거면 은퇴하시오."

공손심이 풀이 죽은 어조로 말했다.

"일종의 속죄입니다."

"그 정도는 받아줘야지. 은퇴할 때 수레를 준비해서 서생들의 책은 전부 가지고 나가시오. 맹은 서생들의 창고도 아니고 서재도 아니오. 그대가 편히 먹고, 편히 잔 것은 맹원들의 고생이 있어서였지 서생들이 그대를 보살폈기 때문이 아니오. 혹시 서생의 끄나풀들이 맹에 남아있으면 전부 데려가시오. 그것이 여태 그대를 보살펴 준 무림맹에 대한 예의야. 은퇴해서 사라지든지, 다시 서생에 속해서 내 적으로 나타나든지 하는 것도 그대의 선택이오. 우리 인연은 이쯤 해서 마무리합시다."

"나가서 서생들을 제가 한번."

"그것은 그대 인생이니 내게 물어볼 필요 없소. 비무가 있어 휴식을 취해야 하니 그만 나가보시오. 그리고 마지막으로 하나 부탁하겠소. 내일 비무에서 서생들이 내 눈에 안 보이게 하시오. 그들은 이 비무를 볼 자격이 없어."

"맹주님, 왜 그렇게 감정적으로…"

임소백이 콧소리를 내면서 웃자, 공손심이 딱딱한 표정으로 입을 다물었다. 임소백이 말했다.

"사형, 나는 감정적으로 살아서 이 자리까지 왔소. 감정적이라서 어느 날 육전대검을 만들어 냈지. 서생들 따위가 천 년을 수련해도 내 육전대검을 흉내 내진 못할 거요. 내 무공은 책에 없소."

"…예, 맹주님. 그럼 물러가겠습니다."

임소백은 공손심이 나간 다음에 의자를 젖히고 두 발을 책상에 올려놓은 다음에 지친 표정으로 눈을 감았다. 온갖 감정이 지나간 자리에 한숨이 남았다.

325.
자하서생의 시선으로

간밤에 무슨 일이 있는 게 아닐까 의심되어서 일찍 아침을 먹은 다음에 산책을 나왔다. 그냥 예감이다. 넓은 무림맹을 한 차례 둘러보고 맹주전까지 갔다가 되돌아올 생각으로 걸었지만 내 산책은 비무대에서 끝났다. 비무대에 누군가가 누워있었기 때문이다. 시체인가? 나는 비무대에 다가가서 누워있는 사람을 확인했다.

"맹주님."

팔베개를 한 채로 누워있는 임소백이 대답했다.

"왔나?"

"뭐 하십니까?"

"잠이 잘 안 와서 누워있었다. 야영하는 기분으로."

"비가 안 온 게 다행이네요."

나는 비무대에 올라가서 졸고 있는 임소백을 쳐다보다가 근처에 앉았다. 얼굴 상태가 좋지 않았다. 까칠한 수염과 낯빛을 보아하니

밤을 지새우다가 나와서 누워있는 모양새였다. 여기서 잠이 들면 어쨌든 맹원들이 깨워줄 테니 말이다. 이곳은 무림맹인 데다가 무공도 고강한 사람이라서 딱히 호위가 필요 없을 테지만 정신적인 호위는 필요한 상태처럼 보였다.

"총군사가 찾아와서 마음이 좀 심란하셨습니까?"

"그랬지."

"뭐라고 하던가요?"

"자신이 서생들의 우두머리는 아니라더군."

"제자백가가 총수를 정하는 것도 이상한 일이긴 하죠. 저는 다른 의미의 우두머리가 아닐까 생각했는데."

"사적인 모임이 있었나 본데 본인이 만들었으니 그곳에서는 우두머리였겠지."

"혼쭐을 좀 내셨습니까?"

"한때 내 상관이었네."

"지금은 부하입니다. 뺨따귀를 몇 대 갈기지 그랬습니까."

임소백이 웃으면서 대답했다.

"맞을 사람도 아니었다. 말을 하다 보니 감정을 추스르는 게 어려워서 은퇴하라고 했다."

"늙으면 은퇴하는 게 맞습니다."

"나도 늙고 자네도 언젠가는 늙어."

"은퇴해서 새 삶을 살아야죠. 그림도 그리고, 악기도 배우고, 꽃도 심고, 무공도 만들고, 제자도 가르치고 할 게 많습니다. 맹에서만 살았을 테니 바깥 인생에 대해서도 좀 배워야 합니다."

"총군사가 말이냐?"

"예."

전해 들은 이야기만으로는 공손심이 어떤 사내인지 파악하는 게 힘들었다. 다만 임소백이 이렇게 피곤해하는 것을 보니까, 맹주가 많이 의지했던 사람이라는 것을 알 수 있었다. 임소백이 그제야 눈을 떴다.

"전대 맹주께서는 기도를 감추는 무공을 익히셨는데 총군사도 그것을 배웠더군. 도둑들이나 익히는 무공을 전대 맹주와 총군사가 익히다니 황당했다. 정확한 무공 수위는 파악할 수 없었다. 뭐 예전부터 그랬지. 싸워봐야 아는 법이니."

"아니, 그런 잡스러운 무공도 있습니까? 검신이라는 별호와는 너무 안 어울리네요."

"그러게 말이다. 검신 이전에는 대도大盜였나? 도척盜跖의 진전이라도 이어받은 모양이야. 맹을 제멋대로 들락날락하기 좋은 무공이었을 테니. 생각해 보니까 전대 맹주께서도 경공이 무척 뛰어났다."

"도척이 누굽니까?"

"옛날 도적이다. 수하를 구천 명이나 거느리던."

"그 정도면 맹주급 강호인이었네요."

"너는 서생과의 동맹을 권유했다만 나는 일단 전부 맹에서 나가라고 했다. 자세히 묻지는 않았는데 서생과 관련된 일에 엮여서 그간 맹원들이 죽은 일이 있지 않았을까 걱정이 되더군. 그렇다면 전부 나가는 게 맞다."

"그렇긴 합니다."

임소백이 나를 쳐다보면서 물었다.

"뭐가?"

"일단 나가야 동맹을 하죠. 정신도 좀 차리고. 바깥세상을 직접 눈으로 봐야 본인의 삶과 무림맹을 제대로 이해할 수 있을 겁니다. 그런 늙은이는 은퇴하는 게 나아요."

"음."

"사실 서생이냐 아니냐보다 중요한 게 있지 않습니까."

"뭔데."

"염치를 아는 자인가, 모르는 자인가."

"그건 맞다."

"사람은 태어나서부터 소속이 정해지는 경우가 있습니다. 아비가 산적질을 하고 있으면 자식도 산적이고. 저처럼 객잔이 집인 줄 아는 놈도 있습니다. 마도 가문에서 태어나는 놈도 있을 테고, 운이 좋아 세가의 후계자로 태어나는 놈도 있겠죠."

"나처럼 무가의 자식이 아닌데도 무림맹주를 하는 사람도 있고."

"예. 검마처럼 어렸을 때 납치되는 사람도 있습니다. 결국에 나이를 처먹게 되면 자신의 운명은 스스로 결정지어야 할 때가 옵니다. 검마가 마교를 탈주한 것처럼 말입니다. 저는 그 선택이 내내 멋지다고 생각을 했지요. 상상만 해도 좋지 않습니까? 마교를 벗어날 때의 그 심정⋯ 자유라는 것을 그때야 알았을 텐데."

"총군사는 그 시기가 이제 왔구나. 너는 언제였어?"

"집이 불에 타서 갈 곳이 없을 때였죠."

"어떻게 했는데?"

"무림맹주에게 할 말은 아닙니다만 일단 불 지른 놈들은 다 죽었습니다."

임소백이 헛웃음을 지었다.

"반성해라."

"예."

"그게 지금 반성하는 표정인가?"

"실은 안 하고 있습니다."

"문주, 가슴에 손을 얹고 차분히 고민해 봐라."

"예."

"대체 나는 언제부터 그렇게 못돼 처먹은 놈이 된 것일까… 그 근원이라 해야 할까. 시초라고 해야 할까. 언제부터 그렇게 악독해진 것이냐?"

"기억을 더듬어 보겠습니다."

"그래."

"아마 생각을 할 수 있게 됐을 때부터 그랬을 겁니다. 저 같은 경우에는 걸음마를 떼기도 전에 술주정뱅이들의 개소리와 헛소리를 듣고 자랐습니다. 그런 새끼들을 보면 그 어린 나이에도 줘패고 싶단 생각을 했었지요."

"상당히 성숙했구나."

"맞습니다."

"그럼 좀 크자마자 술주정뱅이를 패고 다닌 게냐?"

"아니죠. 다들 칼을 차고 있는데 어떻게 패겠습니까. 일단은 술주정뱅이들의 말을 듣는 척하면서 고개를 끄덕이지만, 속으로는 분심공分心功으로 쥐팰 생각을 하는 것이죠. 저는 오래전부터 겉과 속이 달랐습니다. 싸가지가 없었죠."

"하하."

임소백이 그제야 일어나더니 목을 이리저리 움직였다. 나는 임소백에게 물었다.

"맹주님, 심신이 지쳤는데 그 상태로 검제를 팰 수 있겠습니까? 상태가 좋지 않으시면 오늘은 제가 먼저 상대하겠습니다. 가서 낮잠이나 주무세요."

"이야, 네가 검제를…?"

"예."

"말은 고맙다만 전략은 이미 세웠다. 검제가 아무 말도 못 하고 패배를 인정할 수밖에 없도록 만들 셈이야. 남궁가에 돌아가서 한숨이나 푹푹 쉬어대겠지. 나는 검제라는 별호도 필요 없는데… 그놈이 과연 부랄을 뗼 것인가."

나도 웃음이 터져서 이마를 붙잡은 채로 낄낄댔다.

"…아, 제가 실언을 해서. 제왕들의 비무인데 저 때문에 격이 많이 떨어졌습니다. 무슨 전략인지 좀 알려주시지요."

"보면 알아. 방법이 너무 간단해서 대단할 것도 없지."

슬슬 사방에서 구경꾼들이 몰려오고 있었는데 그제야 임소백은 일어나서 몸을 풀었다. 밥도 안 먹고, 잠도 안 잤을 텐데 점점 얼굴에 생기가 돌아왔다. 그러다가 늘어지게 기지개를 켜더니 본래 앉던 맹주의 상석에 앉아서 고개를 젖히더니 졸기 시작했다.

'가지가지 한다.'

맹주도 참 대단한 고집이 있었다. 나도 비무대를 내려와서 앉아있으려니 아침밥을 많이 먹어서 그런지 잠이 솔솔 쏟아졌다.

* * *

잠깐 눈을 붙였다가 떠보니 이미 관중들이 잔뜩 모여있었다. 옆에서 귀마가 말했다.

"산책 간다더니 왜 여기서 자고 있어?"

대답하기도 전에 검마가 내게 물었다.

"맹주는 왜 저기서 처자고 있는 거냐?"

상석을 바라보자, 그제야 공손월이 맹주를 깨운 다음에 대화를 나누고 있었다. 나는 하품을 호랑이처럼 한 다음에 일단 아무 말이나 씨불여 댔다.

"작전을 좀 세웠지."

"무슨 작전?"

"보면 알아. 이제 맹주가 검제를 신나게 두들겨 팰 거야."

색마가 말했다.

"본래 맹주님이 더 강하실 텐데 너랑 작전을 왜 짜냐. 아침부터 개소리는 삼가도록 해."

내가 색마를 쳐다보다가 오른손을 번쩍 치켜들자, 색마가 급히 막는 자세를 취했다. 나는 손을 내리면서 말했다.

"많이 컸네. 아침부터 처맞으라고. 똥싸개는 삼 일에 한 번씩 줘패야 하는데."

나는 소리를 버럭 내질렀다.

"야 이, 똥싸개 새끼야!"

관중들이 화들짝 놀라서 이곳을 쳐다보자, 색마가 오만상을 찌푸리면서 그만하자는 것처럼 말했다.

"아, 알았어. 미안하다. 내가 잘못했어. 그만해."

공손월이 비무대에 등장하더니 주변을 천천히 둘러보면서 누군가를 찾았다. 나는 공손월의 시선을 따라서 둘러보다가 주변에 백의서생 일행이 없다는 것을 알게 되었다. 공손월이 말했다.

"오늘은 어제에 이은 비무를 하겠습니다. 그전에 맹주님께서 상대를 지목한다고 하셨습니다. 맹주님?"

임소백이 남궁세가의 검제를 쳐다봤다.

"검제."

검제가 고개를 살짝 끄덕이더니 퉁명스러운 어조로 대답했다.

"말씀하시게."

임소백은 더 퉁명스러운 어조로 대답했다.

"올라와."

"…"

이렇게 보니까 임소백은 검제에게 화풀이를 할 생각이었다. 검제가 비무대로 올라오자, 임소백도 일어섰다. 임소백이 비무대로 걸어가면서 아래에 있는 맹원들에게 말했다.

"단목검 가지고 올라오지 말고 거기서 던져라."

누구의 명령이라고 거부할까. 다소 황당한 명령인데도 맹원은 단목검을 맹주에게 바로 던졌다. 임소백이 날아온 단목검을 낚아채더니, 맹원에게 고갯짓을 했다. 그러자 이번에는 맹원이 검제한테도 단목검을 집어던졌다. 검제는 황당한 표정으로 단목검을 붙잡았다.

"하… 임 맹주, 왜 이렇게 예의가 없나?"

임소백이 검제를 바라봤다.

"예의는 남궁세가 가서 찾도록 해. 날아오는 목검 붙잡는 게 그렇게 어렵단 말이냐? 제사 지내는 것도 아니고 난 준비됐으니 덤벼라."

임소백은 아무런 자세도 없이 단목검을 쥔 채로 검제를 바라봤다.

"…"

문득 내 옆에서 구경하던 검마가 피식 웃었다. 나는 굳이 또 물어봤다.

"맏형, 왜 웃어?"

검마가 우리를 둘러보더니 수화로 설명했다. 손날로 손바닥을 한 번 치더니 무언가가 뚝 부러지는 수화를 내보였다. 아마 일검에 목검이 부러질 것이라는 뜻을 전하고 싶은 모양이었다. 주변이 조용했기 때문에 수화로 보여준 셈이었다. 우리 셋은 고개를 끄덕였다. 특히 나는 이미 옥수산장에서 맏형의 목검이 부러지는 것을 봤었기 때문에 무슨 말인지 더 잘 알 수 있었다. 나는 비무대를 바라봤다.

'일단 부러뜨리고 시작하나?'

검제는 가만히 서있는 임소백을 쳐다보면서 좌우로 천천히 움직였다. 임소백은 고개를 이리저리 노골적으로 움직여 가면서 검제를 쳐다봤다. 단순한 고갯짓이었으나 보는 사람도 열이 조금 받을 만큼 어처구니없는 모양새였다. 검제가 공격을 예고했다.

"가겠네."

"와라."

임소백이 고개를 끄덕이자… 검제의 신형이 사라지면서 임소백의 머리 위로 떨어지는 단목검의 궤적이 보였다. 임소백은 단순한 동작으로 상단에서 떨어지는 단목검을 쳐내면서 몇 걸음을 빠르게 움직였다. 퍽- 소리가 울리더니… 검제는 단목검의 손잡이만 붙잡은 채로 임소백을 바라봤다.

"…!"

반격을 대비해서 거리를 벌렸었던 임소백이 검제를 노려봤다. 검제의 표정에는 대체 이게 어떻게 된 일인가 하는 감정이 가득했다. 이것은 임소백이 제대로 펼친 육전대검처럼 보였다. 임소백이 맹원에게 말했다.

"…단목검을 검제에게 던져라."

"예, 맹주님."

비무대 아래에서 날아온 멀쩡한 단목검을 검제가 다시 붙잡았다. 임소백이 쌀쌀맞은 어조로 검제에게 말했다.

"계속해."

순간 검제의 기도가 확 달라지더니 이차전이 시작되었다. 이번에는 다짜고짜 절기를 펼치려는지 목검으로 검풍을 쏟아내면서 달려들었다. 수준이 높다는 것은 움직이는 속도만 봐도 충분히 가늠되었다. 임소백은 뒷걸음을 치면서 검제의 공격을 받아내다가, 근접 거리에서 몸을 비틀더니 검제의 목검을 아래에서 위로 맹렬하게 후려쳤다.

퍽! 소리가 들리더니 검제의 단목검이 산산이 조각나고… 곧장 검제는 좌장을 내질렀다. 이미 검제의 동작을 읽고 있었던 모양인지 임소백의 출수는 더 빨라 보였다. 속도가 더해진 임소백의 좌장이 검제의 출수를 입구에서 틀어막듯이 도착했다. 빡- 소리가 나더니 검제가 두 걸음을 밀려났다. 임소백은 폭풍에 휩싸인 사람처럼 틈을 주지 않은 채로 명령을 하달했다.

"목검을 던져라."

"예."

벌써 두 자루가 부러지고, 세 번째 단목검이었다. 이번에도 단목검이 날아오자, 검제는 공중에서 날아온 단목검을 끌어당기듯이 붙잡은 다음에 초식으로 곧장 연계했다. 검법이 완벽하게 변화한 상태였다. 앞서는 강맹한 힘을 구사하다가 목검이 부러진 것이라 여겼는지, 지금 펼치는 검법은 연검軟劍을 사용하는 것처럼 동작이 부드럽고 빨랐다. 딱 봐도 상대의 공격을 유연하게 흘려 넘겨서 반격할 수 있는 검법처럼 보였다.

검제의 의도대로 이번에는 비무가 제법 길어졌다. 검제는 부드럽게 공격 초식을 연계하고, 임소백은 때때로 발을 굴러서 쩌억- 하는 소리를 울려댔다. 마치 강맹한 공격을 펼칠 수 있다는 심리전을 걸어서 연검의 흐름을 방해하고 있었다. 서로의 호흡을 빼앗는 심리전이 검법과 동작의 밑바탕에 깔려있었다.

그러자 검제의 공격이 더욱 빨라졌다. 쾌검과 연검을 섞었다가, 갑자기 느려진 동작으로 임소백을 함정으로 끌어당기고 갑자기 거센 반격을 펼치면서 쾌검을 구사했다. 두 사람의 속도 덕분에 비무대가 좁아 보였다. 그저 목검 비무전일 뿐인데 심리전과 속임수, 쾌검, 연검, 정석적인 검법과 정도를 벗어난 검법, 검풍과 장력이 난무하는 복잡한 대결이 짧막한 시간에 모두 담겨있었다.

어느 순간 임소백의 신체 좌측에 드러난 큰 허점이 내 눈에도 보였다. 찰나의 틈도 없이 검제의 단목검이 날아오다가 방향을 틀었다. 이때, 임소백은 아무렇지도 않게 왼손을 내밀어서 검제의 목검을 덥석 붙잡더니 오른손에 쥐고 있는 단목검으로 검제의 목검을 두 동강 냈다.

퍼억!

그 순간, 검제가 좌장을 내지르자… 임소백이 신형을 빠르게 회전하면서 장력을 아슬아슬하게 피하더니 단목검을 이리저리 돌리면서 검제를 쳐다봤다.

"…"

허공에 장력을 분출한 검제가 임소백을 바라보자… 임소백은 주변을 호랑이처럼 어슬렁대면서 걷다가 맹원에게 말했다.

"목검 줘라."

벌써 네 자루째 단목검이 날아오자, 검제가 불쾌한 표정으로 낚아챘다. 그러더니 다짜고짜 맹주에게 단목검을 던졌다. 검제가 던진 목검을 붙잡은 임소백이 미간을 좁혔다.

"네가 의심을 해?"

검제가 고개를 끄덕이면서 말했다.

"내봐. 확인해야겠다."

임소백도 자신이 사용하고 있던 단목검을 검제에게 던졌다. 검제는 임소백의 단목검을 붙잡자마자 수평으로 눕히더니 중간 지점을 수도手刀로 내려쳤다. 팍- 소리와 함께 단목검이 허망하게 부러졌다. 그냥 평범한 단목검이었음을 검제가 스스로 증명한 꼴이었다. 얼굴이 벌겋게 된 검제가 임소백을 쳐다봤다.

"맹주, 실력이 더 발전했군. 내가 졌으니 향후 오 년간 도전하지 않겠네."

임소백이 고개를 끄덕였다.

"오 년 후에도 내가 맹주를 하고 있으면 그렇게 해라."

검제가 비무대를 내려가다가 멈추더니 임소백을 쳐다봤다.

"자네가 하고 있어야지. 누가 하나?"

"인생은 계획대로 흘러가는 법이 없어. 그때 가서 생각하자고."

검제가 내려가자, 임소백이 주변을 천천히 둘러봤다.

"군웅들…"

"예, 맹주님."

"잘 봤나?"

"예."

임소백이 조금은 편해진 얼굴로 말했다.

"앞으로 내게 도전하려면 검제부터 꺾고 오도록. 알겠어? 귀찮게 하지 말고. 나는 바쁜 사람이야. 귀찮게 하려면 검제부터 귀찮게 해라. 나랑 실력 차이도 크지 않다. 맹주가 무슨 동네 무관 관주도 아니고 왜 자꾸 도전하는 거야?"

비무대 아래에서 검제의 한숨 소리가 들렸다. 누군가가 먼저 손뼉을 부딪치자, 이내 맹원들이 큰 환호성을 내지르면서 맹주의 승리를 축하해 줬다. 다친 사람도 없고, 검제는 침묵하고, 다른 도전자들은 검제부터 괴롭히게 생겼으니 이는 완벽한 임소백의 승리였다. 마침 백의서생이 안 보였기 때문에 나는 자하서생의 시선으로 임소백의 육전대검과 비무를 차분하게 복기하면서 분석했다.

'이야, 참으로 대단한 무공이로고…'

사실 검제의 목검을 부러뜨리는 것 자체가 쉬운 일이 아니다. 검 마도 견디지 못했던 육전대검이라서 가능했을 터였다. 어쨌든 맹주가 저렇게 버티고 있으니 아침에 돼지통뼈를 먹은 것처럼 속이 든든했다.

326.
임소백의 진의眞意

나는 피곤해 보이는 임소백을 바라봤다. 사실 공손심과 대화를 나누면서 심력을 소모하고 밤까지 지새운 상태로 등장해서 검제를 압도한 건 대단한 일이다. 무공만이 대단한 게 아니라 정신력도 대단하다는 생각이 들었다. 지쳐 보이는 것도 당연한 셈이다. 이제 맹주가 검제에게 먼저 도전하라는 말로 못을 박았기 때문에 이 자리에서 뻔뻔하게 도전할 사람은 없을 터였다. 임소백이 비무대를 천천히 걸으면서 주변에 모인 사람들을 둘러봤다.

"맹주 재신임에 대해서 나도 말할 게 있다."

"…"

오늘따라 유난히 임소백은 사람들의 얼굴을 모두 기억하려는 것처럼 시선을 맞추면서 돌아다녔다.

"언젠가 내 실력이 예전 같지 않다고 생각하면 은퇴하겠다. 그러나 지금은 아니야. 다들 두 눈으로 봤겠지만…"

임소백이 슬쩍 웃자, 군웅들도 웃었다.

"이렇게 제왕들과 후배들이 모인 자리에서 크게 다친 사람 없이 무공을 겨루고 나니 이것 자체로 기쁨이다."

임소백이 군검왕과 검마를 가리켰다.

"검왕과 검마의 비무가 특히 좋았다. 두 사람은 일국一國의 맹장처럼 보일 정도로 공격적이었는데 검법의 결은 또 달랐다. 이런 맞수를 어디서 구한다는 말이냐?"

임소백은 이어서 제왕들을 하나하나씩 불렀다.

"남궁, 서문, 권왕, 도왕… 이 자리에 없는 검성 선배와 신극 선배, 새롭게 도제라 불리는 사내까지. 비록 내가 마음에 들지 않더라도 그대들에게 큰일이 생기면 수하들과 특작대를 꾸려서 달려갈 생각이다. 내가 얼마 전에 동호로 달려가서 하오문주 일행을 도왔던 것처럼 말이야."

임소백이 나를 바라봤다.

"나는 하오문주, 육합선생, 몽랑 그리고 검마와 함께 사도제일인의 병력을 상대했었다. 내가 곧 제왕들과의 비무가 있다고 하자, 도움을 받은 네 사람이 무림맹으로 오게 된 것이다."

임소백은 이제야 사대악인이 무림맹에 있는 이유를 군웅들에게 알렸다. 임소백이 주변을 둘러보면서 말했다.

"따라서 하오문주가 일부러 비무에 개입하고, 떠들고, 싸운 것은 내가 연달아서 제왕을 상대하다 보면 다치는 사람들이 나올까 하여 일부러 나선 셈이다."

와, 갑자기 임소백이 나를 변호하고 있었다. 임소백이 말했다.

"제왕들은 이 점을 알고 문주 일행을 너무 밉상처럼 보지 말길 바라네."

별것 아닌 이야기를 하는데도 정적이 맴도는 와중에… 우리는 전부 임소백의 표정만을 바라봤다.

"나는 여기에 모인 자들이 위험에 빠지면 달려갈 준비가 되었다. 그것이 무림맹이 존재하는 이유야. 다만 나는 완벽한 맹주가 아니다. 검신劍神의 위명에는 아직 못 미치는 후임자라 해야겠지. 그래서 군웅들의 도움도 받고 싶은 게 사실이야. 이곳에는 맹원들이 있어. 시험을 쳐서 들어온 맹원과 문파나 세가의 추천장을 받아 온 수하도 있지. 동맹 세력이라고 생각하면, 웬만하면 거절하지 않았다. 무림맹을 지키는 것은 결국 자네들의 사형, 사제, 형제, 사부, 제자를 지키는 일이라는 점을 알아주게. 설마 다들 내가 죽을 때까지 아주 오랫동안 무림맹주를 할 것이라 믿는 사람은 없겠지?"

"없습니다."

임소백이 목소리의 주인공을 찾았다.

"…할 수도 있지. 누구냐?"

색마가 급히 고개를 숙였다.

"죄송합니다. 맹주님."

임소백이 주변을 둘러보면서 말했다.

"하여간 내가 오래 해먹을 테니 다음 맹주는 후기지수에 속하는 후배들이 맡았으면 한다. 맹주가 좀 젊으면 어떠냐? 서문세가의 소가주, 남궁의 소가주, 권왕의 제자, 군검왕의 자식들… 아직 너희들의 시대는 오지 않았어. 나는 너희가 지금 제왕이라 불리는 사부들과 가주는 물론이고 나도 넘어서길 바란다. 이 자리에 있었던 후배들이 우리를 넘어선다면 그것 또한 강호의 복이다. 나는 오늘 이 자리에서 벌인 비무가 마음에 들었다. 공손 군사."

"예, 맹주님."

"정확하게 내년 오늘, 그리고 매해 오늘, 군웅들이 모여서 비무를 가졌으면 한다. 준비할 수 있겠나?"

공손월이 포권을 취했다.

"준비하겠습니다."

임소백이 고개를 끄덕였다.

"도왕이 무너뜨린 담벼락도 수리해 놓고, 손님들 입맛에 맞는 음식도 더 많이 준비하고, 손님들이 편히 잘 수 있는 숙소도 정비해서 오늘처럼 다시 초대하마."

이번에는 여기저기서 동시에 대답이 흘러나왔다.

"예, 맹주님."

"그렇게 되면 너희도 나처럼 하루하루 놀지만은 못하겠지. 언젠가 내가 은퇴하거나 재수가 없어서 죽음을 맞이하게 되면 너희가 오늘처럼 모여서 백도의 비무로 새로운 맹주를 뽑았으면 한다."

나는 팔짱을 끼면서 맹주의 말을 들었다.

"음..."

"그러니까 내년의 모임, 내후년의 비무 모임은 그때를 대비한 연습이고 수련이야. 비무 자체도 해봐야 실력이 늘기 때문이다. 우리가 흑도나 마도와 다른 점이 무엇이냐? 이 자리에서 보여줬던 과정이다. 패배한 자들도 패배를 받아들였다. 사마외도는 이런 식으로 수장을 뽑지 않아. 기습과 계략, 배신, 암살, 독살, 생사결… 결국에 누군가가 죽거나 고통스러운 과정을 겪어야만 수장이 결정된다. 우리는 달라야지. 이것이 내가 바라던 비무의 최종 목적이야. 다들, 내 말을 잊지 말도록. 백도는 이런 방식으로 맹주까지 뽑을 수 있다."

임소백이 주변을 둘러보다가 웃었다.

"무언가 아쉽겠지만 비무를 더 할 사람은 비공식으로 해라. 아니면 더 수련해서 내년에 등장하든가. 아쉬울 때 끝내는 게 맞아. 정 억울한 사람은 나중에 남궁세가에 찾아가서 검제에게 도전하도록. 아마, 쉽지 않을 거다."

검제가 짤막하게 한숨을 내쉬더니 손을 들었다. 임소백이 검제를 바라보면서 고개를 끄덕였다.

"…말하게."

검제가 군웅들에게 말했다.

"너무 귀찮게 하면 봉문하겠다. 그러나 예의를 갖춰서 온다면 피하진 않으마. 실력이 있다면 남궁세가로 찾아오도록 해."

임소백이 검제의 말에 고개를 크게 끄덕였다. 사실 비무로 검제에게 이길 수 있는 강자는 매우 드물 터였다. 임소백이 다소 편한 어조로 말했다.

"…사실 나는 어제 마음이 어지러운 일이 있어 밤새 잠을 자지 못했다. 나는 이제 맹주전으로 돌아가서 정해둔 업무 시간까지 일을 보다가 휴식을 취할 테니 그리 알도록. 그러니 일부는 이대로 작별하자. 더 머무르다 가도 좋고, 이대로 복귀해도 좋다. 군웅들, 또 보세."

임소백이 먼저 좌중을 향해 포권을 취하자, 내내 이야기를 듣고 있었던 군웅들이 동시에 일어나서 답례했다. 나는 밤을 지새운 맹주가 일하러 가겠다는 말이 무슨 무공의 절기처럼 뇌리에 남았다. 아마도 나였다면 낮잠을 자러 갔을 테니 무슨 역공에 당한 심정이랄까?

'이 와중에 일을 하고 쉬겠다네…'

어쨌든 임소백의 말대로 이어지는 비무는 별 의미가 없었다. 이런 비무를 정기적으로 잘 개최해서 나중에 무림맹주를 뽑을 때를 대비하자는 말이 임소백의 진의眞意였던 셈이다. 무림맹도 비무도 예전부터 있었겠지만 진정한 무림대회의 선포는 임소백이 한 셈이랄까. 자신의 훗날까지도 염두에 둔 발언이었기에 임소백은 진퇴가 명확한 사내였다.

임소백이 호위들과 함께 사라지자… 기분이 참 묘했다. 밤을 지새운 맹주는 일하러 가겠다는데, 남은 자들이 여기서 투덕거리려니 어쩐지 놀고먹겠다는 분위기가 물씬 풍기는 대비 효과가 있었다. 공손월이 비무대에 등장해서 주변을 둘러봤다.

"맹주님의 말씀대로 며칠 더 머무르셔도 상관없습니다. 비무를 금지하지도 않겠습니다. 공식적인 비무가 끝났을 뿐이고, 교류나 수련의 목적으로 비무를 하시려면 검대나 군사회에 속한 맹원들의 참관 속에서 비무를 하십시오. 다만, 이후에 서로 크게 다치는 비무를 하시면 취지에 어긋난다는 것을 아셨을 겁니다."

공손월도 예를 갖춘 채로 말했다.

"그럼, 저도 이만 군사회의 업무를 보러 가보겠습니다."

주최자와 사회자가 연달아서 빠지자 맥이 탁 풀리는 것은 어쩔 수가 없었다. 어쨌든 나는 후기지수 최강이기 때문에 내 알 바는 아니다. 나는 맥이 빠질 리가 없다. 귀마가 조금 아쉽겠지만, 사실 당장 비무대에 올라간 다음에 미친놈처럼 아무나 덤벼보라고 선언하면 될 일이다. 하지만 귀마는 현재 점잖을 떠는 육합선생이라서 그런 일은 발생하지 않았다.

"훌륭한 회동이네. 아무튼, 내가 후기지수 최강이라는 결론으로 마무리가 되었으니 나쁘지 않아."

사대악인들이 나를 쳐다보면서 한마디씩 내뱉었다.

"…좋겠구나."

"잘났다."

"감동을 그렇게 해치지 마. 맹주님 말을 복기하고 있는데."

아쉬운 자들이 비무대 주변에서 반 시진 후에 다시 만나자는 둥 누구에게 도전하겠다는 둥 뒤늦은 말을 하고 있었으나 호응하는 이들은 많지 않았다. 당장 무림맹을 떠날 마음은 없었기 때문에 우리는 월하관으로 이동했다. 검마도 느끼는 바가 많았는지 입을 열었다.

"아무도 죽지 않은 채로, 비무로 맹주를 가린다. 이게 가능하다면 확실히 마도와는 결이 다르구나. 여기서 내가 놀란 점은…"

검마는 교주의 후계자 다툼에 참전했었던 인물이다. 누구보다 더 비무의 의미가 마음에 와닿았을 터였다. 검마가 말을 이어나갔다.

"임 맹주가 저렇게 선포했으니 사실 무림맹주의 자격은 신원만 확실한 경우에 아무나 될 수 있다는 뜻이다. 맹주의 말대로 후기지수가 될 수도 있고. 세가나 문파, 외부 인물도 가리지 않겠다는 뜻이니…"

검마가 색마를 쳐다봤다.

"나중에 네가 도전해도 될 일이야."

색마가 놀란 표정으로 되물었다.

"제가요?"

"왜? 안 된다는 뜻이냐?"

"제 행실이…"

"마교에서 벗어난 나도 여기서 비무를 했다. 얄밉게 떠드는 문주의 말도 결국에는 들어주는 자들이고. 편협한 면이 있다가도 개방적이고. 개방적이면서도 행실을 따지고 묻는 자들이니 먼저 네가 변하면 될 일이야."

"그렇긴 합니다."

월하관에 도착하기도 전에 뒤에서 누군가가 나를 불렀다.

"문주님."

처음 보는 맹원이 다가오더니 서찰 같은 것을 내게 넘기면서 말했다.

"바깥에서 문주님에게 전달된 서찰입니다. 들어보니 백의무제였다고 합니다."

"고맙소."

"예, 그럼."

나는 서찰을 받아서 천천히 개봉했다. 짤막하게 이렇게 적혀있었다.

돌아가기 전에 차나 한잔 마시자. 월성객잔에서, 백의무제白衣武帝.

나는 서찰을 염계로 태워버린 다음에 사대악인을 바라봤다.

"백의서생이 차를 마시자는데…"

색마가 나를 쳐다봤다.

"암살하려는 것일까?"

"암살이라는 표현을 그렇게 일상적인 표정으로 하지 마라. 어쨌든 나를 치면 무제가 아니라 공적이 되는데 그렇진 않겠지."

검마가 내게 말했다.

"호위가 필요하면 같이 가고. 그런데 어쩐지 우리가 있으면 대화가 달라질 것 같긴 하구나."

"다녀올게."

월성객잔이 어디인지는 몰라도 무림맹 근처에 있을 터였다. 걸어가는데 뒤에서 걱정하는 귀마의 목소리가 들렸다.

"독살일 수도 있다. 조심해라."

걱정하는 것인지 저주를 퍼붓는 것인지 헷갈릴 때가 있는데 지금이 그렇다. 생각해 보니까 임소백이 공손심에게 은퇴를 권유하면서 서생들의 비무 관전도 금지되었거나, 아니면 공손심이 자중하라고 일렀을 가능성이 있었다. 내 얼굴이 이제 무림맹에서 다 알려진 터라 위사들에게 외출을 하고 온다는 말을 해도 별다른 제지가 없었다.

"월성객잔이 어디에 있소?"

"중앙로의 우측에 있는데 바로 찾으실 겁니다."

걸어가다가 깨달은 게 있는데 월성객잔에 갔다가 등평과 비무를 할 수도 있었다. 백의서생과 어느 정도 교류가 있는 것은 사실이지만, 싸우다가 내 팔 하나가 날아가도 구경하다가 웃을 놈이 백의서생이다. 나는 어렵지 않게 월성객잔을 찾아서 들어갔으나 일 층에는 안 보여서 이 층으로 올라갔다. 이 층에 도착해서 바라보니 백의서생은 혼자 술을 마시고 있다가 나를 쳐다봤다.

"어서 와라."

"왜 불렀나?"

백의서생이 내 앞에 빈 잔을 탁- 소리 나게 내려놓으면서 말했다.

"앉아라. 너 때문에 육전대검을 못 보게 되었으니 벌주라고 생각해."

나는 자리에 앉으면서 고개를 끄덕였다.

"독살인 것 같아서 마시지 않겠다."

백의서생은 내 말을 무시한 채로 술을 따르더니 뜬금없이 이런 말을 내뱉었다.

"무림맹도 모르고, 하오문도 모르고, 제천맹도 모르는데 우리만 알고 있는 정보가 있다. 알면 도움이 될 것이다. 너는 이 정보를 얼마에 살래?"

다짜고짜 정보를 사라니까 감을 잡을 수가 없어서 대충 대답했다.

"제시提示요."

"뭐?"

"먼저 제시하라고 얼마를 줘야 하는지."

백의서생이 나를 물끄러미 바라봤다. 사실 이놈이 돈이 필요할까 싶었다. 마음먹은 대로 사는 놈이고 세력이 크고 무공이 고강해서 돈은 그다지 필요 없을 터였다. 나는 손을 내밀어서 술병을 받은 다음에 빈 잔에 술을 따랐다.

"무슨 정보냐. 일단 들어보고 값을 결정하마."

나는 백의서생의 표정이 조금 이상해서 굳이 총군사에 대한 것은 묻지 않았다. 백의서생이 내가 따른 술을 쳐다봤다.

"그거 마시면 말해주마."

나는 출렁이는 백주白酒를 바라보다가 말했다.

"독은?"

"있을 수도 있고, 없을 수도 있고."

"만약 독이면 너는 오늘 내가 찢어 죽이마."

나는 백의서생이 웃는 것을 보다가 술을 목구멍에 털어 넣었다. 내가 술을 마시자 백의서생이 말했다.

"옛 총본산에서 망령들이 기어 나오고 있다는 소식을 들었다. 이유는 우리도 몰라."

나는 다시 술을 따르면서 백의서생에게 말했다.

"비싼 정보였네."

"당연하지."

사실 값으로 따질 수가 없는 정보였다. 내가 몰랐던 내용이기 때문이다. 일단 돈을 주긴 싫어서 진지한 어조로 말했다.

"하오문에 고금제일의 천재 화공畵工이 있는데 부탁해서 백의무제를 한 번 그려달라고 하겠다."

백의서생이 떨떠름한 표정으로 나를 쳐다봤다.

327.
악의 제왕

"무슨 의도로 날 그리겠다는 거냐?"

나는 백의서생을 바라봤다.

"이봐, 백의무제."

"..."

"사람의 말에 매번 악의가 숨어있다고 의심하면 안 돼. 잘 들어. 어차피 네 용모파기는 필요 없어. 무림맹이 다 본 터라 눈 감고도 그릴 거다."

"그렇겠지."

"뛰어난 화공이다. 그림에 배경은 없을 거야. 위아래로 깨끗한 백의를 차려입은 서생이 쥘부채를 들고 있는 그림인데 제목은 백의무제다. 여백에는 내가 읊었던 시를 적어 넣을 거야. 이렇게 되면 무엇을 기념하는 그림이겠나?"

백의서생이 그제야 내 뜻을 알아차렸다.

"서문무제를 꺾은 것을 기념하는 그림이군."

"맞다. 여백에 아무것도 없진 않아. 구름이 흩날리겠지. 그럼 이것은 무엇일까."

"제운종이군."

"구름 위에 적당하게 두 줄만 넣어도 괜찮겠지. 서문의 무제가 급히 쫓아도, 백의를 입은 무제 또한 표홀하구나. 순간을 영원히 기억할 수 있는 기록이면서 동시에 그림이다. 실은 그것이 예술의 본질이겠지. 사람은 누구나 수명이 있어서 언젠가는 사라지게 돼. 하지만 이런 예술은 불멸의 기록이야. 너희가 서책에 집착하는 것처럼."

잠자코 듣고 있었던 백의서생이 대답했다.

"좋다. 왜 이런 예술을 내게 선물하려는 거지?"

나는 백의서생의 정신세계에 맞춰서 대답했다.

"너는 돈이 필요 없어."

"왜."

"부자가 되고자 하면 언제든 부자가 될 수 있는 사람이기 때문이야. 돈을 모으는 것은 네 관심사도 아니고 네가 추구하는 목표도 아니다."

백의서생이 고개를 갸웃하면서 나를 쳐다봤다.

"그럼 내 관심사가 무엇인지도 알고 있나?"

굳이 이렇게 묻는 이유가 무엇일까? 순간적으로 생각한 답은 무공이었는데, 굳이 이렇게 물어보는 것을 보아하니 무공은 아니라는 생각이 들었다. 백의서생이 자신의 잔에 술을 따르면서 재차 물었다.

"모르겠나?"

나는 새삼스럽게 아무도 없어서 휑한 이 층을 둘러보다가 어렵지 않게 답을 떠올렸다.

"물론 전부터 알고 있었지."

"무엇인데?"

"인간."

백의서생이 술을 마시면서 중얼거렸다.

"인간이라… 그보다 더 구체적이라면?"

나는 고개를 삐딱하게 기울인 채로 대답했다.

"노예."

"나도 제법 세상사에 밝다고 생각하는데 네 머릿속은 파악할 수가 없다. 어떻게 추론한 것인지 말해주겠나?"

나는 덤덤한 어조로 대답했다.

"정황이 너무 많았지. 하지만 추론의 근거가 되는 것을 말해주면 기분이 불쾌할 텐데."

"기분이 불쾌해도 궁금함을 푸는 것이 낫다."

나는 고개를 끄덕였다.

"지난번에 신개 선배와 싸우고 나서 우리는 대화를 나눴었지."

백의서생이 고개를 끄덕였다.

"대화라기보다는 네 협박을 듣고 있었지."

나는 백의서생의 눈을 바라보면서 말했다.

"그때 알아낸 것인데 천악 선배만 노예였던 것이 아니라 너도 노예였다."

"…"

"이게 내 추론이야."

예상은 하고 있었던 모양이다. 그런데도 백의서생은 침을 한 번 삼키더니 당황스러운 눈빛으로 술잔을 바라봤다. 백의서생의 침묵이 많은 것을 말해주고 있었다. 백의서생이 나를 쳐다보면서 말했다.

"갑자기 자네 머리통을 지금 부수고 싶은데 한번 참아보겠네."

"뭐랄까… 세상에는 자신이 노예인지도 모르는 사람이 많아."

"…"

"예를 들면 검마도 마교를 떠나기 전까지는 노예였다. 좌사라는 직함은 노예의 다른 표현이야. 내가 여태까지 점소이를 하고 있으면서 힘들게 번 돈을 흑도에게 빼앗긴다면 그것도 노예지. 도저히 벗어나기 어려운 환경에서 스스로 독립했을 때, 그것이 정신적인 독립이든 육체적인 독립이든 간에 인간이 된다. 그때부터는 노예가 아니야. 너는 서생이 됐고, 나는 하오문주가 됐다."

백의서생이 나를 쳐다보면서 물었다.

"검마는?"

"검객이 됐지."

백의서생은 손으로 자신의 턱을 붙잡은 채로 잠시 생각에 잠겼다. 옛일을 떠올리는 모양새였다. 잠시 후에 백의서생이 말했다.

"노예를 연구하긴 했지."

"그런데."

"노예의 끝은 어디일까. 노예의 끝을 본 자들은 누구일까. 아무도 관심이 없는 것을 나는 고민하고, 공부하고, 연구했지. 몇 가지를 알아냈다. 노예의 끝에 다다른 자들… 그게 누구일까."

백의서생이 친절하게 설명해 주고 있었기 때문에 나는 대답할 수 있었다.

"옛 총본산의 망령."

"내가 예상하기로 이 망령들이 힘을 합치면 삼재에 속한 고수도 죽일 수 있다."

"설마?"

"설마라니? 천악이나 개방 방주도 이들을 전부 감당하진 못해. 이들이 경외심을 품는 존재는 단 한 명이야. 그게 누구일까?"

"교주겠지."

"내가 말하고 싶은 것은 지금 교주만이 아니다. 전대 교주, 당대의 교주, 차기 교주를 모두 포함해. 이 망령들은 교주가 된 사람을 존중한다. 이것이 마도의 전통일까. 만약 교주가 바뀌어서 머리에 피도 안 마른 놈이 교주를 하고 있어도 망령들은 교주를 존중할 거다."

"그럴 리가?"

"아직 이해를 못했군."

"마도가 자신보다 약한 사내나 어린 교주까지도 존중할 수 있다고?"

"그런 셈이지."

"무슨 근거로."

"망령들은 자신들이 비정상이라는 것을 알고 있어. 무엇을 추구하다가 그렇게 망가졌을까. 사마외도를 걸으면서 되고자 했던 목표. 그것은 교주 자리가 아닌 천마天魔다. 이들에게 교주는 가장 적합한 후보다. 천마가 되기 전, 일인지하 만인지상의 위치가 교주고 천마는 늘 공석인 셈이지. 교주를 존중하는 이유는 이 사람이 나중에 천마가 될 가능성이 있지 않을까 하는 기대심리가 깔려있기 때문이야. 이것은 오래된 광기야. 웬만한 놈들은 아예 이해를 하지 못해. 마교라는 말을 입에 담았다가 죽는 이유가 그것이지."

"천마신교天魔神敎."

"맞다. 본인들은 천마신교라고 생각하는데 어디서 벌레들이 마교란 말을 쓴단 말이냐…는 식이지. 어쨌든 이것이 내가 생각하는 노예의 끝이다. 도대체 이런 노예는 어떻게 만들었을까? 그것을 실험하기 위해 방목해 뒀던 놈을 네가 죽였었지."

"도살자 말이냐?"

"내가 도살자에게 실험하던 것은 도살자가 어느 날 스스로 나를 넘어섰다고 믿게 되는 것이 다음 일정이었다. 실제로 그렇게 믿게 한 다음에 그것과 무관하게 노예 취급을 할 생각이었지. 나보다 강한 놈을 노예로 부릴 수 있을까? 물론 내게 대드는 순간에는 더 혹독한 절망이 기다리고 있었겠지만. 나만의 망령을 만들어 보려는 계획이었는데… 네가 그것을 망쳤다."

백의무제에서 순식간에 악제惡帝로 돌변한 사내가 나를 노려보고 있었다. 나는 백의서생의 살기를 뒤집어쓴 채로 대답했다.

"망쳤는데 어쩌라고. 눈을 왜 그렇게 떠? 뽑아주랴?"

백의서생이 낄낄대면서 웃었다.

"문주, 네놈은 왜 그렇게 뻔뻔한 것이냐? 내 오랜 실험을 망쳤다고. 그게 이렇게 뻔뻔하게 나올 일인가?"

나는 혀를 차면서 대답했다.

…

"이 새끼가 그런데 팔다리를 하나씩 잘라놔야 정신을 차리려나."

"착각하지 말아라. 네 실력은 아직 내 밑이야. 또 그 협박을 할 셈이야?"

나는 손가락으로 관자놀이를 두드렸다.

"네가 아무리 강해지더라도 실명서생이 왜 죽었는지를 항상 생각하면서 살도록. 너는 실명의 죽음도 이해하지 못했었다. 오랜만에 만났으니 근황을 알려주자면 놀랍게도 사도제일인은 실명서생보다 강했다. 하지만 어떻게 됐을까."

"어떻게 죽었나?"

"머리가 박살이 났지."

"화려하게 갔구만."

나는 고개를 끄덕였다.

"노예 자체에 관심이 있어서 망령들까지 조사하게 되었고. 그 덕에 움직임도 파악하고 있었군. 백의 군사, 망령과 교주를 맞붙게 할 계책은 없나? 있으면 보고해 보도록."

백의서생이 피식 웃었다.

"자하 군사, 그것은 본래 네 분야가 아니더냐?"

"그랬나?"

"하지만 쉽지 않을 것이다. 망령이 등장한 것은 이번이 처음이 아니다. 등장한 적이 없었다면 망령이라는 이름이 붙지도 않았겠지. 적수가 없을 것이라 여겨지던 검신劍神도 결국에는 망령들이 있는 자리에서 중상을 입었다. 그뿐이냐? 가끔 등장할 때마다 강호에서 고수들이 감쪽같이 사라지곤 했다. 본격적으로 우리가 신경을 쓰게 된 것은 서생마저도 망령에게 당한 적이 있기 때문이야. 물론 망령은 그게 서생인지도 몰랐겠지만. 하지만 우리도 몇 년을 준비해서 망령을 끌어낸 다음에 직접 잡아서 죽인 적도 있었다. 그게 누구였을까?"

"내가 어떻게 알아."

"넘어가자."

"넘어가지니까 누구인지 알 것 같다."

"누군데?"

"네 사부겠지. 아님 말고."

백의서생이 떨떠름한 표정으로 말을 이어나갔다.

"이봐, 문주. 내가 왜 망령 이야기를 꺼냈을까. 망령이 한 차례 강호에 등장했다가 사라지면 함께 사라지는 고수들이 있었다. 때로는 그저 강한 고수이기도 했고 때로는 그렇게 강하진 않지만 극음의 내공을 쌓은 고수가 사라지기도 했다. 우리 쪽에서 당한 서생이 그런 유형이었다. 돼지 한 마리 잡아가듯이 망령에게 끌려간 셈이지. 결국에 망령이 움직인다는 것은 목표가 있다는 뜻이야. 물어보지 못해서 알 수는 없다만… 어때, 누구인 것 같아? 망령이 끌고 가려는 놈."

"아, 제기랄. 설마?"

백의서생이 내 표정을 보더니 갑자기 박수까지 쳐대면서 웃었다.

"하하하하."

"나는 아니겠지. 나는 말랐어."

"애써 부정할 필요 없다."

"극음의 내공을 보유한 고수라면 마침 백응지의 몽랑이라는 고수가 있다. 그놈을 끌고 가면 될 일이야. 그나저나 친절하게 이런 것을 알려주는 이유는?"

백의서생이 손가락으로 탁자를 찍었다.

"옛 총본산이 여기라면."

손가락으로 줄을 그으면서 말을 이어나갔다.

"이곳이 현재의 마교겠지. 망령들이 여기만 왔다 갔다 하면 아무 문제가 없다. 벗어났기 때문에 내게도 보고가 들어온 셈이지. 보고 자체에 시간이 걸리기 때문에 이미 많은 거리를 이동했다는 뜻이다. 이런 정보를 알려주는 것만으로도 너는 내게 감사해야 해. 무림맹도 알아내기 힘든 정보다. 이게 그림으로 퉁 칠 일이냐?"

"원하는 게 뭐야? 육전대검 때문에 그래? 그건 눈으로 봐도 원리를 알아낼 수 없는 무공이다. 더군다나 임 맹주가 책으로 남겨도 후인들은 익힐 수 없는 무공이야."

"어째서 그렇지?"

"내가 생각하기에 그것은 무공의 범주를 살짝 벗어났다. 기예의 영역에도 닿아있어."

"무공이 아니라 기예라고?"

나는 고개를 끄덕였다.

"일종의 수련이지. 그러니까 방법을 알아도 다른 사람은 펼칠 수가 없어. 세월이라는 공을 들여야 하기 때문이다. 내 말이 어렵나?"

"말장난 같군. 어찌 못한다는 말이냐."

나는 백의서생처럼 손가락으로 탁자를 찍었다.

"이곳이 수련의 출발점이다."

탁자의 끝까지 선을 그었다.

"…그리고 여기가 수련의 끝이지. 보통 사람은 이 끝에 닿지도 못해. 그런데 육전대검은 이 영역 바깥에 있다."

나는 탁자 옆의 허공에서 손가락을 빙글빙글 돌렸다.

"이 공간에 위치하는 무공이야. 남들은 따라 하는 것이 힘들어."

백의서생의 고개가 움직이더니 내 손가락이 있는 허공을 주시했다.

"그 허공에 무엇이 있는데?"

나는 백의서생을 물끄러미 바라봤다.

"여러 가지. 수하들, 동료, 육전대, 전대 맹주, 분노, 상실감, 후회, 복수심, 집요함, 오성, 공허함, 불면증…"

나는 당황스러워하는 백의서생을 바라보다가 가장 중요한 것을 하나 더 추가했다.

"책임감."

"그걸 다 따라 해야 익힐 수 있다는 말이냐?"

"그래도 불가능하다. 육전대검은 임 맹주의 무공이다. 그놈의 노예 놀이와 무공 도둑질도 좀 때려치우고 너는 네 길을 찾도록 해. 정작 스스로 임 맹주보다 똑똑하다고 생각하면서 왜 임 맹주의 무공을 탐내? 네 것을 만들어. 도둑 새끼처럼 남의 것에 관심 갖지 말고."

백의서생이 실실 웃었다.

"뜻하지 않게 낚여서 서문가주와 싸웠다만 덕분에 재미있었다. 하지만 나는 잠시 사라질 생각이야. 너는 잘 살아남아라. 망령에게 죽으면 내 재미가 사라질 테니 그래선 안 되겠지. 네가 죽으면 내 탓이 아니고. 네가 살면 내 덕분이다. 잊지 말도록. 망령이라니 세상에…

숨는 것도 답이다."

"설마 네가 망령들을 부추긴 것은 아니겠지."

"사람의 말에 매번 악의가 숨어있다고 의심하면 안 돼."

내가 했던 말을 고스란히 돌려받았다.

"망령과 교류할 수 있는 사람은 없다. 없기 때문에 옛 총본산에 머물러 있는 것이고. 교주도 쉽사리 부르지 못해. 서로 꺼리기 때문이야. 교주가 너를 언급했을 리는 없고. 어쩌면 네게 패했던 사천왕이 옛 총본산으로 향했었다고 하니 그들에게 들었을 수도 있지. 이래서 마교는 쉽사리 건들면 안 되는 것이다. 시건방진 놈, 할 얘긴 다 해줬으니 이만 꺼지도록."

나는 일어나서 백의서생에게 포권을 취했다.

"무제, 고맙네. 그대도 잘 꺼지도록."

"…"

"망령들이 특히 무서우니까 어디 동굴이라도 하나 파서 숨어있도록 해. 혹시 알아? 사천왕이 고자질한 게 너일 수도 있지."

"그럴 리가."

"선배님들, 저희가 하오문주와 싸우고 있는데 구경만 하면서 그림을 그리는 놈이 있었다고 합니다. 그러냐? 흥미로운 개자식이로군. 내 오랜만에 강호로 나가서 그 싸가지 없는 놈의 얼굴을 한번 봐야겠다. 별호가 무엇이냐? 백의서생이라 합니다. 이런 염병할, 나는 흰 옷을 입는 새끼들이 세상에서 가장 싫어."

나는 백의서생과 눈싸움을 하다가 동시에 가식적인 웃음을 지으면서 쳐다봤다.

"동지, 조심해. 당분간 시커먼 옷 입고 다녀라."

나는 계단으로 향하다가 잠시 멈췄다.

"아, 안 되겠네. 백의무제잖아. 쪽팔리게 시커먼 옷이 웬 말이냐."

백의서생은 별말이 없어서 나는 계단을 내려가면서 중얼거렸다.

"무제武帝라니… 이야, 대단한 별호다. 하지만 망령은 무서워요. 너무 무서워. 이 노예 새끼들, 동굴은 다 파놓았느냐? 더 깊숙하게 파라."

위에서 백의서생의 목소리가 들렸다.

"닥쳐라."

"예, 예."

너무 음흉한 새끼라서 내게 한 말을 전부 믿긴 어려웠다. 하지만 어쨌든 간에 망령이 움직이긴 한 모양이다. 예상을 뛰어넘을 정도로 강하겠지만 이상하게도 두렵다는 생각은 전혀 들지 않았다. 이유는 나도 모른다. 나는 무림맹으로 향하면서 잠시 고민하다가 망령이 어떤 자들인지 깨달았다. 그러니까 내가 어렸을 때 객잔에서 봤던 술 주정뱅이들과 같은 부류다. 사회성이 떨어지고, 시종일관 개소리를 줄줄 늘어놓으며, 타인에게 아무런 도움이 안 되는 놈들. 망령과 술 주정뱅이는 무공이 강하냐, 아니냐의 차이밖에 없다. 분석 끝.

328.
자네를 탕약에
넣으려는 게 아닐까?

백의서생은 술을 마시려다가 내려놓은 다음에 계단 위를 노려봤다.
여태 대화를 엿들은 총군사 공손심이 내려오고 있었다. 탁자로 다가
온 공손심이 자연스럽게 맞은편에 앉으면서 말했다.

"…종잡을 수 없군."

"얘기하지 않았소. 성향이나 성격을 파악하기 어렵다고."

공손심이 백의서생을 바라봤다.

"적이면서 동시에 아군이고. 그 무엇도 아닌 관계 같기도 하고. 그
런데 하오문주를 망령에게 정말 죽게 내버려 둘 셈인가?"

"어차피 쉽게 죽을 놈은 아니외다."

"상대가 망령이라면 다르지."

"고수 몇 명이 돕는다고 해결할 수 있는 문제가 아니외다."

"천악이 도우면 되지 않나?"

백의서생이 고개를 앞으로 쑥 내밀면서 공손심을 쳐다보더니 속

삭이듯이 말했다.

"그놈이 내 말을 듣겠소?"

"자네 말은 경청하는 것으로 아네만."

"천악과는 늘 처음부터 다시 시작해야 하오. 본인이 이해하고 받아들이지 않으면 움직이질 않아. 그것보다 하오문주는 보다시피 머리에 있는 생각을 그대로 내뱉는 성격인데 그게 또 항상 즉흥적은 아니오. 잔머리가 잘 굴러가지. 그래도 솔직하다는 것에는 변함이 없소. 반면에 여전히 총군사께서는 무슨 생각을 하는지 내가 알 수 없소."

공손심이 고개를 끄덕였다.

"나도 마찬가지라서 자네가 무슨 생각을 하는지 알 수 없네. 서로 대의만 확인하고 있으면 되는 거 아닌가?"

"총군사의 대의가 무엇이오?"

공손심이 침착한 표정으로 대답했다.

"오랫동안 무림맹은 서책을 보관하는 장소였네. 임 맹주가 전부 다 들고 나가도 괜찮다고 허락하더군."

"그럴 생각이오?"

"그게 중요한 게 아니네."

"그럼 뭐요?"

공손심이 대답했다.

"내가 서책을 통해 배운 것은 무림맹 같은 단체가 없어지지 않게 보호하는 것임을 알게 되었지. 서책이 중요한 게 아니라 서책에 담긴 뜻이 더 중요하지 않겠나?"

"정말 변했군."

공손심이 대답했다.

"옛 서생들의 뜻을 이어받아 내 생각을 정리한 서책을 한 권이라도 남길 수 있다면 책을 읽으면서 보낸 시간이 헛되지 않았음을 증명하는 것이겠지. 하오문주가 자네에게 했던 말대로… 나도 내 길을 걸어야 할 때가 온 것 같네."

백의서생이 미간을 좁혔다.

"이대로 은퇴해서 방관자가 되시겠다고? 지나치기 어려운 말을 하시는군."

공손심이 웃었다.

"나는 옛일을 공부하고 배운 것을 정리하여 다음 시대를 위한 서책을 남기려는데, 이렇게 되면 내가 서생다운 것인가? 아니면 자네가 서생다운 것인가. 서생은 본래 글을 읽고 공부를 하는 자를 뜻하네. 내가 변한 게 아니라 자네들이 변질된 건 아닌지 돌아보게. 자네는…"

"나는 뭐."

"서생이라기보다는 권력자가 되었지 않나. 어느새 말이야. 폭군에 대항하겠다고 하던 자들이 어느새 폭군이 되었어. 하긴 나도 이 나이가 되고서야 검신의 마음을 이해하고 있으니 나도 느리고 아둔한 사내라고 해야겠지. 자네도 마음이 변할 날이 올 것이네."

백의서생이 입을 다문 채로 노려보자, 공손심이 타이르듯이 말했다.

"내가 없더라도 임 맹주와 너무 부딪치지 말게."

"명령이오?"

"자네가 명령을 들을 사내인가? 그런 기대는 처음부터 없었네. 아무리 내가 나이를 더 먹었다곤 하나 서옥의 관리자를 함부로 대할 수는 없지."

공손심이 일어나자, 백의서생이 물었다.

"말하다 말고 어디 가시오? 대화 한 번 나누는 게 이렇게 어려운 사람이었을 줄이야."

"무림맹으로 가야지."

"쫓겨났는데 굳이 기어들어 갈 이유가 있소?"

공손심이 고개를 저었다.

"떠나려면 짐은 챙겨야지. 그 정도로 각박한 곳은 아닐세."

문득 공손심이 눈이 커지더니 이 층의 바깥을 주시했다.

"…!"

백의서생도 놀란 표정으로 고개를 홱 돌리더니 창가를 주시했다. 옷자락 펄럭이는 소리를 얼핏 듣긴 했는데, 어느새 바깥에는 하오문주가 무표정한 얼굴로 서있었다. 잠시 세 사람은 서로의 얼굴을 바라보는 동안에 아무 말이 없었다.

"…"

백의서생과 공손심이 입을 다문 채로 쳐다보기만 하자, 하오문주는 기분 나쁜 표정으로 히죽 웃었다.

* * *

'이 염병할 새끼들… 내 앞에서 잔머리를 굴리다니.'

백의서생과 내가 나눈 대화를 공손심이 엿듣고 있다가 내려왔을 것이다. 나는 무림맹으로 향하다가 내려놓음의 미학을 발동한 채로 돌아와서 창가 아래에서 두 사람의 대화를 엿들었다. 공손심은 위층에서 기척을 감추는 도둑놈들의 수법을 사용했고. 나는 아래층에서 거지들의 대장이 펼쳤던 수법을 사용했다. 어쨌든 나와 백의서생의 관계처럼, 백의서생과 총군사의 관계도 그리 친밀하진 않아 보였다. 어느 정도 대등해 보이는 서고 관리자들의 대화라는 생각이 들었다. 나는 창가에서 공손심에게 말했다.

"총군사, 같이 갑시다. 같은 방향이니."

공손심이 당황한 표정으로 내게 물었다.

"문주, 엿들었나?"

나는 황당한 어조로 답했다.

"피차일반 아니오?"

"음."

"높은 곳에서는 무림맹의 군사가 알게 되고, 낮은 곳에서는 하오 문주가 엿듣는 법이지. 별 대단한 대화도 아니었잖소. 갑시다. 또 보세, 백의무제."

나는 창가에서 수직으로 떨어졌다. 뒷짐을 진 채로 기다리고 있으려니 공손심이 걸어 나왔다. 나는 무림맹에서 늙은 군사를 안내하기 위해 무림맹 방향을 손으로 가리켰다.

"갑시다. 산책한다 생각하고."

이 사내가 정말 내가 전생에 만나지 못했던 쾌당주인 것일까. 무림맹에 틀어박혀서 총군사를 하고 있었다면 만나지 못한 게 어쩌면 당연한 일이었다. 공손심이 내 옆에서 걷고 있었는데 예상대로 발소리가 전혀 들리지 않았다. 세상에 드러나지 않기 위해 숨어있는 은둔자와 같았다. 은둔자라면 내버려 두면 되겠지만, 은둔자인 척하는 흑막이라면 끌어낼 필요가 있었다. 무슨 생각을 하면서 사는 인간인지 살펴볼 작정이었다. 이놈이 나를 살펴봤듯이 말이다. 공손심이 입을 다물고 있어서 내가 먼저 말했다.

"…은퇴하신다고 들었소."

"그렇게 됐네."

"잘하셨소. 이참에 퇴직금도 넉넉히 내놓으라고 하시고. 사람을 그렇게 수십 년이나 부려먹었으면 퇴직금을 넉넉하게 챙겨줘야지."

"퇴직금이라는 것도 있나?"

나는 잠시 멈춰서 무림맹 주변에 형성된 상가를 한 차례 둘러봤다.

"총군사께서 젊은 시절에 처음으로 무림맹에 왔을 때도 이곳 상가의 모습이 이랬소?"

공손심이 나를 따라서 주변을 한 차례 둘러봤다.

"많이 바뀌었지. 저쪽은 아예 논밭이었네."

"거리의 풍경도 많이 변했겠소."

"그런 셈이지."

나는 공손심을 쳐다봤다.

"검은 머리로 와서 백발이 될 때까지 일하셨는데 퇴직금을 받으셔야지. 안 주겠다면 내가 맹주님에게 항의하리다."

공손심이 짤막하게 한숨을 내쉬더니 무림맹을 가리켰다.

"가세."

우리는 다시 걸었다. 침묵하던 공손심이 이번에는 먼저 입을 열었다.

"맹주님에게 서생과의 동맹을 제안했다고 들었네."

어조도 조금 편해진 상태였다.

"그렇긴 하지만 내가 서생들을 잘 몰라서 했던 말이라서 현실적인 제안은 아니었던 것 같소."

"내가 서생들의 우두머리인 줄 알았나?"

"한때는."

"지금은?"

"내가 어찌 알겠소."

"모르는데 이렇게 직접 만나서 대화를 나누려는 이유는?"

나는 곁눈질로 공손심을 쳐다봤다.

"잘렸다기에…"

"뭐?"

"잘린 거 아니오?"

"아, 은퇴를 말하는 건가?"

"은퇴나 잘린 거나 그게 그거지."

늘 고급스러운 어휘력을 발휘하고 살았는지 말귀가 잘 안 통하는 늙은이였다. 나는 공손심의 계획을 물어봤다.

"잘렸는데 앞으로 뭐 하실 거요. 책방 주인 어떠시오?"

공손심은 너무 황당했던 모양인지 헛웃음을 지었다.

"책방 주인이라…"

"하는 일도 비슷하고."

"이렇게 놀리려고 일부러 걷자고 했나?"

"그렇진 않소. 물어볼 게 있었지."

"물어보게."

"백의무제의 말을 듣자 하니 옛 총본산에서 망령들이 출발했고. 출발한 이유가 나를 잡기 위해서라고 추측하던데… 어찌 생각하시오. 그래도 무림맹에서 총군사까지 하셨던 분인데 남다른 고견이 있을 것 같아서."

"문주 생각은 어떠신가?"

나는 손가락을 튕기면서 대답했다.

"그러니까 내가 뭐라고? 대체 내가 뭐라고? 나를 잡겠다고 그 먼 곳에서 이곳까지 행차하는 것인지 알 수가 없소."

"마교의 병력을 몰살했다고 들었네. 이상한 일은 아니지. 더군다나 옛 총본산의 망령들은 마교의 입장에서도 외부 전력이네. 오히려 선이 살짝 그어진 동맹 세력에 가까워. 망령들이 날뛰어서 제왕들이나 자네를 잡아 죽일 수 있다면 교주로서는 기분 좋은 일이지."

"그렇다면 교주가 사주했을 가능성도 있다는 말씀인가?"

"사천왕을 옛 총본산으로 보냈다면 이런저런 가능성을 염두에 뒀겠지. 가서 망령들에게 맞아 죽을 수도 있고. 그들의 제자가 되어서 더 강해진 채로 복귀할 수도 있고. 뜬금없이 여러 말을 들은 망령들이 자네에 대한 궁금증을 가진 채로 올 수도 있겠지. 교주가 사람의 마음을 읽을 수 있는 신이 아닌 이상 명확하게 노렸다고는 볼 수 없네. 혹은…"

…

"혹은?"

"옛 마공까지 두루 섭렵한 고수들이니 그저 자네를 탕약에 넣어보려고 오는 것일 수도 있지."

생각해 보니까 이 사람도 말솜씨가 제법 매서웠다. 과연 놀고, 먹고, 책이나 운반하다가 총군사가 된 사내는 아니라는 생각이 들었다.

"탕약이라… 내가 살아있는 인삼이 되었다 이 말인가."

"맹주님에게 들은 것인데 자네는 음과 양의 무공을 두루 익혔다고 하더군."

"그렇소."

"망령들에겐 보신이 될 것이네."

"자꾸 사람을 먹거리 취급하지 마시오. 듣는 사람 기분 나쁘니까. 하여간 이래저래 인기가 많아, 나는."

"좋겠군."

"그럼 어떻게 하는 게 좋겠소?"

공손심이 나를 쳐다봤다.

"구체적으로 뭘 묻는 것인가?"

"임 맹주에게 말을 하면 분명히 도와줄 것인데 내 생각에는 망령들을 상대하다가 맹원들이 수도 없이 죽어 나갈 거요. 효율적이지도 않고 내 방식도 아니야. 그렇다고 망령의 수준이 어떤지, 몇 명이 오는 것인지도 모른 채로 상대하는 것도 벅찬 일이고. 뾰족한 수가 없느냐는 물음이지."

"그걸 왜 내게 묻나?"

"이보시오. 총군사."

"곧 잘릴 몸이네."

"계책 하나 말해주는 게 그렇게 어렵소? 돈이 드나? 총군사 자리에 나이가 많다고 앉아 계셨던 것은 아닐 텐데. 나름 똑똑해서 앉아 계셨었으면 계책을 내놓아야지. 어이가 없네. 밥값은 하고 사셔야지. 나도 무림맹의 조력자라는 것을 잊지 마시오."

"노마두들에게 무슨 방법이 있겠나? 나름 산전수전 다 겪은 자들일 텐데. 유일한 방법은 아직 자네가 망령의 존재를 모른다는 것처럼 행동하다가 고수들의 지원을 받는 게 가장 단순하면서도 효율적인 일이네."

"평범하게 복귀하다가 습격을 받고, 기다렸던 고수들이 합세해서 망령을 죽이자?"

"그 인선을 잘 꾸려야겠지. 들통이 나면 망령들도 경계할 테니. 그리고 사실 이것은 계략의 문제가 아닐세."

"누가 날 도와줄 수 있느냐의 문제인가?"

공손심이 고개를 끄덕였다.

"그런 셈이지. 그래도 자네들 네 명이면 망령 서너 명은 죽일 수 있지 않겠나?"

"망령이 십여 명이면?"

"아, 버틸 수 있겠나? 제왕 십여 명이 동시에 달려들면 누군가는 죽겠지. 목숨이 달린 일인데 자네를 도울 수 있는 고수가 많을지 궁금하군."

"내가 그렇게 밉보이고 있나?"

"맹주님은 도우려고 하겠지만 이 시기에 맹주님이 쓰러지기라도 하면 당장 마교와 전쟁이 벌어져도 이상한 일은 아닐세. 그걸 놓칠 적장도 아니고. 임 맹주님의 존재감은 오히려 백도보다는 마도에서 더 크다고 봐야겠지."

공손심은 대놓고 내게 임 맹주를 죽음으로 내몰 것이냐고 질책하고 있었다. 내가 그럴 성격이 아니라는 점을 알고 내뱉은 말이었다. 잘린 놈치고는 나름 무림맹과 임소백을 걱정하고 있었다.

'흑막은 아닌 것 같은데.'

나는 어느새 무림맹의 정문에 도착해서 공손심에게 말했다.

"총군사, 조언 고맙소."

"도움이 되었나?"

나는 고개를 끄덕였다.

"도움도 되었고 결심도 했소. 그럼."

무림맹에서 내가 월하관을 향해 걸어가자, 뒤에 서있던 공손심이 나를 불렀다.

"하오문주."

내가 멈춰서 쳐다보자, 공손심이 물었다.

"결심이 무엇인지 말해주겠나?"

"내가 말해줘야 하나?"

"도움이 되었으면 말해주게."

나는 고개를 끄덕였다.

"총군사, 망령에 대해서는 일단 입을 다무시오. 내가 알아서 상대할 테니."

"힘들 텐데."

"힘들다고 다른 자들까지 죽음으로 내몰 수는 없지."

"같이 다니는 세 사람은 죽어도 상관없고?"

이놈이 대체 내게 무슨 말을 기대하고서 물어본 것일까? 나는 내 생각을 말했다.

"상관없소."

"이유는?"

나는 공손심을 위아래로 쳐다보다가 말했다.

"글쎄. 책이나 읽다가 은퇴하는 사람에겐 말해줘도 모를 것 같은데."

"이래서 사람들이 자네를 거론할 때마다 예의가 없다고 하는 것이로군."

나는 공손심을 노려봤다.

"내가 예의 바르다는 평판이나 얻으려고 이렇게 사는 거 같소? 우리 넷은 자존심이 강해. 죽고 사는 것은 다음 문제야. 강적이 나타났으니 피하라는 말은 아예 모욕을 주는 거라서 말할 필요도 없어. 거꾸로인 상황에서도 마찬가지. 내가 이렇게 말을 해줬는데, 이해할 수 있겠소?"

"깊이 이해하진 못하겠네."

"총군사, 하오문에 들어오는 것은 어떻게 생각하시오."

"내가?"

"높은 곳에서 세상 일부분을 구경해 놓고 그것이 천하였다고 믿으면 안 되겠지. 가장 높은 곳에서 오랫동안 강호를 지켜보았다면 이제 가장 낮은 곳에 떨어져서 실제 민생이 어떤지 살펴보는 것도 나

쓰지 않소. 그곳엔 멍청하고 아픈 사람들, 힘들게 일하고 돈을 적게 받는 사람들, 무언가에 중독된 사람들, 하루하루 버티기 힘든 자들이 득실득실하거든. 그것을 두 눈으로 보고 나면 본인이 무림맹에서 했던 일이 어떤 의미였는지 제대로 알게 되겠지."

"알고 나면 뭐가 달라지나?"

"뭐 크게 달라질 것은 없고. 그 똑똑한 머리로 이해하지 못했던 세상일을 조금 더 이해하게 되겠지. 예를 들면 임 맹주는 왜 그렇게 불면증에 시달리는지, 하오문주는 왜 저렇게 싸가지가 없는지… 같이 다니는 놈들은 왜 저렇게 한심해 보이는지. 뭐 이런 사소한 것들?"

"그런 것을 알아서 무엇 하나?"

나는 뒷걸음질로 천천히 걸으면서 공손심을 쳐다봤다. 무림맹에서 사실 가장 똑똑한 사내일 텐데, 내 눈에는 전혀 똑똑해 보이지 않아서 웃음이 나왔다.

"그런 것을 좀 알아야 그제야 책과 세상이 다르다는 것을 구분하겠지. 서생 나으리."

공손심의 얼굴이 그제야 새빨갛게 변하고 있었다. 나는 평정심이 깨진 공손심의 표정을 이제야 확인할 수 있었다. 흑막이라는 의심은 다소 거둔 상태였다. 백도에 머물다가 백도의 늙은이가 되어버린 사내랄까. 나는 궁금함을 풀기 위해서 공손심의 표정을 주시했다.

"또 봅시다. 쾌당주."

공손심이 눈을 크게 뜨는 순간에 나는 돌아서서 월하관으로 향했다.

'궁금증을 이제야 풀었네. 쾌당주 늙은이…'

하오문으로 들어오라는 것은 사실 진심이었는데 대화의 흐름이 좋지 않아서 놀리는 말로 들었을 터였다. 사실 전생의 쾌당주를 하오문으로 영입하면 내겐 좋은 일이지만 세상일이 마음먹은 대로 되지 않아서 큰 기대는 없었다.

329.
예상이
박살 나는 순간에

무림맹에게 쫓겨보고, 마교에게 쫓겨보고, 서생들에게 쫓겨본 사람이 있나? 내가 유일하다. 그런데도 한 가지를 더 추가하게 생겼다. 조만간 망령들에게도 쫓길 것 같다는 예감이 들었기 때문이다. 무림맹과 마교, 서생과 망령까지. 이 정도면 무림사에 다시없을 전무후무할 업적이다. 이렇게 보면 나도 제법 화려한 삶을 살아가고 있다. 물론 삶이라는 게 항상 어두운 면만 있는 것은 아니다.

밝은 면을 굳이 꼽아보자면. 무림맹에 속해있는 친구를 한 명 얻었는데, 그 사람은 나이가 나보다 많고 무공도 제법 강하다. 내 친구 임소백. 그런 의미에서 마교 출신의 친구도 한 명 있는데, 나이는 나보다 많고 무공도 제법 강하다. 내 친구 검마. 더 긍정적으로 생각해보면 비록 친구는 아니지만 그래도 차를 마시자는 연락도 오고, 동네 친구처럼 욕도 주고받고, 화려한 무대에서 활약할 기회도 주선해주고, 물어보지도 않은 정보를 취합해서 전달해 주는 병신 같은 놈도 있다. 서생 측에도 인맥이 있다는 뜻이다. 내 인맥이 이렇게 화려하다. 어쩐지 나는 귀신과도 인맥을 쌓을 자신감이 있었는데 생각해 보니까 그 귀신은 이미 내게 천옥을 줬다. 소름…

혼자 생각할 시간이 필요한 터라 월하관의 방에 들어가서 가부좌부터 틀었다. 이 정도면 옛 총본산의 망령을 걱정할 게 아니라 내 존재 자체를 강호 전체가 걱정해야 하는 것이 아닐까. 공손심은 망령들의 수준이 제왕이랑 비슷할 것이라 예상했다. 서문가주, 남궁검제, 도왕, 권왕, 군검왕, 검성, 신극, 백의서생 같은 자들이 뜻을 모아서 내게 동시에 덤비면 어떻게 될까?

일단 도망치는 것도 쉽지 않다. 백의서생의 경공이 나보다 느리지 않기 때문이다. 일월광천을 준비하다가 검왕이나 검제에게 팔이 잘릴 수도 있고, 권왕에게 붙잡히거나 신극의 창에 뚫려서 쓰러지기까지도 긴 시간이 걸리지 않을 터였다. 아마 임소백도 쉽게 버티진 못할 것이다. 하지만 개방 방주와 천악은 버틸 수 있을 것 같단 생각이 들었다. 제왕들보다 총체적으로 한 단계가 더 수준이 높기 때문이다. 그런 의미에서 만약 망령들이 전생에도 단체로 무림맹 근처에 출현했었다면 임소백도 꼼짝없이 당하지 않았을까? 내가 알기로 그런 사건은 없었다.

다만 백도가 곳곳에서 습격을 받았던 적은 있기 때문에 제왕들이 당했을 가능성은 어느 정도 있다. 이를 토대로 나는 전생과 현생의 정보를 교차해서 재해석해 봤다. 일단 나를 탕약에 넣으려고 온다는 말은 추측이다. 이보다 더 그럴듯한 강호행을 상상하다가 두 가지 가설을 세웠다.

첫 번째 가설. 사람은 믿고 싶은 것만 믿으려는 경향이 있기에 나를 치러 오는 게 아니라고 가정해 봤다. 사천왕의 수련 목적을 겸하는 강호행이라면? 그렇다면 사천왕은 제왕들에게 생사결을 제안하고, 이를 망령들이 지켜보거나 보조할 것이다. 물론 내게 도전하려는 놈도 있겠지.

두 번째 가설. 사천왕이 없는 상태에서 망령들만 등장한다면, 나를 탕약에 넣으려고 오는 게 맞다. 하지만 망령끼리 경쟁할 것이다. 옹기종기 모여서 탕약을 나눠 먹을 인간들은 아닐 테니까. 망령은 교주 이외의 사람을 사람으로 보지 않는다. 망령끼리도 마찬가지라는 뜻이다. 서로의 서열도 의미 없고, 제멋대로의 주정뱅이들일 확률이 높다. 고로, 망령 개개인의 무력은 뛰어나지만, 망령들끼리 이간질할 수 있는 여지는 남아있다.

두 가지의 가설을 내 마음대로 종합하면 괴상한 결론이 도출된다. 망령은 분명 제왕들과 견줄 수 있을 정도로 강하겠지만, 이들이 망령이기 때문에 빈틈이 있을 것이다. 조직력이랄 게 없을 테니, 그것 자체가 빈틈이다. 만약 명령을 수행하고, 수하를 부리고, 동료와 힘을 합칠 수 있는 자들이라면 교주가 불러내서 높은 직책을 맡겼을 것이다.

이런 것을 수행할 수 있는 인간적인 능력을 잃었기 때문에 망령이라 불리는 게 아닐까? 맨날 술에 취해 헛소리나 씨불여 대는 사람들을 돈을 주고 고용할 사람은 없을 테니 말이다. 나는 몇 가지 주워들은 말로 망령들을 분석했다. 망령亡靈은 죽은 사람의 영혼을 뜻하고, 망령妄靈은 늙거나 정신이 흐려서 말이나 행동이 정상적인 범주에서 벗어난 사람을 말한다.

옛 총본산의 망령은 후자다. 나 혼자라면 이 망령들에게 꽤 시달리겠지만… 나는 혼자가 아니다. 아니나 다를까 갑작스럽게 예고도 없이 방문이 덜컥 열리더니 색마, 귀마, 검마가 들어왔다. 검마가 다짜고짜 물었다.

"뭐라더냐?"

나는 세 명의 장수들에게 전황을 공유했다.

"백의서생의 말로는 옛 총본산에서 망령들이 떠났다는군."

"이유는?"

"아마도 나를 탕약에 넣어서 끓여 먹으려는 것 같다던데."

색마가 팔짱을 끼면서 대답했다.

"식인종이 오고 있다 이 말인가? 특이한 입맛이로군."

귀마가 검마를 쳐다봤다.

"맏형, 망령들이 굳이 셋째를 죽이려고 하는 이유가 있을까?"

그러고 보니까 망령에 대해서는 검마가 더 잘 알고 있을 텐데, 왜 나는 혼자 방에 틀어박혀서 상상의 나래를 펼쳤던 것일까. 검마가 나를 쳐다봤다.

"이유가 너무 많아서 어떤 게 진짜 이유인지를 찾는 게 더 어렵겠다."

나는 턱을 쓰다듬었다.

"그래?"

색마가 말했다.

"교주가 망령들에게 일러바친 게 아닐까요? 좋은 탕약 재료가 있는데 한번 행차하는 게 어떻겠냐면서."

"제자야."

"예, 사부님."

"셋째가 탕약에 들어가면 너도 뒤따라서 들어갈 확률이 높다."

색마는 눈을 껌벅이다가 생각에 잠기는 표정을 지었다.

"음, 어째서죠?"

굳이 대답할 필요가 없는 질문이다. 검마는 나를 도울 텐데, 제자 놈은 사부를 외면할 수 없다. 고로 내가 탕약에 들어가면 검마도 들어가고, 그 제자도 들어가고, 귀마는 어버버대다가 딸려 들어갈 가능성이 크다는 말이다. 다들 말이 없어서 내가 한마디를 해봤다.

"영양 만점이겠네. 오히려 좋아."

"…"

색마가 진지한 표정으로 대화에 임했다.

"전혀 좋지 않아. 대책을 논의해 보죠."

"지금 하고 있잖아."

"그랬군."

검마가 말했다.

"망령은 이렇다 저렇다 정의할 필요가 없다. 각기 제멋대로이기 때문이야. 중상을 입고서 옛 총본산에 간 자도 있고. 처음부터 옛 총본산에 있었던 망령도 있을 테고. 은퇴한 장로, 쫓겨난 자들, 주화입마에 빠져서 제정신을 유지하지 못하게 된 자… 이런 자들이 모두 망령은 아니다."

색마가 되물었다.

"그럼요?"

"이런 자들 가운데서 살아남은 놈들이 망령이지. 사천왕이 옛 총본산에서 모두 살아남았으리라는 보장도 없다. 셋째보다 먼저 탕약에 들어갔을 가능성도 있겠지."

나는 검마의 말을 듣고서 망령을 나름대로 정의했다.

"불쌍한 놈들이네."

색마가 어리둥절한 표정으로 대꾸했다.

"사천왕이 불쌍하다고?"

"아니, 망령들."

"불쌍하진 않은 것 같은데. 식인종이 왜 불쌍해."

"탕약 재료가 뭔지 모르는 무식하고 불쌍한 놈들이야. 뒤지는 게 낫다. 사냥해서 탕약이 없는 저세상으로 보내줘야지. 이제부터 큰 틀의 전략을 설명해 줄게. 나는 되도록 혼자 방치되는 게 좋아. 세 사람은 암살자로 합류하는 게 낫고. 망령이 나를 쫓아오면 세 사람이 달려가는 망령의 발을 거는 전략이랄까. 어차피 목표는 나야. 같이 뭉쳐있으면 망령들이 방심하지 않아. 내가 혼자 있어야 방심하겠지. 고양이가 쥐를 가지고 놀듯이 말이야. 노는 놈들은 항상 빈틈이 많지."

귀마가 고개를 끄덕였다.

"무슨 말인지 알겠다."

색마도 고개를 끄덕였다.

"개소리가 엄청나네."

"나는 원래 술주정뱅이들과도 대화를 잘 나눴어. 제대로 붙으면 내가 졌겠지만, 주정뱅이들이 방심하고 있을 때 전부 때려죽일 수 있었는데 참았지. 그때의 울분을 망령에게 풀겠다."

귀마가 물었다.

"임 맹주에겐 말하지 않을 셈이냐?"

"임 맹주가 홀로 맹을 나와서 전력으로 도와야 해. 바쁜 사람에게 그것까진 바랄 수 없지. 싸움이 언제 시작되고 언제 끝날지 모르는 상황에서 맹주가 그런 식으로 행동하긴 어렵고 바라지도 않아. 사실 나도 구체적인 전략은 세울 수가 없다. 직접 상황을 봐서 대처해야 할 테니."

검마가 물었다.

"언제 출발할 테냐?"

나는 세 사람을 둘러봤다. 이제 딱히 무림맹에서 할 것도 없다. 우리는 임소백과 시시콜콜한 잡담이나 나누면서 작별을 고할 성격도 아니다. 성질대로라면 지금 출발하고 싶었지만 나는 애써 참았다.

"하루 더 머무르자고. 독을 걱정하지 않아도 되는 식사, 기습을 걱정하지 않아도 되는 잠자리, 보초를 서주는 사람도 있어서 무림맹의 밤은 나쁘지 않아. 충분히 쉬었다가 밝을 때 떠나자고. 당장 나간다고 망령을 만날 수 있는 것도 아니야. 우리가 뭐 탕약 약속을 한 것도 아니니까."

검마가 고개를 끄덕였다.

"다들 편히 쉬어라."

나는 세 사람이 각자의 방으로 가는 것을 지켜보다가 그대로 드러누워서 눈을 감았다. 배가 살짝 고팠지만 이내 정신을 잃었다. 이상하고 의미 없는 꿈을 여러 차례 꿨다. 그러다가 술주정뱅이에게 한참이나 고생하는 꿈을 꿨다. 술주정뱅이는 입에서 술 냄새를 풍기면서 욕지거리를 해댔는데 나를 쫓고 있으면서 정작 욕은 세상을 향한 것이었다. 어법도 맞지 않고, 의미도 없고, 순서도 엉망이고, 대상도 명확하지 않은 욕 그 자체. 요약하면 이런 말이다.

"개 같은 하늘아 땅이야 이런 염병할 눈깔 놈아… 뭘 쳐다봐, 죽고 싶어? 버르장머리, 한주먹거리도 안 되는 이 새파란 점소이 새끼가 어디서 눈을 그렇게 부라려? 네 할아버지가 그렇게 가르쳤어? 너 일로 와. 이리 안 와? 오늘 외상이야. 너 이 새끼 국수 그렇게 만들면 내 손에 죽어? 알았어? 대답. 아이고, 저 싸가지 없는 새끼."

내가 주방에서 식칼을 들고 나오자, 주정뱅이 놈이 도망을 쳤다. 잠시 탁자에 앉아서 헛소리를 정리해서 요약해 보니까 이런 말이었다.

"오늘도 외상이다."

이것이 한심한 술주정뱅이의 어법이다. 대가리에 쓸모없는 게 가득 차있어서 외상을 논할 때도 천지天地가 등장한다. 가끔 외상의 이유를 말하다가 황제를 거론하거나 무림맹주가 자신의 친구라고 주장할 때도 있다. 하지만 임소백은 내 친구라는 생각을 하면서 잠을 더 잤다. 가끔 내 코 고는 소리에 잠이 깨긴 했으나 나는 자다 깨는 것을 반복하면서 정오까지 내리 잤다. 다행히 꿈에서까지 등장하는 망령들은 아니라서 간만에 정신과 육체가 동시에 회복되는 긴 잠을 잘 수 있었다.

* * *

밥을 처넣은 다음에 월하관주에게만 떠난다는 말을 전하고 무림
맹과 작별했다. 별일 없어 보이는 일상적인 거리를 거닐면서 당장 망
령과 조우할 것이라는 기대는 하지 않았다. 적어도 열흘은 천천히 이
동해야 동선이 발각되고 슬그머니 망령들이 나타나지 않을까 싶다.
그래도 방심할 수는 없었기 때문에… 주변에 피해를 주지 않기 위해
서 한적한 곳으로만 이동했다. 당장 야영을 할 필요는 없었기 때문에
객잔에 들어가서 잠을 자고, 괜찮은 반점에서 끼니를 해결했다.

무림맹을 떠난 지도 사흘이 지난 한낮에… 사대악인과 나는 유난
히 한적한 길거리를 걷고 있었다. 마치 마적 떼의 습격을 받은 번화
가처럼 보였다. 규모가 그리 크지 않은 번화가여서 원래 이런 모습
인가 싶기도 하고, 무언가 사건이 있어서 사람들이 떠난 것처럼 보
이기도 했다. 맞은편에서 도사 차림의 늙은이가 걸어오고 있었는
데… 당연히 쳐다볼 사람이 없었기 때문에 우리 넷은 늙은이를 주시
했다. 색마는 본래 싸가지가 없는 놈이라서 걸어오는 도사를 향해
중얼거렸다.

"저거 혹시 망령 아니야?"

하지만 가까이 다가올수록 도사의 복장이 꽤 유명한 의복이라는
것을 알아볼 수 있었다. 귀마가 낮은 어조로 중얼거렸다.

"곤륜파의 복장이다."

우리가 백도의 고수들이라면 멈춰서 곤륜파의 검객과 인사를 나
눴겠지만 우리에게 그 정도의 오지랖은 없다. 곁눈질로 한두 차례

쳐다봤다가 그냥 지나쳤다. 무엇보다 며칠 감지 않은 기름진 머리카락이 얼굴 대부분을 가리고 있어서 눈빛을 확인할 수가 없었다. 몇 걸음을 걷는 와중에 뒤에서 발소리가 사라지더니 곤륜파로 추정되는 도사가 돌아섰다.

"야…"

"야?"

우리 넷은 걸음을 멈춘 다음에 도사를 주시했다. 이렇게 보니까 전혀 도사 같지 않은 놈이 곤륜파의 의복과 검을 들고 있었다. 바람이 한차례 크게 불자 도사 놈의 왼팔이 펄럭이면서 머리카락도 그제야 좀 흩어졌다. 검마가 외팔이 도사에게 물었다.

"무슨 일이시오?"

아무래도 곤륜파의 의복을 뺏어 입은 것으로 추정되는 외팔이가 불쾌한 낯빛으로 검마에게 말했다.

"이봐, 십삼 호."

"…"

"봤으면 인사부터 해야지. 왜 인사를 안 해."

나는 저절로 검마의 표정을 확인했다. 검마의 표정에 당황함이 스쳤다가 이내 반가운 감정이 차올랐다. 적을 만난 표정인지 아군을 만난 표정인지 구분할 수가 없었다. 검마가 보기 드물 정도로 과하게 웃으면서 도사에게 말했다.

"늙은이, 죽으러 왔나?"

도사가 손으로 머리카락을 쓸어 올리더니 검마의 말에 대답했다.

"…배교자가 그렇게 자신감 넘치는 말을 하다니 교의 권위가 이렇

…

게 추락했나?"

　대체 이게 무슨 분위기지? 탕약의 재료는 말형이었단 말인가? 검마가 도사를 물끄러미 주시하다가 우리에게 사태를 설명했다.

　"광명검을 회수하러 온 망령이다."

　백의서생과 내 예상이 박살나는 순간에 등줄기가 살짝 서늘했다.

330.
광명검과
탕약 재료들

마교가 광명검을 회수하려는 것은 당연하다. 내가 왜 이 생각을 못
했을까? 나만 탕약 재료라고 생각했으니 말이다. 어쨌든 불쑥 등장
한 도사 차림의 외팔이 망령과 검마는 아는 사이처럼 보였다. 검마
가 말했다.

"살려줬으면 총본산에서 늙어 죽을 것이지 왜 기어 나왔나?"

저놈의 팔을 잘라서 옛 총본산으로 보낸 장본인이 맏형이었던 모
양이다. 상관과 수하 관계이면서 동시에 지금은 원수인 것처럼 보였
다. 외팔이 망령이 무어라 중얼거리다가 손에 든 검을 올렸다. 공력
을 주입한 모양인지 검집에서 검이 솟구쳤다.

스릉…

홀로 솟구친 검을 붙잡은 외팔이가 검마에게 달려들면서 싸움이
시작되었다. 맏형은 광명검을 뽑자마자 기선을 제압하면서 망령의
몸을 베었는데, 이상하게도 질긴 가죽을 때리는 것처럼 보였다. 옷

만 찢어질 뿐이지, 베인다는 느낌이 없었다. 외팔이가 펄럭이는 소매를 휘두르면서 반격하자, 검마가 고개를 뒤로 젖혔다. 괴이쩍게도 검을 휘두르고, 비어있는 팔은 채찍처럼 활용했다. 굉장히 멋이 없으면서도 살벌한 움직임이었다.

우리는 맏형이 일대일을 하고 있었기 때문에 당장 끼어들 마음이 없었다. 물론 검마가 밀리면 강호의 도리고 나발이고 간에 끼어들 생각이다. 그나저나 저 외팔이 망령 새끼는 대체 무어라 중얼대는 것일까. 나는 귀를 기울여서 망령이 어떤 염불을 외우고 있는지 들어봤다. 소리가 작아서 끊겼다가 이어지고 있는데 집중해서 들어보니 대충 이런 뜻이었다.

"네 팔을 잘라 내 어깨에 붙이마. 잊지 않았다. 팔을 만질 때마다 네 얼굴이 떠오르는데 내가 어찌 잊겠느냐? 겨우 십삼 호라 불리던 놈이… 나를 능멸하다니. 옛 생각이 떠오르게 해주마."

정신 나간 미친놈처럼 저주를 퍼붓고 있었다. 검마도 이제 중얼거림을 대충 이해했는지 웃으면서 검을 휘둘렀다.

"뭐라는 거냐."

나는 싸움을 구경하다가 외팔이 망령에게 물었다.

"맏형에게 팔이 잘렸나?"

"…"

"왼팔만 잘린 게 아쉬워서 오른팔도 잘라내려고 찾아왔나? 대답이 없네."

나는 망령의 중얼거림을 잔소리로 틀어막았다.

"예전부터 맏형보다 약했다는 뜻이네. 혹시 검마 후보였나? 망령들과 총본산에서 밥이나 먹고 똥이나 싸지르다가 뒤지는 게 행복했을 텐데. 군이 찾아와서 명을 재촉하는구나. 선배 망령들의 심부름이 그렇게 괴로웠나? 웬만하면 불쌍해서 살려두고 싶지만 오는 길에 곤륜파의 도사를 해쳤으니 용서할 수가 없다. 맏형을 이기더라도 내가 그 오른팔을 자를 것이야."

말을 하는 동안에 외팔이 망령의 얼굴이 점점 짙은 납빛으로 물들고 있었다. 나는 내심 놀라서 중얼거렸다.

"겨우 얼굴빛만 변하게 하는 마공을 익혔구나. 그런 것은 대체 왜 익히는 것이냐."

"청옥공青玉功이라는 호신공이라네. 대성하면 나름대로 쓸모가 있지."

"어떤 한가로운 새끼야?"

뜬금없는 목소리에 고개를 돌려보니 체구가 무적 작은 사람이 걸어오고 있었다. 마치 소년에서 성장이 멈춰 버린 것처럼 젊음과 늙음이 하나의 얼굴에 새겨져 있는 섬뜩한 사내였다. 얼굴은 동안인데 눈썹은 하얗기 때문이다. 더군다나 복장은 망령이라는 말과 전혀 어울리지 않을 정도로 단정했다. 싸움에는 개입하지 않으려는 모양인지 적당한 거리에 멈춰서 두 사람의 대결을 바라봤다. 검마는 보지도 않은 채로 새롭게 등장한 사내를 아는 척했다.

"대공大公, 오셨소."

"좌사, 오랜만이네."

나는 대공이라 불리는 사내를 바라보다가 나보다 나이가 많은 것 같아서 존댓말로 인사했다.

···

"대공, 어서 오시오."

대공이 나를 쳐다보더니 고개를 살짝 끄덕였다.

"반갑네. 하오문주."

"교주의 자식은 아닌 것 같은데 대공이라니 신기하군."

대공이라 불리는 사내가 피식 웃자, 나는 문득 한숨이 흘러나왔다. 생각해 보니까 좌사가 대공이라 부르면서 존댓말을 쓰면 전대 교주의 자식일 가능성도 있었다. 그렇다면 백의서생과 총군사의 예상은 모조리 빗나갔다. 물론 내 예상도 마찬가지다. 망령이라서 빈틈이 있을 줄 알았는데 외팔이 망령은 물론이고, 대공이라 불리는 사내도 어느 정도 멀쩡한 정신 상태였다.

'이러면 좋지 않은데…'

검마의 싸움을 집중해서 보고 있으려니, 대공이 신경 쓰이고. 대공만 쳐다보고 있으려니 검마의 싸움이 궁금해서 시선이 자꾸만 방황을 자처했다. 싸우고 있는 외팔이 망령이 입을 열었다.

"…대공, 안 도와주십니까?"

대공이 대답했다.

"적절한 대결 같으니 계속하게. 자네도 원수를 갚아야지."

확실히 대화만 들어도 외팔이 망령보다 대공이라 불리는 사내가 더 무서운 인간이라는 것을 알 수 있다. 가끔 저 늙은 청춘을 바라보고 있을 때마다 농담을 건넬 마음이 금세 사라졌다. 검마가 무림맹에 머무르고 있다는 소식을 미리 파악했던 것일까. 그리 멀지 않은 곳에서 넓은 포위망을 구축하고 있다가 등장한 모양새였다. 대공은 싸움을 구경하다가 색마를 바라봤다.

"네가 좌사의 제자구나."

색마가 할 말을 고르다가 퉁명스러운 어조로 대답했다.

"그렇다."

색마가 반말로 대답하는 순간에 대공이 손을 가볍게 휘둘렀다. 희뿌연 칼날 같은 것이 날아가자, 색마가 쌍장을 교차해서 막았다가 공중에 뜬 채로 건물에 처박혔다.

콰아아아아앙!

나는 구멍이 난 건물을 바라봤다. 색마가 고개를 이리저리 움직이면서 걸어 나오고 있었는데, 먼지를 털어내면서 웃고 있었다.

"…아, 방심했네."

나는 넷째를 손봐준 대공에게 경고했다.

"대공, 함부로 공격하지 마시오."

내 말을 귓등으로 들은 대공이 품에서 조그만 금속을 꺼내더니 손가락으로 튕겼다. 바람이 통과하면서 굉음을 내뿜는 물건인 모양인지, 귀청을 때리는 고음이 터지면서 솟구쳤다. 귀마가 하늘을 바라보면서 말했다.

"망령들이 더 올 것 같은데 어떻게 할 거야."

"뭘 어떻게 해. 다 죽여야지. 맏형이 싸우고 있어서 도망갈 수도 없다."

대공이 나를 냉랭한 눈빛으로 쳐다봤다.

"문주, 듣던 대로 자신감이 대단하군."

나는 대공의 말투와 어조, 눈빛과 분위기를 차분하게 살피다가 물었다.

…

"대공."

"왜 그러나?"

"혹시 교주의 이복아우쯤 되나? 아니면 사촌인가."

"왜? 닮았나?"

"똥자루 같은 신장만 빼면 조금 닮았어."

대공의 눈매가 착 가라앉았다. 이내 굉음이 발생하자, 나를 노려 보고 있었던 대공의 시선이 검마에게 향했다. 광명검에 처맞은 외팔이 망령이 담벼락을 몇 개 부순 채로 사라졌다가 다시 등장해서 중얼거렸다.

"대공, 좀 도와주시오."

대공이 코웃음을 내뱉었다.

"시끄럽다. 뻔뻔한 놈."

나는 주변을 둘러보다가 다시 길 한복판을 바라봤다.

"또 온다."

이번에는 지팡이를 든 채로 쩔뚝이는 노인네와 시커먼 장삼을 입은 괴인이 방금 무덤에서 일어난 것처럼 위태로운 걸음으로 다가오고 있었다. 의원을 지금 막 탈출한 환자들처럼 보였다. 저런 불편한 몸으로 여기까지 온 게 기적이 아닐까 싶다. 나는 두 사람이 걷는 꼴을 쳐다보다가 성질이 뻗쳐서 입을 열었다.

"빨리 안 와? 걸어오다가 자연사로 죽겠다. 이 늙은이 새끼들, 왜 여기까지 기어 나온 거야?"

두 망령이 쓰러질 것 같은 걸음으로 도착해서 말했다.

"대공, 저놈은 우리가 죽였으면 하는데."

대공이 말했다.

"생포하면 너희들의 죄를 용서하고 복귀시키겠다."

"알겠소."

명령을 받은 두 사람이 나를 향해서 움직였다. 귀신들이 다가오는 분위기여서 나는 뒷걸음질로 거리를 벌렸다.

'나를 생포해? 말이 안 되는 이야기인데.'

평범한 탕약 재료에서 용봉탕의 재료로 격상한 느낌이랄까. 지팡이를 쥔 노인장의 걸음도 빨라지기 시작했는데 여전히 한쪽 다리를 쩔뚝거리고 있었다. 옆에 있는 흑의인도 몸이 불편해 보였으나 걷는 속도는 빨랐다. 다만 이놈도 한쪽 다리가 없는 모양인지 껑충대면서 다가오고 있었다. 이제 각자 살아남아야 하는 순간이라서 사대악인을 살펴볼 겨를이 없다.

일단 나는 골목에 진입해서 우측으로 두 번 꺾은 다음에 순식간에 빠져나왔다. 검마와 망령이 싸우고 있는 대로에 다시 등장한 상태. 다시 중앙을 횡단해서 맞은편 골목으로 달렸다. 이번에는 좌측으로 두 번을 꺾은 다음에 빠져나오자, 검마가 광명검을 수직으로 내려치면서 망령을 괴롭히고 있었다. 돌고 돌아 강호인 셈이다. 나는 전속력으로 달리다가 솟구쳐서, 검마에게 처맞고 있는 외팔이 망령의 머리통을 붙잡자마자 백전십단공을 쏟아내면서 제운종을 펼쳤다. 이참에 망령의 머리카락도 죄다 쥐어뜯으면서 격렬하게 흔들었다.

"끄아아아아악!"

내가 망령을 붙잡은 채로 도망을 치자⋯ 검마는 교대를 하듯이 골목에서 나온 지팡이 노인과 흑의인을 공격했다. 나는 도망가면서 얼핏 대공을 쳐다봤으나, 대공은 웃는 얼굴로 관전하고 있을 뿐 움직이지 않았다. 외팔이 망령의 비명이 실로 끔찍했다. 가래가 끓는 소리, 비명, 돼지 멱따는 소리가 겹쳤다. 나는 제운종으로 거리를 벌린 다음에 주변을 둘러보면서, 외팔이의 팔을 발로 밟고 양손에 백전십단공을 쏟아내면서 머리통을 태웠다.

"…아, 시끄러워."

호신공을 익혔어도 뇌기는 막기 어렵다. 온몸에 두꺼운 가죽을 덧댄 것 같은 마공을 익혔어도 뇌기는 스며든다. 파지지직- 소리가 크게 울렸다가 무언가 푹 꺼지는 느낌이 들어서 바라보니 외팔이의 머리통이 시커멓게 탄 상태. 망령에게 방심할 수는 없었기 때문에 발로 밟아서 박살을 냈다. 나는 곤륜파의 검을 주운 다음에 대공에게 다가갔다. 대공은 등을 내보인 채로 검마의 싸움을 구경하고 있었는데, 내가 다가가자 입을 열었다.

"문주, 누가 이길 것 같나?"

"당연히 검마가 이기겠지."

"내 생각도 그러하다."

나는 대공의 옆에 가서 이 작은 놈을 내려다봤다. 대공은 팔짱을 낀 채로 검마의 싸움을 주시하고 있었다. 대공이 말했다.

"광명검과 일살一殺을 회수하고, 하오문주는 잡아 오고, 검마 제자의 극음지기는 흡수하고, 같이 다니던 놈은 죽이라고 하더군."

"누가 그런 못된 말을 했나?"

"누…"

나는 대공이 말을 하는 순간에 팔짱을 풀어내면서 붙잡은 곤륜검

崑崙劍을 수평으로 그었다. 이 자그마한 새끼가 왼손을 들더니 손가락으로 곤륜검의 칼날을 붙잡았다.

탁!

대공이 곁눈질로 나를 노려봤다. 곤륜검을 통해 내공이 밀려드는 순간에 나는 검을 놓자마자 제운종으로 거리를 훌쩍 벌렸다. 그사이에 곤륜검은 두 동강이 난 채로 바닥에 떨어졌다. 나는 거리를 벌린 상태에서 대공에게 말했다.

"대공, 왜 그렇게 여유를 부리고 계시오? 다른 꿍꿍이가 있나."

이 난쟁이 놈이 뒷짐을 지더니 주변을 둘러보면서 말했다.

"도주에도 자신이 있는 것 같아서 주변을 봉쇄하고 있네. 거리가 좀 휑하지 않나?"

"..."

나는 색마, 귀마와 함께 주변을 둘러봤다. 과연 별다른 잡음이 들리지 않았다. 나는 대공에게 제안했다.

"일단 나는 잡혀갈 테니 세 사람은 풀어주시오."

"거짓말하지 말게."

"예리하네."

너무 빨리 들킨 것을 보아하니 지략도 뛰어난 사내였다. 망령만 오는 줄 알았는데, 망령을 부릴 줄 아는 놈까지 온 모양이다. 일단 대공이라는 명칭 자체가 그렇다. 맏형이 존댓말을 하는 대공이면 혈야궁주와 비슷한 위치에 있는 사내다. 전대 교주의 자식보다는, 교주와 인척 관계이거나 교주 부인의 오라버니 정도 되는 느낌이 물씬 풍겼다. 어쨌든 간에 하는 짓이 재수 없는 귀족貴族처럼 보였다. 지켜보던 대공이 망령들에게 조언했다.

"검마의 왼팔은 함정이다. 도검불침 상태인 모양이야."

나는 색마와 귀마를 쳐다봤다. 그저 쳐다봤을 뿐인데, 대공이 검마를 구경하면서 말했다.

"셋이 덤벼보겠느냐?"

"그럴까?"

나는 손바닥을 비비면서 바람을 불어넣었다. 그러자 무언가를 경계하려는 것처럼 대공이 몸을 틀어서 돌아서더니 내 손을 명확하게 쳐다봤다.

"문주, 대단한 절기가 있다던데."

"…"

나는 손을 서너 차례 비벼대다가 손을 내렸다. 어쩐지 일월광천을 조합하기도 전에 앞서 색마를 날려 보냈던 칼날 모양의 장력이 날아올 것만 같았다. 그렇다고 당장 셋이 달려들어서 대공과 승부를 빨리 볼 수 있는 상황도 아니다. 무언가 답답한 상태에서 검마의 싸움을 일단 구경할 수밖에 없었다. 내가 얌전하게 있자, 대공이 다시 검마를 구경하면서 말했다.

"좌사, 광명검을 그렇게 사용할 거면 그냥 반납하는 게 서로 편하지 않나? 왜 그렇게 고집을 부리는지 모르겠군."

대공이 떠드는 사이에 주변을 둘러보니 망령이 더 늘어나 있었다. 하나같이 쳐다보는 게 불편할 정도로 괴상하게 생긴 자들이었다. 옛 총본산에 가서 망령이 된 게 아니라 애초에 망령으로 태어난 게 아닐까 싶을 정도로 흉측한 몰골이었다. 산짐승이라기보다는 해양 생물, 그러니까 오징어 친척 같은 새끼들이 몰려온 상태였다. 대공이 망령들에게 말했다.

"문주의 경공이 뛰어나다. 방심하지 말도록. 절기의 위력도 뛰어나다고 하니 뭉쳐있지 말도록 해."

망령들 사이에서 반가운 얼굴도 보였다. 적인왕과 청지왕이었다. 내가 조금 오만했던 것일까. 농담이 잘 떠오르지 않았다. 이때, 뭔가 펄럭대는 소리가 들려서 조금 떨어진 건물 위를 주시했다. 내 시선을 따라서 망령들이 고개를 돌리고, 검마를 내내 지켜보고 있었던 대공도 고개를 돌리더니 건물 위를 올려다봤다.

"…"

턱을 살짝 치켜든 오만방자한 사내가 무표정한 얼굴로 우리 전부를 내려다보고 있었다. 대공이 물었다.

"넌 누구냐?"

백의서생이 팔짱을 끼더니 침을 뱉었다. 허연 침이 곡선을 그리더니 대공의 머리 위에 떨어졌다. 망령 한 명이 손을 휘두르자, 허공에서 침이 흔적도 없이 사라졌다.

331.
오늘은 아니야

사람이 어디까지 강해질 수 있나 하고 지켜보던 놈이 백의서생이다. 물론 그 대상은 천악이었을 테고. 사람이 어디까지 미칠 수 있나 하고 지켜보던 것도 백의서생이다. 물론 그 대상은 전생의 나다. 나는 갑자기 등장한 백의서생을 보면서 이런 생각이 들었다. 저놈은 천악이나 나를 죽게 내버려 둘 인간이 아니다. 자신의 학문이 사라지면서 궁금증을 해결할 방법이 없어지기 때문이다.

순수한 마음으로 날 구해주러 왔다고? 아직은 아니다. 저놈은 자신이 모르는 것에 대한 무서운 집착이 있다. 알아낼 때까지 기다리고, 분석하고, 공부하고, 끊임없이 들여다본다는 점에서는 그 누구보다 서생이란 본질에 어울린다. 그 서생 짓을 위해서라면 사람이 기본적으로 가져야 할 자비심, 예의, 인정을 버릴 수 있음은 물론이고 사부까지 죽이는 놈이다. 거기에 한 세력의 관리자라는 놈이 무림맹에 들어가는 추태까지 저질렀다. 임소백의 무공이 궁금해서 견딜 수 없었을 것이다.

그러니까 저놈은 내가 죽는 꼬락서니를 견디지 못한다. 아직 자하신공과 나를 파악하지 못했기 때문이다. 저놈의 본질은 저놈보다 내가 더 잘 알지 않을까? 정작 나를 죽게 둘 수 없어 찾아왔으나, 그 불쾌한 마음은 허연 침으로 떨어졌다가 사라진 상태. 정확하게는 백의서생이 나를 관찰하고, 나는 관찰하는 백의서생의 머리 꼭대기에 있다. 다른 의미에서 나처럼 백의서생을 면밀히 살피던 대공이 입을 열었다.

"네가 누구인지 상관없다."

"..."

"끼어들어도 되는 싸움인지 아닌지를 구분 못 하는구나. 망수亡獸야."

망수라는 말이 끝나자마자 망령의 무리에서 한 사내가 짐승처럼 튀어나오더니 백의서생이 있는 맞은편 건물의 중간까지 단박에 뛰어올랐다가, 산짐승이 달려드는 것처럼 양손에 장력을 휘감은 채로 쇄도하면서 호랑이가 달려드는 것 같은 포효까지 내뱉었다. 지켜보던 백의서생이 손을 전방에 내밀면서 웃었다. 빛살처럼 솟구치던 망수의 몸이 백의서생의 손가락에서 터진 빛줄기에 닿자마자 좌우로 갈라졌다.

푸악!

쪼개진 사체는 찢어진 날개처럼 추락했다. 무거운 것이 먼저 땅에 도착하고 흩날렸던 핏물이 뒤이어서 후드드득- 소리를 낸 다음에는 잠시 정적이 흘렀다. 백의서생이 옥상에서 활짝 웃었다.

...

"올라올 때는 사람이지만 내려갈 때는 아니다."

대공이 사체를 관찰하면서 말했다.

"…서생 무리에 지법에 특출난 고수가 있다. 하지만 천악이 오지 않는 이상 이 자리에서 벗어날 수 없을 테니 포위해서 죽여라. 좌사는 내가 상대하마."

순간, 대공이 고개를 홱 돌렸다.

"…!"

검마와 싸우던 망령들의 머리 위에 색마가 거꾸로 된 채로 쌍장을 내밀고 있었는데, 그 사이에 검마와 귀마가 얼어붙기 시작한 두 망령의 목을 동시에 쳐냈다. 이번에는 핏물도 없는 두 개의 목이 차례대로 떨어졌다.

텅! 텅!

색마가 목이 사라진 망령들 사이에 가볍게 내려서더니 대공을 노려보면서 목 없는 시체와 어깨동무했다.

"누가 죽는지 보자고."

색마에게 붙잡힌 시체가 계속 얼어붙는 것을 보아하니 병장기로 사용할 생각인 것처럼 보였다. 하여간 저놈도 마교에서 좌사까지 한 놈이라서 이런 포위망에는 눈 한 번 깜짝할 성격이 아니었다. 백의서생이 차분한 어조로 입을 열었다.

"양 곡주, 공신 대접을 받더니 너무 거만해졌구나."

"음."

"은둔자라 자처하는 놈은 진정한 은둔자가 아니다. 나는 너 같은 놈들을 주시하는 사람이야. 왜? 알아보니까 놀랐나?"

과연 대공은 놀란 눈빛으로 백의서생을 쳐다보고 있었다.

"..."

백의서생이 대공을 약 올리듯이 말했다.

"교주를 매제 삼으니까 세상이 우스워 보이더냐? 너는 오늘 빠지도록 해. 이렇게 하자. 대신에 나도 이 싸움에 개입하지 않겠다. 이 자리의 승부는 망령과 저 넷에게 맡기는 거야."

대공이 대답했다.

"그게 가능하다고 보는가?"

"가능해야지. 지금 이 자리에서 한 번만 더 내 제안을 거절하면 즉시 나랑 경공 대결을 벌이게 될 테니까."

대공이 백의서생을 노려봤다.

"무슨 의미냐?"

백의서생이 대공을 내려다보면서 말했다.

"알면서 왜 묻나? 경치 좋은 심원곡深原谷으로 달려야지. 가서 살아 있는 것은 다 불태워 주마. 아늑한 가정을 꾸린 채로 마도에 발을 걸치고 있다니 이 염치없는 새끼. 네가 진정한 마도를 걸을 수 있도록 내가 도와줄 생각이야. 얻는 게 있으면 잃는 것이 있어야지. 그동안에 너무 행복하게 살았을 테지만 오늘처럼 나대다간 그 행복이 오래가지 않을 것이다. 네놈들의 불행은 나의 기쁨이기 때문이야. 양 대공, 양 곡주 이 사람아… 왜 기어 나왔나?"

역시 백의서생은 대처하기 힘든 놈이다. 뜬금없이 대공은 검마에게 의견을 구했다.

"좌사, 이자의 말이 사실인가?"

공신 대접을 받고 있다는 말은 검마와 함께 지금 교주를 일인자의 자리에 올렸다는 뜻이다. 그러니까 검마와 대공은 옛 동료 사이처럼 보였다. 검마가 대답했다.

"대공, 답은 알고 있을 텐데."

백의서생이 말했다.

"양 곡주, 내가 너를 맡아도 싸움의 결과는 비슷하다. 물러나 있도록."

나는 인내심 있게 상황을 기다리다가 손뼉을 치면서 상황을 정리했다.

"자자, 정리하자고."

"…"

"서생과 곡주는 관전해라. 망령과 우리가 승부를 내겠다. 기다려준 이유는 주변 사람들이 피할 시간을 주기 위해서였다. 이 정도면 살고 싶은 사람들은 전부 피했겠지."

힘으로 해결하는 것보다는 일단 잔머리를 굴린다는 점에서 확실히 백의서생은 천악과 다르다. 사실 망령들보다는 내가 주변을 박살내게 생겼다. 주변을 쓱 둘러보던 대공이 공중으로 빠르게 솟구치더니 단박에 백의서생의 맞은편 건물 위에 자리를 잡았다. 나는 새삼스럽게 건물 양쪽을 바라봤다.

'오히려 좋지도 않네.'

대공을 전력에서 빼내긴 했는데 백의서생과 함께 우리를 내려 보고 있으려니 기분이 마냥 좋지만은 않았다. 이렇게 보니까 백의서생 저 새끼는 도와주는 것도 아니고 안 도와주는 것도 아니다.

'염병할 새끼…'

하지만 나는 백의서생의 악의를 믿는다. 아마 우리가 망령을 다 죽이면 합공해서 대공을 죽일 얍삽한 놈이다. 다만, 대공의 태도도 여전히 여유로워서 능구렁이 두 마리가 우리를 지켜보는 것 같았다. 기분 나쁘게 대공이 개전을 알렸다.

"죽여라."

사실 나는 최후방에 있었는데 망령들이 달려오는 것과 검마, 색마, 귀마가 달려드는 것을 지켜봤다. 나는 목검을 뽑아서 걸어가다가 백의서생과 대공이 신경 쓰여서 몸이 자꾸만 굳었다.

"…"

이 기분은 무엇일까. 그러고 보니까 나를 공격하는 놈도 없다. 대공의 목적이 광명검과 목검을 회수하고, 사대악인을 죽이되 나는 생포해 가는 것이기 때문이다. 그나저나 나를 생포하는 게 가능하단 말인가? 본능적으로 대공의 표정을 확인했다. 눈을 마주치자 대공이 씨익 웃었다.

"문주, 왜 그러나? 어서 싸우지 않고. 나도 네 실력이 궁금하다."

그제야 내가 상대할 적이 눈앞에 등장했다. 망령들 사이에서 솟구쳤다가 내려선 적인왕과 청지왕이 모습을 드러내고. 뒤통수가 서늘해서 돌아보니… 보이지 않았던 백천왕과 흑명왕이 등장해서 퇴로를 틀어막았다. 지난날에 봤던 것보다 확실히 기도와 분위기가 무거워진 상태. 주둥아리를 봉인당했는지 나를 둘러싼 채로 아무 말이 없었다.

"오랜만에 보니까 반갑네."

"..."

마교의 사천왕에게 둘러싸이다니… 이 정도면 그냥 잡혀가는 게 낫겠다는 생각이 들었다. 하지만 잡혀가면 천옥의 재료가 될 것 같은 예감이다. 이미 내 안에 천옥을 품고 있는데, 나를 녹여서 천옥에 담으면 세상이 멸망해도 이상한 일이 아니다. 내가 살자고 이 지랄을 하는 게 아니라, 강호를 멸망시킬 수 없어서 이 지랄을 하는 중이다.

잔머리를 최대한 더 굴리고 싶었는데… 사천왕이 동시에 달려들었다. 농담이 아니라 도망쳐야겠다는 생각밖에 들지 않았다. 골목으로 도주하는 것도 위험해 보여서 나는 아까부터 봐뒀던 객잔으로 뛰어 들어갔다. 다행히 객잔에는 불쌍한 점소이도 없고 죄 없는 손님들도 없었다. 이런 와중에도 객잔의 탁자와 의자가 반갑게 느껴지는 것은 직업병일까? 쓰러져 있는 의자를 바로 세우고 싶다는 생각이 들었다.

구조가 익숙한 터라 일단 계단을 올라가서 이 층의 방으로 들어간 다음에 창문을 바라봤다. 갑자기 청지왕이 눈앞에 등장하면서 검을 휘둘렀다. 나는 청지왕과 잠시 검을 부딪쳤다. 옛 총본산에서 떡고물이라도 좀 얻어먹었는지 내 검을 잘도 쳐냈다. 이어서 백천왕이 문을 부수면서 등장하기에 좁은 방 안에서 나는 월영무정공의 냉기를 기파로 터트리면서 검을 휘둘렀다. 내 몸에서 냉기가 터지자… 사천왕이 놀랍게도 사방으로 물러나면서 장풍을 쏟아내거나, 검을 휘둘렀다.

그사이에 나는 검을 휘두르면서 천장을 부수면서 솟구쳤다. 왜 이렇게 싸움이 답답한가 했더니 낮은 곳에서 싸워서 그렇다. 내 의심

병이 도져서 높은 곳에 있는 백의서생과 대공을 계속 신경 쓰기 때문이다. 나는 도주하면서 계단을 오르고, 때로는 솟구쳐서 결국에 건물의 옥상에 진입했다. 이때 옥상의 난간에 사내의 손이 보이더니 청지왕이 다시 솟구쳤다. 아래에서는 다른 사천왕들이 올라오고 있는 상태. 청지왕이 그제야 처음으로 입을 열었다.

"문주, 신교로 안내해 드리겠소. 교주님이 보고 싶어 하시니 함께 갑시다. 거절하면 팔 하나, 다리 하나쯤은 잘라도 좋다고 하셨소."

나는 게처럼 옆으로 걸으면서 대답했다.

"당장은 바빠서 못 가니까 안부 좀 전해드려라. 나중에 뵙겠다고."

건물의 옥상이 펼쳐진 곳은 높낮이가 전부 달랐는데 내 눈에는 알록달록한 산등성이가 펼쳐진 것처럼 보였다. 일단 달렸다. 옥상을 뛰어넘고, 빨랫감을 뛰어넘고, 낮은 건물에 떨어졌다가, 높은 건물로 솟구쳤다. 그 와중에 망령들과 싸우는 사대악인이 보이기도 하고, 나를 구경하는 대공과 백의서생의 웃는 얼굴도 스쳤다. 대체 난 왜 이렇게 살아가는 것일까.

우습기도 하고, 슬프기도 하고, 화가 나기도 하고, 웃기기도 했다. 정신이 복잡하게 혼미해지면서 나는 어떻게 해야 할 것인지 결론을 내지 못한 채로 지붕을 뛰어다녔다. 생각해 보니까 총군사가 도둑놈 같았던 게 아니라 내가 도둑 새끼다. 다행히 경공에는 자신이 있는 편이어서 사천왕을 뒤에 꼬리처럼 매단 채로 열심히 뛰어다녔다. 문득 거리가 제법 떨어진 옥상을 향해 공중에서 솟구쳤다가 뒤를 돌아서 검기를 분출했다. 별생각 없이 바쁘게만 따라오던 청지왕이 공중에서 검을 치켜들었다가 굉음과 함께 반대편으로 멀어졌다.

콰아아아아아아앙!

나는 그 반동으로 옥상에 내려선 다음에 웃었다.

"아, 인생은 아름다워…"

사실 누구에게 구체적으로 말은 하지 않았지만 내가 제정신을 유지한 지도 꽤 오래되었다. 무림맹에서 편히 머물렀기 때문이기도 하고, 나만큼이나 괴롭게 살아가는 임소백 때문에 나름 비겁한 위안을 얻었기 때문이기도 할 터였다. 이대로 살아갔으면 나도 정상인처럼 살아갈 수 있었겠지?

등 뒤로 날아오는 암기를 피하다가 둔덕에 걸려서 휘청이는 순간에 사천왕이 날린 검기가 날아왔다. 그것을 어정쩡한 자세로 솟구쳐서 피하자, 이번에는 장력이 밀려들었다. 목검을 휘둘러서 쳐내는 순간에 밀려난 나는 어느 건물의 벽에 처박혀서 굴러다녔다. 등도 아프고, 뒤통수도 아프고, 마음도 아픈 상황… 오늘따라 요란이 생각도 나고. 요란이를 데리고 밥을 먹고 있는 득수 형과 홍 사매의 얼굴도 떠올랐다.

어디선가 달궈진 쇳조각을 두드리고 있을 곽철용 아저씨의 얼굴도 떠올랐다. 그 쇠를 두드리는 소리가 이제 내 머리에서도 땅땅-거리면서 울리고 있었다. 나는 검을 집어넣은 채로 공중으로 솟구쳤다. 이런 와중에도 남의 살림살이를 다 박살 내고 있었는데… 생각해 보니까 이미 내가 지나쳐 온 객잔과 집, 다루, 평범한 가정에도 핏물이 있거나 흐트러진 침구, 쓰러진 의자들이 있었다. 이미 당한 모양이다.

잠시 기다리고 있자 나보다 경공이 크게 뒤처지지 않는 사천왕이 등장해서 정확하게 사방을 틀어막았다. 기분이 약간 이상하긴 했는데 예전에 미쳤을 때처럼 사방이 자줏빛으로 물들진 않았다. 나는 이성이 남아있었다. 천천히 다가오는 사천왕을 인지하다가 목검을 뽑은 다음에 체내에서 끌어낸 천옥의 기운을 칼날에 고스란히 담았다. 하얗게 빛이 나던 칼날이 자줏빛으로 물들었는데도 나는 정신이 남아있었다.

"…"

사천왕이 내 검을 쳐다보다가 동시에 멈췄다. 나는 이런 와중에도 천옥에서 끌어올린 극양과 극음의 기운이 어떤 경로로 이동한 것인지 그 느낌을 기억해 뒀다. 월영무정공과 금구소요공이 체내에서 한순간의 시차도 없이 동시에 발현된 상태. 나는 사천왕에게 말했다.

"교주는 나중에 만나러 가겠다. 오늘은 아니야."

332.
작별이야

하늘에서 떨어진 빗방울 하나가 하필이면 자줏빛에 물든 칼날에 닿았다. 보통 뜨거운 곳에 떨어진 빗방울은 치익- 소리를 내면서 소멸하기 마련인데 목검에 닿은 빗방울은 아무런 소리도 없이 사라졌다. 주변이 소란스러워서일까. 아니면 내가 작은 소리를 놓쳤기 때문일까. 의아한 눈빛으로 사천왕을 둘러봤는데, 뜬금없이 나는 이놈들과 궁금증을 공유했다. 죽고 죽여야 하는 순간임에도 적인왕이 내게 물었다.

"문주, 그것은 대체 무슨 무공인가."

대답하는 게 쉽지 않았다. 말을 하느라 놓친 한 번의 호흡을 뚫고, 네 사람이 동시에 밀려들 것 같았기 때문이다.

"…"

툭, 툭 하는 소리와 함께 빗방울이 가늘게 떨어졌다. 하지만 나도 사천왕의 공격을 봐야, 반격의 수를 선택할 수 있을 것 같아서 입을 열었다.

"이것은…"

네 사람이 동시에 공격에 나섰다. 나는 왼손의 장력으로 바닥을 부수면서 솟구쳤다. 천장이 무너지기도 전에 네 사람이 공중에 떴다. 사선으로 비스듬히 솟구쳤던 나는 적인왕을 향해 자하검기가 휘감긴 목검을 휘둘렀다. 순간, 적인왕의 검이 두부처럼 잘렸다. 적인왕은 검기를 피하려고 어깨를 뒤로 빼다가 바닥으로 추락하고, 나는 멀쩡한 외곽에 내려서서 세 사람을 노려봤다. 일검一劍에 적인왕의 검을 동강 내자, 사천왕의 표정이 볼만했다. 빗줄기가 조금씩 굵어지는 것을 보다가 뒤늦게 대답했다.

"…자하신공이다."

백천왕이 대답했다.

"축하드리겠소."

흑명왕도 한마디를 내뱉었다.

"축하."

정적이 흘렀다가 세 사람이 동시에 공중에서 밀려들고, 밑에서도 적인왕의 장력이 솟구쳤다. 나는 위태로운 옥상의 담벼락을 발로 밀어내서 건너편으로 이동했다. 순간, 하늘이 번쩍였다. 곧 벼락이 떨어질 터였다. 나는 세 사람을 향해 좌장을 내밀어서 백전십단공의 뇌기를 쏟아냈다. 별 의미는 없다. 하늘과 합격하는 흉내를 내본 셈이다.

콰지지지지직!

벼락 치는 소리가 모든 잡음을 집어삼켰다. 세 사람이 검기를 쏟아내면서 뇌기에 대응하는 동안에 그 밑에 있는 창문이 박살 나면서 장력을 분출하는 적인왕이 등장했다.

'용맹하다.'

나는 적인왕의 몸을 향해 칼날에 휘감고 있었던 검기를 고스란히 분출했다.

쐐애애애액!

공중에서 검기를 붙잡으려는 손동작으로 장력을 쏟아내던 적인왕은 벽에 여러 차례 부딪치면서 바닥으로 추락했다. 백천왕이 나를 쳐다보면서 말했다.

"적인, 괜찮나?"

아래에서 대답이 들렸다.

"아니."

문 열리는 소리가 들리더니 다친 것으로 추정되는 적인왕이 계단을 올라오는 소리가 들렸다. 나는 여전히 가장자리에 서서 사천왕이 건너오지 못하게 지켜봤다. 적인왕이 접근하는 소리가 점점 커지고 있을 때. 청지왕, 백천왕, 흑명왕이 떨어진 거리에서 각자 절기를 펼치듯이 검기와 장력을 쏟아냈다. 목검으로 세 사람의 절기를 받아치는 와중에 발밑에서 두 개의 손이 뚫고 나왔다.

적인왕의 손이 내 발목에 휘감길 때 나는 목검을 고쳐 쥐자마자 바닥에 박았다. 푹- 하는 소리가 들리자마자 세 사람이 일보를 박차면서 날아왔다. 나는 목검을 놓자마자 월영무정공의 빙막을 전방에 세웠다. 빙막이 부서지는 순간에 품에서 뽑은 섬광비수를 청지왕에게 던지고. 흑명왕의 검을 피하자마자, 백천왕과 좌장을 겨뤘다. 섬광비수가 청지왕의 손바닥에 꽂힌 것을 확인하고, 백천왕과 흑명왕은 공격을 이어나갔다. 도저히 피하는 것이 힘든 합격이었다.

이미 선수를 빼앗긴 터라 신체 한 곳에 구멍이 뚫려도 이상하지 않은 상황. 상체를 완전히 젖힌 다음에 제운종으로 겨우 일보를 밀어냈다. 누워있는 귀신처럼 수평으로 떠서 이동하다가 좌장으로 바닥을 쳐서 일어났을 때 다시 세 사람의 공격이 기다리고 있었다. 나는 쌍장에 염계대수인을 휘감아서 전방에 분출했다. 검을 들고 방패를 때리듯이 대응하거나 장력으로 받아쳤다.

콰아아아아아아앙!

충격파가 얼굴에 밀려들자 옷자락과 머리카락이 휘날리면서 갑자기 빗줄기도 굵어지기 시작했다. 나는 사천왕과 대치한 상태에서 적인왕의 안부를 물었다.

"적인왕은 죽었나? 내 목검을 가지고 있을 텐데."

청지왕은 섬광비수가 꽂힌 손에서 피를 흘리고 있었는데, 생각해보니까 나는 그전에도 저놈의 손을 뚫었던 것 같다. 어쨌든 저놈도 온전한 상태는 아니었다는 뜻이다. 백천왕과 흑명왕은 비교적 멀쩡했다. 하지만 뒤늦게 등장한 적인왕의 모습은 그야말로 처절했다. 어깨에 박힌 목검이 팔뚝 부위에서 바깥으로 빠져나와 있는 상태. 적인왕은 그 상태로 백천왕에게 가서 말했다.

"뽑아주게."

백천왕이 나를 바라봤다. 나는 이 처참한 광경을 틈타서 공격할 마음이 없어서 고개를 살짝 끄덕였다.

"뽑아라."

백천왕이 검을 뽑자, 적인왕의 얼굴이 일그러졌다. 그사이에 빗줄기가 더 거세져서 우리는 비를 흠뻑 맞았다. 본래 사천왕은 물론이고 나도 눈물을 흘리는 법이 없는 사람들이다. 하지만 쏟아지는 빗줄기에 얼굴을 맡기고 있으려니 다들 울고 있는 것처럼 보였다. 나는 감정에 맡긴 채로 말했다.

　"천지인명이라는 게 사람 죽이라고 붙인 이름은 아니었을 거야. 너희도 살아야 해? 나는 모르겠다. 너희는 누군가에게 용서를 받아 본 적이 있나? 나는 모르겠다. 여기에 있던 평범한 사람들에게 너희가 죽어야 하는 놈들인지 아닌지 물어볼 생각이 있었는데 보이질 않아. 다들 어디로 갔나? 밥 지으러 갈 시간은 아닌데. 너희 삶은 내가 끝장내는 게 아니라 여기에 있었던 사람들이 안 보이기 때문에 결정된 것으로 하자. 끝을 보자."

　나를 물끄러미 바라보던 백천왕이 목검을 내게 던졌다. 나는 날아온 목검을 말없이 붙잡았다. 백천왕이 내게 용서를 구하듯이 말했다.

　"문주, 우리는 다른 삶을 알지 못해. 그것이 내내 답답했는데 이제야 답을 조금 알아낸 것 같다. 왜 그렇게 답답했는지 말이야. 적인은 살려주게."

　백천왕이 중상을 입은 적인왕의 뒷덜미를 붙잡더니 건물 바깥으로 가볍게 던졌다. 저게 살라는 건지, 죽으라는 건지 모를 행동이었으나 내가 봐도 이런 곳에서 떨어진다고 바로 죽을 놈은 아니었다. 다만 적인왕은 무어라 고함을 내지르면서 추락했다. 빗물에 흠뻑 젖은 청지왕이 손바닥에서 섬광비수를 뽑더니 내게 던졌다.

　"…가져가시오."

"…!"

순간, 나는 눈깔이 뒤집힐 것 같았다. 애초에 염치가 있는 놈들이 왜 이렇게 못나게 살았던 것일까.

"이 못난 새끼들…"

흑명왕이 말했다.

"일부 망령들이 오랜만의 살육이라면서 날뛰는 것을 막지 못했으니 면목이 없소."

나는 눈에 빗물이 들어가서 껌벅이다가, 하늘에서 자줏빛 비가 쏟아지는 것을 확인했다.

"…이래서 내가 제정신으로 살지 못하는구나."

어찌 된 노릇인지 분노라는 감정만 있는 게 아니라 사천왕을 향한 애달픔이 겹쳐있었다. 특히 청지왕은 전생에 크고 작은 문파의 장문인을 많이 죽였던 사내다. 그때의 청지왕과 지금의 청지왕은 다른 사내인 걸까? 나는 제정신이 아니어서 몇 차례 검을 휘두르지도 못할 정도로 힘겨운 상태였다. 나는 고개를 끄덕였다.

"들어와. 누가 죽든 간에 내세에서 재회하자."

세 사람이 서로 눈빛을 교환하더니 추락하는 빗물처럼 내게 밀려들어서 흙탕물을 튕겼다. 나는 검을 휘두르는 와중에도 공간을 베는 느낌을 받았다. 자하신공 때문인지 모든 것이 잘려나갔다. 상대의 검을 자르고, 빗물을 자르고, 어느새 팔다리를 자르고 있었다. 빗물도 뒤집어쓰고, 핏물도 뒤집어썼으나 어차피 그게 그거였다. 보호갑을 입은 것으로 추정되는 청지왕의 몸통도 목검을 감당하진 못했다.

나는 사천왕을 내 실력으로 죽이는 것인지, 자살을 도와주는 것인

　　…

지 모를 정도로 허망하게 잘라냈다. 순간을 싸운 것 같기도 하고 비를 맞으면서 수백 합을 겨룬 것 같기도 했다. 정신을 조금 차렸을 때는 사방에 잘려나간 사천왕의 육신이 널브러져 있고, 자하신공이 가진 본연의 기운 때문인지 핏빛 안개가 내 주변에서 증발하듯이 떠올랐다. 이것은 빗물과 핏물이 뒤섞인 채로 타올랐기 때문일까 아니면 내가 색을 구분하지 못하는 상태이기 때문일까. 청지왕, 백천왕, 흑명왕에게 고했다.

"…작별이야. 나는 이제 망령을 죽이러 가야겠다."

그제야 나는 백천왕의 가슴에 꽂혀있는 섬광비수를 발견했다. 저건 언제 저기에 박혀있었던 것일까. 섬광비수를 뽑아서 챙기다가 세 사람이 아무런 대답을 하지 않아서 성질이 뻗쳤다.

"성불해라. 성불해라!"

높은 곳에서 싸워서 그런 것일까. 내가 어디에 있는지도 알 수가 없었다. 난간으로 가서 하계에 펼쳐진 아수라장을 내려다봤다. 곳곳에 얼어붙은 시체들이 석상처럼 서있고. 망령들과 검마, 귀마, 색마가 뒤엉킨 채로 지옥에 빠져있었다. 문득 고개를 들어보니 지옥의 간수장 같은 사내가 나를 쳐다보고 있었다. 한 놈은 백의를 걸친 간수장이고, 다른 놈은 눈썹이 하얀 간수장이었다. 그제야 두 사람의 별호가 떠올랐다. 나는 백의서생과 대공을 쳐다보다가 말했다.

"뭘 쳐다봐. 개새끼들아."

나는 목검을 대공에게 내밀었다.

"너는 이만 꺼지도록 해라. 안 꺼지면 당장 서생에게 심원곡의 위치를 물어봐서 그곳으로 달려가겠다. 서생, 심원곡이 어디냐? 말해

라. 너도 죽고 싶으냐?"

백의서생이 나를 쳐다봤다.

"문주, 정신 차려. 주화입마다."

"내가?"

"그래."

"좋아. 냉정해져야지."

나는 호흡을 가다듬다가 부르르 떨리는 날숨을 내뱉으면서 대공을 바라봤다.

"아직 주화입마는 아니야. 백의, 대공을 죽이자."

백의서생이 대공을 쳐다봤다.

"대공, 오늘은 이만 물러가라. 가지 않으면 이대로 내려가서 일단 적인왕부터 죽이겠다. 네가 장수라면 퇴각도 할 줄 알아야지."

"..."

양 대공은 우리를 쳐다보다가 짤막하게 한숨을 내쉬더니 작별을 고했다.

"또 보세."

대공이 뒤로 훌쩍 물러나더니 건물 사이로 뛰어내렸다. 내 눈에는 마치 다른 지옥으로 떨어지는 것처럼 보였다. 대공을 보내주는 이유는 사대악인에게 빨리 합류하는 게 낫기 때문이다. 대공과 길게 싸웠다간 사대악인이 망령들에게 당할 위험이 있었다. 죽이는 게 먼저냐, 살리는 게 먼저냐 묻는다면 살리는 게 먼저다. 나는 이제 홀로 남은 백의서생을 바라봤다.

"무제, 너도 도와라. 상대는 망령이야."

"내가 왜."

"네가 무제라면 전대 무림맹주의 복수를 해야지. 네가 서생이면 검신의 복수를 해야 하고. 내 동지라면 내 의형제를 도와야지. 너는 대체 뭐 하는 놈이야? 그 실력으로 변태처럼 관망이나 하고. 함께 내려가자. 동지, 부탁이다."

백의서생이 씨익 웃었다.

"뜻깊은 말을 듣게 되는군. 부탁이란 말이냐?"

"무제의 힘을 빌릴 수 있다면 내가 부탁해야지."

빗속에서 백의서생이 웃었다.

"하오문주는 은원을 확실히 구분하는 사내겠지?"

"내 성격 알지 않나?"

순간, 굉음이 터져서 나는 아래를 바라보다가 백의서생에게 작별을 고했다.

"나 먼저 지옥으로 간다."

"오냐."

나는 건물의 옥상 끝에 위태롭게 서있다가 그대로 추락했다. 머리통부터 떨어지다가 바닥이 보일 무렵에 몸을 회전해서 내려섰다. 단시간에 비가 퍼부어서 그런지 발밑이 철벅거렸다. 비가 내리는 지옥을 걸어가면서 악인들을 찾아 나섰다. 죄지은 게 많으니까 이런 곳에서 싸우는 것이겠지. 그것은 나도 마찬가지다. 악인들과 자신이 악인인지도 아닌지도 잊은 자들이 들러붙어서 한 폭의 지옥도를 그리고 있었다. 한빙지옥과 신체를 잘라내는 형벌을 받는 지옥이 겹쳐진 모양새랄까. 나는 목검을 뽑으면서 물었다.

"맏형?"

어디선가 검마의 대답이 들렸다.

"여기 있다."

나는 숨이 붙어있는 망령의 목에 목검을 찔러 넣으면서 물었다.

"둘째."

좌측 어딘가에서 귀마가 대답했다.

"여기 있어."

나는 고개를 끄덕인 다음에 얼어붙어 있는 망령의 목을 쳐냈다.

"똥싸개?"

근처에서 색마가 소리를 버럭 내질렀다.

"뿌지직! 개새끼야, 여기 있다. 빨리 오지 않고 뭐 해!"

"드디어 자각했구나. 본인이 어떤 놈인지. 나쁘지 않아."

망령들 사이에서 사대악인들이 춤을 추고 있었다. 이런 지옥에서 살아남으려면 춤을 잘 춰야 한다. 내가 지옥에 가지 않으면 누가 가랴? 나는 되는대로 막춤을 추면서 지옥에 입성하다가 쏟아지는 빗줄기를 향해 검을 치켜들었다.

333.
누구의 인생을
망쳐줄까?

백의서생은 비를 퍼붓고 있는 하늘을 쳐다봤다. 이미 온몸이 흠뻑 젖은 상태. 유난히 퍼붓는 빗줄기를 얼굴로 처맞으면서 하늘과 구름의 모양을 확인해 보니 쉽게 그칠 비가 아니었다. 다시 지옥을 확인해 보니… 하오문주가 검을 든 채로 광란의 춤을 추고 있었다. 저것은 주화입마일까, 아니면 광증일까. 이렇게 지켜보니까 광증을 이겨내려는 몸부림처럼 보이기도 하고, 어떻게든 즐겁게 살아보고자 하는 발악처럼 보이기도 했다. 어떤 이유든 간에 보통 미친놈이 아니라는 생각이 들었다.

"고금 제일의 광인이야."

살아있는 연구대상이기도 했다. 무공의 고강함마저 심리 상태에 따라서 변하기 때문이다. 두 눈으로 지켜봤음에도 사천왕을 어떻게 도륙한 것인지 이해할 수 없었다. 막판에는 거의 자줏빛 안개에 휩싸인 채로 검을 휘둘러서 분석이 불가한 무공이라는 생각이 들었다.

검로劍路조차 보이지 않았기 때문이다. 백의서생은 하오문주를 지켜보면서 천천히 옥상과 지붕을 산책했다.

'죽으면 아쉬운데…'

백의서생은 오른손을 옆으로 뻗고, 왼손은 장삼을 붙잡은 다음에 빗속에서 점잖은 춤을 췄다. 한 발을 전진했다가, 돌아서고, 발로 고여있는 빗물을 쳐내면서 추는 절제된 춤이었다. 하오문주의 춤이 지랄발광이 섞인 하층민의 막춤이라면, 백의서생은 예법과 규칙이 있는 춤을 췄다. 한마디로 배운 춤이었다.

음악이 없기 때문에 빗소리, 비명, 병장기 부딪치는 소리, 고함, 철벅대는 소리에서 음音을 뽑아냈다. 그것으로 충분히 춤을 출 수 있는 음악이 되었다. 하오문주는 지옥에서 날뛰듯이 춤을 추고. 백의서생은 지붕 위를 거닐면서 한가로운 춤을 췄다. 아직은 문주를 도와줄 마음이 없어서 그저 춤만 췄다. 이러다가 지루해지면 도와줄 생각이었다. 하얀 쥘부채를 꺼낸 백의서생은 몸을 회전하면서 부채춤을 추다가 고여있는 빗물을 튕겨내면서 움직였다. 춤을 추다가 길쭉한 비명이 들리면 고개를 한 번 끄덕였다.

"…잘 가시게. 사부에게 안부를 전해 다오."

그 와중에 하늘이 번쩍이고 벼락이 내려쳤다. 난간에 올라 위태롭게 걷다가, 잠시 멈춰서 지옥을 주시했다. 맹장처럼 싸우는 검마를 구경하다가, 가는 곳마다 새하얀 냉기를 흩날리는 몽랑에게 잠시 시선을 빼앗겼다. 그러다가 위태로워 보이는 육합선생이 곧 죽지 않을까 하고 지켜봤는데, 수비가 특출날 정도로 단단해서 어떻게든 버텨내고 있었다. 정말 위험할 때면 신기하게도 몽랑이나 검마가 갑자기 등장해서 육합선생을 보조했다. 서로 지켜보고 있었던 셈이다.

하오문주는 망령들과 싸우면서 천천히 세 사람이 있는 장소에 합류했는데 이렇게 보고 있는데도 공격을 예측할 수가 없었다. 어느새 눈앞의 상대와 싸우다가 펄쩍 뛰어서 육합선생을 돕고, 때로는 검마와 스치듯이 지나가면서 검을 휘두르고, 몽랑의 장력을 뒤집어쓴 놈이 보이면 살수처럼 접근해서 숨통을 끊어냈다. 아무튼, 효율적으로 잘 싸웠다.

본래는 세 사람이 망령들에게 치이고 있었는데, 하오문주가 합류하자 숨통이 다소 트이는 구도로 흘러갔다. 그런데도 이 지옥도는 쏟아지는 빗줄기처럼 쉽게 끝날 것 같지 않았다. 망령들이 전부 보기 드문 고수들이기 때문이다. 더군다나 곳곳에 힘을 아낀 채로 대충 싸우거나, 물러나서 관망하고 있는 망령이 백의서생의 눈에 보였다.

이들은 동료 망령이 죽을 때까지 기다리면서 문주 일행이 지치기를 기다리고 있었는데 가끔 후퇴하는 자를 발견하면 동료를 죽이는 것도 서슴지 않았다. 백의서생은 바둑판의 형세를 파악하는 것처럼 지옥도의 풍경을 물끄러미 바라봤다. 저 형세에서 읽은 심리라고는 살육, 살의, 잔혹함, 비정함밖에 없었다. 그나마 문주 일행만이 서로를 살펴보면서 버티는 구도였다.

'신기하게 잘 버티네.'

문득 하오문주가 광증 섞인 웃음을 길게 내뱉었다. 그러자 몽랑이 따라서 웃고, 육합선생도 무엇이 좋은지 웃음에 동참했다. 검마를 바라보니 이 무뚝뚝한 사내도 웃고 있었다. 이것은 대체 무슨 마음가짐일까. 이해하기 어려운 웃음이어서 백의서생은 잠시 고민했다.

'왜 웃는 것일까. 즐거운가?'

그다지 즐거워 보이지 않는 상황인데 웃고 있으니 속이 조금 답답했다. 그러다가 이런 결론에 도달했다.

'나중에 물어봐야겠다. 왜 웃었는지.'

물어보려면 일단 살려놔야 해서 일단은 도와줄 수밖에 없었다. 백의서생은 부채를 접은 다음에 손잡이 아랫부분을 손가락으로 꾹 눌렀다. 부채 끝에서 팍- 하는 소리와 함께 강침鋼針이 뾰죽하게 튀어나왔다. 그것을 든 채로 옥상을 이동하다가 건물과 건물 사이로 뛰어내렸다. 이름 모를 객잔의 이 층에 진입해서 곳곳에 널브러진 시체를 이리저리 피해서 걷다가 탁자에 있는 젓가락 통을 하나 챙긴 다음에 창가에 섰다. 위에서 내려 보던 싸움이… 이제는 눈높이가 맞는 장소에서 펼쳐지고 있었다.

"..."

이제 망령과 문주 일행은 그나마 넓은 공터에 모여서 맞붙고 있었다. 더군다나 안개까지 있는 날이어서 시야도 좋지 않았다.

'보통 악귀들이 아니구나.'

백의서생은 근처에서 육합선생을 몰아치고 있는 망령을 바라보다가 쥘부채를 손바닥에 올린 다음에 젓가락을 하나 뽑아서 부채 위에 눕혔다.

"..."

육합선생을 압박하는 망령의 움직임과 버릇, 보법의 특색이 보였다. 어디로 발을 내디딜 것인지를 예상하는 순간, 일점탄지공一點彈指功으로 젓가락 끝을 때렸다.

탕!

망령이 육합선생을 공격하기 위해 왼발을 땅에 딛자마자, 날아간 젓가락이 발목을 꿰뚫었다. 순간, 육합선생이 그대로 망령의 목을 날렸다.

푸악!

백의서생은 다시 부채 위에 젓가락을 올려놓은 다음에 누구의 인생을 망칠 것인지 고민했다. 마침 이쪽을 쳐다보는 망령이 있어서 고민도 하지 않은 채로 젓가락을 날렸다.

쐐애애애액!

망령은 고개를 돌리자마자 손을 휘둘렀으나, 날아간 젓가락은 손바닥을 뚫고 이마에 박혔다.

푹!

백의서생이 중얼거렸다.

"대단한 고수로구나."

하지만 그 대단한 고수는 지나가던 하오문주의 검에 베여서 이내 머리가 떨어졌다. 겨우 두 번을 기습했을 뿐인데도 일부 망령이 주변을 살피면서 자신을 찾고 있었다. 장소를 옮길 수밖에 없었다. 옆으로 조금 이동한 다음에 빗속을 쳐다봤다. 뜬금없이 하오문주의 목소리가 어디선가 들렸다.

"…기습하는 놈이 있다. 조심해."

몽랑이 대답했다.

"망령인가?"

하오문주가 검을 휘두르면서 대답했다.

"아니, 백의서생이야. 망령을 죽이고 있어. 저기 객잔 창가에서. 사대악인의 조력자, 백도의 백의무제, 하오문의 동지, 마교의 철천지원수, 검신의 후배. 서생들의 지낭智囊, 아, 마교와는 같은 하늘 아래에서 못 살지."

몽랑이 대답했다.

"무제가 도와준다 이 말인가? 든든하네."

지켜보던 백의서생은 한숨을 내쉬었다.

"저… 저…"

순간 무언가가 날아와서 창문이 박살 나자, 백의서생은 뒤로 물러났다. 지켜보다가 암기나 날리면서 대충 놀 생각이었는데 어느새 망령이 등장해서 이빨이 죄다 나간 칼을 휘둘렀다. 백의서생은 부채로 칼을 막다가 강침이 튀어나온 곳으로 망령의 얼굴을 그었다. 얼굴에 붉은 선이 그어지는 순간에 망령이 입을 벌리더니 무언가를 토해냈다.

본능적으로 백의서생은 부채를 펼쳐서 막았다가 숨을 참은 다음에 달려드는 망령을 향해 손가락 세 개를 내밀었다. 퍽- 소리와 함께 망령의 상반신이 흩어졌으나, 독무가 퍼지고 있어서 객잔을 빠져나온 다음에 다시 지붕으로 솟구쳤다. 벽을 한 번 밟고 다시 솟구치려는데 위쪽의 벽이 뚫리더니 시커먼 손이 불쑥 튀어나왔다. 백의서생은 벽을 박차서 반대편으로 이동한 다음에 장력을 분출했다.

벽이 무너지면서 산발을 한 괴인이 불쑥 등장하더니 야수처럼 손을 휘둘러 대면서 달려들었다. 백의서생은 벽을 잡아당겨서 공중으로 솟구쳤다. 뒤따라서 솟구치면 죽일 생각이었는데, 망령은 고개만

든 채로 노려보다가 의외로 정상적인 목소리를 뱉어냈다.

"너, 흑선의 제자구나. 하는 짓이 비슷해."

"늙은이, 내 사부를 어찌 아나?"

"그놈 때문에 틀어박혀서 수련한 지도 오래되었다."

백의서생이 아래를 내려다보면서 웃었다.

"아쉽게 됐구나. 내 손에 죽었다."

망령도 웃었다.

"네가 홀로? 어림없는 일이야."

그제야 백의서생은 얼굴에서 웃음기를 지웠다.

"올라오너라."

백의서생은 물러나서 망령을 기다렸다. 어느새 훌쩍 솟구쳐서 지붕에 오른 망령이 비를 맞으면서 백의서생을 바라봤다.

"제자들이 달라붙어서 죽었다고 들었다. 네가 그중 하나구나."

그제야 백의서생은 눈을 크게 뜬 채로 눈앞에 있는 망령을 위아래로 쳐다봤다.

"너… 서생이구나. 이 배신자 새끼."

망령이 대답했다.

"…교에 투입된 동안에 네 사부에게 내 가문이 몰살되었는데 어찌 내가 배신자란 말이냐. 교가 받아주는 자들이 어떤 자들인지 모르겠나?"

백의서생은 주변을 한 차례 둘러본 다음에 망령을 노려봤다.

"누굴 탓하는 게야? 본래 이런 세상인데."

백의서생은 부채를 이리저리 살폈다. 애병 중 하나인데 독이 묻어

있어서 더는 사용할 수 없을 것 같았다. 망령이 갑자기 거리를 좁히면서 달려들 때까지도 우두커니 서서 쥘부채만 바라보던 백의서생은 손가락에 공력을 주입해서 손잡이 부분을 눌렀다. 무언가 자그마한 금속이 부러지는 소리가 울리자마자 부채의 끝에서 강침이 뻗어나갔다.

푹!

근처까지 와서 손을 휘두르던 망령의 미간에 강침이 꽂혔다. 망령의 고개가 뒤로 젖혀지는 순간에 백의서생이 손바닥을 내밀었다. 장력이 분출되자 망령의 전신이 산산이 조각나더니 비바람에 휩싸여서 흩날렸다. 잠시 우두커니 서있던 백의서생이 고개를 갸웃했다.

"배신자가 있나. 망령이 이를 어찌 아는 게야."

백의서생은 다시 난간으로 가서 싸움을 구경했다. 하오문주가 합류한 이후로 망령의 수가 확연하게 줄어든 상태. 이때, 망령과 사대악인의 싸움을 관망하는 흑의인의 모습이 보였다. 잠시 지켜보고 있자… 흑의인이 고개를 움직이더니 지붕 위에 있는 백의서생을 주시했다. 백의서생은 난간에 걸터앉아서 싸움도 구경하고 흑의인을 쳐다보기도 했다. 갑자기 어디선가 새로운 고수들이 등장하더니 망령들이 바닥에 처박히거나, 붙잡힌 상태에서 몸이 찢어지고 있었다. 누군가 하고 유심히 바라보고 있으려니 권왕과 이군악이라는 제자였다. 반대편에서는 서있던 망령이 두 조각으로 쪼개져서 핏물을 뿌려대고 있었는데 그쪽에서는 도왕이 출몰한 상태였다.

"…"

잠시 백의서생은 전장을 넓게 훑어보면서 임소백을 찾았으나 다

…

른 제왕은 보이지 않았다. 어떻게 소식이 흘러 들어가서 합류한 것인지 모르겠으나 사대악인은 운이 좋았다. 겨우 세 명이 조력자로 합류했을 뿐인데 힘을 아끼고 있었던 제왕들이라 그런지 전쟁터에 장군 세 명이 추가된 것처럼 활약하고 있었다. 문득 백의서생은 누군지 모를 한 사내를 주시했다. 실력이 뛰어나 보이지는 않는데 주먹질을 해대면서 중상을 입은 망령들만 줘패고 있었다.

'저건 뭐 하는 놈이지.'

백의서생은 당연히 차성태를 알아볼 수 없었다. 가끔 손에서 파지 직- 하는 소리가 울렸는데 아무리 봐도 저것은 백의서생이 하오문 주에게 건넨 백전십단공의 뇌기였다.

"…"

분명히 문주가 직접 익히거나 고집불통에게 전달하라고 했었던 무공이다. 강호에서도 손꼽히는 신공을 익힌 사내가 중상을 입은 망령들만 구타하고 있는 것을 보고 있으려니 한숨이 절로 나왔다.

'하오문이로구나.'

지켜볼 가치가 없는 놈인 것 같아서 백의서생은 신경을 껐다. 그러다가 고개를 조금 움직였을 때 흑의인이 사라졌다는 것을 뒤늦게 알아차렸다. 여태 싸움을 관망하다가 사라진 상태. 별생각 없이 전황이 뒤바뀐 전장을 바라보다가 백의서생은 저도 모르게 움찔했다.

"…!"

뒤에서 낯선 목소리가 들렸다.

"천악은 오지 않았느냐?"

백의서생이 천천히 고개를 돌리려고 하자, 목소리의 주인이 경고했다.

"네 눈빛이 불쾌하니 쳐다보지 말도록. 대답이나 해."

"오지 않았다."

잠시 침묵을 유지하던 백의서생은 눈동자를 움직이다가 돌아서자마자 장력을 쏟아냈다. 혼신의 힘을 다한 장력이 허공을 강타하자 쏟아지던 빗줄기가 용오름처럼 휘말려서 멀리 날아갔다. 하지만 목소리의 주인은 이미 사라진 상태였다. 백의서생은 그제야 숨을 크게 내쉬었다. 아무리 비가 쏟아지고 있었다지만 뒤를 잡혔기 때문에 등줄기가 서늘할 수밖에 없었다. 망령에 속한 고수인지, 아니면 대공처럼 망령을 부리고 있었던 사내인지는 파악할 수가 없었다. 실력으로 따지면 한 사람이 떠오르긴 했으나 고개를 내저었다.

334.
흑의인의 정체는

'어디로 갔지?'

나는 관망하는 망령들 중에서 흑의인이 가장 신경 쓰였다. 내내 나를 지켜보는 것이 괘씸해서 몇 차례 목검을 들고 돌파하려고 했으나 그때마다 망령들이 왕을 지키는 것처럼 막아섰다. 망령들 사이에도 왕이 있는 것일까? 도망가는 동료도 죽이는 놈들인데, 종종 흑의인을 지키려다가 검마나 내게 죽었다.

어쩐지 이런 생각이 들었다. 망령의 지휘는 물러난 양 대공이 하고 있었으나, 지금 벌인 판은 저 흑의인이 중심인 것 같다고 말이다. 망령과 싸우는 와중에도 몇 차례 흑의인과 눈을 마주치면서 묘한 기분이 들었다. 나는 흑의인의 눈빛을 읽고, 흑의인은 내 눈빛을 읽고 있는 느낌이랄까. 분명히 전생에도 알 수 없었던 고수인데… 무언가 나와 연관된 점이 있을 것 같다는 생각이 들었다.

'대체 뭐 하는 놈이지?'

이놈들이 강호인이라면 직접 물어보거나, 어떻게든 주둥이를 나불댔거나, 아예 싸움을 멈췄을 것이다. 그러나 망령과 싸우는 건, 마치 전쟁터에서 말이 통하지 않는 이민족과 싸우는 느낌이 들었다. 일단 대화가 전혀 안 통했다. 이래서 망령인 걸까? 실제로 일부 망령들의 외모는 이곳과는 먼 고향에서 태어난 자들처럼 이질적일 때가 많았다. 마치 마교가 불쌍한 외지인들을 잡아다가 노예로 키운 것처럼 말이다.

어느 순간 흑의인이 감쪽같이 사라지자… 망령들도 무언가를 지키려는 목적을 상실했는지 점차 도주하는 자들이 늘어났다. 왕이 물러나자, 퇴각을 결심한 것처럼 말이다. 물론 새롭게 등장한 지원군 때문이기도 했다. 저놈은 대체 왜 여기서 싸우고 있을까. 전생 권왕이군악이 도주하는 망령의 양팔을 잡아서 찢어내는 모습을 지켜보고 있으려니 혼란스러웠다.

망령도 결국 사람이란 말인가? 이군악의 내공과 외공, 체술이 조합되어서 지쳐있는 망령들의 팔다리가 꺾이고, 부러지고, 뽑혔다. 그 와중에 당대의 권왕이 만들어 낸 커다란 주먹 모양의 기가 지친 망령들을 강타했다. 스승과 제자가 날뛰는 모습이 실로 호쾌했다. 잠시 후에 비에 젖은 도객이 근처에서 내게 물었다.

"문주, 괜찮으냐?"

나는 도객이 일도양단으로 망령을 쪼개는 것을 보고 나서야 이놈이 망령이 아니라 도왕임을 깨달았다. 지쳐서 굳이 대답은 하지 않았다. 문득 흑의인을 떠올리던 나는 속에 있는 게 역류해서 올라오는 통에 토사물을 잔뜩 쏟아냈다.

"우엑…"

구토하면서 검을 휘두른 적은 없었는데 내가 지금 그러고 있다. 공력이 부족한 것도 아니고 힘이 바닥난 것도 아닌데 괴상한 피곤함이 몰려왔다. 사천왕을 상대할 때 머리 꼭대기까지 화가 났던 여파일까 아니면 자하신공을 펼치고 나서 몰려드는 피곤함일까. 나는 잠시 검을 늘어뜨린 채로 호흡을 가다듬었다. 이상한 형태의 주화입마였다. 내가 만든 계두국수를 먹을 때도 이런 식으로 속이 뒤집힌 적은 없었기 때문이다.

내가 움직여야 사대악인이 편할 텐데, 나도 사람인지라 휴식이 필요했다. 다행히 권왕 사제와 도왕이 날뛰고 있어서 전황은 우리에게 한참 유리했다. 이미 망령들도 지쳐있는 상태였기 때문에 도왕의 칼을 감당하긴 어려워 보였다. 나는 가만히 서서 주변을 둘러보다가 차성태를 발견했다.

'혹시 나는 이미 망령에게 당한 것일까?'

저 새끼가 여기서 싸우고 있을 이유가 없다는 생각이 머리를 지배했다. 꿈인지 생시인지 알 수가 없어서 불러봤다.

"성태야."

차성태가 다가오면서 대답했다.

"예, 문주님."

"오랜만이다."

"그러게요."

"여기서 뭐 해?"

"잔당을 처리하고 있었습니다."

"왜?"

"멀쩡한 고수는 아직 부담스러워서요."

"뭔 개소리야?"

차성태가 나를 위아래로 살피다가 말했다.

"많이 지쳐 보입니다. 잠시 쉬십시오. 호법을 설 테니."

문득 온몸에서 피를 흘리는 망령이 이쪽으로 다가오고 있었는데, 차성태가 갑자기 양손을 부딪치더니 파지직- 하는 소리를 울렸다. 소리를 듣고 있으려니 백전십단공의 이단 정도는 되는 뇌기였다. 위력보다는 일단 소리가 우렁찼기 때문에 망령이 방향을 바꾸다가 검마에게 목이 떨어졌다.

어느새 사대악인들도 내 주변으로 모여들고 있는 상태. 주변이 일단 너무 개판이고, 내 상태도 개판이었다. 망령의 수가 많아서 퇴각하는 것까지 집요하게 추적해서 죽일 여력은 우리에게 없었다. 다들 너무 지쳤기 때문에 도망치는 망령은 그대로 뒀다. 잠시 후에 귀마가 근처에 와서 쓰러지듯이 주저앉고, 색마도 엎드린 자세로 숨을 거칠게 몰아쉬었다. 검마는 여전히 주변을 경계하듯이 지켜보다가 말했다.

"…누군가 일부러 안개를 퍼뜨렸다."

가뜩이나 비가 퍼붓고 있는데 검마의 말대로 안개가 계속 짙어지고 있어서 건물 위에서 구경하던 얍삽한 백의서생의 모습도 보이지 않았다. 안개 속에서 권왕의 목소리가 들렸다.

"문주, 어디 있나?"

"여깁니다."

내가 대답하자 권왕, 이군악, 도왕이 찾아와서 빗물이 흘러넘치는 바닥에 주저앉았다. 나는 이들이 어떻게 합류했는지 궁금해서 물었다.

"어떻게 알고 왔습니까?"

권왕이 대답했다.

"복귀하는 길에 마교의 병력과 부딪쳤다. 뭔가 기다리고 있었던 분위기였지. 다 죽이고 나서 생각해 보니까 이런 매복이라면 다른 제왕들도 복귀하는 과정에서 습격을 받을 것 같았다. 다시 무림맹으로 향하다가 도왕을 만났지."

도왕이 고개를 끄덕였다.

"나도 비슷하다."

권왕이 차성태를 바라봤다.

"젊은 친구가 용감하게 도와주더군. 하오문의 총관이라던데…"

나는 어리둥절한 표정으로 차성태를 바라봤다.

"네가 권왕 선배님을 도왔어?"

"예, 그게 뭐 이상해요?"

검마가 내 상태를 물었다.

"아까 구토를 하던데 내상이냐?"

"음. 내상은 아닌데. 왜 구토를 했지. 아, 잠시만. 또 올라온다."

나는 흑의인을 떠올리다가 벌떡 일어나서 몇 걸음을 걸어간 다음에 엎드려서 다시 구역질을 했다. 내가 속에 있는 것을 또 게워내자, 귀마가 말했다.

"뭐야? 중독당한 거 아니야?"

흐르는 빗물을 보고 있으려니 속에서 나온 것도 별로 없었다. 나는 이 울렁증의 원인을 곰곰이 생각해 봤다. 비가 내려서인지 체온이 내려가서 그런 것인지는 모르겠는데 소름이 돋았다. 명확한 이유도 없이 나는 망령들이 왜 흑의인을 보호하려 했는지 어렴풋이 유추할 수 있었다. 나는 흙탕물에 드러누워서 눈을 감자마자 이내 정신을 잃었다.

* * *

눈을 떠보니… 낯선 천장이 보였는데, 주변이 따뜻했다. 일어나서 둘러보니 평범한 객잔에서 몇 명이 드러누워 있고, 주방에서도 누군가가 요리를 하고 있었다. 나는 주방을 향해 말했다.

"성태야, 밥 줘라."

주방에서 차성태가 대답했다.

"알겠습니다."

다시 정신을 차린 다음에 둘러보니 색마와 귀마가 운기조식을 하고 있고. 검마는 창가에 서서 바깥을 쳐다보고 있었다. 멀리 온 줄 알았는데 백의서생이 숨어있었던 그 객잔인 듯싶었다. 나는 바깥을 주시하는 검마에게 물었다.

"맏형, 제왕들은?"

검마가 대답했다.

"아마 다른 제왕들도 습격을 받았을 것이라 예상하고 지원 갔다. 너희가 부상 중이라서 나는 갈 수 없었고."

그러니까 요약하면 검마가 보초를 서고 있었다. 망령들이 정비해서 다시 오거나 마교의 병력이 올 수도 있으니 안전한 상황은 아니었다. 하지만 나뿐만 아니라 귀마와 색마도 회복할 시간이 필요했기 때문에 검마가 조용히 상황을 지켜보고 있었다. 나는 검마에게 흑의인에 관해서 물어보려다가 관뒀다. 하지만 고민의 지점이 같았는지 검마가 먼저 입을 열었다.

"내 예상이다만…"

"…"

"아무래도 교주가 너를 천옥의 재료로 보는 것 같다."

"나를?"

검마가 창밖을 보면서 고개를 끄덕였다. 나는 여태 궁금해하던 것을 넌지시 물어봤다.

"천옥을 어떻게 만들기에?"

잠시 고민하던 검마가 대답했다.

"교주나 알겠지."

우습게도 나는 검마의 대답에서 흑의인의 정체를 대략이나마 유추할 수 있었다. 내가 생각하기에… 흑의인은 천옥이다. 말이 이상하지만, 그러니까 천옥이 완성되기 전의 사람 상태랄까. 어쩌면 본인이 천옥의 재료인지도 모를 가능성이 있었다. 누가 자신의 운명을 알겠는가? 앞날을 지켜보고 왔었던 나를 제외하면 자신의 운명을 아는 자들이 없는 게 당연하다.

흑의인이 최소한 천옥의 재료여야만… 망령들이 애써 보호하려던 이유를 설명할 수 있다. 교주에게만 경외심을 품는 망령이 보호하는 존재면 교주와 연관을 지을 수밖에 없기 때문이다. 교주가 취할 살아있는 영약이어야만 보호할 이유가 충분하다. 천옥이 되기 전의 상태가 살아있는 사람이라는 것에서 구역질이 나고. 그것을 내가 취해서 회귀를 했기 때문에 구역질이 났던 게 아닐까.

정답은 사실 알 수 없다. 하지만 내 추론의 방향은 어쨌든 흑의인과 천옥이 어떻게든 연관이 있을 것이라는 쪽으로 흘러갔다. 망령은 천옥의 본체를 보호하고. 교주가 본체를 천옥으로 만들고. 천옥이 될 본체는 나를 노리고? 지옥도가 따로 없다. 생각해 보면 교주는 나를 천옥으로 만들거나, 흑의인도 천옥으로 만들 수 있지 않을까.

그러니까 교주를 막는 방법은… 내가 천옥의 재료가 되지 않는 것이 첫 번째. 그리고 흑의인도 천옥의 재료가 되지 않는 것이 두 번째. 이 두 가지를 막아야 천옥이 나타나지 않을 것이라는 게 내 결론이다. 그리고 이것은 사실 내가 과거로 돌아온 근원적인 이유이기도 하다.

정신이 나간 것처럼 추리와 추론을 이어나가고 있을 때… 차성태가 커다란 솥에 온갖 재료를 섞어 넣은 괴상한 요리를 들고 나왔다. 운기조식을 하는 것처럼 보이던 색마가 코를 벌렁거리더니 눈을 뜨고. 귀마도 밥을 쳐다봤다. 차성태가 바닥에 내려놓더니 우리를 쳐다봤다.

"…드십시오."

나는 엉덩이를 떼지 않은 채로 이동해서 솥을 내려다봤다.

"웬 지옥도가 펼쳐져 있냐."

"음식 보고 지옥도라니요. 말이 심하시네."

차성태가 그릇과 젓가락을 나눠줬다. 지쳐서 쓰러질 것처럼 보이는 귀마가 그 와중에도 품에서 은침을 꺼내더니 잡탕밥에 넣어서 이리저리 휘저었다.

"…재료에 독이 있을 수도 있기 때문에. 딱히 차 총관을 의심하는 건 아니야."

차성태가 고개를 끄덕였다.

"알고 있습니다. 저쪽도 좀 휘저어 주세요."

엄청나게 배가 고팠기 때문에 우리는 둘러앉아서 망령이 들어간 것처럼 보이는 요리를 집어 먹기 시작했다. 이제 보니까 객잔에 있는 모든 재료를 쑤셔 넣어서 만든 잡탕밥이었다. 강호인도 사실 별 대단한 인간들이 아니다. 밥을 먹지 못하면 굶어 죽는 자들이기 때문이다. 나는 차성태에게 물었다.

"술 있지?"

"예, 술은 좀 많더라고요."

"좋아. 배를 채워야 술을 마시지. 긍정적으로 생각하자."

검마가 잡탕밥을 먹으면서 말했다.

"나름 먹을 만하다."

조용히 밥을 먹던 색마가 검마에게 물었다.

"사부님, 왜 동시다발적으로 공격을 했던 걸까요?"

검마가 나를 쳐다봤다.

"…아무래도 손발을 끊고 나서 정말 문주를 데려가려고 했던 모양이다. 검을 회수하겠다거나 그런 것은 핑계이고."

색마가 대답했다.

"왜 굳이…"

검마가 착잡한 표정으로 설명했다.

"문주를 마공의 재료로 보는 모양이지."

"음과 양의 내공을 쌓아서 그렇습니까?"

"아마 그럴 것이다."

색마가 고개를 끄덕이면서 다짐하듯이 말했다.

"저는 계속 빙공만 익히겠습니다."

"…"

나는 고개를 끄덕이면서 똥싸개를 바라봤다.

"똑똑하네. 아이고, 이 새끼는 언제부터 이렇게 똑똑했을까."

귀마가 밥을 먹으면서 말했다.

"아까 위험했을 때 백의서생의 도움을 받았다. 어디로 갔는지 모르겠군. 그나저나 교주가 직접 등장하면 우리가 막을 수 있나? 맏형 생각은 어때. 삼재의 실력을 직접 본 적은 없어서 가늠이 안 되는데 말이야."

검마가 밥을 먹으면서 덤덤하게 대답했다.

"어렵겠지. 혼자 등장하진 않을 테니."

"역으로 우리가 공격하면? 무림맹이나 제왕들과 함께."

검마가 슬쩍 웃었다.

"그게 가능하겠느냐. 어떤 규모든 간에 절반 이상은 죽어나갈 것이다. 그렇다고 반드시 교주를 죽일 수 있는 것도 아닐 테고. 이 대치 구도가 끝나려면 결국에 누군가가 삼재를 넘어서야 해. 서로 압도하지 못하고 있으니 어찌 보면 수련의 세월 속에서 작은 사건들만 이어지는 셈이다."

검마가 열심히 밥을 먹고 있는 나를 쳐다봤다.

"내가 보기엔 셋째가 빠르게 성장하고 있다. 모두의 예상을 뛰어넘을 정도로. 교주가 셋째를 데려가느냐, 셋째가 더 성장할 수 있도록 우리가 지켜내느냐. 이런 구도도 숨어있는 것이라고 봐야겠지."

차성태가 물었다.

"문주님이 그렇게 강해졌습니까? 어느새 그렇게."

나는 차성태와 눈을 마주쳤다가 대답했다.

"딱 보면 모르겠어?"

차성태가 나를 물끄러미 바라보다가 고개를 끄덕였다.

"예, 모르겠습니다."

나는 사대악인과 차성태를 둘러보다가 젓가락을 들었다.

"…밥 먹자."

나는 애써 흑의인을 머리에서 지운 다음에 잡탕밥을 쳐다봤다.

"…"

새삼스럽게 득수 형이 보고 싶어지는 날이랄까. 사람은 역시 자신이 잘하는 것을 하면서 살아야 한다. 그것이 하오문주의 역할이 아닐까? 나는 차성태의 음식 솜씨가 싸움 솜씨보다 못하다는 것을 확인하면서 밥을 쑤셔 넣었다. 먹고사는 게 이렇게 힘들다.

335.
적도 아니고
아군도 아니다

술을 마시면서 차성태에게 물었다.

"넌 어떻게 여기에 등장한 거냐? 이런 싸움에 낄 네가 아닌데."

차성태가 재미없는 무용담을 늘어놓을 것만 같은 표정으로 말했다.

"험난한 여정이었죠."

"지랄 말고. 간단히."

차성태가 사대악인을 둘러보면서 말했다.

"요약해 드리겠습니다. 일단 문주님이 화가 나셔서 동호로 가셨지 않습니까."

"그랬지."

"실은 제가 도우러 갔습니다."

전혀 도움이 안 될 놈이 도우러 왔었다니까 어리둥절했다.

"그런데?"

"간발의 차이로 놓쳤더군요. 이미 동호는 맹원들이 장악한 상태였습니다. 아무나 붙잡고 문주님의 행방을 물었지요. 맹주님을 호위할 겸 무림맹으로 갔다지 뭡니까? 힘들게 동호까지 왔는데 그냥 돌아 가는 것도 아쉬워서 저도 무림맹으로 향했습니다."

"그렇게 꾸준하게 못 따라잡을 수도 있나? 간발의 차이가 아니네."

차성태가 나를 쳐다봤다.

"제가 무림맹을 가본 적이 있어야 빨리 가죠."

"그래서 무림맹 구경은 한 거냐?"

"입구는 봤습니다. 엄청나더군요. 얼쩡대다가 잡혀갈 뻔했습니다. 여차여차해서 물어보니까 문주님이 또 떠났다고 하더군요. 이번에 는 어디로 갔는지 알 수가 없어서 대충 일양현으로 복귀하다가 주변 에 널브러진 시체를 보면서 따라갔습니다. 웬 노마두와 겨루는 권왕 선배님과 보기 드문 덩치를 목격했습니다. 물론 처음에는 누가 아군 인지 몰랐습니다. 하여간 가까이 가서 노마두의 얼굴을 확인했는데 이건 뭐 보자마자 살벌한 악인이었습니다. 얼굴에 지난날의 악행이 고스란히 있더군요."

뭔가 내용이 부실하면서도 장엄한 이야기가 펼쳐지고 있었다. 어 느새 이야기에 빠졌는지 듣고 있었던 귀마가 추임새를 넣었다.

"그래서?"

"보통 노마두가 아니었지만 그래도 아무나 다짜고짜 죽일 수는 없 지 않겠습니까? 내공 싸움 중에 실례지만 여쭤볼 게 있다고 하면서 대놓고 물어봤죠."

"뭐라고?"

"하오문주를 봤느냐고 했더니 덩치가 며칠 전에 무림맹에서 헤어겠다고 하더군요."

"그래서?"

차성태가 우리를 둘러보다가 주먹을 쥐었다.

"말이 필요하겠습니까? 노마두의 악독한 면상에 이걸 선물했지요."

"…"

"분명히 얼굴을 쳤는데 제 손이 더 아팠습니다. 어쨌든 화가 난 노마두의 얼굴이 빨개지더니 엉켜있던 권왕과 이군악이 그제야 전세를 뒤집더군요. 딱 봐도… 이 주먹이 노마두의 주화입마를 불러일으킨 게 틀림없었습니다."

검마가 황당한 표정으로 대답했다.

"망령이 권왕과 이군악을 상대로 내공 싸움을 벌였다고?"

"예. 권왕 선배님의 말에 따르면 제가 오지 않았더라면 한 시진은 더 겨뤘을 거라고 하셨습니다. 제 도움이 컸다고 하셨죠."

나는 차성태를 쳐다보면서 말했다.

"와, 죽다 살아났네."

차성태가 대답했다.

"누가요?"

"너지 누구야."

"제가 그렇게 쉽게 죽겠습니까? 이미 분위기 파악이 끝난 상태에서 물어본 겁니다. 어쨌든 권왕 선배님이 아무래도 다른 제왕들도 습격을 당하는 것 같다고 하셔서 함께 오게 되었지요. 도중에 몇 차례 막아서는 자들이 있었는데 대부분 이군악이라는 덩치가 다 처리했습니다. 진짜 잘 싸우더군요."

여기까지 듣고 있었던 색마가 고개를 끄덕였다.

"하지만 내게 졌지."

사실은 사실인지라 우리도 할 말이 없었다. 나는 잠시 생각에 잠겼다가 검마에게 말했다.

"…그 흑의인 말이야. 아까 싸울 때 굳이 계속 망령들이 보호하는 것을 보니까 중요한 인물이야. 망령에 관한 것을 종합하면 교주 이외에는 사람 취급을 하지 않는다던데. 그런 망령들이 보호하는 인물이라면 어떻게든 죽여야지. 아마 내가 극음과 극양의 기를 가지고 있어서 마교가 나를 노리는 것이라면 흑의인의 쓰임새도 나와 비슷할 가능성이 있어. 맏형 생각은 어때?"

천옥이라는 말을 쏙 뺀 채로 내가 낼 수 있는 최선의 의견이었다. 검마가 잠시 고민하다가 대답했다.

"굳이 찾을 필요가 없다."

"왜."

검마가 나를 쳐다봤다.

"네 말대로라면 널 다시 찾아올 테니까."

나는 살짝 고개를 갸웃했다. 검마가 말했다.

"교주는 서생과 다르다. 나를 대하는 태도나 흑의인에게 대하는 태도도 비슷하겠지."

색마가 대답했다.

"무엇인데요?"

"별것 없다. 강자존이야. 교주가 천마를 만들어 보라고 부추겼을 수도 있고. 이 모든 것을 지켜보다가… 교주에게 희생되겠지."

검마가 나를 쳐다봤다.

"…"

나는 어쩐지 웃음이 절로 나왔다.

"아, 그런 건가? 강자존이네."

생각해 보니까 검마, 나, 흑의인은 같은 처지에 놓인 셈이다. 교주
는 실로 엄청난 자신감을 가진 모양이다. 어쩌면 이런 방식이 다른
삼재를 뛰어넘기 위한 방법론일 수도 있었다. 이때, 객잔의 문이 열
리더니 사라졌던 백의서생이 아무렇지도 않게 들어왔다. 나는 백의
서생을 보자마자 한숨이 나왔다. 도와준 것도 아니고 안 도와준 것
도 아니라서 욕을 하는 것도 그렇고 고맙다고 하는 것도 어울리지
않았다. 하여간 개 같은 놈이랄까. 백의서생이 우리를 둘러보다가
차성태에게 물었다.

"넌 뭐냐."

차성태가 냉소를 머금은 채로 대답했다.

"그러는 넌 뭐냐."

나는 눈을 조금 크게 뜬 채로 차성태와 백의서생을 번갈아 봤다.
백의서생이 갑자기 차성태를 죽일 수도 있었기 때문에 미리 마음의
준비를 한 상태였다. 백의서생이 객잔을 둘러보다가 멈추더니 옷에
서 물기를 짜냈다. 몇 차례 물을 쥐어 짜내던 백의서생이 일상적인
어조로 내게 물었다.

"죽여도 되나?"

"하오문의 총관이니까 참아라. 무공 가늠이 아직 잘 안 되는 실력

이야."

그제야 차성태가 놀란 표정으로 백의서생을 바라봤다. 백의서생
은 손으로 의복 이곳저곳을 쓰다듬고 있었는데 희한하게도 손이 닿
는 곳마다 의복이 금세 마르고 있었다. 그러더니 혼자 주방에 들어
가서 술을 들고 나오더니 통째로 들고 마시면서 말했다.

"흑의인 봤나?"

"봤지."

"추격하다가 놓쳤다."

"그렇게 빨랐나?"

백의서생이 고개를 저었다.

"도중에 조각난 흑의黑衣가 있더군. 옷을 벗어서 도주하는 와중에
소멸시키려고 했나 본데 내가 근처에 있어서 흔적이 남았다. 어쨌든
근처에 있을 것 같다는 예감이 든단 말이지."

백의서생이 검마에게 거의 처음으로 말을 걸었다.

"검마, 누군지 알고 있나?"

검마가 대답했다.

"망령이지 누구겠나."

백의서생이 의견을 구하듯이 물었다.

"망령이 망령을 그렇게 보호하는 예도 있나? 두건 사이로 본 눈으
로 판단하면 나이가 그렇게 많은 자가 아니었다. 목소리도 그렇고.
처음에는 대공자가 아닌가 의심했는데…"

내가 물었다.

"했는데?"

"대공자를 망령들 사이에 저렇게 방치할 것 같진 않고. 그렇다고 공격에 참여한 것도 아니고. 대부분 문주, 너를 지켜보고 있다가 사라졌다."

어쩌다 보니 강호에서 가장 똑똑한 사내가 흑의인을 궁금해하고 있었다. 나는 이 서생 놈에게 내가 아는 것을 공유해 줘야 하는지를 잠시 고민했다. 그러다가 의심을 거두고 백의서생을 나부터 동지로 대해야겠다는 마음을 먹었다. 나는 안주도 없이 조금 떨어진 탁자에 앉아서 술을 마시는 백의서생을 쳐다보다가 차성태에게 말했다.

"손님에게 안주나 좀 가져다줘라."

차성태가 대답했다.

"제가 뭐 점소이입니까?"

"머리 한 대 처맞고 가져다주는 것보단 낫잖아?"

"그건 그렇죠. 마른안주가 있었던 것 같은데 일단 다 가져오겠습니다."

차성태가 주방으로 들어가는 사이에 나는 백의서생에게 말했다.

"서생들도 모르는 자인가?"

"그렇지."

실은 나도 모르는 놈인데 백의서생에겐 어쩐지 상상력과 거짓말을 뒤섞어서 전달하고 싶었다. 이유는 나도 잘 모르겠다. 내가 언제 그렇게 바른생활 사나이였던가? 백의서생과 나의 관계도 정상적이진 않았기 때문에 나도 정상적으로 대답해 줄 마음이 전혀 없었다.

"늙은이는 아니고. 망령의 보호를 받고 있고. 대공자도 아닌 것 같다. 그럼 아마 망령들의 제자가 아닐까."

"제자라."

차성태가 뻘쭘하게 다가와서 백의서생의 탁자 위에 안주를 내려 놓았다. 그러자 백의서생이 한 대 때릴 것처럼 손을 치켜들었다. 그 순간, 우당탕탕 소리를 내면서 뒤로 물러난 차성태가 자세를 잡으면 서 양손에 백전십단공을 휘감았다.

빠지지직!

백의서생이 백전십단공을 확인하더니 고개를 갸웃했다.

"…뭐야 이놈, 재능이 없진 않네."

차성태를 약 올리면서 시험해 본 백의서생이 마른안주를 씹으면 서 나를 쳐다봤다.

"왜 제자라고 생각하는데. 헛소리 한번 들어보자."

나는 흑의인을 떠올리다가 속이 역해서 술을 한 모금 마신 다음에 내가 알지 못했던 한 사람의 일생을 내 멋대로 상상해 봤다.

"…망령도 사람이지 않나."

차성태가 대답했다.

"사람은 사람이겠죠."

"나이가 어린 망령은 좀 아귀가 맞지 않아. 망령들 사이에서 태어 난 아이라면 모를까. 망령도 서로를 죽이는 데는 거리낌이 없어도 망령들 사이에서 조그만 아이가 태어났는데 이런 아이까지 죽일 수 있는 자들인가? 나는 잘 모르겠네. 어쨌든 자라면서 누군가에게 죽 지 않았다면 망령들의 제자가 되었겠지. 온갖 마공을 익혔을 수도 있고. 주화입마를 피하는 무공만 익혔을 수도 있고. 운이 좋아서 무 공에 대한 재능이 뛰어나다면 잘 가르쳐서 천마로 만들 수 있지 않을까 하는 희망이 생겼거나… 아니면 일부 노마두들이 죽으면서 내 공을 넘겨줬다거나. 예상하기 힘든 사연이나 기연이 있어야만 백의서생의 추격을 뿌리칠 정도의 무공을 얻었겠지. 교주도 아니고, 대공자도 아닌데 망령들이 그렇게 보호하면서 장렬하게 죽어나갈 이유가 없다. 빗속의 싸움은…"

다들 내 이야기를 경청하고 있었다.

"너무 격렬했어. 흑의인은 이런 싸움을 본 적이 없을 테지. 가끔 내게 죽는 놈들도 무언가 명예롭게 죽어간다는 느낌을 받았거든. 단순한 개죽음은 아니라는 느낌이랄까. 제자에게 이런 싸움을 보여줄 수 있다면 나름 망령다운 최후라고 해야겠지."

잠자코 듣고 있었던 백의서생이 질문했다.

"그런 놈이 널 지켜본 이유는?"

이 지점이 사실 핵심이다. 나는 백의서생을 쳐다봤다.

"날 흡수하려고?"

"극양과 극음의 내공 때문에? 흡수해서, 그다음엔?"

"교주를 죽이려고 하겠지."

"왜."

여기서는 검마의 대답을 그대로 백의서생에게 전달했다.

"강자존이니까. 그렇게 해야 살아남을 거라고 믿는 모양이지. 옛 총본산에서 도축을 기다리는 돼지처럼 살다가, 정말 제대로 살아보려고 발버둥을 치기 위해서 온 게 아닐까. 나에 관한 정보는 일전에 나를 봤던 사천왕이 말을 해줬겠지."

백의서생이 말했다.

"이 모든 걸 교주가 알고 있다는 말이냐?"

"내가 지금 교주를 이길 방법이 있나?"

"없다. 천악도 어찌하지 못했던 사내야."

"흑의인은?"

"마찬가지지."

"흑의인이 나를 흡수하면? 그는 삼재와 비슷해질까?"

천악의 무위를 떠올리던 백의서생이 고개를 살짝 갸우뚱했다.

"맞붙을 수는 있겠다만…"

여기서 나는 백의서생에게 내가 생각하는 결론을 전달했다.

"흑의인이 나를 흡수하고, 그 흑의인의 내공을 통째로 교주가 흡수하면 다른 삼재가 교주를 감당할 수 있나?"

백의서생이 살짝 어처구니없는 표정으로 대답했다.

"너희 둘 모두를?"

백의서생이 사대악인을 천천히 둘러보고 차성태까지 쳐다본 다음에 말했다.

"그렇게 되면 마신魔神이다. 무언가에 막혀있었던 벽이 무너지면서 격이 오르게 되겠지. 천악도 비슷한 벽에 막혀있으니 말이야. 백도에서 탄생하면 무신이고, 마도에서 탄생하면 마신이겠지. 실은 그게 그거겠지만."

나는 백의서생에게 의견을 구했다.

"단순히 내공이 높아지면 그 격을 넘을 수 있나."

"그것은 아니다."

백의서생이 나를 쳐다봤다.

"교주가 지금 실력에 네가 사용하는 자하신공 같은 것을 얻는다면 그것은 마신이라 불러도 손색이 없겠지. 너는 교주에게 끌려가면 곱게 죽지도 못할 것이다. 이미 네가 사용하는 무공이 범상치 않다는 것은 온 강호가 모두 알고 있는 사실이야. 더군다나 양 대공이 보는 앞에서 사천왕까지 도륙했으니… 일전에는 허풍을 떨어서 천악이 흥미를 보였다만. 교주는 네 허풍에 아예 관심이 없을 테지."

나는 고개를 끄덕였다.

"그렇구만. 결론이 났네. 내가 교주에게 잡혀가면 이 강호는 망한다는 뜻이네. 서생 세력도, 천악도, 개방 방주와 똑똑한 백의서생도, 고생이 많은 임 맹주도 어찌할 수 없는 마도천하 말이야."

백의서생이 진지한 어조로 내게 말했다.

"잡히는 순간에 그냥 자살하는 건 어때? 아니면 내가 죽여줄까."

"그럴 수는 없지."

나는 백의서생에게 말했다.

"그때는 내가 알아서 교주와 동귀어진을 할 테니까. 너희는 내게 자하서생이라는 이름을 붙여서 제사 지내도록 해라. 한때 형가와 같은 사내가 있어 교주와 동귀어진을 했다. 서생들이 기리는 위인에 나를 추가하도록."

백의서생이 미소를 지었다.

"나쁘지 않구나. 교주가 사라지면 강호에서 우리를 막을 수 있는 고수가 없겠지. 개방 방주도 혼자서는 아무것도 하지 못할 테고."

잠자코 있던 검마가 입을 열었다.

"백의."

백의서생이 검마를 쳐다봤다.

"왜."

검마가 잔잔한 어조로 말했다.

"그건 네 생각이고."

색마도 백의서생을 노려봤다.

"착각은 네 자유고."

귀마도 끝내 한마디를 거들었다.

"강호가 마음먹은 대로 움직이면 그게 어찌 강호겠나? 백의서생."

차성태가 끼어들었다.

"저 대화 중에 실례지만. 이분은 아군입니까, 적입니까."

차성태도 눈치가 있어서 모르고 한 질문처럼 보이지는 않았다. 살다 보면 적인지 아군인지 구별이 안 되는 놈도 있기 때문이다. 나는 차성태의 의견을 물었다.

"네 생각은 어떤데."

차성태가 잠시 대답할 말을 고민하다가 입을 열었다.

"그냥 좀 재수가 없네요."

백의서생이 차성태를 노려보는 순간, 우리 사대악인은 동시에 웃음을 터트렸다.

"하하하하…"

생각해 보니까 적도 아니고 아군도 아니고. 그냥 재수 없는 놈이 맞았다.

336.
백 번이고 천 번이고
부탁해야지

내가 교주와 동귀어진을 한다고 하자, 백의서생의 표정이 밝아졌었다. 나는 이렇게 밝아지는 백의서생의 표정을 본 적이 없기 때문에 속으로 결심했다.

'동귀어진은 개뿔이…'

무조건 도망쳐서 살아남을 생각이다. 사실 사대악인은 전부 지친 상태였는데 백의서생이 객잔에 있는 것 자체가 무언가 보초를 서주는 느낌이 들 정도로 도움이 됐기 때문에 조금 갈궈서 붙잡아야겠다는 생각이 절로 들었다. 그전에 백의서생이 차성태를 갈궜다.

"때리면 돌 맞은 개구리처럼 허망하게 죽을 것 같은 놈이 입을 함부로 놀리는구나. 하오문주가 옆에 있어도 네 주둥아리 정도는 찢어놓을 수 있으니 말조심하도록. 차 총관."

우리는 차성태의 표정을 확인했다. 목숨을 일양현에 두고 온 모양인지 손가락으로 귀를 파고 있었다.

"…"

말이 좀 이상하긴 한데, 나는 차성태와 백의서생의 다툼을 중재했다.

"그만해. 재수가 없으니까 재수가 없다고 했겠지. 그런 말도 못 하나? 동맹끼리 싸우는 거 아니야."

백의서생이 곧장 반응했다.

"누가 동맹이라더냐?"

"같은 처마 아래서 비를 피하고 있으면 동맹이지. 내가 술을 내어주고, 네가 술을 마셨으면 동맹 아니냐? 왜 지랄이야? 지랄 좀 그만해."

나는 빗물이 곳곳에 뚝뚝 떨어지는 객잔을 한 차례 둘러봤다. 그러고 나서 차성태가 만들어 왔던 맛없는 요리를 쳐다봤다.

"그나저나 밥은 먹었나? 이 요리로 말할 것 같으면 하오문의 차 총관이 만든 망령 볶음밥이라고 하는데 이거라도 더 만들어 오라고 할까?"

백의서생이 커다란 솥에 담긴 음식을 쳐다봤다.

"그런 개밥은 줘도 안 먹는다."

나는 차성태를 바라봤다.

"들었어? 개밥이란다, 성태야."

"저도 개밥 주기 싫은데요?"

듣고 보니, 백의서생이 개라는 뜻이 되어버렸다.

"이 새끼가…"

백의서생이 자리에서 일어나는 것을 보자마자 나는 손을 뻗어서 천옥흡성대법으로 차성태를 끌어당겼다.

"성태야."

순식간에 멱살을 잡힌 차성태가 놀란 표정으로 나를 쳐다봤다.

"예."

"적당히 해야지. 그러다 정말 죽을 수도 있어서 그래."

"그런가요?"

"하지만 이게 우리 일양현의 사내들이긴 하다."

"맞습니다."

나는 멱살을 풀어준 다음에 차성태에게 명령했다.

"백의서생이 재수 없는 것은 맞는 말이지만 너는 앞으로 깍듯하게 예의를 갖추도록 해."

차성태가 나를 쳐다봤다.

"이유가 있습니까?"

"네가 일양현에서 설칠 때보다 강해진 것은 이 사람이 백전십단공을 전달했기 때문이야. 네 사부는 아니지만 네 인생을 어느 정도 바꿔준 사람이다."

전생의 내 인생은 나쁘게 바뀌었지만. 차성태에겐 그리 나쁘지 않은 영향을 끼친 셈이다.

"몰랐을 때는 어쩔 수 없지만, 이제 알았으니 예의를 갖춰야지. 네가 나중에 고수가 된다면 백의서생 덕분이다. 그 점을 잊으면 안 돼."

차성태가 놀란 눈빛으로 번갈아 보다가 대답했다.

"아… 알겠습니다."

나는 여전히 서있는 백의서생을 가리킨 다음에 정식으로 소개했다.

"소개하마. 강호 제일의 신비인, 강호의 운명을 짊어진 사내, 제갈량이 환생한 것 같은 사내, 주유 같은 사내도 농락할 수 있는 사나이, 문무를 겸비한 대군사, 장비 같은 사내도 부릴 수 있는 심리전의 대가, 벽 총관만큼이나 뛰어난 화공, 서생 세력에 있을 때는 백의서생, 백도와 함께할 때는 백의무제. 이 사람이 강호를 돕느냐 마느냐에 따라서 강호의 판도가 달라진다. 이 사람이 돕지 않으면 백도가 아무리 똘똘 뭉쳐도 마도에게 밀릴 수 있다. 오늘만 해도 육합선생을 도왔거든. 백의가 돕지 않았으면 오늘 육합은 차성태가 만든 맛없는 음식도 먹지 못한 채로 육갑이나 떨었을 거야."

귀마가 고개를 끄덕이더니 백의서생을 바라봤다.

"그건 맞다. 백의, 도와줘서 고마웠네."

나는 차성태를 백의서생과 떨어진 뒤편으로 보낸 다음에 백의서생을 쳐다봤다.

"좀 앉아라."

백의서생이 한숨을 내쉬다가 앉았다. 나는 백의서생을 바라보다가 이놈의 별호를 하나 더 추가했다.

"사실 네가 강호에서 가장 재수 없는 사람은 맞아."

백의서생이 황당한 표정으로 나를 바라봤다.

"뭐?"

"네 무공은 서문세가의 가주를 이길 정도로 고강하고. 경공도 뛰어나고. 계략에도 밝다. 세력도 작지 않고. 동료로는 삼재에 속하는 천악을 친구로 두고 있어. 하지만 아직 우리와 동맹을 맺을 것인지 말 것인지 스스로 결정을 못 하고 있으니 재수가 없다는 말은 맞지. 내가 교주와 동귀어진하겠다니까 처웃기나 하고."

"…"

"내가 너희 때문이라도 동귀어진은 하지 않을 생각이야. 재수가 없어서."

백의서생은 화가 좀 가라앉았는지 내 말에 대꾸했다.

"그건 좀 아쉽군."

나는 빗물이 곳곳에 떨어지고 있는 객잔을 한 차례 둘러보면서 말했다.

"이 썰렁한 객잔을 봐라. 마도가 등장하니까 다 사라졌다. 백도가 등장했으면 밥을 먹으면서 주인장에게 별일 없느냐고 물었을 테고. 흑도가 등장했으면 지켜줄 테니 상납금이나 바치라고 했을 테지만, 마도가 등장하면 삶이 이렇게 허망하고 허무해진다. 덕분에 우리는 비를 맞고 들어와서 차성태가 만든 개밥이나 처먹고 있고 말이야. 이게 다 교주 때문이야."

나는 백의서생을 바라봤다.

"…동맹이 그렇게 어렵나?"

백의서생이 대답했다.

"왜 갑자기 동맹 이야기를 나한테 하나?"

"그럼 누구한테 해."

"내가 서생들의 수장이냐? 각 세력의 우두머리들은 내 말을 듣지 않아."

"그걸 나더러 믿으라고?"

백의서생이 의아한 눈빛으로 나를 쳐다봤다.

"무슨 뜻이냐?"

"무림맹에 뭐 하러 들락날락했나? 다른 서생들에게 쾌당주를 만나고 왔는데 서생들의 가장 선배님이 이렇게 말씀하시더라… 하고 전달하면 후임 서생도 네가 지명하고, 본인이 쾌당주처럼 활동할 수도 있고. 대리인처럼 되는 거 아니었나? 너는 우두머리가 아니더라도 우두머리처럼 활동할 수 있는 재수 없는 사람이야. 내 말이 틀렸나?"

"…"

"거창한 동맹을 제안하는 게 아니다. 각자 살다가 큰일이 나면 이런 객잔 꼴만 나지 않게 하자는 거지. 내가 뭐 오나라와 촉나라의 동맹 같은 것을 제안해서 마도와 적벽대전을 벌이자는 것도 아니고. 백의서생, 저 개밥을 봐라."

백의서생이 차성태가 만든 개밥을 쳐다봤다.

"…"

"마도가 등장하면 저런 개밥이나 먹어야 해. 그게 무슨 뜻이냐? 인생이 개 같아진다는 뜻이지. 왜? 너희는 다를 것 같으냐?"

백의서생이 잠시 생각에 잠겨있자, 차성태가 중얼거렸다.

"것 참, 아까는 맛있게 드시더니."

"식욕이 반찬이니까 맛있게 먹었지. 누가 봐도 개밥이었어."

나는 백의서생을 손가락으로 가리켰다.

"이 서생을 봐라. 배가 고파도 개밥에는 손도 안 댈 훌륭한 분이시지."

백의서생이 말했다.

"당장 어쩌자는 말이냐?"

"제자들 좀 불러."

"불러서."

"우리와 함께 흑의인을 잡아야지. 아직 근처에 있는 느낌이다. 어
쨌든 나를 노리고 있을 테니 말이야. 마침 또 우리 백의서생께서 그
림 실력이 출중하시니까 용모파기부터 그려도 좋고."

"흑의인을 그려서 무슨 소용이란 말이냐."

나는 백의서생의 눈썰미가 허접하다고는 생각하지 않는다.

"눈빛을 봤나?"

"봤지."

"신장은?"

"기억한다."

"체격, 걸음걸이, 자세, 목소리, 피부색, 추정되는 나이… 다 알지
않나? 네 성격에 파악하지 않았을 리가 없다. 그것을 용모파기로 만
들어서 공유해야지."

백의서생이 물었다.

"잡아서 어찌할 것인데? 고문이라도 할 참이냐?"

나는 이상한 기분을 느끼면서 대답했다.

"…죽여야지. 아니면."

나는 문득, 나를 과거로 돌려보낸 절대자의 말이 또렷하게 떠올
랐다.

'다시는 천옥을 삼키지 말도록. 결과가 어찌 되었든 간에 나는 너를
선의로 대하마. 이것은 네게 줄 수 있는 최선의 선택이고, 최고의 선
물이 될 것이다.'

내가 잠시 생각에 잠겨있자, 다들 조용한 상태에서 나를 쳐다봤다.

"..."

이상하게 그때의 말이 떠올랐는데 이유를 알 수가 없어서 백의서생에게 일부의 말을 전달했다.

"백의, 결과가 어찌 되었든 간에 나는 너를 선의로 대하마."

"음."

"도와주는 것은 네 선택이라서 내가 강요할 수가 없다. 내가 생각하기에 흑의인은 교주에게 흡수당할 운명이야. 노예도 그런 노예가 없다. 그게 싫어서 저렇게 발악하는 것이겠지. 하지만 선을 넘었다. 그 발악을 하겠다고 이곳에 있는 평범한 사람들마저 죽였다면 방법이 잘못되었어. 이것은 용서할 수 없는 문제야. 강호인과 싸워서 죽인 것도 아니니까. 성태야."

"예."

"이런 객잔 사람들을 죽이는 놈들이 하오문의 적이야."

"맞습니다."

말을 내뱉고 나자 속이 좀 후련했다. 사실 죽이는 것은 첫 번째 계획이고, 두 번째는 내가 흡수하는 것이었다. 하지만 절대자의 말이 떠오르자마자 그것은 안 될 일이라는 생각이 들었다. 마도를 죽이겠다고 내가 마도가 되는 셈이기 때문이다. 인생의 여정에 숨어있었던 지독한 함정이랄까. 더군다나 나는 이미 부작용을 제거한 천옥을 품고 있는 상태.

최고의 선물이라는 표현이 아깝지 않을 정도로 나는 빠르게 강해지고 있다. 이것의 힘을 끌어 쓰다가 졸음이 쏟아지거나, 단박에 강해지지 못하는 이유는 내 신체의 격이 여전히 부족한 상태이기 때문이라고 추정했다. 천옥은 깊은 바다이고… 그것을 끌어내어 내 신체에 담으면 오히려 내 신체의 격이 가진 깊이가 얕아서 흘러넘치게 된다. 그 흘러넘침이 육체의 부담으로 작용해서 졸음 등의 여파로 밀려드는 것일 테지.

강해지겠다고 순리를 거스르다 보면… 그것도 올바르지 못한 길, 마도가 된다. 그렇다면 올바른 길은 무엇인가? 나는 새삼스럽게 다시 사대악인과 차성태, 백의서생을 바라봤다. 내 실력이 조금 부족해도… 이 사람들과 함께 해결하면 된다. 교주가 천옥의 흡수를 앞두고 폐관 수련에 들어갔었던 이유도 명확하다. 교주마저도 신체의 격을 높이기 위한 준비가 필요했을 것이다. 백의서생이 일어나더니 옥상에서 했던 말을 그대로 읊었다.

"문주."

"왜."

"부탁이냐?"

백의서생은 나를 놀리겠답시고 실실 웃으면서 쳐다보고 있었다. 나는 정색하는 표정으로 일어나서 백의서생에게 일부러 예를 갖췄다.

"무제, 부탁하네."

내가 갑자기 예의를 갖추자, 백의서생이 나를 위아래로 쳐다봤다.

"미친놈이… 갑자기 웬 예절이냐? 어울리지 않게."

"하오문도들이 더 죽을 수 있으니 내가 부탁해야지. 백 번이고 천 번이고 부탁해야지."

백의서생이 썰렁한 객잔을 둘러보면서 말했다.

"아, 여기도 원래 하오문이었나?"

"그렇지 않다."

"뭐?"

나는 오래된 탁자를 손으로 쓰다듬으면서 말했다.

"이 사람들은 자신들이 하오문에 속한다는 것을 몰라도 돼. 내가 문주인지 차성태가 총관인지 하는 것도 알 필요 없다. 그냥 내가 혼자서 하오문도들이라고 생각하는 거지."

백의서생이 미간을 좁히더니 우리를 둘러봤다.

"미친놈들이 따로 없구나. 간다."

"살펴 가게."

백의서생이 객잔을 나갔다. 나는 창밖으로 지나가는 백의서생을 바라보면서 중얼거렸다.

"동지가 가는구나. 할 말이 많았는데 등장과 퇴장이 항상 제멋대로야."

차성태가 내게 물었다.

"제자들을 데리고 다시 올까요?"

"모르지."

나는 차성태의 몸 상태를 확인했다.

"너 다친 곳은?"

"없습니다."

"호법 좀 서라. 우리는 쉬어야겠다."

"예."

                    * * *

빗물이 고인 길거리를 홀로 걷던 백의서생이 걸음을 멈추더니 수
레를 끌고 지나가는 사람에게 말했다.

"삼곤三棍."

삼곤이라 불린 사내가 수레를 멈추더니 돌아섰다.

"예, 말씀하십시오."

"전부 불러라."

"전부…라 하시면."

백의서생이 덤덤한 어조로 말했다.

"웬 반문이냐? 전부, 모조리, 몽땅… 천악도 오라고 해. 오지 않겠
다고 해도 말은 전해라. 도착하면 내가 용모파기를 줄 테니 잡아 와.
그전에 이곳은 천라지망으로 가둬놓고. 문주 일행 쪽에는 보초를 넣
어라."

삼곤이 고개를 숙이면서 대답했다.

"명을 받듭니다."

백의서생은 뒷짐을 진 채로 사방팔방에 널브러진 시체와 곳곳에
무너진 건물들을 말없이 둘러봤다.

"…"

337.
신新 악인객잔

여행자들이 밥도 먹고, 잠도 자고, 술도 마시고, 휴식도 취할 수 있는 곳. 그곳이 객잔이다. 하룻밤 머물고 가는 손님들도 있고, 매일 값싼 술을 마시러 오기에도 적당한 곳이 객잔이다. 고급스러운 분위기는 일절 없지만 그만큼 편한 곳이기도 하다. 누군가 내게 비단이 깔린 고관대작의 귀빈실에서 잘 것이냐, 이런 객잔에서 잘 것이냐 묻는다면 당연히 나는 귀빈실에서 잔다.

다만 그런 경우가 없었기 때문에 지금은 이 층의 방에 올라와서 잠을 청했다. 편하긴 편한데, 침구에서 침 냄새가 조금 났다. 내 냄새는 참을 수 있지만 남의 냄새는 참을 수 없다는 것이 사람의 심리다. 베개를 집어 던지고 나서 팔베개를 했다.

"..."

빗물이 스며들어서 눅눅해진 천장을 바라보다가 이런 생각이 들었다. 이곳은 악인객잔이라고. 착한 사람들이 버틸 수가 없었던 객잔인 셈이다. 옆방에는 색마가 있고. 앞방에는 귀마가 있고. 건너편 어딘가에는 검마가 누워있을 터였다. 우리는 그다지 믿음직하지 않은 차성태를 일 층에서 호법으로 세운 다음에 휴식을 취했다.

내가 차성태에게 백전십단공을 준 이유는 이런 날을 위해서가 아니었을까? 어쨌든 적이 나타나면 차성태의 손에서 파지직- 소리가 울릴 테고, 그것은 사대악인의 잠을 순식간에 깨울 터였다. 뇌기가 이렇게 쓸모 있는 무공이었다니… 빙공으로는 어림없는 일이다. 당연히 종일 비를 맞으면서 지랄 염병을 했었기 때문에 잠이 당장 오진 않았다. 나는 빗속에서 계속 나를 주시하던 흑의인을 떠올렸다.

'불쌍하지만 죽일 놈…'

사실 내가 진심으로 죽이고자 했던 경우는 많지 않다. 조씨 삼형제, 대나찰, 수선생, 흑선보주, 도박장과 경매장의 주인들? 생각해 보니까 꽤 많다. 사실은 아득바득 죽이기 위해서 싸운 것이 아니라 상황을 해결하기 위해서 죽였던 놈들이다. 상황이 해결됐다고 믿는 순간부터는 적을 뒤쫓아서 죽이거나 불필요한 살생을 이어나간 경우가 드물다.

왜냐하면 내가 바라는 것은 문제를 해결하는 것이지 누군가를 계속 죽이는 게 우선은 아니었기 때문이다. 그래서 살아난 놈이 대나찰의 제자, 흑선보의 독고생, 호연청, 남천련주, 철섬부인, 남명회주, 삼 공자와 삼복, 백면공자, 황 방주 같은 놈들이다. 생각해 보면 참 많이도 살려났다.

물론 지금은 이들의 얼굴을 보는 게 쉽지는 않다. 각자의 인생을 살아야 할 테니 말이다. 내가 이자들을 내 노예로 부리기 위해서 살

　　　…

려준 게 아니라서 그렇다. 어쩌면 사천왕이 망령들과 오지 않았더라면… 일부는 내가 살려뒀던 놈들처럼 어디선가 내 생각을 하고 있지 않을까? 이렇게 생각해 보니까 새삼스럽게 아직 적인왕은 살아있는 상태였다.

그는 마교로 돌아가게 될까? 아니면 신분을 감춘 채로 새 삶을 살아가게 될까. 당연히 나는 아군이든, 적이든 간에 새로운 삶을 살았으면 한다. 새로운 삶을 살아보고 싶다는 생각이 드는 순간에 인생이 바뀌게 될 테고, 그 바뀐 인생 때문에 다른 사람들의 운명도 뒤바뀌기 때문이다. 좌사 자리를 스스로 걷어찬 맏형이 그랬던 것처럼 말이다. 나는 상대를 가리지 않은 채로 죽였고, 상대를 가리지 않은 채로 살려주기도 했다.

그런 기준으로 봐도… 흑의인에겐 기회를 줄 수 없을 것 같다는 생각이 들어서 씁쓸했다. 씁쓸한 이유는 별것 없다. 내 기준에서는 그놈이 가장 불쌍한 놈이라서 그렇다. 언젠가 교주에게 흡수될 날을 기다리면서 살아가는 삶, 악의 실타래에 매달려 있는 인형이 된 것 같은 기분을 나도 알기 때문이다. 흑의인의 정체는 악의惡意가 생명을 얻은 경우라고 할 수 있다.

이래서 내가 잠을 설친다. 나는 자는 것인지 늪에 빠지는 것인지 모를 기분으로 흑의인을 떠올리다가 얕은 잠에 빠졌다. 꿈에서 나는 밤새도록 온몸이 실에 뚫린 채로 칼춤을 추고 있었다. 악몽에는 익숙했기 때문에 나는 밤새도록 내 몸에 달라붙어 있는 실을 끊어냈다.

* * *

창가 틈새로 들어오는 빛에 눈을 떴다.

"..."

햇살에 비추는 목재의 결을 바라보고 있으려니 이곳이 자하객잔인지, 천리객잔인지, 춘몽객잔인지 알 수가 없었다. 어쨌든 하룻밤을 무사히 머물렀기 때문에 나름 친근함이 느껴졌다. 그제야 나는 이곳이 악인객잔이라는 것을 떠올렸다. 어제 그토록 많은 비를 처맞고. 세찬 비처럼 솟구치는 피를 구경하고. 망령들의 살기를 온몸에 뒤집어쓴 채로 하루를 보냈음에도 아침에는 멀쩡하게 아름다운 햇살이 틈새로 밀려드는 게 새삼스럽게 신기했다. 나만 아름다운가? 나는 일단 일어나서 고양이 세수를 한 다음에 일 층에 내려와서 졸고 있는 차성태를 바라봤다.

"..."

차성태는 의자에서 졸고 있었는데 목이 부러진 것처럼 아래로 꺾여 있었다. 저놈은 호법일까, 아니면 강호를 여행하는 방랑자가 된 것일까. 나는 고양이 보법으로 차성태의 뒤에 접근해서 양손을 합친 다음에 백전십단공을 일으켰다.

파지지지직!

"으악!"

차성태가 우당탕탕- 소리를 내면서 일어나자마자 자세를 잡더니 헛소리를 내뱉었다.

"뭐야? 꿈이야?"

나는 차성태와 눈을 마주쳤다가 대답했다.

"올라가서 자라."

"알겠습니다."

나는 안도의 숨을 내쉬면서 올라가는 차성태를 물끄러미 바라봤다. 마교의 병력이 주변에 있는 상황에서도 저렇게 단잠을 잘 수 있는 배짱이라니… 호법으로서는 실격이지만, 강호인으로서는 나쁘지 않았다. 내가 언제부터 이렇게 사람의 장점만을 보게 되었는가? 알 수가 없다.

나는 바깥에 나와서 평범하지 않은 아침 풍경을 감상했다. 비바람과 함께 태풍이 한차례 지나간 것처럼 보이는 번화가가 된 상태. 부서진 목재가 고여있는 빗물에 둥둥 떠있고, 부러진 병장기, 시체, 쓰레기가 뒤섞여서 지옥이나 다름이 없었다. 과연 이런 곳에서 어떤 사람이 살 수 있겠는가? 다들 피난민처럼 도망갔을 게 분명해 보였다.

딱히 먹을 밥도 없고 할 일도 없었기 때문에… 나는 객잔의 문 옆에 놓인 빗자루를 들고 청소를 시작했다. 내 예상으로는 해가 질 때까지 청소를 해도 이 거리를 전부 치우기는 힘들 것이라는 생각이 들었다. 그래도 누군가는 치워야 한다. 내가 싼 똥은 아니다. 다만 똥간을 터트린 죄는 내게도 있다. 일단 내가 머무는 객잔 앞부터 치웠다.

고여있는 빗물을 하수구로 밀고, 목재와 쓰레기를 한곳에 모으고, 근처에 있는 시체들도 넓은 공터에 모았다. 겨우 악인객잔 앞을 깨끗하게 치우는 것만 한 시진이 넘게 걸렸다. 청소하는 도중에 굶주린 배에서 꼬르륵 소리가 나고, 치우고 치워도 사라지지 않는 쓰레기들이 보여서 오랜만에 옛날 생각이 났다.

속에서 무언가가 부글부글 끓었다. 청소하다가 성질이 뻗칠 때가 있는데 지금이 그렇다. 성질이 뻗친 상황이지만… 일부러 나는 무공을 사용해서 더 집요하게 청소에 집중했다. 시체를 발로 차서 공터에 모으고, 잡다한 쓰레기는 그때그때 염계로 불태우고, 고여있는 흙탕물은 아예 진각으로 짓이겨서 평평하게 만들었다.

옆 가게도 치우고, 맞은편 다루도 치우고, 눈에 보이는 모든 쓰레기를 치우고, 불태우고, 소멸시켰다. 아침 내내 혼자서 지랄발광하면서 청소를 하는데도 등장하는 사람이 아무도 없었다. 혹시 나는 이미 청소 지옥에 떨어진 것일까? 그제야 잠에서 깬 사대악인들이 악인객잔 앞에 둘러앉아서 나를 쳐다보고 있었다. 귀마가 내게 물었다.

"뭐 하는 거야? 아침부터."

"청소."

"청소를 왜 하는 거야."

"아무도 안 하니까 하지."

나는 사대악인을 바라보면서 이런 생각이 들었다. 청소도 해본 놈이 잘한다고, 저 세 명은 평생 청소를 해본 적이 없는 사람들이다. 그래서 사대악인이기도 하다. 성질이 얼마나 못돼먹었으면 태어나서 청소도 한번 안 해봤을까. 세 사람의 표정만 봐도 청소를 시켜선 안 될 것 같은 분위기가 물씬 풍겼다.

"…"

나는 주변의 시체를 다시 공터에 모으고, 주인이 없는 가게에 있는 땔감을 가져와서 던져 넣은 다음에 불을 붙였다. 이럴 때는 어쩔 수 없이 화장火葬이 낫다. 나는 잠시 타오르는 불꽃을 보면서 공터의 건너편 가게들을 살폈다. 열심히 했지만 쓰레기는 아직 내가 감당하지 못할 정도로 많이 쌓여있었다.

마치 태풍을 맞이한 논밭을 바라보고 있는 심정이랄까? 그제야 나는 농민들의 마음을 어느 정도 이해할 수 있었다. 도저히 혼자서는 복구할 수 없는 자연재해의 현장을 보는 것 같아서 다리에 힘이 풀렸다. 잠시 바닥에 주저앉아서 농사를 망친 농민이 된 심정으로 한숨을 내쉬었다.

'아, 개새끼들…'

허탈한 심정으로 타오르는 불꽃을 구경하고 있을 때 누군가가 다가와서 나를 불렀다.

"문주님, 오랜만입니다."

"오, 등 무인."

쳐다보니 묵가의 등량이 커다란 봇짐을 짊어진 채로 서있었다. 나는 마을에서 키우는 동네 강아지들이 왜 그렇게 주인을 좋아하고 기뻐하는지 알 것 같았다. 주인이 곧 밥을 주기 때문이다. 사실 그냥 갑작스럽게 등장한 등량이 반가운 것도 있었다. 등량이 주변을 둘러보다가 말했다.

"문주님, 연락을 받고 급하게 오느라 단사는 준비하지 못했습니다. 식사는 하셨습니까?"

"아, 아직 못했소."

등량이 고개를 끄덕이더니 악인객잔 앞에 있는 사대악인들을 향해 고개를 살짝 숙였다.

"완전히 난장판이로군요. 사람들이 다 떠난 모양이죠?"

"보다시피."

"좋습니다. 제가 돌아다니면서 먹을 재료를 검사하고 모은 다음에 객잔에서 직접 만들어 드리겠습니다. 조금만 기다리십시오."

나는 등량을 걱정했다.

"주변에 마교 병력이 있을 수도 있는데?"

등량이 미소를 지으면서 대답했다.

"저도 그 정도 조심성은 있습니다. 걱정 마십시오."

나는 새삼스럽게 등량이 멋있게 보였다. 전쟁터를 돌아다니면서 요리를 만들어 줄 수 있는 무림숙수라니… 등량이 내게 말했다.

"곧 다른 친구들도 올 겁니다. 저는 식사부터 준비하겠습니다."

"고맙소."

다른 친구가 과연 누구일까? 등량이 어디론가 사라지고 나서, 땔 감을 몇 차례 더 집어넣다가 멈춘 다음에 길 한복판을 바라봤다. 대 열을 갖추지 않은 농민들이 우르르 몰려오고 있었는데 어떤 자들은 손에 농기구를 들고 있었고, 어떤 자들은 쌀 포대를 짊어지고 있었 다. 나는 농민으로 구성된 병력을 보자마자 일어날 수밖에 없었다.

"…"

마침 내가 폐허가 된 곳을 바라보다가 농사를 망친 농민의 심정을 느꼈기 때문이기도 하다. 농민 병력이 멈추더니 중앙에서 한 사내 가 걸어왔다. 얼굴이 붉게 그을린 사내였는데, 나는 저 얼굴을 보자 마자 매일매일 농사일을 하는 사내라는 것을 어렵지 않게 알아볼 수 있었다. 강호인은 대부분 저런 얼굴, 피부, 주름살을 가지고 있지 않 다. 가까이 다가온 사내가 씨익 웃으면서 말했다.

"문주님, 여운벽 운향문주님에게 쌀을 공급하는 한가상회漢家商會

…

에서 왔습니다."

여운벽은 묵가의 가주다. 나는 눈앞의 사내가 농가農家의 가주라고 생각했다. 일단 예의를 갖춘 다음에 맞이했다.

"회주님."

농가의 가주가 주변을 둘러본 다음에 내게 말했다.

"청소를 하신 겁니까? 시체도 태우고 계시고. 저희가 일손이 많으니 좀 돕겠습니다."

나는 입이 잘 떨어지지 않아서 고개만 끄덕였다. 농가의 가주가 농민 병력을 돌아보더니 아무런 말 없이 손짓했다. 그러자 병력이 퍼지면서 농기구와 쌀 포대를 내려놓고 나만큼이나 익숙한 동작으로 청소를 하기 시작했다. 오전 내내 청소를 했기 때문일까. 아니면 농가와 묵가의 합류를 지켜봤기 때문일까. 이상하게 다리에 힘이 풀려서 나는 바닥에 주저앉았다. 그러자 농가의 가주가 옆에 앉아서 편한 어조로 내게 말했다.

"문주, 고생 많으셨소. 동호에서 크게 싸웠단 소식을 들었는데 돕지 못해서 아쉬웠소이다."

나는 농가의 가주를 바라보다가 나이가 나보다 꽤 많은 거 같아서 존댓말로 대답했다.

"예, 어떻게 오셨습니까?"

농가의 가주가 나를 쳐다봤다.

"우리 상회의 본점은 무림맹 근처에 있소. 무림맹에겐 살짝 미안한 말이지만 거기가 가장 치안이 좋아서 그렇소. 하지만 나도 뜻밖의 인물에게 연락을 받은 터라…"

나는 가주의 말을 듣다가 팔짱을 낀 채로 쳐다봤다. 농가의 가주가 나를 쳐다보면서 이런 말을 내뱉었다.

"백의서생이 서생 세력 전체에 지원을 요청했소. 흔히 있는 일은 아니라서. 더군다나 지원 대상이 하오문주라더군. 그래서 한걸음에 달려올 수 있었소."

이야기를 듣는 와중에 기분이 참 묘했다.

"…"

황당한 것은 농가의 가주도 마찬가지였는지, 몇 차례 콧소리를 내면서 웃다가 중얼거렸다.

"백의서생이 누굴 도와주겠다니… 오래 살고 볼 일이지."

나는 농가의 가주와 눈을 마주쳤다가 고개를 끄덕였다.

"그러게 말입니다."

338.
태어나서
가장 무서웠던 산책

나는 농가 세력이 일하는 모습을 지켜봤다. 일단 청소를 나보다 잘
했다. 병장기처럼 들고 왔었던 농기구는 한쪽에 내려놓은 상태. 그
대신에 사람들이 떠난 집에서 꺼낸 각종 도구로 부서진 가게와 집을
수리했다. 무너졌던 벽에 판자를 대서 못을 박는 사람도 있고, 시체
를 공터로 옮겨서 태우는 사람도 있었다. 이렇게 보고 있으려니 농
가는 연자성이 이끄는 축문과 비슷하다는 생각이 들었다.

　서생 세력 일부와 하오문이 흡사한 것은 이상한 일이 아니다. 어
쨌든 농가는 이 모든 일을 나보다 능숙하게 해냈다. 이들은 본래 생
업에 종사하던 일꾼들이고, 나는 주로 싸움이나 해대는 강호인이기
때문일 터였다. 쌀 포대를 가져온 이유도 곧 알게 되었다. 농가에 속
한 사내들이 집마다 들어가서 비어있는 쌀독에 쌀을 채우는 모양새
였다.

　잠시 후 나는 등량이 마련해 준 밥을 맛있게 먹은 다음에 객잔에

있던 안주로 술까지 마셨다. 술을 몇 잔 마시고 나서 다시 거리를 바라보니… 농가의 병력은 원래 이곳에 살았던 사람들처럼 곳곳에 틀어박혀서 복구 작업을 이어나가고 있었다. 딱히 이곳에서 내가 할 일은 없었다.

문주는 본래 사건이 터진 곳으로 달려가서 싸우고. 일은 문도들이 하는 것이기 때문이다. 어떤 게 힘겨운 일인지 따질 필요는 없다. 나도 그렇고, 저들도 그렇고 매사에 목숨을 걸고 있기 때문이다. 나는 한참을 쳐다보고 나서야 이들이 하오문도가 아니라 농가라는 것을 새삼스럽게 기억했다.

'깜짝이야. 축문인지 알았네.'

농가는 점심이 훌쩍 지나자, 자신들이 가져온 쌀로 밥을 지어 먹고, 잠시 휴식을 취한 다음에 다시 일어났다. 해가 질 때까지는 무조건 일을 해야 하는 사람들처럼 보였다. 그렇게 이곳에는 서생 세력의 농가가 달라붙어서 언제든지 이곳에 있었던 사람들이 돌아오면 아무런 문제 없이 다시 일상을 살아갈 수 있도록 준비하고 있었다.

그러고 보니까 묵가와 농가는 친구 사이처럼 보였다. 묵가는 정복 전쟁을 막겠다는 심정으로 수성을 지원하고, 어쩔 수 없이 벌어진 전쟁 이후에는 농가가 진입해서 복구하는 모양이었다. 이것을 내 눈으로 확인하고 있었기 때문에… 나는 마음의 동맹 안에 묵가에 이어서 농가를 추가했다. 하오문의 축문, 묵가, 농가가 연합을 맺고 있으면 피해 복구가 빠를 것 같다는 생각이 들었다. 술을 마시던 나는 이런 생각이 들었다.

'연자성부터 불러야겠네.'

내가 여기에 있으면 일상적인 삶을 살아야 하는 자들의 복귀가 더 늦어질 것 같다는 생각이 들었다. 나는 늦은 오후까지 휴식을 취하고, 원기를 회복하고, 운기조식으로 시간을 보내다가 사대악인에게 말했다.

"…우리는 떠나자."

색마가 대답했다.

"어디로?"

한 번에 말을 하는 게 나았기 때문에 차성태, 농가의 가주, 등량까지 부른 다음에 말했다.

"차 총관."

"예."

"삼십 일 정도 여유를 뒀다가 별일이 없으면 이곳에 축문을 불러."

"알겠습니다."

"연자성이 오자마자 돈 받고 일할 필요는 없다. 자리 잡을 때까지 발생한 비용에 대해서는 청구하라 이르고, 여기 사람들을 고용해서 축문 지부를 설립하라고 해. 그다음 일부터는 축문이 고용한 이곳 일꾼들도 먹고살아야 하니까 비용을 받아야겠지. 오래 걸려도 상관없다. 그러니까 연자성에게 축문의 일꾼을 이곳 사람들로 충당하라 그러면 무슨 말인지 알 거야."

"예."

나는 농가의 가주를 바라봤다.

"하오문에 속한 건축 장인을 부를 생각인데 나중에 한번 만나보시지요."

"알겠소."

"차 총관은 여러 세력의 만남을 주선하는 것을 맡아라. 당분간은 우리를 따라다닐 필요 없다. 일 처리를 하는 와중에 계속 백전십단공만 수련해. 아직 망령 한 명 죽이지 못하는 실력이라서 우리가 부담스럽다."

"알겠습니다."

나는 농가의 가주와 등량을 바라봤다.

"이제 저는 이 사람들과 함께 장소를 천천히 옮길 테니 서생 세력에 전해주십시오."

등량이 물었다.

"어디로 가십니까?"

나는 사대악인을 바라봤다가 등량에게 대답했다.

"우리는 만장애로 향하겠소."

"음, 만장애요?"

"어차피 내가 이곳에 있으면 평범한 사람들이 복귀하는 게 더 힘들 테니 내가 떠나는 게 맞겠지. 만장애로 향하다 보면 내게 볼일이 있는 사람들도 알아서 따라올 것 같소. 다만, 적이든 아군이든 간에 실력이 없는 자들은 만장애 근처로 오지 않았으면 좋겠소."

등량이 고개를 끄덕였다.

"무슨 말인지 이해했습니다. 제가 전달하겠습니다."

나는 농가의 가주를 바라봤다.

"회주님."

"말씀하시오."

"농가의 지원은 고마운 일이지만 만장애까지 따라올 필요는 없습니다. 저보다는 하오문의 축문과 함께 이곳을 돕는 게 맞는 거 같은데 어떻게 생각하십니까."

농가의 가주가 잠시 생각에 잠겼다.

"…음. 그렇게 하겠소. 만장애에서 만약 싸움이 벌어진다면 나보다 실력이 뛰어난 자를 보낼 수 있는지 알아보리다. 언제 출발할 생각이오?"

나는 의자에서 일어난 다음에 사대악인을 바라봤다.

"갑시다."

"벌써?"

검마, 색마, 귀마가 나를 쳐다봤다. 당장 가자고 하니까 다들 엉덩이가 무거워진 모양이었다. 나는 세 사람에게 말을 덧붙였다.

"만장애에 영약 있는 곳을 알아. 심지어 가져오지도 못했던 영약이 있어."

세 사람이 동시에 일어나더니 옷매무시를 가다듬었다.

"가자."

"본론부터 얘기하면 바로 일어나잖아."

나는 차성태와도 작별했다.

"…일양현에 가면 안부 좀 전해."

차성태가 나를 물끄러미 바라보면서 대답했다.

"알겠습니다. 검마 선배, 육합선생, 몽 공자도 조심하십시오."

새삼스럽게 일일이 인사를 건네자, 사대악인도 전부 돌아섰다. 맏형이 말했다.

"차 총관, 강해진 것 같아서 보기 좋았다. 또 보자."

"예."

귀마도 말했다.

"차 총관, 고생이 많아. 또 보자고."

색마가 이상한 표정으로 말했다.

"총관, 다녀와서 술 한잔하자고. 매화루에서."

차성태가 고개를 끄덕이다가 말을 덧붙였다.

"다들 무사히 복귀하셔서 요란이도 가르치시고…"

나는 아무 말 없이 차성태를 노려봤다. 그러자 차성태가 오랜만에 또 내게 반말을 해댔다.

"…조심해라."

"성태야."

"왜요."

"누구 죽으러 가냐? 분위기 잡지 마. 쥐패기 전에."

차성태가 그제야 웃었다.

나는 주변을 둘러보다가 세 사람에게 손을 흔들었다.

"또 봅시다."

* * *

검마가 내게 물었다.

"무슨 영약이 있나?"

"만장애 아래에 월단화가 있었는데."

색마가 큰소리로 대꾸했다.

"뭐야?"

"시끄러워, 닥쳐. 이미 내가 먹었어. 그게 중요한 게 아니고. 월단화 근처에서 커다란 물고기를 잡아먹었는데 월단화로 얻은 한랭한 기운이 금세 사라지더라고. 우연일까 싶었는데 아닌 것 같다. 독이 있는 곳에 약이 함께 있는 것처럼 물고기도 극음의 내상을 치료할 수 있는 영약이었어. 보신 효과를 넘어서서 극양의 내공에 도움이 되는 것이라고 봐야겠지."

귀마가 물었다.

"만장애 밑에 호수가 있다는 말인가?"

"응."

"엄청 오래된 호수겠군. 사람의 접근도 없었을 테고."

"일만 년이 넘었을지도 몰라. 어떤 미친놈이 그곳에 내려가서 물고기를 잡아먹었겠어?"

색마가 나를 쳐다봤다.

"너."

"그것은 맞다. 일만 년의 평화를 깨뜨린 사내, 그것이 나야."

잠시 걷고 있으려니 따라붙는 자들이 있었다. 나는 잠시 멈춰서 제법 떨어진 곳을 주시했다. 백발이 성성한 늙은이가 걸음을 멈추더니 우리를 주시했다. 문득 바람이 불어서 백발이 휘날리자, 한쪽 눈이 있어야 할 곳이 파여있는 게 보였다. 색마가 물었다.

"어떻게… 죽여?"

나는 가만히 서있는 백발노인을 바라보다가 말했다.

"됐다. 가자."

그냥 돌아서서 계속 이동했다. 가끔 색마가 뒤를 돌아봤다가 상황을 설명했다.

"비쩍 마른 놈 하나 더 합류했다. 품에서 뭘 꺼내는데? 암기인가? 아니네. 공중으로 쏜다."

이내 바람 소리가 들리면서 무언가가 솟구치더니 공중에서 폭발했다. 귀마가 침착한 어조로 물었다.

"저쪽은 둘이고, 우리는 넷인데 지금 치는 게 낫지 않나?"

나는 멈춘 다음에 뒤에서 쫓아오는 두 사람을 다시 확인했다. 백발노인과 비쩍 마른 노인장이 멈추더니 우리를 주시했다. 나는 바닥에 있는 돌멩이를 하나 주워서 백발노인장에게 던졌다. 백발노인장이 손을 휘두르자, 돌멩이가 공중에서 바스러지더니 먼지처럼 사라졌다.

"…"

한숨이 절로 나왔다. 나는 백발노인장을 향해 말했다.

"…노인장, 만장애로 가서 싸울 생각인데 조용히 갈 수 있겠나?"

백발노인장이 고개를 끄덕이자, 빼빼 마른 노인장이 대답했다.

"그렇게 해라."

"좋아. 가자."

망령들의 말을 어디까지 믿을 수 있는지는 모르겠지만 나는 일단 사대악인과 다시 만장애로 출발했다. 뒤에서는 망령이 점점 늘어나고 있었다. 몇 차례 뒤쪽에서 따라오는 자들을 쳐다보면서 보고하던 색마도 지쳤는지 입을 다물었다. 잠시 후 나는 색마에게 물었다.

"흑의인은?"

"아직 안 보여."

"젊은 놈은?"

"없다. 이게 맞아? 수가 더 늘었어."

나는 고개를 끄덕였다.

"내가 제안한 것이니 나는 말을 지켜야지. 이게 맞아. 어차피 적만 오진 않을 거야."

이때, 우리 앞에 흑의인 셋이 가볍게 내려서더니 길을 막았다. 잠시 걸음을 멈추자 뒤에서 비쩍 마른 노인장이 말했다.

"길을 비켜라. 만장애에서 싸우겠다."

나는 세 흑의인에게 말했다.

"그렇다는군. 비켜라."

세 사람이 좌우로 비켜서더니 지나가는 우리를 노려봤다. 무사히 지나가는가 싶었는데 한 놈이 주둥아리를 열었다.

"…십삼 호, 오래 살아있네."

검마가 콧소리를 내면서 웃자, 맏형을 십삼 호라고 부르는 흑의인이 뒤에서 물었다.

"내가 누군지 기억하나?"

검마가 걸으면서 대답했다.

"목소리는 들어본 것 같다만 많이 잊었다. 얼굴이라도 내보이고 말을 하도록."

"배교자 놈, 너랑 경쟁하다가 죽은 놈들이 가장 원통할 것이다."

검마가 고개를 끄덕였다.

"죽었으면 원통해야지, 암."

우리는 맏형의 말에 낮게 깔린 웃음을 내뱉었다.

"맞는 말이야."

길을 다시 걷는 와중에 빼빼 마른 노인장의 목소리가 들렸다.

"…웬 쓸데없는 소리를 나불대는 것이냐. 죽고 싶은 게야?"

"죄송합니다."

아마도 검마와 말을 섞은 흑의인을 갈구는 모양이었다. 노인장의 말이 이어졌다.

"십삼 호는 좌사 자리라도 해봤지. 너는 뭐냐? 응? 너는 뭐냔 말이야. 이놈이 몇 호였지?"

누군가가 노인장의 말에 대답했다.

"구야마공舊夜魔功의 주화입마에서 살아남은 이십칠 호."

"구야마공에 주화입마도 있었나? 내공만 받쳐주면 넘어갈 수 있는 무공이거늘."

이때, 쇳소리가 섞인 음색이 흘러나왔다.

"시끄럽다."

"…"

삽시간에 뒤편에서 따라오는 망령들이 입을 다물었다. 누구의 목소리인지 궁금했는데 나는 그냥 백발노인장의 음색이라고 추측했다. 어쩐지 외모가 한 차례 죽다 살아난 사람처럼 보이는 망령이었다. 눈이 한 개 없는 것도 그렇고, 목이 완전히 상한 것도 내상이나 주화입마의 여파처럼 보였다. 어쨌든 지금까지는 백발노인장이 망령들 사이에서는 최고수처럼 보였다. 나는 주로 인적이 드문 길 같

지도 않은 길을 걸었다. 사마외도들이 따라오고 있으니 나도 사마외
도를 걷는 중이랄까. 귀마가 여태 생각하던 것을 말했다.

"…흑의인 중에 섞여있나?"

"그런 것 같다. 원래 흑의인으로 다들 변장해서 습격을 준비했었
나 보군."

우리를 따라오는 놈들도 아무렇지도 않게 대화를 나눴다.

"그냥 여기서 다 죽이는 게 낫지 않겠습니까? 만장애까지 가야만
합니까?"

한 놈이 불만 섞인 의견을 내놓자, 일부 망령들의 웃음이 이어지
다가 한 노인장이 대답했다.

"그래? 여기서 다 죽이자고?"

"예."

"네가 가서 죽여보아라. 가라. 우리는 구경할 테니."

"아, 죄송합니다."

"무엇이 죄송하냐? 내뱉은 말은 지켜야지. 하오문주, 잠시만 멈
추게."

우리가 멈춘 다음에 일제히 돌아서자, 빼빼 마른 노인장이 한 흑
의인을 가리키면서 말했다.

"이놈이 갑자기 자네들을 여기서 모두 죽이자는군. 실력을 봐야겠
으니 여흥이라고 생각하고 받아주겠나?"

나는 간단하게 대답했다.

"그럽시다. 보내시오."

"…"

빼빼 마른 노인장이 흑의인을 쳐다보면서 말했다.

"가서 도전해라. 네가 원하는 생사결이다. 가지 않으면 우리 손에 죽을 것이야. 셋 셀 때까지만 기다려 주마. 하나."

노인장의 말에 망령들이 이곳저곳에서 웃었다.

"둘."

흑의인이 앞으로 나섰다.

"…도전하겠습니다."

무리에서 빠져나온 흑의인이 앞으로 나섰다. 나는 백발노인장의 살기 눈빛을 확인하자마자, 흑의인에게 경고했다.

"이봐, 조심해…"

조심해라, 라는 말을 다 내뱉기도 전에 백발노인장이 돌멩이를 먼지로 만들었던 것처럼 손을 휘둘렀다.

푸악!

그러자 우리에게 몇 걸음을 다가오던 흑의인의 상체가 통째로 뜯겨나가면서 반절만 남은 몸통이 앞으로 고꾸라졌다. 망령들이 웃음을 터트리더니 죽은 자를 희롱했다.

"한심한 놈이로고."

"이제 떠드는 놈이 없겠지?"

백발노인장이 우리를 노려보는 와중에 빼빼 마른 노인장이 다시 전방을 가리켰다.

"가자! 만장애로."

나는 그래도 빼빼 마른 노인장이 조금 유쾌한 것 같아서 손가락을 튕겼다.

"좋았어. 가자고. 망령들과 이런 여행을 하게 되다니 정말 감회가 새롭다. 짜릿해."

나는 사대악인과 나란히 서서 다시 만장애로 향했다. 색마가 중얼거렸다.

"야, 그런데 아무도 안 오는 거 아니냐. 슬슬 좀 불안해지는데. 백의서생, 개새끼도 안 보이네."

뒤에서 누군가가 색마의 말에 대답했다.

"아, 백의서생을 기다리나? 바둑 잘 두는 노인장이 한판 붙어보겠다고 찾고 있었는데 둘이 만났으려나? 하오문주, 자네 지원군이 많은 건 우리도 알고 있네. 너무 바보 취급하지 말게나."

나는 걸음을 멈춘 다음에 돌아서서 목소리의 주인을 찾았다.

"누구야, 방금?"

청색장삼을 입고 있는 중년인이 대답했다.

"날세."

나는 고개를 끄덕인 다음에 진중한 어조로 대답했다.

"선배님, 제가 언제 바보 취급을 했습니까? 전력이 밀리니까 그냥 지원군을 기대한답시고 한 말이지요."

"아, 그런가?"

나는 고개를 끄덕인 다음에 만장애로 안내하듯이 손을 내밀었다.

"갑시다. 날이 더 컴컴해지겠소."

"앞장서게."

나는 사대악인과 망령들을 데리고서 어두컴컴해지는 밤길을 걸었다. 언제든 뒤에서 습격이 올 수도 있었기 때문에 그 어느 때보다 무서운 밤길이기도 했다. 나도 모르게 등줄기가 서늘했다.

"와, 태어나서 이렇게 무서운 산책은 또 처음이네."

망령과 사대악인이 동시에 침묵했기 때문에 방금 내 말은 혼잣말이 되었다. 바람이 점점 서늘해지고 있었다.

339.
자하신공은
펼쳐지지 않았다

어둠 속을 무작정 걷고 있는데도… 사대악인은 불평이나 불만을 입에 담지 않았다. 평소라면 내게 계획을 물어봤겠지만, 뒤에서 따라오는 망령들 때문에 묵묵히 걷기만 했다. 망령들도 자주 떠들진 않았다. 주둥아리를 함부로 열었다간 백발노인장에게 죽을 확률이 크기 때문일 것이다.

싸움의 장소를 만장애로 정했다고 해서… 사대악인과 망령이 함께 만장애로 이동하는 게 정상적인 상황은 아니다. 하지만 애초에 우리가 비정상적인 놈들이라는 것을 고려하면 그렇게 이상한 일도 아니다. 어차피 이놈들은 나를 직접 죽일 수 없다. 생포해서 교주에게 바치거나, 내가 예상했던 대로 흑의인에게 넘기거나 둘 중하나다.

뒤를 따르는 인원들이 점차 늘어났는데 저 속에 문제의 흑의인이 끼어있는지는 확인하지 못한 상태. 하염없이 길을 걷는 와중에 다시 망령들이 쏘아 올린 신호탄이 하늘에서 터졌다. 나는 잠시 멈춰서 밤하늘에 터지는 불꽃을 구경했다. 반짝이는 별과 불꽃이 뒤섞여서 장관이 펼쳐졌다.

"이야…"

내가 멈춰서 불꽃을 구경하자, 망령들도 하늘을 쳐다봤다. 누군가 가 내게 물었다.

"만장애가 대체 어디냐? 아직 멀었나?"

나는 솔직하게 대답했다.

"멀었지. 아무 데서나 하룻밤 잤다가 해가 뜨면 다시 출발하자고."

물어봤던 망령이 탄식을 내뱉더니 불만 섞인 어조로 말했다.

"백야白夜, 이게 대체 무슨 일이오. 언제까지 따라가야겠소."

백야가 누군지는 모르겠으나 나는 망령들을 쳐다본 다음에 말했다.

"이봐, 어떤 늙은이냐?"

"…"

"내가 죽든 너희가 죽든 인생의 마지막 여행이다. 이것도 못 따라 와서 불평이야? 그렇게 불평과 불만이 많으니까 교에서도 밀려서 옛 총본산에 있었겠지. 이 쓸모없는 늙은이 새끼, 그렇게 죽고 싶으 면 지금 나랑 생사결을 치르자. 나와라… 어떤 놈이냐?"

정적이 감도는 와중에 쇳소리가 섞인 불쾌한 음색이 흘러나왔다.

"만장애는 옛 고수들이 결전의 장소로 택하던 곳이다. 잘난 놈들 이 많이 떨어져 죽었지. 만장애 밑에는 강호 고수들의 육신을 영양 삼아서 자란 풀과 나무, 생명이 가득할 것이다. 죽을 장소로는 나쁘 지 않다. 문주도 밤길에는 익숙하지 않은 것 같으니 전부 야영 준비

…

를 해라."

나는 그제야 백발노인장의 별호가 백야라는 것을 알게 되었다. 백야의 말이 이어졌다.

"그 전에 죽을 놈들은 일대일을 해서 결판을 내도록 해. 너희가 언제 내 말을 따르면서 살았나. 죽은 놈은 모닥불의 땔감으로 쓰겠다."

만장애로 출발하던 여정이 잠시 멈췄다. 나는 망령들에게 물었다.

"그 흑의인은 아직 안 왔나?"

"누굴 말하는 것인가?"

"너희가 보호하던 놈 말이야."

망령들은 이내 입을 다물더니 저희끼리 야영 준비를 시작했다. 나는 사대악인을 뒤에 남겨놓은 다음에 망령들에게 걸어가서 흑의인을 살펴봤다. 내가 가까이 다가오자… 망령들이 놀란 눈빛으로 나를 쳐다봤다. 나는 달빛 아래에 놓인 귀신들의 얼굴을 하나하나 쳐다보면서 돌아다니다가 몇 명에게 말했다.

"야영 준비해. 쳐다보지 말고."

빼빼 마른 노인장이 황당하다는 어조로 내게 말했다.

"문주, 목숨을 내놓았나? 자신의 집처럼 우리 쪽을 돌아다니는군."

나는 망령들 사이에 털썩 주저앉은 다음에 대답했다.

"뭐 어차피 죽고 죽일 사이인데… 뭘 그렇게 따져?"

백야가 나를 쳐다봤다.

"교주가 신경을 쓰는 사내인 이유가 있구나."

나는 망령들에게 둘러싸인 채로 조금 떨어진 곳에 있는 사대악인을 쳐다봤다.

"뭐 해? 야영 준비해. 아니면 이곳에 다 오든가."

색마가 대답했다.

"너나 거기 있어라."

"그래."

내 앞으로 백발노인장과 빼빼 마른 노인장이 다가와서 앉았다. 빼빼 마른 노인장이 웃으면서 말했다.

"잡았다. 이놈."

나도 웃었다.

"잡힌 걸로 하자. 결정했나?"

"뭘?"

"교주에게 바칠지, 그대들이 보호하던 흑의인에게 흡수하게 할지. 아직 선택을 못 했나?"

빼빼 마른 노인장이 고개를 갸웃하면서 대답했다.

"왜 그렇게 교의 사정에 대해 밝지? 하오문도 서생들처럼 간자를 심었나?"

"그렇진 않아."

"조금 당황스럽군. 나도 모르게 손이 나가서 자네를 죽이게 될 것 같은데 그렇게 있는 자신감에 대해서 좀 설명해 주게."

나는 고개를 끄덕이면서 백발노인장을 가리켰다.

"이쪽은 백야 노인장이고 당신은?"

빼빼 마른 노인장이 대답했다.

"나는 팔八 호라 불리네. 주로 팔노야八老爺라 불리지."

"와, 검마 선배와 같은 시절의 팔 호는 아닐 것 같은데?"

"좌사와 어찌 같은 시절이겠나. 그전부터 여덟 번째였다."

"팔이라는 수가 아예 결번된 것인가. 희한하게 대단하네."

팔노야가 말했다.

"말해주게. 그렇게 당당하게 앉아있는 이유를."

"말해줘야지."

나는 주변을 둘러봤다. 사대악인도 모닥불을 피우기 위한 준비를 하고, 다른 망령들은 그냥 여기저기 아무렇게나 앉아서 밤을 지새울 모양이었다. 그러니까 불을 피우려는 자들이 사대악인밖에 없었다. 나는 팔노야를 쳐다보면서 말했다.

"말해주기 전에 나도 한 가지가 궁금한데."

"무엇인가?"

나는 주변에 있는 망령들을 쓰윽 훑어보다가 두 사람에게 물었다.

"그 민가에서 무공 모르는 사람들을 학살한 망령은 누구인가? 죽은 사람이 꽤 많던데."

팔노야가 백야를 바라봤다.

"누가 죽였지?"

백야가 대답했다.

"철시鐵屍라는 자가 많이 죽였다."

"어디 있나?"

"검마에게 덤볐다가 목이 떨어져서 죽었지."

"또?"

"전마顚魔와 육마조肉魔祖도 살인을 일삼았다."

"어디 있나?"

백야가 착 가라앉은 음성으로 대답했다.

"전마는 육합선생을 죽이려던 찰나에 백의서생의 기습을 받아서 죽은 것 같고. 육마조는 빙공을 쓰는 어린놈에게 죽었다."

나는 고개를 끄덕였다.

"그랬군. 강호인끼리 싸우면 될 것을 두 노인장은 왜 막지 않았나? 두 사람이 철시, 전마, 육마조보다 약할 것 같지는 않은데. 망령들 중에서도 특출난 고수처럼 보이는군."

백야가 나를 쳐다봤다.

"그런 허망한 질문을 하는 이유는 무엇이냐. 명령을 제대로 수행하는 놈들이 옛 총본산에 왜 있겠나. 신교에서도 사고를 치고서 귀양을 왔던 놈들이다."

나는 팔짱을 낀 다음에 고개를 끄덕였다.

"그래."

팔노야가 입을 열었다.

"자, 원하는 답을 들려줬으니 자네도 대답해야지."

"내가 자신감 있게 여기에 앉아있는 이유?"

"그래. 그것이 궁금하구나."

"나는… 그냥… 어떻게 설명할까? 망령이 어떤 자들인지 궁금해서 왔어. 궁금증을 참을 수 없는 성격이라서."

팔노야가 백야를 바라봤다.

"너무 무모한데?"

팔노야의 눈빛은 마치 지금 합공해서 나를 잡자는 것처럼 보였다.

백야가 팔노야를 쳐다보더니 고개를 움직여서 나를 주시했다.

"그 이유가 아닌 것 같군."

팔노야가 대신 대답했다.

"그럼?"

백야가 내 눈을 지그시 바라보면서 말했다.

"…여기 있는 자들을 언제든지 다 죽일 수 있다는 자신감이 있어서 앉아있는 것 같네."

팔노야가 나를 물끄러미 바라봤다.

"그럴 실력은 없는 것 같은데…"

"팔노야."

"말하게."

"내 실력을 봤어?"

"사천왕을 죽여서 자신감이 조금 올랐나? 옛 총본산에서는 세숫물이나 떠와서 바치던 놈들이야."

"나이가 그대들보다 삼십 년 이상은 어렸을 테니 이상한 일은 아니지."

"하여간 백야 노인장의 말대로 자신감이 있는 것은 맞나?"

나는 고개를 저었다.

"사실이 아니다. 그런 자신감이 있을 리가 없지."

"…"

주변에서 망령들이 비웃었다. 백야는 여전히 무뚝뚝한 표정이고, 팔노야는 고개를 절레절레 저으면서 혀를 찼다. 팔노야가 내게 말했다.

"자네 정말 미쳤나?"

나는 주변에 있는 망령들도 보고, 곧 나를 공격할 것 같은 백야와 팔노야도 쳐다보다가 흐름을 끊었다.

"내 별호가 광마狂魔야."

팔노야가 고개를 갸웃했다.

"금시초문이로군."

"내 별호를 들은 놈이 있긴 한데 이미 죽었어."

팔노야가 웃었다.

"광마라면 우리 쪽에 어울리는 별호인데."

"나도 알아. 그래서 지금 어울리고 있잖아."

백야가 내게 물었다.

"어째서 자네의 별호가 광마인가?"

"실력이 들쑥날쑥해. 감정도 오르락내리락하고. 그냥 별일 아닌 일에 우울할 때도 있고. 사소한 거에 웃을 때도 있고. 무공도 강해졌다가 약해졌다가… 천박할 때가 대부분이고 가끔 제정신일 때도 있고. 그대들만큼이나 많은 피를 내 손에 묻혔으니 악인이지. 다만 무공을 아예 익히지 않은 자를 죽인 적은 없는 것 같군. 그 젊은 흑의인은 당신들 제자인가?"

"…"

"혹시 천마 후보인가? 그가 나를 흡수하든, 내가 그를 흡수하든 간에 교주를 상대하는 것은 조금 힘들 것 같은데 두 노인장은 어떻게 생각하나?"

백야가 물었다.

"자네 정말 음양지체인가?"

"아마 그럴 거야."

"확실히 자네 말대로 둘 중 하나가 고스란히 흡수해도 교주를 상대로는 힘든 것이 사실이네. 이유를 알겠나?"

나는 팔뚝에 솟고 있는 닭살을 보다가 고개를 끄덕였다.

"아, 알 것 같다. 망령들이 흑의인 같은 놈을 만들어서 바친 게 이번이 처음은 아니었겠네."

팔노야가 고개를 끄덕였다.

"과연 똑똑한 친구일세. 처음은 아니지."

"아주 오래전부터?"

팔노야가 히죽 웃었다.

"아주 오래전부터. 이전 교주들도 마찬가지…"

"옛 총본산이 존재하는 이유를 이제 알았네. 궁금증이 좀 풀렸다. 온갖 사고를 쳐도 허망하게 죽지 않고 귀양을 보내는 이유가 내내 이것이었구나. 어차피 살아있는 영약으로 합쳐져서 교주가 취하게 될 테니. 보통 마도魔道가 아닌 셈이야. 규칙이 없는 혼돈의 영역인 것처럼 포장하지만 결국에 너희 둘 같은 관리자가 이 모든 것을 감독했다는 뜻이 아니냐."

백야가 처음으로 미소를 짓자, 이빨 빠진 악령이 웃는 것 같았다.

"다 알게 되었는데 기분이 어떤가? 분노가 치밀어 오르나. 사천왕을 죽였던 절기를 이제 사용할 셈이냐?"

사태가 이 지경에 이른 것은… 어쨌든 두 사람도 언제든 나를 잡아갈 자신감이 있었던 모양이다. 마도를 군이 이성으로 이해할 필요는 없다. 어떤 방향에서 들여다보든 간에 짙은 어둠이기 때문이다.

백야가 말했다.

"자네는 어디에서 태어났어도 대종사가 됐을 사람이야. 그 점은 존중하네. 그것 하나를 인정했기 때문에 망령들을 이끌고 만장애로 따라갔던 셈이네."

나는 야밤에 혼자 웃었다. 한참을 낄낄대면서 웃고 있는데 팔노야가 앉은 자세에서 일장을 내질렀다. 나는 별생각 없이 우장으로 받아쳤다.

퍽!

죽이지 않고 붙잡을 생각인지 곧장 백야가 움직이더니 일장을 내질렀다. 나는 이것을 좌장으로 받아쳤다.

퍽!

나는 두 사람과 장력을 겨루는 동안에 무방비 상태가 되었다는 것을 깨달았다. 팔노야가 웃으면서 말했다.

"문주, 대화 즐거웠네. 잘 가시게."

망령들이 일제히 일어나더니 내 쪽으로 다가왔다.

"…"

나는 백야와 팔노야를 한 손으로 붙잡은 상태에서 눈앞이 뿌옇게 되는 것을 느꼈다.

"…지옥으로 가자."

자하신공은 펼쳐지지 않았다. 대신에 눈을 뜨고 있는데도 하얀색의 장막이 온 세상을 뒤덮고 있었다. 온 세상이 아니라 겨우 내가 바라보고 있는 눈앞이겠지. 눈동자가 얼어붙는다는 느낌이 들었을 때 시야가 흐릿해지더니 얼어붙고 있는 백야와 팔노야의 팔이 보였다.

입을 열어서 조롱하고 싶었는데 혀가 이미 굳은 상태였다.

"…"

어떤 망령인지 모르겠으나 누군가가 내 어깨를 기습으로 강타했을 때, 시야도 완벽하게 사라진 상태. 온통 하얗다는 건 온통 시커멓다는 것과 같았다. 보이는 게 없었다. 나는 월영무정공의 설의雪衣를 뒤집어쓴 상태에서 늙은 노인장들과 함께 얼어붙었다. 사내가 자존심이 있지. 사실 나는 언제든 이 망령들과 함께 죽을 준비가 되어 있었다. 문제는 나도 죽을 위험이 있다는 것인데… 그게 무서웠다면 내 별호가 애초에 광마가 아니었을 것이다. 얼어붙은 내 몸 위로 둔탁한 타격음과 쇳소리가 거칠게 이어졌다.

'더 세게 쳐라. 그 정도로는 만월滿月을 베지 못해.'

입 밖으로 소리가 안 나왔기 때문에 속으로 웃었다.

* * *

색마는 셋째가 쌍장을 내밀면서 얼어붙는 순간에 공중으로 튀어올라서 바닥을 한 차례 밟았다. 이미 셋째는 망령들을 붙잡은 채로 얼어붙은 상태. 몸을 숙였다가 공중을 찢어발기듯이 솟구친 색마는 망령들이 있는 상공에 도착하자마자 전신에서 월광일섬月光一閃을 터트렸다.

옥화빙공을 한순간에 모조리 폭발한 빛줄기 형태의 냉기였다. 바닥에서는 셋째의 빙공이 퍼져나가면서 대지를 하얗게 물들이고. 공중에서는 색마가 월광일섬으로 쏟아낸 냉기로 지상을 온통 뒤덮었다. 검마와 귀마가 동시에 달려 나가면서 검을 뽑았다… 달빛이 칼날에 튕겨나가는 밤… 주변이 온통 하얗게 변했다.

340.
한빙지옥에서
탈출하셨다고요?

춥다. 춥다. 춥다. 춥다. 춥구나. 춥다는 감각이 사라질 때부터는 순수한 고통이 이어졌다. 쓰린 고통과 마비되는 고통이 겹쳤다. 무감각한 것은 감정적으로 두렵다. 하지만 나만 고통스러운 건 아닐 테지. 이 복잡한 고통마저 희미하게 느껴질 무렵부터는 숨이 막혔다. 입에 대롱을 물고 얼어붙었으면 숨이라도 제대로 쉬었을 텐데 나는 그렇게 계획적인 사내가 아니다. 춥고, 아프고, 숨이 막히는 것까지는 참을 수 있는데 의식까지 희미해지는 거 같아서 속으로 웃었다. <u>ㅎㅎㅎ</u>, <u>ㅎㅎㅎ</u>, <u>ㅎㅎㅎ</u>, <u>ㅎㅎㅎㅎㅎㅎ</u>, <u>ㅎㅎㅎ</u>. 계속 웃어야만 의식을 붙잡을 수 있을 것 같아서 나랑 같은 처지에 놓인 백야와 팔노야를 비웃었다. 내 고통은 그저 고통일 뿐이지만 망령들에게 가해지는 추위는 죽은 자들의 복수다. 꼴좋다. 꼴좋아. 아직 내가 살아있으니까 망령들도 살아있을 것 같아서 설의雪炁를 풀 생각이 없다. 설의를 풀겠다는 생각을 해보니까 그간 고독에서 빠져나오는 방법에 대해서는 고민하지 않았다는 게 떠올랐다. 하지만 원래 고독했으니 괜찮다. 이따위 빙공에서 풀려나는 방법은 백스물두 가지가 있다. 그중에서 두 가지는 염계와 자하신공이다. 하지만 자하신공은 이성의 영역에서는 존재하지 않는 모양이다. 어쩔 수 없이 염계를 떠올렸을 때 맞잡은 손에서 갑자기 온기가 느껴졌다. 상대도 내공으로 발악하는 모양이다. 와, 이건 좀 대단한데? 이 망령들도 사람 새끼였단 말인가?

"..."

이 망령들은 내가 살겠다고 사람의 온기에 기대는 사람인 줄 아나본데 사실 나는 그렇게 따뜻한 사람이 아니다. 같이 얼어 죽으면 될 것이지 이게 무슨 추태란 말인가. 내 절기를 너희가 녹이겠다고? 녹여서 뭐 하려고. 무공도 모르는 사람들을 죽여대면서 마교주에게 충성이나 바치는 삶을 이어나가겠다고? 그럴 수는 없지.

나는 천옥에 고여있는 얼음물을 두레박으로 끌어올려서 나부터 뒤집어쓴 다음에 붙잡고 있는 늙은이의 손에 차가운 냉기를 계속 전달했다. 나는 대체 어떻게 된 놈일까. 한빙지옥도 슬슬 익숙해졌다. 망령들이 나를 언제든 죽일 수 있을 것처럼 여유롭게 따라오던 그 순간부터 이 여정은 지옥행이었다. 흐흐흐흐흐흐. 소리 내어 웃지 못하는 것이 못내 아쉽다. 눈에서 눈물 같은 것이 빠져나오기 전에 얼어붙는 느낌이 났다.

아… 처음 물에 빠졌던 기억이 난다. 어떤 멍청한 놈이 물에 빠지면 밑에서 대기하고 있는 물귀신이 붙잡는다고 했었는데 나는 그 와중에도 눈을 부릅뜬 채로 물속을 둘러봤었다. 물귀신 대신에 생각보다 아름다운 풍경이 펼쳐져 있었다. 나는 빛줄기를 따라서 올라간 다음에 깊은 물에서 빠져나왔던 때를 기억한다. 지금은 비록 빛줄기도 보이지 않고 수심도 제법 깊은 상태였지만 그때나 지금이나 물귀신은 보이지 않았다. 무언가 둔탁한 것이 내 몸을 강타했다.

어떤 놈이 날 때렸지? 가만히 있었더니 날 얼어붙은 병신으로 보고 있나? 그제야 내가 붙잡고 있는 놈들 이외의 망령이 주변에 있었고. 사대악인이 달려들어서 싸우고 있을 것이라는 생각이 들었다. 불쌍한 검마, 고집스러운 귀마, 염병할 색마… 지옥에서 나가서 도와줘야 하나?

사실 공력의 차이는 있지만, 나만큼 잘 싸우는 사람은 드물다. 우습게도 나는 일월광천 덕분에 광마 때처럼 싸운 적이 드물다. 어쨌든 검마와 색마는 광명좌사까지 올랐던 사내들이고, 귀마도 다른 악인들이 쉽게 볼 수 없는 강자였다. 지켜보면 계속 성장하는 사내들이라는 뜻이다. 우리는 전성기의 실력을 되찾은 상태일까? 아직 모르겠다.

나는 얼어붙은 상태에서 지진을 맞이하는 것처럼 흔들렸다. 죽이는 게 먼저냐, 살리는 게 먼저냐 묻는다면 일단 살리는 게 우선이다. 나는 무아지경에 빠진 상태에서 금구소요공의 운기조식으로 전환해서 염계를 끌어올렸다. 얼어붙은 혈도 위에 불꽃으로 된 길을 상상했다. 그다음에는 정신을 반쯤 잃었다. 빗속에서 추던 막춤이 떠올라서 불꽃으로 된 길을 걸으면서 몸을 움직이다가 불꽃이 달라붙은 검을 휘둘렀다. 단전을 녹이고, 오장육부로 진격한 다음에 심장을 불태웠다. 다음은 가슴을 쑤시고, 목을 관통한 다음에 얼굴을 뒤덮고 있는 무표정한 감정을 불꽃으로 녹여냈다.

좀 웃고 살자. 혀를 녹이고 굳어있던 이빨을 망치로 두드리자 불꽃이 피어올랐다. 막혀있는 코에는 목검을 쑤셔 넣으면서 고통이 밀려들었다. 코가 이렇게 아픈 곳이었나? 끔찍한 고통보다 호흡이 더 절실해서 마구잡이로 검을 휘둘렀다. 이것은 마치 코피가 흐르는 콧속에 다시 젓가락을 찔러 넣는 느낌이었다. 얕은 호흡으로 공기의 질을 확인한 다음에 독이 없는 것을 느끼자마자 두 눈에 불꽃을 담았다. 눈꺼풀이 찢어질 것 같아서 억지로 뜨진 않았다. 두 눈에 불꽃을 담는 방법을 알았던 거 같은데 무엇이었지?

분노… 얼어붙은 눈물을 분노로 녹였다. 한차례 전초전을 치른 다음에 단전에 신호를 보낸 다음에 단전에서 대기하고 있던 나는 성화聖火를 끄집어냈다. 이것이 내 안에서 가장 뜨거운 불꽃이기를 기원하면서 성화를 치켜든 다음에 몸의 경중을 살피면서 제운종을 펼쳤다.

나는 불꽃을 손에 든 채로 극골, 기해, 하완, 중완, 거궐, 중정, 선기, 천돌, 염천을 전령처럼 돌파해서 백회혈에 성화를 내려놓았다. 이내 정수리가 뜨거워지면서 뜨거운 김이 치솟는 느낌을 받았다. 안돼! 이러다가 대머리가 되는 건 아니겠지? 제발… 내 성격에 대머리는 답이 없다. 정수리가 뜨거워지고 있었지만 아무런 소리도 들리지 않았다. 그 순간, 저절로 눈이 떠졌다.

"…!"

귀에서 이명이 발생하더니 괴상한 고통 속에서 나머지 오감이 깨어났다. 촉각, 후각, 청각, 미각이 각자의 고통 속에서 몸부림을 치다가 기능을 되찾고 있었다. 이래서 인생은 고통인 모양이다. 본래 주어졌던 기능을 회복하는 것만으로도 충분히 고통스러웠다.

'어?'

눈앞에 있는 백야의 몸이 먼저 들썩이고, 팔노야의 몸도 미세하게 움직였다.

'살아있네. 보통 늙은이들이 아니다.'

이놈들도 내공을 쏟아내면서 전신을 녹여내려는 모양이었다. 나보다 공력이 심후했던 것일까. 아니면, 교주에게 줘야 할 살아있는 내공을 두 사람도 몰래 취했던 것일까. 내 염계에 의해서 망령들도 녹을 수 있었기 때문에 먼저 늙은이들을 붙잡았던 손을 풀어냈다.

갑자기 치이익- 하는 소리와 함께 백야의 정수리에 김이 모락모락 피어오르더니 별 차이 없이 팔노야의 정수리에서도 같은 현상이 벌어졌다. 강호인의 몸에서 가장 뜨거운 곳이 장심과 백회혈이었던가? 보통 노마두들이 아니었다. 이런 늙은이보다 행동이 느리면 죽게 된다는 어처구니없는 사실이 내 마음을 압박했다. 나는 한빙지옥에 먼저 입성했다가…

불꽃을 두른 채로 탈출을 시도한 다음에 입구에서 대기했다. 몸을 녹여내는 와중에 목검으로 천천히 손을 뻗어서 붙잡고, 들러붙어 있는 칼집의 내부도 염계로 녹였다. 백야와 팔노야도 정수리가 뚫린 것처럼 희뿌연 연기가 솟구쳤다. 나는 굳어있는 입을 벌린 다음에 먼저 웃었다.

"흐흐."

나는 발검 자세를 유지한 상태에서 칼날을 뜨겁게 달궜다. 순간,

백야와 팔노야가 동시에 눈을 번쩍 뜨더니 나를 주시했다. 눈빛을 교환하는데 오만 가지 심정이 오고 갔다. 한빙지옥에서 어렵게 빠져나오셨다고요? 그렇다면 이제 염계지옥으로 모시겠습니다. 나는 혼신의 힘을 다해서 달궈진 목검, 녹아내리고 있는 빙공, 망령의 눈빛을 노려보다가 백야와 팔노야가 전신에서 빙공을 터트리는 순간에… 목검을 뽑았다.

서걱!

불꽃이 휘감긴 칼날이 지옥에서 이제 막 탈출한 백야와 팔노야의 목을 동시에 날렸다. 두 개의 목이 공중으로 솟구쳤다가 땅에 떨어졌다. 나는 이제 막 걸음마를 배우는 아이처럼 위태롭게 일어나서 주변을 둘러봤다.

"…"

얼어붙은 시체가 주변에 가득했다. 무언가가 희뿌옇게 움직인다고 생각한 순간에 눈앞에 등장한 흑의인을 향해 목검을 휘둘렀다. 장력이 무척 거세다고 생각하는 순간에 굉음이 귀를 때렸다.

콰아아아아아아아아앙!

정신을 차렸을 때는 아직 공중을 날고 있었다. 세상이 거꾸로 된 상태에서 내 쪽으로 다가오는 흑의인이 보였다. 오늘의 주인공께서 등장하신 걸까. 대체 어디서 이 밤의 끝을 붙잡고 있었던 것일까. 생각해 보니까 내가 얼어붙어 있었기 때문에 나를 흡수할 수 없었을 터였다. 지금이 적절한 등장이다. 어느새 다가온 흑의인을 향해 검을 휘두르는데 평소보다 약간 느린 동작임을 내가 인지했다. 고수에겐 내 동작이 더 느릿하게 보일 터였다. 목검을 걷어낸 흑의인이 우장을 내질렀다.

좌장으로 받아치자 손바닥이 들러붙었다. 흑의인의 반대 손이 내 목으로 밀려들었다. 나는 미련 없이 검을 놔버린 다음에 목 근처에 온 흑의인의 손목을 붙잡았다. 순간, 공력을 폭발하듯이 일으키자 서있던 대지가 움푹 파이면서 기파가 퍼져나갔다. 흑의인의 손이 점점 전진하더니 내 목을 붙잡기 위해 애를 썼다.

"…"

흑의인 너머로 달빛 아래에서 새롭게 등장한 적의인 무리와 사대악인들이 맞붙고 있었다. 이 와중에도 흑의인의 복면을 벗기고 얼굴을 확인하고 싶었다. 순간 아래에서 발차기가 들어와서 균형을 잃었지만 나는 좌장과 오른손으로 흑의인을 붙잡았다. 삽시간에 하늘이 기울어지더니 땅에 부딪히자마자 굴러다녔다. 나도 모르게 웃음이 나왔다.

"불쌍한 새끼."

순간 박치기가 날아와서 나는 맞대응을 했다. 가만히 박치기를 처 맞으면 코나 이빨이 나갈 수 있었기 때문에 같은 방식으로 내밀어서 이마를 부딪쳤다.

퍽!

권왕의 체술을 떠올린 나는 흑의인의 양팔을 붙잡은 상태에서 이리저리 움직이다가 제운종을 펼쳤다. 공중에 함께 뜬 상태에서 오른팔을 잡아당겨서 방향을 튼 다음에 흑의인을 바닥에 깔아뭉갰다. 손목을 꺾는 시늉을 하다가 박치기로 흑의인의 면상을 들이박았다.

퍽!

순간, 오른손에 담은 공력을 모조리 백전십단공으로 전환했다. 흑의인의 시커먼 옷이 파지지지직- 소리와 함께 타들어 가더니 맨살이 드러났다. 소매가 날아가자 불에 달궈진 흉측한 피부와 마문魔文이 드러났다. 이어서 어깨 부위가 뇌기에 소멸하더니 얼굴을 뒤덮고 있는 복면 일부가 타들어 갔으나 얼굴은 끝내 보이지 않았다.

좌장에서는 이상하게도 내공이 빨려 들어가는 느낌을 받았는데, 나도 천옥흡성대법을 펼쳐서 막아내자 큰 위협은 받지 못했다. 다만 내공은 나와 비교해도 부족함이 없고, 외공은 내가 조금 더 강한 것 같았다. 그대로 목을 짓눌러서 죽이려는데 붉은 옷을 입은 누군가가 근처에 내려섰다. 나는 적이라고 판단하자마자 흑의인을 들어 올려서 무엇인지도 모를 공격을 막았다.

콰아아아아아앙!

장력에 밀려나서 뒷걸음질을 치다가 상황을 파악했다.

"..."

등을 강타당했던 흑의인이 일어나자, 붉은 장삼을 입은 사내가 부축했다. 표정과 분위기, 장삼에 수놓인 얇은 실타래를 보자마자 한 사내가 떠올랐다.

"광명우사光明右使?"

광명우사로 추정되는 사내는 내 말을 무시한 다음에 흑의인에게 말했다.

"물러나자."

흑의인이 처음으로 입을 열었다.

"어찌 물러납니까?"

　　　…

광명우사가 나를 쳐다보면서 말했다.

"적이 더 있다. 이곳에 합류하는 과정도 쉽지 않았다. 어서."

이때, 공중에서 옷자락 펄럭이는 소리가 들리더니 백의서생이 근처에 등장해서 광명우사를 바라봤다.

"혈마血魔, 어딜 내빼려고. 승부를 마저 내야지."

"다음에 이어서 하세."

광명우사가 흑의인의 뒷덜미를 붙잡은 채로 공중으로 솟구치더니 백의서생을 향해 손을 한 차례 휘둘렀다. 백의서생이 화들짝 놀라더니 뒤로 몇 걸음을 물러났으나, 정작 공중에서 날아온 것은 아무것도 없었다. 나는 허장성세에 속아서 후퇴한 백의서생과 그제야 눈을 마주쳤다.

"그걸 속네."

"..."

백의서생은 나를 노려보다가 고개를 돌리더니 얼어붙은 곳을 주시했다.

"네 짓이냐?"

나는 함께 둘러보다가 아직 싸우고 있는 사대악인을 발견하자마자 경공을 펼쳐서 합류했다. 도중에 바닥에 떨어진 목검을 주운 다음에 몇 걸음을 더 걷다가 멈춰서 왼손을 바라봤다. 손바닥이 시커멓게 타들어간 상태였는데 독공은 아닌 것 같아서 다행이었다. 어쨌든 몸 상태가 정상은 아닌 것 같아서 백의서생을 바라봤다.

"월영무정공 때문에 죽다 살았다."

백의서생이 뒷짐을 진 채로 다가오더니 턱짓으로 사대악인이 있는 곳을 가리켰다.

"일단 합류해."

"확인."

341.
우리와 함께 가자

백의서생은 아예 자비가 없는 사내였다. 우리도 무자비한 사내들이지만 그에 비해서 백의서생은 아예 감정이 없는 놈처럼 싸웠다. 애초에 사대악인만으로도 학살을 저지를 수 있는 형국이었는데 백의서생이 가세하자 적의인들의 시체가 하나둘씩 바닥에 놓였다.

붉은색의 돌이 놓인 바둑판을 보는 심정이랄까. 나와 백의서생은 합류하자마자 적의인과 일부 살아남은 망령까지 모조리 죽인 다음에 휴식을 취했다. 새삼스럽게 달빛이 쏟아질 것처럼 밝은 밤이어서 서로의 표정이 아주 잘 보였다. 나는 사대악인들의 상태를 확인한 다음에 백의서생에게 물었다.

"서생 세력과 백도, 하오문, 개방까지 총력을 기울여서 연합하면 마교를 무너뜨릴 수 있을까?"

백의서생이 팔짱을 끼더니 시체 위에 앉아있는 나를 쳐다봤다.

"우리가 왜 그런 희생을 해야 하지?"

"연합도 희생인가?"

백의서생이 사대악인을 둘러보면서 말했다.

"그렇게 연합해도 각 세력의 절반은 죽어나갈 것이다. 우리라고 다르진 않아."

나는 고개를 끄덕였다.

"그렇긴 하지. 본래 백도와 마도가 맞붙는 것을 구경하다가 어부지리를 취할 생각이었는데 전면전은 자네에게 좀 무리지. 성미에도 맞지 않고. 희생하기도 싫고. 음모 꾸미는 재미도 덜할 테고."

백의서생이 고개를 끄덕였다.

"정확한 판단이야."

"어쨌든 단일 세력으로는 마교가 가장 강하다는 것에 동의하나?"

백의서생이 갑자기 꿈틀거리는 망령에게 성큼성큼 걸어가더니 숨이 붙어있는 망령의 등을 짓밟았다. 퍽- 소리와 함께 뼈 부러지는 소리가 짤막하게 겹쳤다. 백의서생이 대답했다.

"그렇겠지."

"그렇다면 너희가 가장 마지막에 죽도록 해. 사람은 원하는 대로 살아야지. 언젠가 우리가 마교와 공멸하면 너희가 전면에 나서서 수습해라. 무림맹주도 너희 쪽에서 해먹고. 하오문도 좀 보살펴 주고."

백의서생이 나를 쳐다봤다.

"네가 진정 미쳤구나. 마교를 먼저 공격하겠다고?"

나는 주변에 있는 시체를 둘러보면서 말했다.

"때 되면 그렇게 해야지. 이렇게는 살 수 없다. 이것은 명백하게 나를 가지고 노는 거라고 볼 수밖에 없어. 내 일상을 야금야금 갉아

먹는달까. 살수를 보내서 하루도 편히 쉬지 못하게 해서 말려 죽일 셈인 것 같다. 어차피 마교의 위치는 맏형이 알고 있어. 병력만 모이면 선제공격을 하지 못할 이유가 없다. 더군다나 벌써 민가를 습격해서 학살을 저질렀기 때문에 백도의 명분도 충분해."

백의서생이 검마를 쳐다봤다.

"검마는 승산이 있다고 보나? 하오문주가 난공불락이나 다름이 없는 삼재를 상대로 선제공격에 나서자고 하는데 자네 생각은 어때?"

검마가 대답했다.

"전쟁의 방식으로 해결하면 죽게 될 사람들이 너무 많다. 교주의 진의가 천하제일이라면 전쟁을 치르지 않고도 끌어낼 수 있다. 그전에 치면 교도들이 뭉쳐서 성전聖戰을 결심하게 돼."

나는 맏형의 의견이 뜻밖이었지만 진지한 자세로 경청했다.

"음."

"성전을 치르면 교도 한 명이 강호인 한 명을 붙잡고 동귀어진할 것이다. 절반의 피해는 운이 좋았을 때 이야기지. 웬만한 문파는 소멸한다고 보면 된다. 더군다나 임 맹주가 교주를 이기는 것은 아직 무리야. 그렇다면 무림맹도 초토화가 된다고 봐야겠지. 이래저래 전면전은 찬성할 수가 없다."

나는 검마를 바라봤다.

"맏형 생각은 무엇인데?"

"교주를 끌어내서 결판을 짓는 것과 전면전을 벌여서 결판을 짓는 것의 결과가 비슷하다. 그렇다면 사람들이 덜 죽는 강호의 방식으로 승부를 내는 게 가장 나은 방법이야. 결국에 이것은 마도가 추구하는 강자존과도 연관이 있으니 교주도 피할 마음이 없겠지."

나는 사대악인과 백의서생을 둘러봤다.

"그럼 나는 그때가 올 때까지 교주의 수하들에게 괴롭힘을 당해야 한단 말인가. 인생이 너무 괴로운데."

검마가 말했다.

"그래서 제한적인 시간이 주어진 셈이다. 교주도 아직은 삼재 둘을 동시에 꺾을 수 있다는 확신이 없다. 그것 자체가 강호의 평화가 지속되는 이유겠지. 물론 셋째와 함께 다니는 우리에겐 그런 평화가 없겠다만."

다들 나를 쳐다봤다.

"…"

색마가 창백한 표정으로 말했다.

"너만 괴로운 게 아니야. 나도 죽을 것 같아."

문득 나는 일어나서 귀마에게 다가갔다. 머리와 가슴, 팔에 피를 흘리고 있었다. 색마도 마찬가지. 무리해서 절기를 사용한 모양인지 그 어느 때보다 안색이 창백했다. 검마는 그나마 상처가 없고 다소 피곤해 보일 뿐이었다. 나는 사대악인 근처에 앉아서 백의서생을 바라봤다. 무언가 인생의 전환점을 맞이한 기분이 드는 느낌이랄까. 나는 몇 가지를 고민하다가 본능에 맡긴 채로 백의서생에게 말했다.

"…백의, 그럼 우리와 함께 만장애로 가자."

"만장애는 왜?"

"가장 밑바닥에 영약이 있어."

사대악인이 다소 놀란 표정으로 나를 쳐다봤으나 나는 이 시선을 애써 무시했다. 말을 내뱉고 보니 내 머리에는 다른 말이 맴돌았다.

'가장 밑바닥에는 하오문이 있어…'

상황에 맞지 않아서 내뱉을 수 없는 말이기도 했다. 백의서생이 고개를 갸웃했다.

"영약? 만장애 밑에? 영약이 있으면 너희끼리 처먹을 것이지 나는 왜."

나는 덤덤한 어조로 말했다.

"영약이 많다. 하지만 가지고 올라올 수 없는 영약이야. 그 자리에서 섭취하는 게 맞을 테니 함께 바닥으로 내려가자. 나중에 네가 서생들을 데려와서 영약을 취해도 상관없다. 내가 아는 건 서생 측에 공유하고, 영약이 있으면 나눠 먹고, 너희가 어려움에 부닥치면 내가 도우러 가마."

이상한 생각이지만… 교주를 상대할 수 있는 사람은 진정한 협객밖에 없는 거 같다. 조건, 이유, 명분, 이득, 실리를 취하면 큰일을 못 할 것 같다는 생각이 머리를 지배했다. 이것이 다소 위선적인 협객행俠客行일지라도 교주의 반대편에 대항하려면 이렇게 할 수밖에 없었다. 백의서생이 물었다.

"대단한 영약인가?"

"월영무정공의 한랭한 냉기를 잡아먹을 수 있는 영약이라면 대단하다고 봐야겠지?"

"설마 함정은 아니겠지?"

나는 웃으면서 말했다.

"함정이라니? 너는 어차피 우리 넷을 두려워하지도 않잖아. 그리고 사실 만장애를 내려갈 수 있는 강호 고수도 많지 않아. 실력이 있어야 내려가고, 실력이 있어야 올라올 수 있는 곳이야. 아무나 함부로 갈 수 있는 곳이 아닌 셈이지."

백의서생이 잠시 고민하더니 고개를 끄덕였다.

"가자."

이로써 어쨌든 나는 만장애로 가는 동안에 든든한 호위를 공짜로 고용하게 되었다. 망령과 마교가 달라붙을 수 있었기 때문에 호위가 절실한 상황. 세상 어디에 가서 무제나 되는 호위를 구할 수 있겠는가? 어차피 내려가서 먹게 되는 것은 호수에 넘치는 이름 모를 물고기라서 호위 보수로는 아낄 이유가 전혀 없다. 백의서생이 영약 때문에 더 강해지는 것은 내 알 바가 아니다. 도움을 받았으면 도움을 주는 것이 동지 간의 예의이기 때문이다. 나는 엉덩이에 묻은 먼지를 털면서 말했다.

"가자고."

나는 지쳐서 일어나지 못하는 귀마를 일으키고, 색마의 엉덩이를 발로 찼다.

"가자고."

"알았어."

나는 검마를 쳐다봤다.

"맏형."

지친 검마는 광명검으로 땅을 밀어내더니 홀로 일어섰다.

"가자."

　　　　　　　　　　　* * *

　흑의인은 폐사당을 둘러보다가 물었다.

　"여긴 어딥니까?"

　백의서생이 혈마라 칭한 사내, 광명우사가 대답했다.

　"임시 안가다. 척후로 나갔던 자들이나 생존자를 기다렸다가 이동
하자. 그나저나 내 장력을 맞았는데 벌써 회복했나?"

　흑의인이 광명우사를 쳐다봤다.

　"예."

　"망령들이 심혈을 기울여서 키운 제자답구나. 백야 장로와 팔노야
는?"

　"제가 도착하기 직전에 죽었습니다."

　광명우사가 뒷짐을 지면서 말했다.

　"누구에게? 쉽게 당할 자들이 아닌데."

　"하오문주에게 죽었습니다."

　"그자에게 그럴 실력이 있나?"

　"예."

　"이상하구나. 어떤 식으로 죽였지?"

　흑의인이 대청 의자에 있는 거미줄을 걷어내면서 말했다.

　"하오문주가 두 장로를 붙잡고 빙공을 펼쳤습니다. 다른 망령들이
하오문주를 공격했는데 빙공 때문에 타격이 전혀 없었습니다. 누가
봐도 셋이 동귀어진으로 죽은 줄 알았을 겁니다."

　"그런데?"

"하오문주가 먼저 빙공에서 풀려나더니 일검에 두 장로를 죽이는 것을 보자마자 제가 합류한 것입니다. 최후의 최후에만 나서겠다는 작전은 모두가 잘 수행했습니다."

광명우사는 등을 돌리더니 눈앞에 있는 불상을 올려다보면서 말했다.

"그 두 장로는 검신과의 싸움에서도 살아남았던 망령들이야. 아무리 봐도 하오문주의 실력은 검신에 비해 턱없이 부족할 것인데. 이렇게 멍청하게 싸울 줄이야. 한적한 곳까지 문주를 따라갔던 이유는 무엇인가?"

"백야 장로의 결정입니다. 무림맹의 합류를 꺼렸던 것 같습니다."

흑의인이 광명우사의 등을 빤히 쳐다보면서 말했다.

"우사 어르신, 한 번만 더 기회를 주십시오."

"무슨 기회를 어떻게 더 줄까? 은퇴한 자들까지 모조리 데려와서 십중팔구가 죽어나갔는데. 아직 누가 살아있는지도 모르겠군. 교주님에게 무어라 보고해야 할지 난감하고."

흑의인은 잠시 주변에 귀를 기울였다.

"..."

달빛이 조용히 쏟아지는 밤인지라 고요하기만 했다. 주변이 고요하다는 것은 이 자리에 광명우사밖에 없다는 뜻이었다. 흑의인의 눈동자가 좌우로 움직였다. 흑의인이 나직한 어조로 말했다.

"문주가 아직 제 얼굴을 알지 못하니 시간을 주시면 개인적으로 기습을 준비하겠습니다. 이미 혼령살魂靈殺의 무학도 이어받았습니다."

"망령도 없이 혼자 하겠다는 말이냐?"

"예."

불상을 올려다보던 광명우사가 말했다.

"일호一虢, 이 불상을 보아라. 무엇인지 알겠나?"

"모르겠습니다."

"불길에 휩싸여 있는 모습을 보니 아무래도 부동명왕 같다. 이렇게 불상까지 만들어서 모셨다는 것은 한때 명왕을 기리는 자들이 있었다는 뜻인데 지금은 폐사당이 되었어. 인간은 살만하다 싶으면 옛 은혜를 잊고 신도 버릴 수 있는 자들이란 뜻이지. 그런 의미에서."

흑의인이 움직이는가 싶더니, 광명우사의 등에 손을 찔러 넣었다. 흑의인의 손이 등에 박혔을 때…

"…!"

광명우사의 몸이 부풀어 오르는가 싶더니 인간의 형체를 갖춘 붉은 실이 자잘하게 허물어지면서 흑의인의 손에 휘감겼다. 정작 광명우사는 몇 걸음이 떨어진 앞에서 똑같은 자세로 불상을 올려다보고 있었다. 흑의인이 팔에 달라붙은 붉은 실을 떼어내려는 와중에 광명우사가 말했다.

"…도움을 주면 이처럼 예술미 있게 불상을 만들어서 공양을 바치는 자들도 신을 금세 버린다는 것을 어떻게 생각하나?"

흑의인은 왼팔을 휘둘러서 광명우사에게 장력을 쏟아냈다. 굉음과 함께 광명우사의 몸이 폭발하더니 수백 개의 붉은 실이 공중에서 아가리를 벌리듯이 커졌다가 흑의인의 왼팔에 휘감겼다. 겨우 두 걸음 정도 떨어진 위치에서 모습을 드러낸 광명우사가 돌아서면서 말했다.

"애초에 뒤틀린 성정을 가진 망령에게서 제대로 된 놈이 나올 것이라고는 기대하지 않았다. 혼자 하오문주를 노리겠다고 하여 기회를 주려고 했건만 이게 무슨 짓이냐?"

흑의인은 양팔에 붉은색의 실을 휘감은 채로 대답했다.

"우사, 이미 내 육신은 도검불침에 가깝다. 이런 것이 너희가 내내 바라던 마도魔道가 아니더냐?"

광명우사가 말했다.

"진정한 도검불침이 육신에 깃들 수 있다고 믿는 것 자체가 어리석다. 네가 그렇게 강한 존재가 되었다면 이미 하오문주를 흡수할 필요도 없을 것이야."

흑의인이 양팔을 벌렸다.

"보아라. 네 마공도 지금 날 어찌하지 못해."

광명우사는 측은한 표정으로 흑의인을 바라봤다. 흑의인이 전신에서 기파를 터트리자 양팔을 감싸고 있었던 붉은 실도 자잘하게 흩날렸다. 기파 때문에 흑의인의 몸을 감싸고 있었던 의복까지 흩어졌다. 그 순간, 흑의인이 광명우사를 향해서 쌍장을 휘두르자 삽시간에 폐사당이 무너져 내리기 시작했다. 이내 불상이 터져나가고 무너지는 폐사당의 잔해가 사방팔방으로 흩어지기 시작하면서 바깥으로 나온 흑의인과 광명우사가 맞붙었다.

물속을 떠다니는 유령처럼 흑의인의 공격을 흘려내던 광명우사가 양손을 합쳤다가 붉은 실을 뽑아냈다. 무언가 절기를 펼치려는 순간 흑의인의 장력이 광명우사의 전신을 뒤덮었다. 이번에는 퍽- 하는 소리와 함께 광명우사의 신체가 살점 조각과 핏물로 분해되어서 흩어졌다. 흑의인은 전신에 피를 뒤집어쓴 상태에서 주변을 둘러봤다. 이미 흑의인의 눈에도 핏발이 가득한 상태. 흑의인이 주변을 둘러보면서 말했다.

"…광명우사라는 놈이."

문득 공중으로 치솟았던 핏물이 자잘하게 흩어졌다가 피 한 방울이 전부 붉은 실이 되어서 흑의인의 전신에 꽂혔다. 도검불침이라 주장하는 몸통과 팔뚝에는 붉은 실이 박히지 않아서 휘감기는 형태로 붙잡았으나 머리카락, 눈알, 코, 입, 귓구멍까지 붉은 실이 박힌 상태.

흑의인이 공격했던 자리에서 두세 걸음 뒤에 등장한 광명우사가 양손을 합치자, 흑의인에게 들러붙어 있던 붉은 실들이 흑의인의 몸을 비집고 들어가서 미꾸라지들이 발버둥을 치는 것처럼 들쑤시고 다녔다. 흑의인의 전신에서 핏물이 쏟아지자… 어느 순간 흑의인의 입으로 들어갔던 실뭉치가 신체 바깥으로 튀어나왔다. 광명우사는 냉랭한 표정으로 흑의인을 지켜봤다.

"…"

흑의인의 몸을 들쑤시던 붉은 실이 흑의인을 안쪽에서부터 해체했다. 핏물이 터지고, 터져나간 핏물이 붉은 실에 잡아먹혀서 도로 들어가기를 여러 차례 반복하자 어느새 흑의인의 신체가 붉은 실에 갈아 먹히는 것처럼 사라졌다. 그제야 광명우사는 붉은 실이 만들어 낸 핏덩이에 다가가서 태극을 그리는 것처럼 무언가를 주조했다. 이제 흑의인은 손으로 움켜쥘 수 있는 내단만큼 작아진 상태. 고승이 남긴 사리처럼 보이기도 하고, 바로 섭취할 수 있는 영약처럼 보이기도 했다. 광명우사는 전신에 피를 뒤집어쓴 상태에서 사람으로 만들어진 영약을 검지와 엄지로 붙잡았다.

"…"

광명우사는 물건의 완성도를 가늠하는 눈빛으로 영약의 빛깔을 이리저리 살폈다.

342.
서로를 지켜보고 있다

나는 봇짐을 하나 어깨에 멘 채로 만장애 위를 위태롭게 걸었다. 발을 한번 잘못 내디디면 천 길 낭떠러지였다. 뒤에서는 사대악인과 백의서생이 따라오고 있는 상태. 내가 계속 아래를 주시하면서 걷자, 백의서생이 물었다.

"문주, 대체 뭘 찾는 거냐?"

나는 백의서생의 말을 무시한 다음에 한 지점을 노려봤다.

"저기다."

일행들의 시선이 아래로 향했다. 까마득하게 깊었기 때문에 무엇을 가리키는지 모르는 눈치였다. 나는 봇짐을 풀어낸 다음에 내가 생각하는 지점으로 던졌다. 봇짐 안에는 죽통에 담긴 술과 소금, 양념 재료, 먹다 남은 육포 등 잡다한 게 들어있었다. 나는 어조를 낮춰서 말했다.

"소리를 잘 들어봐."

잠시 후에 봇짐이 물속에 박히는 소리가 희미하게 들렸다. 백의서생이 중얼거렸다.

"풍덩 소리가 들리는군."

나는 일행을 보면서 말했다.

"좋았어."

색마가 대답했다.

"뭐가 또 좋아? 불안한데. 하나도 안 좋은 거 같은데."

"밑에서 보자고. 잘 보고 따라 해. 고생하지 말고."

나는 점점 표정이 이상하게 변하는 일행을 바라보다가 만장애로 몸을 날렸다. 순식간에 바람에 휩싸여서 떨어지는데 색마의 욕지거리가 점점 멀어졌다. 나는 바람의 영향을 덜 받기 위해서 양손을 전방으로 뻗은 다음에 몸을 일직선으로 만들었다. 이러다가 땅에 떨어지면 내 인생도 망하고 강호도 망한다. 하지만 내겐 장풍掌風이 있다. 나는 낙하하는 지점을 눈으로 보고, 공중에서 몸의 경중을 조절해서 추락하다가 공중제비를 몇 차례 돈 다음에 어지러움을 느끼면서 갑작스럽게 등장한 호수에 온몸을 부딪쳤다.

펑!

이러다가 호수 바닥에 몸이 박히는 게 아닐까 싶을 정도로 깊이 가라앉았다가 수면으로 향했다. 나는 봇짐을 챙겨서 빠져나오자마자 양손을 번쩍 든 채로 만장애에 선언했다.

"…나는 살아있다!"

하늘을 바라보니 사대악인과 백의서생이 우두커니 선 채로 나를 내려다보고 있었다. 표정은 보이지 않았지만, 여전히 나를 향해 욕을 하는 것임을 어렵지 않게 알 수 있었다. 나는 하늘을 향해 손을 흔들어서 위치를 확인시켜 준 다음에 옆에 있는 호수를 가리켰다. 이때, 검마가 먼저 봇짐을 던지더니 이어서 공중으로 뛰어올랐다가 수직으로 떨어졌다. 내가 떨어질 때는 몰랐는데 남이 떨어지는 모습을 보고 있자니 절로 감탄이 나왔다.

"와, 미쳤네. 죽으려고 환장을 했네."

수직으로 하강하던 검마도 어느새 호수에 용오름을 일으키면서 도착했다. 나는 박수를 보내면서 검마를 환영했다.

"역시 맏형이야."

이어서 백의서생이 절벽에서 출발했다. 하지만 단박에 뛰어내리기 싫었는지 절벽에 두 발을 붙인 채로 걸어서 내려오다가 몸을 돌리더니 아슬아슬한 모습으로 추락했다. 이내 선 자세에서 백의서생이 절벽에 발길질을 하자, 추락이 멈췄다. 백의서생은 굳이 이런 방식으로 만장애를 내려왔다.

그사이에 귀마가 공중으로 몸을 던지더니 비명을 내질렀다. 사대악인이 바보들도 아닌 터라 결국 호수에 몸을 던져서 색마까지 무사히 도착했다. 우리는 잠시 후에 호숫가에 모여서 여전히 어렵게 내려오는 백의서생을 구경했다. 나는 고집을 부리는 백의서생을 보면서 말했다.

"지랄을 한다. 지랄을 해. 고집이 대단하네."

사대악인도 동시에 웃으면서 백의서생을 구경했다. 백의서생도 결국에는 스스로 성질이 뻗쳤는지 과격하게 내려오다가 벽을 박차고 공중을 가로질렀다가 우리가 있는 근처에 착지했다. 나는 백의서생을 박수로 맞이했다.

"고생이 많다."

백의서생의 표정이 실로 웃긴 터라, 우리는 한마음 한뜻으로 박수를 보냈다. 나는 먼저 발로 땅을 파서 구덩이를 만든 다음에 화로의 위치를 표시했다. 나뭇가지와 돌을 사용해서 일인용 화로를 대충 만든 다음에 사대악인과 백의서생에게 말했다.

"봤어? 이거랑 똑같이 만들어."

네 사람에게 명령한 다음에 상의를 벗어서 물기를 짜냈다. 화로 옆에 상의를 놓은 다음에 색마에게 말했다.

"중앙에 불 좀 지펴라. 꺼내 쓰게."

백의서생이 가만히 있다가 내게 물었다.

"영약은 어디 있나?"

나는 상의에서 꺼낸 섬광비수로 나뭇가지를 손질하면서 말했다.

"잡아올 테니 기다려."

"영약을 잡아와?"

나는 아무것도 하지 않으려는 백의서생을 쳐다봤다.

"이 서생 놈, 어떡하지? 화로부터 따라서 만들어. 책만 읽어서 그런가 정신을 못 차리네."

나는 순식간에 작살 하나를 완성한 다음에 호수로 향했다. 잠시 물이 잔잔해지기를 기다리다가 두 번째 나뭇가지 작살을 만들었다. 뒤에서는 색마가 불을 지피고 백의서생을 갈구면서 화로를 만들고 있었다. 물이 투명할 정도로 맑아서 커다란 물고기의 움직임이 자세히 보였다. 작살을 깎으면서 귀마에게 말했다.

...   광마회귀 6

"술 좀 깔고. 양념도 준비해. 육포도 같이 먹게."

귀마가 고개를 끄덕였다.

"알았다."

어쨌든 검마가 맏형이었기 때문에 이럴 때는 잡일에서 제외했다. 슬쩍 보니까 백의서생도 다른 사람이 만든 화로를 보면서 자신의 것을 만들고 있었다. 손재주는 있는 모양인지 우리가 만든 것보다 더 잘 만드는 게 신기했다. 나는 사대악인과 백의서생에게 먹일 영약을 준비하기 위해서 작살을 손에 들었다. 아주 옛날에 태어난 사냥꾼이 된 심정이랄까. 사실 이곳에 있는 물고기가 영약인지 아닌지도 잘 모른다.

다만 월단화의 냉기가 사라졌던 것은 사실이다. 보양식을 넘어서는 효과가 있다면 영약이 맞을 터였다. 나는 투명한 물속을 돌아다니는 거대한 물고기를 작살을 던져서 잡았다. 작살 열 개를 던졌는데 일곱 마리가 꿰뚫렸다. 한 마리도 식사로 충분했기 때문에 더 잡진 않았다. 호수로 들어가서 작살에 꿰뚫린 물고기를 뭍으로 던진 다음에 빠져나왔다.

내가 물고기를 잡는 동안에 야영 준비가 완벽해진 상태. 중앙에 모닥불이 있고, 그 둘레에 각자의 화로가 있었다. 나는 돌아다니면서 만장애에서 잡은 물고기를 배식했다. 잠시 후 우리는 물고기를 꼬챙이에 끼워서 전용 화로에 살살 익혔다. 백의서생이 물고기를 이리저리 뒤집으면서 말했다.

"이게 영약이냐?"

"먹어봤어?"

"아니."

"안 먹어봤으면 말을 말아."

나는 죽통에 담긴 두강주를 마시면서 물고기를 불에 바짝 익혔다.

"그리고 호수 건너편은 아직 들쑤시지 않았는데 곳곳에 하수오가 있을 거다. 가끔 강호에 돌아다니는 백년하수오 수준이 아니야. 내가 보기엔 이 물고기도 극양 계열의 보양식인데 하수오까지 연달아서 먹으면 탈이 날 수도 있으니까 운기조식을 하면서 먹도록 해."

다들 내 말을 잠자코 들으면서 자신의 물고기를 바라봤다.

"…아, 그리고 여기에 독초도 많아. 아무 풀이나 뜯어 먹지 말라고."

백의서생이 자신의 물고기를 이리저리 살피다가 말했다.

"이제 먹어도 되지 않나?"

내가 고개를 끄덕이자, 손으로 툭툭 쳐서 비늘 부분을 벗겨낸 백의서생이 커다란 물고기의 하얀 살점을 뜯어 먹었다. 백의서생은 처음 먹는 물고기 맛이 이상한 모양인지 어리둥절한 표정으로 살점을 조용히 씹었다. 이어서 사대악인도 물고기를 뜯어 먹었다. 나는 일부러 겉까지 바짝 익혔기 때문에 그냥 통째로 뜯어먹었다. 새삼스럽게 다들 입가에 기름을 잔뜩 묻힌 바보 놈들이 되어있었다.

물고기를 먹는 도중에 배 속이 뜨거워지고 있었다. 그러나 다들 무언가를 느낀 모양인지 술을 입에 대지 않았다. 영약의 기운이 술에 씻겨나갈까 두려워하는 눈치였다. 이런 것은 대화를 하지 않아도 뜻이 통했다. 먼저 물고기 한 마리를 깔끔하게 해치운 백의서생이 우리를 둘러봤다.

"…"

운기조식을 하고 싶은데 눈치가 보이는 모양이었다. 나는 백의서생을 쳐다보다가 말했다.

"기습이 두렵나?"

백의서생이 고개를 끄덕였다.

"너희도 마찬가지 아니냐?"

"지금 운기조식을 하지 않고 버틸 수가 없을 텐데?"

백의서생이 한숨을 내쉬었다. 나는 사대악인을 바라보다가 말했다.

"이렇게 하자. 어차피 이곳에 외부인이 떨어질 가능성은 없어. 있더라도 백의서생처럼 요란하게 떨어질 거야. 결국에 백의와 우리가 서로를 믿지 못해서 운기조식을 하지 않으면 이처럼 멍청한 짓도 또 없지. 우리가 먼저 운기조식에 돌입하자. 백의서생이 우리를 전부 때려죽이면 그것 또한 어쩔 수 없지. 맏형부터 시작해."

검마는 백의서생을 한번 쳐다보더니 가부좌를 튼 다음에 조용히 눈을 감았다. 귀마가 백의서생을 쳐다보더니 한숨을 내쉬었다.

"이렇게 불안한 운기조식은 또 처음이로군."

귀마가 운기조식을 시작하자, 색마가 내게 물었다.

"이게 맞아?"

나는 색마의 질문에 고개를 끄덕였다.

"서로 죽일 생각이면 위에서 싸웠어야지. 이게 무슨 추태냐?"

"하…"

곤란한 표정을 짓던 색마도 운기조식에 돌입했다. 나는 백의서생을 바라봤다.

"누가 먼저 할까?"

"네가 먼저 해라."

나는 백의서생의 표정을 구경하다가 가부좌를 튼 다음에 운기조식을 시작했다. 눈을 감자마자 백의서생의 장력이 날아올 것 같은 기분이 들어서 여간 불안한 게 아니었다. 이 자리에서 우리가 백의서생에게 모두 죽으면 내가 그르친 것이기 때문에 어쩔 도리가 없었다.

사람은 생사의 갈림길에서 초연해질 수가 없다. 자꾸만 눈앞에 죽음이 아른거리는 느낌을 받았으나 애써 운기조식에 집중했다. 극양의 영약을 먹었기 때문에 나는 백전십단공의 운기조식으로 몸을 다스렸다. 강해지는 것이 이렇게 어렵다. 의심에 가득 찬 사람의 마음이 이렇게 무섭다. 죽음의 공포를 이겨내는 것이 이렇게 어렵다.

평소처럼 운기조식을 하는 것인데도 등줄기에서 땀이 한 방울 흘러내렸다. 실은 나도 백의서생을 깊이 믿을 수는 없었기 때문이다. 정신을 집중하는 와중에도 백의서생의 한숨 소리가 들렸다. 잠시 사방이 고요해진 가운데 모닥불 타는 소리와 숨소리만 고요하게 이어졌다.

백의서생이 운기조식을 시작했는지 안 했는지는 나도 알 수가 없었다. 그저 때때로 백의서생의 한숨이 들릴 뿐이었다. 백전십단공에 집중하던 나는 광명우사와 흑의인을 잠시 떠올렸다. 이상하게 두 사람의 표정이 잊히질 않았다. 거기서 광명우사가 우리를 놔두고 내빼는 게 맞는 선택이었을까.

백의서생을 따돌리고 먼저 도착했다면 광명우사의 경공 실력이 백의서생에 비해서도 부족하지 않다는 뜻이다. 더군다나 우사의 허장성세에 백의서생이 놀라서 물러날 정도면 장력의 고강함도 상당하다는 뜻일 터. 나는 광명우사의 표정을 떠올리다가 이런 생각이 들었다.

우리를 죽이는 게 우선이 아니고. 천옥의 기본 재료를 보호하는 게 우선이 아니었을까? 어쩐지 나는 두 사람이 이동하다가 서로를 공격하지 않았을까 하는 의구심이 들었다. 둘은 마도이기 때문이다. 흑의인도 알면서 따라가고, 광명우사도 모든 것을 파악한 상태에서 자리를 벗어난 게 아닐까 하는 의심을 지울 수가 없었다. 공포심의 불씨가 꺼지지 않았던 모양인지… 나는 상념에 빠졌다가 여러 명에게 포위를 당했다.

전면에 교주가 있고, 우측에는 광명우사, 흑의인이 추가로 등장하고, 일전에 봤었던 양 대공도 등장해서 나를 포위한 상태. 자하신공이 온전하게 펼쳐져도 쉽지 않은 싸움이 될 것 같았다. 만약 이런 상황에 놓이게 되면 나는 어찌해야 할까? 안타깝게도 내 성질머리라면 그 자리에서 일월광천을 터트리게 될 터였다.

내가 사라지면 하오문은 멀쩡하게 남아있을까. 요란이는 한 명의 강호인으로 어엿하게 성장할 수 있을까. 내가 사라지면 교주의 공격을 다른 삼재와 임소백이 무리 없이 막아낼 수 있을까. 전부 부정적인 결론을 도출할 수밖에 없었다. 나는 일월광천에 터져나간 내 몸을 되돌린 다음에 포위망에 다시 갇혔다.

'늘 그렇듯이 도망치는 게 답이다.'

내가 도망을 쳐야 검마가 합류하고, 귀마가 도착하고, 색마가 기회를 엿본다. 백의서생이 재수 없는 표정으로 등장하고, 끝내 천악까지 도착해야만 이 싸움을 뒤집을 수 있을 터였다. 결국에 내가 계속 강해져야 한다. 어떤 상황에 부닥치더라도 세상 끝까지 도망칠 수 있을 정도로 말이다. 나는 백전십단공의 대주천을 마친 다음에 조용히 눈을 떴다. 날숨이 길게 흘러나왔다.

"…후."

이미 다른 사대악인은 눈을 뜬 채로 나를 바라보고 있는 상태. 나는 백의서생을 확인했다. 여태 운기조식을 하지 않았던 모양인지 나를 물끄러미 바라보고 있었다. 나는 백의서생에게 물었다.

"백의, 뭐 하고 있나? 시간이 아까운데."

백의서생이 우리를 둘러보다가 말했다.

"…어떤 멍청이들이 이런 무방비 상태에서 단체로 운기조식을 한단 말이냐? 다들 끝났나?"

우리가 전부 고개를 끄덕이자… 그제야 백의서생이 가부좌를 틀더니 눈을 감으면서 말했다.

"이제 내 차례다. 호법들 서라."

백의서생의 전신에서 감돌던 기도가 차분하게 가라앉더니 표정도 잠을 자는 사람처럼 변했다. 우리 네 명을 앞에 두고 운기조식에 빠져든 모양새였다. 나는 딱히 할 일이 없었기 때문에 사대악인의 표정을 구경하다가 백의서생을 다시 쳐다봤다. 오는 내내 계속 이상한 고집을 부리는 게 웃겼기 때문에 손가락으로 내 관자놀이 주변을 빙글빙글 돌리면서 입 모양으로 말했다.

'미친놈…'

사대악인이 급히 웃음을 참았다. 나는 조용히 죽통에 든 두강주를 손에 든 채로 사대악인을 바라봤다. 그러자 검마, 귀마, 색마도 옆에 있는 두강주를 들었다. 우리는 눈빛으로 할 말을 대신한 다음에 조용히 술을 한 모금 마셨다. 백의서생이 운기조식에 돌입하자, 만장애도 다시 고요해졌다.

343.
방법은
한 가지뿐이야

우리는 백의서생이 눈을 뜰 때까지 움직이지 않았다. 굳이 잡음을 내서 운기조식을 방해하지도 않았다. 이것이 호법의 예절이기 때문이다. 사실 하늘에서 엄청난 고수가 갑자기 떨어진다고 하더라도 사대악인이 나서서 시간을 벌면 백의서생이 충분히 운기조식을 마칠 수 있을 터였다. 물론 갑자기 이곳에 누군가가 등장하는 일은 없었다.

대신에 백의서생의 마음에는 누군가가 등장한 것처럼 보였다. 운기조식 도중에 백의서생의 표정이 점점 난처해지더니 어느새 얼굴에서 땀을 흘리고 있었다. 어느 순간 등장한 심마心魔가 만장애에 추락해서 백의서생의 마음에 풍덩 소리를 내면서 빠진 것일까? 심마의 무력은 상상하기 나름이어서 백의서생은 이내 악전고투를 벌이는 사람의 표정을 하고 있었다.

"..."

나는 사대악인과 눈빛을 교환하자마자 우리가 모두 같은 생각을

...

하고 있음을 알게 되었다. 그러니까 백의서생이 운기조식에서 고전하고 있는 이유는 이놈도 우리를 경계하기 때문일 터였다. 우리는 정작 무방비인 백의서생을 기습할 생각이 전혀 없는데도, 백의서생은 두려움을 떨쳐내지 못한 채로 심마를 만들어 낸 형국이었다.

나는 백의서생의 곤혹스러운 표정을 잠시 구경했다. 저놈은 대체 무슨 벌을 받고 있을까? 어쩌면 그가 직접 죽였다는 사부가 상념의 공간에 등장해서 백의서생의 목을 조르고 있을지도 모를 일이다. 이렇게 놔두면 물고기를 먹다가 죽은 백의서생이 될 것 같아서 나는 차분한 어조로 말했다.

"백의."

"…"

"침착해라. 이곳에는 아무 일 없다."

백의서생은 눈을 감고 있었는데도 눈동자가 이리저리 움직이고 있었다. 이렇게 보니까 정말 주화입마에 빠진 상황처럼 느껴졌다. 나는 맏형을 바라보다가 어떻게 좀 해보라는 식으로 고갯짓했다. 검마가 조용한 어조로 입을 열었다.

"백의, 호흡에만 집중하고 잡념을 하나씩만 차분하게 지워라."

"…"

"적이 나타났나? 그것은 허상이다. 우리 주변에는 물고기의 뼈와 모닥불, 네가 투덜대면서 만든 화로, 두강주, 오면서 함께 먹은 육포가 있을 뿐이다. 우리가 자네를 칠 생각이었으면 셋째 말대로 만장애에 내려오기도 전에 우리 넷이 협공했을 거야. 그렇지 않겠나?"

나는 오랜만에 말을 길게 하는 검마를 쳐다봤다. 구구절절 옳은 말이었기 때문에 고개를 끄덕일 수밖에 없었다.

"맞는 말이야."

귀마도 백의서생을 쳐다보면서 말했다.

"백의, 망령들과 싸울 때 그대가 날 도왔던 것을 잊지 않고 있다. 은혜를 원수로 갚는 사람은 아니니까 마음을 가라앉히게. 변수가 생기면 적어도 내가 먼저 막아줄 테니."

나는 고개를 끄덕였다.

"맞다. 백의가 적절하게 암기를 날려서 둘째를 구했지. 그게 아마 젓가락이었지?"

귀마도 내 말에 고개를 끄덕였다.

"사실 그 젓가락은 나였더라도 피하기 힘들었을 것이야."

나는 색마와 눈을 마주쳤다가 덤덤한 어조로 말했다.

"넌 그냥 닥치고 있어."

색마가 나를 노려봤다.

"왜 지랄이야? 나도 할 말 있어."

"해봐."

색마가 백의서생을 잠시 노려보다가 말했다.

"없어. 까먹음."

괜히 웃으면 안 될 거 같아서 표정으로만 웃다가, 조용히 손을 들어서 입을 막았다.

"..."

어쩐지 여기서 우리 넷이 크게 웃으면 백의서생도 어쩔 수 없이 피를 토하다가 승천할 것 같은 분위기였기 때문이다. 우리 대화를 들은 것일까? 백의서생은 애써 호흡을 가다듬느라 가슴이 크게 들썩이고 있었다. 꿈을 꾸는 것처럼 보이기도 하고, 지난날을 떠올리는 표정처럼 보이기도 했다.

평소에 냉랭하기만 했던 표정에는 우리가 처음 보는 울분이 뒤섞여 있었다. 사실 운기조식은 눈을 감은 채로 외나무다리를 건너는 것과 같다. 어떨 때는 편하게 건너편에 도착하기도 하지만 어떨 때는 외나무다리 주변에서 강풍이 불기도 하고, 외나무다리 아래에 뾰족하게 솟은 창과 칼이 가득하다는 생각이 들기도 한다.

사실 이 모든 것이 마음의 문제임을 알고 있음에도 각자 살아온 사연에 따라 외나무다리에서 발을 헛디디게 된다. 특히 분노, 허탈, 상실, 증오, 후회 같은 감정들이 주화입마의 친구들이다. 우리는 한 차례 떠들어서 백의서생을 안심시킨 다음에는 그저 조용히 지켜봤다. 문득 백의서생의 표정이 고집스럽게 변하더니 호흡 사이에서 한숨이 새어나왔다.

"후…"

운기조식을 하다가 꿈에 빠져든 모양새였다. 이런 와중에도 강호인들은 본능적으로 운기조식을 하게 된다. 그저, 생각의 영역이 따로 분리되어서 샛길로 빠진 상황이랄까. 백의서생의 목울대가 여러 번 꿀렁거리다가 갑자기 이빨을 부딪쳤다. 표정에 갑자기 원통함이 드러나더니 화를 억누르는 흔적이 입술과 눈매에서 드러났다. 잠시 후 지친 표정으로 눈을 뜬 백의서생이 우리를 둘러봤다. 백의서생이 호흡을 가다듬다가 우리에게 물었다.

"…내가 아직 살아있나?"

"살아있다."

백의서생은 그제야 가부좌를 풀더니 죽통을 노려봤다. 이런 고수가 공포에 질릴 정도면 운기조식을 하는 내내 공포감을 느끼다가 사부인 흑선黑仙을 만났던 모양이라고 생각했다. 나는 돌려 말하는 성격이 아니다.

"망상에 빠졌다가 사부라도 만났나?"

그제야 목을 한 차례 돌린 백의서생이 죽통을 붙잡더니 목구멍에 술을 부었다. 콸콸콸- 소리가 날 정도로 쏟아낸 술을 꿀꺽 삼킨 백의서생이 나를 쳐다봤다.

"너는 어찌 그런 것을 자꾸 알아내는 것이냐? 독심술이라도 익혔어?"

"뻔하지. 뭘 그렇게 어조가 지랄이야? 염병할 새끼."

나도 두강주를 마셨다. 백의서생이 육포를 집어 먹으면서 우리를 둘러봤다.

"운기조식할 때 다들 뭐라고 중얼댄 것이냐? 염불을 외우는 것 같았는데."

나는 낄낄대다가 대답했다.

"염불은 염불이었지."

백의서생이 다시 두강주를 마신 다음에 말했다.

"어쨌든 외부의 목소리가 들려서 내게 닥친 상황이 현실이 아님을 깨달았다."

검마가 물었다.

"사부가 그렇게 무서웠나?"

백의서생이 씁쓸한 표정으로 대답했다.

"예전엔 그랬지."

이번에는 내가 물었다.

"어떻게 죽였는지 궁금하군."

백의서생이 말했다.

"별거 없다. 잘 때 습격했다. 호위들을 먼저 죽이고 진입하는 사이에 사부는 변고를 알아채고 이미 침상에서 일어난 상태였지. 흑선이라는 놈이 위아래로 백의를 걸친 채로 우리를 둘러봤는데 표정은 평소와 다름이 없었다. 제자들과 수하들이 뜻을 모아서 칠 것이라는 걸 오래전부터 예상했던 모양이야. 반란에 가담한 자들을 둘러보면서 한 명씩 이름을 불렀지. 다 온 것이냐고 묻기도 했다. 기특하다는 말도 들었지. 침실에서 싸우는 것은 싫으니 넓은 곳으로 나가자고 하더군. 더 올 놈이 있으면 기다려 주겠다는 말도 했다."

나는 미간을 좁혔다.

"음."

백의서생이 내 표정을 보더니 이렇게 물었다.

"왜 그런 표정이냐?"

나는 웃으면서 대답했다.

"그걸 믿었나? 순진한 새끼들, 거기서 쳤어야지. 제대로 된 기습이 아니었네."

백의서생이 허탈한 표정으로 물었다.

"문주, 너라면 어떻게 했을까."

나는 사대악인을 둘러본 다음에 대답했다.

"나라면 기습하는 전원에게 팔팔 끓는 물통을 하나씩 들고 가게 해서 흑선에게 던진 다음에 죽자 사자 싸웠겠지. 뜨거운 물이 없으면 똥물이라도 끼얹든가."

색마가 중얼거렸다.

"그놈의 똥은 제기랄 빠지질 않네."

나를 물끄러미 쳐다보던 백의서생이 하늘을 쳐다보다가 말을 이어나갔다.

"네 말이 옳다. 우리가 먼저 포위망을 풀고 뒤로 물러나는 동안에 흑선의 장력 한 방에 내 사제가 죽었다. 그다음에는…"

"잠시만."

나는 백의서생의 말을 끊었다.

"사제가 누군지도 말해줘야지."

"어째서."

나는 백의서생을 노려봤다.

"어째서라니… 내가 그 이름을 기억하겠다."

백의서생이 덤덤한 어조로 대답했다.

"그래. 막내 사제라서 주로 말제末弟라는 말로 불렸지. 하지만 성격이 유난히 조용해서 막군자嘆君子라는 별호가 있었다."

뜬금없이 나는 백의서생이 왜 잠시나마 마군자라는 별호로 불렸는지를 이제야 알게 되었다. 막내 사제의 별호 일부에 마魔를 갖다 붙인 모양새였다. 나는 두강주를 든 다음에 사대악인에게 말했다.

"먼저 떠난 막군자에게 한 잔…"

우리는 만나보지 못한 막군자를 생각하면서 대신 술을 한 모금 마셨다. 백의서생이 말했다.

"막내의 죽음을 본 다음부터는 넓은 곳으로 나갈 필요가 없었다. 그곳이 죽을 장소였지. 우리는 사부의 무공을 알고, 사부는 우리의 단점을 알고 있었다. 나, 천악, 추명, 실명이 달라붙고 진향과 육맥까지 덤볐으나 쉽게 이길 수가 없었다."

나는 어처구니가 없어서 되물었다.

"흑선이 육 대 일을 버텼단 말이야?"

백의서생이 고개를 내저었다.

"아니지. 우리가 대사형이라 부르던 자는 가담하지 않았다. 처음부터 끝까지 사부 편이었지. 사부의 무공을 가장 많이 이어받은 사람이다. 이미 사부와 다를 바 없는 강자였지. 대사형이 등장하면서부터 전원이 다친 채로 싸웠다. 육 대 이의 유리한 싸움이었지만 이대로 흘러가면 우리가 패배할 가능성이 컸다."

백의서생이 두강주를 입으로 가져가자 겨우 한두 방울이 떨어졌다. 봇짐에서 죽통을 꺼낸 귀마가 두강주를 백의서생에게 던졌다. 백의서생은 귀마가 던진 술을 한 모금 마신 다음에 축 늘어진 표정으로 말했다.

"다 죽을 것 같아서 그랬던 것일까. 진향이 대사형과 동귀어진을 택하자마자 함께 죽었다."

나는 백의서생을 표정을 보다가 물었다.

"진향은 여인인가?"

"여인이지."

"누구의 연인이었나?"

백의서생이 황당한 표정으로 나를 바라봤다.

"뭐?"

"누구의 연인이었냐고."

백의서생이 중얼거리듯이 말했다.

"천악이지. 아무튼, 대사형과 진향이 죽고 나서 내 예상대로 천악이 폭주했다."

나는 순간 팔뚝에 소름이 돋아서 백의서생을 쳐다봤다.

"그걸 예상했다고? 너도 정말 보통 나쁜 놈이 아니야."

백의서생이 나를 노려보면서 대답했다.

"왜? 예상하면 안 될 이유가 있나?"

당당하게 말하고 있는데 표정은 그렇지 않아 보였다. 나는 두강주를 마신 다음에 백의서생을 쳐다봤다.

"…너는 참 똑똑해서 고생이구나. 그것까지 예상하고 싸웠다면 진향이 대사형에게 앙심을 품고 있었다는 것을 미리 알고 있었던 게 아니냐."

백의서생이 고개를 끄덕였다.

"맞다. 예상한 게 죄는 아니지."

"천악에겐 이야기를 했어야지."

"그럴 경황이 없었다. 그리고 천악에게는 사부가 모르는 무공을 익히도록 오래전부터 권했었다. 싸우던 도중에 육맥까지 죽자 천악이 막혀있었던 벽을 스스로 부쉈다."

"감정적이네."

나는 그저 내 감상을 말했을 뿐인데, 백의서생은 이야기를 멈춘 채로 나를 바라봤다.

"무슨 의미냐."

"무공이… 감정적이라고."

"본능적이라고 해야 하는 게 아닐까."

"무엇이 됐든 하여간."

백의서생이 말을 이어나갔다.

"우리 넷은 사부를 지치게 했다. 어느새 날이 밝자 우리도 지치더군. 나는 밤새 대기해 놨던 궁수들을 부른 다음에 사부를 공격하게 하고. 끊임없이 화살을 쳐내는 사부를 구경하다가 재차 합공했다."

색마가 입을 벌렸다.

"와, 지독하네."

백의서생이 말했다.

"결국에는 우리도 지쳐서 나가떨어지고 천악이 홀로 사부의 몸을 찢어냈지."

나는 어쩐지 다음에 벌어졌을 일이 더 궁금했다.

"다음엔?"

"뭘 묻는 거냐."

"다음에 어떻게 됐느냐고…"

백의서생이 우리를 둘러보다가 허탈하게 웃었다.

"전부 도망쳤지. 천악 때문에… 도망쳐서 다음은 잘 모른다. 멀쩡히 대기하던 궁수들도 죽었다고 하니 아마 천악에게 당했겠지. 나도 안가로 숨은 다음에 천악과 잠시 왕래하지 않았다. 예전 같은 관계를 회복할 때까지 오래 걸렸지."

"전부 천악에게 죽을 뻔했네."

백의서생은 고개를 끄덕이면서 순순히 인정했다.

"그런 셈이지. 어차피 반란에 동조하지 않았던 자들은 천악에게 잡혀서 전부 사지가 찢어진 채로 죽었다. 사실 바깥에 알려진 천악이라는 별호는 그때의 사건 때문에 생긴 셈이지."

나는 검마를 바라봤다.

"맏형 생각은 어때. 흑선 수준이면 검신 다음의 천하제일이었을까?"

검마가 고개를 끄덕였다.

"그런 것 같다. 사도보다도 수준이 더 높은 것 같군."

"지금의 삼재와 비교하면?"

"당시 흑선이 지금의 삼재와 비슷한 수준이라고 봐야겠지. 그렇지 않나?"

검마의 질문에 백의서생도 고개를 끄덕였다.

"애매하긴 하지만 누군가를 두려워했던 사내는 아니야. 결국에 우리가 단합해서 반란을 일으켜도 제압할 자신감이 있었던 사내였지. 천악이 그렇게 강해질 줄은 몰랐겠지만 말이야. 천악을 가장 혹독하고 끔찍하게 다뤘던 사내가 결국 천악에게 당한 셈이지."

나는 백의서생을 바라봤다.

"이 모든 반란을 네가 계획했고?"

"내가 계획했다."

나는 이야기를 종합해서 백의서생에게 내 마음을 전했다.

"너는 확실히 노예가 아니다. 하지만 흑선과 같은 폭군이 된다면 네 말로도 흑선과 다르지 않아. 도살자 같은 놈이 엄청난 기연을 얻었다면 너도 이 자리에서 우리와 함께 물고기를 먹지 못했을 거야."

나는 뼈밖에 안 남은 물고기를 들어서 백의서생에게 보여줬다.

"…그 똑똑한 머리를 겨우 네가 죽인 사부의 일생을 따라 하는 것에 쓰지 말도록 해. 하늘에서 막내 사제가 한탄할 일이야."

내 말을 들은 백의서생이 고집스러운 표정으로 웃었다. 웃고는 있었지만 내 말에는 딱히 반박하지 않았다.

"백의, 흑선과 다른 삶을 살아가려면 딱 한 가지밖에 없어."

"뭔가?"

"지난 우리 삶은 어쩔 수 없다고 치자. 단 한 명에게라도 두려움이 아닌 존경을 받는 사부가 되는 게 어때. 그것이 유일하지 않을까. 그대는 흑선과 다른 사부가 되어야 한다. 하늘에서 지켜보는 막군자는 그제야 웃을 거다."

백의서생이 나를 쳐다봤다.

"…"

"그것만이 흑선을 떨쳐내고 주화입마에서 벗어날 수 있는 길이야. 말이 좀 우습지만 그것만이 더 강해질 수 있는 길이다."

내 말을 듣던 백의서생이 고개를 들더니 하늘을 물끄러미 바라봤다.

광마회귀 6

초판 1쇄 발행 2024년 8월   9일
초판 2쇄 발행 2024년 8월 20일

지은이 | 유진성
발행인 | 강봉자, 김은경

펴낸곳 | (주)문학수첩
주소 | 경기도 파주시 회동길 503-1(문발동633-4) 출판문화단지
전화 | 031-955-9088(대표번호), 9530(편집부)
팩스 | 031-955-9066
등록 | 1991년 11월 27일 제16-482호

ISBN 979-11-93790-29-8 04810
(세트) 979-11-93790-32-8

* 파본은 구매처에서 바꾸어 드립니다.